Sammelband Ruhrgebietskrimis

von
Roland Herden

Copyright © 2018 Roland Herden

All rights reserved.

Coverdesign: A&K Buchcover
www.akbuchcover.de

Autorenfoto: Elke Reinders

Lektorat & Satz: Dr. Katrin Scheiding
www.katrinscheiding.de

Bibliografische Information der Deutschen Nationalbibliothek: Die Deutsche Nationalbibliothek verzeichnet diese Publikation in der Deutschen Nationalbibliografie; detaillierte bibliografische Daten sind im Internet über http://dnb.d-nb.de abrufbar.

1., veränderte Neuauflage 2018
Autor: Roland Herden
Originalausgabe erschienen bei édition trèves
Postf. 1550, 54205 Tier, www.treves.de

ISBN: 9781728835143

Printed in Germany

by Amazon Distribution GmbH, Leipzig

Über den Autor:
Geboren in Duisburg.
War ausschließlich im Sicherheitswesen tätig. Schwerpunkt: Mega-Events, Großraumdiskotheken und Personenschutz.

Momentan als Schriftsteller tätig.
Und vielleicht auch hier und da mal im Nachtleben anzutreffen.

Weitere Werke von Roland Herden sind:
„Wer stirbt schon gern für Schokolade?"
„Nibelungen Rallye"
„Operation Grünes Feuer"
„Hüter der Nacht"
„Harte Geschichten"
„Hafenkinder"
„Der Kaffee-Prinz"
„Willkommen in Rabitaan"
und
„Abgefahrene Anekdoten"

Roland Herden

Sammelband Ruhrgebietskrimis

Wer stirbt schon gern für Schokolade?
Nibelungen-Rallye
Operation Grünes Feuer

Inhalt

Credits 9

Wer stirbt schon gern für Schokolade? 10

Nibelungen-Rallye 215

Operation Grünes Feuer 436

Credits

Mein großer Dank gilt Azur Bajrić, Britta, Petra and the Ömmels, Familie Vago, der Buchhandlung Filthaut, Kareem, Michael Duerhagen, dem „Spitznamenmann", Malou-Geraldine (Agent Niedlich), Anneddi (Katzenchefin), Elena Kugelmann (Chef-Oink), Holger Nagel (Party Crusher), Monika Jonas (UltraCrack), Dr. Katrin Scheiding (Zauberin), Major M. (175), Stern, Anke Hesse (Photohunter), Thomas Michels (Guerilla Designer), Jessica König (Agent Einhorn), Cathleen Göpfert (Agent Voice), Andrea Michels (Agent Verpackungskünstlerin), Birgit Fiolka (DesignerNerd), Elke Reinders (LuckyKlick), Gero Pallasch (Irrer Berater), Krystyna (TurboLeckto), Tanja Lippert (Guck mal hier und da), Martin Hofstetter (Turbotestleser), Daniel Jung (S.W.A.T.), Mark Riske (DesignerTaskForce), Tristan Heyligers (alle behämmert), Skywalker (Junge, Junge, Junge ...)

Uuund:

Kevin2.0&3.0,StormtrooperJayBobaFettCleanerImperatorDirk JaoaqimSarahRomanCarstenSerkanStefanoMarioRitchieSeppBen MaxBjörnJanPuffOlliTeresaAnnaEileenReginaPedroMikeStephan ThomasZakkSaschaBenediktFausiSinaTeddyConny

R.I.P. Emil – R.I.P. Udo – R.I.P. Hans – RIP Samir – RIP Jochen Hülder – R.I.P. Markus Haenscheid…

Wer stirbt schon gern für Schokolade?

Inhalt

Das Photo	13
Die Jagd	78
Rettet Blanka	113
Der Lebensretter	167
Abschied	205
Epilog	211

*Für meinen Vater
und meine liebe Schwester Annette*

Das Photo

Der Himmel war klar, und die Stille wurde nur vom Flattern der Fahne unterbrochen, die anmutig im Wind wehte. Es schien, als wüsste sie, dass der Mast am höchsten Turm der Firma stand. Stolz breitete sie ihre volle Fläche aus, um den Firmennamen preiszugeben: *Blanka*.

Er saß auf dem Sims. Die Erinnerung, wie er früher dort mit seinem Arbeitskollegen gehockt und mit Kirschkernen auf vorbeilaufende Leute gezielt hatte, stieg in ihm hoch. Sie hatten weder vom Erfolg noch Misserfolg ihrer Aktionen erfahren, da der Turm viel zu hoch war, um unten etwas erkennen zu können. Er wusste auch noch, wie sie mit ihren Ferngläsern in die Büroräume geglotzt hatten, um eventuell aufregende Sachen zu entdecken. Letztlich sahen sie aber nur Angestellte, die telefonierten, Zeitung lasen, Kaffee tranken oder emsig durch die Gegend liefen.

Schon damals fiel ihm auf, dass das Büroleben besser war. Man musste nicht früh aufstehen, verrichtete keine körperlich schwere Arbeit, und alles wirkte sauber. Nicht wie bei den Leuten in der Produktion, die genau das Gegenteil erlebten. „Egal", dachten sie damals. Sie hatten auch genug Vorteile. Sie mussten zwar phantasievoll danach suchen, aber immerhin fanden sie auch etwas. Sie durften beispielsweise – wie es sich für eine Süßwarenfirma gehörte – so viel Schokolade essen, wie sie nur konnten. Gut gemeint – mal abgesehen davon, dass man nach einer Woche keine Schokolade mehr sehen konnte, wenn man sich einmal durch das ganze Sortiment gefuttert hatte. Er legte den Kopf zurück und holte tief Luft. Das alles war vor 25 Jahren gewesen. Sein Kollege war schon lange nicht mehr da, und als Betriebsratsvorsitzender genoss er jetzt das, was er als Lehrling immer durch das Fernglas gesehen hatte. Er war beliebt, es gab also keine Probleme bei der Wiederwahl. Da er gute Ergebnisse für die Arbeiter erzielte, hoffte er, dass nun die Karriere in der Gewerkschaft bergauf gehen würde. Neider sagten ihm zwar Korruption nach, aber das interessierte ihn wenig. Natürlich hielt er manchmal hier und da die Hand auf, damit für die Arbeitgeber einige Dinge angenehmer abliefen. Er hatte dabei jedoch kein schlechtes Gewissen. Es waren größtenteils immer Dinge gewesen, die sich früher oder später sowieso verschlechtert hätten. Mit seinem Zutun jedoch etwas früher. Aber was machte das? Solange er sich nach außen hin kämpferisch gab, würde niemals jemand darauf kommen, dass er es war, der die Kacke zum Dampfen brachte.

Er konnte es natürlich nicht immer so machen. Bei Kürzungen von Weihnachtsgeldern war es clever, sich querzustellen. Erstens bekam er dann die uneingeschränkten Sympathien der Arbeiter, und zweitens konnte er dann die Schmiergelder bei Urlaubsgeldkürzungen erhöhen. Wie sollte er auch sonst seinen Lebensstandard mit Frau, zwei Kindern, drei Autos und einem viel zu großen Haus aufrecht erhalten, wenn nicht so? Mit einer anderen Sache – die anfangs gut lief – hatte er sich allerdings eindeutig übernommen. Sie war nicht mehr klein und kontrollierbar, sondern riesig und nicht mehr zu bändigen. Alles lief eigentlich perfekt. Er war immer der Spielführer gewesen, der die Regeln gleich mitlieferte. Seine Regeln. Einfach und klar. Ohne dass man ihm anschließend an die Karre pinkeln konnte. Doch nun musste er feststellen, dass die Karre bis oben hin voll lief. Er griff in einen großen, braunen Umschlag, zog einen kleinen Stapel Photos heraus und schaute sich die Bilder an wie ein Kartenspiel; er steckte immer das obere Bild nach hinten. Die Aufnahmen zeigten, wie er mit einer jungen Dame an einem kleinen Tisch saß und ihre Hand hielt. Die geheimnisvoll-romantische Atmosphäre wurde trotz des Schwarz-Weiß-Films wiedergegeben, den der Betrachter verwendet hatte. Je weiter er die Bilder durchging, desto mehr kristallisierte sich der Verlauf des Abends heraus, der unter der Dusche eines Stundenhotels in Düsseldorf endete. Er fand es nicht schlimm, dass man ihn mit einer Frau photographierte. Dummerweise war es aber nicht seine eigene.

Nun war die Geschichte von dem Mann mit der blütenweißen Weste schwer zu erklären, wenn ein anderer Spielführer Hochglanzphotos in die Runde warf, die ihn dabei zeigten, wie er freundlicherweise einer jungen Dame den Rücken einseifte. Diese nette Geste gab wohl Abzüge in der A-Note und wirkte nicht besonders vorteilhaft. Im Moment wusste er auch nicht, wie er da wieder rauskommen sollte. Bei Gewerkschaft und Arbeitgebern gab es immer eine bevorzugte Art von Diplomatie. Niemand konnte und wollte dem anderen etwas. Alle wollten nur ihre Ruhe haben. Die Arbeiter waren ihnen eigentlich egal. Die Firmen brauchten den Profit und die Gewerkschaft den Monatsbeitrag der Mitglieder. Den anderen brauchte er aber mit Diplomatie nicht zu kommen. Er steckte die Photos zurück in den Umschlag. Eines holte er wieder raus. Er betrachtete es und legte dann den Umschlag beiseite. Er überlegte, wo der Photograph bei dieser Aufnahme wohl gesteckt haben mochte.

Das Knattern der Fahne übertönte das Quietschen der schweren Metalltür zum Dach, als diese unbemerkt hinter ihm aufging. Er war viel zu vertieft in seine Gedanken, um zu bemerken, wie jemand leise an ihn heranschlich. Erst der leichte Druck auf seinem Rücken holte ihn wieder in die Realität zurück. Er war nicht erschrocken, sondern nur überrascht. Beim Versuch sich umzudrehen merkte er, wie der Druck im Rücken stärker wurde und sein Vorhaben nicht zuließ. Vor lauter Verwunderung entging ihm, dass er dabei langsam nach vorn rutschte. Nun wollte er sich mit aller Gewalt umdrehen, um zu sehen, wer hinter ihm stand. Der Druck verstärkte sich nun. Bei seiner folgenden Bewegung wurde ihm klar, dass er sie besser nicht gemacht hätte. Der lange Weg nach unten gab ihm genügend Zeit zu schreien. Er ließ das Photo los und streckte beide Arme mit der wahnwitzigen Idee, den Aufschlag so zu mildern, nach vorn. Seine Arme waren das Erste, was brach, als er auf den harten Boden schlug.

„Einen Gesellenbrief und einen Führerschein braucht man im Leben. Alles andere ist egal." Daran musste René Silber denken, als er die Tür seines alten Bundeswehr-Kübelwagens zuschlug und ohne abzuschließen über den großen Parkplatz lief. Es waren die Worte seines Vaters gewesen, die ihm noch in den Ohren lagen. Nun war er seit neun Jahren bei dieser Firma. Heute würde er seinem Vater sagen: „Ein Beruf, der Spaß macht, und ein Wagen, der morgens anspringt. Das ist wichtig im Leben."

René Silber war vor drei Monaten von seinem Wehrdienst zurückgekehrt. Ihm kam es so vor, als sei er überhaupt nie weg gewesen. Es musste wohl daran liegen, dass sich auch wirklich gar nichts verändert hatte. Weder an der baufälligen, alten Fassade, noch an der ungeschlagenen Starrköpfigkeit des Managements, das auf gar keinen Fall Vorschläge aus den unteren Reihen duldete und somit das Betriebsklima auf Null setzte. Vielleicht lag es aber auch daran, dass er mal wieder zu spät kam. Silber kam eigentlich ständig unpünktlich – und es interessierte ihn nicht einmal. Alles, was mit der Firma zusammenhing, war ihm egal. Seine leicht arrogante Ausstrahlung, der selbstsichere Gang und seine Art zu lächeln unterstrichen das auch noch. Arbeit und Privatleben trennte er streng. Obwohl er durch sein freches, witziges Verhalten überall beliebt und gern gesehen war, nahm er noch nicht einmal an den Betriebsfeiern oder Geburtstagsfesten der Kollegen teil.

Als er an dem Springbrunnen vorbei auf die große Pforte zuging, bemerkte er einen ungewohnten Menschenauflauf. Silber blieb erst einmal verhalten stehen, als er sah, dass Produktionsleiter Gerd Froßmann mittendrin stand. Er erkannte ihn deshalb so gut, weil alle Führungspersonen einen weißen Kittel trugen. Nicht, dass er sich nicht traute, an allen vorbeizulaufen. Sein Kollege Emil hatte jedoch schon für ihn gestempelt. Und bekanntermaßen kann man schlecht um sechs Uhr gestempelt haben, wenn man erst um neun durch die Hauptpforte an seinem Chef vorbeischlendert. Seine einzige Chance war ein großes Metalltor, das sich 300 Meter vom Haupteingang entfernt befand. Silber konnte nicht sehen, ob es offen stand, weil ihm zu viele Bäume die Sicht versperrten. Sein Blick ging wieder zurück zu der Menschentraube. Anstatt weniger zu werden, kamen immer mehr Leute hinzu. Alle schienen irritiert durcheinanderzulaufen. Aus den Wortfetzen, die durch den Wind zu ihm herüber getragen wurden, konnte er sich nichts zusammenreimen. Silber schüttelte letzlich den Gedanken ab, rauszukriegen, was die Bürofuzzis da wieder Nutzloses veranstalteten. Seine Aufgabe war es nun, unbemerkt in die Firma zu gelangen und dabei so aufzutreten, als sei er schon seit Stunden da. Er vertraute darauf, dass das Rohstofftor angelehnt war, und schlug sich seitwärts in die Büsche

Paul Hermes fütterte schon seit Langem die Tauben bei *Blanka*. Früher nach der Arbeit und nun, da er aus gesundheitlichen Gründen nicht mehr so tauglich war wie die Geschäftsleitung es sich wünschte, bis zum Ende seiner Tage. Eigentlich war es aus hygienischen Gründen gar nicht vertretbar, in unmittelbarer Nähe eines Lebensmittelbetriebes einen Taubenschlag zu beherbergen, da Tauben unwiderruflich Krankheiten übertrugen. Doch vor 130 Jahren, als man diesen Betrieb eröffnete und die Taube als Firmensymbol wählte, dachte man noch nicht an den Hygienewahn, der im neuen Jahrtausend auftauchen sollte. Nebenbei achtete Paul auch darauf, dass alles rund um die Dächer intakt blieb. Fielen ihm Schäden auf, dann sollte sich Paul darum kümmern, dass alles behoben wurde. Die Löcher in dem mittlerweile sehr alten Dach wurden allerdings eher zweitrangig behandelt. Damit sich die Anfahrt der Dachdecker auch rechnete, wurden sie erst gerufen, wenn eine bestimmte Anzahl von Schäden vorzuweisen war. Die größte Aufmerksamkeit galt natürlich den Fahnen und der Leuchtreklame. Handwerker und Elektriker überschlugen sich fast, wenn sie die engen Stufen zum Dach hoch stürmten. Paul grinste sich dann immer einen, wenn er sah, wie hektisch und planlos sie versuchten, die Arbeit anzugehen. Hauptsache, das Äußere der Firma sah tadellos aus. Dass viele Räume von innen so aussahen, als seien die Decken mit Schimmel tapeziert, da die Feuchtigkeit so hoch war, hörte die Geschäftsleitung nicht gern. Würden die Büros der werten Herren direkt unter dem Dach liegen, hätte man den Dachdecker bestimmt mit dem Hubschrauber einfliegen lassen. Davon war Paul überzeugt. Dies sollten aber nicht seine Sorgen sein. Denn wer zehn Monate vor seiner Rente stand, sollte sich so kurz vor dem Abpfiff etwas bedeckt halten. Sonst konnte es durchaus vorkommen, dass man auf seine letzten Tage bei stickiger Luft und grellem Neonlicht noch Kartons im Keller stapeln musste. Da hielt er also lieber die Klappe und schnupperte die frische Frühlingsluft, wenn er über die Dächer von Mülheim an der Ruhr schaute. Natürlich vermisste Paul auch seine früheren Kollegen. Selten kam einer von ihnen rauf. Zum einen, weil sie keine Zeit hatten, und zum anderen, weil es verboten war. Wenn Leute nach oben kamen, dann nur aus reiner Neugierde. Aber auch Verliebte, die sich im Betrieb fanden und im Sommer ihre Ruhe haben wollten, verbrachten manche Pause auf dem Dach. Oder abenteuerlustige Lehrlinge fanden sich ein, die bei einer Erkundungstour alte, verborgene Räume suchten und dann stolz zu berichten wussten, wo all die Maschinen standen, die noch aus der Zeit vor dem Zweiten Weltkrieg stammten.

Paul schaute runter auf den Hof, sah zwei Krankenwagen und verhältnismäßig viele Menschen. Er tippte auf einen Arbeitsunfall. Wäre ja nicht der erste in dieser Firma. Als er seinen Kopf zur Seite drehte, bemerkte er, wie das Rohstofftor von außen ein Stück aufschwang. René Silber kam mal wieder zu spät. Er mochte Silber. Der war zwar frech wie Dreck, aber ehrlich. Eigentlich grenzte es schon an ein Wunder, dass die Firma ihn noch beschäftigte. Allein die Streiche, die er als Lehrling schon ausheckte, hätten ihm Stubenarrest bis zur Rente einbringen müssen. Eine seiner besten Aktionen, die sogar im Mülheimer Wochenblatt erwähnt wurde, war, das Wasser des Springbrunnens am Tage einer wichtigen Produktpräsentation mithilfe von Lebensmittelfarbe für die Kokosflocken pink zu färben. Als die Arbeiter dann die dummen Gesichter der Bürofuzzis sahen, konnten sie sich vor Lachen kaum halten. Natürlich wusste jeder, wer es gewesen war, aber niemand konnte Silber etwas nachweisen. So etwas vergaß man nicht. Als Paul sich vom Geländer abstieß und beschloss, weiter an seinem Taubenschlag zu arbeiten, wehte ein Stück Papier, getrieben vom Wind, auf ihn zu. An seinem Fuß angekommen, bückte er sich, um es aufzuheben. Paul Hermes hielt ein Photo in der Hand.

Die gesamte Rohmassenabteilung gaffte aus den Fenstern. Die Arbeit, die zu verrichten war, konnte man später mit ein bisschen Tempo wieder herausholen. Da alle Meister und Vorarbeiter auch auf dem Hof standen, konnte ohnehin keiner kontrollieren, ob gearbeitet wurde. Nun galt es in erster Linie herauszufinden, was ihnen die frische Brise in dem grauen Alltagstrott bescherte. Das war auf jeden Fall interessanter, als Karamell zu kochen oder Nougat fein zu walzen. Die Rohmassenabteilung war aufgrund der teilweise körperlich schweren

Arbeit oft beliebtes Ziel für Strafversetzungen. Anstatt sich jedoch bestraft zu fühlen, lächelten die Meisten nur darüber. Denn wenn alle vom selben Schlag sind, verstehen sich die Menschen auch besser. Das hatten die Führungskräfte wohl nicht bedacht, als sie diese hirnrissige Maßnahme veranlassten. Alle in dieser Abteilung nannten sich deshalb spaßeshalber auch die „Fremdenlegionäre". Denn sobald auch nur eine ach so niedere Arbeit anfiel wie Fahrstuhlschächte reinigen, Schweinefuttercontainer sauberschrubben oder alte Blumenkübel wegschleppen, dann mussten die Legionäre ran.

Kokosflocken-Emil war seit über 20 Jahren Legionär. In jungen Jahren hielt der kleinwüchsige Mann selten seine Klappe und landete so in der Rohmassenabteilung, wo er mit Bravour die Kokosflockenmasse herstellte wie kein anderer. Er sagte von sich selbst immer, dass er schon jeden Job bei *Blanka* gemacht habe und auch schon in jeder Ecke herumgekrochen sei. Nur den Wagen vom Chef musste er noch nie polieren, aber er ahnte, dass das bestimmt auch irgendwann anfallen würde. Seine einzige Sorge galt im Augenblick jedoch Silber, der gnädigerweise mal vorbeikommen sollte, um wenigstens seinen Feierabend pünktlich abzustempeln. Aber noch dringender wartete er auf Angelika. Sie war die Meisterspionin in der Abteilung, die alles herausbekam, was in der Firma vor sich ging. Ihr Auftrag lautete nun herauszufinden, was die Aktivitäten auf dem Hof bedeuten sollten.

Angelika war ein absolut lieber Mensch, der mit einem die letzte Frühstücksstulle teilen würde. Sie war nicht besonders groß, hatte einen leichten Überbiss und trug eine riesengroße Brille. Angelika zeichnete sich besonders durch ihre große Schadenfreude aus. Sie bekam dann immer mitreißende Lachanfälle, die lange anhielten. Emil sagte mal, wenn sich jemand den Arm abhacken würde, müssten gleich zwei Krankenwagen gerufen werden. Einen für den Verletzten und den anderen für Angelika, die man bis zum Anschlag mit Beruhigungsmitteln vollpumpen müsste, damit der Lachanfall abebbte. Alle mochten Angelika. Den Kollegen tat es nur leid, dass ihre Schwester (die Vorarbeiterin in der Rohmassenabteilung war) sie doppelt so streng rannahm, um ja nicht den Anschein zu erwecken, Angelika habe einen Vorteil dadurch. Angelika jedoch nahm auch das mit Humor und pellte sich, wie sie stets zu sagen pflegte, ein Ei darauf, weil sie genau wusste, dass ihre Schwester es nicht so meinte. Als sie nun allerdings von ihrer Mission zurückkehrte, fehlte ihr nicht nur der Humor, sondern auch eindeutig die Gesichtsfarbe. Die ganze Abteilung lauschte gespannt ihren Ausführungen, als sie jäh unterbrochen wurde: „Wo ist Silber?"

Silber war inzwischen unbemerkt in die Firma gelangt. Die Einzigen, die ihn gesehen haben konnten, waren Bürofuzzis, und die wussten mit seinem Gesicht sowieso nichts anzufangen. Nun stand er vor seinem verschlossenen Spind, bemerkte, dass sein Schlüssel noch zu Hause lag, und schwor sich, den Rat von Kokosflocken-Emil anzunehmen, der für solch einen Fall immer ein Zahlenschloss empfahl. Silber hatte sich schon oft vorgenommen, den Leuten, die länger als 20 Jahre bei *Blanka* beschäftigt waren, Glauben zu schenken. Im Augenblick nutzte ihm das jedoch herzlich wenig. Emils Tipp war zwar allererste Sahne, aber ein Arbeitsanzug in seiner Größe wäre jetzt auch nicht verkehrt. Sein Blick jagte durch den Umkleideraum, der alles andere als inspirierend wirkte. Die Farbe an den Wänden blätterte ab, Fliesen auf dem Boden lösten sich, und Spinde rosteten vor sich hin. Er spornte sich selbst zum Nachdenken an. Kurz vor der Kapitulation sah er, dass der Spind eines Lehrlings offen stand. Grinsend entnahm er ihm einen Arbeitsanzug.

Schnell umziehen konnte sich Silber. Das war mit eines der Dinge, die er bei der Bundeswehr bis zum Erbrechen lernen musste. Silber fand, dass der Anzug wie angegossen passte. Er lief die Wendeltreppe nach oben und überlegte noch, ob es wohl klug war, von hinten durch den Kühlraum in die Abteilung zu kommen. Noch bevor er die Schwingtür zur Rohmasse aufstieß, hörte er seinen Namen. Emil stammelte, Silber befände sich im Raucherraum. Silber nahm unterwegs einen Eimer auf und spielte mit dem Gedanken, Emil im Teich hinter der Firma zu ersäufen. Ganz *Blanka* wusste nämlich, dass er nicht rauchte. Als er die Abteilung betrat, wunderte er sich, dass niemand an seinem Arbeitsplatz war. Alle standen um Angelika und drehten sich erst zu ihm um, als sie losprustete. Alle, die jetzt mitlachten, mussten Angelika recht geben: Er gab in diesem Augenblick wirklich ein idiotisches Bild ab. Da stand er in einem Arbeitsanzug herum, der nicht nur messerscharfe Bügelfalten vorweisen konnte, sondern auch noch viel zu klein schien. Der krönende Kontrast jedoch waren nicht die roten Gummistiefel und das Azubi-Schildchen am rechten Arm. Die offen stehende Hose war es auch nicht direkt, aber seine auf diese Weise sichtbare blaue Bärchenunterhose trieb Angelika Tränen in die Augen und wohl auch schon bald den Harndrang an ihre Schmerzgrenze. Die Vorarbeiterin konnte die Erheiterung nicht ganz nachvollziehen, wusste aber auch: Wenn Angelika einmal lachte, konnte sie dies nicht unterbinden. Sie drehte sich um und ging in ihr Büro. Angelika hatte Silber gerettet.

„Sie haben nicht in unserem Sinne gehandelt. Sie sollten ihn daran erinnern, seinen Pflichten nachzukommen und vor allem die Termine einzuhalten. Sein Ableben stört unsere Pläne immens, und es ist schwer, in so kurzer Zeit einen neuen Mann zu finden, der sich in einer ähnlichen Position befindet und dafür Sorge tragen kann, dass die Dinge weiter so gut laufen wie bisher. Des Weiteren möchte ich Sie daran erinnern, dass Ihre Bezahlung von der Leistung abhängig ist, die Sie uns gegenüber erbringen, und die ist bis jetzt nicht sonderlich erwähnenswert. Halten Sie sich bereit für weitere Anweisungen. Sie hören von uns."

Ein kurzer Piepton signalisierte das Ende der Nachricht, die auf der Mailbox seines Handys hinterlassen worden war. Die Freisprechanlage in seinem Auto honorierte dies mit einer Übersteuerung. Er drückte die Taste, um die Ansage erneut abzuhören.

Achim Nauermann war als Pole der deutschen Sprache zwar mächtig, aber computerverzerrte Sätze, die keine Elemente der Umgangssprache des Ruhrgebietes enthielten, machten ihm noch Schwierigkeiten. Nach dem erneuten Abhören des Textes ließ er sich seufzend zurück in den Sitz sinken. Nun verstand er ungefähr, was los war. Glauben konnte er es jedoch nicht. Nauermann war im Augenblick allerdings so müde, dass er nicht mehr wusste, was er noch glauben sollte. In kaum neun Stunden begann seine Nachtschicht, da konnte ein bisschen Schlaf ihn weiterbringen als ein Haufen Vorwürfe, deren Zusammenhang er nicht einmal im Ansatz verstand. Eines wusste er aber genau: Er wollte das Geld für die erbrachten Photos.

Gerd Froßmann schaute aus dem Fenster direkt auf den großen Parkplatz, rauchte dabei hektisch seine Zigarette und erinnerte sich daran, dass er eigentlich mit dem Rauchen aufhören wollte. Froßmann war seit 40 Jahren bei *Blanka*. Er war an der Entwicklung vieler Schokoladensorten aus dem Sortiment der Firma beteiligt gewesen. An den guten und an den weniger guten. Schokolade war sein Leben. Natürlich auch *Blanka*, wofür er endlos viel arbeitete und geradezu alles opferte, was möglich war. In der langen Zeit bei der Firma hatte er viel an Körpergewicht und vor allem seine Gesundheit verloren. Drei Herzinfarkte und schier endlose Kreislaufzusammenbrüche prägten sein Gesicht. Die Ärzte hatten ihm immer wieder Ruhe verordnet. Ruhe kannte er aber nicht. Er wollte nicht eher aufgeben, bis er das Produkt geschaffen hatte, das den Firmennamen in aller Munde brachte. Aber vor allem seinen eigenen Namen. Das war sein Antrieb. Er reichte ständig gute Vorschläge für neue Produkte ein, die vom Marketing jedoch allesamt wieder zerschlagen wurden. Zu teuer, nicht zeitgemäß, unrealistisch und uninteressant, das waren die Argumente der Marketingabteilung. Nie aber sagte einer: „Schmeckt nicht." Das ließ ihn hoffen. Er stand unter großem Druck. Im Osten wussten die Firmen nämlich auch schon lange, wie man Süßwaren herstellte. Vor allem günstiger. Dazu kam noch der unerbittliche europäische Wettbewerb. Es musste also ein neues Produkt her, und zwar eines, das die Arbeitsplätze stabil hielt, besonders seinen eigenen.

Froßmann hatte momentan viel um die Ohren. Die Waren, die kurz vor Ablauf des Haltbarkeitsdatums verkauft wurden, kamen teilweise zurück. Die Kakaobohnen, die letzte Woche geliefert wurden, waren vom hauseigenen Labor nicht freigegeben worden, weil sie noch nicht einmal den niedrigsten Qualitätsansprüchen der Firma entsprachen. Dann fielen Maschinen im Haus zwischenzeitlich für einige Tage aus, weil sich irgendwo ein technischer Defekt nicht finden ließ. Zu guter

Letzt sprang auch noch der Betriebsratsvorsitzende vom Dach, und die Polizei legte streckenweise die Arbeit lahm, um ihre Ermittlungen abzuschließen. Eigentlich schade, Froßmann war gerade mit dem Mann warm geworden, wenn es darum ging, die eine oder andere Wochenendschicht zu genehmigen. Er wollte sogar für Froßmann einen Kontakt zum Marketing herstellen, der Einiges leichter machen sollte. Allein schon deswegen konnte er sich den Selbstmord nicht erklären. Er wollte das jedoch nicht zu laut sagen, bevor die Polizei auf die Idee kam, die ganze Firma stillzulegen, um alles in der Presse breitzutreten. Solch eine negative Werbung konnte eine Firma, die sowieso keine bahnbrechenden Produkte vorzuweisen hatte, nicht gebrauchen. Er nahm einen letzten Zug, drückte die Zigarette aus und ließ dabei den Parkplatz nicht aus den Augen. Irgendetwas fiel ihm auf, er wusste nur nicht, was.

Froßmann war ein Autonarr. Er wusste, wer welches Auto besaß, und urteilte auch danach, auf wen er was halten konnte. Wenn man zum Beispiel den Schrotthaufen von Silber nahm, passte das vollkommen ins Bild: laut, ungemütlich und langsam. Aber Silbers Auto war es nicht, was ihn störte, obwohl das verdächtig weit hinten stand. Logischerweise parkte jeder vorn auf den besten Plätzen, wenn er pünktlich kam. Obwohl das nichts heißen sollte. Silber konnte auch in Köln parken und wies trotzdem eine tadellose Stempelkarte vor. Den Trick bekam er aber auch noch heraus, das schwor er sich immer wieder. Nein, Froßmann war irritiert, dass ein bestimmter Lieferwagen seit einiger Zeit auf dem Parkplatz immer auf demselben Fleck stand – das war ungewöhnlich. Jemand musste schon das Glück für sechs Richtige im Lotto mitbringen, wenn er gegen ungefähr 600 Mitbewerber um einen Parkplatz immer denselben bekommen wollte. Es sei denn, er tauschte ständig mit einem anderen Wagen. Froßmann schüttelte den Kopf und wandte sich vom Fenster ab. Er beschloss, lieber seinen Kontrollgang durch den Betrieb zu machen, anstatt Gedanken über einen Lieferwagen zu wälzen, der die Werbung einer Senffirma trug, die es sowieso nicht mehr gab. Er wollte das machen, was er am liebsten tat: Nachsehen, ob die Leute ihrer Arbeit nachgingen, und wenn dem nicht so war, sie so zusammenfalten, dass ihnen kein Hut mehr passte. Froßmann wusste auch schon, wo er beginnen wollte und bei wem sein Auftreten ohne großen Widerstand Erfolg zeigen würde.

Er brauchte nicht lange in seinem Elefantengedächtnis zu suchen, um zu beschließen, dass Emil mal wieder an der Reihe war, in gewohnter Regelmäßigkeit wegen einer Lappalie irgendeinen ausgefallenen Drecksjob zu machen. Er genoss den Gedanken auf dem Weg zur Rohmasse. Und Silber, das Großmaul, würde er gleich mit abservieren.

Emil und Silber probten gerade die Effektivität des Bölkwassers, indem sie versuchten, lauter aufzustoßen als die anderen Kollegen. Bölkwasser nannten die Legionäre ihr Mineralwasser, das sie in der *Blanka*-Kantine erwerben konnten. Sie kauften es nicht, weil es so günstig, sondern weil es das Einzige war, was es gab. Es enthielt anscheinend mehr Anteile Kohlensäure als Wasser, sonst wäre es wohl kaum möglich gewesen, in dieser Häufigkeit und Lautstärke aufzustoßen, wie Emil es gerade demonstrierte. Als Silber mit seiner Vorstellung begann, die anderen jubelnd applaudierten und sich sogar Angelika die Ohren zuhielt, wurde hinter Silber die Schwingtür aufgeschubst. Erst als die anderen aufhörten zu jubeln und Angelika anfing zu lachen, klang das Aufstoßen von Silber ab, und er ahnte, dass ein „Weißkittel" hinter ihm stand. Dennoch fragte er ungeniert: „Na, Leute, wie war dat?"

Es war nur das unterdrückte Kichern von Angelika zu hören – die anderen waren plötzlich ruhig. Emil schüttelte leicht den Kopf, um zu signalisieren, dass Silber jetzt um Gottes willen den Mund halten sollte.

„Silber!", donnerte es. Er drehte sich um und sah Froßmann. „Was glauben Sie eigentlich, ist Ihre Aufgabe hier als Fachkraft?" Er sah an Silbers Lächeln, dass gleich eine unverschämte Bemerkung fallen würde, doch bevor es dazu kam, brüllte er weiter: „Zeigen Sie mir lieber, was Sie heute geleistet haben. Ich überlege mir dann, ob ich Ihnen einen Verweis schreibe." Froßmann drehte sich weg und ging schnurstracks zu den Kochkesseln. Angelika lachte nun endgültig los.

Silber und Emil stellten ihre Flaschen zurück in den Schrank und wollten sich erst mal beraten, bevor sie in die Arena traten.

„Welche Masse kochen wir heute?", fragte Silber.

„Karamellmasse", stammelte Emil. „Drei fertig und eine vorbereitet."

Silber machte den Schrank zu und ging vor. „Na, denn mal los. Gucken, wat kommt."

Froßmann stand mit verschränkten Armen am dampfenden Kochkessel. Der hochrote Kopf verriet nicht nur, dass sein Pulsschlag die Rekordgrenze erreichte, sondern auch, dass er mächtig ungehalten war. Es konnte nicht angehen, dass die Arbeiter in einem Lebensmittelbetrieb ihre Unarten auslebten. Disziplin und Sauberkeit, das war es, was die Arbeitsplätze sicher machte. Es brauchte sich nur ein Kunde bei einer Führung zu verlaufen und jemandem wie Silber zu begegnen – dann war der Auftrag futsch. Das war sicher. Doch die Leute in der Rohmasseproduktion bekamen das nicht in ihr Spatzenhirn, was es bedeuten konnte, wenn sie ihre Arbeit nicht anständig erledigten. Er bekam von der Geschäftsleitung schließlich den Druck, die Produktion voranzutreiben. Froßmann gab diesen Druck natürlich ungefiltert weiter, und wenn er sah, dass erwachsene Menschen sich aufführten wie eine Horde Affen, bekam er dabei noch nicht mal ein schlechtes Gewissen.

„Qualität fängt unten an, meine Herren", empfing er Emil und Silber. „Wenn Sie jetzt schon Mist bauen, kommt am Ende doch nichts Anständiges dabei raus, auch wenn man es noch so schön verpackt."

Beide dachten wohl gleichzeitig an die Verpackungen, die seit Mitte der Siebzigerjahre nicht mehr verändert worden waren und beim besten Willen nicht als schön bezeichnet werden konnten, als sie grinsend auf den Boden schauten.

„Ach, witzig finden wir das", sagte Froßmann leise mit drohendem Unterton. Ein Zeichen dafür, dass er während des Satzes nachdachte, was er mit den beiden anstellen wollte. „Soso", er schaute auf die vorbereiteten Komponenten der nächsten Masse. „Ist auch alles ordnungsgemäß abgewogen?" Das war eine unfaire Frage, deren Antwort zu 100 Prozent negativ ausfiel. Denn erfahrene Leute wussten einfach, wenn man ein Gefäß füllte, wie viel es enthielt, ohne es abzuwiegen. Auf das Kilo exakt. Das sparte dem Erfahrenen einen Arbeitsgang, und er konnte somit mehr leisten. Froßmann wusste das, aber kilogenau reichte ihm nicht. Er wollte es grammgenau! Sollte dieses nicht der Fall sein, konnte er das als Arbeitsverweigerung werten oder, noch schlimmer, als Rezepturverfälschung. „Silber, wiegen Sie bitte den Zucker ab." Er deutete auf Emil. „Bringen Sie das Rezept", verlangte Froßmann ungeduldig.

„Das ist im Büro", kam kleinlaut die Antwort.

„Ach, arbeiten wir ohne Rezept? Das wird ja immer besser hier."

„Stimmt, Emil", warf Silber ein. „Wie kannst du nach über 20 Jahren die Frechheit besitzen, das Rezept auswendig zu können?"

„Silber", zischte Froßmann, „seien Sie still und stellen Sie den Zucker auf die Waage!"

Silber hob die Kapsel auf die Waage, kniete nieder und machte sich die Schuhe zu. Die Digitalwaage zeigte 22,4 kg an. „Die Kapsel wiegt zwei Kilo ..."

„Ich weiß", unterbrach Froßmann Emil genervt, „Silber, nehmen Sie sofort den Daumen von der Waage. Für wie blöd halten Sie mich?"

„Och, wenn Sie mich so fragen ..."

„Den Daumen", erinnerte Froßmann drohend.

Silber trat von der Waage weg. 22,3 kg zeigte sie nun an.

„Interessant, meine Herren. Wo sind wohl die 100 Gramm geblieben, die dazu beitragen, dass die Masse ihre Qualität behält?"

„Huch", entfuhr es Silber. „Emil, du hättest mich davon abhalten sollen, so viel zu naschen ..."

„Silber!", brüllte Froßmann. Er merkte, wie sein Blutdruck stieg, atmete tief durch und bemühte sich, ruhig zu bleiben. „Silber, Sie sind wie Ihr Auto ..."

„Ich weiß", unterbrach ihn Silber freundlich, „robust, zuverlässig und sauber."

Froßmann schüttelte entnervt den Kopf, als er den beiden mitteilte, dass sie sich am nächsten Tag im Massensaal einfinden sollen. Als er

Silber und Emil den Rücken zuwandte, wusste er auch schon, was er mit den beiden anstellen wollte. Dann konnte Silber mal zeigen, wie robust er wirklich war.

Sein Erscheinungsbild war unauffällig, das Auftreten leise, die Bewegungen hatten eine gewisse Eleganz. Und wenn Gero Pallasch sprach, fragte man sich, während man seinen sorgfältig ausgesuchten Worten lauschte, was dieser Mann bei *Blanka* verloren hatte. Er zeigte ein immer freundliches Lächeln und war stets höflich. Besonders zu den Frauen, mit denen er arbeitete – was ihm vom weiblichen Geschlecht hoch angerechnet wurde, aber ihn bei manchen Männern unbeliebt machte. Da er aufgrund seiner zierlichen Statur keine schweren körperlichen Arbeiten verrichten konnte, aber dafür über einen erstaunlichen Verstand verfügte, der ihm anspruchsvollere Arbeiten einbrachte, sagten ihm Neider nach, er hielte sich für was Besseres. Dem war aber nicht so. Er arbeitete in der Puderabteilung, die Gelee- und Gummiartikel herstellte. Seine Aufgabe war es, Stempel aus Gips zu fertigen, die in den Weizenstärkepuder gepresst wurden. Die dadurch entstandenen Mulden wurden mit Geleemasse gefüllt. War die Masse ausgehärtet, entfernte man den Puder und erhielt so das fertige Produkt. Ein Stempel musste deshalb so aussehen wie der andere. Wies der Gipsstempel eine Unebenheit auf, würde sich dies auf das Produkt auswirken. Also musste man eine gewisse Sensibilität an den Tag legen, über die Gero hundertprozentig verfügte.

Die Puderabteilung war ein strenger Bereich, da der führende Meister ihn für die Krone der Firma hielt. Der Weizenstaub, der in der Luft lag, und die matten Neonleuchten, die schon lange nicht mehr ausgewechselt worden waren, untermalten das schlechte Arbeitsklima. Da die Leute ständig zur Arbeit angetrieben wurden, blieb wenig Zeit für Gespräche. Sobald mehr als zwei Menschen beieinander standen, war das schon eine Versammlung, die unterbrochen werden musste. Also bemühten sich die Arbeiter, in Bewegung zu bleiben, um ja nicht aufzufallen. Das Ganze glich einem Ameisenhaufen. Gero stand in seiner kleinen Nische, in der er die Stempel fertigte, und wurde dort überwiegend in Ruhe gelassen.

Er war gerade dabei, ein paar Nebenarbeiten zu verrichten. Hasen aus Gips mit Latzhose für die Enkel von ein paar Arbeiterinnen. Gero freute sich immer, wenn er anderen eine Freude machen konnte und gab sich deshalb besonders viel Mühe. Die Farben mischte er sich aus den färbenden Konzentraten für die Produkte zusammen. Das Rot ging ihm aus, und er beschloss, Emil zu fragen, der ihm bestimmt etwas von seiner Kokosflockenfarbe abgeben würde. Gero packte die drei Hasen sorgfältig in ein Tuch, klemmte sich eine Colaflasche (das Zahlungsmittel für Gefälligkeiten bei *Blanka*) unter den Arm und machte sich auf den Weg in die Umkleidekabine. Er kam gerade bis zur Tür des Treppenhauses, als er so hart von hinten angerempelt wurde, dass die Hasen vor seinen Füßen zerbrachen.

„Oh", hörte er die höhnische Stimme von Schiffer, der erst seit einigen Monaten bei *Blanka* arbeitete. Er fiel durch ein ständig falsches Lächeln und eine dicke Goldkette auf, die sich fortwährend in seinen Brusthaaren verhedderte. Aus unerklärlichen Gründen mochte er Gero nicht leiden. „Sind dem Kleinen die Häschen runtergefallen?"

Gero konnte gar nicht verstehen, was das sollte, als Schiffer auf ihn zukam und nun gar nicht mehr lächelte.

Sie stützte sich mit beiden Händen auf den Schreibtisch, atmete tief durch und schaute von ihrem Penthousebüro auf den Springbrunnen, an dem sie als Kind immer gespielt hatte. Sie wünschte sich in diesem Moment, an einem anderen Ort zu sein. Maria Kaupt, Tochter des reichsten Mannes Deutschlands, war von ihrem Vater gebeten worden, sich um *Blanka* zu kümmern. Sie war zwar erst 30 Jahre alt, aber ihre scharfen Gesichtszüge ließen erahnen, dass sie eine hohe Autoritätsperson war. Um dieses auch noch zu unterstreichen, trug sie ihr blondes Haar stets streng zusammengebunden. Dennoch spiegelten ihre Augen Gutmütigkeit wider, die auch meist bei ihren Entscheidungen zur Geltung kam. Was glaubte ihr Vater wohl, wie viel Zeit sie brauchen würde, um die Firma wieder auf Vordermann zu bringen? Nichts war mehr von dem großen Betrieb übrig geblieben, wie sie ihn einst kannte, bevor ihr Vater ihn vernachlässigte, anderen Leuten die Führung übergab und *Blanka* nur noch als Abschreibeobjekt benutzte.

Früher, als sie noch Marktführer in einigen Produkten waren und ihr Vater gute Arbeit mit Wochenendfesten belohnt hatte, eröffnete sogar ihre strenge Großmutter mit den Arbeitern den Tanz. Damals schien es, als sei jeder Tag bei *Blanka* ein Fest. Jeder fühlte Stolz für seine Firma. Heute, so kam es ihr vor, waren die Arbeiter – angeleitet von Vorgesetzten mit mangelnder Menschenkenntnis – froh, wenn sie aus dem renovierungsbedürftigen Bau zu ihren Autos strömen konnten, sobald das Wochenende in greifbare Nähe gerückt war. Maria wusste gar nicht, wo sie ansetzen sollte, um es allen recht zu machen. Auf jeden Fall wollte sie erst einmal die Geschäftsführung knacken, um zu sehen, welche Anweisungen dazu geführt hatten, dass die Firma solch ein Dilemma erleben musste. Sie wollte dafür sorgen, dass die Menschen wieder fröhlich waren. Besonders jetzt, wo sie hörte, dass sich jemand vom Dach gestürzt hatte – aus welchen Gründen auch immer –, plante sie erst einmal, den Betrieb auf eigene Faust zu erkunden, um die Missstände zu erkennen und so schnell wie möglich zu beheben. Um den morgigen Tag selbst als Arbeiterin zu erleben, hatte sie sich einen Arbeitskittel bringen lassen, Maria wollte alles sehen – und mit dem Dach wollte sie beginnen.

Gero presste sich eng an die Wand. Er wollte gerade zum Sprechen ansetzen, um Schiffer in ein Gespräch zu verwickeln, das ihn davon überzeugen sollte, von ihm abzulassen. Doch plötzlich ging ein Ruck durch Schiffer, und er wurde unfreiwillig schnell nach vorn getrieben.

Noch ehe Gero die Handlung interpretieren konnte, schloss er reflexartig die Augen, hörte, wie Schiffer mit voller Wucht vor die Feuertür schlug und vernahm eine vertraute Stimme: „Oh, ist der Kleine mit seinem dummen Schädel vor die Tür gelaufen?" Als Gero die Augen wieder aufmachte, sah er Silbers Lächeln und Schiffer, der gerade versuchte aufzustehen. Gero hob beruhigend die Hände. „Ist schon gut, René. Es ist bestimmt nur ein Versehen gewesen." Silber verdrehte die

Augen. Nicht weil Gero der Einzige war, der ihn beim Vornamen nannte, sondern weil er versuchte, in allem das Gute zu sehen. „Silber, du Penner, wir sehen uns noch", presste Schiffer heraus und versuchte, die immer dicker werdende Prellung hinter seiner Hand zu verbergen.

„Na klar, wir sind ja nicht blind." Silber machte die Tür auf und schob Schiffer ins Treppenhaus. Trotz großer Gegensätze waren Gero und Silber während ihrer Arbeit bei *Blanka* dicke Freunde geworden.

Silber seufzte und bückte sich, um die zerbrochenen Hasen aufzusammeln. „Gero, du solltest damit anfangen, dir wat anderes zu suchen. Über kurz oder lang verkümmerst du hier, und dat is bestimmt nicht dat, wat du dir vorgestellt hast." Silber stand auf und übergab Gero die Gipsreste.

„Danke, René. Ich kann mir im Augenblick aber einfach nicht vorstellen, dass man mich mit meiner bescheidenen Berufsausbildung überall mit offenen Armen empfängt."

„O Mann", entgegnete Silber, „ich kann mir aber auch nicht vorstellen, dat du hier bis zur Rente Häschen kneten sollst. Man könnte sagen, du bleibst hier und läufst trotzdem davon."

Gero hob fragend die Augenbrauen.

„Ja", fuhr Silber fort, „anstatt mal deine Kapazität für wat anderes zu nutzen, als nur den Gipslakai zu mimen, unternimmst du noch nicht mal den Versuch, dir darüber Gedanken zu machen, wat es noch gibt."

„Und was ist mit dir, René? Möchtest du nicht auch weg?"

„Na klar. Ich hab heute morgen schon mal in der Bildzeitung nachgeguckt, ob die nicht noch einen Türsteher für'n Treppenhaus brauchen."

Gero schmunzelte. Silber konnte anderen immer hervorragende Vorschläge geben und sie zu höheren Zielen anspornen. Aber wenn es um ihn ging, baute er sofort eine Mauer um sich auf und verwies auf seine nun wirklich nicht herausragende Schulbildung. Doch ab und an äußerte Silber Gedankengänge, die sogar Gero nachdenklich stimmten. Demzufolge konnte Silber gar nicht so dumm sein, wie er sich immer verkaufte. Gero legte die Stirn in Falten, als er sah, was Silber für einen Arbeitsanzug trug.

„René?"
„Wat is?"
„Seit wann hast du Bügelfalten in deinem Arbeitsanzug?"
„Gero?"
„Ja, bitte?"
„Halt's Maul!"

Die Frühschicht bei *Blanka* hatte Feierabend. Das merkte man spätestens daran, dass die dicken Nebelschwaden der Duschen aus den Fenstern der Umkleidekabine quollen. Man konnte den Menschen bei *Blanka* einiges versauen, aber nicht den Feierabend. Dass der Betriebsratsvorsitzende vom Dach gestürzt war, wussten nur die Wenigsten. Selbst denen, die es wussten, merkte man keine große Trauer an. Jeder erzählte dem anderen lachend, was er wieder für selten dumme Sprüche von bestimmten Weißkitteln gehört hatte. Andere versuchten, ihre Freude dadurch zum Ausdruck zu bringen, dass sie ein Lied auf dem Weg zum Duschraum sangen. Die Ersten begannen gerade mit dem alten *Blanka*-Schlager: „Die Sonne lacht, die Sonne sticht, die Doofen haben Mittagschicht", als Silber zur Meute stieß. Er hielt sich lachend die Ohren zu. „Sauber, Männer. Dat is ja wieder ein Klanggenuss allererster Güte." Prompt kam die erste Salve leerer Shampooflaschen hinter ihm her geflogen, was ihn noch lauter lachen ließ.

Emil war auch schon da. „Silber, dich hört man schon aus der dritten Etage."

„Da kannst du mal sehen, Josef dagegen hörst du schon aus der sechsten Etage."

„Was da los da?", hörte man aus den hinteren Spindreihen grollen. Josef kam ursprünglich aus Polen und war erst seit drei Jahren in Deutschland. Seine Deutschkenntnisse bezog er aus dem Werbefernsehen, was aber nur seiner Artikulation zusetzte und nicht seinem Charakter. Josef war riesig. Wenn man ihn nicht kannte, konnte man richtig Angst bekommen, aber er war herzensgut und hilfsbereit ohne Einschränkungen.

„Was da los, Silber? Soll ich deinen Wagen zu Schrott pressen?"

„Oh, bitte nicht, Josef", flehte Emil. „Dann kommt er ja gar nicht mehr zur Arbeit."

Der Umkleideraum hallte wider vor Gelächter.

„Ja, lach nur mit, Emil", drohte Silber ihm grinsend. „Dann lass ich mir morgen besonders viel Zeit."

„Äh, Silber, mach keinen Scheiß. Ich will morgen, am heiligen Freitag, nicht allein versklavt werden. Außerdem versucht Froßmann bestimmt, dich zu feuern, wenne dat verpatzt."

„Emil", sagte Gero sanft, der mittlerweile auch dazugestoßen war, um den Feierabend zu beginnen. „Sklaven werden nicht gefeuert, Sklaven werden verkauft."

Silber lachte laut, während Emil auf dem Weg zur Dusche überlegte, was das jetzt nun wieder bedeuten sollte.

„Hat Schiffer sich noch mal bei dir gemeldet?"

„Nein, hat er nicht. Danke noch mal, René."

„Schon gut. Du hättest dasselbe ja auch für mich getan."

Gero sah Silber skeptisch an und dachte dabei an seine zierliche Gestalt. Silber bemerkte das und fügte hinzu: „Ich meine, wenn du so aussehen würdest wie …", er überlegte kurz und grinste, „wie Josef."

„Was da los da?", hörte man wieder von hinten.

„Kacke", platzte Silber heraus, als er an der Wanduhr ablas, wie spät es war. „Ich muss mich beeilen. Tauben-Paule wartet. Der hat noch wat für mich."

Mittlerweile waren die ersten Lehrlinge eingetroffen. Sie stürmten auf ihre Spinde zu und rissen die Türen auf. Einer fing prompt an zu maulen: „Hey, wer hat meinen frisch gebügelten Arbeitsanzug?"

Plötzlich wurde alles ruhig, und es schien, als ob jeder Silber anschauen würden. Silber hob den Zeigefinger: „Jungs, ich kann euch alles erklären …"

Paul sortierte gerade die Schrauben, um die Silber ihn gebeten hatte. Außer Rostschutzfarbe hatte er alles besorgen können. Auf die würde Silber noch etwas warten müssen. Paul wollte gerade auf seine Armbanduhr schauen, die er zu seinem Jubiläum bekommen hatte, als auch schon ein völlig außer Atem hechelnder Silber mit nassem Haar in der kleinen Hütte stand. „Meine Fresse!", stöhnte er, „die Treppen bringen mich noch mal um."

„Ich weiß gar nicht, wat du so stöhnst", lachte Paul. „Du bist doch der Sportler von uns beiden. Rauchen und trinken tust du auch nicht. Also, wat bisse denn so kaputt?"

„Von der Arbeit, Paul."

Jetzt lachte Hermes so laut, wie er konnte. Erst ein Hustenanfall stoppte den Heiterkeitsausbruch. Silber klopfte ihm auf den Rücken. „Ja, Paulchen, lach nur. Ich vertrage heute Einiges."

Hermes wischte sich die Tränen aus den Augen. „Mann, Mann, Silber, du bist 'ne Flocke. So einer fehlt mir hier oben noch. Dann wäre dat hier auch nicht so langweilig."

„Sei froh, dat du hier oben bist, Paul. Unten ist es schon lange nicht mehr lustig. Emil und ich haben heute wieder einen Einlauf vom Alleredelsten gekriegt."

„Oh, hört sich so an, als wenn Froßmann wieder seine Ideen auslebt."

„Ja, Frosti hat mal wieder seine Höchstform erreicht."

Hermes lachte wieder.

Er lachte eigentlich immer, wenn Silber Froßmann „Frosti" nannte. Dann stellte er sich nämlich vor, was Silber erwartete, wenn er den Spitznamen mal zu einer unpassenden Gelegenheit fallenlassen würde. Silber ging zu der kleinen Werkbank, um die Schrauben zu begutachten. „Ja, schau nur", prahlte Paul. „Dat sind feuerverzinkte Schrauben. Wat brauchst du die eigentlich?"

„Ich muss nächsten Monat zum TÜV."

Paul Hermes lachte nun so laut, dass Silber dachte, der alte Tauben-Paule würde den Tag nicht überstehen. Silber nutzte derweil die lange Zeit des Lachens, um – wie schon so oft – Pauls Tuschezeichnungen seiner Tauben zu bewundern und die alten Photographien an der Wand zu studieren. Dort hingen einige Jahrzehnte Firmengeschichte, die ein Außenstehender nicht verstehen würde. Es änderten sich nämlich immer nur die Personen auf den Bildern, niemals die Motive. Ein

Bild aus den Sechzigern hatte denselben Hintergrund wie das aus den Neunzigern – und das fand Silber immer wieder faszinierend, wenn er die Bilder verglich. Er lächelte, als er das Bild sah, auf dem Paul, Emil und Silber, noch als Lehrlinge, vor dem Kochkessel standen und für Angelika ein Ständchen sangen. Seine Blicke schweiften weiter und blieben an einem Bild hängen, das zwar auch schwarzweiß war, aber Silbers Ansicht nach neu sein musste, weil es noch glänzte und weiter hinten bei den Bildern jüngeren Datums hing.

Die junge Frau auf dem Bild veranlasste ihn, noch näher heranzutreten, um sich ihre ganze Schönheit zu vergegenwärtigen. Nur ein erneuter Hustenanfall von Paul ließ Silber die Frage vergessen, wer diese junge Frau war.

„Mann, Paul, geh mal zum Arzt. Dat hört sich echt nicht gut an."

„Später, mein Junge. Wat war dat heute eigentlich für ein Aufruhr unten im Hof?"

„Och", sagte Silber erstaunt, „weißt du dat echt noch nicht?"

„Ich hab den ganzen Tag am Taubenschlag gebastelt. Wat soll ich da mitkriegen?"

„Unser Betriebsratsvorsitzender ist vom Dach gesprungen."

„Nee", sagte Paul ungläubig.

„Doch, wenn ich dir dat sage. Er ist heute Morgen gesprungen. Dat die Bullen nicht auf die Idee gekommen sind, dich mal zu fragen. Wenn da einer wat von mitgekriegt haben muss, dann bist du dat ja wohl."

„Hier oben war keiner", sagte Paul, immer noch sichtlich erstaunt. „Aber ich hab eh nix mitgekriegt." Paul fiel das Photo ein, das er gefunden hatte. Er wurde jedoch von Silber wieder in seinem Gedankengang unterbrochen.

„Wat is mit der Farbe?"

„Meine Rostschutzfarbe ist alle. Komm aber mal morgen wieder, da hab ich bestimmt wat für dich. Ich muss mal die Handwerker anhauen, da ist bestimmt wat zu machen."

„Dat wäre schön, dann kann ich am Wochenende anfangen, meinen Liebling aufzumöbeln. Ich bring dir dann auch morgen deine Cola mit."

„Kannst du nicht mal schauen, ob du noch ein paar Tafeln Schokolade für meine Enkel organisieren kannst?"

Silber sah Paul sichtlich verdutzt an. „Haben die wat Schlimmes angestellt, dat du denen *Blanka*-Schokolade andrehen willst?" Paul fing wieder an zu lachen. Silber drehte sich kopfschüttelnd um, schaute sich noch einmal das Bild an und ging aus der Hütte. Morgen würde er Paul fragen, wer die Frau auf dem Photo war.

Nachdem sich die langen Reihen der parkenden Autos langsam gelichtet hatten, stellte sich auf dem Parkplatz eine angenehme Ruhe ein.

Nur Gero Pallasch stand noch mitten auf dem Platz und suchte nach seinem Autoschlüssel. Er bückte sich nach seiner Tasche, um sich zu vergewissern, dass sie dort bestimmt nicht waren. Mit einem Male vernahm er ein dumpfes, hohles Bollern. Er richtete sich auf, um die Ursache des Geräusches zu ergründen. Sein Blick glitt langsam und geduldig über den Platz. Nichts geschah. Er schüttelte den Kopf und suchte weiter. Jetzt trat das Geräusch wieder auf, lauter und heftiger. Geros Kopf ruckte blitzschnell hoch, um die Ursache zu ertappen. Wieder nichts. Er richtete sich langsam auf und lief im Kreis um seine eigene Tasche. Er hörte auf zu atmen, um selbst das leiseste Geräusch wahrzunehmen, aber außer dem Plätschern des Springbrunnens hörte er nichts. Er atmete tief ein, hob dabei die Schultern und vernahm das seichte Klingeln der Schlüssel in seiner Innentasche. Gero verzog sein Gesicht mit dem stillen Vorwurf, dort nicht zuerst gesucht zu haben. Dann fuhr er vom Platz. Hätte Gero Pallasch nur noch weitere zwei Minuten gewartet, wäre ihm aufgefallen, dass das nächste Geräusch aus dem Lastwagen mit der Senfwerbung kam, aber dann würde er wahrscheinlich auch nicht mehr leben.

Achim Nauermann war schon eine Stunde vor Schichtbeginn in seiner Abteilung, um zu hören, was am Morgen geschehen war. Die Leute von der Mittagschicht gaben ihm bereitwillig Auskunft. Natürlich schmückten alle den Vorgang auf ihre Weise aus. Mehrere Versionen kamen ihm zu Ohren, die zwar alle dasselbe Ende hatten, aber nicht dieses eine Detail enthielten, was er hören wollte. Keiner erwähnte irgendwelche Photos. Entweder hatte die Polizei die Information zurückgehalten, oder der Betriebsratsvorsitzende hatte den Umschlag einfach nicht gefunden. Nauermann fluchte in seiner Muttersprache. Irgendwo in der Firma war jemand, dem daran gelegen war, dass die ganze Sache aufflog. Dabei mussten sie nur noch ein paar Tage warten – und es gab keine Probleme mehr. Für keinen von ihnen.

Freitag morgen, fünf Uhr. Der Radiowecker ging an. Leichte Popmusik wurde gespielt, und Silber überlegte ernsthaft, ob er nicht liegenbleiben sollte, um den Schikanen von Froßmann zu entgehen. Er seufzte laut, und anstatt weiter nach Argumenten zu suchen, um nicht aufzustehen, zog er sich träge an. Er schwor sich wie jeden Morgen, abends früher ins Bett zu gehen, nahm seinen ausgeblichenen, zerlöcherten Rucksack, schloss die Tür hinter sich und ging im Dunkeln durch den Hausflur.

Morgens hasste Silber Licht. Sogar die Glühbirne in seinem Kühlschrank hatte er entfernt, um in den frühen Morgenstunden keine Auseinandersetzung mit dem Licht austragen zu müssen. Als er seinem alten Kübelwagen, der unter einer Autobahnbrücke stand, immer näher kam, schickte er ein Stoßgebet los mit der Bitte, sein Auto möge sofort anspringen, ohne dass er den Anlasser vergewaltigen musste. Vor dem Versuch, den Motor anzulassen, steckte sich Silber erst einmal Ohrstöpsel in seine Gehörgänge, um nicht Opfer eines Knallschadens zu werden. Der Auspuff war nämlich auch nicht mehr der beste. Nachbarn behaupteten, wenn der Motor angelassen wird, würde das die Fliesen von den Brückenpfeilern sprengen. Silber dachte sich immer, wenn er früh aufstehen musste, sollten andere auch was davon haben. Der Schlüssel wurde umgedreht, der Kübel sprang an, und er überlegte, wo wohl der Haken sein könnte, denn so viel Glück hatte er selten. Der Wecker fiel nicht wegen Stromversagens aus, und der Wagen sprang beim ersten Versuch an. Das konnte ja nur ein guter Tag werden. Er machte sein Radio an. Wegen der abgebrochenen Antenne musste er den Sender hören, den er am besten empfing, und das war in diesem Fall Radio Duisburg. Silber drehte den Lautstärkeregler bis zum Anschlag auf, um überhaupt etwas zu verstehen. Zur Erlösung aller Nachbarn setzte sich der Wagen in Bewegung. Mit lautem Motor und kaputtem Auspuff fuhr er langsam die Straße entlang, und dank Silber wusste nun der ganze Häuserblock, dass der MSV Duisburg mal wieder gegen Bayern München verloren hatte. Er selbst fand das auch alles ganz schön laut, grinste und drückte sich die Stöpsel noch tiefer in die Ohren.

Gero war so früh aufgestanden, dass er die Zeit nutzte und mit dem Fahrrad zur Firma fuhr. Da bis sechs Uhr morgens die Ampeln in Mülheim an der Ruhr ausgeschaltet blieben, war es eine angenehme Strecke. Auf dem Parkplatz angekommen sah er, dass sich manche Arbeiter der Nachtschicht schon auf den Heimweg machten. Gero stellte gerade sein Rad an eine der wenigen Laternen, die den Platz ausleuchteten, als ihm Achim Nauermann entgegenkam.

„Guten Morgen, Gero. Schon so früh hier?"

„Guten Morgen, Achim." Er streckte Nauermann die Hand zum Gruß entgegen. Gero mochte ihn gut leiden. Er konnte beim Händeschütteln aber nicht ahnen, dass Nauermann, ohne mit der Wimper zu zucken, seine Eingeweide über den ganzen Parkplatz verstreuen würde, wenn es darauf ankam. „Man sieht dich ja so selten", sagte Gero mit Bedauern. „Wann geht eure Nachtschicht denn dem Ende zu? Das geht ja schon seit Monaten so."

„Viel Arbeit, Gero. Viel Arbeit. Du kennst das doch."

Nauermann beschloss, Gero nach dem Vorfall auf dem Dach zu befragen. Da kam bestimmt mehr raus als bei den anderen Idioten.

„Was gibt es denn, das euch so viel Arbeit bereitet?"

Nauermann stutzte. Geros Wortwahl glich der seines Auftraggebers, den er noch nie gesehen, sondern bislang immer nur gehört hatte. War Gero womöglich der Mann, der ihm die Anweisungen gab? Den Grips dafür hatte er auf jeden Fall. Nauermann setzte gerade zur

Antwort an, als ihr Gespräch von tosendem Lärm in Begleitung von lauter Musik unterbrochen wurde. Silber kam.

„Ist der aus dem Bett gefallen?", fragte Nauermann.

„Dieselbe Frage habe ich mir auch gerade gestellt", bemerkte Gero.

Silber parkte so, dass er gleich zwei Plätze auf einmal einnahm. Es störte ihn aber nicht weiter. „Morgen, Männer. Meine Fresse, ist dat früh. Ich glaub, ich klapp gleich zusammen."

„Guten Morgen, René", erwiderte Gero die Begrüßung. „Gibt es einen besonderen Anlass, der es dir ermöglicht, so ungewöhnlich früh an deinem Arbeitsplatz zu erscheinen, oder ist das Ganze nur ein Missverständnis deiner biologischen Uhr?"

Silber fummelte sich die Stöpsel aus den Ohren. „Wat für 'ne logische Uhr?"

Nauermann schlug sich seine Hand vor die Augen. Eines war ganz sicher: Silber kam noch nicht mal im Entferntesten für die Wahl des geheimnisvollen Auftraggebers in Frage. So, wie er sich manchmal gab, war Silber unter Umständen sogar zu blöde, einen Eimer Wasser umzukippen. „Kleiner Scherz, René. Ich hatte nicht vor, dich zu verwirren. Entschuldige."

„Ist ja auch noch früh", warf Nauermann ein.

Silber nickte müde und versuchte, seine Stöpsel zu verstauen. Einer fiel dabei herunter. Gerade als er sich bückte, um ihn aufzuheben, drängelte sich jemand an ihnen vorbei und riss ihn dabei zu Boden.

„Oh, das tut mir aber Leid", sagte eine helle, sympathische Stimme mit russischem Akzent. Silber hielt die Augen geschlossen und dachte sich, dass die Idee, heute liegenzubleiben, doch nicht so verkehrt gewesen wäre. Jemand beugte sich über ihn, um zu helfen. Silber machte die Augen auf und glaubte nicht, was er sah. „Ist alles in Ordnung mit Ihnen?", fragte die Frau. Die Frau von dem Photo.

Seit anderthalb Jahren waren Frank Söchting und Klaus Lorre der Sache inzwischen auf der Spur und warteten nun schon seit drei Monaten darauf, dass sie dem Ende zuging. Beide waren Agenten des Bundesnachrichtendienstes. Ihre Aufgabe bestand darin, in dem Lastwagen mit der Senfwerbung die Aktivitäten auf dem Parkplatz peinlichst genau zu dokumentieren und, falls möglich, Gespräche mithilfe von Richtmikrophonen aufzuzeichnen. Aber vor allem mussten sie darauf achtgeben, dass sich niemand dem Laster näherte. Sollte der Fall eintreten, dass jemand mit seiner Hartnäckigkeit die Aktion in Gefahr brachte, waren sie dazu befugt, diese Person notfalls unverzüglich zu eliminieren. Der geforderte Erfolg dieser Sache rechtfertigte ihrer Meinung nach diese Maßnahme. Beide richteten sich jedoch auf ein baldiges Ende ein, nachdem sie vom Tod des Betriebsratsvorsitzenden informiert worden waren. Nun bemühten sie sich auch darum, Gespräche aufzuzeichnen, denen sie früher keinerlei Bedeutung beigemessen hätten. Mit der Zeit hatten sie sich angewöhnt, jedem einen Spitznamen zu geben, damit es nicht ganz so langweilig war. Lorre schnitt gerade mit, was sich Nauermann (der kleine Pole), Gero (die Weichflöte) und Silber (der Spinner) erzählten. Söchting verfolgte lieber die Börsenkurse in der Tageszeitung und bangte um seine Privatfernsehaktien, während er den Kaffee schlürfte, den Lorre wieder viel zu stark gekocht hatte.

Jetzt lachte Lorre laut auf. Söchting schaute verwundert hoch. „Der Spinner hat sich umrennen lassen und stottert jetzt wie ein kleiner Schuljunge. Hahaha ..."

„Krieg dich mal wieder ein", empfahl Söchting mit einem Grinsen.

Er konnte verstehen, dass sich Lorre freute, wenn dem Spinner etwas Unangenehmes passierte. Immer, wenn er auf dem Parkplatz aufkreuzte, konnte man getrost jedes Richtmikrophon der Welt in die Schrottpresse geben. Das letzte Mal bekam das Gerät aufgrund einer Übersteuerung einen Defekt, während Silber mit seinem Wagen an dem Laster vorbeibretterte. Anschließend konnten sie sich von ihrem Vorgesetzten anhören, dass sie sorgsamer mit den Steuergeldern umgehen sollten. Daher der Name „Spinner."

Lorre freute sich wie ein kleines Kind. „Das ist bestimmt die beste Aufnahme von jemandem, der sich gerade zum größten Schwachkopf aller Zeiten macht."

„Komm schon, lass mich mithören", bettelte Söchting neugierig.

Lorre wollte Söchting teilhaben lassen und drehte den Regler auf. Beide amüsierten sich köstlich und vergaßen den Stress des vergangenen Tages, als der Aktenschrank umfiel, Gero den Agenten beinah auf die Schliche kam und sie ernsthaft überlegen mussten, wo man den Leichnam gegebenenfalls verstecken könnte. Wenn man bedachte, dass die beiden nicht mehr lange auf der Erde verweilen würden, konnte man ihnen den Spaß, der auf Silbers Kosten ging, ruhig gönnen.

Silber lag auf dem Boden wie eine Schildkröte und konnte beim besten Willen nicht aufstehen, weil ihre Schönheit ihn sprichwörtlich festnagelte. Das Photo wurde ihrer tatsächlichen Erscheinung nicht einmal annähernd gerecht. Ihr feines Gesicht, das von langen, schwarzen Haaren eingerahmt war, gab ein bezauberndes Lächeln preis, das von zwei kleinen Grübchen ausgeschmückt wurde. Sie stellte ihm eine neue Frage: „Ist auch wirklich nichts passiert?"

Silber rappelte sich auf und brabbelte drauflos: „Äh ja ... ich denke ... dass ich meine ... ich sollte ... ähem ... äh ... ich finde ..."

Bei jedem Satzbrocken, den Silber von sich gab, hob sie ihre Augenbrauen ein Stück höher, hörte dabei aber auch nicht auf zu lächeln, was ihn ganz aus dem Konzept brachte.

„Tja, vielleicht ... ähem ... sollte ... ich muss ..."

Sie lächelte ihn immer noch geduldig an, in der Hoffnung, einen vollständigen Satz über sein Wohlbefinden zu hören.

Gero bemerkte, dass Silber wohl in den nächsten Minuten nun gar nichts mehr auf die Kette bekommen würde und beschloss, seine Rede fortzuführen.

„Sie müssen ihn entschuldigen. Er ist für seine Verhältnisse ziemlich früh auf, da ..."

„Genau", platzte Silber rein. „Es ist ... äh ... ganz schön früh ... ähem, um die Uhrzeit. Da kommt es schon mal vor ... Ich meine, Gleichgewichtsstörungen und so ... Also, ich glaube, dat es wohl damit zusammenhängt."

Er schaute Gero an. „Oder nicht?"

Gero nickte und verdrehte die Augen dabei. „Genau, René, so wird es wohl gewesen sein."

„Na, dann bin ich ja froh, ich kann mich nur noch einmal dafür entschuldigen", sagte sie mit sichtlichem Bedauern. „Ich muss jetzt weiter ..."

„Na klar, schönen Tag dann noch. Wir sehen uns bestimmt noch mal auf dem Parkplatz oder so. Ich mein, zufällig."

„Natürlich", sagte sie, strich sich dabei eine Strähne aus dem Gesicht und steckte sie lächelnd hinter ihr Ohr.

Sie drehte sich um und schlenderte langsam auf ihren Wagen zu.

Silber wandte sich an Gero. „Und?"

„Was und?"

„Ich mein, war dat cool?"

„O ja, René. Du hast der Frauenwelt absolut das gegeben, was sie brauchte. Sicheres Auftreten mit einer klaren Aussage, was du möchtest. Brillant. Einfach brillant." Silber nickte anerkennend.

„Dat mein ich doch auch."

Nauermann bekam das Grinsen nicht mehr aus dem Gesicht. „Und du, Nauermann, wirst mir jetzt sagen, wer dat ist", verlangte Silber.

„Tut mir leid, ich weiß gar nicht, wo die arbeitet."

Natürlich kannte Achim Nauermann das Beste, was die Organisation zu bieten hatte: Anna Polowna. Sie verdrehte jedem den Kopf, wenn man sie nur gut dafür entlohnte. „Achim", sagte Silber eindringlich, „hast du den Knall nicht gehört oder wat? Da rennt 'ne Mördergranate auf deiner Schicht herum und du hast sie noch nie gesehen?"

„Vielleicht ist die ja im Packraum hinten in der Ecke. Was weiß ich?"

Silber überlegte. „Na, macht nichts, dann frag' ich eben Tauben-Paule."

Nauermann stutzte. „Wieso Tauben-Paule?"

„Weil der ein Photo von der Granate bei sich oben hängen hat."

Gero wurde langsam ungeduldig. „René, wir müssen los", sagte er und deutete auf seine Armbanduhr.

„Ach ja", stöhnte Silber und wandte sich noch einmal an Nauermann. „Okay, Achim, schlaf gut. Und mach heute Nacht mal deine Augen auf, du blinde Nuss. Wenn du die Hammerschnitte siehst, dann grüß sie von mir."

Er wartete keine Antwort ab, nickte, und beide setzten sich in Bewegung. „Mach's gut, Achim." Nauermann hob zur Bestätigung, fast geistesabwesend, die Hand. Er musste erstmal verarbeiten, was er gerade erfahren hatte. „Wie kommt Tauben-Paule an ein Photo von Anna?", hämmerte es in seinem Kopf. Sollte es wirklich so sein, wurde ihm Einiges klar. Besser wäre es jedoch, wenn Nauermann sich selber davon überzeugen würde. Silber konnte ihm ja viel erzählen. Aber wenn es in dieser Nacht losgehen würde, konnte er sich unmöglich auf etwas anderes konzentrieren. Nauermann musste also jemanden schicken, der das Photo überprüfte. Es würde dann zwar nicht so sanft vonstatten gehen, wie er es sich wünschte, aber das interessierte ihn jetzt so kurz vor dem Ziel auch nicht mehr.

Gerd Froßmann legte gerade seine in Alufolie gewickelten Butterbrote neben die Thermoskanne auf den Schreibtisch und schaute dabei aus dem Fenster. Bei dem Anblick von Silbers Wagen grunzte er nur. Ausgerechnet an dem Tag, wo er selber früher in der Firma erschien, um Silbers Pünktlichkeit zu kontrollieren, kam der Bastard auch noch unerwünschterweise bilderbuchgemäß eher zur Arbeit. Er ging hinüber zu seinem Waschbecken, um sich in dem Spiegel zu betrachten, der darüber hing. Er kämmte sein Haar und strich sich über das frisch rasierte Kinn. Dann zog er die Ärmel seines Hemdes glatt, das schon so alt war, dass es bald wieder modern sein könnte, und lächelte sich selber an, um seine dritten Zähne nach Unreinheiten abzusuchen. Froßmann hielt sich einfach für unwiderstehlich. Nach der optischen Kontrolle zog er seinen weißen Kittel an und machte sich auf den Weg zum Massensaal, wo Emil und Silber auf seine Anweisungen warten sollten. Unterwegs überlegte er, ob es nicht besser wäre, die Tabletten gegen den Bluthochdruck einzustecken, falls Silber wieder mal seine Höchstform erreichte und ihn an den Rand des Wahnsinns trieb. Er verwarf jedoch den Gedanken und beschloss, sich von dem Rotzlöffel nicht aus der Ruhe bringen zu lassen.

Maria musste sich erst einmal unter die Dusche stellen, um überhaupt wach zu werden. Sie wusste gar nicht, wann sie das letzte Mal ihrem Empfinden nach mitten in der Nacht aufgestanden war. Sechs Uhr früh fand sie einfach unmenschlich. Aber der Ansporn, viel zu erledigen, rüttelte sie wach. Dass ihre Wohnung gleich neben ihrem Büro lag, war zeitlich gesehen ein großer Vorteil. Maria konnte so in aller Ruhe noch frühstücken, ihre Zeitung lesen und nachschauen, ob sich an der Börse etwas in Sachen Kakaobohnen tat. Auf der Lokalseite wurde kurz der Selbstmord des Betriebsratsvorsitzenden erwähnt. Zum Glück hatte die Presse kein Photo des Turmes abgedruckt. Das ersparte der Firma die Peinlichkeit, ihren letzten treuen Kunden zeigen zu müssen, in welch marodem Gebäude die Produkte hergestellt wurden. Maria stand auf. Ihr Vater würde sich bald aus den Ausland melden, und der wollte von Veränderungen hören, die zum Erfolg führten.

Der Massensaal war die leiseste, sauberste und teilweise modernste Abteilung der Firma. Leider Gottes aber auch die wärmste. Die Schokoladenmassen, die hier hergestellt wurden, lagerten in riesigen Behältern. Diese strahlten so viel Wärme aus, dass man an manchen Tagen hier bis zu 50 Grad messen konnte. Emil und Silber warteten auf Froßmann, der sich ungewöhnlich lange Zeit ließ. Silber nahm vor lauter Langeweile schon mal einen Besen, fegte lustlos über den sauberen Boden und fragte sich, was Froßmann an dieser Abteilung bloß so toll fand.

„Guten Morgen, die Herrschaften." Froßmann kam auf leisen Sohlen heran – eine Spezialität von ihm, um bis zuletzt noch Wortfetzen seiner Delinquenten mitzuhören, in der Hoffnung, noch belastendes Material mitzubekommen, das seine Maßnahme rechtfertigte.

Silber fegte unbeirrt mit einer Hand in der Tasche weiter.

„Silber", sagte Froßmann vorwurfsvoll. „Sie nehmen mit beiden Händen das Geld der Firma. Also arbeiten Sie dann bitte auch mit beiden Händen."

Silber dachte an sein Gehalt, das nun wirklich nicht hoch ausfiel und lächelte.

Froßmann erinnerte sich daran, dass er Ruhe bewahren wollte. „Silber, Sie scheinen heute guter Dinge zu sein. Ich hoffe, dass Ihr Kollege dieselbe Tagesform mitbringt. Ich habe nämlich etwas gefunden, womit Sie der Firma einen großen Dienst erweisen können. Wenn Ihre Arbeitsbereitschaft genau so groß ist wie Ihr Mundwerk…"

„Von Überstunden haben Sie nichts gesagt", fiel Silber ihm ins Wort.

Froßmann überlegte, ob er mal einen Satz finden würde, auf den Silber keine Antwort fand, und fuhr fort: „Der Behälter, den Sie hinter mir sehen, ist leer. Auf dem Boden befindet sich Masse, die leider festgebrannt ist. Sie können ja mal versuchen, ob es möglich ist, das zu entfernen."

Silber schaute zu dem Behälter hinauf, der vier Meter maß und sechs Tonnen Schokolade fassen konnte.

Emil stieß Silber an: „Äh, weißt du, wie warm dat da drin ist?"

„Ich kann es mir vorstellen", erwiderte Silber.

„Dat sind bestimmt 60 Grad."

„Oh, da bin ich aber froh."

„Gibt es Unklarheiten?", erkundigte sich Froßmann.

Silber hob die Hand wie ein kleiner Junge, der etwas Wichtiges sagen wollte. „Ja, ich wollte noch fragen, ob ich schnell unsere Parkas holen darf, falls dat da drin zu kalt wird."

„Sie sind ja heute wieder richtig witzig."

„Wat meinen Sie, wie witzig dat wird, wenn wir zum Betriebsrat gehen würden, weil kein Elektriker die Sicherung des Rührwerks entfernt hat, um die Arbeitssicherheit zu gewährleisten?"

„Silber, Silber." Froßmann griff kopfschüttelnd in seine Kitteltasche. „Bei drei sind Sie da drin und fangen an. Oder was meinen Sie, wie witzig es erst wird, wenn ich der Geschäftsführung erzählen muss, dass Sie Ihre Arbeitsverweigerung damit stützen, dass Sie Unwahrheiten verbreiten?" Er grinste breit und zeigte Emil und Silber die Sicherungen in seiner Hand.

Niemand beachtete Maria. So konnte sie ungehindert durch die Produktionsräume wandern, ohne dass jemand fragte, was sie dort suchte. Aufmerksam betrachtete sie die Gegebenheiten. Ihr fiel auf, dass die Menschen sehr still ihrer Arbeit nachgingen, die Räume schlecht ausgeleuchtet waren und Farbe von den Wänden blätterte. Maria blieb an einem Fließband stehen, das sie schon als Kind fasziniert hatte. Frauen banden in Windeseile mit geschickten Fingern kleinen Hasen bunte Schleifen um. Maria konnte sich noch erinnern, wie sie sich an ihrem neunten Geburtstag hierhin verlaufen hatte. Sie hatte zu weinen angefangen, weil die Strafe der Eltern für das Herumstromern in der Firma wahrscheinlich hart ausfallen würde. Ein Arbeiter nahm Maria damals an die Hand und führte sie nach vorn an das Band. Mit einem Male fingen alle Frauen voller Freude an zu singen. Ein Geburtstagslied nur für sie. Der Arbeiter nannte Maria „kleine Taubenkönigin". Er erzählte ihr, dass Tauben fliegen könnten, wohin sie nur wollten, und immer wieder zurückfänden. Und da sie die Königin aller Tauben war, bräuchte er sie wohl nicht zurückzubringen. Er gab ihr einen Schokoladenhasen, und sie machte sich auf den Weg zurück zu ihrem Königreich, um Geburtstag zu feiern. Danach sah sie diesen Arbeiter immer mal wieder auf den Firmenfesten, vermied es aber, ihn anzusprechen, aus Angst, ihre Eltern könnten fragen, woher diese Bekanntschaft kam. Er nahm es ihr aber nicht übel, denn immer, wenn er sie sah, legte er den Finger auf seine Lippen. Die Geschichte über die Taubenkönigin begleitete sie noch ewig. Der Name des Arbeiters war jedoch beinahe in Vergessenheit geraten. Maria rüttelte sich selbst wach und beschloss, nicht mehr in vergangenen Zeiten zu schwelgen, sondern sie wiederzuholen. Sie steuerte auf die Treppe zu, die zum Dach führte.

„Dat is doch eine bekloppte Sau!", fluchte Emil.
„So eine Affenkacke. Wat meint der Stuten eigentlich, wer er ist?", stimmte Silber ihm zu, während beide versuchten, die zähe Masse vom Behälterboden zu kratzen.
„Dat is'n Job für einen, der Vater und Mutter erschlagen hat, glaubet mir."

Trotz des Ärgers musste Silber laut lachen. Emil ließ manchmal Sprüche ab, die selbst er noch nicht kannte. Sie hörten, wie jemand von außen gegen den Behälter hämmerte. Beide schauten sich an, zuckten mit den Schultern und krabbelten aus dem Behälter. Rolf Deleck und Mark Fliesenwinkel erwarteten die zwei grinsend. Das waren aber nun wirklich die beiden letzten Menschen auf diesem Planeten, die Silber sehen, geschweige denn sprechen wollte. Deleck war neuerdings einer von Froßmanns Schergen. Er trug natürlich auch einen weißen Kittel und stand Froßmann in manchen Dingen in nichts nach. Silber hatte auf ihn einen besonderen Brass, weil Deleck früher eigentlich einer von ihnen gewesen war. Dann, als er den Kittel trug, hofften viele auf ein paar Verbesserungen. Aber genau das Gegenteil war eingetreten. Über Fliesenwinkel konnte man eigentlich nur sagen, dass, wollte man jemandem in den Hintern kriechen, man ihn nur vorher herausziehen musste. Hinter ihm laufen konnte man nur, wenn man auch darauf achtete, nicht auf seiner Schleimspur auszurutschen. Kurzum: Er war einer der größten Arschkriecher, den die Welt je gesehen hatte.

„Ich kann mir vorstellen, dass es unglaublich warm sein muss", setzte Deleck an.

„Laber uns nicht voll", fuhr Silber ihm dazwischen.

„Na, na, nicht so unfreundlich", schaltete sich Fliesenwinkel ein.

„Hast du Birne auch schon wat zu melden?" Silber konnte sich in solchen Augenblicken nur schwerlich zusammenreißen.

„So leid es mir auch tut", fuhr Deleck geduldig fort, „ihr müsst eure Arbeit einstellen."

„Wieso, hat Frosti 'ne bessere Idee?"

„Weiß Herr Froßmann eigentlich, dass du ihn so nennst?", fragte Fliesenwinkel pikiert.

„Im Augenblick nicht. Aber wenn er es erfährt, weiß ich ja jetzt, von wem er es hat."

„Darf ich mit meiner Rede fortfahren?", fragte Deleck sichtlich genervt. „Es wird in einer Stunde eine Belegschaftsversammlung einberufen, um dem Betriebsratsvorsitzenden die letzte Ehre zu erweisen."

Er sah die beiden verschwitzten, schokoladenbeschmierten Legionäre verächtlich an. „Ihr könnt euch ja derweil frisch machen." Sie ließen Silber und Emil allein.

„Der hat doch nicht mehr alle Nadeln auf der Tanne", bemerkte Emil.

„Ich würde mal sagen, dass wir da noch mal Schwein gehabt haben. Lange hätten wir dat nämlich nich mehr durchgehalten."

„Mensch, da hat der Betriebsratsvorsitzende uns ja endlich mal geholfen."

„Ja, aber dafür brauchte er ja nicht gleich vom Dach zu springen", grinste Silber. Beide lachten. Die Legionäre pflegten keine großen Beziehungen zum Betriebsratsbüro und konnten sich deshalb auch ohne schlechtes Gewissen solche derben Witze erlauben. Emil predigte immer, dass der Gewerkschaftsausweis einzig und allein dafür gut war, ihn im Winter als Eiskratzer zu benutzen. Wenn man sah, was die Gewerkschaft erreichte oder auch nicht, konnte man diesen Verwendungszweck uneingeschränkt nachvollziehen.

„Ich muss noch rauf nach 'm Paule. Der wollte mir noch die Farbe für meinen Wagen besorgen."

„Gut", sagte Emil und warf dabei hochnäsig seinen Kopf zurück. „Ich werde derweil versuchen, mich ein wenig frisch zu machen."

Anna Polowna wurde von der Organisation aufgenommen, als ihr Vater, ein ehemaliges Führungsmitglied, bei einer wahnwitzigen Aktion ums Leben kam. Die Freunde ihres Vaters sorgten dafür, dass sie eine gute Erziehung erhielt und die besten Schulen besuchen konnte. Später musste sie aber erfahren, dass es in dieser Welt nichts umsonst gab und gute Taten etwas für Märchen waren. Sie zwangen Anna, sich mit Männern zu befassen, die für die Organisation arbeiteten und nicht mehr ganz bei der Sache blieben. Sie sollte ihnen ein wenig Sonnenschein bereiten und, wenn nötig, den totalen Untergang. Die einzige Freiheit, die sie ihr ließen, war die Entscheidung, wie viel sie einsetzte, um ihr Ziel zu erreichen. Anna entwickelte deshalb auch die Photofalle, um die Sachen so schnell wie möglich abzuwickeln, ohne hohen körperlichen

Einsatz leisten zu müssen. Es reichte schon, dass sie sich mit diesen Typen sehen lassen musste. Da brauchte sie nicht noch mit ihnen ins Bett zu steigen. Anna wurde vor vier Monaten nach Deutschland geholt, um sich einer bestimmten Person anzunehmen. Sprechen konnte sie die deutsche Sprache gut, lesen weniger. Sonst hätte sie bestimmt aus der Zeitung erfahren, dass der Betriebsratsvorsitzende, um den es ging, schon längst tot war. Es gefiel ihr gut in diesem Land, in dem sie alles bekam und vieles machen durfte, wonach ihr der Sinn stand. Anna spürte, dass sie bald wieder zurückmusste und es wenig Zukunft hatte, dagegen anzugehen. Fliehen konnte sie nicht. Wohin auch? Die Organisation würde sie sicher finden. Doch in ihrem Innersten reifte der Wille zum Widerstand heran. Allerdings wusste Anna nicht, worüber sie sich mehr Gedanken machen sollte – über den Zeitpunkt der Flucht oder die Tatsache, dass die Russenmafia ihr Verschwinden nicht als sehr kooperativ empfinden könnte. Eines wusste sie jedoch genau: Viel Zeit blieb ihr nicht mehr.

Maria drückte die schwere Metalltür auf. Den frischen Morgenwind, der ihr dabei entgegenkam, empfand sie nach der trockenen Fabrikluft als wahren Segen. Sie wagte den ersten Schritt auf das Dach, schaute sich orientierend um und steuerte auf den Taubenschlag zu. Kies knirschte unter ihren Schuhen, deshalb bemerkte sie nicht, wie ihr jemand folgte. Sie lief nahe dem Dachrand und sah, dass die Firmenwagen kleiner als Spielzeugwagen erschienen. Sie blieb stehen, um noch einmal mit geschlossenen Augen tief Luft zu holen.

„Sie wissen, dass man sich hier oben nicht aufhalten darf?"

Maria zuckte vor Schreck so heftig zusammen, dass sie sich erst gar nicht traute nachzuschauen, wer die Worte gesprochen hatte.

„Man sollte auch nicht so dicht am Rand stehen. Wenn 'ne richtige Windböe kommt, haut einen dat glatt um."

Sie spürte, wie sich zwei Hände auf ihre Schultern legten und sie zur Dachmitte führten.

„Es ist besser, wenn Sie gleich wieder runtergehen, sonst gibt dat noch Ärger."

Obwohl Maria Kaupt niemandem Rechenschaft darüber schuldig war, was sie in dem einen oder anderen Teil der Firma suchte, benahm sie sich so, als hätte sie gerade den Lebkuchen aus Omas Keksdose geklaut. „Ich hab mich verlaufen", log sie. Kaum hatte Maria das ausgesprochen, klang hinter ihr ein Lachen auf. Sie drehte sich erbost um, damit sie sehen konnte, wer so unverschämt war, eine Dame auszulachen.

„Das macht doch nichts. Sehen Sie die Tauben da drüben? Die können hinfliegen wohin sie nur wollen und finden immer wieder zurück ..."

Marias Augen wurden immer größer. Sie erkannte den Arbeiter von damals wieder. Während die aufmunternden Worte weiter durch ihre Ohren rauschten, bemühte sie sich, keine feuchten Augen zu bekommen.

„... bin ich mir sicher, dat so ein großes Mädchen wie Sie auch alleine den Weg wieder zurückfindet."

Maria wischte sich wie ein kleines Kind mit dem Ärmel die Augen trocken, schaute den Arbeiter an und senkte dann den Kopf, um seinem Blick zu entgehen. Schließlich schaute sie wieder mit einem schüchternen Lächeln auf: „Paul, bist du das?"

Die beiden BND-Agenten sortierten die Tonbänder nach Qualität und Wichtigkeit. Schweren Herzens mussten sie sich darauf einigen, dass das letzte Gespräch, so lustig es auch gewesen sein mochte, absolut wertlos war. Die Bänder, die übrig blieben, konnten aber ebenfalls keinem weiterhelfen. Sie hatten also rein gar nichts in der Hand. Söchting wollte, sollte nicht spätestens an diesem Wochenende etwas Gravierendes passieren, bei seinem Chef den Gedanken vorbringen, diese erfolglose Aktion doch abzubrechen. Lorre hatte es mittlerweile auch satt, ohne Ergebnisse in diesem LKW abzuhängen. Ihre einzige Abwechslung bestand darin, dass sie den Lastwagen manchmal vom Platz bewegen mussten, um ihn aufzutanken, weil die Standheizung den ganzen Treibstoff auffraß. Die Agenten erledigten das meist an einem Wochentag, um nicht an dem wichtigen Wochenende, dem sie schon voller Vorahnung entgegenfieberten, die Präsenz zu verlieren. Söchting stieg aus, um den frei werdenden Platz mit seinem Privat-Pkw zu besetzen. Lorre saß schon im Führerhaus und konnte es kaum erwarten, sich an der Tankstelle mit Zeitschriften einzudecken, die ihm die Zeit vertreiben sollten. Nach dem Platzwechsel stieg auch Söchting vorn in den LKW ein. Lorre fuhr los. Kein anderer Wagen kreuzte ihren Weg, und so fühlten sich die Agenten sicher, eingehüllt in den Mantel ihrer Achtsamkeit,. Nur Froßmann stand oben am Fenster und beobachtete den Laster bei seiner Abfahrt.

„Es ist nicht mehr so wie früher. Vieles hat sich verändert, Maria, dat kannste mir glauben", sagte Paul.

Maria schaute beschämt zu Boden. „Ich weiß, Paul, aber ich bin hier, um Einiges zu verändern."

Paul schüttelte ein wenig hoffnungslos den Kopf. „Ich glaub, dat hat sich hier alles schon so eingefahren, dat da echt schon wat kommen muss, um hier alles umzukrempeln."

Hinter ihnen wurde die Tür aufgestoßen, und Silber stolperte mit einem Karton in den Händen über den Kies. „Meine Herren, Paul. Dat wird ja immer schwieriger, die Schokolade aus dem Packraum zu klauen." Er schaute Maria kurz an. „Na Puppe, haste dich verlaufen?" Während Silber sich wieder Paul zuwandte, bekam Maria den Mund nicht mehr zu. „Ich hab dir extra die Vollmilchschokolade besorgt. In der Nussschokolade wurden die ranzigen Nüsse vom letzten Monat verarbeitet. Ich glaub nicht, dat dat gut kommt, wenn deine Enkel nicht mehr vom Nachttopf kommen. Hahaha." Paul erwiderte sein Lachen. Allerdings nur, weil Silber der zukünftigen Besitzerin von *Blanka* den Firmenalltag präsentierte und dabei sogar treffsicher alle Fettnäpfchen mit Karacho umrannte, die eigentlich nur zum Reintapsen gedacht waren.

„Paul", fuhr Silber fort, „ich wollte dich noch wat fragen wegen dem Photo an deiner Bilderwand."

„Mach dat später. Ich muss mal eben zu den Handwerkern wegen deiner Farbe. Die wollen mir 'ne besondere Farbe geben, zu der ich dir dann bestimmt noch wat sagen muss. Komm nach Feierabend noch mal rauf. Dann trinken wir einen Kakao zusammen und quatschen noch 'n bisschen."

„Oh, Klasse, dann versuch ich, Kuchen aus der Kantine zu organisieren." Silber nickte rüber zu Maria: „Soll ich die Tuse mitnehmen?"

Maria holte tief Luft. Was dachte dieser ungehobelte, freche Gauner in dem schmierigen Arbeitsanzug denn, wer er war? Ihr Vorhaben, Silber endlich mal aufzuklären, mit wem er es zu tun hatte, wurde mit Pauls Antwort niedergestreckt.

„Na klar, nimm sie mit."

„Okay."

Silber nahm Maria an die Hand und lief los. Anfangs hatte sie vor, sich zu wehren. In dem Moment drehte er sich zu ihr um, lächelte geheimnisvoll und kniff dabei ein Auge zu. „Ich zeig dir jetzt die Rohmasse."

Sie schaute zurück.

Paul nickte und legte dabei den Finger auf seine Lippen. Maria ließ sich nun von Silber anstandslos mitnehmen. Sie wusste nicht warum, doch bei ihm fühlte sie sich sicher.

„Lasst die Kessel überkochen." Mit diesen Worten läutete Emil in der Rohmasse das Wochenende ein. Jeden Freitag musste in der Firma alles bis zum Exzess geputzt werden, damit am Montag jeder wieder frisch ans Werk gehen konnte. Während die anderen Abteilungen mit Hängen und Würgen die Putzarbeiten verrichteten, machte sich die Rohmassenabteilung einen Spaß daraus, alles und jeden unter Wasser zu setzen. Man konnte meinen, die Wochenendreinigung sei ein Nationalsport bei den Legionären. Nur den Boden zu putzen und die Maschinen zu polieren, reichte ihnen nicht. Sie füllten alle drei Kochkessel bis zum Rand mit Wasser, gaben zusätzlich noch etwas Putzmittel und Zitronensäure dazu, drehten den Dampf auf und suchten das Weite. Das Ergebnis war äußerst bemerkenswert. Beim Überkochen der Kessel schoss der Schaum bis an die Decke, das heiße Wasser verteilte sich in Windeseile über den ganzen Boden und reinigte die Fliesen wie von Geisterhand. Dabei sangen alle lautstark irgendein Lied. Jeder natürlich sein eigenes. Doch die eigentliche Krönung an solch einem Tag war die berüchtigte Wasserschlacht. Angelika wollte nicht als schüchtern gelten, nahm schon mal den Dampfstrahler zur Hand und fing an, wild um sich zu spritzen. Die anderen, die nur Schläuche mit zu niedrigem Wasserdruck vorzuweisen hatten, liefen mit ihren Putzeimern zum Spülbecken, um sie dort zu füllen.

Die ersten drei fassten sich ein Herz, nahmen die Wasserfontäne in Kauf und stürmten auf Angelika zu. Nachdem alle ihre Eimer über ihrem Kopf entleert hatten, ließ Angelika kreischend die Dampfstrahlpistole fallen. Nun entbrannte der Wettkampf um die kostbare Wasserwaffe. Jeder drängte den anderen weg. So bemerkte niemand, dass Silber schon in der Abteilung verweilte und nun den Dampfstrahler an sich nahm.

„So, Leute, jetzt kreist der Hammer", verkündete er laut.

Maria versteckte sich hinter seinem Rücken. Zugleich glaubte sie, in einer geschlossenen Anstalt gelandet zu sein. So etwas hatte sie zu keinem Zeitpunkt jemals erlebt. Maria beschloss, schnell weiterzuwandern. Nachdem sie aber die erste Ladung Wasser über den Kittel bekommen hatte, zog sie es dann doch lieber vor, bei Silber zu bleiben. „Kann mir jemand verraten, was hier los ist?"

Alles erstarrte. Die Vorarbeiterin war unbemerkt hereingekommen. Sie schüttelte den Kopf.

Das Bild, das sich ihr bot, schlug alles bisher Dagewesene. Angelika irrte durch die Gegend, weil ihre Brille mit Schokolade beschmiert war. Josef sah mit dem Staubzucker im Gesicht wie ein Eisbär aus. Krämer machte seltsame Verrenkungen, weil die Schokoladenstreusel in seinem Hemdkragen langsam zu schmelzen begannen.

„Ich will, dass alles akkurat sauber ist, wenn ich gleich aus der Besprechung komme."

Alles stöhnte innerlich auf. „Akkurat" war das Lieblingswort der Vorarbeiterin. Sie setzte es in jedem zweiten Satz ein.

„Ja, Frau Scholz", tönten alle gelangweilt im Chor. Sie nickte langsam. Sie spürte, dass sich alle über sie lustig machten und wollte noch etwas dazu sagen, ging dann aber doch lieber zur Besprechung.

Auf dem Weg dorthin schmunzelte sie. Sie wusste, dass alles sauber sein würde, wenn sie wiederkam.

Paul besorgte nicht nur die Farbe, sondern ergatterte auch noch ein paar Pinsel. Oben auf dem Dach angekommen, hielt er inne. Er spürte, dass er nicht allein war. Aus seiner Hütte klangen Geräusche. Bestimmt Handwerker, die Werkzeug suchten. Er öffnete die Tür und sah Schiffer, der gerade den Schreibtisch durchwühlte. Paul dachte sich nichts Böses dabei. Nur ein Arbeiter, den der Chef wieder mit zu wenig Werkzeug losgeschickt hatte, um etwas auf dem Dach zu reparieren. Paul konnte nicht ahnen, dass Schiffer noch am Morgen von Nauermann beauftragt worden war, die Photos zu finden. „Junger Mann, da werden Sie kein Werkzeug finden."

„Ich suche kein Werkzeug", sagte Schiffer mit seinem falschen Lächeln.

„Oh, wenn Sie Elektrozubehör suchen, muss ich leider auch passen ..."

„Ich suche Photos."

„Photos?"

„Ja, du weißt genau, wovon ich rede."

„Tut mir leid ..."

Schiffer hatte nicht genug Geduld, um das Gespräch weiter zu führen. Er ging auf ihn zu, grub seine Hände in Pauls Jackenaufschläge und schüttelte ihn hart durch. „Verarsch mich nicht."

Paul spürte den Atem Schiffers in seinem Gesicht, roch den kalten Zigarettenqualm und bekam einen Hustenanfall. Pinsel und Farbe fielen auf den Boden.

Schiffer schleuderte Paul angeekelt durch den Raum. „Die Photos!", schrie Schiffer ihn unbeherrscht an.

„Ich weiß nicht ..." Ein Tritt in die Seite beendete Pauls Satz.

„Die Photos."

„Glauben Sie mir ..."

Ein weiterer Tritt hinderte ihn erneut daran weiterzureden. Selbst wenn Paul Hermes jemals etwas von irgendwelchen Photos gewusst haben sollte, hätte er keine Gelegenheit mehr gehabt, dies weiterzugeben. Schiffer hörte nämlich an diesem Vormittag nicht eher auf, den am Boden Liegenden mit Tritten zu traktieren, bis dieser nicht mehr atmete. Paul Hermes, der Legionär, starb.

Froßmann legte ärgerlich den Telefonhörer auf. Die Warenannahme hatte ihn gerade davon in Kenntnis gesetzt, dass in der Nacht wieder Süßwaren aus Polen kommen sollten, die schon lange das Mindesthaltbarkeitsdatum erreicht hatten. Wieder musste er anordnen, dass einige Leute der Nachtschicht sich des Problems annehmen sollten. Langsam fand er es lächerlich, dass die Verkaufsabteilung immer wieder versuchte, abgelaufene Ware in andere Länder zu verscherbeln. Die Abteilung selber gelobte der Geschäftsführung zwar, stets darauf geachtet zu haben, dass vor Abwicklung der Geschäfte alles seine Richtigkeit hatte. Aber das konnte man bei dieser Häufigkeit von Reklamationen kaum glauben. Ihm fiel allerdings auf, dass es sich dabei immer um bestimmte Saisonartikel aus dem Hohlfigurensortiment handelte, die unter normalen Umständen nicht so schnell verdarben. Oft schon hatte er den Schichtführer gebeten, ihm einen Karton beiseitezustellen, um prüfen zu lassen, warum die Ware so schnell verdarb. Die Anweisungen gingen anscheinend im Nachtschichtstress unter. Nie bekam er auch nur einen Artikel zu Gesicht. Vielleicht genügte es ja, die Verpackung zu ändern. Es konnte aber auf jeden Fall nicht angehen, dass er ständig wichtige Terminaufträge zurückstellte, um verdorbene Ware ins Schweinefutter zu geben. Das musste aufhören. Vielleicht sollte er selber mal am späten Abend vorbeikommen. Er könnte bei der Gelegenheit einen Karton mitnehmen und zusätzlich noch prüfen, ob alle ihrer Arbeit nachgingen. „Eine großartige Idee", dachte er sich. Froßmann lehnte sich entspannt zurück, schaute aus dem Fenster und sah, wie der Lastwagen mit der Senfwerbung wieder einparkte. Er lächelte. Bei diesem Anlass würde er natürlich auch diese Landstreicher vom Firmengelände jagen. Das war für ihn doch wohl eine Kleinigkeit.

Die Rohmassenabteilung einigte sich mittlerweile darauf, mit der eigentlichen Reinigung zu beginnen, um pünktlich ins Wochenende zu kommen. Silber begleitete Maria bis zum Aufzug. „Woher kommst du? Ich hab dich hier noch nie gesehen."

Maria überlegte kurz. „Ich komme aus Oberhausen und habe gerade hier angefangen."

„Ich hab immer gedacht, dass die Bürofuzzis keinen mehr einstellen wollen. Da haste aber Glück gehabt." Silber schaute sich kurz um. „Na gut, vielleicht auch nicht. Ich würde zusehen, dat du woanders wat bekommst. Die sind hier alle ein bisschen daneben."

„Ja, das ist mir auch schon aufgefallen", sagte Maria und hielt sich dabei den nassen Kittel vom Bauch weg.

Silber lachte.

„Heute Abend gehen ein Kollege aus der Puderabteilung und ich ins Kino. Vielleicht kommen auch noch 'n paar Leute aus der Rohmasse mit. Wenne willst, kannste ja auch mitkommen."

Maria schaute Silber, der immer noch Mandelpaste im Gesicht kleben hatte, skeptisch an.

Silber bemerkte das.

„Wir duschen auch immer, bevor wir ins Kino gehen. Ehrlich."

Er sah an ihrem Gesichtsausdruck, dass sie von dem Einfall nicht besonders angetan schien und wollte auch nicht mehr weiter bohren. „Kannst es dir ja überlegen. Wir treffen uns um halb acht an der kleinen Pforte. Die ist hinten …"

„Ich weiß, wo die kleine Pforte ist", fiel sie ihm genervt ins Wort.

„Ach ja? Ich dachte, du wärst neu hier. Ich kenne Leute, die sind schon seit Jahren hier und kennen die kleine Pforte nicht."

Sie drehte sich um und biss sich auf die Unterlippe. Zu ihrer Rettung kam gerade der Aufzug. Sie stieg rasch ein. „Okay, bis dann mal", verabschiedete sich Silber. Sie winkte nur kurz zurück. Das fehlte ihr auch noch. Mit einem Arbeiter den Abend zu verbringen, der absolut flegelhaft war und anscheinend gar keine Bildung hatte. Obwohl sie zugeben musste, dass er ihr beinahe auf die Schliche gekommen wäre. Maria schaute ihm noch einmal ins Gesicht, bevor der Fahrstuhl hinunterfuhr. Eigentlich war er ja ganz witzig.

Sie schüttelte den Gedanken ab, es lag noch genug Arbeit vor ihr. Außerdem kannte sie noch nicht einmal seinen Namen. Wiederum, wann war sie das letzte Mal im Kino gewesen? Vielleicht lief ja gerade ein Film, der sie auch interessieren könnte. Andererseits, wenn er sich so benahm wie bei der Putzaktion, musste sie sich wohl darauf einstellen, nach der Vorstellung mit Popcorn im Haar und Cola auf der Bluse vor lauter Scham im Kinosessel zu versinken. Maria seufzte. Das letzte Mal wurde sie von ihrem Ex-Verlobten ausgeführt. Lichtjahre schien das zurückzuliegen. Sie erinnerte sich aber auch nicht gern daran, weil ihr Verlobter damals schon psychisch schwer krank war. Er hingegen sah es nicht so und schwor damals, dass ihm Außerirdische Anweisungen gaben und er von ihnen geleitet wurde. Als er dann eines Morgens anfing, die Zwerge im Vorgarten mit dem Schrotgewehr abzuschießen, erreichte er schließlich einen Punkt, an dem es egal war, ob er krank war oder Außerirdische die Hand im Spiel hatten. Beides war Mist. Jedenfalls schwor sie sich damals, nicht mehr so schnell einer Einladung zuzustimmen. Maria lächelte kurz. Eigentlich könnte sie den Abend ja als Betriebsausflug werten und sich die Belange der Arbeiter vergegenwärtigen. „Genau", dachte Maria. „Ich muss mich mit ihm ja gar nicht unterhalten, auch wenn er mich noch so anhimmelt." Sie stieg im Erdgeschoss aus und freute sich plötzlich auf den Kinoabend.

Silber traf Gero auf dem Weg zur Kantine. „Hallo, René. Gut, dass ich dich noch sehe. Bleibt es bei heute Abend?"

„Na klar. Ich hab dir auch gleich 'ne Frau organisiert."

„Oh, René", stöhnte Gero. „Ich schätze deine Bemühungen, mir bei der Suche nach der Frau für's Leben helfen zu wollen."

„Ist doch Ehrensache, Gero."

„Ich erinnere mich aber noch an deinen letzten Vermittlungsversuch, der damit endete, dass die junge Dame mir schon gleich nach der Eiswerbung die Hose öffnen wollte."

„Du musst zugeben, dat die Werbung aber auch immer langweiliger wird."

„René …", flehte Gero.

„Ja, schon gut. Diesmal wirst du dich wundern, was der Onkel da aufgetan hat."

„O ja, ich bin sogar fest davon überzeugt."

„Okay, dann bis halb acht, oder soll ich dich lieber abholen?"

Gero überlegte kurz. „Das wäre großartig." Sie verabschiedeten sich voneinander. Gero musste noch seine Gipsnische putzen, und Silber wollte noch Kuchen für Paule besorgen.

Nauermann saß in seinem Wagen und hörte die Mailbox seines Handys ab. *„Halten Sie alle verfügbaren Leute bereit. Heute Nacht geht die Sache dem Ende entgegen. Damit keine Spuren zurückbleiben, muss die Aktion perfekt verlaufen. Um Ihre Motivation zu erhöhen, kann ich Ihnen versichern, dass Sie sich danach über Ihre finanzielle Zukunft keine Sorgen mehr machen müssen. Ich bin sogar bereit, Ihren letzten Fehler zu vergessen. Sie hören von uns."*

„Endlich", dachte Nauermann, stützte sich auf sein Lenkrad und hörte sich die Ansage noch einmal an. Zufrieden startete er den Motor. Sein Wunsch, zurück nach Polen zu kommen und von der Familie wieder in die Arme geschlossen zu werden, ging langsam in Erfüllung. Nichts und niemand sollte deshalb den tadellosen Plan untergraben. Er mochte sich gar nicht vorstellen, was mit demjenigen passierte, der es trotzdem wagen würde.

Mit Kuchen in den Händen lief Silber auf Pauls Holzhütte zu. Der Wind wehte leicht. Wolken stellten sich der Sonne in den Weg und er überlegte, ob es sich wohl lohnen würde, das Verdeck seines Wagens zu öffnen. „Paul, der Kuchenmann ist da. Ich hoffe, dat der Kakao fertig is." Die Tür stand offen. Silber trat ein. Auf dem Boden lagen Pinsel und eine Dose Farbe. Unordnung, die ungewöhnlich schien. Er stellte den Kuchen auf den Tisch und ging noch einmal hinaus. „Paul?" Außer dem Gurren der Tauben hörte Silber nichts. Er ging wieder rein und setzte sich an den Tisch. Bestimmt verquatschte sich

Paul gerade irgendwo und vergaß ihn dabei völlig. Silber nahm es ihm aber nicht übel. Nur hätte er endlich gern mal gewusst, wer die Frau auf dem Photo war. Silber hob die Sachen auf, die auf dem Boden lagen, ging an die Bilderwand und nahm das Photo ab. Vielleicht traf er Paul unterwegs noch einmal und konnte ihn dann fragen. Als Entschädigung für das gemopste Photo ließ Silber ihm den Kuchen da. „Ein fairer Tausch", dachte er sich. Leider konnte Silber nicht ahnen, dass sich niemand mehr über den Kuchen freuen und der Tausch mit dem Photo alles andere als gut aufgenommen werden würde.

Anna Polowna lag in der Badewanne, als Nauermann anrief und ihr mitteilte, dass es in dieser Nacht so weit sein würde. Sie nahm den Anruf kühl entgegen, doch am Ende des Gesprächs durchströmte sie eine gewisse Unruhe. Anna hatte nicht damit gerechnet, dass es so schnell gehen würde. Sie streckte ein Bein aus dem Wasser und wippte mit dem Fuß so lange hin und her, bis der Schaum hinunterglitt. Danach wiederholte sie die Prozedur mit dem anderen Bein. Während sie das Herabgleiten des Schaums beobachtete, überlegte sie, wie sie ihren Plan verwirklichen konnte. Der falsche Pass, den sie in Auftrag gegeben hatte, ließ lange auf sich warten. Schweizer Dokumente waren schwer zu beschaffen. Allerdings lohnte sich das Warten, weil sie glaubte, in der Schweiz sicherer zu sein als in irgendeinem anderen europäischen Land. Beim Abtrocknen fiel ihr noch ein, an ihre Waffe zu denken, falls sich die Ereignisse in der Nacht überschlagen sollten und sie außerplanmäßig reagieren musste. Die Leute, die Nauermann aussuchte, konnten sehr gut gewissenlose Befehle ausführen. Wenn es jedoch darum ging, selbstständig Dinge zu erledigen, konnte man nur die Hände über dem Kopf zusammenschlagen. Schiffer zum Beispiel gehörte zu denen, die eine gewisse eigene Bösartigkeit ausstrahlten, die einen spüren ließ, in der Welt nichts wert zu sein. Er würde bestimmt auch Leute aus eigenen Reihen opfern, nur um sich dadurch einen Vorteil zu verschaffen. Nauermann hingegen dachte nur daran, seine Familie wiederzusehen. Dabei erweckte er manchmal den Eindruck, das Wesentliche zu übersehen. Alles gefährliche Einflüsse.

Gero Pallasch wartete draußen vor dem Haus seiner Eltern auf Silber. Er hätte auch noch ein paar Dinge erledigen können, hielt es aber für ratsam, Silber abzufangen, bevor der noch auf die Idee kam, sein öltropfendes Ungetüm in der frisch gepflasterten Einfahrt abzustellen. Gero blickte die ruhige Straße mit den Bilderbuchvorgärten hinunter und schaute dann auf seine Uhr. Die Chance, die bestellten Kinokarten pünktlich abzuholen, wurde immer geringer. Er setzte sich schließlich auf die Stufen, die zur Haustür führten, schloss die Augen und lauschte dem Gesang der Vögel und dem Rauschen der Bäume. Gero wohnte in Mülheim-Heißen, einer Gegend, von der Silber immer sagte, dass er dort nicht mal tot überm Zaun hängen wollte. Normalerweise hielten sich alle an das vorgeschriebene Tempolimit der verkehrsberuhigten Zonen, um ja von allen in ihrer neuesten Familienkutsche gesehen zu werden. Nicht so Silber. Der schoss wie immer mit einem Affenzahn die Straße hoch und hielt mit quietschenden Reifen neben Gero.

„Komm, Gero, trödel hier nicht rum!"

Gero verzog sein Gesicht und stieg ein.

„René,", begann er, „deine Unpünktlichkeit ist absolut zuverlässig."

„Danke, Gero, wenn du dat sagst, hört sich dat richtig nett an. Aber genug der Schmeicheleien. Deine Puppe wartet bestimmt schon auf uns."

Silber hackte den Gang ins Getriebe und gab, soweit es der Motor noch erlaubte, Vollgas. Während der Wagen mit seinen abgefahrenen Reifen quietschend in die Kurve schlitterte, entschloss sich Gero, beim nächsten Mal doch lieber mit dem Bus zu fahren.

Maria stand wie verabredet an der kleinen Pforte. Sie hatte sich extra den Kleinwagen ihrer Sekretärin geliehen, um den Schein der Arbeiterin zu wahren. Nur mit ihrer Garderobe lag sie ein wenig daneben. Das strenge, modern geschnittene dunkelblaue Kostüm könnte im Kino ein bisschen overdressed wirken. Jedoch – was hätte Maria tun sollen? Sie hatte nun mal nichts anderes. Wenigstens den teuren Schmuck ließ sie zu Hause. So bemerkte sie immerhin nicht, dass

Silber schon mächtig über der Zeit lag, als er endlich vorfuhr und sich schon im Wagen scheckig lachte.

Gero stieg aus.

„Guten Abend", begrüßte Maria ihn.

„Guten Abend. Mein Name ist Gero Pallasch."

Silber kam vor Lachen gar nicht mehr aus dem Wagen.

„Ich heiße Maria."

„Sag mal, Maria, kommste gerade von 'ner Kommunion oder wat?", grölte Silber.

Ärger wallte in ihr hoch.

„Haha. Ich schmeiß mich weg. Wir gehen ins Kino und nicht in die Oper."

„Ich hab gedacht, wir gehen danach noch irgendwo hin", konterte sie verunsichert.

„Machen wir ja auch", bestätigte Silber. „Nur denke ich mal nicht, dat wir dort solche Geschütze auffahren müssen."

„Das konnte ich ja nicht ahnen", erwiderte sie trotzig.

„Na egal, was soll's. Steig ein. Wir nehmen dich trotzdem mit", grinste Silber.

„Danke, das ist sehr freundlich."

„Du könntest aber ruhig deine Haare offen tragen, sonst meinen die alle noch, du bist unsere Bewährungshelferin."

„Mach dir nichts daraus", tröstete Gero sie, der schon bemerkte, dass sie keine große Lust mehr hatte. „René meint das nicht so."

„René", dachte sie, „so heißt der Flegel also."

„Möchtest du vorn sitzen?", bot Gero an.

„Mann, Leute, gibt dat heute noch mal wat?", rief Silber genervt.

„Ich gehe nach hinten", entschied sie und wollte die hintere Tür öffnen. Silber lachte schon wieder.

„Du musst leider an der anderen Seite einsteigen, hier klemmt das Schloss", sagte Gero schon fast kleinlaut.

Maria nickte gereizt.

Beim Versuch, in den Wagen zu steigen, bemerkte sie, dass der eng geschnittene Rock dies nicht zuließ. Der Kübel lag nämlich so hoch, dass sie es nur schwerlich schaffte, die Beine nachzuziehen, ohne dass der Rock rutschte und Silber im Innenspiegel die Farbe ihres Slips erkennen konnte. Kein Mensch auf diesem Planeten wusste, wie viel Überwindung es Silber kostete, dazu keine Bemerkung zu machen.

Lastwagen rollten an. Schiffer sprang hektisch von einem Stapel Paletten. „Wir warten auf einen bestimmten", fuhr Nauermann ihn an. „Bleib da sitzen, bis ich dir sage, dass du dich bewegen sollst."

„Ich dachte …"

„Das lässt du heute am besten ganz sein. Verstanden?" Nauermann mochte gar nicht darüber nachdenken, dass es nun einen Toten mehr gab. Nur weil jemand nicht sofort das fand, was er suchte, musste er nicht gleich ein Leben auslöschen. Ein paar Informationen hätten sich bei näherer Befragung bestimmt noch herausholen lassen. Einem Idioten wie Schiffer konnte man so etwas jedoch nicht klarmachen. Der war nur für den Augenblick zu gebrauchen. Nun kam ein Lastwagen, der schon von Weitem seine Scheinwerfer aufblinken ließ. „Es kann losgehen, sag den anderen Bescheid."

Schiffer lief los. Nauermann winkte den Lastwagen zu sich heran. Als der Fahrer sich bemühte, gleich schon rückwärts an die Laderampe zu rangieren, kamen Schiffer, Anna und Fliesenwinkel hinzu. Der Laster stand jetzt. Langsam gingen die hydraulisch gesteuerten Verschläge des Anhängers auf. Kühlnebel waberte träge aus den Ritzen. Alle traten zurück. Gleich sollten sie sehen, was der Lastwagen für eine geheimnisvolle Fracht barg.

In dem Lastwagen mit der Senfwerbung überschlugen sich mittlerweile die Ereignisse. Lorre hatte nämlich vergangene Woche erst noch (gegen Anraten seines Vorgesetzten) Kameras mit Richtmikrophonen auf dem Hof positioniert, um auch ja nichts zu verpassen. Nun freuten sich die beiden natürlich wie zwei Pfadfinder, die es endlich geschafft hatten, ohne Streichhölzer ein Feuer zu entfachen, als der Lastwagen auch noch genau vor ihrer Kamera hielt.

„Zeichne alles auf!", rief Söchting aufgeregt.

„Ja, bin doch dabei." Lorre hantierte so nervös an einigen Reglern herum, dass er die ganze Aufnahme beinahe in den Sand gesetzt hätte.

„Der Pole, siehst du? Der kleine Pole. Den hab ich von Anfang an in Verdacht gehabt." Söchting konnte sich gar nicht mehr bremsen.

„Wer ist die Frau?", fragte Lorre.

„Dreh den Ton auf", drängte Söchting ungeduldig.

„Mach ich doch." Lorre fühlte sich von Söchting, der wie ein aufgeschrecktes Huhn durch den engen Laster lief, ein wenig genervt.

„Die anderen beiden. Wer sind die beiden?", rief Söchting hektisch.

„Lass mich doch erst mal den Ton einstellen." Lorre ließ sich von Söchtings Hektik anstecken.

„Ich mein, ich hätte die Frau schon mal gesehen. Hast du sie nicht auch schon mal gesehen? Sag doch mal."

„Nein, hab ich nicht. Jetzt lass mich doch mal …" Lorres Satz wurde von dem Klingeln eines Bewegungsmelders, der an der Einfahrt zum Parkplatz angebracht war, unterbrochen.

„Wer ist das denn jetzt noch?", stöhnte Söchting.

Lorre ließ eine Kamera auf den Wagen schwenken, der auf den Parkplatz fuhr. Froßmann stieg aus.

„Dass der da mit drin hängt, hätte ich mir gleich denken können", hetzte Söchting eifrig weiter.

„Sei mal ruhig", zischte Lorre, „die machen den Laster auf."

Beide schauten gebannt auf den kleinen Bildschirm, als ein weiterer Bewegungsmelder anschlug.

Die Agenten schauten sich verwundert an. Jemand versuchte, über die Mauer auf das Gelände zu kommen.

„Ich schaffe das nicht", jammerte Maria.

„Jetzt stell dich nicht an wie so 'ne Zahnarzttochter und kletter da rüber", stöhnte Silber, der Maria an den Beinen festhielt.

Maria konnte nicht glauben, was sie da gerade versuchte. Bis vor ein paar Stunden saß sie mit den Jungs noch im Ringlokschuppen und diskutierte über den Film. Aber das, was sie nun versuchte, sprengte den Rahmen der Nacht. Maria brach in die Firma ihres Vaters ein. Beschweren konnte sie sich eigentlich nicht, denn sie hatte sich das selbst eingebrockt. Silber äußerte den Gedanken, dass er mal bei der Nachtschicht vorbeischauen müsste, um eine bestimmte Frau zu sehen. Maria provozierte ihn auch noch, indem sie ihm davon abriet, weil ihn sonst die Nachtwächter aufgreifen würden. Er prahlte daraufhin, dass er sogar mit ihr an der Hand in die Firma spazieren könnte und das Gebäude ausräumen würde, wenn er wollte. Maria wusste nicht, was sie interessanter fand – mit Silber Hand in Hand spazierenzugehen oder eine Nacht mit ihm in Polizeigewahrsam verbringen zu müssen, weil die Nachtwachen sie erwischten. Der Einzige, der gar nicht wusste, was er von der Sache zu halten hatte, war eigentlich Gero.

„Also", begann Gero, „ich fände es nicht schlecht, diese Unternehmung auf einen anderen Zeitpunkt zu verlegen."

„Mann, Gero", flüsterte Silber, während sich Maria – immer noch auf seinen Schultern stehend – an der Mauer abmühte, „die Frauen stehen auf Spontaneität. Wenn du ihr Herz erobern willst, musste schon wat leisten."

„Ich würde es vorziehen, die Dame erst mal kennenzulernen, bevor ich hier meine Spontaneität unter Beweis stellen muss."

„Jetzt sei keine Memme."

„Ich glaube nicht, dass man mich als memmenhaft bezeichnen kann, nur weil ich mich weigere, die Nacht unter Polizeiaufsicht zu verbringen."

„Ich störe ja nur ungern", meldete sich Maria von Silbers Schultern, „aber ich würde dann jetzt gern mal wieder runterkommen."

„Nix da", antwortete Silber, „erst große Klappe und dann kneifen, wa?" Silber wippte Maria mit seinen Schultern noch ein bisschen höher, damit sie leichter den Mauersims erreichen konnte. Plötzlich hörten alle ein merkwürdiges Geräusch. Erst hielten sie erschrocken inne. Dann, als Silber und schließlich auch Gero anfingen, albern zu kichern, ahnte Maria, dass ihr Rock gerissen war.

Froßmann liebte es, die Leute auf ihrer Nachtschicht zu überraschen. Es war die Zeit derjenigen, die versuchten, alle verbotenen Dinge zu machen, über die sie am Tage nicht mal nachdachten. Zum Beispiel platt getretene Schokolade vom Boden abzukratzen und anstatt in den Schweinefutter-Container wieder in die flüssige Masse zu geben. Oder zu versuchen, mit einem Putzlappen eine Schokoladenform zu reinigen, mit dem man zuvor schon eine tote Maus vom Boden entfernt hatte. Alles schon dagewesen.

Froßmann war gespannt, was die Nacht ihm diesmal bieten würde. Er sah, dass mehrere Lastwagen auf dem Hof entladen wurden, und erinnerte sich an sein eigentliches Vorhaben. Der Laster, der hinten im Abseits stand, wurde für seine Warenkontrolle ausgewählt. Die saßen bestimmt alle auf den Paletten und rauchten. Als Froßmann über den schlecht ausgeleuchteten Hof lief, sah er, dass äußerst emsig gearbeitet wurde. Als er bemerkte, dass auch eine Frau mit anfasste, zog er anerkennend die Augenbrauen hoch. Froßmann wollte die vier nicht von der Arbeit abhalten. Er nahm sich einfach unbemerkt einen Karton, der ihm anfangs doch recht schwer erschien, und machte sich auf den Weg zu seinem Büro.

Die Kameras des BND zeichneten Marias ungeschickten Versuch auf, die Firmenmauer zu überwinden.

„Wer ist das denn nun wieder?", stöhnte Lorre.

„Langsam wird es kompliziert", pflichtete Söchting ihm bei.

Gero erschien als Nächster auf dem Bildschirm. „Die Weichflöte?", entfuhr es Lorre.

Als Silber zuletzt über die Mauer kam, konnten sie beide nicht mehr an sich halten. „Der Spinner?", riefen beide gleichzeitig. Die BND-Agenten saßen wie hypnotisiert vor dem kleinen Bildschirm und betrachteten die drei Eindringlinge, die offenbar alles andere als einen Plan zu bieten hatten. Maria stand wie ein kleines, stures Mädchen mit verschränkten Armen an die Mauer gelehnt und wollte anscheinend nicht mehr weiter.

„Kannst du mir einen Gefallen tun?", fragte Söchting.

„Was?"

„Schreibst du den Bericht?"

Lorre nickte müde. Er sah ein, dass sich für das, was gerade vor sich ging, nur schwer geeignete Worte finden lassen würden. Plötzlich schlug ein Bewegungsmelder an, von dem sie sich immer gewünscht hatten, dass dieser niemals aktiviert werden sollte. Die Agenten sprangen auf, entsicherten ihre Waffen und erstarrten nach ihrer letzten Bewegung. Von außen klopfte es an ihren Laster.

„Osterhasen!", fluchte Schiffer ungläubig, als er mit Fliesenwinkel die Palette in einen der stillgelegten Lagerräume fuhr. Fliesenwinkel fand das Ganze auch etwas seltsam, sagte jedoch nichts aus Angst davor, Nauermann könnte jeden Augenblick aus der Haut fahren. Anna und Nauermann schoben die letzte Palette nach.

„So", begann Nauermann völlig außer Atem, „Schiffer und ich werden alles Weitere am Kühlteich vorbereiten. Ihr beiden fangt an auszupacken."

Fliesenwinkel sah Anna völlig überrascht an, als sie, ohne zu zögern, begann, einen Karton aufzureißen und einen der Schokoladenhasen auf die Tischkante zu schlagen, um etwas aus dem Hohlraum zu nehmen.

„Was ist?", fragte sie verachtend. „Soll ich dir die erste Palette allein auspacken?" Anna konnte Fliesenwinkel nicht leiden und machte auch keinen Hehl daraus.

„Bin ja schon dabei", entschuldigte er sich und fing an, hektisch einen Karton aufzumachen.

„Müssen wir die alle allein auspacken?", jammerte er.

„Sieht so aus", antwortete sie knapp.

„Na, dann wollen wir mal", sagte er mit gespielter Freundlichkeit, um endlich das Eis zu brechen, packte den Inhalt aus und warf ihn achtlos auf den Tisch. Anna bekam große Augen.

Noch bevor er dazu kam, das zu wiederholen, zog sie ihre Waffe und hielt sie ihm vor das perplexe Gesicht.

„Wirf es nicht noch einmal. Verstanden?"

„Okay, Leute, dat Erste wäre geschafft. Hat jemand eine Idee, wie's weitergeht?", fragte Silber.

Gero und Maria sahen sich an, als wäre der Geist aus der Lampe erschienen, um sich nach ihren Wünschen zu erkundigen.

„Ich hatte eigentlich gehofft, dass *du* uns nach deiner Verschleppungsaktion sagst, wie es weitergeht." Gero wandte sich an Maria. „Oder nicht?"

Maria nickte ergeben. Sie verspürte – nachdem nun ihr Rock eingerissen und die Absätze an ihren französischen Designerschuhen abgebrochen waren – wirklich keine Lust mehr auf weitere Abenteuer. Nur die Hoffnung, dass endlich einer der Nachtwächter kommen möge, um der Aktion ein Ende zu bereiten, zauberte ein schmales Lächeln auf ihr Gesicht.

„Schau mal, Gero, sie lacht", freute sich Silber. „Maria hat mehr Abenteuersinn als du Nasenbär."

„Stimmt", sagte Gero. „Ich bitte um Verständnis, dass ich nicht in das triumphierende Gelächter mit einstimme."

„Ich habe mir vorgestellt, dass du Maria mal in aller Ruhe die Firma zeigst, und ich werde meine Traumfrau im Schokoladenpackraum suchen. Na, wie findet ihr die Idee?"

Maria glaubte, sich verhört zu haben. Erst lud er sie ins Kino ein, bezahlte ihre Getränke, schleppte sie zu einer offenbar romantischen Erkundungstour hierher – und nun verkündete Silber, er wolle seine Traumfrau suchen. Gero dachte inzwischen ernsthaft darüber nach, was er Maria zeigen sollte. Der größte Teil der Maschinen stand wegen Auftragsmangel still, und überhaupt lag alles im Dunkeln.

„René!", flehte Gero, „Kannst du mir mal sagen, was ich Maria hier zeigen soll?"

„Stimmt, du hast recht." Gero atmete auf.

Silber begriff anscheinend doch noch, dass sein Plan etwas verwegen schien. „Ihr helft mir bei der Suche", sagte Silber knapp, zückte das Photo und gab es ausgerechnet Maria. „Auf der Rückseite steht meine Telefonnummer. Sie soll mich anrufen, sonst entgeht ihr was."

„Da bin ich sicher", sagte Maria spöttisch, da sie nun nicht mehr zurückkonnte und alles bis zum Schluss mitspielen musste, um bloß nicht zuzugeben, dass sie dabei war, sich in Silber zu verknallen.
„In einer Stunde treffen wir uns wieder hier. In Ordnung?"
„Jaaa", antworteten Gero und Maria gedehnt.
Gero zweifelte allerdings daran, dass Silber pünktlich sein würde.

Froßmann stand außen vor dem Lastwagen mit der Senfwerbung und hämmerte mit der Faust an die Ladeluke. Er trat zwei Schritte zurück, richtete seine Krawatte und wartete ab. Jetzt, wo er schon mal da war, konnte er diese Landstreicher auch dazu bewegen, ihren Lastwagen von dem Firmengelände zu entfernen. Danach würde er sich bestätigt fühlen und konnte mit dem Gedanken einschlafen, noch etwas Gutes für die Firma getan zu haben. Jede Minute auf dem Firmengelände musste der Firma dienen. Das war eines seiner vielen Prinzipien, an denen er immer festhielt. Froßmann legte sich schon die Sätze seiner Argumentation zurecht und spürte seine Höchstform in sich aufsteigen. Als dann aber die Ladeluke aufflog und Froßmann in das Innere des Lastwagens gerissen wurde, vergaß er seine Argumente schnell. Er spürte nur noch den kalten Waffenstahl an seiner Schläfe und bemühte sich, nicht in die Hosen zu machen. Noch ehe er sich näher umschauen konnte, wurde er bewusstlos geschlagen.

Maria und Gero fehlte selbstverständlich die nötige Motivation, nach dieser Frau zu suchen. So lehnten beide an der Mauer und bewegten sich erst einmal gar nicht.
„Hat der immer so verrückte Ideen?", fragte Maria ungläubig.
„Ich kenne ihn gar nicht anders."
„Ist das nicht anstrengend, sich mit so einem Wahnsinnigen abzugeben?"
„Nein, hier ist alles so streng und langweilig, da ist Silber für viele eine Aufmunterung. Außerdem kann man sich auch auf ihn verlassen." Gero lächelte. „Ich meine natürlich in diesem Falle nicht

seine Pünktlichkeit, aber seine Taten sind ausschlaggebend. Die haben Hand und Fuß und sind für den Betreffenden stets von Vorteil."

„Hört sich fast nach Bewunderung an."

„Vielleicht. Jedoch würde ich es eher als Respekt bezeichnen. Respekt ist das, was ich einem guten Freund auf Augenhöhe entgegenbringe."

Maria nickte, obwohl sie so etwas nicht beurteilen konnte, weil die Freunde um sie herum rar waren und sich schlecht einschätzen ließen.

„Warum bist du eigentlich bei *Blanka*, wenn hier alles so streng ist?" Maria meinte diese Frage ehrlich, ohne die Informationen weiter verwerten zu wollen.

„Es ist schwer zu erklären", begann Gero. „Ich glaube, es liegt daran, dass ich mich nicht traue, von hier wegzugehen. Immerhin habe ich hier Arbeit, während andere auf der Straße stehen. Da wäre es unverschämt zu sagen ‚Ich möchte diesen Job nicht.' Außerdem klage ich kaum. Deswegen glauben viele wohl, in einem Lebensmittelbetrieb kann die Arbeit nicht so schlimm sein wie auf dem Bau oder in einem Metallbetrieb. Silber hat mal gesagt: ‚Wenn wir erzählen, wo wir arbeiten, dann meinen die Leute immer, wir gehen mit den Gummibärchen Hand in Hand über den Gang.' Er hat recht. Die Leute denken, wenn jemand Artikel herstellt, die nur an Tagen zum Einsatz kommen, an denen der größte Teil der Bevölkerung glücklich ist, muss die Arbeit Spaß machen. Sie machen sich keine Gedanken darüber, unter welchen Bedingungen die Sachen hergestellt werden."

Er lachte kurz auf. „Bei *Blanka* zumindest."

„Ja", sagte Maria verständnisvoll, „da ist was Wahres dran."

Geros Pflichtbewusstsein wurde geweckt, als er auf das Photo in ihrer Hand schaute. „Komm, machen wir uns auf den Weg, Silbers Traumfrau zu suchen." Beide liefen planlos auf den Hof zu, ohne recht zu wissen, wo sie beginnen sollten. Maria war es eigentlich egal, ob sie die Frau finden würden oder nicht. Sie machte sich nur Gedanken darüber, warum sie noch nicht von den Nachtwächtern aufgegriffen worden waren.

Silber lief vom Hof aus direkt in die Fabrik. Der Schokoladenpackraum lag im Erdgeschoss. In dieser Abteilung wurden alle Schokoladenartikel verpackt, die in der Firma hergestellt wurden. Im Packraum musste es kühl sein, damit die Ware nicht schmolz. Darum trugen die Arbeiterinnen meist dicke Pullover unter ihren Kitteln, damit sie nicht froren. Silber nahm sich irgendeinen Meisterkittel, der an der Wand hing, setzte sich eine Papiermütze, wie Besucher sie trugen, auf den Kopf und durchlief einmal den riesigen Komplex. Schwere Maschinen verpackten mit lautem Getöse kleine Schokoladentafeln, um sie dann in hoher Anzahl in kürzester Zeit auf den Packtisch zu spucken. Die Arbeiterinnen mussten sie aufnehmen und wieselflink in einem eng berechneten Karton verstauen. Die erfahrenen Frauen unterhielten sich mit den anderen bei der Arbeit. Die Neueren wagten gar nicht erst aufzuschauen, aus Angst, sich dabei zu verzählen. Vorarbeiterinnen liefen kontrollierend um die Packtische, um sicherzugehen, dass das Tagespensum auch geschafft wurde.

Silber schaute sich um. Entdecken konnte er seine Traumfrau nicht, und so beschloss er, in der Kantine zu suchen. Dort angekommen, musste er feststellen, dass die Dame sich äußerst schwer finden ließ. Nachdenklich verließ er die Kantine. Dabei fiel sein Blick auf die offen stehenden Büros, die auf ihre Wochenendreinigung warteten. In Froßmanns Büro würde sich bestimmt die Personalakte seiner Traumfrau finden lassen. Er vermied es, Licht anzuschalten – der Mond spendete ausreichend davon. Silber ließ sich in Froßmanns Sessel sinken und überblickte den Parkplatz. Er glaubte, Froßmanns frisch polierte Limousine gesehen zu haben, doch in Anbetracht der späten Stunde verdrängte er diesen Gedanken wieder und durchforstete die Akten. Dabei entdeckte er auch seine eigene, konnte sich aber vorstellen, dass nichts Gutes darin vermerkt sein würde, und beachtete sie deshalb nicht. Er hielt sich an Namen, die ihm nicht bekannt vorkamen, und so stieß er schnell auf Anna Polowna.

Anna ertrug das dumme Gefasel von Fliesenwinkel nicht mehr. Sie ging hinaus auf den Hof, um frische Luft zu schnappen. Dabei kam ihr ein Pärchen entgegen, von dem sie sehr genau gemustert wurde. Anna erkannte Gero vom Parkplatz wieder und fragte sich, was er wohl auf der Nachtschicht suchte. Als sie an ihnen vorbeigehen wollte, wurde Anna von der Frau aufgehalten. Maria drückte ihr das Photo in die Hand und teilte ihr mit einem seltsamen Unterton in der Stimme mit, dass sie diese Nummer anrufen sollte. Nach einem tiefen Blick in die Augen ging Maria grußlos davon. Anna deutete Marias Eifersucht als Drohung und überlegte ernsthaft, ihre Waffe zu ziehen. Sie dachte kurz nach und kam dann zu dem Schluss, dass die beiden bestimmt nicht so schwachsinnig waren, ohne Verstärkung hier zu erscheinen, um Drohungen auszustoßen. Da musste schon etwas Mächtigeres dahinterstehen. Sie nickte den beiden zu und lief schnurstracks zu Nauermann, um ihn über das Geschehnis zu unterrichten. Der bekam große Augen und musste sich erst einmal setzen. Er befahl ihr, so schnell wie möglich den Rest auszupacken. Schiffer wies er an, den Hof abzusuchen. Nauermann selbst machte sich auf den Weg zum Parkplatz. Weit konnten sie nicht gekommen sein. Er musste das Pärchen finden, um jeden Preis.

Silber lümmelte sich nach seinem Fund noch eine Weile in dem großen Chefsessel herum und betrachtete das Büro, wo er schon des Öfteren angetreten war, um das eine oder andere zu erklären. Im ganzen Raum standen kartonweise Süßwaren. Er war davon überzeugt, dass sich Froßmann nur das Beste kommen ließ, um sich selbst daran zu laben. Silber wollte seinem Vorgesetzten in nichts nachstehen. Er beschloss, ihm einen Teil der Arbeit abzunehmen, indem er ein paar Süßigkeiten einsteckte, um sie zu verkosten. Bevor er das Büro verließ, nahm er ein paar Tafeln Schokolade und einen Osterhasen, der aus dem Karton vom Schreibtisch stammte, mit.

Als Silber den Gang hinunterlief, bemerkte er zu seinem Erstaunen, dass Fliesenwinkel gerade aus der Kantine schlich. Seiner Tarnung zum Trotz brüllte er laut über den ganzen Gang: „Fliesenwinkel, du kleiner Wichser!"

Marc Fliesenwinkel blieb wie angenagelt stehen.

„Dat is doch nicht zu glauben. Jetzt spionierst du Arschgesicht auch noch auf der Nachtschicht herum, um selbst den Letzten ans Messer zu liefern. Wie weit geht deine Arschkriecherei eigentlich noch?"

Fliesenwinkel schaute wie hypnotisiert auf den Osterhasen in Silbers Hand, den dieser ihm prompt vor die Stirn schlug. „Hallo! Erde an Arschkriecher! Ich hab dich wat gefragt."

Fliesenwinkel wich ängstlich zurück.

„Ich mach dir einen Vorschlag. Du erzählst nicht, dat du mich hier gesehen hast, und ich gehe dafür am Montag nicht zum Betriebsrat, um dich als Vollidioten enden zu lassen."

Fliesenwinkel zeigte keine Regung.

„Ich sehe, du bist begeistert. Sollte ich dennoch erfahren, dat du mich angeschissen hast, schiebe ich dir den Osterhasen so tief in deine Ohren, bis du anfängst zu schielen. Verstanden?"

Endlich nickte Fliesenwinkel.

Silber ging. Am Ende des Ganges drehte er sich noch einmal um. „Vergiss nicht", mahnte er und winkte dabei mit dem Schokoladenhasen, „Hasi und ich haben alles gesehen." Silber lachte noch einmal auf, bevor er in der Dunkelheit verschwand.

Nauermann stand vor seinem geöffneten Kofferraum auf dem Parkplatz und schraubte den Schalldämpfer auf seine Maschinenpistole. Er fragte sich die ganze Zeit, wie das alles so hatte kommen können. Da kam Gero, der sich nun wohl als Polizeispitzel herausgestellt hatte, mit einem belastenden Photo um die Ecke und drohte damit auch noch provokativ dem Schmuckstück der Organisation. Um dem Ganzen noch die Krone aufzusetzen, sollte sich Anna obendrein bei Silber melden, den er total unterschätzt hatte. Bestimmt wollte Gero mit ihr verhandeln und ihnen allen Straffreiheit anbieten. Nauermann hoffte, dass sich niemand darauf einließ. Die Organisation würde sich bestimmt erkenntlich zeigen, wenn sie erfuhr, dass alle weitermachten wie bisher, ohne sich einschüchtern zu lassen. Nauermann hörte ein dumpfes Poltern. Er senkte den Kofferraumdeckel und schaute darüber hinweg. Sein Blick blieb an einem Lastwagen haften, aus dessen Ladetürfugen ein wenig Licht schimmerte. Da mussten sie sein. Er schloss den Kofferraum und ging mit gesenkter Waffe auf den Lastwagen zu. Energisch klopfte er mit dem Lauf gegen die Ladetür. Aus dem Inneren erklangen hektische Geräusche. Dann verräterische Ruhe. Nauermann konnte sich denken, dass bestimmt Waffen auf ihn gerichtet sein würden, wenn die Tür aufging. Als er die entriegelnden Geräusche vernahm und sich die Tür ein Stück öffnete, zögerte er nicht, hob die Waffe und fing ohne Warnung an zu schießen. Kugeln durchschlugen das Karosserieblech. Vermischt mit dem Klimpern der Patronenhülsen und dem dumpfen Ploppen der Maschinenpistole drangen gurgelnde Geräusche nach außen. Nachdem das Magazin leer geschossen war, duckte er sich, lud neu und horchte, ob noch von irgendwoher Lebenszeichen erklangen. Nach einer Weile erhob er sich.

Die Tür war mittlerweile ganz aufgeschwungen. Söchting und Lorre hingen, ihre Waffen noch in Händen haltend, blutüberströmt über Stuhllehne und Schreibtisch. Die seltsam verrenkten Körper und die offenen, glasigen Augen ließen eigentlich darauf schließen, dass sie toter nicht sein konnten. Das reichte Nauermann aber nicht. Er legte an und gab jedem der leblosen Körper noch einen gezielten Kopfschuss. Gerade als er die Türe zustoßen wollte, kam aus dem hinteren Teil ein Stöhnen. Unter den am Boden liegenden Aktenordnern bewegte sich etwas. Nauermann legte vorsichtshalber wieder an. „Wenn ich die erwische, kriegen die einen Verweis, der sich gewaschen hat." Er traute seinen Augen nicht. Froßmann versuchte, sich aus dem Stapel von Aktenordnern herauszukämpfen, der auf ihn niedergeprasselt war, als Nauermann mit dem Kugelhagel begann. Endlich auf den Füßen stehend, erblickte er Nauermann.

„Aha, Herr Nauermann gehört also auch dazu. Sie melden sich dann bitte Montag bei mir im Büro, ja?" Froßmann verdrehte die Augen und fiel ohnmächtig hintenüber.

Gero und Maria zeigten sich höchst erstaunt, als Silber noch vor der vereinbarten Zeit am Treffpunkt erschien. „Ist deine Uhr defekt, René?", scherzte Gero. „Du liegst 15 Minuten vor dem Limit."

„Ich lach mich kaputt", entgegnete Silber trocken. „Wenigstens habe ich Erfolge vorzuweisen."

„Wir auch", trumpfte Maria auf.

„Ja", unterstützte Gero sie. „Maria hat ihr höchstpersönlich deine Telefonnummer übergeben."

„Ihr habt sie gesehen?" Silbers Augen glänzten erfreut. Gleichzeitig ärgerte er sich darüber, nicht selbst die Gelegenheit gehabt zu haben, mit ihr zu sprechen. „Sieht sie nicht wundervoll aus?", schwärmte er und griff sich dabei theatralisch ans Herz. Noch ehe sich die beiden dazu äußern konnten, näherte sich jemand von hinten der kleinen Gruppe.

„Soso", erklang eine heisere Stimme, „wen haben wir denn hier?"

Alle drei drehten sich ertappt um und erkannten einen Nachtwächter.

Maria freute sich innerlich. Endlich war das eingetreten, was sie die ganze Zeit gepredigt hatte. Sie würden nun bestimmt eine Menge Unannehmlichkeiten bekommen. Jedoch – der Gedanke daran, dass Silber endlich auch mal eine Lektion erhielt, entschädigte sie für die bevorstehenden Scherereien.

„Mann, Bernie", freute sich Silber, „dat ich dich noch mal wiedersehe."

„Ach, Silber, du alter Verbrecher", entgegnete Bernie, der Nachtwächter, freundlich.

„Wat macht deine Frau? Ist es bald soweit mit dem Baby?"

„Nächsten Monat, ich bin schon ganz aufgeregt."

„Dann sag mal Bescheid. Ich habe letztens auf der Beeker Kirmes einen megagroßen Teddy gewonnen, den ich loswerden muss."

„Lass den bloß da. Meine Schwiegereltern haben schon unsere ganze Wohnung mit dem Quatsch ausstaffiert. Ich weiß schon gar nicht mehr, wo ich hintreten soll."

„Egal, Bernie, in 20 Jahren lachste drüber. Aber wenn dir der Kram nicht gefällt, dann stell dich doch auf den Trödelmarkt. Hast du doch früher auch immer gemacht."

„Nee, die Zeiten sind vorbei. Die wollen auf dem Trödelmarkt alles geschenkt haben und wenn es geht, noch eine Tüte dazu. Wat is mit dir, machste wieder mal 'ne private Führung?"

„Ja, die ist jetzt aber vorbei, wir wollten gerade gehen."

„Ihr wolltet doch wohl nicht über die Mauer?"

„Wat sonst?"

„Kommt mal mit, ich hab da 'ne bessere Idee."

Bernie führte die drei die Mauer entlang zum Firmengarten und öffnete mit seinem Schlüssel eine Verbindungstür zur Straße. „Das ist doch viel bequemer. Sonst macht ihr euch noch ganz schmutzig oder zerreißt eure Sachen."

„Danke, Bernie, dat ist echt nett von dir."

„Hab ich doch gern gemacht."

Der freundliche Nachtwächter schüttelte jedem zum Abschied noch die Hand, wünschte ihnen eine gute Nacht und schloss die Tür hinter sich. Maria atmete tief durch. Dass der Einbruch in die Firma reibungslos geklappt hatte, konnte sie ja noch verarbeiten, aber dass der einzige Nachtwächter, den *Blanka* beschäftigte, auch noch die Flucht organisierte, setzte dieser Nacht das Sahnehäubchen auf.

„So, Leute", verkündete Silber, „dat wäre geschafft. Ich gehe jetzt noch auf Derby. Deswegen schlage ich vor, dass du dich von Maria nach Hause fahren lässt." Er wandte sich an Maria: „Oder ist dat ein Umweg für dich?"

Maria schüttelte den Kopf. Silber konnte ja nicht wissen, dass sie im wahrsten Sinne des Wortes gleich um die Ecke wohnte. „Schön." Silber drehte sich in Geros Richtung und kniff dabei ein Auge zu, um ihm zu signalisieren, dass der Augenblick gekommen war, den Kontakt zu Maria zu vertiefen. Er verabschiedete sich, stieg in den Wagen und fuhr los.

Gero stieg in Marias Kleinwagen. Mit einer genauen Beschreibung, wie sie ihn am besten absetzen konnte, fuhr auch sie endlich los. Schiffer, der gerade über die Mauer klettern wollte, weil er Stimmen hörte, vernahm nur noch, wie ein Wagen wegfuhr. Er sprang an der Mauer hoch und sah eine Frau am Steuer sitzen. Schiffer lachte leise, als er sich das Nummernschild des PKW notierte.

An diesem Samstagmorgen war nicht nur die Zentrale des Bundesnachrichtendienstes in großer Sorge, weil sich ihre Agenten aus Mülheim nicht mehr meldeten. Nein, auch Nauermann befürchtete Schwierigkeiten, als Anna ihm mitteilte, dass ein Karton aus der Ladung fehlte und er umgehend seinen Kontaktmann in Russland davon in Kenntnis setzen musste. Am härtesten traf es jedoch Silber, als er erfuhr, dass der kleine Baumarkt in Duisburg-Meiderich keinen Verdünner für Farben mehr hatte. Die Zeit, andere Baumärkte abzuklappern, blieb nicht mehr, weil er wie immer zu lange schlief. Also beschloss er kurzerhand, die Farbe unverdünnt aufzutragen.

Beim Streichen kam ihm der Farbton irgendwie bekannt vor. Er wusste nur noch nicht, woher. Wenn die Kotflügel erst getrocknet waren, würde er merken, dass sie dieselbe Farbe trugen wie die Außengeländer von *Blanka*. Ein kleiner Junge stand neben Silber und beobachtete ihn.

„Mein Papa sagt, nur Idioten streichen über rostige Stellen, ohne den Rost vorher wegzumachen."

„Dann hat dein Papa dir auch sicher gesagt, dat kleine Jungs mit gebrochenen Daumen ganz schlecht die Eistüte halten können. Oder?"

Lachend schaute Silber dem Jungen nach, der sich nun hinter seinem reparaturwütigen Vater versteckte, der ebenfalls an seinem Pkw murkste.

Silber gönnte sich eine Pause. Er schaute sich um, machte eine Dose Apfelschorle auf und fühlte sich gut. Silber beschloss, noch eine Pizza zu holen. Er sprang von der Kofferraumhaube, sah sich sein farbiges Kunstwerk an und zerknüllte dabei nachdenklich die Dose. Irgendwoher kannte er den Farbton seiner Kotflügel, nur woher?

Schiffer und Nauermann saßen schweigend im Auto. Jeden Augenblick musste sich ihr Auftraggeber melden. Gerade als Schiffer aussteigen wollte, um zu rauchen, klingelte das Handy. Sofort nahm die Gegensprechanlage das Gespräch entgegen. *„Wie konnte Ihnen solch ein Fehler unterlaufen?"*, eröffnete eine verzerrte Stimme das Gespräch. *„Wir sind* aufgespürt worden. Einer der Bullen, der vermutlich auch den fehlenden Karton hat, will ein Treffen mit Anna." Die Stimme lachte. *„Das kann ich mir vorstellen. Wie sind diese Leute einzuschätzen?"*

„Dieser Gero ist sehr intelligent, vermutlich auch der Einsatzleiter. Silber ist wohl eher der Mann fürs Grobe, schlecht einzuschätzen, macht immer einen auf lustig. Von der Frau haben wir bis jetzt nur das Nummernschild."

„Wie gedenken Sie fortzufahren, ohne die Sache zu gefährden?"

„Ich habe mir gedacht, dass wir die Bullen einfach hinhalten. Wenn Anna es schafft, Silber den Kopf zu verdrehen, gewinnen wir bestimmt einiges an Zeit."

„Meinen Sie, diese Leute sind so weit gegangen, um sich nun hinhalten zu lassen?"

„Versuchen wir es."

„Versuche können scheitern."

„Sollen wir sie etwa töten?", fragte Nauermann trotzig.

Stille.

Die Sprechpause seines Gesprächspartners schien so lange, dass Nauermann dachte, die Leitung wäre unterbrochen. Schiffer rutschte nervös auf dem Sitz hin und her.

Plötzlich der Befehl: *„Tötet sie!"*

Schiffer lachte freudig auf. Nauermann schüttelte ungläubig den Kopf. „Wir haben schon zu viele beseitigt", widersprach er.

„Es können keine Fehler mehr geduldet werden", setzte die Stimme energisch entgegen. *„Gehorchen Sie und töten Sie gefälligst nun auch den Rest. Eigens dafür lasse ich Ihnen fünf meiner besten Männer kommen, über die Sie frei verfügen können. Haben Sie verstanden?"*

„Ja, ich habe verstanden", antwortete Nauermann kleinlaut. Er stellte sich schon darauf ein, dass das Gespräch wie immer seitens des Auftraggebers, nachdem er seine Anweisungen gegeben hatte, abgebrochen wurde. *„Noch eins"*, sagte die Stimme zögernd.

„Was?"

„Anna."

„Was ist mit ihr?"

„Tötet sie auch."

„Bitte was?"

Nauermann glaubte, sich verhört zu haben.

„Wir können davon ausgehen, dass alle Aktivitäten Annas der Polizei bekannt sind. Sonst hätte man sie nicht direkt angesprochen. So leid es mir tut, aber Anna ist wertlos geworden, und bevor sie noch mehr Aufmerksamkeit auf uns lenkt, sollten wir sie lieber beseitigen. Haben Sie die letzte Anweisung verstanden?"

„Ja", antwortete Nauermann widerwillig. Ein Knacken in der Leitung. Der Auftraggeber hatte abgebrochen.

Schiffer nahm das zum Anlass, um endlich seiner Freude freien Lauf zu lassen. „Silber!", rief er, „Silber gehört mir." Schiffer warf den Kopf zurück und lachte lauthals los.

Nauermann hoffte nur, dass er es schaffte, sich vor Anna nichts anmerken zu lassen. Um Silber und Gero tat es ihm auch leid. Beide hatten ihm persönlich nie Schaden zugefügt. Für die Frau, von der er nur das Nummernschild wusste, empfand er nichts, weil sie ihm nicht bekannt war. Mit ihr würden sie beginnen. Begleitet von Schiffers irrem Gelächter, das an diesem Tage nicht abzubrechen schien, setzte er den Wagen in Bewegung. Die Jagd konnte beginnen.

Die Jagd

Wenn montags das Putzwasser vom Freitag unter den losen Fliesen anfing, faulig zu riechen, wussten alle Arbeiter und Arbeiterinnen, dass das Wochenende zu Ende war. Nach und nach gingen die Lichter in den Abteilungen an, Maschinen wurden in Betrieb gesetzt, und die ersten süßen Düfte drangen nach außen. Obwohl die Firma wieder in den gewohnten Alltagstrott verfiel, konnte man sagen: *Blanka* erwachte. Alle freuten sich schon auf ihre Frühstückspause, die schönsten 15 Minuten des ganzen Arbeitstages. Jeder hatte seine eigene Methode, diese kurze Zeit erholsam zu nutzen. Einige ruhten sich auf den Kakaosäcken aus oder setzten sich draußen auf die Gartenbank, wenn das Wetter es zuließ. Die meisten jedoch wählten die Kantine, um zu frühstücken. Emil sagte immer, wenn er die Kantine betrat, fühlte er sich wie im Urlaub. Das lag aber nicht daran, dass es dort so aussah wie in einer Hotelanlage, sondern weil er kein Wort von dem verstand, was sich die ausländischen Arbeitskollegen so erzählten. Auf den Plätzen saßen nämlich überwiegend Vertreter ganz Europas und des restlichen Globus. Jede Abteilung hatte ihren eigenen Tisch, so auch die Rohmassenlegionäre, die es gewohnt waren, in der Mitte der Kantine zu tafeln.

Silber saß auf der Nichtraucherseite des Tisches und genoss es, die Gespräche seiner Kollegen mitzuhören. Dabei sah er sich die Wandmalereien aus den Fünfzigerjahren an, die Arbeiter aller Sparten zeigten: Feldarbeiter, Hafenarbeiter, Metallarbeiter, Schreiner und Winzer. Er entdeckte immer wieder neue Details auf den Bildern und kam zu dem Schluss, dass die anderen Berufe auch nicht besser waren. Während Krämer eine seiner gern gehörten Ehegeschichten erzählte, öffnete Silber seine Brotdose, die sein Vater schon auf der Baustelle mit sich geführt hatte, als Silber selbst noch ein kleiner Junge war. Diese Brotdose war schon immer ein wahrer Blickfang gewesen. Weiß mit quietschorangem Deckel. Silbers Vater hatte geschworen, diese Dose niemals gereinigt zu haben, weil sowieso immer das Gleiche drin gewesen war. Silber hatte natürlich beschlossen, diese Familientradition nicht zu brechen. Zufrieden kaute er sein

Vollkornbrot. Gerade als Emil ihm eine Brotschneidemaschine empfahl (nachdem er gesehen hatte, dass die Brotscheiben die Stärke eines Modekataloges aufwiesen), setzte Krämer zum Endspurt seiner Erzählung an, die damit begonnen hatte, dass er beim Tapezieren von der Leiter gerutscht und mit dem Rücken auf den Werkzeugkasten geknallt war: „Da kommt die Olga doch tatsächlich rein und sagt: Jetzt guck dir mal an, wie du die Bahn geklebt hast."

Der ganze Tisch grölte. Silber überlegte ernsthaft, die ganzen Geschichten, die Krämer in seiner Ehe erlebte, niederzuschreiben, damit er genug Argumente hatte, um nicht zu heiraten. Da Krämer jedoch jeden Tag eine neue Story erzählte, befürchtete er, dass das Buch dann schon bald dicker als die Bibel ausfallen dürfte.

Nun hatte Michaela das Wort, die davon berichtete, wie sie mit einigen Freundinnen am Wochenende bei einer Menstrip-Show im Delta Musik Park, einem Discozelt in Duisburg, den Junggesellinnenabschied einer Gespielin feierte. Gisela beteuerte den anderen Frauen, dass die Männer, die dort ihre Körper präsentierten, einen Hintern hatten, der mindestens genau so stramm war wie ein Päckchen Tabak. Abgelöst wurde der Wortwechsel von Eva, die verkündete, dass sie schon lange kein Interesse mehr an Männern hätte und den ehelichen Akt am liebsten von hinten ausführte, um dabei kein interessiertes Gesicht machen zu müssen.

Die Männer am Tisch reichten ungeachtet dieser Erzählungen der Reihe nach den Prospekt eines Baumarktes aus der Tageszeitung weiter. Als das Blättchen bei Silber ankam, entdeckte dieser ein günstiges Angebot für Motorenöl, worüber er sich erfreut äußerte. Daraufhin rissen die dummen Bemerkungen über Silbers Vorhaben, mit dem Wagen über den TÜV zu kommen, gar nicht mehr ab. Emil befürchtete, dass die Mängelkarte wohl länger sein würde als die Gästeliste beim Geburtstag des Bundeskanzlers. Josef meinte, wenn er vorher noch einen Ölwechsel machen wollte, wäre das sehr vernünftig. Er würde nämlich den Wert des Wagens verdoppeln. Krämer erklärte sich bereit, Wetten anzunehmen, ob die Trümmerbüchse den TÜV-Stempel nun erhielt oder nicht. Zu Silbers Erlösung endete die Pause. Auf dem Weg zur Rohmasse legte er sich schon mal die Worte zurecht, die er brauchen würde, um seinen Urlaub für den TÜV-Besuch zu bekommen. Er war gespannt, welche Laune seine Vorgesetzte aufwies.

Maria Kaupt konnte ihre Tränen nicht verbergen, als die Mordkommission in ihrem Büro erschien und mitteilte, dass ihre Sekretärin mit aufgeschnittenen Pulsadern und zerschlagenem Gesicht in ihrem Wagen – an dessen Lenkrad sie mit Isolierband gefesselt worden war – aus der Ruhr gefischt werden musste. Als die Beamten noch einige formelle Fragen stellten, die sie erschreckenderweise nur dürftig beantworten konnte, musste sie sich eingestehen, wie wenig sie über die Menschen in ihrer Umgebung wusste. Trotzdem bedankten sich die Beamten, hinterließen noch eine Telefonnummer für den Fall, dass ihr noch etwas Sachdienliches einfallen sollte, und verabschiedeten sich.

Maria hatte eigentlich vor, alle Termine für diesen Tag abzusagen, doch leider lag noch eine Besprechung an, bei der sie nachhaken wollte, warum die ganze Belegschaft ab Donnerstag in ein verlängertes Wochenende geschickt werden sollte. Entweder waren Wartungsarbeiten oder mangelnde Auftragslage der Grund, etwas anderes konnte sie sich nicht vorstellen. Dann wollte ihr Vater noch anrufen und sich nach dem Vorankommen der Firma erkundigen. Obendrein musste sich Maria noch nach dem Verbleib des Produktionsleiters erkundigen, der an diesem Tag der Arbeit ferngeblieben war, ohne sich krank zu melden. Sie wollte aus einer Handvoll von Leuten eine Vertretung für Froßmann wählen, von der ihr aber keiner so richtig als geeignet erschien. Maria grinste. Wenn sie genau wüsste, dass man in dieser Woche noch die Firma abreißen wollte, würde sogar Silber als Vertretung in Frage kommen. Verschlimmern konnte selbst er nichts mehr. Maria schaute verträumt hinaus zu dem Springbrunnen. Sie sehnte sich danach, Silber zu sehen. Er wäre bestimmt der Einzige an diesem Tage, der es schaffen würde, sie aufzumuntern. Und das konnte sie weiß Gott gut gebrauchen.

Anna Polowna zählte das Geld nach, das sie sich für ihren gefälschten Pass zurücklegen musste. Hoffentlich war der hohe Preis für das unechte Dokument auch gerechtfertigt. Sie verstaute das Geldbündel in ihrer Handtasche und legte sich auf das Bett. In dieser Woche war noch viel zu erledigen. Der Polizeispitzel namens Silber musste noch ans Messer geliefert werden, die Transaktion der Ware stand bevor und ein Flug in die Schweiz war zu organisieren. Alles Dinge, die ihre höchste Konzentration verlangen würden. Ein Fehler – und der Polizeispitzel würde sie verhaften oder die Organisation würde sie beseitigen. Die große Wahl blieb ihr in dieser Sache also nicht. Im Augenblick jedoch schien es ihr, als ob Nauermanns Kontrollanrufe sich häuften. Er hatte wohl große Sorge, dass das Bevorstehende nicht nach seinen Vorstellungen ablaufen könnte. Sie ging zu ihrem Telefon und versuchte zunächst, mit dem Polizisten in Kontakt zu treten, um mit ihm ein Treffen zu vereinbaren. Eigentlich bedauerte sie, dass dieser Mann sterben sollte. Das Einzige, was sie beruhigte, war, dass sein Ableben bestimmt kurz und schmerzlos inszeniert werden musste. Die Ironie war jedoch, dass dieses von dem Treffpunkt abhing, den er selber wählen durfte. Also wünschte sie diesem Silber insgeheim viel Glück bei seiner Wahl.

Zur gleichen Zeit, als Maria eine Vertretung für Gerd Froßmann wählte, Silber mit Händen und Füßen eine herzzerreißende Geschichte erzählte, damit der Urlaub genehmigt wurde und Anna sich von der Qualität ihres Passes überzeugte, gelangte eine Information der Duisburger Polizei über einen im Rhein versunkenen Lastwagen direkt nach Pullach in die Zentrale des Bundesnachrichtendienstes. Dieser schickte sofort seine Spezialisten nach Duisburg, ließ alles großräumig abriegeln und erklärte der Duisburger Polizei, dass sie aus Gründen der Sicherheit für die Bundesrepublik Deutschland für diesen Fall nicht mehr zuständig sei. Der Hobbyfischer, der den Kleinlastwagen entdeckt hatte, wurde sofort in Gewahrsam genommen und bis zu seiner Erschöpfung mit Fragen bombardiert, die ihm sogar Informationen über seine Kindheit entlockten. Leichen konnte die

Polizei nicht finden. So hegte die Zentrale immerhin die Hoffnung, dass die verschwundenen Agenten noch lebten, obwohl die am Tatort gefundenen Blutspuren mit denen ihrer Männer identisch waren. Die Projektile, die umgehend analysiert wurden, ergaben, dass die Kugeln aus einer gestohlenen Waffe stammten. Von den Videobändern konnte nicht mehr viel gerettet werden außer einem Band, das sich noch in einem der Geräte befand und weitestgehend vom Wasser verschont geblieben war.

Dieses nahmen die Spezialisten genauer unter die Lupe. Die Sequenz, in der drei Personen über die Mauer der Fabrik kletterten, bekam die größte Aufmerksamkeit der Bildtechniker. Das Ergebnis der hochqualifizierten Arbeit war ein Computerausdruck, der zwei Männer und eine Frau zeigte. Nach Eingabe in den Hauptcomputer spuckte er das Bild der Frau sofort wieder aus. Sie war unbekannt und nirgends negativ vermerkt. Ein Mann namens Gero Pallasch folgte dem Bild der Frau. Er hatte nachweislich den Wehrdienst verweigert und nahm ständig an Demonstrationen gegen Umweltsünden teil, war jedoch niemals in irgendeiner Form als gewalttätig vermerkt worden.

Ehe die Informationen über einen Mann mit dem Namen René Silber entgegengenommen werden konnten, verging eine kleine Ewigkeit, da der Computer bei seinem Bild gar nicht mehr aufhörte, dem Drucker Impulse zu geben. Nachdem drei Seiten ausgedruckt waren, wussten die Agenten einiges mehr über diesen Mann. Er wurde in Duisburg schon in seiner Jugend mit hochkarätigen Banden in Verbindung gebracht. Die sieben Punkte, die in Flensburg vermerkt waren, hatte er wegen Missachtung einer roten Ampel und Widerstand bei der Verhaftung bekommen – die damit endete, dass er sich mit einem nicht verkehrssicheren Auto eine Verfolgung mit der Polizei quer durch Duisburg lieferte und die Beamten dabei ihren Streifenwagen vor ein Schleusentor setzten. Später bildete die deutsche Bundeswehr ihn aufgrund seiner Fähigkeiten zum Scharfschützen aus. Er hat nicht nur Gold geschossen und wurde als bester Schütze in seinem Jahrgang registriert, sondern hatte auch noch so viele Disziplinarverfahren am Hals, dass man damit die Duisburger Königstraße hätte pflastern können. Die Vorwürfe gingen von Befehlsverweigerung bis hin zur eigenmächtigen Abwesenheit.

Die Zentrale war sicher, ihren Mann gefunden zu haben. Sie ordnete an, seinen Wohnsitz zu observieren, sein Telefon anzuzapfen und ihn lückenlos zu beschatten. Sie forderte dafür ihre fähigsten Männer an. Denn wer es schaffte, zwei Agenten des BND außer Gefecht zu setzen, sollte unbedingt ernst genommen werden.

„Was da los da?", rief Josef.

„Ach du heilige Scheiße", stimmte Emil mit ein, „lass dat ja nicht Silber hören, der tillt aus."

„Wat soll ich nicht hören?", fragte Silber, der gerade nach seiner broadwaymäßigen Vorstellung den benötigten Urlaub bekommen hatte und sich im Kühlraum erst mal ausruhte.

„Dass Deleck die Vertretung für Froßmann macht", sagte Angelika.

„Wat? Der Quadratarsch mimt jetzt den Hilfssheriff? Ich glaub, ich krieg die Tür nicht zu. Dat is genau dat, wat die Welt zum Untergang noch gebraucht hat."

„Aber es gibt auch 'ne gute Nachricht", verkündete Angelika.

„Jetzt gib dir aber mal Mühe", forderte Silber sie auf.

„Es geht das Gerücht um, dass Mittwoch nach Feierabend für alle das Wochenende beginnt. Für die Rohmasse jedoch einen Tag früher, weil die anderen Abteilungen erst ihre alten Massen verarbeiten sollen und wir somit keine neue fertigen müssen."

„Ich werd zum Elch", bemerkte Silber.

„Ich bin noch nicht fertig", grinste Angelika.

„Wat noch?", hakte Emil nach.

„So wie dat aussieht, haben wir letzte Woche schon so viel produziert, dat wir heute mit der Wochenendreinigung beginnen und uns morgen an den Füßen spielen können."

„Dat ist ja 'n Knaller – und ich Arsch habe für morgen Urlaub genommen!", rief Silber fassungslos.

Emil stieß die Türen vom Kühlraum auf und rief in den Produktionsraum: „Lasst die Kessel überkochen!"

„Haha, morgens halb zehn in Deutschland", freute sich Josef.

„Astrein", lachte Silber, „ich muss hoch, Paule Bescheid sagen, der kriegt doch so wat nie mit."

Silber lief aus der Abteilung. Dabei kam ihm Maria entgegen. Er fasste sie bei der Hand und lief mit ihr ins Treppenhaus. „Was ist los?", fragte sie erstaunt. „Ich weiß wat, wat du nicht weißt!"

Maria lächelte. Was sollte Silber schon mehr wissen als sie?

„Was denn?"

„Ab morgen ist Feierabend. Wochenende. Auf die Kacke hauen mit allem Drum und Dran."

Maria machte ihm die Freude und spielte die Erstaunte, obwohl sie es selbst war, die diese Anweisung mit beschlossen hatte, damit wichtige Wartungsarbeiten an den elektrischen Leitungen durchgeführt werden konnten. „Echt?"

„Ja, da haben sich die Bürofuzzis bestimmt einen bei abgebrochen, als die dat beschlossen haben."

„Und was hast du jetzt vor?" Silber drückte die Tür zum Dach auf.

„Paule besuchen. Der muss die gute Nachricht doch auch erfahren."

Beim Betreten des Daches flog schon die erste Taube auf Silbers Schulter, die anderen belagerten die Dachlaube.

„Wat is denn mit denen los?"

„Sieht so aus, als ob die Tiere Futter möchten", bemerkte Maria.

„Kann gar nicht sein", widersprach Silber sofort. „Dat is dat Erste, wat Paul morgens macht."

„Gib ihnen etwas, du wirst sehen."

Silber machte die Tür der Laube auf. Muffige Luft drang nach außen, und ihm kam es vor, als hätte sich seit vergangenem Freitag nichts verändert. Er nahm den Futtereimer mit nach draußen, öffnete das Gefäß, verstreute den Inhalt großflächig, wie Paul es machen würde, damit kein Futterkampf entstand, und wunderte sich über die Reaktion der Tauben, die in der Tat hungrig zu sein schienen.

„Siehst du?", sagte Maria.

„Ja", Silber nickte. „Da muss Paule wohl wirklich krank sein. Wenn er noch nicht mal kommt, um die Tauben zu füttern. Komisch, sonst ruft der mich für jeden Furz sofort an. Sogar, wenn er mal später kommt." Silber schaute sich um in der Hoffnung, Paul würde doch noch kommen.

Maria bemerkte, dass Silber traurig war. Paul und er mussten wohl wirklich dicke Freunde sein, sonst würde er nicht so empfindlich reagieren. Silber gab den Tauben noch frisches Wasser und verließ dann mit Maria das Dach.

„Geht ihr diese Woche noch ins Kino?"

„Weiß nicht", antwortete Silber lustlos. Ihn nervte es immer noch, dass er nicht wusste, wo Paul sein konnte.

„Schade. Ich dachte, wir sehen uns."

„Ach so." Silber glaubte, verstanden zu haben. „Wenn das so ist ..."

„Ja?", fragte Maria hoffnungsvoll.

„Dann gebe ich dir mal Geros Telefonnummer."

„Idiot", dachte Maria und nahm dankend die Nummer an, die Silber ihr augenzwinkernd in die Hand drückte. Er gehörte sicher zu den Männern, denen man eine Einladung für ein Rendezvous auf den Hintern nageln konnte, ohne dass sie es bemerkten.

„Diese Woche werden wir uns bestimmt nicht mehr sehen. Morgen habe ich nämlich Urlaub und bringe mein Baby über den TÜV."

„Schade."

„Grüß Gero von mir. Sag ihm, dass ich Urlaub habe."

Sie verabschiedeten sich und gingen ihrer Wege. Maria musste zu einer weiteren Besprechung und Silber zu seinem Arbeitsplatz, wo er zusammen mit Emil gegen die anderen den Kochkessel verteidigen musste. Doch Silber saß einem großen Irrtum auf, wenn er glaubte, Maria und Gero in dieser Woche nicht mehr zu sehen. Sie sollten auf eine bestimmte Art und Weise ihre Zeit miteinander verbringen, die andere Leute an den Rand des Wahnsinns treiben würde.

Gero Pallasch fuhr mit seinem Fahrrad vom *Blanka*-Parkplatz und erfreute sich an dem Gedanken, ein langes Wochenende zu genießen. Er malte sich schon aus, wie er die Zeit nutzen wollte. Vielleicht sollte er einen alten Kumpel aus Hamburg mal wieder mit einem Besuch seinerseits überraschen oder eine frühere Internatsbekanntschaft besuchen, die im Zentrum Berlins wohnte. Obwohl er ja eigentlich schon lange vorhatte, für ein paar Tage nach Paris zu fahren, um dort die Museen ausgiebig zu besichtigen. Solch eine freudige Qual der Wahl verlieh ihm gute Laune und ließ ihn kräftiger in die Pedale treten. Er steuerte noch eine Videothek an und gab einige Filme zurück. Dann fuhr er mit einem Lied auf den Lippen in Richtung seines Wohnortes, driftete jedoch aufgrund des angenehmen Wetters in einen Waldweg ab und beschloss, einen Umweg zu machen. Der frühe Nachmittag bescherte ihm den Genuss, den Wald sein Eigen nennen zu dürfen.

Plötzlich wurde die Stille des Waldes durch ein aufheulendes Motorengeräusch und das Bersten von Ästen zerstört. Vögel flogen aufgeregt aus den Baumwipfeln, und aufgescheuchte Hasen kreuzten seinen Weg. Gero bremste ab. Neben ihm hielt eine dunkle, amerikanische Großraumlimousine. Gerade als er sich fragte, welcher Rowdy diesen Weg wohl irrtümlich für eine Abkürzung hielt, rollte die Ladetüre zur Seite, und eine maskierte Person griff nach ihm. Gero stolperte entsetzt zurück; zusätzlich fiel er dabei noch über sein Fahrrad. Die Person sprang aus dem Wagen und baute sich vor ihm auf. „Gero Pallasch?", fragte der Maskierte. Gero überlegte noch, ob er leugnen sollte, der Gesuchte zu sein, als unerwartet Hilfe kam. Ein Schuss fiel. Die Person wurde durch die Wucht der Kugel, die in ihren Brustkorb einschlug, zurück in den Wagen geschleudert. Nun stieg auch der Fahrer, der ebenfalls maskiert war, aus und hielt dabei ein Maschinengewehr in den Händen. Er schoss damit streuend in die Richtung, in der er den Schützen vermutete. Nachdem der ohrenbetäubende Lärm abklang, ging der Fahrer in die Hocke. Er wartete auf eine Reaktion aus dem Wald.

„Sind Sie Gero Pallasch?", fragte der Unbekannte.

„Ja", hauchte Gero. Er wagte kaum zu atmen.

„Wissen Sie, wer diese Leute sind?"

„Ich weiß ja noch nicht mal, wer Sie sind."

Ein weiterer Schuss fiel. Gero hätte schwören können, dass er das Zerbersten der Stirnplatte hörte, als die Kugel in den Kopf des Maskierten eindrang. Er dachte darüber nach, ob er liegenbleiben oder sich langsam daranmachen sollte, die Flucht zu ergreifen. Die

Entscheidung wurde ihm abgenommen. Nauermann beugte sich auf einmal über ihn und schlug ihn mit dem Gewehrkolben bewusstlos. „Ganz schön beliebt, unser Bulle", bemerkte er knapp, winkte Schiffer zu sich heran und begann schon mal damit, die Spuren zu beseitigen.

Silber öffnete das Verdeck seines Kübelwagens und setzte die Sonnenbrille auf. Er stellte, so gut es ging, Radio Duisburg ein und fuhr vom *Blanka*-Parkplatz. Silber liebte solche Augenblicke. Zu wissen, dass er diesen Drecksbunker in den nächsten Tagen nicht wiedersehen musste und so endlich mal das machen zu können, was er wollte. Nämlich nichts. Und bei solch einem sonnigen Wetter machte er gern mal einen kleinen Umweg und fuhr neben der Ruhr entlang nach Duisburg-Meiderich hinein. Er tat genau das, was er immer nach Feierabend machte. Er fuhr seine Vollkornbäckerei an und kaufte viel zu viel ein, weil seine Augen wieder mal größer waren als der Hunger. Danach ging er in den Supermarkt unter der Autobahnbrücke und holte dort seine tägliche Ration Bananen. Als er um die Ecke des Häuserblocks fuhr, in dem seine Wohnung lag, bemerkte er, dass schon jemand auf seinem Lieblingsparkplatz stand. Normalerweise kam bei ihm schlechte Laune auf, wenn er von seinem Fenster aus nicht auf seinen Wagen gucken konnte, aber es war bestimmt nur eine Mutti, die schnell etwas einkaufen musste. Man konnte den Wagen ja immer noch umsetzen, wenn der optische Entzug zu groß wurde. Ein Lächeln machte sich auf seinem Gesicht breit. Er wünschte dieser Mutter, dass sie den Wagen bald wegfuhr, wenn sie nicht wollte, dass sich tausend kleine Patschehändchen auf den getönten Scheiben verewigten. Die Kinder in dieser Umgebung bekamen nämlich selten eine amerikanische Großraumlimousine zu Gesicht.

Die BND-Agenten Matthias Reusch und Helmut Wenzel wurden mit der Anweisung betraut, sich um Silbers Beschattung zu kümmern. Ihre Zentrale wies sie darauf hin, diese Observation mit äußerster Sorgfalt durchzuführen und sich der Zielperson möglichst nicht zu nähern, da diese als absoluter Profi galt, der mit großer Wahrscheinlichkeit schon zwei Agenten aufgespürt und eliminiert hatte. Für Agent Reusch war dies der erste Einsatz. Er fragte sich, ob es für ihn nicht gemäßigtere Aufgaben gab, die es zu lösen galt, anstatt sich mit einem Terroristen abzugeben. Agent Wenzel wiederum, der schon etwas länger dabei war, hielt diese Weisung für eine prickelnde Herausforderung. Er würde diesem Frischling Reusch schon zeigen, wie man mit den Leuten umzuspringen hatte, die sich einfach das Recht nahmen, der Bundesrepublik Deutschland auf der Nase herumzutanzen. Beide konnten aber kaum glauben, dass es sich um den Staatsfeind Nummer eins handelte, der in einem Auto um die Ecke schlich, das aussah wie eine bereifte Kasperlebude. Er stieg in einem Jogginganzug aus, dessen Tage schon gezählt zu sein schienen, eierte mit einem Haufen Lebensmitteln in den Armen zu seiner Haustür, schloss diese unter Einsatz größter Akrobatik auf, schaute rülpsend in den Briefkasten und trat die schwere Haustür mit der Hacke hinter sich zu.

„Das soll also der Profikiller René Silber sein, ja?", fragte Reusch skeptisch.

„Alles nur Tarnung, mein Junge", sagte Wenzel verwegen. „Wenn er wollte, wären wir schon lange weg vom Fenster. Solche Profis sind in Wirklichkeit höchst kultiviert, sehr intelligent und bewegen sich wie ein Chamäleon durch unsere Gesellschaft. Glaub mir." Ein Poltern drang aus einem der kleinen Lautsprechern, die in Verbindung mit einer Wanze im Hausflur standen.

„Verdammte Scheiße, jetzt sind mir die bekackten Bananen auch noch runtergesegelt", hörten die Agenten Silber aus dem Hausflur fluchen.

Reusch zog skeptisch die Augenbrauen hoch.

„Na, besonders kultiviert hört er sich aber nicht an."

„Alles Tarnung", versicherte Wenzel dem jungen Agenten.

Kein Licht, feuchte Luft, nur tropfende Geräusche, die aus einem anderen Raum herüberschallten, vermischt mit dem Fiepen der am Boden laufenden Ratten, an einen Stuhl gefesselt, der ein faulig-feuchtes Sitzpolster hatte, und das Schlimmste: keine Zigarette – so musste Gerd Froßmann seit 72 Stunden verharren. Er befand sich in einem stillgelegten Kellerkomplex der Firma. Rufen hatte wenig Sinn, über ihm röchelte das Kesselhaus. Bewegen konnte er sich schon gar nicht. Schiffer ließ die Handschellen bis zum letzten Ritzel einrasten, als er ihn damit auf dem Stuhl fixierte. Froßmann wollte sich wundern, wenn ihm die Hände nicht abfielen, wenn er jemals wieder von hier wegkommen sollte. Schlimmer waren aber die Schläge ins Gesicht, die er jedes Mal erhielt, wenn man ihn in unregelmäßigen Abständen besuchte und dabei nach irgendwelchen Dingen fragte, die er in keiner Weise beantworten konnte. Ständig wollten sie wissen, ob noch weitere Agenten unterwegs wären, ob er was über den Verbleib der Photos wüsste und wann er meinte, dass die Polizei versuchen würde, ihn zu befreien. Alles Fragen, die ihn daran zweifeln ließen, ob die Entführer noch alle Sinne beisammen hatten. Eine junge Frau kam manchmal mit und flößte ihm dann etwas Wasser ein. Zu essen bekam er jedoch nichts. Insgeheim war er auch froh darüber, denn die Möglichkeit, die Toilette zu benutzen, würde er wohl kaum bekommen. Gedanken über das Wasserlassen machte er sich letztendlich nicht, weil er sofort wieder alles ausschwitzte, wenn Schiffer seine cholerischen Anfälle bekam. Auf einmal fingen die Neonröhren an zu flimmern. Jemand schaltete vom Nebenraum aus das Licht an. Mehrere Personen kamen herein. Geblendet vom Licht sah er nicht, wie viele es waren.

Er vernahm das Rasseln von Handschellen, aber nicht das seiner eigenen. Wortlos verließen die Personen wieder den Raum und löschten das Licht. Froßmann spürte, dass noch jemand anders im Raum stand.

„Gehören Sie auch zu denen?", fragte er.

„Nein, ich gehöre nicht dazu", antwortete ein Mann.

„Aber eine Ahnung, was hier vor sich geht, haben Sie vielleicht?"

„Diese Frage muss ich zu meinem größten Bedauern leider ebenfalls verneinen."

„Das ist schade. Ich hatte gehofft, etwas an Informationen zu erhalten, ohne gleich körperliche Züchtigung zu erfahren." Resignation überkam Froßmann.

„Dieses Erlebnis habe ich leider auch schon hinter mich gebracht", sagte der Mann.

„Haben Sie es denn geschafft, die Fragen zu aller Zufriedenheit zu beantworten?"

„Nun, es ist äußerst schwer für mich gewesen, mir diese wirren Fragen zu vergegenwärtigen. Als der Punkt kam, welche Art von Agent ich bin, dachte ich, es sei besser auszusteigen."

Der Unbekannte atmete schwer „Das kann ich mir denken. Sie haben also keine dieser besagten Photos jemals zu Gesicht bekommen?"

„Die Frage nach den Photos ist mir noch nicht zu Ohren gekommen."

„Mir zu meinem Leidwesen schon des Öfteren." Froßmann schüttelte verständnislos den Kopf. „Ich bin mir jedoch sicher, dass unsere Peiniger bei so wenig Wissen schnell erkennen werden, dass sie einem Irrtum unterliegen, was unsere Person angeht."

„Da bin ich mir nicht so sicher. Ich habe eher den Eindruck, dass diese Leute eine sehr festgefahrene Meinung vertreten, was unsere Identität angeht", sagte Froßmann leise.

„Was glauben die denn, wer wir sind?"

„Agenten."

„Sind die übergeschnappt?" Die Stimme hatte einen ungläubigen Klang.

„Diesen Gedanken habe ich auch schon geäußert. Er ist aber auf keinen großen Anklang gestoßen."

„Wenn ich die Ausbildung zu einem Agenten genossen hätte, würde ich mich bestimmt nicht in solch einer misslichen Lage befinden."

„Warum stehen Sie eigentlich?", fragte Froßmann interessiert.

„Weil man mich mit Stacheldraht um den Hals an der Regenrinne der Kellerwand festgezurrt hat."

„Oh, das stelle ich mir sehr unangenehm vor."

„Ich kann Ihnen bestätigen, dass es in der Tat so ist."

Betroffene Stille trat ein. Doch Froßmann griff das Gespräch wieder auf. Er war froh, nach so langer Zeit mal wieder mit einem Menschen zu sprechen. Schon fast gut gelaunt sagte er: „Es ist wohl an der Zeit, dass ich mich mal vorstelle. Mein Name ist Gerd Froßmann. Ich bin Produktionsleiter in dieser Firma."

„Oh, hallo Herr Froßmann. Ich bin es, Gero Pallasch aus der Puderabteilung." Gero stieß seufzend seine Atemluft aus.

Nauermann und Schiffer machten sich daran, die amerikanische Großraumlimousine mit den beiden Toten verschwinden zu lassen. Schiffers Idee war es gewesen, den Wagen diesmal nicht in ein Gewässer zu schieben, sondern in eine der nicht genutzten Lagerhallen zu fahren. Sie rollten die beiden Leichen in schwarze Folie und setzten sie auf die hinteren Sitze der Limousine.

„Wer die wohl sind?", fragte Schiffer sich nachdenklich. „Bullen haben viele Feinde. Vielleicht ist er noch ein paar Leuten aufs Dach gestiegen."

„Bestimmt. Bullen sind eine echte Plage."

„Das sag' ich dir. Ich bin froh, wenn die ganze Scheiße vorbei ist."

„Meinst du, dass wir uns die Kohle von Anna auch noch einsacken können?"

„Bestimmt. Aber wenn nicht, haben wir ja immer noch genug."

„Wer ist denn jetzt der Nächste?"

Schiffer war nun richtig in Fahrt gekommen, nachdem er Marias Sekretärin hatte verbluten lassen und die beiden BND-Agenten im Wald erschossen hatte. Nauermann hoffte nur, dass es nicht ausartete und Schiffer auf gut Glück irgendwelche Leute tötete, weil er glaubte, es wäre der Sache dienlich. Eigentlich wusste Nauermann genau, worauf Schiffer anspielte. Er wollte Silber. Doch sie mussten abwarten, was Anna aus ihm herausbekam, damit sie einschätzen konnten, wie viel er wusste. Danach sollte Schiffer, was Silber anging, freie Hand haben.

In Silbers Bauch explodierte ein kleines Feuerwerk, nachdem er die Nachrichten seines Anrufbeantworters abgehört hatte. Anna Polowna beanspruchte nämlich einen Teil des Bandes, um ihm mitzuteilen, dass sie großes Interesse an einem Treffen mit ihm hätte. Silber nahm sich seinen großen Teddy, den er Bernie, dem Nachtwächter, versprochen hatte, und tanzte damit durch die Wohnung. So ein Gefühl hatte er schon lange nicht mehr gehabt. Seine letzte Beziehung lag schon ewig zurück und nahm ein so schlechtes Ende, dass man meinen könnte, solche Gefühle seien bei ihm abgestorben. Erst der Nachrichtentext seines Vermieters, er solle sich mal wieder um die Reinigung des Treppenhauses kümmern, löschte das Feuerwerk. In der Hoffnung, es erneut zu entfachen, spulte er das Band zurück, um ihrer weichen, harmonischen Stimme mit dem leichten Akzent zu lauschen. Er ließ sich in den Sessel sinken und fragte sich, welchen Treffpunkt er der schönen Frau wohl anbieten sollte. Seine Wohnung konnte man getrost ausschließen. In der Küche stapelten sich leere Pizzaschachteln, im Badezimmer blätterte die Tapete vom x-ten Rohrbruch über ihm ab, und der Regen war der Letzte gewesen, der die Fensterscheiben mit Wasser bedachte. Was nun? Es musste etwas sein, was ruhig aber nicht langweilig war. Sehenswürdig, jedoch nicht aufdringlich. Günstig, dennoch edel. Silber lächelte und legte einen Arm um den Teddy. Er hatte eine großartige Idee. Anna würde den Landschaftspark Duisburg bestimmt toll finden.

Gemächlich landete an diesem Abend ein Sportflugzeug auf dem mit Tau überzogenen Rasen des kleinen Flughafens von Mülheim. Im dumpfen Licht der Signallampen stiegen fünf Männer ohne Gepäck aus. Auf sie warteten zwei Limousinen, die sie auf direktem Wege zu einem Hotel brachten. In der Empfangshalle wurden sie von Nauermann begrüßt, der ihnen umgehend an der Hotelbar erklärte, was zu tun war. Er bat sie jedoch, bis auf Weiteres auf ihren Zimmern zu bleiben und darauf zu warten, dass man ihre Fähigkeiten beanspruchen würde. Als die fünf Männer ihre Unterkünfte bezogen, fanden sie nicht nur, wie ihre Gewohnheit es verlangte, maßgeschneiderte Anzüge und automatische Handfeuerwaffen vor, sondern auch Bilder, die Anna Polowna und Silber zeigten. Lange mussten sie sich die Photographien nicht anschauen, um sich die Gesichter einzuprägen. Allesamt schienen sie verwundert, dass man sie für solch einen lächerlichen Spaziergang, wie sie es nannten, eigens aus Russland kommen ließ. Andererseits musste es schon dringend sein, denn die Spitze der Organisation hatte das Ganze ins Rollen gebracht, und die ließ sich gewöhnlich nicht so leicht beeindrucken.

In dieser Nacht erhielt eine Handvoll BND-Agenten die Pläne des Landschaftsparks Duisburg mit der Anweisung, den darauffolgenden Tag dafür zu nutzen, Silber endlich dingfest zu machen. Die Zentrale wollte nicht noch mehr Leute verlieren und begrüßte diesen abgelegenen Treffpunkt. Natürlich wurde Misstrauen groß geschrieben, und die Dechiffrier-Spezialisten analysierten das abgehörte Gespräch zwischen Anna und Silber wieder und wieder, um versteckte Botschaften aufzudecken. Jedoch konnte aus dem Mix von Gestotter, das Silber auf der einen Seite präsentierte, und aus distanzierter Kälte, die Anna andererseits zum Besten gab, kein befriedigendes Ergebnis erzielt werden. Also wurde angeordnet, sich Dienstagabend um 20 Uhr in Stellung zu begeben und zu warten, bis der Zugriff erteilt wurde. Bis dahin schwärmten einige Agenten aus, um ihre Kollegen zu suchen, die ja offenbar vom Erdboden verschwunden waren.

Reusch und Wenzel hielten das Ganze für einen Scherz, als Silber mit einem nagelneuen Mercedes-Coupé neben seinem Kübelwagen parkte und obendrein auch noch in einem Anzug ausstieg, der aus einem edlen Stoff geschneidert war. Nicht der glänzende Pkw und die Textilien irritierten sie, sondern wie er es geschafft hatte, das Haus unbemerkt zu verlassen, welches sie keinen Moment aus den Augen gelassen hatten. Während Wenzel wetterte, was für ein gerissener Hund dieser Silber doch sei, begann Reusch, langsam den Ausführungen seines Kollegen Glauben zu schenken, was die Wandlungsfähigkeit eines Terroristen betraf. Wenn die Agenten geahnt hätten, wie einfach des Rätsels Lösung war, hätten sie wahrscheinlich freiwillig alle Toiletten des Bundesnachrichtendienstes geschrubbt, um Buße zu tun. Nachdem Silber beim TÜV die erhoffte Plakette nicht bekommen hatte, weil die Vorderachse angerostet war und der Motorenraum kinderfaustgroße Löcher aufwies, beschloss er, sich etwas zu gönnen. Er wollte mit seinem Drahtesel eine kleine Fahrradtour nach Duisburg-Baerl machen. Als er unten im Hof seine Reifen mit Luft versorgte, überredete ihn eine Horde kleiner Nachbarmädchen, sich doch um die kaputte Schaukel zu kümmern. Natürlich konnte er dem Charme der sechs jungen Damen nicht widerstehen und reparierte für einen Schokoladenriegel das Spielgerät. Weil er sich jedoch nun an der entgegengesetzten Seite des Innenhofs befand, nutzte er einen anderen Kellerausgang, um auf die Straße zu gelangen. In Baerl besuchte er dann seinen Freund Azur, klagte ihm sein Leid wegen der verweigerten TÜV-Plakette und schwärmte von der bevorstehenden Verabredung. Da Azurs Vater zu dieser Zeit am Strand von Mallorca verweilte, lag der Gedanke nah, sich den Mercedes und einen der besten Anzüge für dieses Rendezvous zu reservieren. Azurs Bedenken waren anfänglich groß, doch schließlich gab er nach in der Hoffnung, Silber bekäme endlich mal eine bessere Hälfte, die ihm den Kopf geraderückte. Silber versicherte unter dem Lärm der quietschenden Reifen, auch gut auf den Anzug achtzugeben, und fuhr mit ausbrechendem Heck vom Grundstück. Zu Hause angekommen, wollte er sich noch mal ein wenig ausruhen für den Fall, dass die Nacht länger als erwartet ausfallen sollte. Silber ahnte gar nicht, wie klug diese Entscheidung war.

Der Landschaftspark Duisburg war ein 200 Hektar großes Gebiet zwischen den Stadtteilen Meiderich und Hamborn. Inmitten der Fläche thronte ein um 1900 erbautes riesiges Hochofenwerk, das 1985 stillgelegt wurde. Ein englischer Künstler hatte dem Koloss majestätisches Leben eingehaucht, indem er die Industriekulisse mit einer neonfarbenen Beleuchtung ausstattete. So glich das Hüttenwerk nachts einem glänzenden Märchenschloss. Das ganze Areal war mit hüfthohen Zäunen umgeben. Überall wiesen grüne Handläufe dem Besucher den Weg, den er zu begehen hatte. Jenseits dieser Zäune konnte jedoch nicht mehr für Sicherheit garantiert werden, da die Betreiber nicht genau wussten, wie weit der Verfall vorangeschritten war. Je länger die Zeit an dem Park vorbeizog, um so mehr kamen verloren gegangene Pflanzen wieder zum Vorschein, die ein jedes Botanikerherz höherschlagen ließen. Man ließ diese Pflanzen wild wuchern, um das Gefühl zu verstärken, der Besucher sei in einer anderen Welt. An jedem Element des Werkes fand sich eine genaue Beschreibung, was früher an dieser Stelle vor sich gegangen war. So bekam der Besucher eine genaue Einführung in die Metallproduktion. Der Hochofen Nummer fünf belohnte jeden Gast nach seiner Besteigung mit einer unglaublichen Aussicht auf die ganze Stadt. Natürlich ließ sich von dort aus auch hervorragend auf die Herzstücke des Werkes schauen. Da waren zum Beispiel die zwei runden, sechs Meter tiefen Klärbecken, die sich ständig mit Regenwasser füllten. Oder die sogenannte Möllerbunkeranlage, in der früher die Rohstoffe lagerten, um den kontinuierlichen Hochofenbetrieb zu gewährleisten. Jetzt dienten die sieben Meter tiefen Bunkertaschen teilweise nur noch als Klettergarten für Bergsteigerfreunde und als Abenteuerspielplatz für die Kinder des Reviers. Überall ragten noch Säulen, mittlerweile krumm wie die Zähne eines alten Dinosauriergebisses, aus dem Boden, die früher die Gleise der Hochbahn getragen hatten. Der Betrachter konnte glauben, dass diese Metallstadt für die Ewigkeit gebaut worden war. Und hier sollte nun in der Nacht die erste Schlacht zwischen Gut und Böse, zwischen Wissenden und Ahnungslosen geschlagen werden.

Anna Polowna bemühte sich, vor der Zeit an dem Treffpunkt zu erscheinen, um sich die Gegebenheit für eine eventuelle Flucht genauer anzuschauen. Es konnte ja durchaus sein, dass der Bulle noch ein Ass im Ärmel hatte, von dem die anderen nichts wussten und das die ganze Aktion doch noch entscheidend beeinflussen würde. Sie konnte sich nun mal nicht vorstellen, dass er hier ohne Vorsichtsmaßnahmen erschien. Anna wollte auf jeden Fall die Augen offen halten, denn diesmal wurde anders gearbeitet als sonst. Erstmals wurden fremde Männer für die Beseitigung einer Person eingesetzt, und sie bekam diesmal kein Funkgerät mit. Das beunruhigte sie. Anna betrat das ehemalige Hüttenmagazin, welches zu einem Café umgebaut worden war. Gitterrahmen trennten die Tische voneinander, alte Emailleschilder schmückten die Wände, und in den Vitrinen lag altes Arbeitswerkzeug aus. Die Atmosphäre war angenehm ruhig. Viele Tische wurden schon von Pärchen besetzt. Nur an einem Tisch saß ein einzelner Mann, der aufstand, als sie den Raum betrat und ihr lächelnd den Stuhl zurechtrückte. Beim Laufen betrachtete Anna sich noch einmal in den spiegelblanken Vitrinentüren. Sie hoffte, dass ihr sportlicher Hosenanzug Silbers Zustimmung finden würde.

„Hallo, ich bin René Silber. Ich freue mich, dat du gekommen bist."

„Die Freude liegt ganz auf meiner Seite", antwortete sie.

Anna nahm wie gewohnt ihre Arbeit auf.

Grelles Neonlicht erfüllte den Kellerraum. Froßmann und Gero hörten diesmal nur eine Person aus dem Nebenraum herüberkommen. Froßmann erkannte zuerst, wer es war und schöpfte einen Augenblick Hoffnung. „Machen Sie uns los." Lautes Lachen erfüllte den Raum. Jetzt erkannte auch Gero, um wen es sich handelte, und ließ den Kopf, sofern es der Stacheldraht um seinen Hals zuließ, leicht sinken.

„Glauben Sie ernsthaft, ich bin gekommen, um Sie zu befreien?", kicherte Fliesenwinkel.

„Was soll das Ganze?", brüllte Froßmann ihn an, immer noch im Glauben, Fliesenwinkel sei einer seiner Untergebenen. Ein Schlag mit der flachen Hand ins Gesicht stellte klar, dass Fliesenwinkel sich nicht mehr zu den Arbeitern zählen ließ.

„Die Fragen stelle ich", sagte er drohend und wandte sich umgehend an den neuen Gefangenen. „Gero", sagte er mit gespielter Freundlichkeit, „ich habe dir ein glänzendes Geschäft vorzuschlagen."

Gero hob den Kopf und schaute ihn skeptisch an.

„Du sagst mir jetzt alles, was ich wissen möchte, und der Stacheldraht um deine Kehle verschwindet. Wenn nicht, werde ich versuchen, ihn noch ein bisschen strammer zu ziehen."

„Das dürfte schwierig werden. Ich kann bestätigen, dass der Spielraum des Stacheldrahtes vollständig ausgenutzt ist."

Ein feiger Schlag in den Magen ließ Gero leicht zusammensacken, der Stacheldraht bohrte sich dabei in seinen Hals. Er rang nach Luft.

„Noch eine wichtige Regel: Die Witze mache ich hier."

„Lassen Sie den Jungen in Ruhe, der weiß genau so wenig wie ich", versuchte Froßmann, Gero beizustehen.

Fliesenwinkel ließ sich durch diesen Zwischenruf nicht beirren. Er genoss seine Macht und wollte sie auch befriedigend ausschöpfen, bevor Nauermann zurückkam.

„Gero", begann er erneut, „du kannst mir doch sicher sagen, wo die Photos sind."

„Tut mir leid, ich fürchte, leider nicht."

„Denk mal einen Moment nach, es ist wichtig für uns. Wir möchten den Ort gern ohne irgendeine Spur verlassen, wenn du verstehst, was ich meine."

„Gehören wir auch zu den Spuren, die beseitigt werden sollen?"

Wieder ein Schlag in den Magen.

„Gewöhne dir an, keine meiner Fragen mit einer Gegenfrage zu beantworten. Klar?" Noch ehe Gero eine Antwort geben konnte, bekam er den nächsten Schlag. „Gut", lobte Fliesenwinkel, ohne eine Antwort bekommen zu haben. „Also, was ist mit den Photos?"

Gero bemerkte, dass er – was die begehrten Photographien anging – wirklich nur schwer eine vernünftige Diskussion führen konnte. Also beschloss er mitzuspielen, um wenigstens einen kleinen Einblick in das Geschehen zu bekommen. „Welche Photos werden denn gesucht? Wir haben ein großes Repertoire zu bieten."

„Die mit Anna und dem Betriebsratsvorsitzenden natürlich", sagte Fliesenwinkel genervt.

Gero musste nun blitzschnell diese Information verarbeiten, um eine halbwegs plausible Antwort zu geben.

„Ach so, diese Photos …", sagte er lang gezogen, als kleinen Vorschuss für Fliesenwinkel. Anna, so hieß die Frau, die die Telefonnummer von Silber erhalten hatte. Aber was sollte diese Frau mit dem Betriebsratsvorsitzenden zu schaffen gehabt haben? Silber besaß wohl ein Photo von ihr, von dem er sagte, dass er dieses von Paul hatte. Jedoch kannte Gero Pauls Quelle nicht. Ein Schlag ins

Gesicht holte ihn wieder zurück in die Realität. „Ja, diese Photos. Wo sind sie?"

„Sie sind nicht mehr in meinem Besitz", antwortete er reflexartig und fügte schnell hinzu: „Ich müsste einige Telefonate führen, dann könnte ich mehr über den Verbleib der Photos berichten." Ein erneuter Schlag ins Gesicht honorierte diese Antwort.

„Na klar, und schon haben wir die Hütte voller Bullen."

„Verhandeln müsst ihr doch sowieso, also kann ich doch schon jetzt ein Lebenszeichen von mir geben."

„Du glaubst, sie holen euch dann schneller hier raus. Womöglich noch Silber höchstpersönlich. Nicht wahr?", zischte Fliesenwinkel.

„Warum nicht?", antwortete Gero provokativ, sich darüber bewusst, gleich wieder einen Schlag einzustecken.

„Hahaha, daraus wird wohl nichts", Fliesenwinkel schaute gelassen auf seine Uhr. „Silber ist nämlich gleich tot."

Maria saß hinter ihrem Schreibtisch und massierte sich die Schläfen. Den Tag, den sie hinter sich ließ, wünschte sie keinem anderen. Auf der letzten Besprechung wurde das Thema „Zwangsentlassungen" angeschnitten. Händeringend dachte sie über einen Ausweg nach, doch wie die Auftragslage aussah, konnte sie sich dieser Maßnahme nicht mehr länger verschließen. Ihr Vater reagierte auf diese Nachricht nicht gerade erfreut und forderte sie auf, endlich mal zielstrebiger zu handeln. Maria weinte. Sie wollte immer so sein wie ihr Vater. Doch erst jetzt bemerkte sie, dass wohl mehr als nur Freundlichkeit und ein hoher Universitätsabschluss dazu gehörten, eine Firma zu leiten. Heute war es angebracht, Ellbogen und Kalkül einzusetzen. Ihr gelang in letzter Zeit aber auch nichts. Maria wischte sich die Tränen aus dem Gesicht. Sie schaffte es noch nicht einmal, einen einfachen Arbeiter für sich zu gewinnen. Vielleicht sollte sie es doch lieber einmal mit der Brechstangenmethode versuchen und ihn mit der Nase darauf stoßen, wer sie in Wirklichkeit war. Entweder ergriff er dann die Flucht oder zeigte sich in der Tat ausnahmsweise mal beeindruckt. Eventuell sollte sie doch lieber mal Gero um Rat fragen. Er kannte Silber schließlich besser und konnte ihr bestimmt einen guten Vorschlag machen. Zusätzlich kam noch hinzu, dass Maria befürchtete, sich an den freien Tagen zu Tode zu langweilen.

Also kam ihr der Gedanke, mal etwas Aufregendes zu machen. Sie hatte auch schon eine gute Idee.

„Du hast bestimmt großen Erfolg bei Frauen, nicht wahr?"

Silber bemühte sich, seinen Kakao nicht über den ganzen Tisch zu speien, und bekam einen Hustenanfall.

„Doch bestimmt. Du hast eine Wahnsinnsausstrahlung", schmeichelte sie weiter.

„Dat würde ich nicht sagen", sagte er und bemühte sich, ihr nicht in die Augen zu schauen.

Anna lachte.

Silber guckte verlegen aus dem Fenster.

„Dat Gasometer sieht echt cool aus, wenn dat so erleuchtet ist", sagte Silber, um das Gespräch auf ein anderes Thema zu lenken.

„Was ist ein Gasometer?", fragte Anna interessiert.

„Ein Gasometer", begann Silber, „dient als Puffer für nicht sofort verbrauchtes Gas zwischen Hochofen und Verbraucher. Dat Gasometer, dat du da siehst, ist aus dem Jahre 1915 und wird bald zu einem Tauchzentrum umgebaut. Dat ist jetzt schon bis oben hin voll Wasser."

Anna zeigte sich sichtlich beeindruckt über die prompte Antwort.

„Du weißt ja eine Menge über diesen Park", stellte sie fest.

„Nö, eigentlich weniger. Dat stand alles auf der Serviette geschrieben", gestand Silber.

Nun mussten sie beide lachen. Anna vergaß sogar für einen Moment ihre eigentliche Aufgabe, als sie sich die Tränen aus den Augen wischte, um ihre Serviette zu studieren. Unglücklicherweise kippte dabei die Tasse. Sie sprang auf, um zu verhindern, dass der Inhalt sich über ihre Hose ergoss, doch zu spät. Der Kakao lief träge an ihrem Hosenbein hinunter. Amüsiert beobachtete Silber, wie sie in ihrer Muttersprache fluchend versuchte, das Geschehene wieder rückgängig zu machen, indem sie wie wild mit der Serviette an ihrer Hose rieb. Schon nach kurzer Zeit gab sie auf. Es ergab keinen Sinn, sich noch weiter zu bemühen. Missmutig setzte sie sich wieder.

„Du findest das wohl komisch", maulte sie Silber an, der immer noch grinste.

„Dat ist doch nicht schlimm."

„Sagst du, sieh dir doch mal an, wie ich jetzt aussehe."

„Die Kleidung ist doch nur der Rahmen für dat Bild. Also, wat macht es schon, wenn der Rahmen hässlich ist und das Bild wunderschön bleibt?" Silber stockte.

Er musste sich über das, was er gerade von sich gegeben hatte, selber wundern. Anna sah ihn einen Moment lang verzaubert an. Silber wirkte in diesem Augenblick nicht wie die anderen, die sie immer abfertigen sollte. Er protzte nicht mit seinem Können, erzählte nichts von Reichtum und machte keine anzüglichen Bemerkungen ihr gegenüber. Es konnte aber auch seine Masche sein, darum beschloss sie, das Gespräch auf den fehlenden Karton zu lenken.

„Wo sind die Schokoladenhasen?"

„Müssen wir über die Arbeit reden, jetzt, wo es so gemütlich ist?" Anna verzog das Gesicht. Hatte sie es sich doch gedacht. Silber wollte das, was alle wollten – sie erst ins Bett lotsen und dann das Beste aus dem Geschäft rausholen. Nur blieb diesmal keine Zeit für solche Spielchen. Sie musste deutlicher werden. „Es könnten Probleme auf dich zukommen."

Silber verstand nun überhaupt nichts mehr. „Ist dir nicht gut?"

Zwei Männer traten an den Tisch heran und streckten Silber ihre Dienstausweise entgegen. „Guten Abend, Herr Silber. Wir sind vom Bundesnachrichtendienst. Wir haben einige Fragen an Sie und raten Ihnen, sich der Befragung nicht zu entziehen. Lassen Sie Ihre Hände auf dem Tisch und bewegen Sie sich so wenig wie möglich, denn zur Zeit sind Waffen auf Ihre Person gerichtet. Wenn Sie uns verstanden haben, nicken Sie, damit die Scharfschützen sich zurückziehen können."

Weder nickte Silber, noch begriff er, was die Männer wollten. Anna war die Einzige, die sofort reagierte. Sie zog ihre Automatik und setzte sie Silber an die Schläfe. „Tut mir Leid, meine Herren, das kann ich nicht zulassen, weil ich meine Fragen zuerst stellen möchte."

„Machen Sie keinen Unsinn, draußen wimmelt es von unseren Leuten."

„Los, steh auf!", forderte Anna Silber auf.

Gefolgt von den beiden Agenten setzten sie sich in Bewegung. Draußen angekommen, überlegte Anna, wie es weitergehen würde, wenn nicht gleich Unterstützung von ihrer Seite kam. Kaum hatte sie diesen Gedanken vollendet, da flammte auch schon ein Mündungsfeuer aus einem der zahlreichen Gebüsche auf, und das nervige Geplapper der Störenfriede wurde von dem ohrenbetäubenden Lärm der Maschinenpistolen unterbrochen. Kugeln schlugen in den Putz der Mauer ein und zwangen die Agenten, sich wieder zurück in das Café zu begeben.

Silber bemerkte, dass der Kugelhagel langsam zu ihnen herüberschwenkte. Er fasste Anna am Handgelenk und riss sie runter, um sich mit ihr hinter einem Mauervorsprung zu verschanzen. Währenddessen erwiderten die Agenten das Feuer.

Ein Zischen, untermalt von einem Lichtkegel, unterbrach das Feuergefecht. Silber kannte dieses Geräusch nur zu gut. Anna auch, denn sie war es, die seinen Kopf nach unten drückte, als die Panzerfaust in das Gebäude einschlug. Eine ohrenbetäubende Explosion hallte durch die angebrochene Nacht. Nachdem ein Feuerball über sie hinweggefegt war, prasselten Scherben vermischt mit Holzteilen auf sie nieder. Schreie drangen aus dem Inneren des Cafés. Leute aus den hinteren Räumen versuchten rauszulaufen. Silber wollte die Verwirrung für einen Rückzug nutzen, doch bei der Gegenpartei waren sie noch lange nicht in Vergessenheit geraten. Die nächste Salve ließ nicht lange auf sich warten. Die Geschosse schlugen mit solcher Härte in ihr Versteck ein, dass er davon ausging, dieses würde nicht mehr lange halten.

Silber versuchte, gegen die Lärmkulisse anzugehen, indem er brüllte.

„Wir müssen hier weg!"

„Wie denn?"

Anna war noch vollkommen durcheinander. Sie konnte sich keinen Reim darauf machen, warum ihre eigenen Leute auf sie schossen. Sie wollte es ihnen nicht gleich tun und die Waffe erheben, es konnte sich ja immerhin noch um ein Missverständnis handeln. Vielleicht musste sie sich auch nur von Silber distanzieren, damit man von ihr abließ.

„Vielleicht solltest du mal damit anfangen zurückzuschießen, oder kannst du mit der Scheißknarre nicht umgehen?", brüllte Silber.

Nach der nächsten Salve sah Anna ein, dass es keinen Sinn mehr machte, sich ruhig zu verhalten. Sie stieß sich von der Mauer ab, legte an und schoß das ganze Magazin leer. Die Antwort war ein noch massiverer Feuerstoß, der jetzt aus allen Richtungen zu kommen schien. Silber und Anna kauerten eng nebeneinander. „Okay, vielleicht hast du ja einen anderen Vorschlag", hoffte Silber.

Anna rief auf russisch etwas zu den Kontrahenten rüber, wurde jedoch von einer Stimme aus dem Megaphon übertönt.

„Hier spricht der BND. Legen Sie unverzüglich Ihre Waffen nieder und kommen Sie mit erhobenen Händen aus Ihren Verstecken."

Wieder eröffnete eine Partei das Feuer.

Diesmal aber nicht in Silbers Richtung. Er riskierte einen Blick über den Mauervorsprung und sah, dass die Auseinandersetzung sich auf einen anderen Teil des Landschaftsparks ausbreitete.

„Los, weg hier!", kommandierte Silber.

„Wohin?", rief Anna verzweifelt.

„Wir müssen uns zum Parkplatz durchschlagen."

„Kennst du dich hier gut aus?"

„Geht so, wa? Aber für einen Rückzug wird es noch gerade eben reichen."

Er stand auf und zog Anna mit sich. Im Schutze des Chaos, das aus brennenden Gebäuden und hilfesuchenden Menschen bestand, die wirr durcheinanderliefen, wählte Silber den Weg an den Möllerbunkern entlang. Er hielt dies für eine kluge Entscheidung, weil dort viele Bereiche nicht ausgeleuchtet waren und sie so bestimmt kampflos im Schutze der Dunkelheit entkommen konnten. Nur bemerkten sie die zwei Männer nicht, die ihnen folgten.

Nauermann und Schiffer bemühten sich, den Scharfschützen ausfindig zu machen, der sie schon zwei Leute gekostet hatte und sie am Weiterkommen hinderte. Nauermann hätte sich ohrfeigen können, diese Aktion so auf die leichte Schulter genommen zu haben, ohne dabei zu bedenken, dass sich Silber Rückendeckung verschaffen würde. Abgesehen davon, dass der ganze Platz jetzt von Agenten übersät war und die Flucht sich wohl schwierig gestalten würde, konnte er nur von einem Misserfolg sprechen. Silber hatte Anna zur Flucht verholfen, und über den Verbleib des fehlenden Kartons wusste er noch immer nichts. Wie es aussah, würde Anna auch nicht mehr lange dichthalten, wenn Silber ihr erst einmal Straffreiheit versprechen würde.

Die noch verbliebenen Männer vergeudeten ihre Zeit lieber damit, wild in der Gegend herumzuballern. Dabei war es nun besser, einen kühlen Kopf zu behalten, denn Nauermann hatte nur noch ein Geschoss für die Panzerfaust. Und das wollte er dem Heckenschützen zukommen lassen, damit sie sich wieder etwas sorgenfreier bewegen konnten. Vereinzelt schlugen die Projektile in ihre provisorische Festung, die nur aus ein paar Holzpaletten bestand.

„Da oben!", rief Schiffer und deutete auf das Gasometer. Auf halber Höhe der Außentreppe erkannte Nauermann einen knienden Schützen, der erneut Schüsse auf sie abgab, die wieder nur knapp neben ihm einschlugen. Er riss die Panzerfaust hoch, legte an und feuerte. Das Geschoss zerriss den Mann und schlug in das Gasometer ein. Die Terroristen jubelten. Mit den restlichen Gegnern würden sie im Handumdrehen fertig werden und könnten dann wieder abziehen. Die Freude hielt aber nicht lange an, als sie sahen, wie sich eine riesige Wasserfontäne aus dem Krater des Gasometers den Weg in die Freiheit bahnte und nun auf sie zugerast kam.

Reusch und Wenzel saßen im Dienstwagen, als die Hölle im Landschaftspark losbrach. Der junge Agent musste die philosophischen Ausführungen Wenzels über sich ergehen lassen. Dieser erzählte stolz, dass der Geheimdienst das zweitälteste Gewerbe auf der Welt war und sogar die Bibel davon erzählte, wie Moses Späher ausschickte, um das gelobte Land zu finden. Erst ein Funkspruch der Einsatzleitung, die um Verstärkung bat, stoppte Wenzels Rede.

Als sie eintrafen, wurde gerade die erste Leuchtrakete gezündet. Sie konnten vor lauter Erstaunen über das unerwartete Chaos zunächst gar nicht reagieren. Erst nachdem sie sahen, wie Silber und Anna den Rückzug antraten, handelten sie eigenständig und folgten dem Terroristen, der jetzt anscheinend auch noch eine Geisel mit sich führte. Reusch und Wenzel hatten zu Beginn der Aktion zwar Pläne des Landschaftsparks erhalten, diese aber doch eher oberflächlich überflogen, weil sie nicht damit gerechnet hatten, sie ernsthaft zu benötigen. Das rächte sich nun, denn sie hatten keine Ahnung, wohin der Killer lief. Selbst wenn sie daran gedacht hätten, Unterstützung anzufordern, hätten sie nicht gewusst, wohin diese zu bestellen gewesen wäre. Je tiefer sie also in den Park liefen, um so vorsichtiger bewegten sie sich daher aus Angst, in einen Hinterhalt gelockt zu werden. Vielleicht hatte dieser Silber seine Männer flächendeckend über das Gelände verteilt und erwartete bereits unliebsame Verfolger.

„Da sind sie", flüsterte Wenzel und zog hektisch seine Waffe.

Reusch hatte ein unbehagliches Gefühl. „Wir sollten nicht sofort zugreifen."

„Ach Quatsch, mach dir keine Sorgen. Ich hab alles im Griff, mein Junge", prahlte Wenzel.

„Wir kennen die Gegebenheiten hier nicht", flüsterte Reusch besorgt zurück, ohne dabei die beiden Schemen vor sich aus den Augen zu lassen.

„Okay, Junge, wenn du die Hosen voll hast, verstehe ich das, aber wir müssen Silber heute Nacht festnageln. Also reiß dich zusammen. Was meinst du, was für eine Belobigung wir dafür kassieren werden?", lockte Wenzel. Er bemerkte die Skepsis seines jungen Kollegen und beschloss, allein vorzustürmen, um die Lorbeeren zu ernten. So ganz allein wollte Reusch nun auch nicht im dunklen Park stehen und lief wie ein kleiner Dackel hinterher. Dabei entging den beiden, dass die Beute, die ihnen große Ehren bescheren sollte, auf einmal verschwunden war. Schon nach wenigen Minuten liefen sie ohne Ziel vor Augen durch die dunkle Metallstadt und mussten trotz hervorragender Agentenausbildung und mit den besten Waffen der Welt in den Händen zugeben, sich blöderweise verlaufen zu haben.

Gero war sichtlich geschockt über Fliesenwinkels letzten Satz und hatte Mühe, es zu verbergen.

„Ja, da staunst du?", sagte Fliesenwinkel erfreut, als er Geros Unbehagen sah.

„Staunen ist wohl nicht das treffende Wort. Verwundert würde der Sache näher kommen", sagte Gero gefasst.

„Wieso wundern? Ihr Bullen müsst doch immer damit rechnen aufzufliegen."

„Woher stammt eigentlich die verworrene Vision, wir seien einer Polizeieinheit zugehörig?"

Fliesenwinkel holte wieder zu einem seiner gewohnten Schläge aus. Als er sah, dass Gero angewidert die Augen verdrehte, senkte er erstaunt die Hand.

„Wäre es eigentlich möglich, eine informative Antwort zu erhalten, ohne gleich einen Schlag ins Gesicht zu bekommen?", fragte Gero verärgert.

Fliesenwinkel wich erstaunt einen Schritt zurück. Jetzt erkannte Gero, dass er in diesem Moment die Überhand im Gespräch hatte, und baute diesen Vorteil sofort aus. „Ich will ja nur wissen, mit welchem Trick du die Sache durchschaut hast", schmeichelte Gero hinterhältig.

„Das ist ja nicht schwer gewesen", begann Fliesenwinkel stolz. „Ihr taucht hier kurz vor der Transaktion auf und gebt einer Mitarbeiterin den gut gemeinten Rat, sich mit Silber zu unterhalten. Und um sicher zu gehen, dass sie den Rat auch befolgt, haltet ihr der jungen Dame auch noch eines von den Photos unter die Nase, die wir suchen. Was gibt es da zu durchschauen? Fazit ist doch letztlich, dass ihr Bullen seid, die wir beseitigen müssen. Dafür haben wir sogar die Genehmigung aus Russland bekommen. Anfangs war es schwierig, weil wir nicht wussten, wie wir euch kriegen sollten. Kennst das ja, aller Anfang ist schwer. Also haben wir mit der Frau, die Anna ansprach, angefangen."

„Was soll das heißen: Ihr habt mit ihr angefangen?"

„Na, was schon?", antwortete Fliesenwinkel und fuhr sich grinsend mit seinem Zeigefinger längs über den Hals.

„Du willst doch nicht sagen, dass ihr Maria umgebracht habt?", fragte Gero fassungslos.

„Mit einem von euch mussten wir ja anfangen, und wie gesagt, Silber ist der Nächste. Dich heben wir uns bis zum Schluss auf, weil Nauermann glaubt, du hättest noch viele interessante Sachen zu berichten. Außerdem haben Polizisten bei Geiselnahmen einen hohen Stellenwert." Gero lachte auf. „Da müsst ihr aber eine Riesenjagd veranstalten, wenn ihr Silber fassen wollt."

„Dem geht schon irgendwann die Puste aus, verlass dich drauf."

„Darauf würde ich mich nicht versteifen. Silber hat, was solche Sachen angeht, eine hervorragende Kondition."

„Warte mal, ich glaub, ich muss gleich kotzen", stöhnte Silber.

Anna nickte verständnisvoll und japste dabei selber nach Luft. Beide hatten an den Möllerbunkern entlang einen mörderischen Spurt hingelegt und dabei verständlicherweise einen großen Teil ihrer Energie verbraucht. Sie vernahmen noch immer Schüsse. „Ist es noch weit bis zu deinem Auto?", fragte Anna.

Silber wiegte abschätzend den Kopf.

„Wir sind gleich da."

„Gut, wir sollten uns ab hier ein bisschen vorsichtiger bewegen. Nauermann hat sicherlich noch einige Posten aufgestellt."

„Nauermann?", fragte Silber und verzog dabei ungläubig das Gesicht. „Meine Herren, schalte mal einen Gang runter. Dat hält ja keiner im Kopf aus, wat hier abgeht."

Anna wollte gerade zum Reden ansetzen, als sie das Klicken eines Waffenverschlusses hörten. Aus dem Schatten einer offenen Bunkertasche trat ein Mann mit einer Maschinenpistole heraus.

„Hallo Genossin, dein Auftrag lautete doch, den Kartoffelfresser umzulegen. Warum lebt er noch?"

Anna kannte diesen Mann nicht, jedoch schien er sie zu kennen, und das war schon ein Grund, ihm nicht zu trauen. „Von wem kommst du?", fragte Anna vorsichtig. Der Mann kam lächelnd auf sie zu. Beim Näherkommen sah sein Gesicht jedoch alles andere als freundlich aus. Feine Narben durchliefen sein Gesicht, und seine geschorenen Haare betonten seinen offenbar brutalen Charakter. „Man hat mich aus unserem fernen Vaterland kommen lassen, um euch zu unterstützen."

„Warum hat man auch auf mich geschossen?", fragte Anna misstrauisch.

„Oh, hat man das?", fragte der Mann mit gespielter Ungläubigkeit. „Ja." „Na, dann wird es schon seine Richtigkeit haben."

Noch bevor er die Waffe anlegen konnte, sprang Silber nach vorn und lenkte sie mit einem Tritt in eine andere Richtung. Schüsse lösten sich. Silber setzte einen Schlag in das narbige Gesicht nach. Der Russe ließ die Waffe fallen und hielt sich seinen Kiefer. Er erholte sich aber so rasch, dass Silber keine Gelegenheit bekam, die Waffe an sich zu nehmen. Der Russe versuchte, Silber seinen Ellbogen ins Gesicht zu rammen. Silber riss seinen Kopf nach hinten – und der Angriff ging ins Leere. Nun lag die Waffe zwischen den beiden. Für kurze Zeit standen beide bewegungslos da.

„Der Kartoffelfresser kämpft nicht schlecht", lobte der Russe und zog ein riesiges Jagdmesser aus seiner Kampfweste.

Silber begriff, dass es sich hierbei nicht um eine gewöhnliche Schlägerei handelte, bei der der Sieger sich damit begnügte, dem Gegner nur eine sichtbare Blessur beizubringen. Silber hatte schon oft und – seiner Meinung nach – auch hart gekämpft. Aber er konnte seine Bundeswehrschlägereien in den Bars der Rotlichtbezirke nicht mit dieser Auseinandersetzung vergleichen. Momentan stand sein Anzug vor Dreck, es war dunkel, arschkalt und die Regeln waren die, dass es keine gab. Der Russe eröffnete den Kampf mit wild schneidenden Bewegungen.

Silber ließ sich davon nicht provozieren, weil er erkannte, dass die Distanz keinen Grund zur Sorge bot. Das bemerkte der Russe auch und schickte sich nun an, die jetzt nur noch kurze Entfernung mit einem Schritt zu überbrücken. Dieses Vorhaben nutzte Silber sofort aus und sprintete in einem kleinen Winkel nach vorn, ergriff die Hand, die das Messer führte, und schlug dem Angreifer gleichzeitig erneut ins Gesicht. Der Russe wankte. Silber trat ihm, immer noch die Waffenhand kontrollierend, mit aller Wucht in den Unterleib. Jetzt ließ der Russe das Messer fallen und brach röchelnd zusammen. Silber nahm das Messer an sich und überlegte kurz, was nun mit dem am Boden Liegenden zu tun war. Zum Fesseln hatte er nichts zur Hand. Töten wäre ein bisschen überzogen gewesen. Obwohl, hätte sein Gegenüber ihn verschont? Wohl kaum. Silber holte mit dem Messer aus, drehte es kurz vor dem Ziel in seiner Hand und schlug dem Gegner den Knauf des Griffstücks vor die Stirn. Der Russe stöhnte noch einmal auf und sackte dann bewusstlos in sich zusammen.

„Also, unseren ersten Abend hatte ich mir ein bisschen romantischer vorgestellt", bemerkte Silber. Er drehte sich um und suchte den Boden nach der Maschinenpistole ab. Er wandte sich an Anna. „Wo is dat Scheißding denn jetzt…?"

Anna hielt die Waffe im Anschlag auf seinen Kopf gerichtet.

Silber ließ das Messer fallen. „Bist du wirklich gekommen, um mich zu töten?", fragte Silber leise.

Anna senkte die Waffe und lächelte müde. Schließlich nahm sie seine Hand. „Komm, wir müssen weiter."

Die Wasserfontäne spülte Nauermann und seine Männer förmlich aus dem Versteck. Von lautlosem Rückzug konnte keine Rede sein. Sich gegenseitig Warnungen zurufend, bemühten sie sich, nicht auseinandergerissen zu werden. Zusammengehörigkeit war nun der wichtigste Punkt, um dem Hexenkessel unbeschadet zu entkommen. BND-Agenten kamen wie Heuschrecken aus ihren Verstecken in der Hoffnung, den Abzug der Terroristen zu stoppen. Wild schossen Nauermanns Männer um sich, denn eines stand von vornherein für sie fest: Sie machten keine Gefangenen und wollten auch nicht als solche enden. Erschrocken von der Hartnäckigkeit der Gegenspieler, zogen sich viele der Agenten wieder zurück. Der harte Kern, der zurückblieb, konnte sich jedoch nicht lange gegen die Feuerkraft der Terroristen, die viel schwerere Waffen hatten, wehren. Als nun von Weitem die ersten Polizeisirenen ertönten, rief Nauermann zum Rückzug auf. Silber und Anna waren entkommen, also hatten sie hier nichts mehr zu suchen. Außerdem fehlte ihm die Zeit, sich auch noch mit der ganzen Polizei Duisburgs anzulegen.

Reusch und Wenzel beschlossen, diese Peinlichkeit zu verschweigen, um sich nicht den Spott der Kollegen aufzuladen. Dennoch wollten sie getrennt weitersuchen, damit sie sich wenigstens für ihren guten Willen verbürgen konnten, während sich die lieben Kollegen mit den anderen Terroristen herumschlagen mussten. Wenzel übernahm die Begehung des restlichen Parks in der Hoffnung, doch noch auf die Fliehenden zu stoßen. Reusch wählte bewusst den Parkplatz. Sein Bestreben war es eher, einer eventuellen Konfrontation aus dem Weg zu gehen, denn was sollte auf einem Parkplatz schon Außergewöhnliches geschehen? Dort angekommen, setzte sich Reusch auf eine Besucherbank, legte seinen Kopf in die Hände und dachte erst mal nach. War es das gewesen, was er sich immer vorgestellt hatte, bevor er in den Dienst des BND eingetreten war? Er wusste es selbst nicht mehr. Er hatte sich natürlich immer gewünscht, in ferne Länder zu reisen, verwegen in verborgene Büros einzudringen, um dort Informationen zu entwenden, die seinem Land nützlich sein würden. Aber nun, wo ihm hier im Landschaftspark die Brocken um die Ohren flogen, ging ihm, ehrlich gesagt, der Arsch ganz schön auf Grundeis. Aus der Traum vom coolen Agentenleben. Wenn das hier vorbei war, wollte er die Versetzung in eine andere Abteilung beantragen. Vielleicht in einen Bereich, wo er mit Sprachen zu tun hatte. Lieber Zeitungsberichte übersetzen, als sich den Hintern wegbomben zu lassen. Dann würde er sich auch mal seinen Traumwagen leisten und bräuchte nicht immer in einem Dienstwagen mit getönten Scheiben herumzugurken. Sein Blick blieb an einem Mercedes-Coupé haften.

So einen zum Beispiel. Er stand auf, um ihn näher zu betrachten. Gerade als er sich anschickte, die Polster genauer in Augenschein zu nehmen, fühlte er kalten Waffenstahl in seinem Nacken.

„Ein Kratzer – und ich rotz dir den Schädel runter. Kapiert?", drohte Silber, der mittlerweile keinen Nerv mehr auf weiteren Stress hatte.

Reusch hob langsam die Hände und nickte steif.

„Zu welcher Truppe gehörst du?", wollte Silber wissen.

„Ich bin Agent des Bundesnachrichtendienstes."

„Wat soll der ganze Zirkus, den ihr hier veranstaltet?"

Reusch drehte sich langsam um, erkannte Silber und trat erschrocken einen Schritt zurück. „Wir haben den Auftrag erhalten, Sie festzunehmen."

„Mich?", schnauzte Silber.

„Ja", sagte Reusch kleinlaut. „Sie sind doch René Silber. Oder?"

„Natürlich", sagte Silber genervt. „Was habe ich denn getan? Habe ich meinen letzten Strafzettel nicht bezahlt, oder hat der TÜV euch geschickt?"

„Nein. Sie stehen im Verdacht, einige Agenten getötet zu haben, um ihre Interessen voranzutreiben."

„Habt ihr 'nen Schatten?", fragte Silber fassungslos.

Er wandte sich an Anna. „Weißt du, wat der meint?"

Anna sah Silber zweifelnd an. „Wir haben geglaubt, du bist der Agent."

„Wer ist denn jetzt wir?" So langsam glaubte Silber, dass ihn die ganze Welt an der Nase herumführen wollte.

Anna setzte gerade zum Reden an, als Reusch flehte: „Bitte erzählen Sie nichts in meiner Gegenwart. Bis jetzt weiß ich noch überhaupt nichts und will auch nicht mit meinem Leben dafür bezahlen, nur weil ich etwas gehört habe, was Ihre Pläne betrifft."

Silber nickte Anna zu.

„Okay, er hat recht. Wat immer du mir zu sagen hast, kannst du auch im Auto erzählen."

„Gut", stimmte sie zu. „Aber was machen wir jetzt mit ihm?"

„Hast du Handschellen?", fragte Silber.

Reusch tastete suchend seinen Anzug ab. „Nein, tut mir leid, die hab ich im Wagen liegenlassen", entschuldigte er sich.

„Wat bis du denn für ein Agent?", motzte Silber. „Ohne Handschellen, ich fass es nicht."

„Soll ich sie rasch holen?", schlug Reusch vor.

Silber wandte sich an Anna. „Wat mach ich denn jetzt mit dem Vogel?"

„Ich könnte mich ja auf den Boden legen und mich bewusstlos stellen."

„O ja", stimmte Silber sarkastisch zu. „Klasse Idee. Lernt man dat so auf eurer Agentenschule?"

Reusch senkte beschämt den Kopf. Anna hob hilflos die Schultern.

„Okay", begann Silber, als er merkte, dass keine guten Vorschläge mehr kamen. „Ich hau dir jetzt wat vor den Appel, und du erzählst allen, du hättest einen mörderischen Kampf hinter dir, bei dem ich mein linkes Bein verloren habe. In Ordnung?"

Reusch ahnte, dass die nächsten Vorschläge nicht besser ausfallen würden, und stimmte schnell zu.

Silber holte mit der Maschinenpistole aus. „Und nächstes Mal bringst du die Handschellen mit!"

Noch bevor Reusch antworten konnte, schlug der Stutzen vor seinen Kopf. Silber schnellte nach vorn, damit Reusch nicht auf den Boden schlug. Sanft ließ er ihn zu Boden gleiten. Anna beobachtete Silber dabei.

„Können wir?", erkundigte sich Silber. „Du bist wirklich kein Agent", stellte sie fest.

„Dat stimmt. Aber so wie dat aussieht, könnte ich dat sonstwem erzählen. Glaubt mir ja eh keiner", beschwerte sich Silber.

Beide stiegen in den Wagen und fuhren auf direktem Wege auf die Autobahn. Hier und da flammte ein Licht auf, das der Morgenröte glich. Selbst die weniger anschaulichen Industriestätten, die man von der Autobahn quer durch Duisburg mit ansehen musste, erschienen nun sanft in dem warmen Lichtermeer.

Anna verdrehte interessiert den Kopf.

„Du willst bestimmt wissen, wat dat is", stellte Silber lächelnd fest.

Anna nickte schüchtern. Sie schämte sich immer noch dafür, Silber so verkannt zu haben.

„Dat is die Schlacke, die vom Hochofen aus zum Abkühlen nach draußen fließt. Die ist schweineheiß, deswegen leuchtet dat auch so. Mein Vater hat mir früher immer erzählt, dat die Engel hier Plätzchen backen."

Anna lachte. „Du hast ihm das natürlich abgekauft."

„Na, immerhin hab ich danach auch welche bekommen, da hatte ich ja keine Gelegenheit, daran zu zweifeln."

„Stimmt", sagte Anna verträumt. Ihr Vater hatte ihr auch immer solche Märchen erzählt, die sie einfach glaubte, weil sie ihm vertraute. Nur – wem konnte sie diesmal, nach den ganzen Enttäuschungen, die sie erlebt hatte, noch trauen? Doch sie durfte jetzt den Kopf nicht hängen lassen. Bald ging ihr Flug in die Freiheit, und dann konnte sie sich mit den Leuten umgeben, die ihr passten.

Rettet Blanka

An diesem Mittwoch fragten sich die Führungsspitzen der russischen Mafia und des Bundesnachrichtendienstes, ob ihre Untergebenen nicht etwas zu viel Aufwand betrieben hatten, um eine einzige Person aus dem Verkehr zu ziehen. Dem BND war es letztlich zu verdanken, dass die Medien diese erfolglose Mission als Gasexplosion im Café darstellten. Die Einsatzleiter fragten sich natürlich, woher diese unvorhergesehene professionelle Rückendeckung gekommen war, bei der so eine extreme Gewaltbereitschaft gezeigt wurde, dass sieben Agenten ihr Leben lassen mussten. Die zwei Leichen der Gegenseite, die gefunden worden waren, ließen keine Rückschlüsse auf deren Herkunft zu. Auch der fünf Seiten lange Bericht eines jungen Agenten, der es nur seiner hervorragenden Nahkampfausbildung zu verdanken hatte, dass er noch lebte, konnte nicht zur Aufklärung beitragen. Natürlich wussten einige beim BND schon, woher der Wind wehte. Jedoch konnte man, schon aus diplomatischer Sicht, nicht einfach die Regierung eines Landes aufgrund eines Verdachtes anhalten, besser auf die beheimatete Mafia achtzugeben. Also beschloss der BND, sich an das zu halten, was Erfolg versprach.

In Russland wiederum sah die Führung die ganze Geschichte weniger diszipliniert und rotierte bei der Vorstellung, dass Anna jetzt für die Gegenseite arbeitete. Auch in diesem Fall setzte die Spitze alle Mittel ein, um das zu Ende zu führen, was sie begonnen hatte. Vielleicht hätten beide Seiten gut daran getan zusammenzuarbeiten, denn wie es aussah, verfolgten sie unabhängig voneinander dasselbe Ziel. Sie wollten Silber.

Anna und Silber begannen ihren Tag am Frühstückstisch eines guten Freundes aus Oberhausen, der ihnen alles zur Verfügung stellte, was sie benötigten und keine überflüssigen Fragen stellte. Silber zog diesen Unterschlupf vor, weil er vermutete, dass man vor seiner Haustür schon auf ihn wartete. Er versuchte, seinen verspannten Rücken in eine angenehme Position zu bringen, während Anna erzählte, was sich bis zu diesem Moment zugetragen hatte.

„Also", Silber atmete tief durch. „Ich wiederhole dat Ganze jetzt mal für extrem Doofe. Du behauptest also, dat der Betriebsratsvorsitzende, den ihr immer durch deine Anwesenheit bei Laune gehalten habt, Nachtschichten genehmigt hat, die nur dazu dienten, reklamierte Ware, bevorzugt Hohlfiguren, ungestört auszupacken. Diese Hohlfiguren sind gefüllt mit Schmuggelware. Dat ist ja ganz schön, aber wat hab ich damit zu tun?"

„Am Ende wollte euer Betriebsrat nicht mehr mitarbeiten, also haben wir ihn mit Photos, die ihn mit mir zeigten, erpresst. Als man ihn dann umgebracht hat ..."

„Moment", unterbrach Silber. „Der hat doch Selbstmord begangen."

„Würdest du dich umbringen, wenn du wüsstest, dass zwei Millionen auf dich warten?"

Silber zog die Augenbrauen hoch und machte eine Geste mit der Hand, die sie zum Weitererzählen aufforderte.

„Auf jeden Fall waren danach die Photos verschwunden."

„Vielleicht haben die Bullen sie eingesackt?"

„Nein", Anna schüttelte den Kopf, „der Mörder muss die Photos haben. Die Polizei hätte Ermittlungen angestellt, wer auf den Photos zu sehen ist."

„Stimmt", gab Silber zu. „Kommen wir zu der Frage zurück, wat ich damit zu tun habe."

„Am Abend der letzten Lieferung hast du jemanden geschickt, der mir eines der verschwundenen Photos gab mit der Empfehlung, Kontakt mit dir aufzunehmen."

„Meine Fresse!", stöhnte Silber. „Ich wollte dich ins Kino einladen."

„Mag ja sein, aber in dieser Nacht verschwand auch noch einer der Kartons, der wichtiger Bestandteil der Lieferung war."

„Na und?" Silber hob zum Zeichen seiner Unschuld die Hände. „Ich hab keinen Karton."

„Fliesenwinkel behauptet, du hast ihm in dieser Nacht einen der Hasen, die in dem Karton waren, unter die Nase gehalten."

„Fliesenwinkel? Der kleine Wichser gehört auch zu euch?", fragte er ungläubig.

„Ja", erwiderte sie bedauernd.

„Dat gibt et doch wohl nich."

„Der Hase?", erinnerte Anna eindringlich.

„Häh?"

„Woher hattest du den Hasen?", fragte sie noch einmal geduldig.

„Ach so, den hab ich aus Frostis Büro gemopst."

„Frosti?"

„Ja, der." Einen Moment stockte Silber. „Hey, dann ist Froßmann der, den ihr sucht."

„Den haben wir schon. Der hält dicht."

„Den haben wir schon?", wiederholte Silber lachend. „Ich kann dir sagen, warum der dichthält", bot Silber an. „Weil der wahrscheinlich genauso viel weiß wie ich. Nämlich nichts."

„Warum hatte er dann den fehlenden Karton?"

„Wat weiß ich? Der bekommt ständig irgendwelche Waren in sein Büro gestellt. Kommen wir aber wieder mal zu meiner alten Frage zurück. Wat will der Geheimdienst von mir?"

„Das kann ich dir nicht sagen."

„Gut, fragen wir anders." Silber überlegte kurz. „Vielleicht sind die ja über dich auf meine Wenigkeit gekommen. Was schmuggelt ihr denn so?"

„Rauschgift, Waffen oder Plutonium." Sie zuckte mit den Schultern, weil ihr im Augenblick nicht mehr einfiel.

„Das bedeutet, ihr schmuggelt noch andere Sachen?"

„Ja, natürlich."

„Was ist es denn diesmal?", fragte Silber. Er ahnte nichts Gutes.

„Komponenten für eine Bombe."

„Bitte was?" Silber stand auf, stützte seine Hände auf den Tisch und beugte sich zu ihr hinüber. „Wiederhole das."

„Wir haben Komponenten für eine Bombe kommen lassen. Die muss nur noch hier zusammengesetzt werden und wird dann wahrscheinlich an den Meistbietenden verkauft."

„Wahrscheinlich?", fragte Silber misstrauisch. „Aber sicher bist du dir da auch nicht?"

Das Klingeln ihres Handys ersparte ihr die Antwort. Anna ging zu ihrer Jacke und nahm das Gespräch an. Sie redete aufgebracht in ihrer Muttersprache, schließlich drückte sie Silber das Handy in die Hand.

„Hallo", sagte Silber vorsichtig, weil er nicht wusste, was ihn erwartete.

„Hier spricht Nauermann."

„Nauermann", stellte Silber fest. „Sag mal, bist du bescheuert? Ich hab mit der ganzen Scheiße überhaupt nichts zu tun. Dat musst du mir glauben."

„Ich mag dich, Silber, deswegen gebe ich dir eine Chance. Gib mir, was uns gehört, und du bekommst deinen Freund wieder."

Silber überdachte kurz, ob Froßmann sich neuerdings zu seinem Freundeskreis zählen ließ. „Mann, entspann dich, Nauermann. Ich sag dir, wo der Scheißkarton ist, und du lässt Froßmann gehen."

„Froßmann?", fragte Nauermann spöttisch. „Wer redet denn von Froßmann? Ich denke da eher an deinen Kinofreund."

Das verschlug Silber erst einmal die Sprache. Wie krank, zum Teufel, mussten diese Idioten sein, wenn sie sich sogar damit brüsteten, Gero als Geisel zu haben? „Gero?", vergewisserte sich Silber.

„Ja, genau. Gero Pallasch, euer Superagent, ist in meiner Gewalt."

„Nauermann", flehte Silber, „hör doch mal mit deiner Geheimagentenkacke auf. Weder Gero noch ich oder sonst irgend jemand ist Agent."

„Ja, natürlich. Deswegen sind jetzt auch zwei meiner besten Männer tot."

„Glaub mir doch ..."

„Ich hab jetzt wenig Zeit für Diskussionen", unterbrach Nauermann ihn. „Sei um 15 Uhr mit dem Karton an den Kühlteichen." Ein Knacken auf der anderen Seite beendete das Gespräch und nahm Silber die Möglichkeit, sich zu erklären.

„Scheiße!" Er warf das Handy vor sich auf den Tisch.

„Was wollte er?", fragte Anna leise.

„Die haben Gero."

„Ach, den anderen Agenten", sagte sie wissend.

Jetzt reichte es Silber. Er fuhr förmlich aus der Haut.

„Verdammte Scheiße noch mal. Bist du so blöd oder tust du nur so? Gero Pallasch ist keiner von euren bekackten Agenten. Ich weiß auch gar nicht, wie ihr auf den kommt. Da sieht man mal, wie hohl ihr bescheuerten Terroristen seid."

„Tut mir leid", sagte Anna bedauernd. „Ist er nicht so gut ausgebildet wie du?"

Silber wollte nach dieser Frage wieder zum Ausrasten ansetzten, beherrschte sich aber mühsam. „Gero Pallasch", Silber wiederholte den Namen noch einmal mit Nachdruck, „ist, abgesehen davon, dass er euch alle mit seiner Intelligenz in die Tonne haut, so abgezockt wie ein Gänseblümchen."

Anna spürte die vernichtende Verachtung, die Silber ihr entgegenbrachte. Zum ersten Mal bekam sie mit, welches Leid die Aktionen bei den Betroffenen auslösten, und sie schämte sich dafür.

„Entschuldige", Silber merkte, dass er zu grob gewesen war.

„Ist schon gut", wehrte sie ab. Silber zögerte, bevor er seinen nächsten Satz aussprach. „Anna? Würdest du mir helfen, Gero da rauszuholen?"

Anna überlegte nicht lange. Sie wollte sich zwar bis zu ihrem Flug verstecken, jedoch konnte sie die Zeit ja sinnvoll nutzen, indem sie etwas dazu beitrug, die Organisation blass aussehen zu lassen. „Ja, gerne."„Gut. Du fährst jetzt zu meiner Wohnung und holst den Hasen aus dem Kühlschrank. Vergreif dich aber nicht an meinen Milchschnitten. Die sind abgezählt."

Anna lächelte wieder auf die Weise, die Silber so mochte. Zu viel davon – und er hätte vergessen, was er sagen wollte. Deswegen schaute er weg, als er weiterredete.

„Ich werde versuchen, so lange mit dem unvollständigen Karton zu bluffen. Sollte das Ganze dann eine linke Tour sein und Nauermann lässt niemanden frei, kann ich ihn immer noch mit dem fehlenden Hasen unter Druck setzen."

„Hört sich vernünftig an", nickte Anna.

Silber gab ihr die Schlüssel des Mercedes und wollte sich schon mal auf den Weg machen. Bevor er die Tür hinter sich zuzog, wandte er sich noch einmal an Anna. „Ich kann mich auf dich verlassen?", vergewisserte sich Silber.

„Ja, natürlich", sie nickte bekräftigend.

Auf der Kommode im Flur entdeckte Silber den Tankdeckel seines Wagens. Sein Freund sollte die Dichtung erneuern. Geistesabwesend steckte er ihn in seine Hemdtasche.

„Ähem, eine Frage geht mir da trotzdem noch durch den Kopf", stellte Silber fest. „Warum sollte sich jemand eine Bombe aus Russland kommen lassen? Sind unsere Terroristen zu blöd, so 'n Ding zu basteln?"

„Das nicht. Aber eure Terroristen haben kein qualifiziertes Fachwissen zu bieten, wenn es um Giftgas geht."

Für einen schier endlos langen Augenblick blieb er wie angewurzelt im Türrahmen stehen. „Ach du Kacke", flüsterte er schließlich und zog die Tür hinter sich zu.

Silber musste sich beeilen. Er wollte Nauermann nämlich eine List bieten, die ziemlich einfach, aber kaum zu glauben war. Silber wollte pünktlich sein.

Wohlwollend beobachtete Maria, wie die Beschäftigten der Firma gut gelaunt ihr langes Wochenende begannen. Fröhlich plauschend schlenderten die Arbeiterinnen zum Parkplatz. Gern wäre sie an diesem Tage in der Rohmasse gewesen, um zu erleben, wie die Leute sich dort auf die freien Tage freuten. Aber die gesamte Abteilung hatte ja schon frei. Erstaunlicherweise ließ sich Gero nicht finden. Beantragter Urlaub war nirgends registriert. Silber, dieser Verbrecher, hatte ihn bestimmt zum Blaumachen angestiftet. Sie spielte mit dem Gedanken, sich gegen Abend mal bei Gero zu melden. Sie packte einige Dinge in ihre Sporttasche, denn vorher wollte sie erst einmal ihre neue Taucherausrüstung in den Kühlteichen hinter der Firma ausprobieren.

„*Ich bin zutiefst enttäuscht über Ihre Unfähigkeit, die Dinge richtig anzugehen*", ertönte es aus dem Lautsprecher der Gegensprechanlage in Nauermanns Auto.

„Er war nicht allein", verteidigte sich Nauermann.

„*Das hat damit wenig zu tun. Eine bessere Planung wäre an diesem Abend wohl vonnöten gewesen.*"

„Sie waren einfach in der Überzahl …"

„*Wer ist von meinen Männern noch übrig geblieben?*"

„Sergej, Juri und Victor", sagte Nauermann kleinlaut.

„*Ich sehe schon, Sie sind nicht in der Lage, eine Führungsposition zu besetzen. Ich muss mich wohl gezwungenermaßen dazu herablassen, den Rest der Mission selber zu leiten. Stellen Sie sich darauf ein, dass ich in den nächsten Stunden bei Ihnen erscheinen werde.*"

„Ja, natürlich." Nauermann schüttelte den Kopf über diese Erniedrigung.

„*Ich hoffe, dass bis dahin die vollständigen Komponenten an ihrem Platz sind, damit wir die Sache vollenden können.*"

„Sie werden vollständig sein", versprach Nauermann.

„*Werde ich noch mit anderen überraschenden Gegebenheiten konfrontiert, wenn ich zugegen bin?*", fragte die Stimme gelangweilt.

„Nein", log Nauermann. Er wollte sich gar nicht ausmalen, was für Beleidigungen erst fallen würden, wenn er berichten müsste, welche Probleme hier wirklich vor Ort anlagen. Als Erstes musste er sich darum kümmern, dass die Geiseln verschwanden. Er hoffte, dass Silber den fehlenden Karton mitbringen würde. Gleichzeitig betete er darum, dass Anna nicht auch noch überflüssigerweise bei *Blanka* auftauchte.

„*Gut*", lobte die andere Seite. „*Sind Sie denn in der Lage, die Stellung zu halten, bis ich eintreffe?*"

„Ja aber natürlich. Wann darf ich denn mit Ihrer Ankunft rechnen?"

„*Ich weiß nicht, ich weiß nicht*", wägte die Stimme summend ab. „*Doch ich möchte Sie nicht im Ungewissen lassen. Gehen Sie davon aus, dass ich die noch Verbliebenen in den frühen Abendstunden mit meiner Ankunft beglücken werde.*"

„Gut, ich werde alles für Sie bereithalten", versicherte Nauermann ergeben. „Bis dahin."

Als wäre das Klicken in der Leitung mit einem Startschuss beim Marathon zu vergleichen gewesen, schaute Nauermann hektisch auf seine Uhr. Ihm blieben nur wenige Stunden, um alles glattzubügeln.

Anna schlug die Tür des Sportcoupés zu, das sie einige Blocks von Silbers Wohnung entfernt geparkt hatte. Sie zog sich ihre Mütze, die ihre langen Haare verbarg, noch tiefer ins Gesicht, als sie sich Silbers Wohnung näherte. Aus den Augenwinkeln suchte sie die Gegend nach eventuellen Observierern ab. Sie konnte jedoch nur ein paar kleine Mädchen sehen, die auf der Kofferraumhaube eines alten, hässlichen Armeefahrzeuges mit blauen Kotflügeln ihre Babypuppen neu frisierten. Selbstbewusst steuerte sie auf die Haustür zu, öffnete sie mit den Schlüsseln, die Silber ihr überlassen hatte, und betrat das Haus. Vor Silbers Wohnung saßen zwei Jungen und ein Mädchen. Sie platzierten dort ihre Murmeln, um diese dann wieder mit viel Getöse die Treppe hinunterzustupsen. Anna sammelte einige der Glaskugeln auf und lieferte sie ordnungsgemäß bei den Radaumachern ab. Die Kinder bedankten sich schüchtern und zeigten sich erstaunt darüber, dass sie sich Zugang zu der Wohnung verschaffte.

„Bist du Silbers Frau?", fragte einer der Jungen prompt.

Noch bevor Anna antworten konnte, fuhr das Mädchen ärgerlich dazwischen. „Mann, bist du doof. Die Jenny heiratet den Silber doch.

„Ach", sagten die zwei Jungs und Anna gleichzeitig verblüfft.

„Wer ist denn Jenny?", fragte Anna interessiert. Silber hatte wohl doch eine Freundin.

„Die Jenny ist in meiner Nachbarklasse und ist total blöd", sagte einer der Jungen schließlich.

„Gar nicht wahr", konterte das Mädchen patzig.

„Ist sie wohl. Die hat nämlich blonde Haare", wandte er sich erklärend an Anna, um ihr Mut zuzusprechen.

Sie lachte amüsiert auf. „Tschüss", verabschiedete sich Anna und schloss die Tür hinter sich.

Erst lief sie ein wenig orientierungslos durch die Wohnung, bis sie schließlich die Küche fand. Der Schokoladenhase war nicht schwer zu finden. Er verbarg sich hinter Silbers heiß geliebten Kindermilchschnitten, die die einzigen Lebensmittel waren, die der Kühlschrank in seiner kühlenden Obhut beherbergte. Anna nahm den Hasen, verstaute ihn in ihrem Rucksack und schmunzelte kurz. Die Kinder würden sich bestimmt über eine Gabe aus Silbers Besitz freuen. Sie holte einige Milchschnitten heraus. Beiläufig schaute sie dabei aus dem Fenster und sah, wie zwei Männer die Straße überquerten. Beim zweiten Blick erkannte sie den jungen Agenten der gestrigen Nacht. Anna griff instinktiv in ihre Tasche und holte die Waffe heraus. Sie wusste nicht, dass sie einen der Bewegungsmelder ausgelöst hatte, als sie die Küche betrat. Nun lief sie erst mal im Wohnzimmer auf und ab. Draußen spielten die Kinder. Einen Schusswechsel zu provozieren, wäre der helle Wahnsinn. Sie steckte ihre Waffe wieder weg. Anna beschloss, sich erst einmal festnehmen zu lassen. Später konnte sie sich immer noch Gedanken über eine Flucht machen. Sie öffnete die Tür. Auf dem Treppenansatz stand schon der ältere Agent. „Bundesnachrichtendienst, keiner bewegt sich!"

„Mein Papa liest immer das Stadt-Panorama. Ich glaub nicht, dass wir noch eine andere Zeitung brauchen", sagte das Mädchen.

„Eigentlich kann er ja mal bei Oma Fricke fragen. Die braucht immer Zeitungen", warf einer der Jungen ein.

„Quatsch!", sagte der andere. „Die holt sich die doch immer aus dem Altpapiercontainer. Hab ich selber gesehen."

„Jetzt reicht es", sagte der Agent genervt. „Nehmen Sie die Hände hoch."

Anna und die Kinder erhoben ihre Hände.

„Ihr nicht", motzte er ungeduldig. Beim Betreten der letzten Stufen, die zur ersten Etage führten, rutschte er auf einer der Glasmurmeln aus. Noch bevor er die Hände wieder aus den Taschen bekam, in der er gerade die Handschellen suchte, schlug er ungebremst mit dem Kopf auf einer der Treppenstufen auf. Kindergelächter erfüllte den Flur. Anna ließ die Milchschnitten fallen, spurtete los und sprang über den sich wieder regenden Agenten. Während die Kinder Danksagungen für die Milchschnitten hinter ihr herriefen, fragte sie sich, wo bloß der zweite Mann abgeblieben war. Nachdem sie die

Haustür geöffnet hatte, musste sie feststellen, dass er zum Sichern abgestellt worden war. Der junge Agent erkannte Anna wieder und wollte sie gerade freundlich grüßen, als sie ihm einen Kopfstoß gab, der ihn zusammensacken ließ. Aus dem Hausflur hörte sie, wie der ältere Agent Anweisungen rief, die für den jungen Kollegen bestimmt waren. Anna rannte in Richtung des abgestellten Wagens. Sie hatte noch ein ganzes Stück vor sich, als sie das Aufheulen eines Motors hinter sich vernahm.

Angst war ein Gefühl, das sich in Geros Körper explosionsartig ausbreitete. Er gehörte nicht zu den Leuten, die behaupteten, ihr Leben wäre noch einmal an ihnen vorübergezogen, während sie sich in großer Gefahr befanden. Das musste katholische Propaganda gewesen sein, anders konnte er sich diese Aussage nicht erklären. Er wusste nur, dass Nauermann ihn in einem der Kühlbecken ankettete und er sich nun mehr Gedanken über die nächsten Minuten machte als über seine Vergangenheit. Die zwei Wasserbecken, die *Blanka* hatte, versorgten den Betrieb mit Kühlwasser für die Maschinen. Ein Becken war immer für kurze Zeit leer, während das Wasser sich gerade im Umlauf befand. Wenn das Wasser wieder zurückgeflossen war, wurde das andere Becken geleert. So wechselten sich die beiden sechs Meter tiefen Bassins mit der Kühlwasserversorgung ab und garantierten so einen kontinuierlichen Ablauf des ganzen Vorgangs. Gero befand sich in dem noch leeren Becken.

„Wollen wir mal hoffen, dass dein Kollege pünktlich ist", höhnte Nauermann und schaute dabei auf seine Uhr. „20 Minuten bleiben ihm, um deinen Kadaver hier rauszuholen."

„Was ist, wenn unvorhergesehene Probleme auftreten, die ein pünktliches Erscheinen unmöglich machen?", fragte Gero.

„Dann gibt es einen unvorhergesehenen Toten", antwortete Nauermann knapp und ging.

Gero zog mit letzter Willenskraft an den Ketten, die an der letzten Sprosse einer in der Beckenwand verankerten Leiter befestigt waren.

„Ja, versuch es. Zeig, dass du jemand bist, der kämpft."

Gero schaute auf. Er sah den Mann, den sie Sergej nannten. Der Russe lachte spöttisch. Gero ließ den Kopf sinken. Plötzlich hörte das Lachen abrupt auf. Dafür ertönte ein anderes Lachen, das er nur zu gut kannte. Gero sah nur noch, wie der Russe zur Seite fiel. Silber stand jetzt an seiner Stelle und hielt sich die Faust.

„Meine Fresse, haben die alle einen harten Schädel", stöhnte er.

„René!", rief Gero erleichtert.

„Hallo, Gero. Kannst du mir einen Gefallen tun und meinen Namen noch lauter durch die Gegend grölen? Vielleicht habe ich dann die einmalige Gelegenheit, den Rest der Vollidioten auch noch kennenzulernen."

„Entschuldige."

„Schon gut. Wie geht es dir?"

„Den Umständen entsprechend." Gero schluckte schwer. „Sie haben Maria umgebracht."

„Maria?", fragte Silber noch einmal ungläubig nach.

„Ja. Weil sie in der einen Nacht bei uns war."

Silber musste sich erst einmal an den Beckenrand setzen. Nur wegen eines dummen Streichs, den er inszeniert hatte, musste jemand sterben. Er fühlte eine große Schuld in sich aufsteigen.

Plötzlich ließ ein blubberndes Geräusch die beiden aufhorchen.

„Wat is dat?", fragte Silber.

„Das zurückkommende Kühlwasser, das dieses Becken flutet." Kaum hatte Gero das ausgesprochen, als auch schon eine Wasserfontäne hereinschoss, die ihn umriss. Silber sprang in das Becken und versuchte, ihn zu befreien.

„Das hat keinen Sinn, René. Lass mich zurück und ruf die Polizei."

Silber riss Gero an den Schultern hoch und schrie ihm ins Gesicht, während das Wasser schon ihren Hals umspülte. „Bist du vollkommen bekloppt?"

„Hör doch einmal auf mich!", brüllte Gero zurück.

Silber kraxelte die Leiter hinauf. Die nasse Hose, die an den Beinen klebte, ließ keine schnellen Bewegungen zu. Er musste so rasch wie möglich an Werkzeug kommen, um die Ketten oder das Schloss zu zerstören. Sofort fiel ihm die Werkstatt ein. Silber spurtete die etwa

300 Meter zur Werkstatt, nahm sich einen riesigen Seitenschneider von der Wand und rannte zurück. Schon völlig außer Atem, entdeckte er, dass Gero schon unter den Fluten des weiterhin einfließenden Wassers versunken war. Ohne groß Luft zu holen, wollte Silber ins Wasser springen, als er kraftvoll herumgerissen wurde.

„Ich habe auf dich gewartet."

Silber schaute in das Gesicht seines messerschwingenden Freundes Victor. Reflexartig schlug Silber ihm den riesigen Seitenschneider ins Gesicht und sprang, ohne den weiteren Verlauf des Kampfes abzuwarten, ins Wasser. Er hatte Schwierigkeiten, bei der Strömung, die das einfließende Wasser verursachte, an Gero heranzukommen, der jetzt mittlerweile leblos im Wasser schwebte.

Silber setzte den Schneider an und versuchte, die Kette durchzuknipsen. Mehrmals rutschte er ab. Seine Konzentration ließ nach, weil er nun nicht mehr genug Luft hatte. Dennoch mobilisierte er seine letzten Kräfte und bemühte sich weiter. Mit Erfolg – die Kette fiel auseinander. Er fasste Gero unter den Armen und schwamm mit ihm dem Licht entgegen. Oben angekommen, kroch er aufs Trockene und zog Gero hinterher. Nach Luft ringend und vollkommen erschöpft blieb Silber liegen. Ein Tritt in die Seite machte ihm wieder bewusst, dass noch jemand auf ihn wartete.

„Silber, du bist zu früh", sagte Nauermann vorwurfsvoll.

Silber versuchte, sich zu erheben. Ein weiterer Tritt hinderte ihn daran.

„Aber wie es aussieht, hat dein Freund nicht viel von deinen Bemühungen gehabt."

Silber schaute ruber zu Gero. Gerade als er die Hand nach ihm ausstrecken wollte, traf ihn der nächste Tritt.

„Bemüh dich nicht, du hast versagt", lachte Nauermann. Silber ließ den Kopf sinken. Alles, was er in seinem Leben begonnen hatte, hatte bis jetzt noch nie große Früchte getragen. Warum sollte es diesmal anders sein?

„Schafft ihn rein", befahl Nauermann seinen Leuten. Mit Tritten und Schlägen trieben sie den völlig entmutigten Silber in das Innere der Firma und ließen Gero zurück.

„Der Prinz", so wurde er von allen in der Organisation hinter vorgehaltener Hand genannt, weil er wegen seiner Kaltblütigkeit als optimaler Nachfolger der Führungsspitze galt. Dieser hoch gehandelte Nachfolger fragte sich nun, während das Flugzeug auf dem Mülheimer Flughafen landete, wie man einen so genialen Plan durch Unfähigkeit beinahe zum Kippen bringen konnte. Am meisten störte ihn jedoch, dass er nun sein Gesicht preisgeben musste. Bis zu diesem Augenblick hatte er es nämlich erfolgreich vermieden, seine Person in den Mittelpunkt der Aktion zu stellen. Wenn diese Mission aber erfolgreich beendet werden sollte, musste er auf dieses luxuriöse Spielchen verzichten und aus dem mächtigen Schatten seiner Legende heraustreten. Der Prinz war gespannt, wie weit die Arbeiten vorangeschritten waren. Er traute diesem Nauermann nicht. Gerade jetzt, wo der deutsche Geheimdienst von der Sache Wind bekam und versuchte, jeden auf seine Seite zu ziehen, vertraute er überhaupt niemandem mehr. Anna war für ihn das beste Beispiel. Das Einzige, was ihn wirklich interessiert hätte, wäre dieser Superagent Silber gewesen. Der Mann, der es schaffte, seine Pläne zu durchkreuzen, ohne auch nur einen Hauch Respekt zu zeigen und dabei noch seine besten Männer ausschaltete. Der Prinz lachte leise und schaute zu seinem treuen Untergebenen Kolia. Ein ehemaliger KGB-Mann, den man für verrückt hielt, weil er sich vor einem CIA-Verhör selber die Zunge herausgeschnitten hatte, um seiner Verschwiegenheit Nachdruck zu verleihen. Kolia war froh, wenn er endlich aus dem für ihn viel zu engen Flugzeug aussteigen konnte, und hoffte, diesen Mann namens Silber, dessen Name sogar schon bis nach Russland reichte, endlich kennenzulernen.

Anna rannte so schnell durch die Straßen Meiderichs, dass sie glaubte, ihre Lungen müssten platzen. Sie erkannte schnell, dass es keinen Sinn hatte, dem geraden Straßenverlauf zu folgen, so lange der Wagen, der sie verfolgte, hinter ihr blieb. Sie scherte aus und lief einfach über die Motorhauben der parkenden Autos in eine Einbahnstraße hinein. Die Agenten versuchten, ihr zu folgen. Reifen quietschten.

Autos hupten. Die Verfolger blockierten die Straße und hinderten die entgegenkommenden Autos an der Weiterfahrt. Diesen kleinen Teilerfolg wollte Anna schnell ausbauen und lief sofort in die nächste Querstraße. Das rächte sich, denn sie verlor die Orientierung und wusste nun gar nicht mehr, wo der Wagen stand. Sie kannte zwar den Straßennamen, doch eine Gelegenheit, sich nach dem Weg zu erkundigen, blieb ihr nicht, da die Agenten nicht lange auf sich warten ließen und ihr schon wieder entgegenkamen, als sie eine andere Straße wählte. Anna hatte keinen Atem mehr. Schließlich stellte sie sich zu allem entschlossen auf die Straße, zog ihre Waffe und schoss so lange auf die Reifen, bis der Wagen gegen eine Litfaßsäule schlitterte. Sie überlegte noch kurz, den Tank in tausend Fetzen zu schießen, damit eine Explosion das lästige Problem löste. Sie ließ jedoch von dem Gedanken ab, als sie sah, dass niemand versuchte, den Wagen zu verlassen. Lässig senkte sie die Waffe. Wo, zum Teufel, stand denn nun ihr Auto?

Stille trat im Firmenpark ein, nachdem das eine Becken gefüllt war und nun das andere leerlief. Plötzlich bäumte sich Gero auf, spie hektisch Wasser aus und schnappte nach Luft. Im Unterbewusstsein bekam er mit, wie sie Silber verschleppten. Nun war er allein. Er rappelte sich auf und lief – von Angst getrieben – davon. In der Mitte des Firmenhofes blieb er ausgelaugt stehen und versteckte sich hinter einem Müllcontainer, um seine Sinne zu ordnen. Hatte Silber ihn im Stich gelassen? Nein, hatte er nicht. Im Gegenteil. Er hatte alle erdenklichen Hebel in Bewegung gesetzt, um ihm das Leben zu retten – ohne danach zu fragen, was mit seinem eigenen geschah. Wut über sich selbst flammte in Gero auf. Wie konnte er nur mit dem Gedanken spielen zu fliehen, ohne danach zu fragen, was mit Silber passieren könnte. Er atmete tief durch und lief zurück. Er musste Silber da rausholen. Er lächelte kurz. Und wenn es das Letzte war, was er an diesem gottverdammten Scheißtag machen würde.

Maria schulterte die kleine Sauerstoffflasche, nachdem sie ihre Bürotür hinter sich zugezogen hatte. Den Taucheranzug trug sie schon, ihre Schwimmflossen baumelten am Gürtel. Während sie über den Hof zum Kühlbecken ging, betrachtete sie stolz das Zifferblatt ihrer neuen Taucheruhr. Sie schaute in die Bassins, um zu sehen, welches gerade mit Wasser gefüllt war, und entdeckte dabei zu ihrem Ärger, dass die Handwerker ihr Werkzeug liegengelassen hatten. Irgendwo an anderer Stelle benötigte man sicherlich diesen Seitenschneider, würde ihn aber nicht finden können, weil er hier in einem leeren Kühlbecken lag.

„Tolle Zusammenarbeit", dachte Maria. Sie beschloss, sich darüber nicht weiter aufzuregen, und ließ sich am Rand des gefüllten Beckens nieder.

Gemütlich zog sie sich die Schwimmflossen an, befeuchtete das Glas der Taucherbrille, setzte diese auf und kaute probeweise auf dem Mundstück des Sauerstoffgeräts. Langsam ließ sie sich ins Wasser sinken. Erst tauchte Maria nahe der Oberfläche einige Bahnen, dann versank sie, um den Boden zu berühren. Am Grund des Beckens angekommen, erweckte eine Truhe ihre Aufmerksamkeit. Ihr Abenteuersinn war geweckt. Verschlossen war die Truhe nicht, so konnte Maria den Deckel ungehindert öffnen. Allerdings war der Inhalt enttäuschend, da er ihr total unspektakulär schien. Kleine schwarzmetallene Behältnisse, so groß wie Getränkedosen, lagen ordentlich gestapelt nebeneinander und sahen alles andere als spannend aus. Ihr fiel ein, dass Süßwaren oft in alle möglichen Behälter gefüllt und jeder erdenklichen klimatischen Situation ausgesetzt wurden, um zu prüfen, ob das Produkt den Erwartungen standhielt.

Maria nahm sich ein Behältnis heraus und tauchte wieder auf. Sie legte das Atemgerät ab und versuchte den kleinen Behälter zu öffnen. Ohne Erfolg. Doch sie wollte unbedingt wissen, woran die Entwicklungsabteilung herumdokterte. Die zukünftige Chefin hasste es, wenn die Geschäftsführung ihr etwas verheimlichte, nur weil sie Angst hatte, Maria könnte zu viel wissen. Aber den Zahn würde sie ihnen schon ziehen.

Nauermann wies seine Leute an, Froßmann und Silber in den Kühlraum der Rohmasse zu schaffen, damit er dort das Verhör beenden konnte. Schiffer ließ es sich nicht nehmen, diese Anweisung höchstpersönlich auszuführen. Er fesselte beide mit dem Rücken an ein Metallregal und versorgte Silber mit Schlägen in den Unterleib, bis die anderen eintrafen. Froßmann bemerkte, wie Silber seine Bauchmuskeln spielen ließ, was Schiffer noch aggressiver machte, weil er keine Wirkung erzielen konnte. Er befürchtete, die Situation würde jeden Augenblick eskalieren, deshalb beschloss er, die Aufmerksamkeit auf sich zu lenken.

„Was versprechen Sie sich davon?", fragte Froßmann.

„Halt die Schnauze!", grunzte Schiffer.

„Wenn Sie uns weiter so malträtieren, wird Nauermann wenig Gelegenheit haben, fundierte Informationen zu erhalten."

„Sie dürfen nicht so viele Fremdwörter gebrauchen", mischte sich Silber ein, „sonst verwirren Sie den Legastheniker noch."

Ein Schlag ins Gesicht ließ Silber auflachen. Froßmann schüttelte den Kopf. Silber erreichte mal wieder genau das, was er vermeiden wollte.

„Ich glaube, wir haben jetzt alle genug gelacht", verkündete Nauermann, der mit seinen russischen Gefolgsleuten den Raum betrat.

„Geht so, wa?", bemerkte Silber trocken.

„Dafür, dass dein Partner gerade gestorben ist, hast du wieder eine ganz schön große Klappe."

„Herr Pallasch ist tot?", fragte Froßmann ungläubig.

„Ja", begann Nauermann. „Silber hat ihn verrecken lassen, seinen guten Freund, und wenn er die Fragen nicht beantwortet, die wir ihm stellen werden, sind Sie wohl der Nächste."

„Haben Sie die ganzen Vollidioten eingestellt?", erkundigte sich Silber bei Froßmann. Victor stürmte nach vorn und schlug ihm mit aller Kraft die Faust ins Gesicht.

„Silber, Silber", sagte Nauermann vorwurfsvoll. „Sag uns doch einfach, wo der Karton ist."

„Lass Froßmann gehen, und ich sag es dir", entgegnete Silber bestimmt. Gerade als Schiffer zum nächsten Schlag ausholen wollte, stoppte ihn Nauermann.

„Gut", stimmte er zu.

„Macht ihn schon mal los", forderte Silber ihn auf.

Nauermann zeigte auf Froßmann, um seinen Leuten zu signalisieren, dass sie ihn von seinen Fesseln befreien sollten.

„Also?", fragte Nauermann gespannt.

„In seinem Büro steht der Karton. Ganz einfach. Und hätte Fliesenwinkel auch nur ein bisschen Grütze in der Birne, wäre er selber drauf gekommen."

Alle schauten sich verdutzt an. Fliesenwinkel machte sich auf den Weg in Froßmanns Büro.

„Der Karton war die ganze Zeit in Ihrem Büro?", brüllte Nauermann den Produktionsleiter an.

„Sie haben mich nie nach einem Karton gefragt", verteidigte Froßmann sich. „Immer nur nach irgendwelchen Photos."

Nauermann zog seine Waffe und setzte sie Froßmann an die Stirn.

„Hey!", rief Silber dazwischen, „das war nicht unsere Abmachung."

„Ich pfeif auf die Abmachung."

Silber lachte auf.

Nauermann ließ die Waffe verwundert sinken. Er hatte Gnadengesuche für Froßmann erwartet, und kein Lachen.

„Siehst du", lachte Silber, „du kleines Arschgesicht. Genau das habe ich mir gedacht."

Die Tür schwang auf. Fliesenwinkel kehrte mit einem Karton in den Händen zurück.

„Es fehlt einer", verkündete er.

Nauermann schwenkte die Waffe rüber auf Silbers Kopf.

Silber grinste ihn an. „Ja, wo ist denn der kleine Hasi?", fragte er, als würde er mit einem kleinen Hund sprechen, der seinen Spielzeugknochen sucht.

Victor schlug ihm in den Magen. Der Schlag kam unerwartet. Silber japste nach Luft.

Nauermann schlug ihm mit dem Waffenlauf ins Gesicht. „Wo ist der Rest?", fragte Nauermann, der schon am Ende seiner Geduld angekommen war.

Silber schaute mit seinem mittlerweile blutüberströmten Gesicht auf. „Könntest du mir bitte noch mal deine Knarre durch die Fresse ziehen? Vielleicht fällt es mir dann wieder ein."

Nun stürmte Schiffer nach vorne und schlug Silber mit aller Kraft in die Rippen. Silber rang nach Luft. „Wo?", fragte Nauermann.

„Warte, lass mich überlegen", sagte Silber atemlos.

Alle schauten ihn wie gebannt an.

„Ich weiß es wieder", sagte er schließlich mühsam. Die Terroristen atmeten innerlich auf. Endlich konnten sie mit der Arbeit beginnen. „Ich glaube, Hasi ist wieder zurückgegangen ins Osterhasenland. Er konnte sich eure Visagen nicht mehr geben."

Silber warf den Kopf zurück und lachte laut. Nun konnte er sich vor Schlägen und Tritten nicht mehr retten. Froßmann senkte den Kopf. Er konnte sich das nicht mehr anschauen. Silber röchelte und sackte in sich zusammen.

Anna steckte den Schlüssel ins Zündschloss. Sie hatte endlich den Wagen gefunden, nachdem sie ewig lange durch die Straßen geirrt war. Von Weitem erklangen Polizeisirenen. Sie setzte den Wagen zurück. Im Rückspiegel sah sie, wie der ältere Agent wild gestikulierend auf der Straße stand, um den herannahenden Streifenwagen zu zeigen, wohin sie zu fahren hatten. Anna begrüßte das Automatikgetriebe des Wagens. So blieb genügend Gelegenheit, ihre Waffe mit einem neuen Magazin zu versorgen, während sie rückwärts die Straße entlang fuhr. Zwei der Polizeiwagen fuhren vor ihrer Motorhaube her und versuchten, sie am Wenden zu hindern. Anna ließ ihre Scheibe herunter, lehnte sich aus dem Wagen und feuerte ihr gesamtes Magazin auf die beiden Streifenwagen ab. Glas splitterte, Sirenen verstummten und Blaulicht erlosch. Die Fahrer der Wagen erschreckten so sehr, dass jeder reflexartig versuchte, aus dem Windschatten des Fluchtwagens zu kommen. Dabei rammten sie sich gegenseitig und verkeilten sich ineinander. Anna zog die Handbremse, kurbelte gleichzeitig mit einer Hand an dem Lenkrad und überließ den Rest der Zentrifugalkraft. Das Auto wurde unter dem Quietschen der Reifen wieder in

Fahrtrichtung geschleudert. Zwei weitere Einsatzwagen bahnten sich rücksichtslos über den Bürgersteig einen Weg zur Straße und setzten sich auch schon kurze Zeit später hinter das Sportcoupé.

Anna gelangte – ohne es zu wissen – über eine Hauptstraße in das Meidericher Hafengebiet, das von breiten, langen Straßen durchzogen war, die eigentlich dazu dienten, die riesigen LKW-Konvois problemlos an ihre Verladestellen gelangen zu lassen. Der Lärm der Polizeisirenen animierte die Lastwagenfahrer, sich äußerst rechts zu halten, und gab Anna die Möglichkeit, das Sportcoupé vollends an seine Belastungsgrenze zu bringen. Die Polizeiwagen hatten große Schwierigkeiten, sich der rasanten Geschwindigkeit anzupassen, zumal Anna jetzt noch eins draufsetzte und damit begann, die Seitenstraßen anzusteuern. Gefühlvoll ließ sie ihren Wagen, ohne großartig abzubremsen, in eine Kurve gleiten. Der Fahrer des ersten Streifenwagens, der es ihr gleichtun wollte, schrieb später in seinem Schadensbericht, den er noch in der Unfallaufnahme des Hamborner Johannes-Hospitals verfassen musste, dass sein Wagen aufgrund der zu weichen Federung aus der Kurve getragen wurde und sich um eine Laterne wickelte. Der Lenker des zweiten Polizeiwagens hielt sich bis zu dem Augenblick, wo ihm der Reifen in der Kurve von der Felge sprang, laut Bericht des dritten Fahrers eigentlich nicht schlecht. Bevor dieser wiederum sich überschlagend in ihn reinrauschte und damit dem vierten Einsatzfahrzeug endgültig die Chance nahm, die Verfolgungsjagd zu vollenden.

Anna verschwendete keinen Blick auf dieses unvorstellbare Chaos, sondern versuchte nunmehr, auf bequemstem Wege nach Mülheim zu gelangen. Nachdem sie bemerkt hatte, dass die Polizei ihren gesamten Dienstwagenvorrat wohl in der Kurve verschrottet haben musste, beschloss sie, sich von einem Taxifahrer den Weg weisen zu lassen. Problemlos gelangte sie so nach Mülheim. Während sie den Fahrer bei der Ankunft großzügig entlohnte, fuhr eine schwarze Limousine vor. Zwei Männer stiegen aus. Bei der näheren Betrachtung zuckte Anna förmlich zusammen: Sie erkannte die beiden Männer, die sie zu dem gemacht hatten, was sie nun augenscheinlich für alle Welt verkörperte – eine gewissenlose Terroristin. Sie tauchte hinter einem Auto ab und überlegte ernsthaft, das Feld zu räumen. Denn wo der Prinz und Kolia gemeinsam auftraten, war keine Hilfe mehr zu erwarten.

Wenzel ließ fassungslos auf der Bahre des Notarztwagens seine Prellung verarzten. Reusch inspizierte fasziniert den Airbag, der sich auf seiner Seite entfaltet hatte, und rätselte, warum wohl Wenzels Luftkissen nicht ebenso entfaltet war. Über Funk erfuhren sie, dass sechs Einsatzwagen als nicht mehr fahrtüchtig galten und neun Polizeibeamte auf dem Weg ins Krankenhaus waren.

„Was hat diese Hexe nur angerichtet?", fragte Wenzel kopfschüttelnd.

„Wir haben sie in die Enge gedrängt. Dass sie so reagieren würde, war vorprogrammiert."

„Willst du sie nun auch noch in Schutz nehmen?"

„Ich möchte nur darauf aufmerksam machen, dass wir die Sache vielleicht falsch angegangen sind. Es könnte ja sein, dass es alles ganz anders ist, als wir vermuten", sagte Reusch aufgeregt.

Wenzel horchte auf. „Ach ja? Wie denn zum Beispiel?"

„Silber ist kein Terrorist."

„Bist du nicht ganz dicht?", schnauzte Wenzel. „Er hat dich heute Nacht beinahe umgebracht."

„Er hat es nicht getan, weil er es nicht wollte."

„Sag mal, Junge, haben die dir gestern noch eine Gehirnwäsche verpasst, oder was ist auf einmal los?"

„Ich habe in dem Bericht gelogen", gestand Reusch. „Silber hat nicht mit mir gekämpft."

„Das hört sich nach Schwierigkeiten an", bemerkte Wenzel.

„Er hat in dieser Nacht wirklich nicht gewusst, was wir von ihm wollten."

„Hast du mal daran gedacht, dass er damit vielleicht versucht hat, dich auf eine falsche Spur zu bringen, um damit alles infrage zu stellen, was du machst?", fragte Wenzel seinen jungen Kollegen besorgt.

„Das glaube ich nicht", antwortete Reusch fest.

„Wieso nicht? Es wäre nicht das erste Mal, dass junge Agenten von der Gegenseite überzeugt werden, dass das, was sie tun, anscheinend nicht das Richtige ist."

„Er hat nicht versucht, mich zu überzeugen", wehrte Reusch ab. „Er war viel mehr damit beschäftigt, eine Lösung zu finden, wie er mich verschonen konnte."

Wenzel raufte sich die Haare. „Wir müssen zurück zur Zentrale, die sollen dich mal durchchecken. Ich vermute, die haben dir gestern irgendetwas eingeflößt."

„Nein", sagte Reusch ernst, „wir fahren nach Mülheim."

„Ach? Gibst du jetzt die Befehle?", fragte Wenzel zickig.

„Ich vermute, dass da im Augenblick was im Gange ist."

„Ach ja?"

„Ja. Sie sind doch scharf auf Auszeichnungen", lockte Reusch listig. „Ich bin sicher, dass sich da was machen lässt, wenn wir erst einmal dort sind." Wenzel stand auf.

„Wir müssen die Zentrale informieren", sagte er eifrig.

„Damit wieder so ein Chaos entsteht? Sie haben doch sicherlich genug Erfahrung, um die Sache allein durchzuführen", schmeichelte Reusch.

„Na ja", brüstete sich Wenzel, „ich habe früher schon des Öfteren solche Aktionen erfolgreich geleitet."Noch bevor Reusch fragen konnte, warum er es zu diesem Zeitpunkt nicht mehr machte, stürmte Wenzel auch schon voller Tatendrang zu einem PKW, um ihn zu beschlagnahmen.

Der Prinz schritt zielsicher mit Kolia durch das Firmengebäude. Vom Hof aus nahm er in der Rohmasse Bewegungen wahr und vermutete, dass sich dort zurzeit seine Leute aufhielten. Im Produktionsraum angekommen, vernahm er aus dem Kühlraum Laute, die darauf schließen ließen, dass nicht alles planmäßig ablief. Kolia hielt dem Prinzen die Tür auf. Beim Betreten des Raumes glaubte er, dass nun alles verrückt spielte. Sechs seiner Männer standen nämlich vor einem gefesselten Mann und prügelten auf diesen ein.

„Nauermann!", brüllte der Prinz aufgebracht, um dem Wahnsinn ein Ende zu bereiten.

Alles erstarrte. Jeder wusste sofort, wer im Raum stand.

„Ich dachte nicht, dass Sie so früh …", stotterte Nauermann.

„… so früh da sind, um zu sehen, wie weit Ihre Unfähigkeit noch reicht?", vollendete der Prinz den Satz fragend.

„Wir haben nur noch ein kleines Problem …"

„Und das gedenken Sie zu lösen, indem Sie sich Ihre Zeit damit vertreiben, einen Wehrlosen zusammenzuschlagen?"

„Es ist dieser Silber", versuchte sich Nauermann zu rechtfertigen.

„Oh, es ist nur dieser Silber", wiederholte der Prinz mit gespieltem Verständnis. „Das zeugt natürlich von hoher Intelligenz, einen hochdekorierten Agenten des deutschen Geheimdienstes auf diese Weise zu befragen."

Alle im Kühlraum senkten den Kopf.

„Befreit ihn von seinen Fesseln", befahl der Prinz.

Sofort eilten Sergej und Juri zum Metallregal, um seinem Befehl Folge zu leisten. Sie stützten Silber und setzten ihn auf einen Stapel Holzpaletten.

Der Prinz trat an ihn heran. „Ich kann mich nur aufrichtig für das Verhalten meiner Männer entschuldigen", bedauerte er.

„Heißt das, wir können gehen?", warf Froßmann ein.

Erstaunt wandte sich der Prinz an Froßmann. „Man hat uns noch nicht vorgestellt", erwiderte er. „Darf ich fragen, wer Sie sind?"

„Mein Name ist Gerd Froßmann. Ich bin der Produktionsleiter in dieser Firma. Man hält mich", er nickte zu Silber rüber, „und meinen Mitarbeiter hier zu Unrecht fest."

Der Prinz nickte müde. „Glauben Sie mir, Herr Froßmann, ich bedaure zutiefst, dass Sie, wie ich glaube, vollkommen unbegründet in diese Situation geraten sind." Er drehte sich suchend zu Nauermann um. „Sie können mir doch sicher erklären, warum Sie die halbe Belegschaft hier festhalten."

„Die haben einen Teil der Lieferung versteckt", platzte es aus Nauermann heraus.

„Um welchen Teil handelt es sich dabei?"

„Wissen wir nicht, wir haben noch nichts geöffnet."

„Dann würde ich vorschlagen anzufangen, damit wir sehen, was fehlt und wir unsere Befragung etwas detaillierter gestalten können", sagte der Prinz leise.

Nauermann verließ schleunigst zusammen mit Schiffer und Fliesenwinkel den Raum, um den Anweisungen des Prinzen Genüge zu tun.

„Setzen Sie sich doch bitte neben Ihren, wie Sie es nennen, Mitarbeiter und ruhen sich ein wenig aus", forderte der Prinz höflich auf.

Silber, der sich mittlerweile etwas erholt hatte, betrachtete den Prinzen misstrauisch. Er wurde das Gefühl nicht los, diesen Mann irgendwoher zu kennen. „Sind Sie der Boss von dem Affenzirkus hier?", wollte Silber wissen.

„Nun ja, es ist ein wenig salopp formuliert." Der Prinz lächelte kurz. „Aber bedauerlicherweise sehr treffend. Ja, ich leite von nun an diese Mission, die leider nur sehr schleppend vorankommt."

„Mein Vater sagt immer: Nur wer langsam ist, ist schnell."

Der Prinz nickte anerkennend. „Ihr Herr Vater scheint ein sehr weiser Mann zu sein."

„Nö, der ist Hausmeister bei der Stadt", plauderte Silber locker.

Der Prinz lachte lauthals los, sogar Kolia musste lächeln. „Sie haben Humor, Herr Silber, das gefällt mir. Was sind Sie für ein Sternzeichen?"

„Erbse, Sie Nasenbär", sagte Silber provozierend. „Sie sind doch nicht etwa so ein Esoterikspinner?"

„Sagen wir mal so, ich habe mich ein wenig intensiver mit dieser Materie befasst. Es ist bewiesen, dass Charaktere aufgrund ihres Sternzeichens entschlüsselt werden können."

„Ach ja", bemerkte Silber gelangweilt, „ist ja ein echter Brüller. Damit sind Sie bestimmt auf jeder Tupperparty der Schwarm aller Frauen, die stehen ja auf so einen Schrott."

„Es hält sich in Grenzen."

„In meinem Bekanntenkreis ist es momentan Mode, sich mit dem Mond zu beschäftigen. Genauso ein nerviger Schwachsinn", sagte Silber.

„Das würde ich nicht so sehen", erwiderte der Prinz. „Sogar Napoleon soll seine Schlachten nach dem Mondverlauf geführt haben."

„Ja, war eine klasse Idee von dem Zwerg", grinste Silber. „Deswegen haben seine Kollegen ihm auch eine Insel geschenkt. Nicht wahr?"

„Sie sind nicht besonders offen, was manche Dinge angeht", stellte der Prinz fest. „Sie sind wohl noch nicht lange Agent."

Silber verdrehte die Augen.

„Jetzt geht die Kacke wieder los."

„Ich verstehe schon, dass Sie von Haus aus leugnen müssen, wer Sie sind", erklärte der Prinz verständnisvoll. „Doch dass es zu den Aufgaben eines Agenten gehört, sich absichtlich dumm zu stellen, war mir bis jetzt entgangen. Aber vielleicht ist das die Passion des deutschen Geheimdienstes."

„Wat weiß ich", antwortete Silber genervt.

„Sie verschwenden Ihr Talent bei der falschen Institution."

Silber lünkerte zu Froßmann rüber. „Wem sagen Sie dat?"

„Das ist mein Ernst. Der deutsche Geheimdienst hat noch nicht mal einen eigenen Aufklärungssatelliten. Er ist darauf angewiesen, sich das aus dem Abfalleimer zu fischen, was die CIA hineinwirft."

„Kann ich nicht beurteilen, ich hab noch nicht mal Kabelfernsehen.

„Ich habe das Gefühl, dass Sie dem Gespräch nicht den nötigen Ernst entgegenbringen."

„Dat liegt vielleicht daran, dat hier keine Sau weiß, wovon Sie überhaupt reden."

„Sie sind wirklich sehr unnachgiebig", stellte der Prinz fest.

Silber musterte den Prinzen erneut. „Wie heißen Sie eigentlich?", fragte er schließlich.

„Ah", triumphierte der Prinz, „da kommt doch wieder der Ehrgeiz eines Agenten durch."

„Sie sind auf gar keinen Fall ein Russe. Hab ich recht?"

„Ich bin in der Gegend aufgewachsen", erklärte der Prinz bereitwillig, „doch später ödete mich hier alles an. Das triste Ruhrgebiet und die Menschen mit ihrer primitiven Sprache, die sich führen lassen wie willenlose Schafe. Ich fühlte mich zu Höherem berufen und suchte nach Herausforderungen."

„Primitive Sprache", wiederholte Silber verächtlich. „Nur weil wir mit einem appen Bein durch die auffe Tür rennen, sind wir noch lange keine willenlosen Schafe, Sie Schwachmat."

„Jetzt nehmen Sie das mal nicht persönlich, Herr Silber", versuchte der Prinz, ihn zu beruhigen.

„Tu ich aber, ich komme nämlich aus Duisburg."

„Sind Sie gebürtig aus Duisburg oder bleiben Sie Ihrer Legende treu, die Ihnen der Nachrichtendienst geschaffen hat?"

Silber legte seinen Kopf in beide Hände. „Meine Fresse, sind die alle bescheuert hier."

„Ich möchte Ihnen auf jeden Fall nicht wünschen, dass Sie aus Duisburg kommen."

Langsam schaute Silber auf. „Was soll das heißen?", fragte er lauernd.

„Ich glaube, ich kann es mir leisten, Ihnen meinen genialen Plan zu offenbaren. Weil Sie sich nämlich danach entscheiden werden, für welche Seite Sie arbeiten möchten."

„O ja, danke, dat gibt mir Kraft", bemerkte Silber sarkastisch.

„Wir werden heute eine Bombe zusammensetzen", fuhr der Prinz fort, „die am Wochenende in Duisburg gezündet wird, wenn der Ministerpräsident von Nordrhein-Westfalen seine Rede zum Stadtfest hält."

„Welchen Zweck soll das Ganze haben?", fragte Froßmann bestürzt, während Silber den Prinzen fassungslos anstarrte.

„Die Regierung soll sich das Ausmaß dieser Katastrophe vergegenwärtigen und sich wohlwollend überlegen, ob sie dasselbe Desaster in der Weltstadt Berlin erleben möchte, während dort alle Staatsoberhäupter zugegen sind."

Der Prinz atmete tief durch und breitete Verständnis heischend seine Arme aus. „Ich bin natürlich kein Unmensch und hoffe deshalb insgeheim, dass die Regierung das verhindern möchte, indem sie mir einen kleinen Betrag zur Verfügung stellt, der mich besänftigt."

„Glauben Sie, die Regierung lässt sich so ohne Weiteres erpressen?", fragte Froßmann.

„Mein lieber Herr Froßmann, wissen Sie, was eine chemische Bombe anrichten kann?" Der Prinz wartete die Antwort nicht ab. „Erst nehmen die Menschen einen angenehmen Duft wahr, den sie instinktiv noch tiefer inhalieren möchten. Wenn sie dann das erste Kratzen im Hals verspüren, ist es zu spät. Die Atemwege werden systematisch durch den Wirkstoff verätzt." Der Prinz lächelte wissend. „Nachdem sie niedergekniet sind, um sich den Unterleib vor Schmerzen zu halten, weil die Innereien beginnen, sich aufzulösen, quellen ihnen langsam die Augen aus den Köpfen. Es dauert relativ lange, weil der Körper eher stirbt als der Geist. Das Bild, das sich dann der Welt bieten wird, wie Hunderte von Menschen verendet wie Vieh am Boden verstreut liegen, veranlasst die Regierung sicherlich, meinen Bitten nachzukommen. Verlassen Sie sich darauf."

„Würde es nicht genügen, wenn Sie der Regierung Ihre Vorstellungen mitteilen, anstatt Hunderte von unschuldigen Menschen zu töten?", fragte Froßmann.

„Bedauerlicherweise nimmt die Regierung niemanden so richtig ernst, bevor er nicht seine Drohungen verwirklicht hat."

„Das ist doch Wahnsinn!", entsetzte sich Froßmann.

„Das sehe ich genauso", bestätigte der Prinz, „und alle anderen hoffentlich auch."

Die betroffene Stille, die nach dem Gespräch eintrat, wurde durch das Öffnen der Schwingtür unterbrochen. Nauermann trug mit Schiffer eine Truhe in den Kühlraum und setzte sie sanft ab.

„Und?", fragte der Prinz gespannt.

„Ein Behältnis für die Zusammensetzung fehlt." Nauermann schluckte. „Und der Zünder fehlt auch."

„Gut." Der Prinz behielt trotz der Nachricht einen kühlen Kopf, wandte sich an Silber, der immer noch kopfschüttelnd auf den Boden starrte, und holte überraschenderweise eine Rosenschere heraus. „Gehe ich recht in der Annahme, dass Sie die fehlenden Teile haben?"

„Könnte sein. Ich weiß ja nicht, wat alles in so einem Hasen steckt."

Nun kam Fliesenwinkel mit einer kleineren, aber für ihn viel zu schweren Truhe hineingestolpert und setzte sie polternd auf dem harten Fliesenboden ab.

„Herr Nauermann?", fragte der Prinz drohend. „Können Sie Ihre Männer freundlicherweise darauf aufmerksam machen, dass sie etwas sorgfältiger mit den Komponenten umgehen sollen – bevor wir alle das Zeitliche segnen, weil etwas von dem Gas ausgetreten ist?" Er wandte sich nun direkt an Fliesenwinkel. „Normalerweise reicht eine geringe Erschütterung, um das Gehäuse zu beschädigen. Sie sollten das bedenken, wenn Sie weiter für uns arbeiten möchten."

Maria legte das Behältnis, das sie im Kühlteich gefunden hatte, auf den Küchentisch und schlug kraftvoll mit dem Nudelholz darauf ein. Es verformte sich zwar, wies aber keine wesentlichen Schäden auf. Ärgerlich schaute sie sich nach einem anderen Gegenstand um, den sie als Werkzeug missbrauchen konnte. Schließlich nahm sie eine riesige Schere von der Wand, die sie mit voller Wucht auf das Behältnis niederfahren ließ. Dabei rutschte die Spitze an der glatten Oberfläche ab und bohrte sich in ihre Hand, die das Gefäß festhielt. Spontan setzte sie den unglaublichen Schmerz in produktive Gewalt um und warf das Gefäß im hohen Bogen an die Wand. Ein Geschirrhandtuch vor die Wunde pressend, betrachtete sie das Ding, das sich nicht öffnen ließ, und gab ihm die Schuld an ihrer Dummheit. Nun beschloss sie, in der Werkstatt nach geeigneteren Gerätschaften zu suchen. Auf dem Weg dorthin musste Maria mittlerweile über sich selber lachen. Wenn ihr Vater sehen könnte, wie sie mit einer Kettensäge an einem Gefäß hantierte, um einem Kaubonbon die Möglichkeit zu geben, die Gegenwart zu begrüßen, würde er ihr bestimmt alle Hilfe zukommen lassen, die man sich für einen psychisch gestörten Menschen nur wünschen konnte.

Anna näherte sich nur zögernd der Firma. Bei jedem Schritt überlegte sie, ob es nicht besser wäre, wieder umzukehren. Doch letztlich dachte sie an das Versprechen, das sie Silber gegeben hatte, und versuchte, ihre Angst zu bekämpfen. Anna verdrängte die Bilder, die noch in ihrem Kopf herumgeisterten. Sie wusste nur zu gut, mit welch souveräner Gelassenheit sich der Prinz und Kolia daranmachten, auf ihre Weise an Wissenswertes heranzukommen. Sie erinnerte sich zum

Beispiel noch gut daran, wie beide einmal einer Sekretärin mit einer Rosenschere die Fingerkuppen abschnitten, weil sie vermuteten, dass diese heimlich wichtige Gespräche mithörte. Bei der sechsten Fingerkuppe beteuerte die Sekretärin immer noch, von nichts eine Ahnung zu haben. Währenddessen bedeckte der Prinz die abgetrennten Körperteile mit Eis. Großzügig unterbreitete er ihr das Angebot, sie würde die Gelegenheit bekommen, mit ihren eigenen Fingerkuppen zum Krankenhaus zu fahren, um sie dort wieder annähen zu lassen, sobald er eine plausible Erklärung vernommen hätte. Bei der achten Fingerkuppe gab sie zu bedenken, dass die Möglichkeit bestand, dass – als sie ihren kleinen Sohn anrufen wollte, um ihm zu erklären, dass sie an dem Tag vielleicht etwas länger arbeiten müsste – sie wohl versehentlich an die Taste für die Konferenzschaltung gekommen sein könnte. Aus Gründen der Fairness, wie der Prinz es nannte, inspizierte er das Telefon der Sekretärin und entdeckte, dass die Tasten in der Tat nahe beieinanderlagen, und konnte es sich durchaus vorstellen, dass es sich so zugetragen hatte. Er ordnete aber trotzdem aus Liebe zur Gründlichkeit an, die restlichen Fingerkuppen auch noch zu entfernen, und ließ danach der Sekretärin freies Geleit. Im Aufzug starb sie, den Champagnerkübel fest umklammert, an den Folgen eines Schocks.

Das Quietschen einer Tür riss Anna aus den Gedanken der Vergangenheit und veranlasste sie, sich seitwärts in die Grünanlagen zu schlagen. Eine Frau im Taucheranzug lief in Richtung der Schlosserei über den Hof. Sie konnte die Gestalt nur von hinten sehen und daher nicht erkennen, um wen es sich handelte. Einen Augenblick verharrte sie noch, dann lief sie entschlossen in die Firma.

Reusch und Wenzel fuhren in einem knüppelhart gefederten Opel Manta, der so tief lag, dass sie direkt auf das Nummernschild des Vordermannes guckten, Richtung Mülheim. Der junge Mann, dem sie den Wagen entzogen hatten, wies sie noch darauf hin, dass die viel zu laute Auspuffanlage nicht im Fahrzeugschein eingetragen war.

„Hätte man nicht auf ein anderes Fahrzeug zurückgreifen können?", fragte Reusch skeptisch.

„Ich finde es ideal. Jetzt haben wir bei einer eventuellen Verfolgungsjagd wenigstens eine Chance", sagte Wenzel begeistert.

„Ja, aber auch nur, wenn die Polizei diesen Wagen vorher nicht stillegt."

„Was für einen Wagen hättest du denn gewählt?", fragte Wenzel eingeschnappt.

„Vielleicht einen etwas unauffälligeren."

„Du wirst schon sehen, mein Junge, dies war eine richtig gute Entscheidung", versicherte Wenzel. Der Opel fuhr auf den *Blanka*-Parkplatz, und die beiden Agenten stiegen aus.

„Du bleibst hier beim Wagen und beobachtest alles aufmerksam, bis ich zurückkomme."

„Einen Alleingang halte ich für sehr gefährlich", gab Reusch zu bedenken.

„Einen Alleingang will ich ja auch nicht starten", erklärte Wenzel. „Ich möchte nur die Gegend erkunden, damit uns nicht dasselbe passiert wie in Duisburg."

Reusch nickte und setzte sich in den Wagen.

Gerade als Wenzel seine Waffe überprüfte, sah er eine Person aus dem Gebüsch kommen, die sich wohl das Ziel gesetzt hatte, die Firma unerkannt zu erreichen. Den Vorsatz, nur die Gegend zu erkunden, vergaß er schnell wieder, denn er glaubte, die Terroristin erkannt zu haben, und wollte sich ihr schleunigst an die Fersen heften.

„Wissen Sie, was das hier ist, Herr Silber?", fragte der Prinz und hielt dabei die Rosenschere hoch.

Silber grinste. „Sieht nach Strafarbeit im Garten aus, wie?"

Der Prinz lächelte. „So einfach kann ich es Ihnen leider nicht machen."

„Schade, ein bisschen frische Luft könnte jetzt nicht schaden."

Der Prinz reichte die Schere an Kolia weiter. „Herr Froßmann wird für jede negative Antwort, die ich von Ihnen vernehme, eine Fingerkuppe verlieren."

„O Mann, ich kann Ihnen nur sagen, dat ich der falsche Mann für Ihre Fragen bin", beteuerte Silber. „Bitte glauben Sie mir dat."

„Das kann ich nicht. Zu viele Dinge sprechen dagegen."

„Knipsen Sie doch diesen Idioten die Finger ab." Silber nickte zu Fliesenwinkel und Nauermann hinüber. „Die sollten doch auf Ihre Ersatzteile aufpassen."

„Der Gedanke ist äußerst verlockend, Herr Silber." Der Prinz betrachtete die beiden aus den Augenwinkeln. „Ich werde sicherlich zu gegebener Zeit darüber nachdenken. Doch im Augenblick muss ich mich leider an Sie wenden."

„Diesmal kann ich wirklich nichts dafür", sagte Silber zu Froßmann.

„Ich weiß", gab Froßmann leise zurück.

Kolia ging langsam auf Froßmann zu.

Der Prinz wandte sich an Sergej und Juri. „Beginnt mit eurer Arbeit."

Beide liefen sofort aus dem Raum.

„Herr Silber, ich habe verständlicherweise nicht mehr viel Zeit und noch weniger Geduld. Deswegen möchte ich Sie ersuchen, meine Fragen kurz und knapp zu beantworten."

„Zeit haben wir doch wohl massig", stellte Silber fest. „Das würde ich nicht so sehen. Sergej und Juri aktivieren gerade in diesem Augenblick drei Sprengkörper, die den Zweck haben werden, diese Firma bis auf ihre Grundmauern zu zerstören."

„Na, dat ist doch mal eine gute Idee", freute sich Silber. „Dabei würde ich Ihren Jungs gern zur Hand gehen."

„Das glaube ich Ihnen aufs Wort", lächelte der Prinz. „Wo platzieren Sie denn die Bomben?", fragte Silber neugierig.

„Ich möchte Sie nicht mit so unwichtigen Details konfrontieren."

„Och bitte, bitte", bettelte Silber wie ein kleiner Junge, der wissen wollte, was er denn Weihnachten zu erwarten hatte.

„Ist es für Sie denn wirklich so wichtig?"

„Wichtig?", wiederholte Silber, „Mann, da warte ich schon seit Jahren drauf."

„Das hört sich ja so an, als sei ich dabei, eine Wohltat zu vollbringen", sagte der Prinz geschmeichelt.

„Ich würde Ihnen sogar jedes Jahr zu Ostern eine Karte schicken."

„Das ist überaus großzügig von Ihnen, aber im Augenblick würden Sie mich eher mit der Auskunft erfreuen, wo die fehlenden Materialien sind."

„Wie gesagt, da muss ich passen. Ich habe nicht die geringste Ahnung, auch wenn Sie meinem Chef noch die Zehennägel dazu ziehen würden."

„Sie bringen mich auf neue Ideen, Herr Silber."

„Entspannen Sie sich mal. Dat war ein Scherz."

„Sehen Sie, das ist Ihr Problem, Sie nehmen die Sache nicht ernst genug." Er nickte Kolia zu. Dieser griff sich Froßmanns Hand und setzte die Schere an.

Silber ließ den Kopf sinken. Anna hatte es nicht allzu eilig. Wiederum – wenn sie kam, konnte der Wahnsinnige sein Werk vollenden, und Hunderte von Menschen würden sterben.

„Also?", fragte der Prinz.

Silber hob beide Hände und ließ sie kopfschüttelnd auf seine Schenkel klatschen.

Ein knirschendes Schnippen war das Resultat. Froßmann schrie auf und krümmte sich vor Schmerzen. Eine Fingerkuppe rollte seitlich auf Silbers Fuß zu.

„Jetzt hört die Belustigung Ihrerseits wohl auf?", erkundigte sich der Prinz. Plötzlich ging die Schwingtür auf – und Anna kam herein. Alle drehten sich erstaunt zu ihr um. Kolia ging sofort auf sie zu und riss ihr den Hasen aus der Hand.

„Ihr habt, was ihr wollt. Nun verschwindet von hier", sagte sie mit zitternder Stimme.

Kolia holte aus und schlug ihr mit dem Handrücken ins Gesicht. Silber sprang voller Zorn auf. Sie hob abwehrend die Hand, um ihm zu signalisieren, dass er sich beruhigen sollte.

„Ach, wie rührend. Die Jungfrau von Orleans ist gekommen, um ihren Knappen zu befreien", sagte der Prinz belustigt und zerbrach den Schokoladenhasen, den Kolia ihm überreichte. Zufrieden wog er das Behältnis in seiner Hand. „Wie sollen wir dich jetzt anreden, Anna?", fragte der Prinz schließlich spöttisch, „Spezialagentin Polowna?"

„Niemand ist hier ein Agent", sagte sie leise.

„Oh, das hast du aber schnell gelernt", lobte er sarkastisch. „Dasselbe gibt dein neuer Kollege auch ständig von sich."

Silber erhob sich. „Jetzt reicht es."

„Genau", sagte der Prinz und zog seine Waffe, die er auf Silber richtete. „Gedenken Sie nun, für mich zu arbeiten?"

Silber wollte gerade zur Antwort ansetzen. Doch mit einem Male flog die Tür des Kühlraums so hart auf, dass sie sich fast aus den Angeln hob, und eine tiefe, grollende Stimme ertönte. „Was da los da?"

Die Legionäre waren gekommen. Angeführt von Gero standen sie im Raum. Schulter an Schulter mit dem Rücken zur Wand, und sie sahen nicht so aus, als ob sie sofort wieder gehen wollten. Zumindest nicht ohne Silber.

Wenzel sah, wie zwei Männer das Gebäude verließen, nachdem Anna es durch eine andere Türe betreten hatte, und ärgerte sich darüber, dass er nicht an das Funkgerät gedacht hatte, um Reusch Anweisung zu geben, die Verfolgung der beiden aufzunehmen. Für einen kurzen Augenblick wog er die Dringlichkeit der sich ihm neu stellenden Möglichkeiten ab: Entweder heftete er sich der Frau an die Fersen, oder er prüfte nach, wohin die Männer mit den beiden Metallkoffern gingen. Letztlich entschloss er sich dazu, den Männern zu folgen. Er konnte später immer noch in der Firma nach der Terroristin suchen. Zu seiner Verwunderung gingen die Männer durch ein Metalltor diesmal in einen anderen Trakt der Fabrik. Wenzel wartete einen Moment ab, dann ging er ihnen nach. Als er den dunklen Bereich betrat, waren die Männer schon verschwunden. Nur an einer nach unten wandernden Kontrolllampe auf der Lichtleiste des Lastenaufzugs konnte er sehen, dass sie sich nun im unteren Bereich aufhielten. Da Wenzel keinen anderen Weg fand, um ihnen zu folgen, zog er sich in eine dunkle Nische zurück. Er wollte warten, bis sie zurückkamen. Einige Minuten vergingen, bis die Kontrolllampe sich wieder nach oben arbeitete. Die Türen des Aufzugs schwangen auf, und Wenzel bemerkte, dass die Männer nur noch einen Koffer mit sich führten. Er hoffte nun, die beiden würden sich über den weiteren Verlauf ihrer Aufgaben unterhalten, um ihm die Observierung zu erleichtern. Doch seine Hoffnung wurde zunichtegemacht, als er vernahm, dass die Männer russisch sprachen. Sie verließen den Trakt, gingen über den Hof und steuerten auf den nächsten Bereich zu. Sich dicht an die Wand pressend, folgte er ihnen.

In diesem Trakt gab es keinen Aufzug, und Wenzel hatte so die Gelegenheit, zeitversetzt mit den Terroristen das Treppenhaus zu benutzen. In der zweiten Etage öffneten sie eine Tür und betraten die Hohlfigurenabteilung. Wenzel hielt einen Augenblick inne und öffnete dann vorsichtig die Tür. Wieder waren die Männer verschwunden. Von Weitem hörte er das Stampfen schwerer Stiefel auf dem Fliesenboden. Wenzel schlug die Richtung ein, in der er die Männer vermutete. Doch je weiter er lief, desto mehr entfernten sich die Geräusche. Er blieb stehen, orientierte sich neu und lief zurück. Schließlich sah er die beiden vor den Wickelmaschinen knien.

Sie waren so nahe beieinander, dass sie dem Beobachter die Sicht auf ihr Tun versperrten. Plötzlich standen sie auf und liefen zügig dem Treppenhaus entgegen. Er überlegte, sich ihnen mit gezückter Waffe in den Weg zu stellen, befand es aber letztlich für klüger nachzusehen, was ihr nächstes Ziel sein würde. Nachdem er gesehen hatte, dass sie nun gar nichts mehr bei sich trugen, siegte seine Neugier, und er wollte erst einmal nachschauen, was es mit den Koffern auf sich hatte, die sie offenbar beliebig irgendwo abstellten. Er wartete ab, bis die beiden die Abteilung verließen, und ging auf die Packmaschinen zu. Als er sah, was der geöffnete Koffer beherbergte, wusste er für einen Moment nicht, was er lieber tun wollte – weglaufen oder sich daranmachen, die Bombe zu entschärfen.

Die Bombe, die laut Digitaluhr so eingestellt war, dass sie nur noch 45 Minuten bis zur Detonation brauchte.

„Herr Nauermann", beklagte sich der Prinz genervt, „es wird langsam ein wenig unübersichtlich hier. Finden Sie nicht auch?"

Nauermann stand da und sah die Legionäre, die Gero zusammen getrommelt hatte, fassungslos an. Der Prinz merkte, dass keine Antwort zu erwarten war.

„Wie dem auch sei", fuhr er fort, „so kann ich nicht arbeiten. Würden Sie bitte dafür Sorge tragen, dass diese Individuen sich leise verhalten und möglichst nicht bewegen, bis ich hier fertig bin?"

„Meint der uns?", fragte Emil Gero.

„Ich denke schon", antwortete der.

„Äh", protestierte Emil, „wir sind keine Indi… äh …" Er sah Gero hilfesuchend an.

„Individuen", half Gero ihm.

„Genau", bestätigte Emil, „und jetzt lasst Silber frei". Er schaute sich kurz um. „Öhm, Froßmann natürlich auch."

Jetzt zogen Schiffer, Nauermann, Fliesenwinkel und Victor ihre Waffen und richteten sie auf die Legionäre. „Okay", bemerkte Emil versöhnlich, „wir geben uns auch erst einmal mit Silber zufrieden."

„Sie haben hier gar keine Forderungen zu stellen", stellte der Prinz kühl fest. Gero erkannte, dass der Prinz der Kopf der Bande sein musste, und wandte sich direkt an ihn. Während er sprach, überkam ihn das Gefühl, dass dieser Mann jemandem ähnlichsah, den er kannte.

„Hören Sie, das Ganze unterliegt einem riesigen Missverständnis", beteuerte Gero.

„Glauben Sie mir, ich musste mir schon jede erdenkliche Version von Missverständnissen zu diesem Thema anhören, und ich bitte Sie jetzt, mir Ihre Theorie zu ersparen."

Sergej und Juri kehrten von ihrer Aktion zurück und nickten dem Prinzen zu. Dieser wandte sich wieder an Silber. „Wie ich Ihnen gegenüber schon erwähnt hatte, bleibt nicht mehr viel Zeit. Wie haben Sie sich entschieden?"

„Mein Vater hat mir immer geraten, mich bei so wichtigen Entscheidungen nicht drängen zu lassen."

Der Prinz entsicherte seine Automatik und legte sie auf Silber an. „Hat Ihr Herr Vater dafür auch eine ergreifende Philosophie?"

„Ja", sagte Silber langsam. „Er sagt immer: Man sieht jeden Menschen zweimal."

„Sie wohl kaum", erwiderte der Prinz und schoss.

Als Maria vor der Schlosserei stand, fiel ihr auf, wie gespenstisch ruhig es auf dem Hof war. Keine Putzkolonne kam aus den Büroräumen, keine Lastwagen lieferten Rohstoffe an, und vor allem konnte sie keinen der angekündigten Elektriker sehen. Maria beschloss, erst das Gefäß zu öffnen und dann der Sache mit den Elektrikern auf den Grund zu gehen. Sie suchte im Inneren der Schlosserei nach passendem Werkzeug. Schließlich spannte Maria das Gefäß in eine Schraubzwinge ein und wollte es mit einem Fuchsschwanz ansägen. Ein Poltern hinter ihr ließ sie zusammenzucken. Als sie sich umdrehte, sah sie, wie sich ein junger Mann den Weg in die Werkstatt bahnte. Er hielt eine Waffe in der einen und einen Ausweis in der anderen Hand.

„Bundesnachrichtendienst, bleiben Sie stehen, wo Sie sind, und rühren Sie sich nicht."

Maria sah ihn äußerst skeptisch an. „Können Sie mir sagen, was mir vorgeworfen wird?"

„Sie stehen momentan im Verdacht, die Komplizin von René Silber zu sein. Bis Sie das Gegenteil beweisen können, muss ich Sie in Gewahrsam nehmen."

Maria lächelte. Sie wäre liebend gern die Komplizin von Silber gewesen, nur hätte sie gern gewusst, in welchem Zusammenhang. „Hören Sie", Maria hob beruhigend beide Hände, „können Sie mir ein wenig mehr über meine Machenschaften mit Silber erzählen? Ich weiß nämlich im Augenblick wirklich nicht, was Sie von mir möchten – und seien Sie bitte so freundlich und nehmen Sie ihre Waffe weg."

Der junge Mann zögerte kurz, schließlich senkte er die Waffe.

„Danke", sagte Maria. „Wenn Sie mir jetzt noch sagen, wie Sie heißen, können wir uns auch vernünftig unterhalten."

„Ich bin Agent Matthias Reusch – und Sie?"

Maria sah ihn verwundert an. „Sie verdächtigen mich und wissen noch nicht einmal meinen Namen?"

„Ich kenne Ihr Gesicht von einer Videoaufzeichnung. Alle Ermittlungen bezüglich Ihrer Person verliefen bis jetzt ergebnislos."

„Was für eine Aufzeichnung?"

„Sie sind dabei gefilmt worden, wie Sie mit Silber und einem anderen Mann namens Gero Pallasch in diese Firma eingedrungen sind."

Maria lachte erleichtert auf. Dann waren die Sicherheitsvorkehrungen in dieser Firma doch nicht so träge, wie sie annahm. Aber dass man gleich Waffengewalt anwandte und den Geheimdienst einsetzte, um die Schuldigen zu überführen, passte zu den maroden Methoden in diesem Betrieb. Lachend senkte sie die Arme. Reusch nahm das zum Anlass, die Waffe wieder zu heben. „Beruhigen Sie sich", redete Maria auf ihn ein. „Ich kann alles erklären."

Reusch hob die Augenbrauen.

„Mein Name ist Maria Kaupt, und meinem Vater gehört diese Firma. In dieser erwähnten Nacht haben wir uns lediglich einen Scherz erlaubt, weil Silber behauptete, man könne unerkannt in die Firma gelangen. Aber wie wir sehen, kann man das nicht. Und Sie sind schwuppdiwupp da, um mich festzunehmen. Finde ich echt klasse, obwohl ich das mit den Waffen und dem Agentengehabe ein bisschen übertrieben finde. Wollen Sie Silber auch so einen Schrecken einjagen? Verdient hätte er es nämlich – bei seiner großen Klappe."

„Ich bin leider nicht gekommen, um Silber einen Schrecken einzujagen", sagte Reusch ernst. „Vier meiner Kollegen werden vermisst, und Silber wird verdächtigt, dafür verantwortlich zu sein."

Maria schwieg.

„Kennen Sie sich hier aus?", wollte Reusch wissen.

„Wie ich Ihnen schon gesagt habe, meinem Vater gehört diese Firma."

„Gut. Ich suche meinen Kollegen. Eigentlich wollte er sich nur kurz umschauen und mich dann nachholen. Bis jetzt ist er aber leider nicht wieder aufgetaucht."

„Sie machen keine Witze?", fragte Maria ernst. „Und Sie sind wirklich ein Agent?"

„Beide Fragen muss ich bedauerlicherweise bejahen."

„Der Betrieb ist groß. Wo sollen wir mit der Suche anfangen?"

Reusch zuckte mit den Achseln.

„Wir fangen unten bei den Büros …" Ein dumpf klingender Schuss unterbrach ihren Satz und ließ beide kreidebleich werden. Mit Bedacht gingen Reusch und Maria zurück auf den Hof. Sie wollten wissen, woher der Schuss gekommen war.

Das Projektil schlug wuchtig in Silbers Oberkörper ein und hob ihn im hohen Bogen über den Stapel Paletten, auf denen er zuvor noch gesessen hatte. Regungslos blieb er liegen. Zunächst waren alle fassungslos. Dann brach der Widerstand los. Anna und Emil versuchten als Erste, nach vorn zu stürmen, um nach Silber zu schauen. Anna erhielt von Victor einen Tritt in den Unterleib, der sie zu Boden schleuderte. Emil tauchte unter den ausholenden Waffenlauf von Sergej und sprang über die Paletten. Kniend landete er neben Silber und umklammerte seinen Oberkörper.

„Ey, Silber! Mach keinen Quatsch. Komm, steh auf", bettelte Emil weinerlich. Während er weiter auf den leblosen Körper einredete, versuchten die anderen Legionäre, einen Kampf gegen die Terroristen zu führen. Leider erfolglos. Einige Schüsse aus der Pistole des Prinzen riefen sie wieder zur Besinnung. Sie hatten keine Chance. Niedergeschlagen senkten sie die Köpfe.

„Meine Herrschaften, ich darf Sie bitten, sich jetzt ruhig zu verhalten, damit Sie nicht dasselbe Schicksal ereilt wie Ihrem werten Kollegen, der sich nicht gerade kooperativ gezeigt hat." Der Prinz schaute auf die Uhr. „Mir verbleibt leider nicht mehr genug Zeit, Ihnen das ausführlich zu erzählen."

Aus der Ecke hörte man, wie Emil verzweifelt Versprechungen verkündete, die Silber dazu bringen sollten, sich doch wieder zu bewegen.

„Fesselt alle", wies der Prinz seine Leute an.

Juri drängte die Legionäre an das riesige Metallregal. Sergej schleifte Anna an den Haaren dorthin. Victor und Schiffer machten sich daran, sie mit einem langen Seil miteinander zu verknüpfen. Nauermann ging in die Ecke, löste Emil von dem leblosen Körper und führte ihn zu den anderen.

„Eigentlich müsste ich Ihnen allen meinen Dank aussprechen", sagte der Prinz. „Denn wie es aussieht, wird der Katastrophenschutz sich hier wohl etwas länger als gewöhnlich aufhalten, wenn er erfahren wird, dass sich noch einige fleißige Mitarbeiter in dem zerstörten Gemäuer befinden – während in Duisburg die sprühende Überraschung eröffnet wird." Der Prinz warf lachend den Kopf zurück. „Sergej und

Juri, ihr beide bleibt bis zuletzt hier, um mir von dem Geschehnis zu berichten." Beide nickten ergeben.

„Wir kriegen euch noch!", rief Emil zornig.

„Ja, gewiss", sagte der Prinz gelangweilt.

Horchend standen Maria und Reusch auf dem Hof. Kurze Zeit später fielen die nächsten Schüsse. Beide hoben den Kopf in Richtung der Produktionsräume. „Woher kommen die Schüsse?", fragte Reusch.

„Ich glaube, aus der Rohmasse", antwortete Maria vorsichtig.

„Los!", trieb Reusch sie an. „Laufen Sie vor."

Maria lief in Richtung des Treppenhauses. Reusch folgte. Sie liefen bis zur dritten Etage und öffneten die Tür. Stimmen waren aus dem Kühlraum zu vernehmen. Gerade als sie darauf zusteuern wollten, wurde die Tür aufgestoßen – und mehrere Männer kamen heraus. Noch bevor die beiden entdeckt werden konnten, zog Reusch Maria hinter einen Pralinenmischer. Beim Anblick des Prinzen krallte sich Maria so fest in Reuschs Arm, dass er noch Tage später die Abdrücke sehen sollte. Die Männer verließen nun die Abteilung, und alles schien ruhig.

„Wer könnte das gewesen sein?", fragte Reusch.

Maria zuckte nur mit den Schultern und schaute Reusch unsicher an. Aus dem Kühlraum waren wieder Stimmen zu hören.

„Ein paar von denen sind noch da", bemerkte Reusch. Langsam erhob er sich und pirschte sich an den Kühlraum heran.

Durch die transparente Schwingtür konnte er nur eine Person sehen, die auf und ab ging. Reusch zog die Waffe, wartete einen Moment und betrat dann den Raum. „Bundesnachrichtendienst! Bewegen Sie sich nicht!" Der Mann hob lächelnd die Arme. Verwundert betrachtete Reusch die Menschen, die an ein Metallregal gefesselt waren.

„Vorsicht!", rief einer von ihnen. Zu spät. Jemand näherte sich von hinten und riss den Agenten nieder. Der andere Terrorist hechtete nach vorn und trat ihm ins Gesicht. Reuschs Waffe fiel zu Boden. Er wollte sich wieder aufrappeln und erhielt dafür prompt einen Schlag ins Kreuz. Er merkte, dass es bei diesem Kampf um sein Leben ging, und rollte sich zur Seite, um sich Raum zu verschaffen. Einer der Terroristen folgte ihm und gab ihm noch einen Tritt in die Seite. Erst als Maria durch die Schwingtür hereinstolperte, ließen sie von ihm ab. Starr vor Schreck blieb sie beim Anblick der gefesselten Legionäre stehen.

Sofort schlug Sergej ihr ins Gesicht. Sie taumelte auf den Palettenstapel zu. Als sie sich dort abstützte, sah sie Silbers leblosen Körper und fing an zu kreischen.

Juri wollte gerade nach seiner an die Wand gelehnten Waffe greifen, als Reusch versuchte, seine eigene aufzuheben. Juri war schneller und schoss ihm, ohne zu zielen, wahllos in die Schulter. Sergej hatte inzwischen damit begonnen, Maria von hinten zu würgen. Sie röchelte hilflos und fuchtelte, immer schwächer werdend, mit ihren Armen umher. Sergej lachte schon siegesgewiss und schaute rüber zu Juri, um sich von ihm die Bestätigung für sein Handeln abzuholen.

Mit ihrem letzten Lebenswillen fasste sich Maria an ihr Fußgelenk, zog das Tauchermesser aus dem Schaft und rammte es ihm in den Oberschenkel.

Sergej heulte vor Schmerz auf und ließ von ihr ab. Nun schwenkte Juri die Waffe auf Maria, aber noch bevor er abdrücken konnte, versuchte Reusch, schwankend vor Schmerz, ihn umzurennen. Juri trat belustigt zur Seite und ließ den Agenten mit seiner verwundeten Schulter voran gegen die Wand laufen.

Plötzlich fiel ein Schuss – und Juri wurde an die Wand geworfen. Fassungslos schaute er auf seine Brust und fiel zur Seite. Alle schauten erstaunt in die Richtung, aus der der Schuss kam.

„So, Jungs, jetzt habe ich die Faxen dicke." Silber stand oben auf den Paletten und lehnte den Lauf einer Maschinenpistole auf seine Schulter.

Wenzel kniete vor dem aufgeklappten Koffer nieder und rieb seine Handflächen so stark aneinander, dass man meinen konnte, er würde frieren. Danach bewegte er seine Finger schnell, wie es Pianisten vor großen Konzerten taten, um sich warm zu machen. „So, dann schauen wir uns das Baby mal näher an", kommentierte Wenzel für den unsichtbaren Zuschauer. Aus einem bunten Wirrwarr von Kabeln lugte ihn die zurücklaufende Digitaluhr an, die daran erinnerte, dass er nur noch 39 Minuten hatte, um der Welt zu beweisen, dass er der beste Agent war, den der BND zu bieten hatte. Er holte sein Taschenmesser hervor und pfriemelte die Schere heraus. Wenzel war schon oft bei Bombenentschärfungen dabei gewesen und wusste, dass er nur eines der Kabel durchschneiden musste, damit alles wieder seinen gewohnten Gang gehen konnte. Die einzige Schwierigkeit lag jedoch darin, dieses eine richtige Kabel zu finden. Schweißperlen liefen ihm bei dem Gedanken über die Stirn, was passieren würde, wenn er das falsche Kabel kappte. Warum konnte er nicht wie andere Familienväter entspannt vor dem Fernseher sitzen und sich über Politik und verlorene Fußballspiele aufregen, anstatt hier bei einer Sache den Helden zu spielen, von der die Öffentlichkeit sowieso keine Notiz nehmen durfte? Wenn die Bombe aber hochging, würden die Medien das Versagen eines Agenten, der nicht belastbar war, in drei Fernsehteilen dokumentieren und nachts so lange wiederholen, bis seine Frau das Rentenalter erreicht hatte.

Er holte tief Luft. Noch 36 Minuten. Wenzel schaute sich den Zünder an, der relativ simpel aufgebaut war. Die Täter hatten also nicht damit gerechnet, dass jemand die Bombe fand und sich darum auch nicht gegen eventuelle Bombenkommandos abgesichert. Dies deutete alles auf einen Terroranschlag hin. Bei einer Erpressungsgeschichte hätte man nämlich eine kunstvoller gebaute Bombe präsentiert, über die sich alle den Kopf hätten zermartern müssen, um sie noch rechtzeitig vor Ablauf des Ultimatums zu entschärfen.

„Also, meine Damen und Herren", verkündete Wenzel seinem imaginären Publikum stolz, „ich werde nun ein bestimmtes Kabel dieser primitiven Bombe durchschneiden, und Sie werden sehen, alles wird wieder gut."

„Silber, du Arsch. Ich dachte echt, du wärst tot."

„Ich weiß, Emil", lächelte Silber und schaute auf den zerbeulten Tankdeckel in seiner Brusttasche, der das Projektil aufgefangen hatte. „Ich auch."

„Jetzt mach uns mal hier los", drängte Angelika.

Silber holte den Tankdeckel heraus und musterte ihn. „Kacke, der ist hin", maulte er.

„Silber!", riefen die Legionäre im Chor. Sie hatten kein Verständnis für die Inventur der Autoersatzteile und wollten befreit werden. Silber sprang von den Paletten und zog Sergej das Messer aus dem Bein. Aufstöhnend hielt er sich die blutende Wunde. Gero befreite er zuerst.

„Ich dachte echt, ich hätte die Gelegenheit, dat Star-Trek-Telefon von dir zu erben", sagte Silber trocken.

„Bedauere", erwiderte Gero. „Vielleicht das nächste Mal."

Silber zerschnitt das restliche Seil, und endlich waren alle frei. Anna, die sich inzwischen wieder erholt hatte, lächelte Silber erleichtert an.

Irritiert drehte sich Silber um. Sein Blick fiel auf Maria. „Gero, wat verzapfst du denn da für einen Schwachsinn? Der Maria geht es doch blendend." Er trat näher zu ihr, fasste behutsam ihr Kinn an und drehte eine Gesichtshälfte in sein Blickfeld.

„Au, dat gibt ein Veilchen vom Edelsten", bemerkte er.

Maria konnte erst einmal gar nicht antworten. Zunächst einmal war sie froh, dass er noch lebte, und zugleich gerührt wegen seiner Sorge um sie.

Silber riss als Nächstes den veralteten Erste-Hilfe-Kasten von der Wand und lief auf Froßmann zu. „Wie geht es Ihnen?"

Gekrümmt vor Schmerz, setzte Froßmann sich auf die Paletten und schaute auf. „Silber …"

„Ja, immer ruhig. Sie kriegen erst mal einen Verband", versuchte dieser, Froßmann zu beruhigen.

„Nein, die Bomben …", erinnerte Froßmann.

„Wovon redet der?", wollte Emil wissen.

„Ach so", wehrte Silber ab, „nichts von großer Bedeutung. Die Bösewichte haben uns noch ein paar Bomben hiergelassen."

„Und das heißt?", setzte Maria nach.

„Dass uns gleich die ganze Bude hier um die Ohren fliegt", erwiderte Silber, während er Pflaster für den Verband abschnitt. Ein Raunen ging durch die Legionäre. „Aber keine Sorge", spielte Silber die Sache runter, „wenn wir den Schuppen rechtzeitig verlassen, passiert uns nichts."

„Wie viel Zeit bleibt uns noch?", fragte Maria.

„So, fertig", sagte Silber aufmunternd zu Froßmann.

„René, wie viel Zeit?", fragte Gero.

„Ich glaube genug, wenn wir uns jetzt endlich mal in Bewegung setzen."

Er lief auf die Schwingtür zu. „Dat möchte ich mir auf keinen Fall entgehen lassen. Dat sieht man ja nich alle Tage, wie sein eigener Knast gesprengt wird."

Silber lief lachend durch die Tür in den Produktionsraum, blieb vor den Kesseln stehen und wunderte sich, warum die anderen nicht nachkamen. Langsam ging er zurück. „Sagt mal, merkt ihr noch irgendwelche Einschläge? Die Bude geht gleich über den Jordan. Raus hier!", kommandierte Silber. An den niedergeschlagenen Gesichtern und den ausweichenden Blicken merkte er, dass die Legionäre nicht vorhatten zu gehen. Silber schüttelte den Kopf und wollte wieder zur Tür hinaus.

„Bitte, Silber. Bleiben Sie."

Silber drehte sich steif um und blickte Froßmann an, als habe er sich verhört. „Wat haben Sie gesagt?"

„Bleiben Sie bei uns und retten Sie, was geht."

„Haben Sie einen Schock oder so wat?", erkundigte sich Silber. „Dat muss ich nämlich annehmen, wenn ich mir Ihr wirres Zeug anhöre. Erstens haben Sie noch nie in Ihrem Leben ‚bitte' zu mir gesagt, und zweitens haben Sie doch schon eine Fingerkuppe verloren. Wollen Sie den Rest Ihres Körpers auch noch der Firma opfern?"

Froßmann kämpfte gegen seine Tränen an. „Sie sehen nur das Schlechte, Silber. Versuchen Sie doch mal, anders zu denken."

„Seit Jahren gibt man mir keine Gelegenheit, etwas anderes zu sehen, weil man mir ständig wegen irgendeinem Mist den Hintern aufreißt. Und wenn einer von uns dann mal was Positives beitragen will, wird das sofort niedergeschmettert, weil die Idee ja nicht aus eurem Arsch gekrochen kam", klagte Silber Froßmann an. „Selbst wenn wir uns das Jahr über wie die letzten unterbezahlten Deppen die Überstunden um die Ohren hauen, bekommen wir noch zu hören, dass wir doch mal mehr Firmeninteresse zeigen sollten."

Silber schaute Froßmann wütend an.

„*Blanka* gibt aber vielen Leuten im Ruhrgebiet Arbeit, und wenn die Firma zerstört wird, stehen mit einem Schlag 800 Menschen auf der Straße, die keine Beschäftigung mehr haben. Die meisten von ihnen sind schon viele Jahrzehnte hier und finden nicht mehr so schnell irgendeine Arbeit, um sich bis zur Rente über Wasser zu halten. Das sollten Sie auch mal aus dieser Sicht sehen", erwiderte Froßmann.

„Silber", bat Emil, „er hat recht. Außer Kokosflocken herstellen und Karamell kochen kann ich nichts."

Silber nickte langsam. Er sah gerade nicht nur, dass es in dieser Zeit darum ging, um jeden Preis seinen lausigen Job zu behalten, damit die Familie was zu beißen hatte. Nein, er erkannte plötzlich, wie aufrichtig seine Kollegen ihre Firma liebten. Obwohl das alte Gemäuer sich bald selbst nicht mehr tragen konnte, mochten sie jeden Stein, über den sie stolperten, auch wenn sie lauthals darüber schimpften. Wie dem auch sei. Ob schlechte Entscheidung oder nicht – Silber mochte seine Legionäre, die sich zwar gerade aufführten wie ein Horde Halbwüchsiger, denen man das Spielzeug wegnehmen wollte. Doch letztlich zählte das, was sie wollten, und nichts anderes. Also beschloss er, das zu retten, was er am meisten hasste und seine Freunde am meisten brauchten.

„Wat ist los, Legionäre? Sollen wir diesen Drecksbunker retten?", sprach Silber laut, stolz darauf, solche Kollegen zu haben.

„Jaaa!", riefen alle geschlossen.

„Dann würde ich mal vorschlagen, dat wir den befragen, der uns von der Bande noch erhalten geblieben ist." Silber nahm sich den Verbandskasten und ging auf Sergej zu, der ängstlich vor ihm zurückwich. „Ich werde dir jetzt in aller Freundschaft das Bein verbinden. Ich werde sogar vergessen, dass ihr mir mein Jochbein zertrümmert habt. Dafür sagst du mir, wo die Bomben sind und wie viel Zeit wir noch haben. Klar so weit?"

Sergej nickte und sagte etwas auf russisch.

„Anna", rief Silber, „kannst du mir einen Moment helfen?" Silber begann, die Verpackung einer Mullbinde aufzureißen. Anna trat an Sergej heran und zischte ihn in ihrer Landessprache an. Silber machte sich daran, die Wunde zu desinfizieren. Sergej sprach leise und zuckte dabei hin und wieder mit den Schultern.

„Was denn?", fragte Silber. „Will er nicht?"

„Doch, doch", beruhigte Anna ihn. „Er sagt nur, dass er nicht genau sagen kann, wo sie liegen, weil er sich hier nicht auskennt."

„Er soll dir die Umgebung beschreiben", forderte Silber sie auf und fuhr mit seiner Arbeit fort.

Anna fragte ihn danach, und Sergej erzählte gestenreich in seiner Sprache, was er wusste. Als Silber mit dem Verbinden fertig war, sprach er immer noch. „Anna", unterbrach Silber Sergej ungeduldig, „frag ihn, ob er noch fertig wird, bevor wir zum Mond fliegen."

Anna nickte und sprach drohend auf Sergej ein. Schließlich nickte sie und erhob sich aus ihrer knienden Stellung. „Er sagt, dass sie an drei verschiedenen Orten waren. Erst mal eine Abteilung, wo Schokoladenweihnachtsmänner standen."

„Die Hohlfigurenabteilung", rief Angelika vorwitzig. Silber nickte. „Dann eine Abteilung, die ganz weiß war."

„Puderabteilung", meldete sich Josef.

„Dann waren sie in einem Keller voller Bonbons und Gummibärchen."

Stille. Keiner meldete sich.

„Vielleicht die unteren Lagerräume an der Laderampe", überlegte Froßmann.

„Hört sich so an", stimmte Silber zu. „Wie viel Zeit bleibt uns?"

„Er schätzt unsere Zeit auf etwa 20 Minuten."

„Wie gehen wir mit so einem Ding um?"

„Ganz einfach, du musst sie entschärfen."

„Ich?", regte sich Silber auf. „Ich bin froh, wenn ich weiß, wie morgens mein Auto anspringt. Wat weiß ich, wie man eine Bombe auseinanderpflückt." Silber atmete tief durch. „Okay, wir bilden Zweiergruppen", bestimmte er dann schließlich. „Anna und ich nehmen den unteren Lagerraum. Gero und Maria gucken sich die

Hohlfigurenabteilung an, Emil und Josef die Puderabteilung. Die anderen warten unten auf dem Hof und wünschen uns Glück." Er schaute sich um. „Noch Fragen?"

„Ist noch irgendetwas, was wir beachten sollen?", fragte Gero.

Silber wandte sich an Anna. „War noch was?"

Anna nickte.

„Wir sollen das grüne Kabel durchtrennen, das von der Uhr zum Sprengstoff führt."

„Das grüne Kabel", wiederholte Emil. „Ist ja kinderleicht." Er schaute Josef an. „Wat is, Klops, haste dir dat gemerkt?"

„Hey, was da los da?", grollte Josef, „Meinst du, ich bin doof?"

Die Uhr zeigte Wenzel, dass er sich nur noch 18 Minuten lang überlegen konnte, welches Kabel durchzuschneiden war. Er legte das Taschenmesser auf den Boden und rieb sich seine schweißnassen Hände an der Hose ab. Zwei Möglichkeiten boten sich ihm – der gelbe oder der grüne Draht. „Grün ist die Hoffnung", dachte er und führte die Schere an das grüne Kabel, hielt dann aber inne. Kannten die Terroristen eigentlich diese Volksweisheit? Bestimmt nicht. Also ging die Schere rüber zum gelben Kabel. Gelb war schließlich auch die Lieblingsfarbe seiner kleinen Tochter, das würde ihm bestimmt Glück bringen. Jedoch war Gelb eine sehr aggressive Farbe. Er lehnte den Kopf in den Nacken und schaute zur Decke. Gelb oder grün. Grün oder gelb. Er wusste es nicht. Wenzel erinnerte sich auf einmal an die seltenen Wochenenden, die er mit seiner Tochter verbrachte.

Nie durfte er ihr sagen, was er eigentlich beruflich tat, obwohl er sich immer wünschte, dass sie einmal ganz stolz auf ihren Papa sein sollte. Stattdessen sortierte er mit ihr immer bunte Schokoladenlinsen und lehrte sie so die Farben. Er lachte dann immer, wenn sie die Gelben für sich beanspruchte. Wenzel hatte sie mal gefragt, warum gelb so toll war. Sie hatte ihm dann einfach gesagt, dass alle schönen Dinge gelb sind – die Blüten des Löwenzahns, die Tulpen vor dem Haus, ihr Lieblingsshirt und vor allem die warme Sonne. Wenzel senkte den

Kopf. Seine kleine Tochter hatte recht, Gelb war eine tolle Farbe. Er nahm die Schere und schnitt das gelbe Kabel durch.

„Los, lauf", drängte Emil.

„Ich lauf schon, so schnell wie es geht", beschwerte sich Josef. „Ich bin besser in Form, als du glaubst. Schließlich esse ich die Vanillejoghurts mit den links drehenden Bakterien und den wertvollen Vitaminen."

„Das ist es ja. Vielleicht solltest du davon mal ein paar weniger essen, damit wir vorankommen." Beide betraten die Puderabteilung.

Emil machte das Licht an. „Wir trennen uns jetzt hier und suchen nach dem Ding", schlug Emil vor.

„Gut", sagte Josef knapp.

Emil ging tiefer in den Produktionsraum. Er drehte sich noch einmal nach Josef um, der an einer Palette Gummibärchen stand und sich die Taschen vollstopfte.

„Josef!", rief Emil genervt.

Dieser zuckte erschrocken zusammen.

„Die Bombe", erinnerte Emil.

„Bin schon dabei", antwortete Josef mit vollem Mund.

Emil schaute aufmerksam in alle Ecken und entdeckte nichts. Er lief so systematisch den ganzen Raum ab, dass er am Ende wieder Josef begegnete, der unten am Boden herumkroch. „Was machst du da? Wir suchen einen Koffer und keine runtergefallenen Gummibärchen."

Josef stand auf. „Ich hebe doch nur die Mausefallen auf, sonst laufen die Mäuschen da noch rein", sagte er besorgt.

„Bist du noch ganz bei Trost?" Langsam richtete sich Josef auf und starrte an Emil vorbei.

„Wir sollen hier eine Bombe finden, du Nasenbär", fuhr Emil fort, „und du … wat guckst du denn so? Hast du wieder wat zu essen gefunden …?"

Josef deutete auf etwas hinter Emils Rücken. Emil wandte sich um und sah den Koffer.

„Gratuliere, du hast die Höllenmaschine gefunden."

„Soll ich das Kabel durchschneiden?", fragte Josef eifrig.

„Du?", fragte Emil entsetzt.

„Warum nicht?"

„Weil du dich dann mit deinen Wurstfingern in den anderen Kabeln verfangen würdest und damit den ganzen Bau zum Teufel jagst. Darum."

„Hey, ich habe als Kind schon mal den Radiowecker meiner Tante auseinandergenommen und wieder zusammengebaut", versuchte Josef, sich zu qualifizieren.

„Und funktionierte er danach wieder?", erkundigte sich Emil skeptisch.

„Öh …"

Die Antwort reichte. Emil ging zur Bombe und kniete vor ihr nieder.

„Denk daran, das grüne Kabel", erinnerte Josef.

„Ich weiß." Emil zauberte einen kleinen Seitenschneider aus seiner Tasche, den er zuvor aus dem Werkzeugkasten der Rohmasse genommen hatte. Die Uhr zeigte 17 Minuten an.

„Ach du Scheiße!", entfuhr es Emil, als er die Kabel begutachtete.

„Sag mal, musst du immer solche Worte sagen?", beschwerte sich Josef. „Sieh selbst", bot Emil ihm an.

„Weißt du nicht, wie ein grünes Kabel aussieht?" Josef kniete sich neben Emil und schaute auf die Bombe. Es war kein grünes Kabel vorhanden. Statt dessen gingen zwei rote Kabel von der Uhr zum Sprengstoffpaket.

„Ach du Scheiße!", bemerkte Josef.

„Sag ich doch."

„Meinst du, Silber ist böse auf uns, wenn wir das nicht schaffen?", fragte Josef traurig.

„Böse? Silber doch nicht. Ich glaube, der würde uns noch eine Lohnerhöhung besorgen", grinste Emil. Nun lachten die beiden so lange, bis ihnen die Tränen kamen. Sie wussten aber beide nicht, ob sie lachten, weil es so lustig war, oder weil sie sich nicht sicher waren, welcher Draht gekappt werden sollte. Emil stieß Josef schließlich an und deutete auf die Uhr. 14 Minuten.

„Also, welches Kabel?", fragte Emil.

„Wie wäre es mit dem oberen?"

„Oder vielleicht doch lieber das untere?", rätselte Emil.

Josef zuckte mit den Schultern.

„Ach, scheiß der Hund drauf", sagte Emil und schnitt den oberen Draht durch.

Gemeinsam rannten Anna und Silber über den Hof. „Hoffentlich haben wir noch genügend Zeit", keuchte Silber.

„Bestimmt", erwiderte Anna.

Beide stiegen in den Aufzug und fuhren hinab in den Lagerraum. Auf dem Weg nach unten lächelte Anna Silber aufmunternd zu. Er drehte seinen Kopf gespielt nachdenklich zur Seite, um ihrem Blick zu entgehen, und schlug dabei mit seiner Stirn vor den Sicherungskasten des Aufzuges. Sofort trat Anna näher und nahm sanft seinen Kopf in ihre Hände. Silber wurde es heiß und kalt zugleich.

„Ist alles in Ordnung?", fragte Anna besorgt.

„Äh, nein ... äh, doch ... ich hab ... äh ..." Der Aufzug ruckte, sie waren angekommen. „Ah, wir sind da", stellte er aufatmend fest und drängte sich hastig an ihr vorbei.

Anna schüttelte lächelnd den Kopf und folgte ihm. Sie brauchten nicht lange zu suchen. Inmitten des Raumes lag der Koffer mit der Bombe auf dem Boden.

15 Minuten noch.

Anna holte eine Nagelschere heraus und kniete sich vor die Bombe. „Oh, ich sehe das grüne Kabel", frohlockte sie. „Na, das haben wir gleich". Sie setzte die Schere an.

„Halt!", sagte Silber knapp.

Erstaunt schaute Anna zu Silber auf.

„Was ist?", fragte sie verwundert.

„Woher wissen wir, dat der Russe die Wahrheit sagt?"

Die rennenden Sekunden drängten die Minutenanzahl auf 14 verbleibende zurück. Plötzlich hörten sie einen dumpfen Knall, der sich außerhalb des Kellers bestimmt ohrenbetäubend angehört haben musste. Kurze Zeit später spürten sie eine leichte Erschütterung.

Silber nahm Anna in den Arm und bedeckte mit seiner Hand ihren Kopf, als Staub von der Decke rieselte. Über ihnen brach ein Rohr, und Wasser prasselte in unregelmäßigen Abständen auf sie nieder.

„Mist!", schrie Silber. „Wir hätten dem Russen nicht glauben sollen."

Anna fing an zu weinen.

„Es tut mir leid, es ist meine Schuld."

„Nein", beruhigte Silber sie, „er hat dich genauso belogen."

Silber schaute auf die Bombe und überlegte, wen es wohl erwischt haben könnte – entweder Gero und Maria oder Emil und Josef. Er hoffte nur, dass die, die überlebt hatten, nun klüger waren und den anderen Draht durchknipsten. Silber nahm Anna die Nagelschere aus der Hand und schnitt den gelben Draht durch.

„Was ist mit dir los, Maria?", fragte Gero auf dem Weg zur Hohlfigurenabteilung besorgt.

Unsicher schaute sie Gero aus den Augenwinkeln an. „Was soll sein?"

„Du bist so komisch. Und wie kommst du eigentlich an den Taucheranzug?"

Maria ordnete erst einmal ihre Gedanken. Das alles war ein bisschen viel für sie. Der Anblick des Prinzen, der Kampf gegen diese Verbrecher, die ihre Firma zerstören wollten, und dann wählte Silber auch noch diese Frau zu seiner Partnerin, um die Bombe unschädlich zu machen. Was dachte er sich eigentlich dabei? Glaubte er, dass sie zu dumm war, die Sache mit ihm durchzustehen? Wenn er ihr doch mal Gelegenheit geben würde zu zeigen, was in ihr steckte, würde er bestimmt beeindruckt sein. Aber nein, Männer machten ja immer genau das Gegenteil von dem, was die weibliche Vernunft verlangte. Sollte Silber doch mal sehen, was er davon hatte. Plötzlich riss ein lauter Knall sie aus ihren Gedanken. Gero und Maria schauten sich geschockt an. „Silber!", rief sie und wollte loslaufen.

Gero hielt sie am Arm fest und versuchte, sie aufzuhalten. „Maria, bleib hier."

„Glaubst du, dass es René war?", fragte sie weinerlich in der Hoffnung, eine negative Antwort zu bekommen.

„Ich weiß nicht", erwiderte Gero gefasst. „Es könnten genauso gut Emil und Josef gewesen sein."

„Wir müssen nachsehen", drängte sie. „Geht nicht", bedauerte Gero. „Wir sollen versuchen, die Bombe zu entschärfen."

„Aber das ist doch Wahnsinn", protestierte Maria.

„Das ist es schon die ganze Zeit", bemerkte Gero knapp. Er ließ Maria los und lief weiter.

Sie zögerte erst und lief ihm dann hinterher.

Wenzel sah, wie die Digitaluhr erlosch und beschloss, den Tag in seinem Kalender einzutragen, um seiner Tochter jedes Mal an diesem Datum so viele gelbe Schokoladenlinsen zu geben, wie sie nur mochte. Er klappte den Koffer zu und stand langsam auf. Er konnte nur hoffen, dass dies die einzige Bombe gewesen war, die seinen Pulsschlag auf Trab gehalten hatte. Die Metalltür hinter ihm wurde aufgestoßen. Er zog seine Waffe und duckte sich hinter eine Maschine.

„Wo soll sie nur sein?", hörte er einen Mann fragen.

Wenzel linste über den Rand der Maschine und sah den anderen Terroristen, der gesucht wurde. Hinter ihm lief die Frau, über die es keine Anhaltspunkte gab. Das war sein Glückstag. Er schnellte mit vorgehaltener Waffe hoch. „Bundesnachrichtendienst, bleiben Sie stehen!"

„Oh", sagte der Mann, „es handelt sich bestimmt um ein Missverständnis."

„Das ist es meistens, mein Junge", sagte Wenzel und warf ihm seine Handschellen zu. „Leg dir und deiner Freundin das Armband um."

„Darf ich Sie zuvor darauf aufmerksam machen, dass hier eine Bombe liegt, die jeden Augenblick gezündet werden kann?"

„Die Geschichte habe ich schon hinter mich gebracht", lächelte Wenzel gelassen.

„Na dann", sagte Gero und legte sich einen Teil der Handschellen um. Den anderen Teil legte er Maria um das Handgelenk und ließ die Verschlüsse einrasten. „Zufrieden?", fragte er.

„Bestens", lobte Wenzel, „und jetzt geht mal hübsch vor, ihr zwei Süßen."

„Siehst du", sagte Silber erleichtert. „Es war dat andere Kabel." Er nahm Anna bei der Hand und zog sie von dem rieselnden Wasser weg. Er bemerkte, dass sie sich in ihren nassen Sachen unwohl fühlte. „Wir kommen gleich an der Wäschestelle vorbei, da angeln wir dir ein paar trockene Klamotten raus", versprach er ihr.

Anna nickte niedergeschlagen.

„Nimm es nicht so schwer. Wir haben es doch noch rechtzeitig bemerkt", versuchte Silber, sie aufzumuntern.

„Ja, aber die anderen nicht."

„Tja", stimmte Silber ihr traurig zu, „da hast du leider recht."

Sie stiegen in den Aufzug und fuhren direkt in die zweite Etage.

Silber öffnete die Tür. „So, alles aussteigen. Zweite Etage: Damenabteilung", meldete er. Als beide vor der Wäscheabteilung standen, mussten sie jedoch feststellen, dass die Tür verschlossen war. „Das stört unseren Einkaufsbummel aber ungemein", beschwerte sich Silber. Er schaute zur Seite und sah, dass die Umkleidekabinen der Frauen offen standen. „Komm mal mit", lockte Silber. „Für dich werden wir schon das Passende finden." Nachdem sie in der Damenumkleide standen, bemerkte er, dass alle Spinde verschlossen waren. „Mist!", fluchte Silber. „Heute klappt aber auch gar nichts." Im Vorbeigehen entdeckte er jedoch Angelikas Namensschild auf einem der Schränke. „Bingo!", rief Silber. Er nahm den Feuerlöscher von der Wand und schlug damit gegen das Vorhängeschloss. Angelika würde ihm sicher nicht böse sein, wenn sie erfuhr, warum er das getan hatte.

Er stellte den Feuerlöscher beiseite und öffnete den Spind. Aus dem oberen Regal fiel ihm etwas entgegen, was sich durch die Erschütterung gelöst hatte. Er fing den Briefumschlag auf und legte ihn wieder zurück. „Siehst du, Anna, auf Angelika ist Verlass." Im Inneren des Spindes lagen Anziehsachen, die so ordentlich gefaltet waren, dass man meinen konnte, Angelika würde in dieser Umkleidekabine wohnen. Anna nickte knapp und fing an, ihre Bluse zu öffnen. Silber hatte nicht mit solch einer spontanen Reaktion gerechnet. Noch bevor sie den untersten Knopf öffnen konnte, drehte er sich um.

„Öh, ich würde dann mal sagen, dat ich draußen warte", sagte er und bemerkte, wie seine Ohren heiß wurden. Ohne eine Antwort abzuwarten, ging er aus dem Frauenumkleideraum. Schon nach kurzer Zeit rief sie ihn wieder herein. Zögernd betrat er den Raum. Anna saß in kurzen Hosen und knappem T-Shirt auf einer Bank, dabei hielt sie den Umschlag in der Hand. „Wie gut kennst du diese Angelika?"

„Gut genug, um zu wissen, dat sie ihre Klamotten ordentlich wäscht. Du kannst dir also ohne Sorge nehmen, wat du brauchst." Silber drehte sich um und wollte den Raum wieder verlassen.

„Sie hat die Photos", sagte Anna schließlich.

„Die Photos?", fragte er verwirrt.

„Die Photos, die Nauermann sucht", half sie ihm auf die Sprünge.

Silber blieb wie erstarrt stehen. Wie um alles in der Welt kam gerade Angelika an die Photos? Sollte sie näheren Kontakt zum Betriebsratsvorsitzenden gepflegt haben? Nein, das wäre ihm aufgefallen. Aber es würde erklären, warum sie immer so hervorragend über alle Geschehnisse in der Firma Bescheid wusste. Jedoch glaubte er nicht, dass Angelika fähig war, einen Mord zu begehen. Das passte so ganz und gar nicht zu ihr. Auf jeden Fall wollte er so schnell wie möglich mit Angelika darüber reden, um sich Gewissheit zu verschaffen.

„Beeil dich", sagte Silber knapp, ohne sich dabei umzudrehen, und verließ den Raum. Draußen musste er nicht lange warten und lief mit ihr direkt auf den Hof. Von Weitem sah er einen Mann, der sich vor den wartenden Legionären mit dem jungen Agenten Reusch auseinandersetzte. Ein Stein fiel ihm vom Herzen, als er Gero und Maria erblickte. Er wurde aber zugleich wieder traurig, weil er Emil und Josef vermisste.

Bei der Gruppe angekommen, wurde er sofort von einem fremden Mann in Empfang genommen. „Halten Sie Ihre Hände so, dass ich sie sehen kann", sagte er warnend.

„Lassen Sie ihn in Ruhe, er hat mir das Leben gerettet", forderte Reusch so energisch, dass Wenzel erschrocken einen Schritt zurücktrat.

„Ich habe die Nase voll von den ganzen Verschwörungstheorien. Diese Leute sind weder Terroristen noch sonst irgendetwas, was uns bedrohen könnte. Verstanden?"

Silber beschloss, die hitzige Diskussion zu unterbrechen. „Haben sich Josef und Emil schon sehen lassen?"

„Nein", beantwortete Gero die Frage tonlos.

„Ich sehe mich mal nach ihnen um", beschloss Silber.

„Sie bleiben schön hier, Freundchen", fuhr Wenzel ihn an.

„Ich werde jetzt nach meinen Freunden suchen", sagte Silber leise und entschlossen.

Wenzel hob die Waffe und drückte sie Silber an die Stirn. „Versuch nicht, mich zu reizen, mein Junge. Das haben schon andere vor dir getan."

„Und wie ist das ausgegangen, du Flasche?", fragte Silber provozierend.

Wenzel zog mit seinem Daumen den Hahn seiner Waffe zurück. „Versuch, es herauszufinden", forderte Wenzel ihn auf.

Betroffene Stille breitete sich auf dem Hof aus.

Silber wollte sich gerade in Bewegung setzen, als sie einen Schlachtruf vernahmen, der alle erfreute.

„Was da los da? Lass meinen Freund in Ruhe!" Josef und Emil gingen, weiß wie die Schneemänner, gelassen auf die Gruppe zu.

Wenzel senkte seine Waffe. „Wer sind die denn jetzt?", fragte er Reusch.

„Was ist los, macht der Wurzelzwerg Probleme?", fragte Emil.

Silber grinste. „Schon gut, Emil. Erzähl uns lieber, warum ihr so ausseht."

„Mann, dat war vielleicht 'ne Scheiße", begann Emil, „von wegen grünes Kabel. Da waren zwei rote, und als wir eines davon durchgeschnitten hatten, raste die Zeit auf der Uhr auf einmal mit solch einem Affenzahn zurück, dat ich dachte, mir geht gleich der Kackstift." Er klopfte Josef auf die Schulter. „Dann hat unser Riesenbaby sich dat Ding gekrallt und volle Möhre aus dem Fenster geschmissen." Er lächelte kurz. „Wenn ich dat gemacht hätte, wäre der Koffer natürlich viel weiter geflogen." Josef wollte gerade protestieren, aber Emil fuhr fort. „Als dann die Bombe explodierte, war die Druckwelle trotzdem noch so groß, dass uns die halbe Puderabteilung um die Ohren geflogen ist. Wie man sehen kann, haben wir uns natürlich clevererweise hinter den Puderzuckersäcken versteckt. Und jetzt sind wir hier, um dem Vollidioten", er deutete auf Sergej, „einen kräftigen Tritt in den Hintern zu geben."

„Ich bin auf jeden Fall froh, eure Arschgesichter gesund wiederzusehen", sagte Silber erleichtert.

Emil trat vorsichtig an Froßmann heran und stieß ihn leicht mit dem Ellbogen in die Seite. „Hey, nicht traurig sein, Frosti. War doch nur die Puderabteilung, höhöhö."

Jetzt lachten alle und fielen sich in die Arme. Die Legionäre hatten *Blanka* gerettet. Nur Silber stand am Rande des Freudentaumels und schaute nachdenklich drein. Das merkten auch die anderen schnell und kamen näher.

„Was ist los?", grölte Emil.

„Wo ist Angelika?", fragte Silber langsam. Alle schauten sich um und zuckten mit den Schultern. „Egal", wischte er den Gedanken, den er äußern wollte, fort. Dann sprach er alle an. „Eine Aufgabe müssten wir noch bewältigen." Er erklärte den Übrigen, was der Prinz noch vorhatte, und erkundigte sich nach ihrer Bereitschaft, auch dieses Unterfangen zu vereiteln. Als alle zustimmten, fuhr er fort: „Dann müssten wir jetzt nur noch rauskriegen, wer dieser Fiesling ist, um eine kleine Spur zu haben."

„Wir nennen ihn den Prinzen", versuchte Anna zu helfen.

„Ja, so hat er sich auch benommen", erwiderte Silber.

„Ich hab diesen Decknamen noch nie gehört", meldete sich Reusch. Auch Wenzel schüttelte verneinend den Kopf.

„Ich kenne ihn aber", meldete sich Maria schließlich.

Alle schauten sie skeptisch an. Woher sollte eine Arbeiterin wissen, wer der Top-Terrorist war, der sie alle in Atem hielt?

„Und?", fragte Silber in der Erwartung, eine wenig informative Antwort zu bekommen. Maria zögerte kurz. Dann flüsterte sie: „Er ist mein Bruder …"

Der Lebensretter

Der BND verzeichnete die beiden Agenten Reusch und Wenzel nach fehlender Rückmeldung und erfolgloser Suchaktion in den Trümmern der Fabrik als vermisst. Den einzigen traurigen Erfolg, den der Suchtrupp melden konnte, war der Fund der Großraumlimousine, die die Leichen der anderen Agenten in sich barg. Der BND konnte nicht wissen, dass Maria, nachdem sie den Legionären gestanden hatte, wer sie in Wirklichkeit war, Reusch und Wenzel so lange in ihre Obhut nehmen wollte, bis die ganze Sache durchgestanden war. Silber, der großes Aufsehen durch die Agenten befürchtete und Provokationen gegenüber dem Prinzen vermeiden wollte, fand diese Idee großartig. Er selber nahm das Angebot aber nicht an. Mit dem Argument, er müsse den Wagen seines Freundes zurückbringen, verließ er zusammen mit Anna die Runde. In Wirklichkeit wollte Silber seine Gedanken ordnen. Ihn nahm die Vorstellung sichtlich mit, dass Angelika in dieser Sache mitmischte. Bevor er ging, überließ er jedoch den Legionären die Wahl, am entscheidenden Tag vor Ort zu sein, und bestimmte für diesen Fall die Duisburger Stadtbibliothek als Treffpunkt.

In der Zwischenzeit bemerkte der Prinz in einem Mülheimer Hotel Stunden vor seiner geplanten Abreise, dass der Zünder für die Bombe fehlte. Wenn er erfahren hätte, dass das wichtigste Element noch im Schraubstock der Schlosserei eingespannt war, hätte Nauermann bestimmt auf Händen und Füßen zurück zu *Blanka* kriechen müssen. So wies der Prinz seine Leute an, in Elektrofachgeschäften verschiedenster Städte die nötigen Komponenten zu erwerben, um einen neuen Zünder zu bauen. Er wählte diese umständliche Art der Beschaffung, damit die Spezialisten, die sich nach der Detonation mit der Bombe befassen würden, um keinen Preis der Welt einen Anhaltspunkt über die Herkunft des Zünders bekommen konnten. Während dieser Zeit liefen Beamte des Bundeskriminalamtes zwecks Ortserkundung intervallweise durch die Duisburger Innenstadt. Sie ahnten nichts von den Aktivitäten des BND und den Plänen des Prinzen. Sie waren vielmehr darauf fixiert, dem Ministerpräsidenten von Nordrhein-Westfalen sicher den Weg durch die Menge zu bahnen, damit er den Bürgern Duisburgs die Eröffnungsrede zum Stadtfest zu Gehör bringen konnte. Sie schätzten die Lage als äußerst undramatisch ein. Das einzige Drama, das sich ihnen bieten würde, waren bestimmt die Heerscharen von Menschen, die zurückgehalten werden mussten, wenn sie ein Autogramm des beliebten Politikers ergattern wollten. Für das Bundeskriminalamt sollte das Wort „Drama" an diesem Samstag jedoch noch eine vollkommen neue Bedeutung bekommen.

Langsam lenkte Silber den schweren Wagen auf den Hof seines Freundes Azur. Der Hund begrüßte die beiden mit lautem Gekläffe. Anna traute sich zunächst gar nicht auszusteigen, weil das Tier überschwänglich an die Scheiben sprang und mit seinen dicken Pfoten Matschflecken groß wie Untertasser hinterließ. Silber beruhigte sie und stieg als Erster aus, um ihr zu beweisen, dass der Hund ihnen freundlich gesonnen war. Kaum stand Silber, wurde er auch schon von dem Kläffer zur besonderen Begrüßung erst mal umgerannt und landete im Blumenbeet. Nur schwer ließ sich der Hund davon überzeugen, dass er ihm nicht das Gesicht abzuschlecken brauchte. Nun lief der Hund auf Anna zu. Sie wollte gerade zur Flucht in den Wagen ansetzen, doch unerwartet bremste der Hund ab, setzte sich und legte den Kopf schief. Anna lachte auf und fing vorsichtig an, ihn zu streicheln. „Oh, ist der lieb", schwärmte sie.

„Na, dat sag ich dir", bemerkte Silber trocken und versuchte sich aufzurappeln.

„Wie heißt er denn?", fragte Anna.

„Jakesch."

„Das ist aber kein deutscher Name", stellte sie fest.

„Nein, es ist ein bosnischer."

„Oh, toll, und was bedeutet er?", fragte Anna interessiert.

„Ich glaube, dat heißt soviel wie: Ungeheuer, dat einen umrennt, wenn man eh schon im Eimer ist."

„Du weißt es also nicht."

„Oder so."

An der Anzahl der Autos vor dem Haus konnte Silber erkennen, dass niemand daheim war. Er wusste aber, wo der Schlüssel versteckt war, und erlaubte sich, ihn zu nutzen. Am Garderobenspiegel klebte ein Zettel. Die an ihn gerichtete Nachricht beinhaltete die Gratulation, dass er es endlich geschafft hatte, den Wagen zurückzubringen, verbunden mit der Bitte, Jakesch zu versorgen. Azur war mit seiner Freundin unterwegs nach Holland. Er versprach ihm jedoch, zum Stadtfest wieder da zu sein. Als Silber die Dose mit dem Hundefutter öffnete, wünschte er sich, sein Freund würde besser in Holland bleiben.

„Meinst du, ich darf mal das Badezimmer benutzen?", fragte Anna.

„Na klar. Frische Handtücher müssten da sein. Azur hat seine Wohnung im unteren Bereich. Komm runter, wenn du fertig bist. Dann habe ich dir dat Bett zurechtgemacht."

„Danke."

Silber füllte Fressnapf. Der Hund stürzte sich sofort darauf und futterte, als habe er seit Tagen nichts bekommen. Müdigkeit überkam ihn. Wenn Jakesch nicht nach noch mehr Futter gebellt hätte, wäre Silber schon am Küchentisch eingeschlafen. Er gab dem Tier noch einige Hundekuchen und ging dann nach unten, um das versprochene Bett herzurichten. Gerade als er fertig wurde, kam Anna herein. „Dein Freund hat es schön hier", bemerkte sie.

„Ja, ist nicht schlecht", stimmte Silber ihr zu. „Du schläfst im Bett. Ich werde es mir auf der Couch bequem machen."

Anna linste auf die kleine Fernsehcouch und bezweifelte, dass er es dort bequem haben würde. „Das Bett ist groß genug …"

„Ich bin gleich wieder da", unterbrach Silber sie. Im Badezimmer warf er seine Sachen von sich und war froh, endlich unter der warmen Dusche zu stehen. Beim Abtrocknen machten sich die verletzten Stellen bemerkbar. Die Rippen schienen zum Glück nicht gebrochen, was er von seiner Nase nicht behaupten konnte. Er holte sich Eiswürfel aus dem Gefrierfach, wickelte diese in ein Geschirrtuch und legte sie sich auf die geschwollenen Stellen im Gesicht.

„Mir ist aufgefallen, dass du niemanden aus deiner Familie um Hilfe bittest", sagte Anna, als er sich vorsichtig auf die Bettkante setzte und ihr ein wenig Obst anbot.

„Das hätte auch wenig Zweck."

„Wieso?"

„Weil ich meiner Familie vor drei Jahren zu Weihnachten mal gesagt habe, was ich von allen halte. Seitdem brauche ich mich bei denen nicht mehr sehen zu lassen."

„Oh, das tut mir Leid", sagte Anna leise.

„Schon gut. Ich muss sagen, dass mir seitdem auch nichts fehlt."

Sie dachte gerade daran, wie gern sie ihren Vater jetzt zurate ziehen würde. Er hätte bestimmt gewusst, was zu tun ist. Anna wollte Silber noch eine Frage stellen. Doch sie sah, dass Silber im Sitzen eingeschlafen war. Anna stand auf, schubste ihn sanft um und deckte ihn zu. Lächelnd betrachtete sie den schlummernden Silber. Schließlich beugte sie sich über ihn und gab ihm einen leichten Kuss auf die Wange.

Schon zum dritten Mal wurde der Wagen der Straßenreinigung an diesem Donnerstagmorgen von einem Kontrollpunkt des BKA aufgehalten. Wieder musste der Fahrer seine Aufgabe mit einer Genehmigung belegen, und seine Mitarbeiter öffneten die Ladefläche, um ihre Gerätschaften preiszugeben. Die Beamten befanden das Gefährt erneut für „sauber" und ließen es passieren. Im Schritttempo rollte der Wagen über die große Einkaufsstraße. Auf Höhe eines Kunstwerks von Niki de Saint Phalle, welches sich „Der Lebensretter" nannte, kam er zum Stehen. Vier Männer stiegen aus. Sie schauten hinauf zu dem etwa drei Meter großen Ungetüm, das den Steuerzahler 2,5 Millionen D-Mark gekostet hatte. Es stellte einen Adler dar, der seine Schwingen ausbreitete, aus denen Wasser sprühte. An seinem Torso hing eine wohlproportionierte Frau und umschlang seinen Hals. Das Einzige, was die Duisburger anfangs störte (abgesehen von der enormen Summe) waren die wirren Farben, mit denen das Kunstwerk überzogen war. Aber nun hatten sich alle abgeregt und fanden es sogar ganz toll, wenn Leute von weit her kamen, nur um diese Plastik zu photographieren.

Die Männer wandten sich von der Statue ab und zogen ihre orangefarbenen Arbeitsjacken aus. Sie öffneten einen Kanaldeckel. Drei der Männer stiegen herab. Der übrig gebliebene reichte Arbeitsgerät nach unten. In der Begleitung von metallenen Geräuschen, die aus der Tiefe kamen, rauchte der Mann eine Zigarette. Einige Zeit verging, bis die Männer wieder auftauchten. Sie machten einen zufriedenen Eindruck, als sie den Deckel über die Öffnung schoben und in dem Wagen davonfuhren. Der nächste Kontrollpunkt des BKA konnte beim Verlassen der Einkaufsstraße ohne Überprüfung passiert werden. Drei Straßen weiter ließen die Männer den Wagen zurück und stiegen in eine Limousine um.

„Ging alles klar?", fragte der Fahrer.

Einer der Männer zog sich einen falschen Schnurrbart von der Oberlippe. „Ja", sagte er. „Darüber wird der Prinz sehr erfreut sein."

Maria schnitt einige Scheiben Brot ab und stellte sie auf den reichhaltig gedeckten Tisch. Die beiden Agenten bedankten sich höflich, warteten aber anstandshalber darauf, bis alle am Tisch saßen. Als Maria gerade die Tassen mit Kaffee füllte, gesellte sich auch Gero zu ihnen. Er hatte sich erst im letzten Augenblick entschlossen, Marias Gastfreundschaft ebenfalls in Anspruch zu nehmen. Gero befürchtete nämlich, dass irgendwo noch weitere Überraschungen auf ihn warteten. Da sich jeder mit seinen eigenen Gedanken beschäftigte, verlief das Frühstück in aller Stille. Maria wusste nicht, wie sie ihrem Vater erzählen sollte, dass ihr eigener Bruder das Lebenswerk ihres Großvaters zerstören und versuchen wollte, einen Giftgasanschlag auf eine Großstadt zu verüben. Das Kuriose an der Sache war, dass er immer den Vorzug in allen Sachen erhalten hatte und sich nie beklagen konnte. Maria war immer diejenige gewesen, die sich alles erarbeiten musste. Bis vor seinem spurlosen Verschwinden hielt er sogar die Führung von *Blanka* in seiner Hand. Aber wie es momentan aussah, hatte er wohl auch noch weit nach seiner Zeit das eigentliche Sagen in der Firma gehabt. Und dann war da das Geständnis, das sie den Arbeitern hatte machen müssen, um ihr Wissen zu erklären. Vor ihren Erklärungen wurde sie wie eine von ihnen behandelt. Danach konnte sie spüren, dass alle einen gewissen Respektabstand ihr gegenüber einhielten und sogar anfingen, sie zu siezen. Der Zauber war also dahin. Was ihr jedoch am meisten wehtat, war, dass Silber sie mit abschätzenden Blicken strafte und nur noch zu den Legionären sprach, so, als ginge sie das Ganze nichts mehr an. Mit einem Schlag war Maria nur noch ein weiterer Bürofuzzi im Leben von René Silber.

Agent Helmut Wenzel bekam langsam Gewissensbisse. Er war so unkontrolliert dem ungestümen Handeln seines jungen Kollegen gefolgt, dass er sogar bewusst die Rückmeldung beim BND unterlassen hatte. Dies würde ein Disziplinarverfahren nach sich ziehen, das reichen würde, ihn unehrenhaft zu entlassen, denn die letzte Ermittlung gegen ihn wegen Überschreitung seiner Kompetenzen war noch lange nicht abgeschlossen.

Agent Matthias Reusch hätte sich in den Hintern beißen können, dass er gleich bei dem ersten Versuch, über sich selbst hinauszuwachsen prompt in eine Situation gekommen war, der er absolut nicht gewachsen war. Eigentlich wollte er doch nur Silbers Unschuld beweisen und nicht als erfolgloser Agent in den Archiven des BND enden. Das Einzige, was er als erfreulich empfand, war, dass die Kugel, die seine Schulter getroffen hatte, von der Kugelfangweste aufgehalten worden war und lediglich eine Prellung verursacht hatte.

Gero Pallasch überlegte ernsthaft, ob er bis Samstag das Ruhrgebiet verlassen sollte. Der Prinz und seine Männer waren seiner Ansicht nach so gut organisiert, dass sie sich bestimmt nicht von einer Handvoll Fabrikarbeiter aufhalten lassen würden. Außerdem fühlte er sich nicht dazu berufen, die Stadt aus den Fängen eines Psychopathen zu befreien. Er seufzte innerlich auf. Aber ein anderer, den er sehr gut kannte, fühlte sich dazu berufen, und das verpflichtete ihn wiederum, diesem Träumer beizustehen.

Egal, was jeder Einzelne bei sich dachte, eines hatten sie alle gemeinsam: Das Warten auf den Samstag machte sie wahnsinnig.

Am Freitagnachmittag wagte Silber sich vor die Tür, um Anna die beste Pizza zu holen, die es in diesem Universum gab. Er musste dafür nicht weit fahren, denn diese Pizza gab es unter der Autobahnbrücke in Duisburg-Meiderich. Der provisorische Bauwagen, der zur Pizzeria umfunktioniert worden war und von Tamilen betrieben wurde, erfreute sich bei den Anwohnern größter Beliebtheit. Bei seiner Rückkehr wurde er schon sorgenvoll von Anna erwartet. Sie vergaß aber völlig die Vorwürfe, die sie vorbringen wollte, als Silber ihr einfach einen riesigen Strauß Rosen in die Hand drückte und anfing, ohne große Worte den Tisch zu decken. Als er Anna zum Essen rief, stand sie noch immer bis zum Anschlag errötet in der Tür. Silber merkte, was er angerichtet hatte. Zur Ablenkung begann er mit seinem Vortrag, was wichtig an einer Pizza war. Seiner Meinung nach musste der Belag so gleichmäßig verteilt werden, dass das Stück, welches man wählte, nicht gleich an der Spitze umklappte, wenn man es in der Hand hielt. Er wies sie an, Acht zu geben, und nahm sich ein Stück aus der Schachtel. Anna lachte laut los, als die Spitze einknickte und der Belag auf den Teller platschte. Sie lachte noch viel an diesem Nachmittag. Er gestand ihr die endlos vielen Streiche, die er schon auf dem Kerbholz hatte, und seine heimliche Gabe, Gedichte zu schreiben.

Sie mochte Silbers Art zu erzählen und hörte ihm gern zu. Später erzählte sie ihm Dinge aus ihrer Heimat, wie arm die Leute in ihrem Land und wie kalt die langen Winter waren und dass man ohne Bestechung wenig erwarten konnte. Sie erzählte von den Kindern in ihrem Haus, die sie für eine Dame von der Heilsarmee hielten, weil sie ihnen ständig warme Anziehsachen mitbrachte. Sie erzählte ihm, wie sie lange Zeit heimlich mit ihrem Geld die Missionsstation ihrer Dorfkirche unterstützt hatte und dass sie eigentlich gern Erzieherin geworden wäre. Anna fühlte sich wohl. Sie konnte endlich mal jemandem etwas erzählen, ohne gleich Angst zu haben, dafür die Konsequenzen tragen zu müssen. Beide spürten, dass – je besser sie sich verstanden – die Zeit immer schneller voranschritt. Doch so sehr sie es sich auch wünschten, sie konnten nichts dagegen tun.

Blauer Himmel, lachende Kinder, Erwachsene mit strahlenden Gesichtern. Das Duisburger Stadtfest lief auf Hochtouren. Clowns verteilten bunte Luftballons mit dem Slogan „Der Pott kocht". Silber dachte sich, dass das Motto für diesen Tag passte wie die Faust aufs Auge. Reusch und Wenzel parkten den beschlagnahmten gelben Opel in einer Seitenstraße und bekamen zur Begrüßung erst mal einen Spruch von Silber. „Oh, ihr Jungs vom Geheimdienst fahrt ja richtig heiße Schlitten. Vielleicht sollte ich mich mal bei euch bewerben."

Maria und Gero hatten ihren Wagen sicherheitshalber in einem fernen Parkhaus abgestellt, bevor sie am Treffpunkt erschienen.

„Ich habe mir schon mal Gedanken über einen Plan gemacht", begann Wenzel, „wir sollten …"

„Ich will hier mal eins klarstellen", unterbrach ihn Silber energisch. „Ich kenne mich hier am besten aus, und ich werde jetzt sagen, was passiert."

„Wir haben aber Erfahrung in solchen Sachen", stand Reusch seinem Kollegen bei.

„Ja, klar. Deswegen mussten wir die Bomben in Mülheim ja auch selbst entschärfen", sagte Silber spöttisch.

„Das stimmt doch gar nicht", wehrte sich Wenzel erbost.

„Vielleicht sollten wir uns mal langsam einigen", schlug Anna vorsichtig vor.

„Stimmt", meinte Gero, „der Ministerpräsident soll nämlich laut Plakataushang um 14 Uhr die Eröffnungsrede halten."

Alle schauten auf ihre Uhren.

„Also in knapp zwei Stunden", stellte Maria fest.

„Gut, wir bilden wieder Zweiergruppen", nickte Silber Wenzel versöhnlich zu. „Einen weniger Erfahrenen zusammen mit einem Erfahrenen."

Wenzel nickte zum Zeichen seines Einverständnisses.

„Ich habe Funkgeräte mitgebracht", meldete sich Reusch.

Silber nickte anerkennend. So viel Einsatzbereitschaft hatte er gar nicht erwartet. „Aber wie es aussieht, haben wir wohl zu viele Geräte. Ich dachte, es würden mehr kommen."

„Ja", sagte Silber traurig, „dat dachte ich auch. Aber die lieben Kollegen sind wohl klüger als wir und verschwinden mit ihren Familien aus dem Ruhrgebiet."

„Wir sind nicht klüger, du Bananenkopp", schnaufte Emil außer Atem von hinten.

„Wir haben bloß die Straßenbahn verpasst", vollendete Josef den Satz.

„Okay", sagte Silber erfreut, „dann sind wir ja so weit vollständig."

„Ähem, ob Sie wohl für mich auch eine Verwendung finden könnten? Ich würde sehr gern helfen."

Silber drehte sich langsam um und war gar nicht begeistert, Froßmann zu sehen. Was sollte er mit einem Mann, der seine Hand in einem Verband trug, schon anfangen? Bestimmt hatte der – pflichtbewusst, wie er war – dem Krankenhausarzt auch noch mitgeteilt, woher die Verletzung stammte, und sie hätten gleich ratzfatz alle Polizei der Welt an den Fersen kleben.

Silber machte den Test. „Wat haben Sie denen denn im Krankenhaus erzählt?"

„Ich hätte mich bei der Gartenarbeit verletzt."

Jeder konnte erkennen, dass Silber keine große Sympathie für seinen Vorgesetzten hegte. „Gut, ich überlege mir was", willigte er schließlich widerstrebend ein.

Reusch erklärte für alle, wie die Funkgeräte funktionierten, und wies noch einmal darauf hin, sich unauffällig zu verhalten, da sich bestimmt Agenten und BKA-Beamte in der Innenstadt aufhielten, um nach ihnen zu suchen. Silber teilte Reusch und Maria als Gruppe ein, Wenzcl zusammen mit Emil, Josef mit Gero. Und nach langem Zögern schickte er Froßmann in Geros Gruppe. Josef würde schon auf ihn achtgeben. Silber wählte natürlich Anna als Partnerin. Reusch verteilte die Funkgeräte. Als Silber sich etwas abseits stellte, trat Maria an ihn heran. „Hallo, René."

„Oh, die Prinzessin ist auch da", stellte er höhnisch fest.

„Ich wollte dir nur sagen, dass es mir leid tut", sagte Maria leise.

„Wat tut dir leid? Dat du uns nicht noch länger an der Nase rumführen konntest?"

Beschämt schaute sie zu Boden.

„Wat hast du dir eigentlich dabei gedacht? Wolltest du mal sehen, wie die dummen Arbeiter sich in dem Labyrinth von Lügen und hirnrissigen Anweisungen zurechtfinden? Damit du zur Belustigung auf irgendwelchen tollen Anlässen den anderen Bürofuzzis davon erzählen kannst?"

Maria versuchte, sich zu verteidigen. Sie wollte ihm erklären, dass alles besser werden sollte und dass sie dazu doch die Menschen genauer kennenlernen musste. Sie wollte ihm auch sagen, dass sie sich in ihn verliebt hatte. Sie wollte ihm so viel sagen. Was sie dachte und was sie fühlte. Doch ihre Sätze erstickten in Tränen.

Silber stand nun recht hilflos da und fühlte sich sehr unbehaglich. Er wusste nicht, was er tun sollte, damit sie aufhörte zu weinen. Es kam ihm sehr gelegen, dass Anna ihm eines der Funkgeräte reichte und damit für Ablenkung sorgte.

„Wir müssen los", verkündete er. „Ich vermute mal, dat wir keinen der Schurken zu sehen bekommen, weil die sich schon lange abgesetzt haben. Also konzentriert euch auf die Bombe."

Die Gruppen schwärmten aus.

„So", sagte Silber. „Ich hab einen Sahneplan."

„Ach ja?" Anna schaute auf. „Lass mal hören."

„Wir hauen einem Polizisten wat vor dat Plätzchen und nehmen uns seine Uniform. Dadurch bewegen wir uns viel unauffälliger durch die Innenstadt."

„Klasse Idee", bemerkte Anna sarkastisch.

„Finde ich auch", antwortete Silber stolz, ohne dabei zu bemerken, dass Anna ihn auf den Arm nahm.

„Ich glaube, ich habe da eine bessere Idee", grinste Anna.

Plötzlich wurden die Menschen unruhig. Sirenen ertönten. Blaulicht flammte auf. Feuerwehrwagen versuchten, sich einen Weg durch die Menge zu bahnen.

„Er ist hier", sagte Anna mit großen Augen.

Silber verstand im ersten Augenblick nicht so recht, von wem sie sprach.

„Was?"

„Er ist hier", wiederholte sie.

Silber zog seine Stirn kraus und versuchte, sich trotz des Lärms auf das zu konzentrieren, was Anna sagte.

„Er ist hier!", rief sie erneut. „Der Prinz ist hier."

Der Prinz stand mit Kolia auf einem der Dächer in der Innenstadt und schaute mit einem Fernglas auf die Menschenmassen. In den vergangenen Tagen hatte er die Meldung vermisst, dass eine Süßwarenfirma durch eine Explosion vollkommen zerstört worden war. Da dieser Bericht ausgeblieben war, konnte er sich also denken, dass Silber mit seinen Leuten überlebt hatte und nun versuchen würde, etwas gegen ihn zu unternehmen. Das wollte sich der Prinz jedoch nicht bieten lassen und nahm sich vor, die Operation bis zum Ende selbst zu leiten. Den Schritt, den er nun einleitete, nannte er „Beschäftigung der Ordnungskräfte." Eigens dazu ließ er einen Brandsatz in der größten Buchhandlung der Innenstadt zünden. Nichts Großartiges. Nur ein kleines Feuer. Dennoch reichte es aus, um alle Aufmerksamkeit der Ordnungshüter auf diese eine Stelle zu lenken, bevor er zum eigentlichen Teil des Plans überging.

„Sie sind hier. Ich weiß es", sagte der Prinz und senkte das Fernglas. Er nahm Kolia das Funkgerät aus der Hand und sprach hinein. „Glückwunsch, Herr Nauermann. Ich bin beeindruckt, dass Sie diese Aufgabe ohne einen Fehler bewältigt haben."

„Danke", kam es gepresst zurück.

„Haben Sie den Zünder schon eingestellt?"

„Ich bin auf dem Weg."

„Bitte stellen Sie ihn auf drei Minuten nach zwei ein. Der Ministerpräsident soll wenigstens Gelegenheit haben, seine Bürger zu begrüßen. Den Rest der langweiligen Rede sollten wir den Duisburgern ersparen und sie von ihrem Leid erlösen."

„Wird gemacht."

Der Prinz gab Kolia das Funkgerät zurück und schaute auf seine Uhr. Noch 88 Minuten – und er würde das Schauspiel vom Hubschrauber aus betrachten können.

„Darf ich einen Luftballon haben?", fragte ein kleiner Junge den Clown.

Der Clown pfriemelte aus dem Wirrwarr von Schnüren eine Leine heraus und zog aus der riesigen Traube von Ballons einen hervor. „Hier", brummelte der Clown mürrisch und gab dem Jungen die Kordel.

„Danke", sagte der Junge, „darf ich noch einen für meine Schwester haben?"

„Nein. Den könnt ihr euch teilen", antwortete der Clown unfreundlich.

Der Clownsgehilfe an seiner Seite stieß ihm den Ellbogen in die Rippen und nickte dem Jungen zu. Der Clown verdrehte die Augen und fummelte erneut einen Ballon heraus.

„Danke schön!", freute sich der Junge und lief davon.

„Du musst freundlicher sein", erklärte der Clownsgehilfe.

„Bist du Banane oder wat? Ich steh hier wie so 'n Dachs beim Kacken und verteile Luftballons an die kleinen Kröten, und du machst hier einen auf Schönwetter und malst denen auch noch die Nasen an", maulte Silber.

Anna hatte Silber davon überzeugt, dass es klüger wäre, einem Animateurteam die Kostüme abzukaufen und sich als Clown und Clownsgehilfe durch die Masse zu bewegen. Leider hatte sie dabei nicht bedacht, dass Silber gar keine Ahnung von Kindern hatte.

„Kannst du mir mal helfen?", fragte ein kleines Mädchen und hielt Silber erwartungsvoll eine Socke entgegen.

Silber schaute Anna fragend an.

„Sie möchte, dass du ihr die Socke anziehst", half ihm Anna auf die Sprünge.

„Wat, ich? Ich hab noch nie so kleine Füße gesehen", protestierte Silber.

„Der hat sich verdreht, und jetzt kann niemand meine Mickymaus richtig sehen", klagte das Mädchen.

Wieder stieß Anna Silber in die Rippen. Widerwillig beugte er sich runter, streifte ihr ungeschickt die Socke über und zog ihr danach etwas umständlich den Schuh wieder an.

„Oh, danke, Herr Clown." Sie beugte sich vor und gab Silber einen dicken Kuss auf die rote Gumminase.

Silber erhob sich und schaute Anna fassungslos an. Aber noch ehe er sich für die freundliche Geste bedanken konnte, rannte das Mädchen davon. Anna versteckte ihr Gesicht hinter einer riesigen Schaumgummihand und kicherte.

„Soll ich jetzt durch ganz Duisburg latschen und allen Blagen die Strümpfe gerade ziehen, oder können wir damit anfangen, die Bombe zu suchen?", maulte Silber genervt.

„Ist ja schon gut", wehrte Anna lachend ab.

„Wir suchen jetzt in allen Abfalleimern entlang der Einkaufsstraße. Ich glaube, dat die Bombe da irgendwo sein muss."

„Hallo, Silber", kam es quäkend aus dem Funkgerät.

„Hier Silber", meldete er sich.

„Hier ist Emil", kam es zurück, *„du glaubst nicht, wen ich gerade gesehen habe."*

„Meine Grundschullehrerin?"

„Nein, besser. Nauermann und Schiffer."

„Mach keinen Scheiß!"

„Wenn ich dir dat doch sage."

„Wo hast du sie gesehen?"

„Die laufen in der Nähe von dem großen, hässlichen, bunten Ding rum."

„Wartet auf uns, wir sind gleich bei euch."

Die Luft in der Kanalisation war stickig und die Beleuchtung spärlich. Von oben ertönte dumpf die Musik des Stadtorchesters.

„Mach hin, sonst muss ich gleich kotzen", drängte Schiffer.

„Halt die Schnauze!", motzte Nauermann.

Er brauchte bei der Programmierung des Zünders höchste Konzentration. Er schaute auf die Uhr. Noch 67 Minuten.

„Dauert dat noch lange?"

„Schiffer, ich sag es dir noch einmal: Halt die Schnauze!", drohte Nauermann. Schweißperlen standen ihm auf der Stirn. Er war verständlicherweise etwas nervös, denn der Prinz würde einen weiteren Fehler bestimmt nicht mehr verzeihen.

„Denk daran, dass wir den Hubschrauber noch kriegen müssen."

„Jaaa", stöhnte Nauermann genervt. Er tat noch einige Handgriffe. „Fertig", sagte er schließlich.

„Komm, lass uns abhauen", forderte Schiffer ihn auf.

„Warte. Ich muss den Prinzen noch informieren."

„Ja gut. Sag ihm, er soll schon mal die Scheinchen zählen", kicherte Schiffer.

Nauermann nahm das Funkgerät und sprach: „Hier Nauermann. Die Anweisungen wurden ordnungsgemäß ausgeführt."

„Sehr gut. Kommen Sie jetzt zurück", ordnete der Prinz an.

Nauermann steckte das Funkgerät in die Jacke und lief zusammen mit Schiffer den engen Kanalisationsschacht hinunter. Gerade als sie die Metallleiter hinaufsteigen wollten, bemerkten sie, wie jemand den Deckel über die Öffnung schob. Nauermann spürte, dass sie nicht mehr allein waren.

Reusch und Maria konnten das Gespräch zwischen Emil und Silber nicht mithören, weil sie sich zu diesem Zeitpunkt genau vor dem Orchester befanden, welches gerade zum Endspurt einer Symphonie ansetzte. Reusch schlug vor, alle Lautsprecher, die an den Laternen hingen, näher in Augenschein zu nehmen. Er dachte sich, dass der Prinz sichergehen und die Menschen bestimmt von oben mit dem Giftgas besprühen lassen wollte.

„Wir trennen uns hier", bestimmte Reusch.

„Was ist, wenn einem von uns was zustößt?", gab Maria zu bedenken.

„Es passiert schon nichts", beruhigte er sie.

„Und wenn wir uns verlieren?", fragte sie skeptisch. Eigentlich stellte sich Maria nur quer, weil sie befürchtete, Silber noch mehr zu verärgern, wenn er erfuhr, dass die beiden sich nicht an seine Anweisungen hielten.

„Bitte, Maria, wir haben nicht mehr viel Zeit. Wir kontrollieren nur rasch die Lautsprecher. Getrennt geht das schneller."

„Gut", stimmte sie schließlich widerwillig zu. Sie trennten sich. Reusch lief um die Orchesterbühne. An den Lautsprechern, die dort im Umkreis hingen, konnte er keine auffallenden Veränderungen erkennen. Danach lief er an dem Rednerpult vorbei. Dort musste Reusch achtgeben, um nicht durch sein auffälliges Verhalten bei den Beamten des BKA anzuecken. Aber auch an dieser Stelle bemerkte er nichts. Reusch kehrte zum Ausgangspunkt zurück und wartete auf Maria. Die Zeit verging. Reusch machte es eigentlich nichts aus zu warten. Doch in dieser Situation, in der er nur noch 60 Minuten hatte, empfand er 5 davon als viel. Nervös schaute er sich um. Nach weiteren 5 Minuten beschloss er, Maria zu suchen. Vielleicht hatte sie ja schon etwas gefunden und wartete nur auf ihn. Doch als er ihre geplante Route ablief, konnte er sie nirgends ausfindig machen. Erneut begab er sich zurück zum Ausgangspunkt. Reusch schaute sich noch einmal suchend um und zog dann sein Funkgerät hervor.

„Hier spricht Reusch. Ich habe Maria verloren."

„Wat soll die Scheiße?", motzte Schiffer. Nauermann schaute, immer noch erstaunt, nach oben. Beide hatten als Einstieg extra einen Kanaldeckel gewählt, der unter einem Bierwagen lag und keine Aufmerksamkeit auf sich lenken würde, wenn er offen stand. Entweder hatte der Bierwagen in der kurzen Zeit den Standort gewechselt oder jemand Ungebetenes hatte den Deckel wieder über die Öffnung geschoben. Nauermann überlegte, ob sie weiterlaufen und den nächsten Ausstieg suchen sollten.

„Na, ihr Ratten. Hier unten im Gully fühlt ihr euch am wohlsten, wat?", ertönte es aus der Dunkelheit.

Hektisch wollten Nauermann und Schiffer ihre Waffen ziehen.

„Denkt nicht mal daran. Meine Laune ist alles andere als gut, wenn ich euch Birnen sehe."

Angestrengt schauten beide in die Dunkelheit. Ihre Augen gewöhnten sich zwar mittlerweile an die Lichtverhältnisse, aber sie konnten immer noch nicht erkennen, wer dort stand. Langsam traten mehrere Personen aus dem trüben Licht.

„Meine Fresse, stinkt dat hier", gab Silber sich zu erkennen.

Anna und Wenzel standen ihm mit gezogener Waffe zur Seite. Froßmann und Gero blieben im Hintergrund. Josef und Emil standen oben auf dem Gullydeckel und verhinderten so, dass er wieder geöffnet wurde, es sei denn, jemand klopfte von unten dreimal dagegen.

„Wie ihr wisst, haben wir nicht mehr viel Zeit. Also sagt ihr uns jetzt, wo die Bombe ist, oder ich prügel euch die Kacke aus dem Schädel."

„Das geht nicht", sagte Nauermann.

„Wenn ich noch einmal höre, dat geht nicht", äffte Silber ihn nach, „werde ich dieser netten Dame", er deutete auf Anna, „ein Zeichen geben, und schon kannst du dir deine Kniescheiben von der Wand kratzen."

Anna zielte auf Nauermanns Beine.

„Also noch einmal: Wo ist die Bombe?"

„Ich könnte es dir sagen", begann Nauermann. „Aber es nützt dir nichts ohne den Entschlüsselungscode."

„Ach, dat ist ja interessant", bemerkte Silber. „Und du wirst mir jetzt bestimmt sagen, dat du den Code nicht kennst."

„Den kennt nur der Prinz", log Nauermann. Er wollte ein Gespräch mit dem Prinzen provozieren, damit dieser erfuhr, wie es um die Sache stand.

„Wenn du mir als Nächstes erzählen willst, dat du ihn nicht mehr erreichen kannst, weil er sich schon lange verpisst hat, sage ich dir, dat ich keinen Bock auf solche Spielchen habe."

Gerade als Silber Anna ein Zeichen geben wollte, sprang Nauermann mit einem großen Satz zurück und hob unterwürfig seine Hände.

„Warte, ich stehe in Funkkontakt mit ihm."

„Dann hol mal ganz vorsichtig dat Ding raus und frag mal höflich an, ob der Prinz so nett wäre, den Code rauszugeben, bevor ich ihm alle Bullen der Stadt an seinen Hintern hänge."

„Gut, mache ich", beteuerte Nauermann. Langsam und für jeden sichtbar fasste Nauermann in seine Jackentasche. Er holte das

Funkgerät heraus. „Hier spricht Nauermann. Silber ist hier und verlangt von mir den Entschlüsselungscode."

„*Oh, Herr Silber*", kam es begeistert zurück. „*Ich habe mich schon gefragt, wann er sich dazu herablässt, mit mir in Kontakt zu treten. Bitte seien Sie so freundlich und geben Sie ihm das Funkgerät. Ich möchte mich mit ihm persönlich über sein Anliegen unterhalten.*"

Wortlos übergab Nauermann Silber das Funkgerät.

„Hallo, Arschgesicht", begrüßte Silber den Prinzen.

„*Guten Tag, Herr Silber. Gibt es einen Grund für Ihren Unmut?*"

„Oh, ich weiß gar nicht, wo ich anfangen soll. Aber Sie könnten mir helfen, meine Laune aufzubessern."

„*Es freut mich zu hören, dass ich einen Beitrag zu ihrer guten Laune leisten darf.*"

„Warum glaube ich Ihnen das bloß nicht?"

„*Weil Sie zu Recht von Natur aus ein misstrauischer Mensch sind. Hatten Sie in Ihrer Kindheit oft Probleme mit Ihrer werten Mutter?*"

„Haben Sie einen Schaden oder wat?", antwortete Silber ärgerlich.

„*Ich meine ja nur. Die These von Carl Gustav Jung ist nämlich …*"

„Wer ist denn nun Carl Gustav Jung schon wieder?", fragte Silber genervt.

„*Carl Gustav Jung war ein Schüler des berühmten Psychoanalytikers Siegmund Freud. Jung vermutete, dass Menschen, die in ihrer Kindheit Probleme mit ihrer Mutter hatten, äußerst misstrauisch gegenüber ihrer Umwelt auftreten.*"

„Tolle Geschichte", erwiderte Silber unbeeindruckt.

Anna trat näher an ihn heran. „Silber, die Zeit", mahnte sie.

Silber nickte. „Da Sie Ihren Schulstoff nicht vergessen haben, nehme ich an, dat Sie ein Spitzengedächtnis haben."

„*Das kann ich nur bestätigen*", bekräftigte der Prinz stolz.

„Okay, dann sagen Sie mir mal den Entschlüsselungscode", forderte Silber ihn auf.

„*Herr Silber, Sie beleidigen meine Intelligenz. Sie wissen genau, dass ich das nicht machen kann. Deswegen schlage ich vor, dass Sie meine Leute jetzt gehen lassen.*"

„Ich werde die beiden Pappschädel gern gehen lassen – und zwar in den Knast." Er drehte sich zu Wenzel und zwinkerte ihm schelmisch zu. „Sie werde ich von meinen Leuten der Spezialeinheit jagen lassen. Ich weiß nämlich, wo Sie sich aufhalten."

Ein Lachen ertönte aus dem Lautsprecher des Funkgerätes. *„Das möchte ich keinesfalls anzweifeln, aber ich habe eigens für diesen Fall vorgesorgt."*

„Ach ja?", fragte Silber höhnisch.

„Ja. Ich habe mir erlaubt, ein Mitglied Ihrer sogenannten Spezialeinheit festhalten zu lassen."

Silber schaute sich fragend um. Alle zuckten mit den Schultern. Keiner wusste, wovon der Prinz sprach.

„Verarschen kann ich mich alleine", schnauzte Silber.

„Aber nicht doch. Ich nehme Sie nicht auf den Arm. Ich habe Maria in meiner Gewalt."

„Na, tolle Wurst. Dann reich ihr mal das Funkgerät und lass sie ein paar Worte erzählen."

„Das lässt sich bedauerlicherweise nur schwer bewerkstelligen. Ein Mitarbeiter hat sie nämlich zur Zeit in seiner Obhut."

„Komm, Prinzchen, du hast jetzt genug Scheiße verzapft, um Zeit zu schinden. Gib uns den Code", sagte Silber gereizt.

„Sie haben nun noch kaum mehr als 43 Minuten Zeit. Sie sollten diese Zwischenzeit als freundliche Geste werten und aus der Stadt verschwinden, so lange Sie die Gelegenheit dazu haben."

Silber wollte gerade zu einer energischen Gegenrede ansetzen, als Agent Reusch sich meldete.

„Hier spricht Reusch. Ich habe Maria verloren."

Silber schloss seine Augen und schüttelte den Kopf. „Haben wir auch gerade erfahren", antwortete er knapp.

Maria versuchte inzwischen verzweifelt, sich mit Schlägen und Tritten gegen Fliesenwinkel zu wehren. Sie hoffte, dass sie dadurch in diesem festlichen Getümmel Aufsehen erregen würde. Als sie dann aber zwischen zwei Würstchenbuden gedrängt wurde und er ihr als

Zugabe noch eine Pistole in den Unterleib schlug, gab sie klugerweise nach.

„So, Püppchen, bleib mal still, dann wird dir auch nichts passieren", empfahl ihr Fliesenwinkel.

„Hören Sie doch auf damit", bat ihn Maria.

„Dafür ist es schon zu spät."

„Warum machen Sie das?"

„Weil es eine Menge Geld dafür gibt, und in dieser heruntergekommenen Firma, in der ich vorher gearbeitet habe, hätte ich das niemals verdienen können."

„Wie viel bekommen Sie?", fragte Maria hastig.

„250.000 Dollar", grinste Fliesenwinkel.

„Sie bekommen von mir eine Million, wenn Sie mich jetzt freilassen", versprach Maria.

Fliesenwinkel war für einen Augenblick etwas irritiert und glaubte, dass Maria in der Stunde der Angst nun vollkommen ihren Verstand verloren hatte. „Wie willst du kleine Schlampe denn an eine Million kommen?", fragte er zweifelnd.

„Ich bin die Tochter des reichsten Mannes Deutschlands."

Fliesenwinkel fing trotz der prekären Situation lauthals zu lachen an.

„Und ich bin die Schwester Ihres Auftraggebers", versuchte sie, nochmals aufzutrumpfen.

Mit einem Male verstummte das Lachen von Fliesenwinkel – und Maria wiegte sich schon in Sicherheit. Sie ahnte allerdings nicht, dass sie sich mit diesen Informationen nur noch tiefer in die Sache ritt. Fliesenwinkel zog lächelnd ein Handy hervor. Der Prinz hielt ihn nämlich aufgrund seiner Position nicht für so wertvoll, als dass er ihm ebenfalls ein Funkgerät überlassen hätte. Aber nun würde der Prinz ihn bestimmt endlich zu schätzen wissen, wenn er ihn von seinem Fang unterrichtete. „Hier ist Fliesenwinkel. Ich habe hier jemanden, der behauptet, sie sei die Tochter des reichsten Mannes Deutschlands, und sie sagt, sie sei ihre Schwester." Er hörte sich an, was der Prinz ihm zu sagen hatte. „Sofort?", fragte er ungläubig. Wieder wartete er. Diesmal etwas länger. Er bekam mit, wie der Prinz parallel zu ihm noch ein Funkgespräch führte.

Fliesenwinkel presste Maria den Lauf der Waffe fester in den Unterleib, um daran zu erinnern, dass die Bedrohung für sie noch gegenwärtig war.

Der Prinz hörte mit, wie Silber einen Funkspruch erhielt, der ihn über den Verlust seiner Mitarbeiterin in Kenntnis setzte. Er stellte sich die besorgten Gesichter vor, während er lachend durch das Fernglas wieder auf die Menschenmenge schaute. „Herr Silber, seien Sie so freundlich und reichen Sie mich bitte an meinen Mitarbeiter, Herrn Nauermann, weiter. Danke."

Nach einer kurzen Zeit meldete sich Nauermann. *„Soll ich alle beseitigen?"*

„Na, na, Herr Nauermann, nicht so forsch."

„Es sind zu viele, um sie gefangen zu nehmen", rechtfertigte er seine Frage.

„Ist Anna auch dabei?"

„Ja."

„Gut. Anna ist schlichtweg eine Verräterin, die man ohne Bedauern sofort töten kann. Die anderen haben bis zuletzt aufrichtig für ihre Sache gekämpft. Lassen Sie sie leben. Sie sind genug durch ihr Versagen gestraft."

„Schiffer lässt fragen, ob er wenigstens Silber töten darf."

Verärgert hob der Prinz die Augenbrauen. „Werden hier meine Anweisungen infrage gestellt, oder habe ich mich missverständlich ausgedrückt?"

„Nein, natürlich nicht", entschuldigte sich Nauermann sofort.

„Gut. Dann befolgen Sie meine Anordnungen." Aus dem Lautsprecher des Funkgerätes konnte der Prinz nur noch einen verzweifelten Kampfschrei und das Abfeuern mehrerer Schüsse hören.

Er drehte den Lautstärkeregler herunter und widmete sich dem Handy-Gespräch. „Herr Fliesenwinkel, ich habe es mir anders überlegt. Bringen Sie bitte die Tochter des reichsten Mannes Deutschlands zu unserem Treffpunkt, damit wir sehen können, was wir mit ihr anfangen." Der Prinz steckte das Handy weg. „Tochter des reichsten Mannes Deutschlands", murmelte er kopfschüttelnd vor sich hin. Es war typisch für seine Schwester, dies bei einer Gelegenheit vorzutragen, bei der sie selbst nicht mehr weiterwusste. Sie erwartete dann, dass sich alles vor lauter Ehrfurcht niederkniete. Doch sie musste lernen, dass sie eben nur die Tochter des reichsten Mannes Deutschlands war. Nichts anderes. Man selbst konnte nämlich nur etwas Großes darstellen, wenn man dafür arbeitete und nicht nur der Sprössling seines Erschaffers war. Das hatte er damals schnell begriffen und sich deshalb auch von dem schnöden Leben losgesagt, in welchem seine Laufbahn schon vorprogrammiert gewesen war. Er wollte nicht mehr den Weg des geringsten Widerstandes gehen und alles Schwierige aus der Welt geräumt haben, nur weil er der Sohn eines reichen und mächtigen Mannes war. Nein. Er wollte etwas Eigenes schaffen. Später könnte man ihm dann zwar vorhalten, dass er genau das machte, was sein Vater immer von ihm verlangt hatte. Aber er konnte dann immerhin behaupten, dass *er* dann der reichste Mann der Welt war. Schon Minuten später wurde die Tür zum Dach aufgestoßen.

Maria und Fliesenwinkel erschienen. Langsam trat sie auf ihn zu.

„Martin?", sagte Maria vorsichtig.

Langsam nickte der Prinz. Diese Geste war aber mehr eine Anweisung für Kolia als eine Bestätigung für Maria. Kolia zog die Waffe aus seinem Schulterhalfter und schaute noch einmal zum Prinzen, der erneut nickte. Kolia schoss.

„Tja, wie ihr selbst gehört habt …"

„Lass mich das machen", unterbrach Schiffer.

Nauermann nickte. Die anderen standen immer noch wie angenagelt auf ihren Positionen.

„Du wolltest uns die Kniescheiben rausblasen?", knurrte Schiffer drohend und legte seine Waffe an.

Plötzlich brüllte Froßmann von hinten auf und stürmte nach vorn. Leider zu spät. Die Kugel streifte Annas Oberschenkel und schlug stattdessen in sein Bein. Froßmann begrub Annas Körper unter seinem. Ehe die anderen in Bewegung kommen konnten, nutzte Schiffer die Gelegenheit, um noch einmal zu schießen. Die Kugel traf Froßmanns Rücken und verfehlte Anna wieder nur um Zentimeter. Als Nauermann seine Waffe abfeuern wollte, warf Silber ihm einfach sein Funkgerät ins Gesicht. Wenzel sprang nach vorn, um Schiffer zu überwältigen.

Doch dieser wandte sich so energisch aus den zugreifenden Händen, dass es ihm gelang, an den anderen vorbei auf den weiteren Verlauf des Kanals zuzulaufen. Gero versuchte tapfer, sich ihm in den Weg zu stellen. Doch Schiffer nahm das prompt als Aufforderung, ihn als Geisel zu benutzen.

„Schaut mal, wen ich hier habe", triumphierte Schiffer. „Also, lasst Nauermann gehen, sonst puste ich dem Kleinen hier den Kopf runter."

„Lass Gero los, und du kannst Nauermann haben", bot Silber ihm an.

„Ich habe keine Lust, groß zu diskutieren. Also?" Schiffer hielt Gero die Waffe an die Schläfe.

Silber legte Nauermann die Hand auf die Schulter und schubste ihn mit voller Kraft nach vorn. Nauermann taumelte auf Schiffer zu. „Lass Gero gehen", forderte Silber ihn wütend auf.

„Oh", sagte Schiffer und legte seine Stirn in Falten, „haben wir davon gesprochen, dass du ihn lebend bekommst?"

„Hey, mach keinen Scheiß!", brüllte Silber.

Schiffer lachte und drückte ab.

Das Geschoss aus Kolias Waffe schlug in Fliesenwinkels Unterleib ein und ließ ihn auf die Knie sinken. Mit ausgebreiteten Armen sah er den Prinzen fragend an. Doch bevor er eine Frage stellen konnte, traf ihn die nächste Kugel in den Kopf und riss seinen Körper nach hinten. Erschrocken trat Maria einen Schritt zurück. „Warum?", fragte sie fassungslos.

„Du hast ihm einen Anhaltspunkt über meine Herkunft gegeben, und Mitarbeiter, die zu viel über meine Person wissen, kann ich beim besten Willen nicht gebrauchen."

„Nein, ich meine das alles hier. Die Bombe und die vielen Toten. Was soll das?"

„Ich habe das erfüllt, was unser Vater uns immer gelehrt hat."

„Ich kann mich nicht daran erinnern, dass Vater uns gebeten hat, eine Stadt auszurotten."

„Nein. Er hat uns immer gepredigt, unser Vermögen gut zu verwalten und zu vermehren."

„Ja, aber doch nur, wenn wir damit andere nicht schädigen und keine fremden Existenzen gefährden", setzte Maria ihm entgegen.

„Gut", sagte der Prinz mit gespielter Reue und betrachtete dabei seine Fingernägel. „Ich muss zugeben, dass meine Methoden geringfügig von denen abweichen, die Vater uns gelehrt hat. Aber du musst zugeben, dass meine Ideen etwas effektiver sind."

„Sie sind zerstörerisch."

„Jetzt male nicht gleich alles so düster, Schwesterchen. Mit dem Geld, das ich hier an mich nehme, kann ich in Russland neue Strukturen aufbauen lassen."

„Du bist wahnsinnig."

Der Prinz wiegte leicht den Kopf. „Der Gedanke ist ein wenig gewöhnungsbedürftig, aber alles fängt damit an, dass andere einen für nicht ganz zurechnungsfähig halten."

„Was geschieht nun mit mir? Beseitigst du mich auch wie all die anderen, die dir im Weg stehen?"

„Du wirst es mir nicht glauben, aber in diesem Augenblick wünschte ich mir nichts sehnlicher, als dass du in den Staaten geblieben wärest."

„Vater hat mich kommen lassen, um der Firma zu helfen, die *du* im Stich gelassen hast."

„Schlechtes Timing von Vater", stellte der Prinz fest. „Nichtsdestotrotz. Du bist meine Schwester, und ich stelle es dir frei, mich nach Russland zu begleiten oder in dieser Stadt zu sterben."

Maria wollte gerade eine undamenhafte Bemerkung machen, als sich ein Hubschrauber näherte und Anstalten machte, auf dem Dach des Hochhauses zu landen.

Klick. Schiffers Magazin war leer. Alle atmeten auf. Schiffer stieß Gero hart in den Rücken und trieb ihn in Silbers Arme.

Nauermann und Schiffer rannten im Schutze der Dunkelheit davon. Silber setzte zur Verfolgung an.

„Bleiben Sie hier", rief Wenzel ihm.

Silber sah ihn verwundert an. „Wir kennen uns hier nicht aus. Die beiden könnten an irgendeiner unübersichtlichen Ecke auf uns warten und ..." Er sprach nicht weiter. Den Rest sollte sich Silber selber denken. „Außerdem haben wir hier einen Verletzten." Er deutete auf Froßmann, der stöhnend auf dem Boden lag.

„Ach ja, Entschuldigung", sagte Silber zerstreut.

Anna saß mit ihrem blutenden Bein neben Froßmann und hielt seinen Kopf. Silber sah Froßmann in diesem Augenblick mit anderen Augen. Er betrachtete den Mann, der ihm niemals im Leben etwas geschenkt, ihm aber das geschützt hatte, woran sein Herz hing. Silber nickte Froßmann knapp zu. Er nickte zurück.

„Okay", unterbrach Silber die betroffene Stille, „es ist noch lange nicht vorbei." Er wandte sich an Wenzel.

„Wie viel Zeit bleibt noch?"

„Höchstens 30 Minuten."

„Was schlagen Sie vor?"

„Wir wissen in etwa, wo die Bombe liegt. Lassen wir die Fachleute den Rest machen."

„Und wo holen wir die jetzt her?"

„Oben sind Beamte vom Bundeskriminalamt. Die werden schon die passenden Spezialisten dabei haben."

„Holen wir erst einmal für Frosti einen Arzt."

Wenzel und Silber stiegen die Leiter hinauf und schlugen wie vereinbart gegen den verschlossenen Gullydeckel. Schnurstracks gingen beide dann auf das Rednerpult zu, um einen Verantwortlichen anzusprechen. Bis sich einer der Beamten endlich zuständig fühlte, verging einige Zeit. Silber und Wenzel vergaßen aber, während sie vorsprachen, dass Silber noch das Clownskostüm trug und Wenzel ein vom

BND gesuchter Agent war, der gegen jede nur erdenkliche Vorschrift verstoßen hatte. Das trug natürlich nicht gerade dazu bei, dass man sie unbedingt ernst nahm. Deswegen entschlossen sich die Beamten nur zögernd, den Bitten der beiden seltsamen Käuze nachzukommen. Sie schickten ein Ärzteteam runter in die Kanalisation, das sich um die Verletzten kümmerte. Sofort folgte daraufhin ein Bombenentschärfungskommando, das den Verlauf des Kanals mit Spürhunden und Spezialgeräten absuchte. Alles schien bis dahin perfekt zu laufen, bis die ersten Männer der Spezialeinheit zurückkehrten und mit den Schultern zuckten.

„Wir haben nichts orten können", meldete einer der Männer seinem Vorgesetzten.

Dieser wandte sich sofort an Wenzel. „Was haben Sie uns da für einen Bären aufgebunden?", fragte er ärgerlich.

„Die Bombe muss hier unten sein", beteuerte Wenzel.

„Wir haben alles abgesucht. Auch die Hunde haben nicht angeschlagen", erklärte der Mann.

„Schafft sie alle rauf", schnauzte der Einsatzleiter. Wieder im Tageslicht angekommen, saßen alle um einen Krankenwagen vor dem Duisburger Kunstwerk.

Anna bemerkte, dass sich ein Hubschrauber näherte. Aufgeregt stieß sie Silber an.

„Der ist bestimmt für den Prinzen."

„Wie kommst du denn darauf?"

„Meinst du, der wartet hier unten, wenn er weiß, dass gleich das Gas ausströmt?"

Silber zuckte mit den Schultern.

„Was ist auf einmal mit dir los? Willst du hier sitzen und sterben?"

„Du hast sie doch alle gehört. Es gibt keine Bombe. Entweder hat der Prinz uns alle verarscht, oder er ist wirklich zu clever für uns", sagte Silber mutlos.

„Und was ist, wenn nicht?"

„Wenn nicht was?"

„Wenn der Prinz nicht cleverer ist als wir?"

„Dann haben wir 'ne Chance", lächelte er.

„Und was macht man mit Chancen?", lächelte sie zurück.

Silber stand auf. „Man nimmt sie wahr."

Anna atmete auf. Sie dachte schon, Silber würde nun in Selbstmitleid verfallen und nicht mehr weiter zu kämpfen versuchen.

„Hört zu, Leute", begann Silber, „wir geben jetzt noch mal alles. Einer von euch geht jetzt zum Rednerpult und erzählt den Bürgern der Stadt, wie es um sie steht. Anna und ich werden versuchen, den Prinzen aufzuhalten. Die anderen suchen die Scheißbombe."

Niemand stand auf, alle waren erschöpft und verspürten absolut keinen Drang mehr, etwas Heldenhaftes zu tun.

„Leute, wir haben noch eine Chance", flehte Silber.

Gero stand schließlich auf. „Ich gehe nach vorn."

Silber nickte zustimmend, nahm Anna an die Hand und rannte mit ihr auf das Hochhaus zu, in dem sie den Prinzen vermuteten.

Gero schritt mit zitternden Beinen Richtung Rednerpult. Josef löste sich von einem Bonbonstand und begleitete ihn.

Emil schaute verträumt auf die bunte Plastik. „Mann, ist dat ein hässlicher Vogel", dachte er sich. Er folgte mit seinen Blicken den Strahlen des aussprühenden Wassers. Plötzlich ging ein Ruck durch seinen Körper, und er stand wie eine Eins. „Ich weiß, wo sie ist", sagte er leise. Keiner nahm Notiz von seinem Gebrabbel. „Ich weiß, wo sie ist", sagte er nun lauter. Er ging auf die Männer des Bombenkommandos zu. „Ich weiß, wo sie ist", rief er. Die Männer wandten sich ab. Sie hatten genug von den Phantastereien dieser Idioten. Er lief zurück zu Wenzel, der sich gerade vorstellte wie das Ende seiner Karriere aussah. „Ich weiß, wo sie ist", brüllte Emil ihm lachend ins Gesicht.

Wenzel zweifelte, doch er wollte den Strohhalm der Hoffnung ergreifen. Dicker als in diesem Moment konnte es sowieso nicht mehr kommen. „Wo ist sie?"

Nauermann und Schiffer rannten wie von der Tarantel gestochen durch die Menge. Es störte sie nicht, dass sie dabei den einen oder anderen

Passanten etwas härter anrempelten. Sie mussten in kürzester Zeit den Wolkenkratzer der Telefongesellschaft erreichen, sonst würde der Prinz ohne sie den Helikopter besteigen und eine Menge Geld dabei sparen. Bei dem Anblick einer Polizeistreife gingen sie instinktiv etwas langsamer, um Aufsehen zu vermeiden. Kaum waren die Beamten aus ihrem Blickfeld verschwunden, rannten sie wieder los. Am Hochhausgebäude angekommen, machten sie sich an einer Seitentür zu schaffen, um ins Innere zu gelangen. Sie waren so in ihrem Element, dass sie nicht bemerkten, wie jemand von hinten an sie herantrat.

„Guten Tag, darf ich mal Ihre Ausweise sehen?" Erschrocken ließen sie von der Tür ab und drehten sich um.

„Wer sind Sie denn?", fragte Schiffer den jungen Mann herablassend.

„Mein Name ist Agent Matthias Reusch vom Bundesnachrichtendienst."

Victor, der Pilot des Helikopters, schaltete die Rotoren aus. Der Prinz hasste zwar Unpünktlichkeit, aber aus Gründen der Fairness wollte er seinen Männern noch etwas Zeit geben.

„Na, wirst du langsam nervös?", versuchte Maria, ihren Bruder zu reizen.

„Liebste Schwester, Nervosität gehört zu den wenigen Dingen, die ich nicht kenne."

„Menschlichkeit wohl auch nicht."

„Von Menschlichkeit kann man nicht existieren."

„Von der Angst anderer Menschen denn?"

„Ich kann mich nicht beklagen."

„Vater wird sich schämen, wenn er erfährt, was du Scheußliches getan hast."

„Meinst du, Vater darf sich anmaßen, darüber zu urteilen, was schlimm ist und was nicht? Ich bin sicher, er hat mehr Existenzen auf dem Gewissen, als du dir vorstellen kannst. Er hat ständig immer nur versucht, über uns seine alten Fehler zu beseitigen, damit er selbst gut dasteht. Vielleicht machte ihn das glauben, ihm stehe dadurch ein Platz im Paradies zu."

„Es ist immer noch ein großer Unterschied, ob man jemanden wirtschaftlich zugrunde richtet oder einfach umbringt."

„So. Glaubst du das?"

„Ja, natürlich."

„Ich meine, dass der einzige kleine Unterschied nur darin besteht, dass der eine etwas später umfällt. Wenn einem die Existenz genommen wird, muss es so sein, als würde einem das Herz ausgerissen."

„Du musst es ja wissen. Du hast bestimmt schon unzählige Herzen ausgerissen."

„Herausreißen lassen", verbesserte der Prinz seine Schwester. „Du wirst es auch noch lernen, wenn du längere Zeit im Geschäft bleiben willst", versicherte er ihr.

„Ich glaube, dass ich andere Wege finden werde, um meinen Lebensstandard zu halten."

„Wir werden sehen."

Einige Menschen hatten sich bereits vor dem Rednerpult versammelt, weil sie in wenigen Minuten den Ministerpräsidenten erwarteten. Beamte des BKA standen verstreut in der Umgebung und mussten so lange verharren, bis sie über Funk von dem Eintreffen des Politikers unterrichtet wurden, damit sie ihn ungehindert zum Rednerpult geleiten konnten. Gero lief zusammen mit Josef einfach die Stufen zum Mikrophon hinauf. Der Dirigent des Orchesters hielt die beiden für zwei Tontechniker, die noch schnell einen Test vor der Rede durchführen wollten und unterbrach eigens dafür seine Arbeit. Die Musik verstummte. Die Kameramänner der zahlreichen Privatsender begrüßten, dass jemand vorn stand, weil sie nun schon mal ihr Arbeitsgerät für die bevorstehende Übertragung einstellen konnten. Stille trat im Bereich des Rednerpults ein. Vereinzelt drangen Geräusche des Volksfestes aus anderen Teilen der Einkaufsstraße zu ihnen herüber. Gero klopfte leicht vor den Schaumstoff des Mikrophons, um sich zu vergewissern, dass es überhaupt eingeschaltet war. Ein leichtes Knacken drang aus den unzähligen Lautsprechern. Er räusperte sich hinter vorgehaltener Hand.

„Liebe Duisburger… Ich muss Ihnen leider mitteilen, dass Terroristen an diesem Ort zeitnah eine Giftgasbombe zünden wollen." Gero unterbrach bewusst seinen Vortrag, weil er nun schreiende Menschen erwartete, die panisch die Flucht in alle Himmelsrichtungen ergriffen. Doch nichts geschah. Alle standen staunend mit fragendem Gesicht vor ihm. Die Kameramänner richteten auf Anweisung der Redaktion ihre Objektive auf Gero. Dass sich zu Beginn des Stadtfestes ein Irrer den Weg zum Rednerpult erschlich und dabei das Ende der Welt verkündete, war ein gefundenes Fressen für die Privatsender. Die Sicherheitskräfte bemerkten nun auch, dass vorn jemand Unruhe verbreitete. „Das Bombenkommando hat vergebens nach dem Sprengsatz gesucht", fuhr Gero fort. „Ich versichere Ihnen aber, dass er hier irgendwo sein muss und bei der Ankunft des Ministerpräsidenten gezündet werden soll. Deswegen ersuche ich Sie, diesen Platz hier zu verlassen. Retten Sie sich."

Beamte des BKA stürmten auf die Bühne. Josef stellte sich ihnen kampfbereit entgegen. Gero bemerkte, dass es nun brenzlig wurde. „Bitte glauben Sie mir und retten Sie sich", sagte er zum Abschluss und entfernte sich vom Mikrophon. Gerade als Josef die Beamten aufhalten wollte, hielt Gero ihn leicht am Arm fest. Die Männer versuchten, die beiden, mit dem Einsatz roher Gewalt von der Bühne zu treiben. Die Menge buhte aufgebracht und bewarf die Beamten mit Gegenständen.

Ein Mann trat an das Mikro: „Bitte beruhigen Sie sich."

Ein Reporter stürzte mit vorgehaltenem Mikrophon nach vorn. „Was ist an dieser Geschichte dran?"

„Ich kann Ihnen nur sagen, dass zu keiner Zeit für die hier Anwesenden eine Gefahr bestanden hat."

„Sie dementieren aber auch nicht, dass ein Bombenkommando eingesetzt worden ist."

„Natürlich nicht", sagte der Mann ärgerlich. „Wir sind dazu verpflichtet, Hinweisen aus der Bevölkerung nachzugehen."

„Der junge Mann war aber anscheinend nicht der Auffassung, dass Sie das gründlich getan haben", bemerkte eine Reporterin, die mit vielen anderen den Weg zum Rednerpult fand.

„Wir haben all unsere Mittel eingesetzt, um den Ansprüchen dieser Leute gerecht zu werden."

Gero und Josef verließen in Begleitung der Beamten die Bühne. Sofort hefteten sich ihnen die Reporter an die Fersen.

Emil rannte so schnell die Kanalisation entlang, dass Wenzel große Schwierigkeiten hatte, ihm zu folgen. Gerade als er anmerken wollte, dass er keine Luft mehr bekam, blieb Emil stehen.

„Was ist?", fragte Wenzel.

„Ich glaube, wir sind da", sagte Emil und deutete auf das Rohrsystem einer Pumpenstation.

„Was soll das sein?"

„Dat müsste zu dem bunten Ungetüm gehören, dat da draußen steht."

„Was hat das eine mit dem anderen zu tun?" Wenzel zweifelte wieder daran, das Richtige getan zu haben.

„Als der Möchtegern-Monarch *Blanka* verließ, hat er noch gesagt, dass es eine sprühende Überraschung geben wird."

„Na, und jetzt?"

„Dat Adlerdingen da draußen versprüht Wasser. Jetzt ist meine Idee, dat die Bombe hier im System sein muss, und wenn sie losgeht, sprüht Gas anstatt Wasser aus."

Wenzel sah ihn ausdruckslos an.

Emil senkte den Kopf. Er dachte, dass er echt einen Lichtblick hatte, der einen vom Stuhl riss, aber so wie der Agent ihn anschaute, war das wieder mal nur ein Traum. Emil wollte schon wieder zurücklaufen.

„Das ist eine großartige Idee!", rief Wenzel plötzlich begeistert.

„Ehrlich?", fragte Emil leise.

„Natürlich", bestätigte Wenzel.

„Und wie kommen wir in das System?"

„Öh, ich bin kein Klempner, aber ich könnte mir vorstellen, dat wir einen der Schnappverschlüsse öffnen müssen, um einen Einblick ins Innere zu bekommen."

„Na, dann mal los."

Wenzel und Emil machten sich daran, die Verschlüsse zu öffnen. Die mechanischen Geräusche wurden lauter, als sie den Deckel abnahmen. Ein beißender Geruch schlug ihnen entgegen.

„Boah, wat is dat denn?", beschwerte sich Emil.

„Es gibt Duftstoffe, die dazu dienen, Spürhunde von der eigentlichen Fährte abzulenken.", vermutete Wenzel. Er leuchtete in den Innenraum. Beide entdeckten einen silberfarbenen Behälter, der mit einigen Drähten an einem der Leitungsrohre hing. Im unteren Bereich befand sich eine Tastaturtafel, in deren Mitte eine Digitaluhr prangte.

„8 Minuten", hauchte Emil leise.

Wenzel holte sein Taschenmesser hervor.

„Welches Kabel nehmen wir?"

„O nein, jetzt fängt die Scheiße wieder an", stöhnte Emil.

Silber und Anna spurteten auf das Hochhaus zu und sahen von Weitem, wie sich Reusch mit Nauermann und Schiffer auseinandersetzte. Silber wollte ihm zur Warnung etwas zurufen. Aber zum einen bekam er keine Luft mehr, und zum anderen war die Geräuschkulisse um ihn herum zu laut. Gerade als der Hubschrauber zur Landung auf dem Dach ansetzte, schauten beide Terroristen nach oben. Instinktiv erhob Reusch ebenfalls seinen Kopf. Nauermann nutzte die Gelegenheit und schlug den Agenten bewusstlos. Schiffer öffnete die Tür, und beide verschwanden. Als Silber und Anna bei dem Niedergeschlagenen ankamen, stellten sie fest, dass es wohl eine Weile dauern dürfte, bis er wieder zu Bewusstsein kommen würde. Anna rüttelte an der verschlossenen Tür. Silber zog ihr die Waffe aus dem Schulterhalfter und schoss auf das Türschloss.

Anna sah ihn verdutzt an. „Das kann man auch eleganter machen", hielt sie ihm vor.

„Klar. Ich kann ja beim nächsten Mal den Schlüsseldienst kommen lassen."

„Witzbold."

Sie trugen Reusch an Händen und Füßen in das Treppenhaus des Gebäudes. Gerade als Silber in den Fahrstuhl steigen wollte, hielt Anna ihn auf.

„Sie haben sicher oben eine Wache postiert, die nur darauf wartet, dass die Tür aufgeht."

Silber schaute die endlos vielen Stockwerke hinauf und nickte erschöpft.

„Wer zuerst oben ist, hat gewonnen."

„Hast du dich entschieden, welchen Weg du beschreiten möchtest?", fragte der Prinz seine Schwester.

„Ich gehe jeden Weg, wenn er nicht den deinen kreuzt", sagte sie trotzig.

„Schwesterchen, du machst einen großen Fehler. Du könntest in Russland viel von mir lernen."

„Was denn? Wie man mit Terror anderen Menschen seinen Willen aufzwingt?"

„Unter anderem."

Plötzlich schwang die Tür zum Dach auf.

Nauermann und Schiffer hasteten auf die Plattform. Beim Anblick ihres toten Kollegen blieben beide erstarrt stehen. Gerade als der Prinz eine bissige Bemerkung über ihre Verspätung zum Besten geben wollte, zogen beide überraschenderweise ihre Waffen und richteten sie auf den Prinzen. Kolia, der mit dieser Handlung nicht gerechnet hatte, wollte sich noch schützend vor seinen Herrn stellen.

Der Prinz aber hob hoheitsvoll die Hand, sodass Kolia stehenblieb.

„Meine Herren, warum so ungehalten?"

„Warum ist Fliesenwinkel tot?", fragte Schiffer.

„Nun ja, wir hatten Differenzen, was meine Vergangenheit anbetraf."

„Da mussten Sie ihn natürlich gleich erschießen", stellte Nauermann misstrauisch fest.

„Was regen Sie sich auf? Sie können sich seinen Anteil gleich mit einverleiben, wenn Sie es wünschen."

Langsam senkten sie ihre Waffen.

„Das stimmt nicht!", rief Maria.

Sofort schnellten die Waffen wieder in die Höhe. Der Prinz sah sie verwundert an.

„Er wollte ohne euch fliegen. Als Fliesenwinkel versucht hat, ihn für euch aufzuhalten, hat er ihm euren Anteil versprochen und ihn dann feige erschossen."

Nauermann und Schiffer zielten nun genauer auf den Prinzen, um sicher zu gehen, dass sie ihn auch nicht verfehlen würden, wenn es darauf ankam.

Der Prinz sah lässig auf seine Uhr. „Meine Herren, können wir die Diskussion unter Umständen vielleicht im Hubschrauber zu Ende führen? Wir haben nämlich nicht mehr viel Zeit."

„Er wird euch dann über der Stadt rauswerfen", hetzte Maria weiter.

„Maria, ist dir nicht gut?", erkundigte sich der Prinz.

„Herr Nauermann, würde es Ihnen wohl etwas ausmachen, diese Person zu eliminieren? Ihr Geschnatter nervt mich enorm."

„Ich finde es ganz informativ", setzte Nauermann entgegen.

„Haben Sie das Geld dabei?", fragte Schiffer nervös.

„Nein, tut mir leid, damit kann ich nicht dienen", entschuldigte sich der Prinz.

„Ich konnte ja auch nicht ahnen, dass ich Sie 5 Minuten vor Zündung einer Giftgasbombe auf dem Dach eines Hochhauses auszahlen sollte", fügte er gelangweilt hinzu.

„Wenn Sie überhaupt jemals vorhatten, uns auszuzahlen", bemerkte Nauermann zweifelnd.

„Herr Nauermann, jetzt werden Sie aber albern."

Ein Poltern aus dem Treppenhaus unterbrach das Gespräch. Silber und Anna erschienen.

„Oh, wat is denn hier los?", fragte Silber außer Atem. „Große Aussprache? Oder wolltet ihr mit dem Flug auf uns warten?"

Die Reporter ließen es nicht so ohne Weiteres zu, dass die Beamten Gero und Josef abführten. Sie drängten die kleine Gruppe von ihrem eigentlichen Weg ab und bombardierten sie mit Fragen. Unzählige

Kameras, die live zum jeweiligen Fernsehsender geschaltet wurden, waren auf sie gerichtet. Zu guter Letzt kesselten die Journalisten ihre Beute ein.

„Wie heißen Sie?", fragte eine Reporterin. „Wie wurden Sie in diese Sache verwickelt?"

„Sind Sie der Meinung, dass die Polizei nicht genug getan hat?"

„Was hätte aus Ihrer Sicht noch alles gemacht werden können?"

Fragen, Fragen, Fragen. Die Eingekesselten wussten nicht, wo ihnen der Kopf stand. Gero hob zur Beruhigung aller seine Hände. Nur langsam kehrte Ruhe ein. Hier und da blitzte ein Photoapparat.

„Seien Sie versichert, dass die Polizei alle nur erdenklichen Maßnahmen ergriffen hat."

„Woher wissen Sie, dass hier eine Bombe liegen soll?" Ein dumpfes Klopfen ließ die Anwesenden nach unten schauen. Josef stand auf einem Gullydeckel. Er trat langsam einen Schritt nach hinten. Schwerfällig wurde der Kanaldeckel beiseite gerückt.

Schiffer versuchte sofort, sich mit der Waffe im Anschlag nach den Störenfrieden umzudrehen. Doch Silber schnellte nach vorn und schlug ihm krachend den Ellenbogen ins Gesicht. Schiffer fiel zu Boden, ließ dabei aber die Pistole nicht los. Silber folgte ihm und versuchte, die Waffe an sich zu bringen. Nauermann, der immer noch den Prinzen anvisierte, sah, dass sein Kumpan das Nachsehen in diesem Zweikampf hatte. Er holte mit der anderen Hand eine zweite Waffe hervor und zielte damit blindlings auf Silber. Anna, die bereits hinter Nauermann stand, trat ihm mit voller Kraft in die Kniekehle. Nauermann verlor das Gleichgewicht und knickte weg. Der Schuss, der sich beim Fall aus seiner Waffe löste, fand kein erwähnenswertes Ziel. Anna wollte es Silber gleichtun und auch die Waffen in Besitz nehmen. Doch Nauermann wehrte sich verbissen. Er schlug ihr den Griff seiner Pistole an die Stirn und trat ihr gegen das verwundete Bein. Vor Schmerzen brach sie zusammen. Schiffer, der immer noch verkrampft die Waffe festhielt, versuchte, sich noch einmal gegen Silber aufzubäumen. Dieser verspürte aber mittlerweile keine große

Lust mehr auf das Kräftemessen und brach ihm kurzerhand den Daumen. Schiffer heulte auf und krümmte sich vor Schmerzen. Als Silber sich die Waffe greifen wollte, trat Nauermann ihm auf die Hand und richtete die Pistole auf Silbers Kopf. Hierbei hielt er immer noch eine Waffe auf seinen Prinzen gerichtet. Langsam und hasserfüllt hob Anna blutüberströmt ihren Kopf. Plötzlich stieß sie sich vom Boden ab, drehte sich dabei um 360 Grad und trat Nauermann mit aller nur erdenklichen Wucht mit der Ferse genau ins Gesicht. Er fiel lautstark zu Boden. Anna ließ keine Zeit verstreichen. Sofort rammte sie ihm ihr Knie in den Rücken, ergriff mit beiden Händen seinen Kopf und ruckte ihn kurz zur Seite. Mit einem knirschenden Knacken brach sein Genick. Mit Verachtung ließ Anna Nauermann auf den harten Boden fallen.

„Hervorragend, Anna", applaudierte der Prinz. Langsam standen Silber und Anna auf. „Herr Silber, ich muss eingestehen, dass ich Ihnen etwas schuldig bin."

„Klasse, dann tun Sie mir den Gefallen und springen Sie vom Dach."

„Sie verlieren wohl niemals Ihren Humor?", fragte der Prinz lächelnd. „Nun ja, wie dem auch sei. Sie sollten sich jetzt von ihrer Mitarbeiterin verabschieden."

Silber stellte sich schützend vor Anna.

„Sie bleibt hier", sagte er fest.

„Aber natürlich bleibt Anna hier", versicherte der Prinz. „Sie würden mich unsagbar glücklich machen, wenn Sie ihr ein gutes Begräbnis verschaffen könnten."

Kolia erhob seine Waffe.

„Bitte treten Sie zur Seite. Ich möchte unter keinen Umständen, dass Ihnen etwas Schreckliches widerfährt."

„Lassen Sie sie in Frieden."

„Anna ist vollkommen wertlos. Sie hat mich verraten und sie wird bei der nächstbesten Gelegenheit auch Sie verraten. Glauben Sie mir."

Auf einmal ertönte von unten ein lautstarker Tumult. Der Prinz schaute verwundert auf seine Uhr. „Oh, ist es schon so weit?", fragte er erstaunt. „Herr Silber, wie es aussieht, muss ich mich jetzt von Ihnen verabschieden. Es sei denn, Sie möchten, dass ich Sie ein Stück mitnehme."

Kolia gab Victor ein Zeichen. Träge setzten sich die Rotoren des Helikopters in Bewegung. Silber fand in diesem Augenblick keine Antwort. Er war in Gedanken bei seinen Freunden, die es wohl nicht geschafft hatten, die Bombe zu finden, und nun hilflos verendeten.

„Anna, du siehst sicher ein, dass ich mich bedauerlicherweise nun nicht mehr eingehend mit dir beschäftigen kann. Dir sei aber versichert, dass ich zu gegebener Zeit auf dich zurückkommen werde."

Er wandte sich an Maria: „Schwesterchen, lass es dir gut gehen. Ich wünsche dir noch viel Glück mit deinem Bonbongeschäft." Der Prinz winkte noch einmal und stieg in den Hubschrauber, der sich daraufhin sofort in die Lüfte erhob. Nachdem der Hubschrauber fort war, lösten sich Anna und Silber von ihrem Platz. Maria hockte sich in eine geschützte Ecke und weinte. Silber wollte einen Blick über die Brüstung wagen, um sich ein Bild von dem Ausmaß der Katastrophe zu machen. Kaum hatte er den Hals ausgestreckt, zog er seinen Kopf wieder zurück, weil sich von unten her etwas näherte. Anna machte vorsichtig einen Schritt nach hinten und versteckte sich hinter Silbers Rücken. Das Unbekannte kam zum Vorschein. Silber wusste nicht, ob er lachen oder weinen sollte. Ein blauer Luftballon schwebte an ihnen vorbei.

Die Reporter verstummten nun vollends. Zum Erstaunen aller erschien Emils Kopf in der Kanalöffnung. „Dat war mir wieder klar, dat der dicke Bär da drauf steht", schnauzte Emil. Er hatte nur Gero und Josef im Blickfeld und ahnte nicht, dass ein ganzes Rudel Reporter hinter ihm stand, während er Wenzel aus der Öffnung half. „Wir haben dat Ding gefunden und ausgemacht", erklärte er Gero.

„Sind Sie einer der Bombenspezialisten?", fragte einer der Reporter.

Emil guckte erschrocken in eine Fernsehkamera, als er sich umdrehte. „Wat?", fragte er unsicher.

„Sind Sie einer der Bombenspezialisten?", fragte ein anderer Journalist erneut.

„Öh, nee, ich mache nur die Kokosflocken bei *Blanka*", sagte Emil schüchtern.

„Was für Kokosflocken?", fragte eine Reporterin irritiert.

„Kennen Sie denn nicht die Kokosflocken von *Blanka*?", fragte Emil erstaunt.

„Wer hat denn nun die Bombe entschärft?", fragte einer der Journalisten neugierig.

Wenzel wollte sich gerade, wie es die Etikette des Bundesnachrichtendienstes verlangte, zurückziehen, um andere im Glanze des Ruhms erscheinen zu lassen. Doch Emil griff nach hinten und bekam ihn gerade noch am Ärmel zu fassen.

„Er war es", sagte Emil.

„Wer ist dieser Mann?", kam es aus den hinteren Reihen.

„Er ist ein Agent", beantwortete Josef die Frage. Ein Raunen ging durch die Menge. „Er hat diese Stadt vor großem Unheil bewahrt", verkündete Emil laut.

Diese Nachricht griff um sich wie ein Lauffeuer. Menschen trugen sie ausgelassen von einem zum anderen. Die Spannung löste sich langsam bei den Bürgern und schließlich jubelten alle so fröhlich, als habe man gerade die Stadt zum zweiten Mal erbaut. Helmut Wenzel stand nun gegen seinen Willen im Rampenlicht aller Fernsehsender und war im Herzen aller Duisburger verewigt. Die Stadt hatte einen neuen Helden. Hilfesuchend schaute sich Wenzel nach Emil um, der ihm nur noch schelmisch nachwinkte, als er von der Menge davongetragen wurde.

Emil vergaß nämlich aus unerklärlichen Gründen, den Reportern davon zu berichten, dass Wenzel in seiner Nervosität das falsche Kabel durchgeknipst hatte und dass er es eigentlich war, der geistesgegenwärtig immer wieder irgendwelche Zahlenkombinationen in die Tastatur eingab, während die Zeit auf dem Display zurückraste. Die Postleitzahl von Mülheim war es dann letztlich gewesen, die die Uhr zum Stillstand zwang. Auf dem Weg zum Tageslicht dankte Wenzel ihm unablässig. Er erklärte ihm, dass er sich sehr für ihn freue, weil Emil nun das sein konnte, was er selbst nie sein durfte. Ein wahrer Held. Wenzel hielt Emil vor Augen, was ihn alles für Ehren erwarten würden, wenn sie erst oben angelangt wären. Emil aber wurde ganz mulmig bei dem Gedanken, ständig bei jedem großen Anlass anwesend zu sein und womöglich noch still auf dem Stuhl zu sitzen, damit ihn jeder betrachten konnte. Also entschloss er sich im letzten Augenblick, Wenzel die Heldentat zuzuschreiben. Jetzt war es Emil, der sich geschickt aus der jubelnden Menge zurückzog. Und irgendwo in Düsseldorf saß ein kleines Mädchen mit ihrer Mutter vor dem Fernseher und sah das, was sie immer wusste: dass ihr Papa der Größte war.

Abschied

Die Bürger Duisburgs feierten noch lange an diesem Tag. Der BND nahm auf Druck der Regierung öffentlich Stellung zu diesem Vorfall und ließ verlauten, dass er natürlich von den Ereignissen gewusst hatte. Eigens dafür hatten sie ja auch ihren besten Agenten Helmut Wenzel losgeschickt, um die Bürger der Stadt zu beschützen.

Der Prinz erfuhr von dem Scheitern seiner Aktion, nachdem er die deutsch-holländische Grenze überflogen hatte. Er schwor sich, den nächsten Plan gewissenhafter ausführen zu lassen.

Schiffer, der unendlich lange verhört wurde, gestand seine vielen Morde. Dabei kam letztlich auch heraus, dass er den Betriebsratsvorsitzenden vom Turm gestoßen hatte, um sich seinen Anteil zu sichern. Die Erpresserphotos habe er dann in aller Eile in irgendeinen Spindschlitz eingeworfen, ohne sich dabei die Nummer des Spindes zu merken. Er entlastete durch diese Aussage Angelika von dem Verdacht, in die Sache verwickelt gewesen zu sein.

Am Sonntagmorgen betrat eine kleine Gruppe von Leuten die Unfallklinik in Duisburg-Buchholz. Sie erkundigten sich nach einem Patienten namens Gerd Froßmann. Die Schwester an der Information schaute den Rädelsführer argwöhnisch an und fragte: „Sind Sie ein Mitglied seiner Familie oder ein näherer Angehöriger?"

„Oh, nö, eigentlich ...", Silber schaute auf den Boden. Ihm fiel in diesem Moment trotz seines umfangreichen Schatzes an Ausreden keine passende ein. Anna stieß ihn in die Seite.

„Er ist ... äh ...", druckste Silber herum.

„Los, sag es!", forderte Anna ihn auf.

„Öhcm ..."

„Mach schon", drängte sie erneut.

„Er ist ein Freund", sagte Silber schließlich leise.

„Bitte? Sie müssen lauter reden. Ich verstehe Sie nicht", nörgelte die Schwester.

„Er ist unser Freund", sprach Silber laut.

„Unser bester Freund", verbesserte Emil von hinten.

„Der großartigste Freund, den man haben kann", fügte Josef stolz hinzu.

„Genau", bestätigte Silber lächelnd, „der beste, großartigste Freund, den man sich vorstellen kann."

„Dürfen wir zu ihm?", fragte Maria.

Die Schwester verwies die Gruppe an den Chefarzt der Unfallabteilung. Dieser willigte ein, dass sie den Patienten für kurze Zeit sehen durften.

Froßmann war sichtlich gerührt, als die ganze Bagage das Zimmer stürmte und ihn mit Genesungswünschen überschüttete. Er dankte ihnen und erkundigte sich natürlich sofort, wie es der Firma ging. Maria versicherte ihm, alle Hebel in Bewegung zu setzen, um die Firma wieder in all ihrem Glanz erscheinen zu lassen.

Schon nach kurzer Zeit erschien der Arzt und forderte alle freundlich auf, nun zu gehen. Widerwillig verließen sie das Krankenzimmer. Silber ging zuletzt. Er sprach die ganze Zeit während des Besuches nicht ein Wort. Er wollte noch zaghaft winken und einfach nur verschwinden. Er hasste nämlich Krankenhäuser.

Doch Froßmann sprach ihn noch einmal an. „Silber?"

„Ja, bitte?", fragte Silber leise.

„Nennen Sie mich schon lange Frosti?" Silber lachte auf.

„Schon die ganze Zeit, Herr Froßmann."

„Bitte, bitte, bemühen Sie sich nicht. Jetzt haben Sie es so lange geschafft, mich so zu nennen, nun können Sie es auch weiter dabei belassen."

„Jetzt macht es aber keinen Spaß mehr", erwiderte Silber verschmitzt.

„Bitte, Sie würden mir damit eine Freude bereiten."

„Gut, dann mach ich dat", versprach Silber. „Ruhen Sie sich jetzt aus. Wir brauchen Sie in der Firma. Wir haben sonst keinen, der uns die Hammelbeine lang zieht."

Silber schickte sich wieder an zu gehen.

„Würden Sie mir eines Tages mal den Trick verraten, wie Sie es schaffen, immer zu spät kommen und trotzdem eine tadellose Stempelkarte zu haben?"

Silber lächelte. „Nee, dat geht nicht. Aber ich verrate Ihnen mal wat anderes." Er trat an Froßmann heran und flüsterte ihm was ins Ohr.

Verblüfft sah Froßmann Silber an.

„Aber das ist ja …" Silber legte einen Finger auf den Mund.

„Wussten Sie eigentlich, dass ich früher auch mal ein Legionär war?", gestand Froßmann.

„Ich würde mal sagen, Sie haben nie aufgehört, einer zu sein."

Silber nickte Froßmann zu und ging aus dem Krankenzimmer.

Leichter Regen fiel in dieser Nacht auf den kleinen Flughafen in Mülheim an der Ruhr. Normalerweise mochte Silber die Nacht und Anna den Regen. Doch es war eine Nacht des Abschieds. Anna musste diesen Flug, der Teil einer Vereinbarung im Zusammenhang mit dem falschen Pass war, nutzen. Sonst würde sie wohl nie wieder die Gelegenheit haben, so sicher aus dem Land zu kommen.

„Meinst du, es gibt keine andere Möglichkeit, dem Prinzen aus dem Weg zu gehen?"

„Du hast ihn doch selber gehört. Er hat mich eine Verräterin genannt. Also wird er nicht eher ruhen, bis er mich hat", erwiderte sie traurig.

„Wirst du dich melden?", fragte Silber hoffnungsvoll.

„Jedes Lebenszeichen von mir ist eine Spur", antwortete sie knapp.

„Das heißt, wir werden uns nie wiedersehen."

„Es ist auch besser für dich."

„Ich habe keine Angst vor ihm."

„Glaub mir, er ist mächtig, und du hast es nur seinen Launen zu verdanken, dass du noch lebst."

„Kann sein."

Stille trat ein.

Nur der Regen, der seicht auf die Tragflächen des wartenden Flugzeugs schlug, gab plätschernde Geräusche von sich. Beide rätselten in diesem Moment, auf welche Art sie sich Lebewohl sagen sollten. Anna war es schließlich, die den ersten Schritt machte, während Silber sich noch immer das Spiel der Wassertropfen im Licht der Signallampen anschaute. Langsam kam sie ihm näher.

„Wir müssen uns jetzt verabschieden." Anna legte ihre Arme um seinen Hals. Zaghaft näherten sie sich. Hätten sich nun ihre Lippen berührt, wäre die Nacht bestimmt in Flammen aufgegangen. Keiner von beiden hätte gewusst, ob es richtig gewesen wäre, aber eigentlich zählte jetzt nur der Augenblick und nicht der Gedanke an die Zukunft. Denn kleine Funken genügen, um mächtige Bauten abbrennen zu lassen.

Silber war es aber schließlich, der seinen Kopf wegdrehte. Er wollte lieber seinen Träumen nachhängen, wie es gewesen wäre, anstatt sich ständig die letzten Augenblicke des Abschieds vor Augen zu führen.

Anna betrachtete diese Reaktion als Abneigung und trat beschämt einen Schritt zurück. Kaum fand sie jemand, von dem sie glaubte, dass er sie mochte, zahlte ihr das Schicksal alles zurück.

„Versteh mich nicht falsch …" Silber fand keine Worte, um sein Verhalten zu erklären.

„Schon gut", wehrte Anna ab. Sie wollte ihm weitere Unannehmlichkeiten ersparen.

Silber war recht dankbar für diese Geste. Er fasste in seine Jackentasche und spielte mit einem Briefumschlag herum, den der Regen schon angefeuchtet hatte. Gerade als Silber ihr den Umschlag überreichen wollte, streckte der Pilot seinen Kopf aus dem Einstieg. „Das Wetter soll schlechter werden. Wir müssen los", meldete er.

Anna nickte ihm zu und wandte sich wieder an Silber. „Ich muss jetzt …"

„Wenn etwas Gras über die Sache gewachsen ist, könntest du ja trotzdem mal versuchen, dich zu melden. Öh, ich meine, damit ich weiß, wie es dir geht. Wir haben ja schließlich eine Menge zusammen durchgemacht."

„Ich versuch's", versprach sie leise.

Silber spielte immer noch mit dem Briefumschlag in seiner Tasche herum.

Anna schritt widerwillig die kleine Gangway zum Flugzeug hinauf.

„Vielleicht haben wir beim nächsten Treffen Gelegenheit, die beste Pizza des Universums direkt vor Ort zu essen", sagte sie mit tränenerstickter Stimme.

„Dat wäre schön, dann knickt die Spitze wenigstens nicht ein." Das letzte Lächeln von ihr brannte sich für immer in sein Gedächtnis ein. Als sie ihm den Rücken zuwandte, fand er auf einmal die Kraft, den Briefumschlag hervorzuholen. Doch zu spät, die schwere Tür schloss sich hinter ihr. Die vielen Regentropfen, die die Scheibe herunterliefen, ließen ihr Gesicht verzerrt erscheinen, und so sah niemand die zahlreichen Tränen, die sie vergoss. Silber winkte ihr mit dem Umschlag in der Hand ein letztes Mal zu. Das Flugzeug setzte sich in Bewegung und erhob sich in den dunklen Himmel. Er zerknüllte den Umschlag und warf ihn achtlos fort. Dann stand er noch lange im trüben Licht der Signallampen und schaute in die Richtung, in der er das Flugzeug vermutete.

An dem Tag, als Bauarbeiter in einem stillgelegten Kamin die Leiche von Paul Hermes fanden, legte Silber wortlos seine Arbeit nieder und ging aus der Fabrik. Tage später musste er jedoch noch einmal wiederkommen, um die Formalitäten für seine Kündigung abzuschließen.

„René, ich kann verstehen, dass du traurig bist", sagte Maria, die ihm noch einmal auf dem Hof begegnete. „Aber wir brauchen dich jetzt bei dem Aufbau der Firma. Paul wäre bestimmt stolz auf dich, wenn er sehen könnte, dass du Meister deiner Lieblingsabteilung geworden bist." Obwohl sie schon lange wusste, dass sie ihn nicht mehr für sich gewinnen konnte, erkannte Maria selbst, dass sie diesen verzweifelten Versuch nur unternahm, um ihn nicht aus den Augen zu verlieren.

„Nein, danke", wehrte Silber ab. „Ich glaube, du verstehst dat alles nicht. Ich will nicht mehr mitten in der Nacht aufstehen, um zur Arbeit zu fahren. Ich will nicht mehr einen Weg vom Parkplatz zum Umkleideraum zurücklegen, den andere morgens zum Brötchenholen mit dem Auto fahren würden. Ich will nicht mehr meine Klamotten in einen Spind hängen, den sich andere noch nicht einmal in den Keller stellen würden. Ich will nicht mehr von euch Bürofuzzis doof angeguckt werden, nur weil ich mit meinem dreckigen Arbeitsanzug die Kantine betrete. Ich will nicht mehr."

„Aber deine Kollegen …"

„Die sind mir egal", log er, drehte sich um und ging.

Inmitten des Hofes ließ ihn ein lautstarkes Gegröle stehenbleiben. Als er sich umdrehte, standen zum Abschied alle Legionäre am Fenster. Sogar Froßmann war mit dabei. Sie breiteten ein Transparent aus, das sie sich aus Kakaobohnensäcken zusammengebastelt hatten.

„Viel Glück", stand darauf geschrieben. Das letzte Stück verknotete sich beim Entfalten. Emil schimpfte mal wieder mit Josef, wie blöd er doch sei. Angelika lachte sich kaputt. Froßmann beschwichtigte beide und half beim Ausbreiten. Nun konnte Silber auch sehen, was darauf geschrieben stand, und lachte laut: „Arschgesicht."

„Viel Glück, Arschgesicht!", riefen alle im Chor.

Silber winkte und ging endgültig. Niemand sah die Tränen, die der Wind seinen feuchten Augen entlockte. Zum letzten Mal ging er über den Hof, und nur Emils Worte, die der Wind zu ihm herübertrug, begleiteten ihn.

„Lasst die Kessel überkochen!"

Epilog

Die Süßwarenfirma *Blanka* aus Mülheim an der Ruhr erlebte einen riesigen wirtschaftlichen Aufschwung. Die Geschäftsführerin Maria Kaupt erhielt für ihre Arbeit einen Preis als jüngste Unternehmerin, die den höchsten Gewinn erzielte. Nicht zuletzt verdankte sie das aber der hitzigen Live-Diskussion im Fernsehen, die sich Emil mit den Reportern geliefert hatte. Fast jeder im Lande wollte danach nämlich die berühmten Kokosflocken haben, die der Mann so tapfer verteidigt hatte. Nach diesem Erfolg ließ die junge Managerin das ganze Fabrikgelände mit den neuesten Sicherheitssystemen ausrüsten. Eigens dafür stellte sie den besten Mann ein, den sie dafür finden konnte. Der Personalchef riet ihr zwar ab, diesen überqualifizierten, hochdekorierten ehemaligen BND-Agenten einzustellen, aber Helmut Wenzel bewies allen zum Trotz, dass Maria eine gute Entscheidung getroffen hatte.

Den weiteren erfolgreichen Weg der Firma bestimmte die kreative Werbung, die alle Medien überschwemmte. Wider Erwarten erwiesen sich nämlich Gero Pallasch und Matthias Reusch als äußerst einfallsreiches Gespann und waren auch schon bald Abteilungsleiter des Marketingbereichs. Natürlich verzichteten sie dabei nicht auf Vorschläge aus den unteren Reihen. Josef zum Beispiel versorgte die beiden ständig mit lustigen Werbetexten und kreierte auch den neuesten, der da lautete: „Was da los da im Flockenland?"

Angelika übernahm von nun an die Versorgung der Tauben. Sie gedachte Paul Hermes jeden Tag, indem sie die Besucher auf das Dach führte und ihnen einen Einblick in seine riesige Bildersammlung gewährte, die den Verlauf der Geschichte der Firma dokumentierte. Die ganze Firma erlebte eine komplette Renovierung und wurde mit den modernsten Maschinen versehen.

Doch so gut auch alles lief, die Legionäre klagten an bestimmten Tagen, dass es nie wieder so sein würde wie in der Zeit, als Silber noch sein Unwesen trieb. Niemand brachte morgens mehr Schokoladencroissants mit, wie Silber es immer tat, wenn er zu spät kam. Niemand aß mehr die kaputten Pralinen auf, die bei der Produktion anfielen. Niemand brachte mehr die Vorgesetzten zur

Weißglut, indem er die Muschel des Telefonhörers mit Schokolade beschmierte und sie von einem anderen Apparat aus anrief. Und vieles mehr. Gerd Froßmann entwickelte zu guter Letzt das Produkt, das ihm endlich den langersehnten Ruhm einbrachte.

Der Müsli-Riegel mit Puffreis schlug wie eine Bombe auf dem schon längst übersättigten Süßwarenmarkt ein. Wenn man ihn fragte, wie er auf den seltsamen Namen für diesen Riegel kam, lächelte er nur geheimnisvoll. Die Neugierigen hätten wohl besser daran getan, die Legionäre zu befragen, warum der Riegel „Frosti" genannt wurde. Die behaupteten des Weiteren auch, dass Silber es eigentlich war, der den Riegel erfunden hatte und ihn Froßmann in seiner schweren Stunde im Krankenhaus zum Geschenk machte, indem er ihm das Rezept ins Ohr flüsterte.

Schon einige Zeit später rief der BND sich wieder mit großen Schlagzeilen in die Erinnerung aller Leute. Satellitenphotos des CIA führten dazu, ein Domizil des Prinzen in Rumänien ausfindig zu machen. Entgegen aller strengen Befehle und jeder Vernunft ließ es sich ein junger Agent trotzdem nicht nehmen, das Gebäude allein zu stürmen. Der Topterrorist, den es aber eigentlich zu fassen galt, saß schon längst in seinem Hubschrauber und entkam. Das Rollkommando, das nach dem jungen Agenten das Gebäude stürmte, wunderte sich über das Bild einer Taube, das jemand auf den Schreibtisch des Prinzen gemalt hatte. Als der junge Agent in der Hauptzentrale den Bericht ablieferte und eine Verwarnung wegen seines waghalsigen Einsatzes bekam, lächelte dieser nur, stieg in seinen alten Kübelwagen und fuhr davon.

Pit Deleon kam aus Frankreich und studierte in Duisburg Germanistik. Sein knappes Geld besserte er mit einem kleinen Job am Mülheimer Flughafen auf. Er musste einmal in der Woche über das kleine Rollfeld gehen und dabei den Müll aufsammeln. Es war ein guter Job. Oft blieb er stehen, schaute sich interessiert die Maschinen an, die gewartet wurden, unterhielt sich nebenbei mit den Töchtern der reichen Piloten und staubte hier und da mal eine Telefonnummer ab. Am Ende des Rollfeldes angekommen, setzte er sich, um seine wohlverdiente Pause zu genießen. Kaum saß er, erblickte er unter der Holzbank einen Briefumschlag. An der Verformung konnte Pit erkennen, dass er schon einmal nass geworden und vom Wind wieder getrocknet worden war.

Er öffnete ihn und las:

*Du bist von mir gegangen,
als Du zu einem wunderschönen
Schmetterling aufgeblüht bist.
Du bist geblendet
in die warme Sonne geflogen.*

*Ich bewege mich nicht,
stehe am Horizont und warte.
Warte, bis die Sonne untergeht.*

*Warte mit offenen Armen
und gebrochenem Herzen.*

*Doch dann sehe ich von Weitem
im Dunkeln einen Funken.
Ich spüre einen warmen Wind.*

*Ist das der Flügelschlag
eines Schmetterlings …?*

Ich liebe Dich.

Nibelungen-Rallye

In Erinnerung an meinen guten Freund
Rolf Michael Duerhagen

Inhalt

Der Zylinder — 218

Die Elster — 291

Wombel — 353

Fanpower — 410

Der Zylinder

VERGANGENHEIT, CA. 650 N. CHR.

Er war nun schon seit Tagen unterwegs. Das flickenreiche Gewand, in welches er sich gehüllt hatte, sollte alle glauben machen, sie hätten es mit einem armen Pilger zu tun. Doch der silberne Knauf seines gewaltigen Schwertes blinkte stolz im Schein der Sonne, die hoch am Himmel stand und verriet, dass ein Edelmann diesen prächtigen Rappen ritt. An einem Bächlein angekommen stieg er ab. Der staubige Umhang verdeckte nun nicht mehr länger den mit Goldbeschlägen verzierten Sattel. Von weitem sah er den Dunst vieler Feuer und fragte sich, was für ein Dorf das sein könnte. Gerade als er sich entschloss wieder aufzusitzen, scharrte sein Ross unruhig mit dem Huf im Kies. Er wandte sich um. Auf einer Lichtung sah er fünf Recken in schwarzer Rüstung auf ihren Pferden thronen. Sie hatten ihn früher gefunden, als ihm lieb war. Gemächlichen Schrittes setzten sich die Pferde in Bewegung. Er stieg in den Sattel und blickte ihnen gelassen entgegen. Einige Armlängen entfernt kamen die Reiter zum Stehen. Er riss sich das Gewand vom Leib und sein silberner Brustpanzer, der zum Vorschein kam, leuchtete hell im Sonnenlicht auf. Wortlos zogen die schwarzen Reiter ihre Schwerter. Er atmete tief durch. Jetzt zog auch er sein Schwert, und zum Kampf bereit hob er die Spitze gen Himmel. Sie klappten die Visiere ihrer Helme herunter. Majestätisch bäumte sich sein Rappe auf. Wieder würde es ein Kampf auf Leben und Tod werden. Oft war er Letzterem nur knapp entronnen. Wie lange würde ihm das noch gelingen? Immer schneller spürten die Häscher ihn auf. Es gab kaum noch Gelegenheit, sich auszuruhen. Er sammelte seine letzten Kräfte, stieß einen kurzen Kampfschrei aus und stürmte auf sie zu. Er war der Gesandte der Königin …

GEGENWART

„Siiiilbeeer!"

Laut hallte der Name durch die Hauptzentrale des Bundesnachrichtendienstes in Pullach.

„Jaaa. Wat is?", kam es gedämpft zurück.

„In mein Büro! Sofort!"

Nichts geschah. Keiner der umherlaufenden Mitarbeiter wagte es in diesem Augenblick, auch nur zu atmen.

„Sofort, habe ich gesagt!"

Am Ende des Ganges flog die Tür des Toilettenraumes auf.

„Meine Fresse, ich werd mir ja wohl noch die Hände waschen dürfen."

René Silber war erst seit wenigen Monaten beim Bundesnachrichtendienst und schon jetzt bekannt wie ein bunter Hund. Das lag weniger an seinen hervorragenden Leistungen als vielmehr an seinen etwas eigenwilligen Methoden, Aufgaben zu lösen. Methoden, die Eduard Bolte, Chef der Abteilung für Innere Sicherheit, immer wieder an den Rand des Wahnsinns trieben. Normalerweise war Bolte durch nichts so leicht aus der Ruhe zu bringen. Bei kleineren Verfehlungen seiner Mitarbeiter hielt er auch schon mal die Hand für sie ins Feuer. Aber nur, wenn sie nicht zu sehr über die Stränge schlugen. Wie gesagt, wenn …

„Sagen Sie mal, sind Sie noch ganz bei Trost?", begann der Chef, bevor Silber überhaupt einen Fuß in das frisch renovierte Büro setzen konnte.

„Öh, wat meinen Sie denn jetzt?" Silber ließ sich mit vollkommener Unschuldsmiene in den weichen Besuchersessel plumpsen.

„Bitte?" Bolte verstand die Welt nicht mehr. „Das hier meine ich!", bellte Bolte und knallte dem Agenten eine Spesenabrechnung von fünf Vollmilch-Nuss-Schokoladen auf den Tisch, die er für eine nächtliche Observation verbraucht hatte und zudem noch mit dem Vermerk „Höchstdringlich" versehen war. Dann folgte ein überaus wortgewaltiger Anschiss, der durch Silbers Ohren rauschte, während er sich fragte, wer wohl die schwachsinnige Idee gehabt hatte, das Büro babyblau streichen zu lassen. Eigentlich hatte Silber sich damals nur aus Trotz dazu entschieden, in die Dienste des BND zu treten, um dabei zu helfen, den Mord an einem guten Freund aufzuklären.

Anfangs wertete er diese Entscheidung als Aufstieg. Nur in Momenten wie diesem glaubte er zu wissen, dass je höher er die Karriereleiter hinaufkletterte, desto lauter auch die Standpauken wurden, die er sich abholen durfte.

„Können Sie mir mal sagen, was es da zu grinsen gibt?", donnerte es.

Bolte gab Silber keine Gelegenheit zu einer Erklärung, sondern wetterte weiter.

„Ist Ihnen schon mal aufgefallen, dass Sie für einen der modernsten Geheimdienste der Welt arbeiten, der die besten Dechiffrier-Spezialisten hat?"

„Hab ich schon mal gehört", erwiderte Silber trocken.

„Meinen Sie dann nicht auch, dass diese hochqualifizierten Leute etwas Besseres verdient haben, als diesen Satz hier zu entschlüsseln?"

Bolte schüttelte mit hochgezogenen Augenbrauen den Kopf und las übertrieben deutlich einen kleinen zerknitterten Zettel vor.

„Jungs, die Kacke fängt gleich an zu dampfen."

„Sie können nicht behaupten, dat ich die Sache für die Zentrale nicht auf den Punkt gebracht hätte."

„Richtig, für uns und die übrigen Geheimdienste, die damit beschäftigt sind, uns abzuhören."

„Oh, daran hab ich in dem Augenblick gerade nicht gedacht, als vier Terroristen gleichzeitig versuchten, mir den Generalcode für alle Sicherheitseinrichtungen abzuluchsen. Dat die dabei mit Granaten um sich werfen und beinahe dat Brandenburger Tor abreißen, konnte ja keiner ahnen."

Bolte vergrub das Gesicht in seinen Händen. Beschweren durfte er sich eigentlich nicht. Er war es schließlich selbst gewesen, der diesen ungestümen jungen Mann unbedingt haben wollte. Nun musste er es halt ausbaden, wenn hier und da mal eine Beschwerde über Agent Silber ins Haus flatterte.

„Silber, Silber. Was soll ich nur mit Ihnen anstellen?"

„Hm", überlegte der, „wie wäre es denn ..."

Das Klingeln des Telefons ersparte es Bolte, sich die Idee des Agenten anhören zu müssen.

„Ich habe doch gesagt, Sie sollen mir keine Anrufe durchstellen", schnauzte er in den Hörer. Einen Augenblick lang hörte er sich an, was die Gegenseite zu ihrer Rechtfertigung vorzubringen hatte.

„Na gut, stellen Sie durch", ordnete er widerwillig an. Wieder lauschte er geduldig dem, was der am anderen Ende der Leitung zu berichten hatte. Seine Augen wurden dabei immer größer.

„Nein", entfuhr es ihm, „sind Sie sicher? Und da liegt kein Irrtum vor? Ich meine, solche Funde haben schon oft zu derartigen Vermutungen geführt und sind später wieder dementiert worden." Dieses Mal dauerte es etwas länger, bis er wieder zu Wort kam.

„Natürlich haben Sie recht, wir müssen der Sache unbedingt nachgehen."

Er grinste über das ganze Gesicht und winkte Silber zu, wie man es tat, wenn man jemanden zu einer langen Reise verabschiedete.

„Ich stelle Ihnen dafür gerne meinen besten Mann zur Verfügung."

Karl Benning saß vor dem Fernseher und schaute sich die 17-Uhr-Nachrichten an. Heute hatte er etwas früher Feierabend gehabt. Der Grund dafür wurde gerade bundesweit ausgestrahlt. Die Nachrichtensprecherin berichtete, wie ein Bauingenieur bei den Arbeiten für eine U-Bahnstation in Duisburg auf einen spektakulären Fund gestoßen war. Die nach ersten Untersuchungen geäußerte Vermutung, es handele sich um einen Blindgänger aus dem Zweiten Weltkrieg, bestätigte sich jedoch nicht. Der Kampfmittelräumdienst hatte Entwarnung gegeben, und die Situation entschärfte sich zusehends. Schließlich beförderte man Teile einer alten Ritterrüstung ans Tageslicht, was vermuten ließ, dass sich noch weitere altertümliche Stücke in diesen Schächten befanden. Anschließend wurde die Baustelle von Reportern überschwemmt und gnadenlos mit Übertragungswagen belagert. Ein vernünftiges Arbeiten war somit nicht mehr möglich, zumal dann von oberster Stelle auch noch die Weisung kam, die Ausschachtung umgehend einzustellen. Benning fand das alles zum Kotzen. Wenn er vorher geahnt hätte, dass es sich nur um altes Gerümpel handelt, hätte er den Krempel einfach zur Seite geräumt und ihn später nach getaner Arbeit gemeldet, anstatt jetzt alles lahmlegen zu lassen. Er war ohnehin schon in Zeitverzug, weil ständig Bohrer abbrachen und die Lieferanten mit der Reklamationsbearbeitung nicht nachkamen. Benning seufzte.

Ein kurzer Blick auf die Uhr erinnerte ihn daran, dass er seine kleine Tochter vom Schwimmkurs abholen musste. Langsam erhob er sich aus dem Sessel. Das Läuten des Telefons hörte er schon nicht mehr, die Tür war bereits hinter ihm ins Schloss gefallen. Der Anrufer, der sich als Pressesprecher des Duisburger Rathauses vorstellte, musste mit dem Anrufbeantworter vorliebnehmen. Er lud Karl Benning zur morgigen Pressekonferenz ein, bei der die mittelalterlichen Fundstücke aus Duisburg-Meiderich vorgestellt werden sollten.

VERGANGENHEIT

Langsam öffnete er die Augen. Ein junges Mädchen tupfte ihm vorsichtig die schweißnasse Stirn ab. Leichter Regen fiel auf das dünne Strohdach der kleinen Hütte und tropfte durch vereinzelte Ritzen ins Innere. Seine Schlafstätte blieb glücklicherweise von der Nässe verschont. Als das dumpfe Grollen eines Donners ertönte, versuchte er krampfhaft, sich aufzurichten. Aber das Mädchen drückte ihn sanft in seine Kissen zurück und sah nach den Verbänden, die sich durch die plötzliche Bewegung zu lockern drohten.

Einem seiner Gegner war es gelungen, ihm eine tiefe Wunde an der Schulter beizubringen. Es war sein großes Glück gewesen, dass die Männer des Dorfes gerade in dem Augenblick von der Jagd kamen, als einer seiner Verfolger ihm mit einer Streitaxt den Kopf vom Rumpf trennen wollte. Aber der beste Bogenschütze des Dorfes trug Sorge dafür, dass dieses Ansinnen schon im Keim erstickt wurde. Er schoss dem schwarzen Ritter mit einem Pfeil die Streitaxt so geschickt aus der Hand, dass er ihn nicht einmal verletzte. Fatalerweise fiel dem Ritter die hoch über dem Kopfe geschwungene Axt so unglücklich aus der Hand, dass die scharfe Schneide ihm ein Ohr abtrennte. Nun war eine friedliche Lösung nicht mehr möglich. Wutentbrannt stürmte der übrig gebliebene Scherge auf die arglosen Dorfbewohner los.

Der nächste Pfeil landete direkt in seiner Brust. Mit dem Kopf voran fiel der Wüterich in das vorbeifließende Rinnsal. Einer der Männer trat flugs an ihn heran und drückte ihn, den Fuß zwischen die Schulterblätter setzend, so lange unter Wasser, bis er überzeugt sein konnte, dass er sich nie wieder erheben würde.

Als der Krieger sich nicht mehr bewegte, näherten sich die Dorfbewohner vorsichtig dem Mann, der am Boden kniete und sein Schwert fest umklammert hielt. Sie rechneten damit, dass er in seinem Schmerz nicht mehr unterscheiden könnte, wer Freund oder Feind war, und redeten beruhigend auf ihn ein. Sie wussten nicht einzuschätzen, wieviel Kraft noch in ihm war. Immerhin lagen vier leblose Körper um ihn herum, deren Ableben er eigenhändig und allein herbeigeführt haben musste. Plötzlich hob er seinen Kopf und lächelte. Er bedankte sich, wie es sich für einen Edelmann geziemt, und sackte ohnmächtig zusammen.

Seit langen Tagen war er nun schon in dem Dorf, für das es keinen Namen gab. Die Bewohner kümmerten sich um sein Pferd und verwahrten seine kostbaren Waffen. Sie begruben die toten Gegner des Mannes und warteten voller Neugier darauf, dass er aus seinem Fieber erwachte, damit er ihnen berichten konnte, was ihn zu ihrem Dorf geführt hatte. Sie fragten sich, von welchem König, der feige gemeuchelt worden sei, er in seinem Fieberwahn sprach. Auch bemerkten sie sehr schnell, dass wohl ein silberner, dünner Zylinder, den sie bei seinen Habseligkeiten gefunden hatten, eine große Rolle dabei spielen musste. Eines Nachts tobte er in seinem Fieberwahn und schrie so lange nach dem Zylinder, bis die Dorfbewohner ihm das Behältnis brachten. Kaum hielt er es in Händen, ebbte der Anfall ab. Einige waren versucht, den Zylinder zu öffnen, aber der Dorfälteste riet davon ab und entschied zu warten, bis der Edelmann erwachte. Er war sich nicht sicher, aber er glaubte, das Schwert, das dem Fremden gehörte, aus den Erzählungen seines Großvaters zu kennen. Doch nach langem Überlegen tat er den Gedanken als unsinnig ab. Sein Großvater hatte immer gern alte Geschichten erzählt, und was sollte daran schon wahr sein?

GEGENWART

Kurt Lensing arbeitete seit acht Jahren für den Bundesnachrichtendienst. Ursprünglich war er Professor für Archäologie an einer renommierten Universität gewesen, bis ihn ein BND-Agent an einem klirrend kalten Januartag mit einem ganz besonderen Leckerbissen köderte, auf den andere Archäologen eine halbe Ewigkeit warten mussten. Man benötigte eine Expertise über ein Schwert, das man bei einem Kunsträuber sichergestellt hatte, der gerade dabei gewesen war, einen Einbruch in die Villa des Bundespräsidenten zu planen. Eigentlich wollte der Geheimdienst nur sichergehen, dass die gefundene Antiquität nicht zum Kulturgut eines anderen Landes gehörte, bevor man die Sache endgültig ad acta legte.

Lensing befand damals, dass das gewaltige Schwert germanischer Herkunft sei und ca. 600 n. Chr. geschmiedet worden sein musste. Diese Information genügte dem Geheimdienst. Der Kunstdieb verschwand hinter Gittern und das Schwert, eingepackt in Wachspapier, in der dunkelsten Ecke der Asservatenkammer des BND. Lensing hatte sich gewundert, warum sich niemand für die genaue Herkunft des Schwertes interessierte oder sich fragte, wie es nach so vielen Jahrhunderten in diesem tadellosen Zustand wieder auftauchen konnte. Keiner wollte zu diesem Zeitpunkt etwas von Lensings sensationellen Vermutungen hören. Der Professor brauchte ziemlich lange um zu verstehen, dass er für einen Geheimdienst arbeitete und nicht länger für ein Museum. Er blieb trotzdem hartnäckig und verschaffte sich Zugang zu der Aussage des Kunstdiebes, die ihm jedoch wenig brachte, da die Agenten dem Dieb nur Fragen zu seinem geplanten Einbruch gestellt hatten und zur Herkunft der anderen Antiquitäten, die bei ihm gefunden worden waren. Er versuchte auf eigene Faust, die Aktionen des Kunstdiebes zu rekonstruieren, und schaffte es schließlich, den Odenwald als dessen letzten Tätigkeitsbereich zu lokalisieren. Dort aber schien niemand irgendwelche Antiquitäten zu vermissen. So gab der Professor seine Suche letztendlich auf.

Der BND hatte Lensing als Kunstexperten eingestellt. Nur im Laufe der Zeit gab es für ihn immer weniger zu tun. Er stand zwar auf der

Gehaltsliste des Geheimdienstes, wurde aber weitgehend in Ruhe gelassen. Abteilungen wurden aufgelöst und neu strukturiert. So wusste irgendwann niemand mehr, was eigentlich Lensings Aufgabe war. Er verband währenddessen geschickt seine Interessen mit dem Wohl der Bundesrepublik Deutschland. Immer wenn er hieb- und stichfeste Beweise dafür gesammelt hatte, dass sich bestimmte Leute daran machten, Kunstgegenstände zu entwenden, spielte er diese Information unauffällig den entsprechenden Kollegen zu, die sich später damit brüsteten, die Diebstähle unterbunden zu haben. Er bewegte sich wie ein Neutrum durch die Gänge des BND-Gebäudes. Niemand beachtete den komischen Kauz in den braunen Karoanzügen. Das hätte noch jahrelang so weitergehen können, aber der Zufall wollte es anders.

Als der ewig defekte Kaffeeautomat in seinem Gang wieder einmal nur heißes Wasser ausspuckte, machte Lensing sich auf den Weg zum nächstbesten Automaten, der ausgerechnet im Faxraum stand, dem Raum also, in dem alle Nachrichten – wichtig oder unwichtig – zusammenliefen. Gerade als eine Mitarbeiterin die Meldung über einen Blindgänger, den Bergungsteams im Ruhrgebiet gefunden hatten, und der aus dem Zweiten Weltkrieg stammen könnte, weitergeben wollte, wurde sie in der nächsten Sekunde auch schon wieder zurückgepfiffen, weil sich der vermeintliche Blindgänger als vermoderte Ritterrüstung entpuppt hatte. Sie warf den Bericht samt dazugehörigem Bildmaterial verärgert in den Papierkorb, ohne ihn, wie es die Dienstvorschrift vorsah, ordnungsgemäß zu vernichten.

Eben in diesem Augenblick trat Lensing an den Abfalleimer heran, um sich seines Pappbechers zu entledigen. Ungeschickterweise ließ er dabei seinen Kugelschreiber fallen, den er zwischen Zeige- und Mittelfinger geklemmt hatte. Beim Durchwühlen des Abfalleimers fiel sein Blick auf das Foto der Rüstung. Einen Augenblick lang glaubte er, sein Herz müsse stehen bleiben. Er nahm das Foto, ließ sich schleunigst die schwere Tür zur Asservatenkammer aufschließen und suchte hektisch nach dem Schwert. Fiebrig riss er das Wachspapier vom Knauf. Er hatte es geahnt. Das Wappen, das sich auf dem Griff des Schwertes befand, stimmte mit dem auf dem Brustpanzer der Rüstung überein.

„Wo ist der Haken? Sie schicken mich doch nicht aus Nächstenliebe nach Duisburg." Silber sah Bolte misstrauisch an.

„Es gibt keinen Haken", beteuerte sein Chef mit einem väterlichen Lächeln. „Sie haben lediglich die Aufgabe, einen unserer geschätzten Mitarbeiter nach Duisburg zu bringen, damit er die Fundstücke einer Ausgrabung näher in Augenschein nehmen kann."

„Häh? Kann der gute Mann nicht den Bus nehmen? Der bringt ihn genau vor dat Wilhelm-Lembruck-Museum. Ehrlich. Vor allem spart dat Geld und ..."

„Silber", unterbrach ihn Bolte, „es geht um eine aktuelle Ausgrabung."

„Na und? Wat hab ich denn damit zu tun?"

„Unser werter Mitarbeiter hält die gefundenen Gegenstände für so wertvoll, dass er vermutet ...", der Chef breitete mit einem Augenzwinkern seine Arme aus, „... dass sich noch andere Leute dafür interessieren könnten."

„Und die anderen wären?" Silber runzelte argwöhnisch die Stirn.

„Kunstdiebe!"

„Mein lieber Chef", begann Silber schmunzelnd, „Sie wissen genauso gut wie ich, dat Kunstdiebe immer erst dann zuschlagen, wenn die Klamotten ausgebuddelt sind und schön sauber in ner Vitrine stehen. Könnte es zufällig sein ...", Silber stülpte seine Unterlippe um und zog die Augenbrauen hoch, „... dat Sie mich loswerden wollen?"

„Wo denken Sie hin?", verteidigte sich sein Chef entrüstet. Insgeheim wollte er selbstverständlich zwei Fliegen mit einer Klappe schlagen, indem er den nervigen Professor, aus welcher Abteilung er auch immer stammte, und natürlich Silber, der in den nächsten Tagen bestimmt wieder irgendeinen Unfug anstellen würde, auf diesem Wege eine Zeit lang beschäftigte. Ein leichtes Klopfen an der Tür verhinderte, dass Silber zum rhetorischen Gegenschlag ausholte. Ein kleiner Mann mit zotteligem Vollbart, gekleidet in einen braunen Karoanzug, trat herein.

„Guten Tag, mein Name ist Kurt Lensing."

Der Chef erhob sich aus seinem Sessel und reichte ihm über die Schreibtischplatte hinweg die Hand, die der Mann eher schüchtern ergriff.

„Guten Tag." Bolte deutete auf Silber. „Herr Professor, darf ich Ihnen Agent René Silber vorstellen?"

Die beiden schüttelten sich die Hände, wobei Silber sich nicht die Mühe machte aufzustehen.

„Agent Silber stammt gebürtig aus Duisburg, und es gibt wohl niemanden, der sich dort besser auskennt. Er wird Sie problemlos zur Ausgrabungsstätte bringen."

„Wann können wir los?" fragte Lensing nervös.

Silber prustete los vor Lachen, als er Boltes sich weitende Augen sah.

„Ja, ähm, natürlich so schnell wie möglich", versuchte der Chef sich wieder zu fangen.

„Natürlich so schnell wie möglich!", rief Silber theatralisch aus. „Lasst uns sofort aufbrechen. Jede Minute ist kostbar. Lasst uns Förmchen einpacken, um jede Sekunde der Ausgrabung auszukosten. Sonst verpassen wir noch wat." Er wandte sich nun direkt an den Professor.

„Ich bekomme aber die Bärchenform." Silber blökte so hektisch, dass der arme Mann zusammenzuckte.

„Silber!" Bolte sah ihn mahnend an. Er konnte sich gut vorstellen, dass der Professor nun glauben musste, er hätte ihm den größten Irren zugeteilt, der sich in diesem Gebäude finden ließ. Wobei er genau genommen nicht ganz unrecht hätte. Der Chef musste das Ruder also schleunigst herumreißen, bevor Lensing auf die Idee kam, nach einem anderen Agenten zu fragen.

„Sie sehen, Herr Professor, ich habe Ihnen einen äußerst humorvollen Mann zugeteilt, der es gar nicht erwarten kann, diese Reise mit Ihnen anzutreten."

„Dat sag ich Ihnen", bemerkte Silber sarkastisch.

„Wir können das Ganze gerne auf einen anderen Zeitpunkt verschieben", schlug Lensing resigniert vor. Er spielte mittlerweile mit dem Gedanken, sich alleine nach Duisburg zu begeben.

„Nein, nein, das ist nicht nötig", wehrte Bolte ab. Er sah seine Chancen schwinden, Silber möglichst schnell loszuwerden. Der schlug unerwartet mit beiden Handflächen auf die Sessellehnen und drückte sich von der Sitzfläche. Er wandte sich an den Professor.

„Okay, im Wagen wird nicht geraucht, ich will kein Gequengel hören, wenn wir an einer Tankstelle vorbeifahren, nur weil Sie alle fünf Minuten aufs Klo müssen, und es wird die Musik gehört, die ich einlege. Kapiert?"

„Einverstanden", sagte Lensing knapp.

Er wäre jeden Kompromiss eingegangen, um nach Duisburg zu kommen. Silber war erstaunt. Sein Chef hingegen atmete hörbar auf.

„Ach, Silber, bevor Sie fahren, möchte ich Sie darauf hinweisen, dass Sie diesmal den für Sie vorgesehenen Dienstwagen benutzen. Wehe Sie blamieren unsere Innung noch einmal mit dem grünen Schrotthaufen, mit dem Sie sich für gewöhnlich durch die Gegend bewegen. Der Bundeskanzler hat mich bei seinem letzten Besuch gefragt, ob wir den Wagen bei der Verschrottung vergessen hätten."

„Klar", maulte Silber, „wenn ich mit nem fetten Audi durch die Gegend kacheln könnte, würde ich auch so den Dicken machen."

„Keine Widerrede!"

„Selbstverständlich werde ich mich wie immer an Ihre Anweisung halten", versicherte der Agent scheinheilig.

„Gerade das befürchte ich ja."

„Ähem", Lensing brachte sich wieder in Erinnerung.

„Wann darf ich mich auf die Abfahrt einstellen?"

Silber sah auf seine Armbanduhr. „In einer Stunde."

Der Professor nickte und verließ den Raum.

„Ich erwarte tägliche Berichte", stellte Bolte klar.

„Wat meinen Sie, wie lange wir in Duisburg bleiben? Wir gucken uns dat Gedöns an und fertig. Da sind wir eher wieder hier, als Sie sich dat wünschen."

Der Chef ermahnte Silber noch einmal, sich ordentlich zu benehmen. Er erinnerte ihn zum x-ten Male daran, dass der Dienstwagen von Steuergeldern bezahlt worden sei, und bat ihn, den Professor nicht allzu sehr zu verschrecken.

Eine Stunde später trafen sich Lensing und Silber im Foyer. Der Professor schleppte eine riesige Reisetasche, während Silber einen ausgeblichenen Rucksack schulterte, in dem sich nur das Nötigste befand. Er war fälschlicherweise noch immer der Meinung, dass ihn in Duisburg nichts Spannendes erwarten würde. Gemeinsam schritten sie über den großen Parkplatz. Grinsend bemerkte Silber, wie der Professor versucht war, an der einen oder anderen Limousine haltzumachen. Am Ende des Parkplatzes blieben sie schließlich stehen. Silber öffnete die Beifahrertür und ging dann zur Fahrerseite. Zögernd stieg Lensing ein und setzte seine Reisetasche vorsichtig auf dem Schoß ab. Der Agent startete den Motor. Als der abzusaufen drohte, drückte er einmal richtig aufs Gas. Dunkle Qualmwolken stiegen aus dem Auspuff. Beim Aufheulen des lauten Motors zuckte sein Beifahrer erschrocken zusammen.

„Das ist ein sehr interessantes Auto", bemerkte der Professor aufrichtig, während er sich umschaute.

Silber grinste zustimmend. Das Eis war gebrochen. Langsam setzte sich der Wagen in Bewegung. Oben am Fenster stand Bolte und glaubte, seinen Augen nicht zu trauen. Silber und Lensing fuhren tatsächlich in dem alten Bundeswehr-Kübelwagen vom BND-Gelände. Als er den Wagen selbst von weitem noch vernahm, hoffte er nur, dass dem armen Professor nicht die Ohren abfallen würden.

In den frühen Abendstunden zog es Karl Benning wieder zurück zu seiner Baustelle in Duisburg-Meiderich, wo unaufhörlich nach weiteren Fundstücken gebuddelt wurde. Seine kleine Tochter machte munter die Ausgrabungsstätte unsicher, während ihm der Vorarbeiter berichtete, dass das Institut für Denkmalpflege laut Gesetz für drei Kalendertage die Arbeiten an dieser Baustelle stoppen durfte. Sollte die begründete Vermutung bestehen, es ließe sich noch mehr dort finden, könnte die Landeshauptstadt, in diesem Fall Düsseldorf, darüber entscheiden, ob die Frist verlängert wird. Verärgert über diese Nachricht wollte Benning sofort wieder in seinen Wagen steigen und davonbrausen, doch seine Tochter vereitelte diese spontane Reaktion, indem sie den Leuten an der Ausgrabungsstätte Löcher in den Bauch fragte.

„Greta-Lisa, komm jetzt! Wir müssen nach Hause", rief Benning ungeduldig.

Ein kleines rothaariges Mädchen in einem grünen Kleidchen kam aus dem Erdloch gekrabbelt. Greta-Lisa war neun Jahre alt und ein richtiger kleiner Wirbelwind, der es verstand, jeden und alles zu begeistern. Stellte sie etwas an, konnte ihr niemand lange böse sein, sobald sie ihre verschmitzte Unschuldsmiene aufsetzte. Seitdem der Richter die Scheidung ihrer Eltern für rechtskräftig erklärt hatte, lebte sie bei ihrem Vater. Sie liebte ihn über alles und verzichtete vollkommen auf die Pflichtbesuche ihrer Mutter.

„Papa, Papa, komm mal gucken, die haben da unten schon ganz viel gefunden", rief Greta-Lisa begeistert.

„Greta, sieh mal wie dein Kleid jetzt aussieht", stöhnte Benning.

„Och Papa, das wäscht die Oma doch", tröstete ihn das Mädchen.

„Oh ja, Oma wird sich bedanken."

Greta-Lisa rannte auf ihren Vater zu und zog wie wild an seiner Hand. „Jetzt komm doch mal mit", bettelte sie. Widerwillig setzte sich Benning in Bewegung und ließ sich wie ein Schaf von seiner Tochter zur Ausgrabungsstätte schleifen.

„Und?", schnaufte Greta-Lisa begeistert.

„Ja was, und?" Benning blickte irritiert um sich.

„Die suchen hier nach Schätzen."

„Ich muss dir ganz ehrlich sagen, Greta, dass mich hier nichts vom Hocker haut", erwiderte ihr Vater bedauernd, während er die Leute des Instituts für Denkmalpflege dabei beobachtete, wie sie seine Baustelle umpflügten. Anstatt sich mit der gefundenen Ritterrüstung zufriedenzugeben, strebten sie voller Elan danach, weitere Fundstücke ans Tageslicht zu befördern, und gruben zu diesem Zweck mit kleinen Schaufeln systematisch alles um die Fundstelle herum aus. Benning schüttelte den Kopf und hoffte, der Spuk würde bald ein Ende finden.

Kaum hatte er diesen Gedanken zu Ende gedacht, da schrie auch schon eine Institutsmitarbeiterin voller Begeisterung auf. Sofort liefen alle zu ihr. Der Bauingenieur konnte erst nicht erkennen, was alle so in Verzückung geraten ließ. Dann sah er es. Hoch über ihrem Kopf schwenkte sie einen zylinderförmigen, silbernen Behälter.

VERGANGENHEIT

Es war niemand im Raum, als er erwachte. Den silberfarbenen Zylinder hielt er noch immer fest umklammert. Er fühlte sich schon um einiges besser und versuchte, mit schweren Gliedern aufzustehen. Als es jedoch in seinem Kopf heftig zu pochen begann, begnügte er sich damit, auf dem Rand seiner Bettstatt sitzen zu bleiben. Er tastete vorsichtig nach dem Verband an seiner Schulter und hoffte, dass die Wunde seinen Arm nicht geschädigt hatte. Auf dem Weg zum Königreich würde er bestimmt noch einige Kämpfe zu bestehen haben, und deshalb konnte er sich keine lahme Schulter erlauben. Langsam drehte er den Deckel von dem Zylinder, fingerte aus dem Inneren einige beschriftete Lederstücke heraus und betrachtete sie so aufmerksam, als wolle er sich deren Inhalt unauslöschlich ins Gedächtnis brennen. Als die Flamme an der Feuerstelle niedergebrannt war und ihm somit das nötige Licht zum Lesen fehlte, rollte er die Lederstücke sorgfältig zusammen und verstaute sie vorsichtig in der silbernen Röhre. Langsam ließ er sich zurücksinken. Er musste fort von hier. Sie würden ihn bald aufspüren.

GEGENWART

Immer schneller ratterten die Zahlen auf dem Display der Zapfsäule. Bei vierzig Litern und einer ziemlich hohen Summe blieb die Tankuhr endlich stehen.

„Boah, dat war aber knapp", murmelte Silber.

„Bitte?", fragte Professor Lensing, während er sich verstohlen das Papier aus den Ohren puhlte, dass er sicherheitshalber hineingepfropft hatte, um zu verhindern, dass der Motorenlärm ihm einen frühzeitigen Hörschaden verursachte.

„Ach nix weiter", winkte der Agent ab. Er war froh, dass der Professor so ein ruhiger Zeitgenosse war und ihn nicht mit irgendwelchem Kram zuquatschte, den er ohnehin nicht verstanden hätte.

„Dauert es noch lange?"

„Nö, wir müssten es in zwei Stunden geschafft haben."

„Wäre es möglich, dass ich mir kurz einen Kaffee hole?" fragte Lensing vorsichtig. Silber schraubte gerade den Tankdeckel zu.

„Na klar, dann können Sie auch gleich dat Benzin bezahlen. Vergessen Sie aber nicht, sich eine Quittung geben zu lassen. Und bringen Sie mir noch ne Tafel Schokolade mit. Lassen Sie die aber nicht auf die Quittung setzen, da reagiert der Chef momentan allergisch drauf."

Lensing nickte seufzend und setzte sich in Bewegung. Er hätte mit dem Zug fahren sollen. Der junge Agent war auf seine Weise bestimmt ganz nett, aber er hatte das Gefühl, Silber war dieser Sache wenig zugetan. Lensing arbeitete lieber mit Leuten zusammen, die seine Begeisterung teilten und sich nicht bloß Schokolade von ihm bringen ließen. Silber wartete geduldig, bis Lensing schließlich mit zwei dampfenden Bechern wiederkam.

„Ich hab mir gedacht, Sie möchten auch etwas Heißes."

„Dat is lieb von Ihnen, aber ich mag leider keinen Kaffee", gestand Silber mit Bedauern.

„Ist ja auch kein Kaffee", grinste Lensing breit.

„Ach nee?"

„Nein, schöner warmer Kakao."

„Hey Prof, Sie wollen wohl mein Herz im Sturm erobern? Hätten Sie dat bei Kerzenschein gemacht, würden mir jetzt die Tränen kommen vor Glück." Silber stutzte. „Wo ist die Schokolade?"

„Oh", der Professor kniff die Augen zu, „ich fürchte, die habe ich vergessen."

Silber verdrehte die Augen. „Na, dat haben wir gerne. Professoren, die vergesslich sind."

„Soll ich noch mal zurückgehen?"

„Nee, is schon gut", erwiderte Silber gnädig. Er war müde und wollte weiter.

Kurz vor Mitternacht waren sie auf der A59. Von weitem sahen sie schon das Schild: Duisburg Zentrum. Für Silber war es ein komisches Gefühl. Seit einem Jahr war er nicht mehr in seiner Heimatstadt gewesen. Er konnte bei dieser Dunkelheit allerdings nicht sehen, ob sich etwas verändert hatte, und wusste nur, dass diese Luft, die er schon als

Kind eingeatmet hatte, noch immer dieselbe war. Eigentlich war es gar keine so schlechte Luft, auch wenn die Menschen sich das gerne über Industriestädte erzählten. Aber was bedeutete es schon, was andere erzählten? Musste sich eigentlich irgendjemand von einem anderen Menschen sagen lassen, was gut und was schlecht ist? Wenn es einen selbst an eine schöne Kindheit erinnerte? Nein, eigentlich nicht.

„*Schalten Sie den Fernseher ein. RTL*", erschien auf dem Monitor ihres Laptops.

„*Warum?*", tippte sie ein und schickte die Nachricht umgehend an den Absender zurück.

„*SCHALTEN SIE DEN FERNSEHER EIN!*", kam es wenige Sekunden später in Großbuchstaben zurück. Sie seufzte, griff nach der Fernbedienung und schaltete den Fernseher ein. Es lief Werbung.

„*Und nun?*", tippte sie.

„*Warten*", war die Antwort.

Nachdem ein Autohersteller sie über die Vorzüge seines neuen Kombis aufgeklärt hatte, folgten um Mitternacht die letzten Nachrichten. Geduldig schaute sie auf den Bildschirm. Als der Bericht über das geplante Sparpaket der Regierung zu Ende war, wollte sie erneut eine Frage eingeben.

Doch dann schwenkte der letzte Teil der Nachrichten zum regionalen Teil über, worin von den Ausgrabungen in Duisburg berichtet wurde.

Der vor Ort befindliche Reporter berichtete unbeeindruckt vom Regen, der ihn durchnässte, über einige Gegenstände, die die Mitarbeiter vom Institut für Denkmalpflege zutage gefördert hatten. Die Kamera zeigte Bilder von Dolchen, Schwertern und verschiedenen Teilen einer Rüstung. Zu einem Fundstück, das an diesem Tag das bedeutendste aller Ausgrabungsstücke war, erklärte sich eine Mitarbeiterin des Instituts bereit, ein Interview zu geben. „Seitdem heute in Duisburg-Meiderich in der Bahnhofstraße mittelalterliche Fundstücke entdeckt wurden, steht hier die Zeit still, meine lieben Zuschauer. Jetzt ist gerade Dr. Stella Vargo bei mir, die uns einen ganz besonderen Fund zeigen möchte."

Eine blonde, hochgewachsene Frau mit feinen Gesichtszügen und Brille trat ins Bild. Sie hielt einen silbernen Zylinder in der Hand, der weitestgehend vom Dreck der vielen Jahrhunderte befreit worden war.

„Frau Dr. Vargo, können Sie uns erklären, wie alt die Gegenstände sind und was die Besonderheit an diesem Zylinder ist?"

„Nun gut", begann die junge Frau, „zunächst wissen wir nur, dass die gefundenen Gegenstände ungefähr aus dem 6. bis 7. Jahrhundert stammen. Das Besondere an diesem Zylinder ist jedoch das Material, aus dem er gefertigt wurde."

„Um welches Material handelt es sich denn?", hakte der Reporter nach.

„Gerade das können wir noch nicht sagen. Wir vermuten, dass diesem Edelmetall etwas wie Titan oder ähnliches beigemischt worden ist. Sonst wäre es nicht zu erklären, warum der Zylinder nach all diesen Jahrhunderten unter der schweren Last der Erde seine perfekte Form bewahren konnte, ohne auch nur eine Beule oder einen Kratzer aufzuweisen. Und darin besteht auch die eigentliche Sensation, weil ja bisher angenommen wurde, dass zu diesem Zeitpunkt Titan noch gar nicht bekannt war."

„Können Sie bereits sagen, was sich im Inneren dieser Röhre befindet?"

„Nein, bisher nicht. Wir wollen den Zylinder, nachdem wir ihn morgen Vormittag auf einer Pressekonferenz im Duisburger Rathaus mit den anderen Fundstücken vorgestellt haben, in unseren Laboren näher in Augenschein nehmen."

„Was vermuten Sie denn, was sich darin befindet, und warum können Sie ihn nicht hier vor Ort öffnen?", fragte der Reporter interessiert nach.

„Nun", die junge Doktorin wiegte den Kopf, „es ist nicht auszuschließen, dass der Zylinder vollkommen leer ist. Sollten sich aber Schriftstücke darin befinden, möchten wir die Röhre selbstverständlich nur unter Vakuum öffnen, um sicherzugehen, dass nichts an der Luft zerfällt."

„Danke für dieses Gespräch", nickte der Reporter seiner Interviewpartnerin zu und sagte dem Publikum zugewandt: „Wir melden uns wieder, sobald die Experten wissen, was sich im Inneren dieses geheimnisvollen Gegenstandes befindet. Und damit gebe ich zurück ins Studio."

Dort versprach der Moderator seinen Zuschauern, sie auf dem Laufenden zu halten, was die Ausgrabungen betraf. Als sie wieder auf das Display sah, war darauf bereits die nächste Nachricht zu lesen.

„*Bringen Sie mir diesen Zylinder!*"

Fragend zog sie die Augenbrauen nach oben und sandte ihre Antwort ab.

„*Habe ich einen Spielraum, was die Beschaffung angeht?*"

„*Kein Spielraum! Beschaffung hat umgehend zu erfolgen!*"

Sie überlegte blitzschnell, wie sie diesen Auftrag mit ihrer momentan kärglichen Ausrüstung bewerkstelligen sollte.

„*BESTÄTIGEN SIE DIESE ANWEISUNG!*", forderte die Gegenseite ungeduldig auf.

„*Anweisung: Bestätigt!*"

Silber glaubte, ein Sondereinsatzkommando wäre gerade dabei, sein Hotelzimmer zu stürmen, als Professor Lensing um fünf Uhr morgens wie ein Wahnsinniger gegen seine Tür hämmerte. Er stand auf, torkelte vollkommen schlaftrunken zur Tür und öffnete mit vorgehaltener Waffe. Erschrocken wich der Professor beim Anblick der entsicherten Automatik zurück.

„Sagen Sie mal, Herr Professor, haben Sie nicht mehr alle auf'm Zaun oder wat?", raunzte Silber ihn an.

„Müssen Sie so gereizt reagieren?", erwiderte Lensing vollkommen entrüstet und deutete dabei auf die Waffe.

„Na klar, Sie haben doch ne eigene Tür, da können Sie stundenlang gegenwemsen, wenn ich wach bin."

„Entschuldigung, ich wollte Sie nicht so unsanft aus Ihren Träumen reißen", bedauerte der Professor.

„Schon gut", wehrte Silber ab. „Erzählen Sie mir lieber, wat Sie auf dem Herzen haben."

„Ich habe gerade auf Radio Duisburg eine interessante Meldung gehört. Um zehn Uhr beginnt eine wichtige Pressekonferenz, die wir auf keinen Fall verpassen dürfen", antwortete Lensing hastig, bevor der Agent seinen Humor wieder verlor. Der wandte den Kopf und schaute auf den Quarzwecker neben seinem Bett. Langsam rieb er sich mit der flachen Hand über sein zerknautschtes Gesicht.

„Aha, dat is ja interessant." Der Sarkasmus in seiner Stimme war kaum zu überhören. „Und um mir dat mitzuteilen, treten Sie mir morgens um fünf Uhr die Tür ein?"

„Es ist wichtig", beteuerte Lensing. „Ich kenne mich hier nicht aus, und es hätte ja durchaus die Möglichkeit bestehen können, dass der Anfahrtsweg zum Rathaus überdurchschnittlich lang ist."

„Ich kann Sie beruhigen", gähnte Silber. „Dat Rathaus liegt keine fünf Minuten von hier. Sie können sich also bedenkenlos noch ein paar Stunden in Ihrer Pupsmulde rekeln. Okay?"

„Bitte?" Der Professor sah den Agenten verwirrt an.

„Ihr Bett", übersetzte Silber entnervt. „Legen Sie sich wieder ins Bett."

„Wir treffen uns dann um neun im Foyer?", fragte Lensing vorsichtig nach.

„Natürlich, gern", murmelte Silber und schob die Tür zu. Lensing stand nun allein auf dem dunklen Hotelgang und musste im Nachhinein leise lachen. Er hatte in seinem Leben schon viel gesehen und erlebt, aber einen BND-Agenten, der ihn nur mit einer Batman-Shorts bekleidet mit einer Pistole in der Hand bedrohte, konnte er bis zu diesem Augenblick nicht zu seinen Erinnerungen zählen.

Im Jahre 1361 wurde zum ersten Mal ein Rathaus in Duisburg geschichtlich erwähnt. Zu dieser Zeit beherbergte das Gemäuer den städtischen Weinkeller und das Stadtarchiv. In einem Nebenflügel waren sogar ein Gefängnis und das Gericht untergebracht. Erst einige hundert Jahre später, im Jahre 1802, kam es zu einem Erweiterungsbau. Es heißt, dass bis zu 47.000 Steine, die von dem abgerissenen Wachturm einer Stadtmauer stammten, dafür benötigt wurden. 1843 wurde an dieser Stelle ein neues, größeres Rathaus gebaut, das man bereits 1875 durch einen aufwendigen Umbau erweiterte. 1888 folgten weitere Vergrößerungen. Im Jahre 1897 wurde mit dem jetzigen Rathausbau begonnen, der am 3. Mai 1902 sein Ende fand. Jeder Bürger kann nun dieses prächtige Gebäude im Stil der deutschen Frührenaissance verbunden mit spätgotischen Elementen bewundern, das das großartige Können der Handwerksmeister der damaligen Zeit widerspiegelt.

Und genau vor diesem Rathaus tummelte sich schon am frühen Morgen eine kaum überschaubare Zahl von Presseleuten. Viele von ihnen standen in direkter Verbindung mit ihrem Übertragungswagen, der ganz in der Nähe parkte. Einige Schaulustige waren auch zur Stelle, benahmen sich aber längst nicht so penetrant wie die Reporter. Der Hausmeister des Rathauses stand vor der schweren Eingangstür und war bemüht, nur Befugte ins Innere zu lassen. Er wies die drängelnden Reporter darauf hin, dass die geplante Pressekonferenz erst um zehn Uhr beginnen würde, und vor dieser Zeit kein Einlass möglich sei. Natürlich wollten die Journalisten sich den Zugang erschleichen, indem sie den vollkommen entnervten Hausmeister mit wirren Ausreden weichzukriegen versuchten. Dieser aber blieb standhaft und ließ keinen von ihnen hinein.

Unbemerkt war sie am Hausmeister vorbeigeschlichen, als dieser sich gerade mit einem hartnäckigen Reporter auseinandersetzen musste, der beteuerte, eigentlich gar nicht zu diesen schrecklichen Medienfritzen zu gehören und nur mal so hineinschauen wollte. Sie hatte ihren kleinen bunten Rucksack geschultert und suchte nun nach dem Sitzungsraum, in dem die Pressekonferenz stattfinden sollte. Einen Moment lang blieb sie stehen und nahm sich die Zeit, das äußerst sehenswerte Erdgeschoss etwas näher in Augenschein zu nehmen. Wuchtige Bögen dominierten diese außergewöhnliche Architektur. Alte Gemälde, die Teile von Duisburg zeigten, schmückten die hohen Wände, und zwei steinerne Löwen thronten am unteren Ende des Treppenaufgangs zur ersten Etage. Aber der eigentliche Blickfang war der Paternoster, der regelmäßig auf der einen Seite Menschen aufnahm und auf der anderen Seite entließ.

„Kann ich Ihnen helfen?", fragte ein Mitarbeiter, der bemerkt hatte, dass sie sich nicht auszukennen schien.

„Ich suche den Sitzungssaal", antwortete sie freundlich.

„Die Pressekonferenz findet erst um zehn statt", meinte der Mann. Sie fühlte sein Misstrauen und wollte nicht riskieren, vor die Tür gesetzt zu werden, nur weil er sie für eine Reporterin hielt.

„Ich gehöre zum Institut für Denkmalpflege", log sie charmant. „Ich weiß, ich bin zu früh, aber ich wollte überprüfen, ob die Fundstücke auch so ausgestellt wurden, dass die Fotografen sie besonders vorteilhaft ablichten können."

„Ach so", nickte der Mann verständnisvoll. „Da kommen Sie wohl ein bisschen zu früh. Die sind da oben noch lange nicht so weit."

„Na, dann werde ich denen mal ein bisschen unter die Arme greifen", flötete sie und setzte sich in Bewegung.

„Erste Etage links", rief er ihr hinterher und blickte bewundernd auf ihre schlanken Beine. Oben angekommen konnte sie beobachten, wie fleißige Rathausmitarbeiter Tische und Stühle in den gesuchten Raum trugen. Im Inneren tummelten sich einige junge Leute und redeten aufgeregt durcheinander. Sie trat an die Gruppe heran.

„Gehören Sie zum Institut für Denkmalpflege?", fragte sie mit strenger Stimme.

„Ja", antworteten alle gleichzeitig.

„Ich gehöre zum Sicherheitsdienst des Rathauses", flunkerte sie überzeugend. „Wir sind davon in Kenntnis gesetzt worden, dass einige dieser Ausstellungsstücke von großem Wert sind."

„Das ist richtig", bestätigte eine junge Frau eifrig.

„Aus versicherungstechnischen Gründen müssen wir diese bis zum Beginn der Pressekonferenz im Safe des Rathauses einschließen." Der Ton in ihrer Stimme ließ keinen Widerspruch zu. Mit einem flüchtigen Blick überflog sie den Tisch, auf dem die Fundsachen lagen. Sie registrierte Dolche, Helme und Teile von Rüstungen, aber keinen Zylinder.

„Zur Sprache kam ein silberner Behälter ...", fügte sie hastig hinzu.

„Es ist leider noch nicht alles da ...", bedauerte ein junger Mann.

„Der Zylinder ist auf dem Weg hierher." Die junge Frau beendete den Satz für ihn.

„Gut", bemerkte sie gefasst. „Dann müssen wir uns ja nicht weiter bemühen." Sie drehte sich um, prägte sich jede Gegebenheit in dem mittelgroßen Saal ein und ging hinaus. Es wäre auch zu schön gewesen, sich den Zylinder einfach in die Tasche zu stecken und ohne großen Aufwand hinauszuspazieren. Ein kurzes Lächeln huschte über ihr Gesicht. Sie brauchte nur etwas Zeit, dann würde ihr schon der passende Plan einfallen.

„Trödel nicht so herum, Greta-Lisa", ermahnte Karl Benning seine Tochter. Er war nervös wegen der Einladung ins Rathaus und hoffte, dass man ihn nicht mit Fragen löchern oder bis zur Erblindung mit Blitzlichtern beschießen würde. Greta-Lisa nahm er nur mit, weil sie ihn mit ihrem unerbittlichen Betteln solange genervt hatte, bis er mit einem Seufzer zustimmte. Jetzt schleppte sie gerade ihren Spielzeughund an seinen zotteligen Ohren heran.

„Was willst du denn mit dem Hund?", fragte er völlig entgeistert.

„Wombel muss sich doch auch alles angucken", erklärte sie so, als würde ihr Vater mal wieder überhaupt nichts verstehen. „Der löchert mich sonst heute Abend so lange mit Fragen, bis ich wahnsinnig werde."

Diese Erklärung war für Benning natürlich einleuchtend. Er hielt Wombel und Greta-Lisa die Tür seiner Limousine auf und schnallte beide im Kindersitz fest.

„Du musst mir versprechen, die ganze Zeit in meiner Nähe zu bleiben", bat er sie, als er hinters Lenkrad rutschte. Keine Antwort. Er schaute in den Rückspiegel und sah, wie seine Tochter ihrem Spielgefährten die Ohren bürstete. „Hast du mich verstanden?"

„Na klar, Papa, was soll ich denn sonst machen?"

Benning fielen auf einen Schlag tausend Dinge ein, die Greta-Lisa und ihr pelziger Gefährte anstellen könnten. Er erinnerte sich noch gut daran, als er sie das letzte Mal nur einen Moment lang aus den Augen gelassen hatte und sie damit anfing, aus den Bauplänen für die neue U-Bahnstation für Wombel und sich selbst im Garten einen Iglu zu bauen, weil es draußen doch so regnete. Er beschloss aber, sie lieber nicht daran zu erinnern, damit sie bloß nicht auf neue Ideen kam.

Am Rathaus angekommen, fluchte er leise über das Heer von Reportern, die ihm jede Möglichkeit nahmen, einen vernünftigen Parkplatz zu finden. Schließlich hatte er Glück. Ein Auto setzte aus einer Parklücke. Mit einem Lied auf den Lippen stellte er den Wagen ab, befreite Greta-Lisa aus ihrem Kindersitz und kämpfte sich mit ihr und Wombel durch die Menge bis vor die Rathaustür.

„Guten Morgen, mein Name ist Karl Benning", stellte er sich dem Hausmeister vor, der immer noch pflichtbewusst den Eingang verteidigte. „Ich bin zur Pressekonferenz eingeladen."

„Einlass ist um Viertel vor zehn", motzte der Hausmeister statt eine vernünftige Antwort zu geben.

„Oh, das wusste ich nicht", entschuldigte sich Benning.

Ein junger Mann in Begleitung eines älteren Herrn drängelte sich an Benning vorbei.

„Guten Morgen, mein Name ist Professor ..."

„Einlass ist erst um Viertel vor zehn", fiel der Hausmeister dem Sprechenden lautstark ins Wort. „Vorher kommt hier niemand rein."

„Jetzt hau mal nich so auf die Sahne, Kollege, und lass uns schon mal rein", entgegnete der Jüngere genervt.

Der Hausmeister musterte ihn von oben bis unten und lächelte spöttisch. „Warum sollte ich gerade euch reinlassen?"

Der junge Mann schob lässig die Sonnenbrille hoch und hielt dem verwunderten Türsteher seinen Ausweis unter die Nase.

„Agent René Silber, Bundesnachrichtendienst. Bei drei sind wir da drin, du Komiker, oder ich mach aus dem Schuppen hier 'ne Pommesbude."

Greta-Lisa stupste ihren Vater an.

„Papa, gib mir mal den Autoschlüssel und pass auf Wombel auf." Nachdem sie die Schlüssel erhalten hatte, kramte sie kurze Zeit später wie besessen im Handschuhfach. Fündig geworden, rannte sie wieder zurück und riss ihrem Vater Wombel aus der Hand.

„Wehe, der Ausweis ist nicht echt", sagte der Hausmeister gerade nach dessen ausgiebiger Überprüfung und gab ihn dem jungen Agenten zurück. Silber schob sich die Brille auf die Nase und nickte dem Professor zu.

„Ich bin auch ein Agent", meinte Greta-Lisa und zupfte Silber am Ärmel. Der blickte nach unten und sah, wie sich die Kleine gerade eine McDonald's Sonnenbrille mit neongrünen Bügeln verwegen auf die Nase schob. „Und der auch", sagte sie und hielt ihm den Stoffhund entgegen. „Er heißt Wombel."

„Oh ja, richtig", bemerkte Silber. „Agent James Wombel. Hätte ich eigentlich sofort erkennen müssen. Ich hab schon gedacht, er wäre Hilfssheriff oder so", scherzte er und deutete auf den Stern, der am Halsband des Stofftieres baumelte. „Echt gute Tarnung."

„Herr Silber, können wir?", drängte der Professor.

„Klar. Hier dürfte ja soweit alles geregelt sein. Nicht wahr?" Sein Blick fiel auf den Hausmeister. Der Agent schickte sich an, mit Lensing das Rathaus zu betreten.

„He", protestierte Greta-Lisa, „wir sind doch auch Agenten."

Silber tippte dem Hausmeister schmunzelnd auf die Schulter.

„Spricht wat dagegen, wenn uns meine werten Kollegen begleiten?"

Mit einem undefinierbaren Grummeln winkte der Hausmeister Greta-Lisa, Wombel und Benning durch. Silber marschierte mit dem Professor zielstrebig in die erste Etage, wo sie umgehend den Sitzungssaal ansteuerten. Lensing stürmte sofort auf den Ausstellungstisch zu. Ehrfürchtig nahm er einen der Dolche in die Hand. Er drehte ihn vorsichtig auf seiner Handfläche und begutachtete den Griff. Silber stand vollkommen unbeeindruckt daneben und konnte Lensings Aufregung nicht im geringsten nachvollziehen. Der Professor hielt dem perplexen Agenten das Griffstück mit dem Drachenkopf entgegen.

„Herr Silber, wir sind auf der richtigen Spur", verkündete er überglücklich.

VERGANGENHEIT

Der Himmel war grau, aber die Sonne fand einen kleinen Spalt in den Wolken und sandte einen dünnen Strahl zur Erde herab. Spielende

Kinder rannten mit einem Hund um die Wette. Frauen wuschen in Trögen Kleidungsstücke und steckten immer wieder tuschelnd und lachend die Köpfe zusammen. Die Männer des Dorfes bemühten sich gemeinsam darum, die gebrochene Achse eines Ochsenkarrens wieder instand zu setzen. Von weitem erklangen die rhythmischen, metallischen Klänge einer Schmiedewerkstatt, wo der Schmied gerade dabei war, einem Stück Eisen die gewünschte Form zu geben. Als der Edelmann vorsichtig aus seiner Hütte trat, schien die Zeit plötzlich stillzustehen. Alle legten die Arbeit nieder, blickten neugierig in Richtung des hochgewachsenen, blonden jungen Mannes mit dem freundlichen Gesichtsausdruck. Bei den ersten Schritten, die er tat, atmete er die wunderbar frische Luft durch die Nase ein und stieß sie kraftvoll aus dem Mund wieder aus. Das junge Mädchen, das ihn gepflegt hatte, trat an ihn heran.

„Wie geht es Euch, Herr?", fragte sie schüchtern.

„Es geht mir besser", antwortete er lächelnd.

„Wünscht Ihr den Ältesten des Dorfes zu sprechen?"

„Später vielleicht." Er blickte sich suchend um. „Wo ist mein Pferd?"

„Auf der Weide bei den anderen Pferden", erwiderte sie und deutete dabei auf ein umzäuntes Stück Land.

„Ich will es sehen, führe mich zu ihm!"

Sie drehte sich um und ging voraus.

„Wie lange bin ich schon hier?" Sein Blick war nachdenklich.

Sie zuckte leicht mit den Schultern. „Ich weiß es nicht genau ... lange."

Entsetzt blieb er stehen. „Warum habt Ihr mich nicht geweckt?"

„Ihr hattet Fieber, Herr, und die Wunde an Eurer Schulter war tief. Wir konnten Euch in diesem Zustand nicht weiterziehen lassen."

Er nickte. Sie hatte recht, das sah er ein. Das Mädchen hantierte an einem wackligen Holzgatter und führte ihn auf eine große Weide. Er sah sich kurz um, steckte zwei Finger in den Mund und ließ einen schrillen Pfiff ertönen. Kurze Zeit später preschte sein schwarzer Hengst die Lichtung herauf.

„Es ist ein stolzes Tier", bemerkte sie.

„Ja, das ist es. Und es sieht wieder kräftig und wohlgenährt aus", stellte er erfreut fest.

„Unser Schmied hat sich während der ganzen Zeit um das Tier gekümmert."

Kurz vor ihnen stoppte der Rappe ab und hob die Vorderhufe in die Höhe.

„Ist ja gut", lächelte er und strich dem Hengst über das glänzende Fell.

„Eure Waffen hat der Schmied ebenfalls in Gewahrsam genommen."

„Das wäre meine nächste Frage gewesen."

„Er sagt, dass er das Wappen auf Eurem Schild noch nie gesehen hat."

Er zog seine Augenbrauen hoch und lächelte geheimnisvoll. „Zeigt mir die Schmiede."

Eilig lief sie voran. Der Hengst begleitete die beiden bis zum Gatter. Über den Zaun hinweg klopfte der Fremde dem Pferd zum Abschied noch einmal auf den Rücken und folgte dann dem Mädchen.

Der Schmied war gerade dabei, die Glut der Feuerstelle mit einem Blasebalg neu zu entfachen. Vorsichtig beäugte er den Fremden, als dieser die Werkstätte betrat.

„Seid Ihr der Schmied?", sprach der Edelmann ihn an.

„Ja, das bin ich wohl", gab dieser zögernd zur Antwort.

„Ich wollte Euch meinen Dank aussprechen."

„Dank? Wofür?"

„Mein Rappe sieht dank Eures Zutuns so prächtig aus wie zuvor, dafür soll Euch ein angemessener Lohn gewiss sein."

„Ich habe es um des Tieres willen getan und nicht, um Eure Gunst zu erlangen", erklärte der Schmied bescheiden. „Gebt mir etwas für das Futter, und es soll genügen."

„Das Mädchen sagte mir auch, dass Ihr meine Waffen hier untergebracht habt."

„Das stimmt", bestätigte der Schmied und reichte ihm schon wenig später ein Schwert und zwei Dolche. Mit einer geübten Bewegung streifte der Edelmann die Scheide seines Schwertes ab und betrachtete die Klinge.

„Ihr habt es geschärft", stellte er erfreut fest.

„Es war nötig."

„Natürlich, ich stimme Euch zu. Ich fand auf meiner langen Reise nie die Gelegenheit dazu."

Der Schmied nickte. Er hatte selten ein solch abgewetztes Schwert in Händen gehalten. Es musste schon etliche Kämpfe gefochten haben, und da der Besitzer noch lebte, mussten es siegreiche Kämpfe gewesen sein.

„Ich habe noch etwas für Euch", verkündete der Schmied. Er ging ans Ende der Scheune und holte hinter einer Holzwand einen Schild hervor.

„Ihr habt ihn wieder hergerichtet?", staunte der Edelmann.

„Ich weiß nicht, ob ich Euer Wappen getroffen habe", begann der Schmied verlegen. Er hatte sich beim Bemalen des Schildes eng an den Drachen auf dem Knauf des Schwertes gehalten.

„Es ist ausgezeichnet", antwortete der Fremde zufrieden und bewunderte den abgebildeten Drachen, der einen zackenförmigen Schild vor seine Brust hielt.

„Aus welchem Königshaus stammt das Symbol?", fragte der Schmied beiläufig.

„Das erfahrt Ihr, wenn die rechte Zeit gekommen ist", erwiderte der Edelmann knapp. Er griff in die Tasche seines Beinkleides und zog etwas hervor. „Nehmt vorerst das als meinen Dank und seid meiner größten Anerkennung gewiss."

Er drückte dem Schmied einen kleinen Lederbeutel in die Hand und verließ die Scheune. Das Mädchen folgte ihm auf dem Fuße. Der Schmied öffnete den Beutel und schüttete den Inhalt auf seine Handfläche. Mit offenem Mund bestaunte er die betörenden Farben der funkelnden Steine, deren Glanz das Kaminfeuer widerspiegelte. Er versuchte dem Edelmann Worte des Dankes hinterherzurufen, brachte aber keinen Ton heraus. Eigentlich wusste der Schmied gar nicht, was er da in Händen hielt, denn bis zu diesem Augenblick hatte er noch nie Diamanten zu Gesicht bekommen.

GEGENWART

Die Pressekonferenz begann pünktlich. Sogar die Logen an den Seiten des Saals waren voll besetzt. Die Oberbürgermeisterin eröffnete die Konferenz mit einer Ansprache, in der sie erklärte, wie stolz sie darauf sei, dass gerade in Duisburg solch ein historischer Fund gemacht worden war. Silber saß in der letzten Reihe, um von dem ganzen Rummel so wenig wie möglich mitzubekommen. Greta-Lisa pflanzte sich einfach neben ihn, da ihr Vater als geladener Gast in der ersten Reihe Platz nehmen musste.

„Warum bist du hier?", fragte sie neugierig.

„Du wirst lachen, dieselbe Frage hab ich mir auch gerade gestellt", antwortete er trocken.

„Ich bin hier, weil mein Papa die Ritterrüstung gefunden hat."

Klasse, dachte Silber. Na, wenigstens wusste er jetzt, bei wem er sich bedanken durfte, wenn er hier gleich vor lauter Langeweile im Sterben lag.

„... und deshalb muss er auch vorne sitzen." Greta-Lisa plapperte munter weiter.

„Willst du denn nicht bei deinem Papa sein? Vielleicht bekommt er ja was für seine Mühe", versuchte Silber die kleine Nervensäge loszuwerden.

„Meinst du, Papa bekommt eine Belohnung?", jauchzte Greta-Lisa begeistert.

„Oh, bestimmt. Da musst du sicher tragen helfen."

„Mist, und ich sitz so weit hinten", begann sie prompt zu jammern. Silber reckte den Hals und schaute über die Reihen hinweg nach vorne.

„Wieso? Vorn ist doch noch alles frei."

„Ja, aber die Plätze sind reserviert, hat Papa gesagt. Die wussten ja nicht, dass ich auch mitkomme. Außerdem sagt Papa immer, dass ich zuviel rede, und das würde stören."

„Ach, wie kommt er bloß darauf?"

„Keine Ahnung." Kurze Pause. Ganz kurze Pause. „Ich heiße Greta-Lisa."

„Greta-Lisa?", wiederholte Silber um sicherzugehen, das kleine Mädchen richtig verstanden zu haben. „Is ja echt abgefahren." Gleichzeitig dachte er darüber nach, was für Drogen man sich einwerfen musste, um auf solch einen Namen zu kommen.

„Wenn du mal Hilfe brauchst, kannst du mir ruhig Bescheid sagen", bot Greta-Lisa dem Agenten ihre Dienste an. „Ich meine, wenn es so richtig brenzlig wird. Wombel und ich sind immer erreichbar."

„Oh ja, unbedingt", versicherte Silber mit gespieltem Interesse.

Das Mädchen kramte in seiner Jackentasche und zog einen zerknitterten Zettel heraus. „Hier ist meine Nummer. Das ist ein Handy. Papa gibt mir das immer mit, wenn ich ganz weit weg muss. Nach Walsum zur Oma, oder so."

Silber beäugte den Zettel näher, auf den mit krakeliger Schrift eine Nummer und ein Teddy gemalt waren.

„Danke, das ist echt riesig. Kannst du auch mit einem Düsenjäger fliegen? So Leute werden oft gebraucht."

Greta-Lisa versuchte mit aller Anstrengung, die Stirn in Falten zu legen und überlegte ernsthaft, ob sie imstande wäre, einen Düsenjäger zu organisieren.

„Nee, aber Wombel und ich haben gute Kontakte. Die sind geheim. Da darf ich nicht drüber reden", flüsterte sie leise.

„Mmh, verstehe", versicherte Silber.

Der plötzliche Beifall der begeisterten Menge unterbrach den Informationsaustausch der beiden Agenten. Die Bürgermeisterin stellte Dr. Stella Vargo, die Mitarbeiterin des Instituts für Denkmalpflege vor. Dr. Vargo trat ans Mikrofon, räusperte sich kurz und begann mit ihrem Vortrag. Sie bestätigte die Meldung, dass in Duisburg-Meiderich in der Bahnhofstraße bei den Arbeiten zu einem U-Bahn-Tunnel Teile von Rüstungen und die wahrscheinlich dazugehörigen Waffen gefunden worden waren. Im Augenblick wüssten sie noch nicht, ob es sich um eine Grabstätte handelte oder um ein Schlachtfeld. Dr. Stella Vargo vermutete weiterhin, dass die Fundstücke aus dem 6. Jahrhundert stammen könnten, und verlieh der Hoffnung Ausdruck, dass man auf weitere Funde stoßen würde, die das bestätigten. Wohlwissend, dass Meiderich erst im 10. Jahrhundert schriftlich erwähnt wurde, äußerte sie die Vermutung, der Stadtteil müsse wesentlich älter sein als bisher angenommen. Vereinzelte Spuren ließen sogar darauf schließen, dass es zu dieser Zeit eine eigenständige Siedlung gegeben haben könnte.

Als ein Reporter fragte, was es mit dem silbernen Zylinder auf sich hätte, musste sie einräumen, dass sie auch zu diesem Fundstück keine genauen Angaben machen konnte, weil sie erst auf einen Experten warten müsse, der sie über die Beschaffenheit des Zylinders aufklären soll. Dr. Vargo versprach aber allen Anwesenden, spätestens nach dem Wochenende etwas über den Inhalt des Zylinders berichten zu können. Anschließend ging sie dazu über, einen Diavortrag einzuleiten. Mitarbeiter begannen damit, schwere Vorhänge vor die riesigen Fenster zu schieben, um den Raum abzudunkeln. Stella Vargo wollte nun anhand von Bildern über ihre eigentliche These berichten. Silber begrüßte den Umstand, dass der Raum verdunkelt wurde. Er tippte die Sonnenbrille an, die auf seinem Haaransatz lagerte, und ließ sie sich auf die Nase rutschen. Das war die Gelegenheit, den verlorenen Schlaf nachzuholen. Er verschränkte die Arme und ließ sich, soweit es der Stuhl zuließ, zurücksinken. Greta-Lisa beobachtete ihn aufmerksam und tat es ihm nach.

Für einen kurzen Moment lag der Saal in völliger Dunkelheit. Aber noch ehe der Diaprojektor eingeschaltet werden konnte, ertönte plötzlich ein ohrenbetäubender Knall. Das gleißende Licht einer Blendgranate erfüllte den Raum und brachte alle Anwesenden dazu, die Augen hinter ihren Handflächen zu verbergen, um sie vor dem unglaublich grellen Licht zu schützen. Viele schrien und versuchten panikartig, den Raum zu verlassen. Doch blind wie die Maulwürfe rannten sie sich gegenseitig über den Haufen. Das Chaos war perfekt. Nur Silber und Greta-Lisa beobachteten geschützt durch ihre Sonnenbrillen eine vermummte schlanke Person, die sich von einer der Logen abseilte und nach dem silbernen Zylinder griff.

Sie war zufrieden. Keiner kam auf die Idee, die Vorhänge aufzureißen, damit das natürliche Tageslicht die Kraft der Blendgranate neutralisierte. Schon fast gemächlich, in der Gewissheit, keiner könnte sie aufhalten, seilte sie sich von der Loge entlang der Wand ab. Sie umging geschickt die Menschen, die vollkommen orientierungslos umherliefen, und auf der Suche nach der Ausgangstür zum Teil sogar wie blinde Stubenfliegen gegen die Wand rannten. Trotz der lauten Schreie und des geräuschvollen Herumrückens des Mobiliars konnte sie eine Stimme genauestens herausfiltern.

„Silber!", rief ein Mann in einem braunen Karoanzug verzweifelt. „Der Zylinder! Retten Sie den Zylinder!"

Sie stockte kurz und bewegte sich dann schneller. Sie konnte sich zwar nicht vorstellen, dass dieser Silber gegen dieses künstliche, grelle Licht gefeit wäre, aber zur Sicherheit zündete sie eine weitere Granate. Dann fiel ihr auf, dass eine Person zielstrebig an allen vorbei durch den Nebel auf sie zulief.

Silber vernahm Lensings verzweifelten Ruf und setzte sich in Bewegung. Gleichzeitig fragte er sich, was alle nur mit diesem blöden Zylinder wollten. So toll sah der nun auch wieder nicht aus. Aber weniger um des Professors als vielmehr um seiner Agentenehre willen, nahm er sich vor, das Fundstück wiederzubeschaffen und den Dieb für den Frevel an seinem wohlverdienten Schlaf höchstpersönlich in den Allerwertesten zu treten. Dafür musste er sich allerdings beeilen, denn der Dieb öffnete gerade eine der Türen und stürmte hinaus. Silber sprintete hinterher. Zwei Mitarbeiter des Rathauses versuchten, die maskierte Person aufzuhalten. Geschmeidig wand sie sich aus dem ungeschickten Zugriff und schlug einem der Männer wuchtig den Zylinder in den Unterleib. Der andere sackte erst zusammen, nachdem er einen kräftigen Schlag auf den Kopf erhalten hatte. Ungehindert lief der Dieb nun die Treppen zum Dach hinauf. Silber wollte sich keinen Kampf auf der Treppe liefern und rannte hinterher. Zu seinem Erstaunen öffnete der Verfolgte die Tür zum Dachgeschoss und schlug sie hinter sich zu. Als der BND-Agent dort ankam, ließ sie sich nicht mehr öffnen. Er überlegte kurz, das Schloss aufzuschießen, verwarf den Gedanken aber wieder, weil er noch andere Personen in dem Raum dahinter vermutete, die von einem Querschläger getroffen werden könnten. Kurzentschlossen warf er sich mit aller Kraft gegen die Tür. Als diese keinen Millimeter nachgab, kam er zu dem Schluss, dass sie wohl verbarrikadiert sein musste. Sofort drehte er sich um und rannte in Windeseile zurück. Einige Leute, die ebenfalls auf der Jagd nach dem Dieb waren, kamen ihm entgegen. Silber dachte, wer sich auf einem Dach befindet, der will irgendwann auch wieder herunter. Also war es cleverer, unten zu warten.

Auf der Straße angekommen, stand da schon Greta-Lisa. Er beachtete sie nicht, sondern sah sich hektisch um.

„Ich weiß, wo sie ist", meldete sie vorlaut.

„Ach ja? Wo denn?", fragte Silber schnippisch.

„Sind wir Partner, wenn ich dir sage wo?"

„Sag mal, hast du heute Nacht in der Kakaodose geschlafen oder wat? Wo ist der Typ?"

„Da hinten!", rief sie und deutete dabei auf ein Gebüsch am Ende des Parkplatzes.

„Häh?"

Er schaute angestrengt in die angedeutete Richtung. Eine Sekunde später brauste ein Motorrad aus dem Gebüsch.

„Oh, Kacke."

Silber bemerkte, dass die Pressefuzzis seinen Kübelwagen zugeparkt hatten. Aber er wusste auch, selbst wenn das Auto nicht eingekeilt wäre und man ihm drei Tage Vorsprung gegeben hätte, dass er das Motorrad niemals würde einholen können. Gerade als er aufgeben wollte, rasselte etwas hinter ihm. Er drehte sich um, sah Greta-Lisa mit einem Schlüssel in der Hand winken und auf den Wagen ihres Vaters zeigen.

„Partner?", fragte sie grinsend.

Silber zog die Augenbrauen hoch und fragte sich, was schlimmer wäre: das Endlosgeplapper einer vorwitzigen Göre, die zusammen mit ihrem Spielzeughund ihre Agentenkarriere plante, oder der Mega-Einlauf seines Chefs, wenn er den Einsatz in den Sand setzte. Er grinste breit.

„Partner", sagte er schließlich und schnallte Greta-Lisa samt Wombel auf den Kindersitz. Silber klemmte sich hinters Steuer und nahm mit dem flammenneuen BMW die Verfolgung auf.

In den ersten Minuten ihrer Flucht verhielt sie sich wie eine gewöhnliche Verkehrsteilnehmerin. Beachtete rote Ampeln, gewährte ordnungsgemäß anderen Fahrzeugen die Vorfahrt und hielt vorschriftsmäßig an den Zebrastreifen in der Innenstadt an. Doch als hinter ihr der schwere Motor eines BMW aufheulte, und sie den Mann auf dem Fahrersitz erkannte, ging sie unvermittelt dazu über, die Verkehrsregeln zu brechen, um sich schleunigst in Sicherheit zu bringen. Geschickt scherte sie mit ihrer schweren Geländemaschine aus und bretterte in eine Grünanlage. Sie spekulierte darauf, dass der Verfolger nun von ihr abließ, weil er sich bestimmt nicht an den hohen Bordsteinkanten die schicken Felgen ruinieren wollte. Aber da täuschte sie sich gewaltig. Hastig zog sie den Kopf ein, um nicht vom umherfliegenden Frontspoiler erschlagen zu werden, als ihr Kontrahent mit voller Geschwindigkeit die steinerne Hürde nahm. Sie lenkte das Motorrad durch die dichten Büsche zurück auf die Straße. Ihr Verfolger ließ sich nicht lange bitten und schlug mit seinem Gefährt eine breite Bresche in das Grün, um ihr bloß auf den Fersen zu bleiben. Von weitem konnte sie einen kleinen Stau ausmachen. Die Fahrbahn war weiter vorne nur einspurig befahrbar, weil sich auf der rechten Spur ein riesiger Krater made by Stadtwerke auftat. Sie schaltete einen Gang höher und raste, bereit zum Sprung, auf den tiefen Krater zu. Jetzt würde der Verfolger aufgeben müssen, es sei denn, er wäre wahnsinnig.

„Ist das gut, wenn man Vollkasko versichert ist?", wollte Greta-Lisa wissen, als sie sah, wie der Spoiler sich in seine Einzelteile auflöste.

„Jau, is ganz praktisch", entgegnete Silber und rammte prompt den vollen Beton-Abfalleimer. Plastikbecher und Bierdosen flogen in hohem Bogen durch die Gegend. Er betätigte den Scheibenwischer, als eine hartnäckige Bananenschale sich nicht durch den Fahrtwind lösen wollte.

„Papa war gestern noch in der Waschanlage", informierte Greta-Lisa ihn.

„Pflege muss sein", war alles, was Silber dazu zu sagen hatte, während er dem Motorradfahrer durch das dichte Gebüsch folgte. Dabei schlug ein dicker Ast der Luxuskarosse beide Außenspiegel ab.

„Die ist ganz schön schnell", kommentierte Greta-Lisa die Verfolgungsjagd.

„Wie kommst du eigentlich darauf, dat dat ne Frau ist?", wollte Silber wissen.

„Das sieht man doch. Guck mal, wie dünn die ist."

„Es gibt auch dünne Männer", hielt Silber dem entgegen.

„Ja klar, aber die hat sich, nachdem sie sich vom Dach abgeseilt hat, ihre Anziehsachen abgeklopft, weil die ganz staubig waren. Männer sind kleine Ferkel, sagt Oma immer, die würden sich also nie abklopfen."

„Da ist wat dran."

„Bist du auch ein Ferkel?", hakte Greta-Lisa nach, aber Silber konnte im Moment zu dieser sehr persönlichen Frage keine Stellung nehmen. Er sah, wie die Diebin mit dem Motorrad abhob und über einen riesigen Krater setzte. Die Entfernung zu diesem Krater wurde auch für ihn immer kürzer. Er überlegte, ob er abbremsen oder den Sprung wagen sollte. Viel Zeit blieb nicht.

Silber entschied sich zu springen. Er steuerte auf einen riesigen Kieshaufen zu, den er als Sprungschanze nutzen wollte. Begleitet von einem begeisterten „Hui!" seiner Mitfahrerin und der stillen Anteilnahme ihres Stoffhundes, hob der schwere Wagen ab und schoss mit hoher Geschwindigkeit über den Krater hinweg. Bei der Landung vernahm der Agent trotz der guten Federung ein lautes Krachen und vermutete, dass eine der Achsen wohl gebrochen war. Zu seiner Erleichterung stellte er fest, dass er die Fahrt fortsetzen konnte.

„Ich glaube, du bist auch ein Ferkel", stellte Greta-Lisa gelassen fest.

Sie vernahm hinter sich ein ohrenbetäubendes Röhren und riskierte einen Blick in den Rückspiegel. Der BMW nahm in alter Manier die Verfolgung wieder auf und schleifte dabei den abgebrochenen Auspuff hinter sich her. Er ließ sich auch nicht abhängen, als sie quer über die Rasenfläche eines großen Verteilerkreises fuhr. Er bemühte sich erst gar nicht, außen herum zu fahren, sondern nahm einfach denselben Weg. Verdammt, war der hartnäckig. Sie war der Verzweiflung nahe und musste nun endlich einen Weg finden, diesen Wahnsinnigen loszuwerden. Ein schwarzer Mercedes, der plötzlich mit ihr auf selber Höhe fuhr, unterbrach ihre Gedanken und beanspruchte ihre Aufmerksamkeit. Es gelang ihr nicht, einen Blick ins Innere zu werfen, da die Fenster verspiegelt waren. Nervös hielt sie nach einer Möglichkeit Ausschau, irgendwo abzubiegen. Es gab jedoch keine, denn die Schnellstraße nach Duisburg-Ruhrort, auf der sie sich befanden, ließ keine Ausweichmanöver zu. Der Mercedes fuhr dichter an sie heran und drohte, sie in die Leitplanken zu drängen.

Im letzten Moment bremste sie ab. Die schwarze Limousine fuhr vorbei und hielt wenige Meter später an. Die Beifahrerscheibe wurde heruntergelassen. Sie war überhaupt nicht scharf darauf zu erfahren, welche Überraschung da auf sie wartete, und gab wieder Gas, da jetzt auch der BMW mit dem Wahnsinnigen zu ihnen aufschloss. Ein Mann lehnte sich aus dem Fenster des Mercedes und schoss mit seiner Maschinenpistole großzügig streuend umher. Die Schüsse trafen den Asphalt und verfehlten ihre Reifen nur knapp. Nun nahm der Schütze sie selbst ins Visier, mit dem Ziel, sie aus dem Motorradsattel zu schießen. Es kam jedoch zu keinem gezielten Schuss, da in diesem Augenblick der BMW den schwarzen Mercedes mit voller Wucht von hinten rammte.

„Das Auto brummt jetzt aber ganz schön laut", beschwerte sich Greta-Lisa.

„Dat gibt sich wieder", versprach Silber und bretterte über die Grünfläche eines Verteilerkreises. Der Blick in den Innenspiegel machte ihn auf einen schwarzen Mercedes aufmerksam, der sich ziemlich dicht an seinen BMW geheftet hatte. Kurze Zeit später war die Luxuskarosse schon neben ihm. Erst glaubte er an Verstärkung, aber als Silber einen Seitenblick wagen wollte, schnitt der schwarze Wagen ihm den Weg ab und brauste davon.

„Der hat aber einen ganz schön Speed drauf", bemerkte Greta-Lisa.

Von weitem sah der Agent, wie der neue Verfolger versuchte, die Motorradfahrerin in die Leitplanke zu drücken.

„Na, so wat. Wer ist dat denn?", dachte er laut.

„Vielleicht will der auch das silberne Ding haben", antwortete Greta-Lisa, die glaubte, die Frage sei an sie gerichtet gewesen.

„Sieht so aus." Der Mercedes stoppte ab, und ein Mann eröffnete das Feuer auf die Motorradfahrerin. „Aber dat wollen wir nicht zulassen!"

Silber gab Gas. Mit der rechten Ecke seiner Stoßstange rammte er die linke Seite des gegnerischen Hecks und der Wagen schlitterte in die Seitenplanke. Im Innenspiegel sah er, wie der Mercedes wieder Fahrt aufnahm. Silber beglückwünschte sich. So wie es aussah, hatte er jetzt eine Flüchtige zu stellen und einen schießwütigen Verfolger abzuschütteln.

Sie atmete innerlich auf, als sie im Rückspiegel sah, dass dieser verrückte Silber und der schießwütige Mercedesfahrer nicht zusammenarbeiten, und Silber ihr sogar dabei half, den tödlichen Schüssen zu entkommen. Sie wollte aber nicht zu sehr von dem Irren schwärmen, sondern sie musste sich ernsthaft Gedanken machen, wie sie aus dem ganzen Schlamassel herauskam. Sie überholte auf der Schnellstraße rasant einige Wagen, doch der BMW-Fahrer umfuhr ebenfalls geschickt die langsameren Pkw und blieb ihr auf den Fersen. Auch der Mercedes holte wieder auf. Zu allem Übel tat sich vor ihr eine Polizeisperre auf. Sie gab Vollgas. Das Einzige, was jetzt noch half, war die Flucht nach vorn. Sie hoffte nur, dass die Beamten, die mit ihrer Kelle herumfuchtelten wie ein Kleinkind mit dem Lolli, aus dem Weg springen würden, wenn sie heranrauschte.

„Ja, sauber, Männer!", frohlockte Silber, als er die Polizeisperre entdeckte. „So muss dat sein." Begeistert trommelte er mit den Fingerspitzen auf dem Lenkrad herum. Die gute Laune hielt aber nicht lange an, als er bemerkte, dass die flüchtige Motorradfahrerin ungehindert passieren konnte und die Straßensperre offensichtlich ihm galt. Obendrein überholte ihn auch noch der Mercedes und entkam ebenfalls ohne großes Aufsehen. Langsam bremste er ab. Die Beamten näherten sich mit gezückter Waffe dem BMW.

„Das versteh ich jetzt aber nicht", nörgelte Greta-Lisa.

„Na, dann sind wir ja schon zwei", bemerkte Silber und ließ lässig die Scheibe herunter.

„Steigen Sie langsam aus!", bellte einer der Polizisten. „Und halten Sie die Hände so, dass wir sie sehen können."

„Sind wir zu schnell gefahren?", kam es von hinten. Silber konnte nicht anders, als über diese Frage laut loszulachen, was die Polizisten noch aggressiver machte.

„Los, raus!", brüllten sie lautstark durcheinander. Mit Tränen in den Augen stieg Silber gemächlich aus und hielt wie gewünscht die Arme über den Kopf. Sofort stürmten die Polizisten auf ihn zu, traten ihm in die Kniekehlen und stießen ihn wuchtig zu Boden, so dass er mit dem Kopf auf den Asphalt schlug. Sie durchsuchten ihn, nahmen ihm Waffe und Papiere weg.

„Hey, was soll denn das?", protestierte Greta-Lisa lautstark. „Das ist doch ein Agent", versuchte sie ihm beizustehen.

„Stör uns nicht!", meckerte ein älterer Polizist gereizt.

„Bääh", streckte Greta-Lisa ihm die Zunge heraus.

Sie lief um den Einsatzleiter herum und wollte nach Silber schauen. Einer der Beamten schnitt ihr den Weg ab und wollte sie festhalten. Sie aber holte mit einem Bein Schwung und trat dem jungen Polizisten mit voller Wucht vors Schienbein. Ein anderer kam von hinten und hielt sie etwas unsanft fest. Silber begann sich wieder zu rühren, als er mitbekam, wie man mit seiner Partnerin umsprang. „Lasst sie in Ruhe, ihr Pappschädel, sie hat recht. Mein Name ist René Silber. Ich bin vom Bundesnachrichtendienst ..."

„Schön ruhig bleiben", ermahnte einer der Beamten und verstärkte den Druck seines Stiefels auf Silbers Kopf.

Greta-Lisa wehrte sich wie ein kleiner Löwe. Sie wand sich aus dem festen Griff und schlug dem Beamten mit all ihrer Kraft ihren Stoffhund vor den Kopf. Der Beamte sah den Angriff zwar kommen, machte sich aber keine Mühe, ihn abzuwehren. Er dachte sich, dass ein Plüschhund nicht allzu hart sein könnte. Seiner Frau, die ihm dann abends Eiswürfel in ein Geschirrhandtuch wickelte, um seine angebrochene Nase zu kühlen, erklärte er, dass er das schwere Halsband übersehen hatte, das unter dem dicken Plüsch versteckt gewesen sei.

Eine junge Polizistin versuchte dem mittleren Chaos ein Ende zu bereiten, indem sie gegen die mächtige Geräuschkulisse anbrüllte:

„Er sagt die Wahrheit. Er ist Agent!"

Dabei wedelte sie mit dem BND-Ausweis über ihrem Kopf herum. Nur langsam ließ der Druck des Stiefels auf Silbers Kopf nach.

Das kleine Mädchen lief nun ungehindert auf den Agenten zu und half ihm aufzustehen. Der Reihe nach entschuldigten sich die Beamten kleinlaut bei Silber und erklärten zu ihrer Entlastung, über Funk wäre nach einem gestohlenen BMW gefahndet worden, der sich wie eine Dampfwalze durch die Innenstadt bewegte. Von einem Motorrad wussten sie allesamt nichts. Die Polizisten versuchten zwar, die verpatzte Aktion herumzureißen, indem sie eine Ringfahndung nach besagtem Motorrad auslösten, aber die blieb ohne Erfolg. Silber setzte sich vollkommen niedergeschlagen auf die Motorhaube des BMW.

„Ist doch nicht schlimm", versuchte Greta-Lisa den erschöpften Agenten zu trösten. „Gib mir mal dein Handy. Ich nehme die Sache jetzt in die Hand."

Silber lächelte gequält und reichte ihr das Telefon. Er glaubte kaum, dass der Tigerentenclub, in dem sie sicher Mitglied war, eine heiße Spur hatte, aber was war schon dabei, sollte wenigstens die Kleine ihren Spaß haben.

„Aber nicht so lange."

„Geht ganz schnell", versprach sie und drückte ihm Wombel in den Arm.

Silber und Wombel beobachteten, wie sie wild gestikulierend durch die Reihen der Polizeibeamten lief und dabei den einen oder anderen geschäftig zur Seite stieß. Ab und zu schaute sie auf Silber und nickte ihm lässig zu. Der winkte amüsiert zurück. Nach drei Minuten kam sie zu ihm, fragte kurz nach seiner Handynummer, um gleich wieder für eine Weile zu verschwinden. Schließlich war sie fertig und drückte ihm sein Mobiltelefon in die Hand.

„Kann sein, dass ich gleich einen Rückruf bekomme", bemerkte sie beiläufig und nahm ihm Wombel aus dem Arm.

„Natürlich", bestärkte er Greta-Lisa mit einem Schmunzeln in ihrer Erwartung. Die einzigen, die gleich bei ihm Sturm läuten würden, waren Professor Lensing oder sein Chef, der ihm sicherlich eine erste Hochrechnung über den angerichteten Schaden vorhalten würde. Kaum hatte er diesen Gedanken zu Ende gedacht, klingelte auch schon sein Telefon.

„Agent René Silber", meldete er sich förmlich, natürlich in der Erwartung, seinen Chef am anderen Ende der Leitung zu haben. „Äh, ja klar", sagte er wenige Sekunden später verdutzt und reichte das Handy an Greta-Lisa weiter.

„Ja, bitte?", fragte das kleine Mädchen lässig. Sie lauschte einen Moment, was man ihr zu berichten hatte. „Okay, danke schön", säuselte sie schließlich, drückte auf einen der vielen Knöpfe und beendete das Gespräch. „Na also", grinste die Göre zufrieden wie ein Honigkuchenpferd.

„Was gibt's? Ist der Kindergarten abgebrannt?"

Greta-Lisa schaute sich suchend um.

„Meinst du, dass dir noch mal jemand seinen Wagen leiht?"

Ihr Blick blieb am BMW ihres Vaters hängen.

„Wieso? Hast du heute noch wat vor?"

„Mann, bist du doof! Das kann ich doch hier nicht so laut sagen", flüsterte sie und beäugte misstrauisch die Beamten, die um sie herum beschäftigt waren.

„Wat ist denn so wichtig?", flüsterte Silber schmunzelnd zurück und beugte sich verschwörerisch zu ihr herunter.

Greta-Lisa zog ihre Sonnenbrille auf und ihr kleiner Mund hauchte in sein großes Ohr: „Ich weiß, wo sie ist."

VERGANGENHEIT

„Warum macht Ihr solch ein Geheimnis um Eure Herkunft?", fragte das Mädchen.

„Es ist sicherer für euch alle. Glaub mir."

Weiter kam er nicht. Lautes Pferdegetrappel vermischt mit Hilferufen von Frauen und dem Weinen von Kindern ließ ihn erstarren. Er machte zwei Reiter aus, die langsam ins Dorf ritten und jeden Menschen, der ihnen in die Quere kam, mit drohenden Schwerthieben erschreckten. Ein kleiner Junge, der vor lauter Angst nicht mehr weglaufen konnte, wurde von einem der Reiter gepackt. Mit dem Dolch an der Kehle des Jungen begann er seine Rede:

„Wir wissen, dass ihr einen Fremden beherbergt. Verratet uns, wo er sich aufhält, und euch wird nichts Schlimmes widerfahren. Andernfalls werden wir einen nach dem anderen hinrichten. So lange bis wir ihn haben. Habt ihr verstanden? Wir fangen mit diesem Knaben an."

Der Junge verkrampfte sich ängstlich, senkte das Kinn in der Hoffnung, der Klinge zu entkommen. Der Reiter riss seinen Kopf brutal zurück und setzte erneut die scharfe Schneide an den kleinen Hals.

„Wo ist er?", brüllte er. Totenstille. „Ist euch das Leben des Fremden mehr wert als euer eigen Fleisch und Blut?" Der Junge begann zu weinen, doch der Reiter verzog nur mitleidlos das Gesicht und setzte zu einem Ruck an, der das junge Leben beenden würde.

„Nein!"

Der scharfe Ton in der Stimme ließ den Schergen innehalten. Langsam trat der Fremde zwischen den Hütten hervor und den Reitern entgegen.

„Ich bin hier."

Der Reiter sah auf und während er dem Fremden mit spöttischem Lächeln entgegenblickte, warf er den Jungen achtlos zu Boden.

„Ihr seid dumm. Was schert Euch dieses Gammlervolk? Ihr hättet Euer Leben leicht um einige Tage verlängern können."

„Nein", fiel er dem Reiter ins Wort. „Ich halte mein Leben nicht für wertvoller als das eines kleinen Jungen."

„Da stimme ich Euch zu, aber Euer Wissen dafür umso mehr."

Er nickte seinem Begleiter zu. Dieser setzte sich sofort in Bewegung. Unruhe erfasste den Edelmann. Seine Wunde pochte schmerzhaft und auf die Hilfe der verängstigten Dorfbewohner konnte er nach dem Geschehenen kaum hoffen. Seine Augen wanderten in der Umgebung umher wie die eines Fuchses, der in der Falle saß. Dabei blieb sein Blick an einer hölzernen Mistgabel hängen, die an eine Scheune gelehnt stand. Der zweite Reiter kam wenige Schritte vor ihm zum Stehen und stieg ab. Er ging auf den Edelmann zu, wie ein Jäger, der sich dem scheuen Wild nähert.

„Geht mit uns", sprach er heimtückisch. „Wir versprechen, dass Euch nichts widerfahren wird, wenn Ihr uns alles mitgeteilt habt, was Ihr wisst."

Für einen Moment sah es so aus, als würde sich der Gejagte stellen. Mit kleinen Schritten und gesenktem Kopf ging er allem Anschein nach sich ergebend auf den Schergen zu. Aber mit einem Male rannte er los. Es dauerte einen Moment, bis auch der Scherge die plötzliche Wendung erfasst hatte. Der Edelmann riss die Mistgabel an sich und verschwand in der Scheune. Der auf seinem Pferd verbliebene Reiter brüllte in wahnsinniger Wut auf, überholte den laufenden Schergen und galoppierte schnurstracks in die Scheune hinein. Einen Augenblick später war aus deren Innerem ein merkwürdig gurgelndes Geräusch zu vernehmen. Der andere stoppte ab, näherte sich vorsichtig dem morschen Holzbau, zog sein Schwert, atmete durch und wollte ebenfalls in die Scheune eintreten. Einen Lidschlag früher und das herauspreschende Pferd hätte ihn niedergetrampelt, so aber streifte es ihn nur und warf ihn zu Boden. Sitzend verfolgte er den wilden Galopp des Pferdes, das mit all seiner Kraft den toten Reiter aus dem Sattel zu werfen versuchte. Eine Mistgabel ragte aus dessen Rücken. Als der zweite Scherge sich wieder der Scheune zuwenden wollte, spürte er plötzlich die kalte Klinge eines Schwertes im Nacken.

„Euer Freund hielt nicht viel von seinem Schwert, sonst hätte er es kaum fallen lassen", scherzte der Edelmann grimmig.

Ängstlich wandte sich der Scherge um.

„Verschont mich", bat er in flehendem Ton. „Bitte!"

„Hättet Ihr mich verschont? Ich würde es mir vielleicht überlegen, wenn Ihr Euch auf Euren Rappen setzen und überall verkünden würdet, ich wäre tot."

Der Scherge schluckte schwer.

„Wenn ich ohne Euren Kopf zurückkehre, tötet er mich, das wisst Ihr nur zu gut."

„Dann kehrt nicht zurück. Ganz einfach."

„Ich stehe in seinem Dienst. Er bezahlt mir meinen Sold. Wovon soll ich leben?"

Der Edelmann senkte die Klinge und griff in die Taschen seiner Beinkleider.

„Seht her."

Er hielt seinem Verfolger einen funkelnden Stein unter die Nase. „Das ist mehr, als Ihr in Eurem kläglichen Leben jemals erhalten werdet. Zieht in ein fernes Land und lasst alles hinter Euch."

Zögernd ergriff der Scherge den Stein und betrachtete ihn. Noch nie hatte er etwas derartig Reines in Händen gehalten. Er nickte schließlich eifrig und versteckte den Stein gierig in seiner Tasche. Mit erhobenen Händen lief er rückwärts auf sein Pferd zu.

„Solltet Ihr mich verraten", erinnerte der Edelmann, „seid Ihr der Erste, den mein Zorn trifft."

„Habt keine Sorge", versprach der Scherge lächelnd und gab seinem Pferd die Sporen.

Der Edelmann atmete tief durch. Wäre es zu einem Kampf gekommen, hätte er mit Gewissheit das Nachsehen gehabt. Das Mädchen trat an ihn heran.

„Es ist so weit", sagte sie. Er blickte sie fragend an. „Wenn der Abend anbricht, will der Älteste Euch sehen."

GEGENWART

„Ich will wissen, wo meine Tochter ist!", schrie Benning den hilflos dreinschauenden Polizisten an. „Sie kann ja wohl nicht vom Erdboden verschluckt sein. Oder?"

„Beruhigen Sie sich bitte", besänftigte ein anderer den zu Recht aufgebrachten Vater. „Zeugen haben gesehen, wie Ihre Tochter in Begleitung eines Mannes in einem BMW davongefahren ist." Benning tastete hastig seine Taschen ab. „Es war nicht zufällig ein roter BMW?" Er wurde blass.

„Doch", bestätigte der Polizist. „Neueres Baujahr. Die Fahndung läuft."

Lensing trat an die kleine Gruppe heran. „Der junge Mann, von dem Sie sprechen, trug der zufällig Jeanskleidung?", fragte er kleinlaut.

„Ein Mann in Jeanskleidung soll den Wagen steuern, ja."

Der Polizist sah den Hinzugekommenen fragend an.

„Kennen Sie ihn?"

„Ja." Der Professor räusperte sich kurz. „Er ist mein Kollege."

Benning stürmte, vollkommen außer sich, auf Lensing zu und packte ihn an den Jackenaufschlägen.

„Was macht Ihr Kollege mit meiner Tochter?" schrie er ihm ins Gesicht.

Jetzt näherte sich Dr. Stella Vargo dem Geschehen.

„Ich kann verstehen, wie Sie sich fühlen, aber das, was Sie jetzt hier tun, hilft keinem weiter", versuchte sie den besorgten Vater zu beruhigen.

„Was wissen Sie denn schon darüber, wie ich mich fühle?"

Benning warf der jungen Doktorin einen zornigen Blick zu. Einen Funkspruch später verkündete der Polizist dem besorgten Vater, dass es seiner Tochter prächtig ging, seinem BMW allerdings weniger. Professor Lensing wollte zu gerne fragen, ob es schon Neuigkeiten bezüglich des gestohlenen Zylinders gab, hielt sich aber vorerst taktvoll zurück.

Der Mercedes ließ sich spielend leicht abhängen. Sie fuhr durch einige Büsche direkt auf eine andere Straße und kam so unerwartet schnell zurück zu ihrem Hotel am Duisburger Hauptbahnhof. Sie stellte das Motorrad in die Tiefgarage, wechselte das Nummernschild und betrat erschöpft ihr Zimmer. Sie schüttete den Inhalt ihres Rucksacks auf das Bett. Zwischen dem ganzen Einbruchswerkzeug kramte sie den silbernen Zylinder hervor und betrachtete ihn argwöhnisch. Seine Oberfläche war glatt und glänzend. Sie schüttelte ihn leicht und hielt ihn dicht ans Ohr um zu hören, ob sich im Inneren etwas befand. Nichts. Sie schüttelte erneut, diesmal heftiger. Hatte sie jetzt ein leises Rascheln gehört? Sie zuckte mit den Schultern und warf ihn achtlos auf das Bett. Dann zog sie sich in ins Badezimmer zurück. Sie wollte erst duschen, bevor sie ihrem Auftraggeber über den erfolgreichen Beutezug berichtete. Gerade in dem Augenblick, als sie sich den schwarzen Pullover über den Kopf zog, klickte hinter ihr ein Waffenverschluss.

„Beweg dich jetzt besser nicht", riet ihr eine heisere Stimme.

„Was ist ein Disziplinarverfahren?", wollte Greta-Lisa wissen, während Silber ihren Kindersitz auf der Rückbank eines anderen Autos befestigte.

Es war der hinterste Wagen in dem Polizeikonvoi. Das Wort „Disziplinarverfahren" war das letzte gewesen, was der Polizist, der Silber auf den Kopf getreten hatte, ausstieß, bevor er von dem Agenten bewusstlos in den BMW gelegt worden war.

„Dat is so eine Art Strafe für böse Jungs."

„Musst du jetzt nachsitzen?", fragte das kleine Mädchen interessiert, während Silber sie und Wombel an den Sitz gurtete.

„Ha, dat wäre schön. Mein Chef macht mich wahrscheinlich so lang, dat ich im Sitzen dat Mittelmeer sehen kann."

„Aber das ist doch schön", erwiderte seine Mitfahrerin treuherzig und stellte sich dabei vor, wie sie beim Hausaufgabenmachen das blaue Meer sehen konnte.

„Du machst mir Spaß", meinte Silber grinsend und startete den Wagen. Auf dem Weg zum Bahnhofshotel ließ er sich von Greta-Lisa erklären, warum gerade sie in der Lage war, den genauen Aufenthaltsort der Diebin ausfindig zu machen – und damit den gesamten Polizeiapparat blamierte. Es stellte sich heraus, dass sie die Nichte des größten Taxiunternehmers in ganz Duisburg war, der mehr als hundertachtzig Fahrer beschäftigte. Es war für die Taxichauffeure ein leichtes gewesen, den Weg der Flüchtigen zu verfolgen, weil sie flächendeckend über ganz Duisburg verteilt waren und ständig in Funkkontakt standen. Normalerweise informierten sie sich untereinander nur über Staus oder Radarfallen, doch für die kleine Greta-Lisa machte die verschworene Gemeinde gerne mal eine Ausnahme.

„Ich weiß gar nicht, wie ich dir danken soll", sagte Silber erleichtert.

„Dafür sind Partner doch da", erklärte sie großzügig.

„Nein, im Ernst. Wenn du irgendwann mal Probleme hast, sag mir Bescheid", beharrte der Agent auf seinem Angebot.

Greta-Lisa überlegte kurz, wozu Kinder Erwachsene eigentlich brauchten. „Könntest du mir bei den Mathehausaufgaben helfen?"

Die Diebin verharrte in ihrer Bewegung. Sie drehte nur den Kopf und sah sich drei Männern in dunklen Anzügen gegenüber.

„Gib uns einfach den Zylinder, und wir verschwinden wieder."

„Welchen Zylinder?" Sie versuchte, sich dumm zu stellen. Aber für solch ein Spiel brachten die Männer nicht die nötige Geduld mit. Einer löste sich aus der Gruppe und schlug ihr mit der flachen Hand hart ins Gesicht. Ihre Wange hielt der Wucht des straffen Lederhandschuhs nicht stand. In trägen Rinnsalen lief Blut über ihren Hals hinab. Ihr ganzer Kopf dröhnte.

„Fangen wir also noch mal von vorne an. Wo ist der Zylinder?" Seine Hand drückte ihr den Hals zu. Sie lächelte gequält. Der Griff lockerte sich. Voller Verachtung spuckte sie dem Schläger ins Gesicht und rammte ihm mit aller Kraft ihr Knie zwischen die Beine. Mit einem lauten Stöhnen sackte er in sich zusammen. Ein Schuss löste sich. Wuchtig wurde sie gegen die Badezimmertür geschleudert. Sie hatte Glück im Unglück. Der Streifschuss riss ihr nur den Oberarm auf.

„Ich frag nicht noch einmal", drohte der Schütze, während sein Partner sich wieder aufrappelte und ihr einen schmerzhaften Tritt in die Seite versetzte.

„Mach die Augen auf, du Idiot!", brüllte sie wutentbrannt. „Er liegt vor dir auf dem Bett."

„Warum nicht gleich so?" Seine Stimme klang fast schon versöhnlich.

Der dritte Mann ging auf das Bett zu und nahm den Zylinder in die Hand, während der beinahe Entmannte ihr nun seine Waffe an die Schläfe setzte.

Greta-Lisa und Wombel balancierten auf den hohen Hockern der Hotelbar. Silber hatte ihr zwar gesagt, sie solle im Auto bleiben, damit ihr nichts zustoße, aber nach kurzem Überlegen fiel ihr ein, dass im Fernsehen immer der Mann zur Frau sagt, sie solle im Auto bleiben, und später ist es dann die Frau, die den Mann aus einer unangenehmen Situation befreit, gerade weil sie nicht im Auto geblieben ist. Außerdem machten Verfolgungsjagden durstig, und sie brauchte dringend etwas zu trinken. Greta-Lisa winkte lässig den Barkeeper zu sich heran und bestellte in alter Agentenmanier einen Erdbeershake. Gedankenverloren knabberte sie an einer Salzstange.

Eine Frau mit langem schwarzen Haar nahm neben ihr Platz und bestellte ein Mineralwasser. Kurze Zeit später stellte der Barmann die georderten Getränke auf die gewünschten Plätze und zog sich diskret zurück. Greta-Lisa hatte große Schwierigkeiten, mit ihrem Mund an den Strohhalm zu kommen, der aus dem hohen Glas ragte. Wie eine Giraffe reckte sie ihren Hals, um mit spitzen Lippen einen kleinen Schluck zu ergattern. Amüsiert beobachtete die Frau das kleine Mädchen und prostete ihr zu. Greta-Lisa lächelte zurück und setzte sich ihren Spielzeughund auf den Schoß.

„Wartest du auf deine Eltern?"

„Nee, ich warte hier auf meinen Partner."

„Ach so", schmunzelte die schwarzhaarige Schönheit und schaute sich um. „Wo ist er denn?"

„Der ist oben."

„Spielt ihr Verstecken?"

„Nee, der nimmt gerade jemanden fest."

„Oh, schafft er das denn alleine?"

„Klar, der ist Agent", erzählte Greta-Lisa stolz.

„Ihr spielt ja lustige Spiele", meinte die Frau.

„Na ja, er hat den neuen BMW von meinem Papa kaputt gefahren. Ich glaube nicht, dass Papa das lustig findet."

„Wirklich?", fragte die Frau mit großen Augen.

„Ja, wir haben eine Motorradfahrerin verfolgt." Die Kleine nuckelte kurz an ihrem Strohhalm. „Die hat was geklaut, und der René will das jetzt wiederhaben, sonst kriegt er Ärger. Sein Chef ist nämlich so streng."

Die Frau räusperte sich und nahm einen Schluck Wasser aus ihrem Glas.

„Dein Partner heißt nicht zufällig René Silber?"

„Doch", antwortete Greta-Lisa brav.

„Der arbeitet für den BND?", fragte die Frau erstaunt.

„Das möchte ich doch stark hoffen. René hat gesagt, dass die meinem Papa ein neues Auto kaufen." Greta-Lisa schlürfte wieder an ihrem Shake. „Hoffentlich bezahlen die auch den Milchshake. Ich hab nämlich gar kein Geld dabei", kicherte sie verlegen.

„Mach dir darüber keine Sorgen, ich lade dich ein", sagte die Frau lächelnd und rutschte von ihrem Barhocker.

„Wo gehst du denn jetzt hin?"

„Ich schau mal nach, was dein Partner macht", antwortete sie augenzwinkernd.

„Das kann ich dir auch so sagen, der macht bestimmt wieder was kaputt."

„So, mein Täubchen, jetzt sag uns nur noch, ob das alles war, und dann hast du's hinter dir." Der Lauf der Pistole presste sich fester an ihren Kopf und machte ihr das Reden schwer. Die anderen Ganoven lachten hämisch.

„Zimmerservice", trällerte es auf einmal gut gelaunt von hinten. Gerade als der Schütze sich umdrehen wollte, um den Störenfried zu vertreiben, schlug ihm auch schon krachend eine Faust aufs Nasenbein. Mit lautem Poltern fiel die schwere Automatik zu Boden.

„Mein Name ist René Silber", erklärte der Agent mit erhobener Waffe. „Bundesnachrichtendienst. Ich freue mich, dat ich die ganze Krabbelgruppe hier auf einen Schlag treffe."

„Du hast mir die Nase gebrochen", jammerte der Schütze.

„Wenn du nicht gleich deine Fresse hältst, brech ich dir noch ganz andere Sachen", entgegnete Silber. Dann erblickte er die junge Frau, die mit schmerzverzerrtem Gesicht auf dem Boden kauerte und sich die blutende Schulter hielt.

Plötzlich brüllte der Mann am Bett auf und warf Silber den Zylinder an den Kopf. Für den Bruchteil einer Sekunde ging dem jungen Agenten das Licht aus. Das reichte dem Trio vollkommen. Wie die wilden Tiere stürmten sie auf ihn zu. Noch bevor er wieder verteidigungsfähig war, kassierte er unzählige Tritte und Schläge. Jetzt reichte es ihm. Wahllos riss er einen der Männer am Kopf nach unten und ließ ihn mit dem Gesicht voran auf sein entgegenkommendes Knie krachen. Bewusstlos sackte der Angreifer zur Seite. Danach schlug Silber dem, der die Nase sowieso schon gebrochen hatte, noch einmal auf selbige, um sicherzugehen, dass er ihn endgültig vom Hals hatte. Der letzte Typ war wesentlich agiler und versuchte, den Agenten mit hohen Tritten am Kopf zu treffen. Silber ergriff kurzerhand das austretende Bein und brachte den Kickboxer mit einem kurzen Ruck aus dem Gleichgewicht. Als der strauchelte, trat er ihm mit aller Kraft vor den Brustkorb, so dass der Getroffene mit einem Röcheln auf dem flauschigen Teppich landete und nach Luft rang. Silber war zufrieden. Alle drei lagen im Raum verteilt und waren erst einmal bedient.

„Einen Moment, ich helfe Ihnen", sagte er zu der jungen Frau und hob seine Waffe wieder auf. Ein leises Klicken ließ ihn erstarren. Jemand hatte einen Revolver entsichert und drückte ihm die Waffe nun zwischen die Schulterblätter.

„Du bist gut in Form", lobte eine ihm bekannte Stimme mit russischem Akzent.

Nachdem Karl Benning die gute Nachricht über das Befinden und den Verbleib seiner Tochter vernommen hatte, beruhigte er sich recht schnell.

„Ich möchte mich bei Ihnen entschuldigen." Er bot dem Professor seine Hand an. „Ich war wohl vorhin etwas grob zu Ihnen."

„Macht nichts", winkte der ab und ergriff die ihm entgegengehaltene Hand. „Wir sind ja alle ein wenig erregt."

„Wenn ich auch nur ansatzweise geahnt hätte, was der Fund für Ereignisse nach sich zieht ...", Benning schüttelte den Kopf, „... ich hätte den Krempel niedergewalzt."

„Sie haben die Sachen gefunden?", fragte Lensing erstaunt.

„Ja, und ich bedauere es aus tiefstem Herzen."

„Aber, mein Lieber, Sie haben dazu beigetragen, einen großen historischen Fund sicherzustellen", begann der Professor begeistert. „Das, was eben hier passiert ist, kann man kurioserweise nur als unerwünschten, aber vorprogrammierten Nebeneffekt bezeichnen. Kunsträuber hat es schon immer gegeben. Sie müssen sich da keine Vorwürfe machen."

„Dann erzählen Sie mir mal, was so besonders an dem vergammelten Zeug sein soll, dass Menschen dafür Kopf und Kragen riskieren."

„Es gibt da eine ganz bestimmte Vermutung, Herr Benning. Ich kann mich aber erst festlegen, wenn ich die Fundstücke näher in Augenschein genommen habe. Die Frage ist dann nämlich nicht mehr, was so besonders daran ist, sondern wo es uns hinführt …"

Dr. Stella Vargo betrat den Sitzungssaal. Mitarbeiter hatten die Fenster geöffnet, um den Rauch, den die Blendgranaten verursacht hatten, abziehen zu lassen. Unten auf der Straße sah sie den Vater des verschwundenen Mädchens. Er unterhielt sich noch immer mit dem Mann, der einen braunen Karoanzug trug und nun an dem Mundstück seiner Pfeife herumkaute. Sie lehnte sich ein wenig aus einem der Fenster, um den Mann genauer zu betrachten. Die Gestik und der grauenvolle Anzug erinnerten sie stark an einen Professor, den sie während ihrer Studienzeit in München einmal in einer Vorlesungsreihe gehört hatte, die er als Gastdozent hielt. Er hatte damals aus seinem Buch gelesen, das aber, wie sich später herausstellte, in der Fachwelt keine Beachtung fand und vom Markt genommen wurde, weil seine Thesen ein wenig zu gewagt und unglaubwürdig erschien.

Sie lief zurück ans Rednerpult und kramte in ihrer Aktentasche. Stella hatte vorsorglich einige Bücher eingepackt, um, wenn nötig, besonders schwierige Fragen besser beantworten zu können. Wenn sie sich recht erinnerte, hatte sie auch das besagte Werk des damaligen Dozenten eingesteckt. In einem Kapitel hatte er sich nämlich anschaulich über die Herkunftsbestimmung altertümlicher Waffen ausgelassen, und das war in ihrem Fall recht brauchbar. Bingo, dachte die Doktorin, als sie auf der Rückseite des Buches das Foto des Autors betrachtete. Gemächlich schritt sie mit dem Buch, das sie sich wippend auf die Handfläche klopfte, zurück ans Fenster und beobachtete den Mann im Karoanzug. „Warum bist du hier, Professor Lensing?", flüsterte Stella. „Wonach suchst du?"

Silber drehte sich vorsichtig um, als der Druck in seinem Rücken nachließ, und blickte schließlich in die schmalen Züge Anna Polownas. Er konnte gar nicht reagieren, weil ihn die Tatsache, seine verlorene Liebe nach so langer Zeit in einer derartigen Situation und ausgerechnet in dieser Stadt wiederzutreffen, vollkommen überraschte. Anna war da weniger ergriffen.

„Hallo, René", begrüßte sie Silber freundlich und schlug ihm den Griff ihres Revolvers an die Stirn.

Mit einem Stöhnen sackte er zusammen und landete vor ihr auf den Knien.

„Hör auf, er hat mir geholfen!", schrie die rothaarige Frau.

„Dann bedank dich und sieh zu, dass wir endlich verschwinden können", antwortete sie unbeeindruckt.

Anna Polowna war vor einem Jahr Hals über Kopf aus Deutschland geflohen, weil ihr damaliger Auftraggeber sie hatte beseitigen wollen. Anna und Silber trennten sich in jener Nacht, ohne sich jemals gesagt zu haben, was sie für einander empfanden. In der Schweiz, wo Anna endlich zur Ruhe kam, suchte sie nach einer geeigneten Ablenkung. Sie nutzte ihre Fähigkeiten, die sie sich als Terroristin angeeignet hatte, nun als gerissene Kunstdiebin. Anna machte sich schnell einen Namen in diesem Milieu, da sie als knallhart und zuverlässig galt. So kam es auch, dass sie des Öfteren von fanatischen Kunstsammlern angeheuert wurde, bestimmte Dinge zu beschaffen. Beim letzten Mal hatte sie in ein italienisches Schloss eindringen müssen, um einen Weinkelch zu stehlen, aus dem angeblich der Heilige Franziskus getrunken haben sollte. Sie konnte zwar nicht nachvollziehen, warum jemand 30.000 Dollar für einen verbeulten Messingkelch zu zahlen bereit war, aber Anna betrachtete ihre Aufträge recht nüchtern und scherte sich wenig um die Beweggründe ihrer Auftraggeber. Hauptsache, die Kasse stimmte. Sie wollte diese sprudelnde Einnahmequelle natürlich so gut es ging ausschöpfen, und so kam es auch, dass sie sich eine Art Lehrling an ihre Seite stellte. Sie hatte die junge Frau von der Straße aufgelesen und ihr alles beigebracht, was sie über Einbrüche wissen musste. Anna würde ihre Auszubildende aber beizeiten daran erinnern müssen, dass die erste Regel für den Rückzug in ein Hotel lautete, immer zwei Zimmer zu buchen. Eines als Blender, das andere zum Agieren. Dann passierte so ein Schlamassel wie dieser normalerweise nicht.

„Was macht denn der deutsche Geheimdienst hier?", fragte Anna nun Silber, der sich den Kopf hielt.

„Ich wollt fragen, ob du heut Abend schon wat vorhast", kam es trocken.

Sie lächelte. Er hatte sich nicht verändert.

„Du solltest dich lieber um deine Partnerin kümmern. Die sitzt unten an der Bar und hofft, dass dein Chef ihren Milchshake bezahlt."

Silber verzog das Gesicht. „Verdammt, die sollte doch im Auto bleiben."

„Frauen tun selten das, worum Männer sie bitten", entgegnete Anna.

„Oh, Verzeihung, ich habe die Gottheit angezweifelt." Silber grinste sarkastisch.

„Gute Einstellung", schmunzelte Anna und schaute zu ihrer Gehilfin, die sich notdürftig die Wunde am Arm verbunden hatte und hastig ihre Sachen in eine Tasche stopfte.

Der Mann vom Geheimdienst stand auf. Einer der Eindringlinge wollte es ihm gleich tun, doch Anna bohrte mit einem knirschenden Geräusch ihren hohen Absatz in seine Hand und schlug ihm den Lauf ihrer Waffe vor die gebrochene Nase. Der Mann heulte vor Schmerz auf und sank zurück auf den Boden.

„Wer sind denn deine netten Bekannten?", wollte Silber wissen.

„Das wüsste ich selbst gern", murmelte die Russin nachdenklich.

„Ich dachte erst, sie würden zu dir gehören."

„Oh, deswegen die stürmische Begrüßung."

Er rieb sich die Stirn. Sie lächelte. Natürlich tat es ihr leid, ihm wehgetan zu haben.

„Wir können los", meldete die Rothaarige.

„Tja, mein lieber René, dann wünsche ich dir noch einen angenehmen Tag", begann Anna. „Es wäre sehr freundlich, wenn du dich um die Jungs hier kümmern könntest."

„Natürlich, kein Problem. Bist du noch länger in der Stadt?"

„Nein, wir müssen weiter. Unser Kunde wartet auf den Zylinder."

„Ah, der Zylinder", erinnerte Silber sich.

Annas Anblick hatte ihn den Grund seines Aufenthalts hier schon fast wieder vergessen lassen.

„Du verstehst, dass ich ihn dir nicht überlassen kann?" Anna lächelte entschuldigend.

„Mmh, ich glaube, ich krieg 'ne Menge Stress, wenn ich ohne das Teil wiederkomme."

„Das meinte deine Partnerin auch", grinste die Kunstdiebin.

„Worüber hast du dich denn mit der kleinen Kröte noch unterhalten?"

„Frauengeheimnis!"

„Ach so, dann will ich euch mal nicht länger aufhalten."

„Der Zylinder!"

„Anna, ich kann ihn dir nicht geben."

„Bitte", sagte Anna flehend und drückte ihm den Lauf ihres Revolvers in den Bauch.

„Na ja, wenn du so nett Bitte sagst. Er ist unter dat Bett gerollt."

Die Rothaarige holte den Zylinder hervor und verstaute ihn in ihrer Reisetasche.

„Kann ich sonst noch wat für euch tun? Soll ich euch vielleicht noch die Polizei vom Hals halten?"

„Wäre äußerst liebenswürdig von dir. Und versuch bloß nicht, uns zu folgen."

„Nee, da hab ich keinen Bock mehr drauf. Ich hab schon einen Wagen zu Schrott gefahren."

„Darüber hat sich deine Partnerin auch beschwert", lächelte Anna.

„Du weißt wohl alles."

„Nein, alles leider nicht", bedauerte sie und hätte gerne gewusst, ob er sie noch immer mochte.

„Na, da bin ich ja froh", sagte Silber und kramte sein Handy hervor. „Darf ich euch noch ein Taxi rufen?"

„... und meine Oma macht den besten Marmorkuchen." Der Barkeeper lauschte gespannt den Erzählungen seines neunjährigen Gastes.

„Ist deine Oma auch eine Agentin?", erkundigte er sich, während er einige Gläser abtrocknete.

„Nee, ich glaub nicht", antwortete sie, wollte aber die Möglichkeit, dass ihre Oma einer Spezialeinheit angehören könnte, nicht vollkommen ausschließen. Immerhin kannte Großmutter den Osterhasen ganz gut, und das war ja auch schon was.

Anna Polowna trat an die Theke und setzte sich neben Greta-Lisa.

„Und wie läuft es?", wollte die kleine Agentin wissen.

„Super", strahlte Anna.

„Habt ihr das Ding jetzt wieder?"

„Natürlich."

Das Mädchen schaute sich um. „Wo ist René?"

„Der ist noch oben. Er hat gesagt, dass du ruhig noch einen Milchshake trinken darfst."

„Wirklich? Das ist aber nett. Hoffentlich bekomme ich kein Bauchweh."

„Wenn du schön langsam trinkst, geht das schon", versicherte ihr Anna. „So, junge Dame, ich muss jetzt los. Es war sehr nett, dich kennengelernt zu haben." Sie machte Anstalten zu gehen.

„Dich auch, mach's gut."

Anna streichelte Greta-Lisa sanft über den Kopf und verschwand durch die gläserne Tür. Anschließend erläuterte die Kleine dem Barkeeper haarklein ihre Vorstellungen von einem ganz speziellen Milchshake ...

Seit einer geschlagenen halben Stunde lag Silber mit einer Riesenschachtel Pralinen auf dem Bauch und der Fernsteuerung des Fernsehgerätes in der Hand auf dem Bett des Hotelzimmers. Er schaltete um, legte die Fernbedienung ab und griff sich eine Praline aus der Packung. Dann nahm er die Fernbedienung wieder auf, wechselte auf den Musikkanal, legte die Fernbedienung erneut nieder und genehmigte sich eine weitere Praline. Silber hätte ja gerne beide Hände benutzt, aber Anna hatte ihm ausgerechnet mit seinen eigenen Handschellen die linke Hand ans Bett gekettet. Eigentlich durfte er sich nicht beschweren. Die drei Fieslinge hatte sie nämlich ordentlich geknebelt ins Badezimmer verfrachtet. Silber schaute auf die Uhr. Langsam wurde die Zeit knapp. Wenn er noch lange so unnütz herumlag, konnte er die Möglichkeit abhaken, Anna zu verfolgen. Er hatte schon mit allen Mitteln versucht, auf sich aufmerksam zu machen: Er stellte den Fernseher auf volle Lautstärke, in der Hoffnung, dass sich jemand beschweren würde. Aber was war bloß aus der Welt geworden, wenn sich noch nicht einmal jemand über die Kelly Family beschwerte? Vermutlich waren die Zimmer nicht alle ausgebucht. Silber gab auf. Er stellte den Fernseher auf normale Lautstärke, schaltete um und sah sich die Schlümpfe an. Nach einer Weile vernahm er ein zaghaftes Klopfen.

„Ja, bitte."

Die Tür öffnete sich langsam und Greta-Lisa steckte den Kopf in den Raum.

„Mir ist schlecht", beklagte sie sich.

„Mir auch", antwortete er.

Dem Mädchen war es, nachdem sie sich zwei Monstershakes bestellt hatte, recht langweilig geworden, und sie hatte beschlossen, sich ein wenig im Hotel umzusehen. Sie wusste nicht, in welchem Zimmer sich René aufhalten könnte und lief systematisch die ganzen Gänge ab. Von weitem hatte sie dann ihren Lieblingssong gehört und wollte wissen, woher er kam. Als sie dann das Quäken der Zeichentrickfiguren hörte, war sie ziemlich sicher, Silber gefunden zu haben.

„Boah, wolltest du die ganze Packung alleine essen?", beschwerte sie sich bei dem Anblick der riesigen Pralinenschachtel.

„Na ja, ich hab's zumindest versucht", gestand Silber.

„Das war aber nicht nett. Ich bin doch dein Partner. Wir müssen doch teilen", motzte das kleine Mädchen.

„Greta-Lisa, mein Liebes", begann er zu beschwichtigen, „du müsstest mal ganz schnell zurück zu unserem Wagen laufen ..."

Zwei Minuten später kramte Spezialaushilfsagentin Benning auf der Rücksitzbank des Einsatzfahrzeuges in Silbers Jacke nach dem Ersatzschlüssel seiner Handschellen. In Windeseile rannte sie zurück und überreichte dem Agenten den Schlüssel.

„Klasse", lobte er und machte sich daran, die Handschellen zu lösen. „Mann, Mann, Mann! Ohne dich wär ich heut echt aufgeschmissen."

„Du machst aber auch komische Sachen."

„Meinst du, du könntest deinen Onkel noch mal um einen klitzekleinen Gefallen bitten?"

Anna Polowna saß mit ihrer Gehilfin auf der bequemen Rückbank eines Großraumtaxis und wirkte sichtlich erleichtert. Es war wirklich nett von Silber gewesen, dass er ihnen das Taxi gerufen hatte. Natürlich war ihr von Anfang an klar gewesen, welchen Zweck er damit verfolgte. Er hätte sich, sobald sie auf dem Weg waren, von der Taxizentrale den genauen Standort des Wagens durchgeben lassen, damit er sie irgendwo abfangen konnte. Anna wollte ihrer Auszubildenden zeigen, wie professionell man in diesem Geschäft sein musste. Sie hatten Silber ans Bett gekettet und wechselten nun schon zum dritten Mal das Taxi, um ihren Fluchtweg zu verschleiern.

„Wir kommen bestimmt gleich in einen Stau", meinte Sarah beunruhigt, als sie sah, dass es immer langsamer voranging.

„Macht nichts", beruhigte Anna sie. „Wir haben genügend Zeit. Sei lieber froh, dass alles so glimpflich verlaufen ist."

„Du hast recht", gab Sarah zu. „Ich hatte übrigens das Gefühl, dass du den Agenten gut kennst."

„Wir hatten früher mal miteinander zu tun."

„Ich meine, richtig gut. Kann es sein, dass du ihn magst? Sonst gehst du mit Männern, die dir in die Quere kommen, nicht so zimperlich um. Und diesen Silber hast du sogar mit Pralinen versorgt, nachdem du ihn ans Bett gefesselt hast. Fehlte nur noch, dass du ihm die Kissen aufgeschüttelt hättest ..."

„Ich habe ihn genauso behandelt wie die anderen auch", entgegnete Anna verärgert.

„Okay, nur mit dem Unterschied, dass die anderen drei jetzt zusammengepfercht in der Badewanne sitzen."

Die Russin antwortete nicht. Sie konnte nicht abstreiten, immer noch etwas für Silber zu empfinden. Wenn es aber so offensichtlich war, dass es anderen auffiel und sogar ihre Arbeit gefährdete, musste sie das schleunigst abstellen.

Sie lehnte den Kopf an die Scheibe, beobachtete die Autos, die sie überholten, hörte aus der Ferne, wie der jugoslawische Fahrer in seiner Landessprache telefonierte, und dachte an Silber. Ein kurzes Lächeln huschte unbemerkt über ihr Gesicht.

René Silber, der ungehobelte, schokolademampfende, freche Gauner hatte sich wieder in ihr Herz geschlichen. Wer hätte das gedacht? Schade nur, dass sie ihn sobald nicht wiedersehen würde. Sie hätte sich gerne ein wenig länger mit ihm unterhalten. Sie würde ihm gerne sagen ...

Das plötzliche Rucken des Wagens riss sie aus ihren Gedanken. Der Fahrer fluchte.

„Was ist los?", fragte Sarah entsetzt.

„Keine Ahnung. Muss nachschauen." Der Fahrer lenkte den Wagen auf den Seitenstreifen und stieg aus, um die Motorhaube zu öffnen.

„Das hat uns gerade noch gefehlt", stöhnte Anna.

„Zahnriemen ist gerissen", rief der Fahrer den beiden von draußen zu.

„Und was jetzt?", schnauzte Sarah ihn an.

„Ich rufe Zentrale. Die schicken Ersatzfahrzeug." Ohne die Antwort der Frauen abzuwarten, funkte er die Taxizentrale an. Die freundliche Vermittlerin sicherte dem Fahrer zu, dass sich ein Reservefahrzeug sofort auf den Weg mache, um die Fahrgäste wohlbehalten an ihr Ziel zu bringen. Nachdem die beiden Frauen den Funkspruch vernommen hatten, beruhigten sie sich etwas und warteten. Was konnten sie auch sonst tun? Zehn Minuten später setzte sich eine große Limousine vor das defekte Taxi. Der Fahrer stieg aus und öffnete den Kofferraum.

„Bitte bleiben Sie noch einen Augenblick im Wagen, wir laden eben ihr Gepäck um."

Anna und Sarah nickten. Sie hatten sowieso keine große Lust, auf dem Seitenstreifen herumzuspazieren, während die anderen Autos mit einem Affenzahn an ihnen vorbeipreschten. Ihr Fahrer übergab dem anderen die Gepäckstücke, der verstaute sie wiederum in seinem Kofferraum, schloss die Klappe, winkte den beiden Frauen zu und stieg in die Limousine. Anna und Sarah schauten sich völlig entgeistert an, als jetzt ihr eigener Fahrer dazu stieg und der Wagen davonbrauste. Die Ex-Terroristin atmete tief durch. Reingelegt, dachte sie, der verdammte Gauner hat uns reingelegt!

„Was war das denn jetzt?" Sarah blickte nicht ganz durch.

„Hallo, hallo", kam es verzerrt aus dem Lautsprecher der Funkanlage.

Anna nahm das Mikrofon und antwortete mit einer Mischung aus Staunen und Ärger in der Stimme: „Hallo, mit wem spreche ich?"

„Ich bin's, Greta-Lisa. Bist du es, Anna?"

„Ja", antwortete diese gedehnt. Sie erkannte die Stimme des kleinen Mädchens wieder.

„Hallo, Anna", plapperte die Kleine fröhlich. „Ich soll dir von René sagen, dass wir dich gerne noch ein Stück mitgenommen hätten, aber wir haben leider nicht so viel Zeit. Er hat gesagt, du wüsstest schon, was er meint."

„Sag ihm bitte," knurrte Anna zähneknirschend, „dass ich ihn in nächster Zeit nicht so schnell vergessen werde."

„Oh, da wird er sich bestimmt freuen."

„René ist nicht zufällig in deiner Nähe?", hakte sie nach.

„Doch. Aber der wühlt gerade in einer großen Tasche rum." Kurze Stille. „Jetzt hat er was gefunden. Du müsstest mal sehen, wie der sich freut."

Anna konnte sich sehr gut vorstellen, wie René Silber sich freute. Er machte bestimmt riesige Freudensprünge und küsste vor lauter Begeisterung den Zylinder.

„Der hopst herum wie ein Osterhase", kommentierte Greta-Lisa den Freudenanfall. „Iiih, und jetzt knutscht er das komische Ding ab. Eklig."

Wieder Stille. Anna schüttelte den Kopf.

„Jetzt fängt er auch noch an zu singen", meldete die Kleine.

„Ach ja", murmelte Anna nahezu tonlos, „was denn?"

Stille.

„Ich versteh's nicht ganz", murrte die Kleine, „hört sich an wie: ,Verarsche niemanden, der es besser kann als du.'"

Mit überschwänglicher Freude wurden Greta-Lisa, Wombel und der verloren geglaubte Zylinder dort in Empfang genommen, wo man seit über vier Stunden sehnsüchtig auf ihre Rückkehr wartete. Silber wurde zunächst keine besondere Aufmerksamkeit geschenkt, obwohl er Kopf und Kragen riskiert hatte, um das mittelalterliche Fundstück unbeschadet zurückzubringen. Es machte ihm aber wenig aus, vor allem da er sich wie ein Schneekönig freute, der cleveren Anna solch ein Schnippchen geschlagen zu haben. Wie nicht anders zu erwarten, hatten sie versucht, mit der Benutzung mehrerer Taxis ihren Fluchtweg zu verwischen. Die Idee war ja an und für sich auch nicht schlecht. Der Gag war nur, dass Anna und Sarah ständig in Wagen desselben Taxiunternehmers eingestiegen waren. So konnte Silber problemlos einen Motorschaden fingieren lassen und ohne großes Trara den Zylinder an sich bringen. Er vergaß natürlich nicht, wem er diesen Erfolg zu verdanken hatte und beobachtete Greta-Lisa dabei, wie sie allen in den schillerndsten Farben die Geschichte erzählte.

Silber schmunzelte. Er konnte sich gar nicht mehr erinnern, dass sie beide mit dem Wagen einen Satz von 100 Metern gemacht, vier Mercedes abgehängt und sich mit zehn Polizisten geprügelt hatten. Das einzige, was bedauerlicherweise stimmte, war, dass er an der Hotelbar sechzehn Milchshakes hatte bezahlen müssen, weil Greta-Lisa großzügigerweise das gesamte Hotelpersonal eingeladen hatte, und die drei Gangster aus dem Badezimmer entkommen waren, weil Silber ihren Fahrer, der unten in der Tiefgarage wartete, außer Acht gelassen hatte. Als ein wenig Ruhe eingekehrt war, trat der Geheimdienstler an die kleine Gruppe heran.

„So Leute, nachdem wir uns jetzt alle abgeregt haben, würde ich doch gerne mal erfahren, warum alle Welt hinter diesem komischen Ding her ist, als wäre dat", er deutete auf den Zylinder, „die letzte Bierdose auf diesem Planeten."

Er wandte sich an Dr. Stella Vargo.

„Sie haben ja am Anfang so ne glühende Rede gehalten. Dann können Sie mir die Frage bestimmt spielend beantworten." Er drehte sich weiter zu Lensing. „Oder Sie vielleicht. Sie haben mich ja erst hierher geschleift und mussten sich dat Ding unbedingt angucken."

Silber breitete die Arme aus und pendelte mit seinen Blicken zwischen den beiden hin und her.

„Also, wer will?"

Dr. Vargo legte mit einem Lächeln ein Buch auf den Tisch.

„Ich bin dafür, dass der Autor dieses ganz besonderen Werkes das Wort erhält."

Professor Lensing errötete.

Silber nahm das Buch in die Hand und blätterte planlos darin herum.

„So, so", meinte er und las den Titel vor:

„Die letzten unentdeckten Schätze dieser Welt."

Silber schaute Lensing nun direkt an.

„Respekt, ich wusste gar nicht, dat Sie auch Bücher schreiben."

„Ich habe nur eins geschrieben", antwortete der.

Es war ihm sichtlich unangenehm, dass Stella Vargo dieses Buch ins Spiel gebracht hatte.

„Och, nur eins?" Silber lachte auf. „Ich hab früher noch nicht mal ne Seite für einen Schulaufsatz geopfert, weil ich gedacht hab, dat wäre Papierverschwendung."

„Im Grunde genommen ist dieses Buch ebenfalls Papierverschwendung", brachte der Autor leicht verbittert heraus.

„Nur weil die Fachwelt Ihr Werk nicht anerkennt, ist es noch lange keine Papierverschwendung", tröstete Stella ihn.

„Vielleicht könnt ihr mir mal erzählen, um wat et darin geht, dann kann ich euch sagen, ob es welche ist", bot Silber sich selbstlos an.

„Professor Lensing ist der Ansicht, dass auf der Suche nach den großen Schätzen bedeutender Menschen zu engstirnig vorgegangen wird. Die Archäologen klammern sich unverständlicherweise immer an die eine Person, ohne im Wesentlichen darauf zu achten, wer sich noch in ihrer engeren Umgebung aufgehalten hat. So könnte es z. B. sein, dass König Salomon einen guten Freund hatte, dem er vor seinem Tod möglicherweise einiges anvertraut hat. Oder nehmen wir Kapitän Cook. Er war wohl kaum der verbitterte, hartherzige Seeräuber, der seine Schätze versteckt hielt und auf wirren Karten, die nur er verstand, einzeichnete, damit er keinem anderen mitzuteilen brauchte, wo sie sind. Nein, auch Cook muss einen Vertrauten gehabt haben. Alle bedeutenden Menschen müssen Vertraute gehabt haben. Ob Cleopatra, Napoleon, Atilla oder sonst wer. Es muss sie gegeben haben. Nur forscht keiner nach ihnen, weil sie in den Augen der Wissenschaft nicht bedeutsam sind. Würde die Fachwelt die Scheuklappen ablegen und sich diesen scheinbar", Stella machte mit ihren Fingern Anführungszeichen in die Luft, „unwichtigen Personen annehmen, würden sie bestimmt interessante Geheimnisse lüften können." Sie machte eine kurze Pause. „Nur wollte sich zum damaligen Zeitpunkt keiner der angesehenen Wissenschaftler als engstirnig oder mit Scheuklappen behaftet bezeichnen lassen, die nicht bemüht wären, ihre Arbeit zu tun. Also stellten Sie das Buch an den Pranger und manövrierten damit Professor Lensing ins Abseits." Sie wandte sich an den Betreffenden.

„Habe ich was ausgelassen?"

„Nein", antwortete er leise.

„So ist dat also", meinte Silber und klopfte dem Professor tröstend auf die Schulter. „Ich find dat ganz einleuchtend. Obwohl ich in eurer Branche nix zu kamellen hab."

„Ich habe das auch verstanden", meldete sich Greta-Lisa vorlaut. „Warum sind wir hier?"

Der Agent sah den Professor eindringlich an.

Der räusperte sich.

„Vermuten Sie hier einen Schatz?"

Silber versuchte mit der zweiten Frage seine erste selbst zu beantworten.

„Ja", gab Lensing schließlich kleinlaut zu.

„Na, bravo! Jetzt erzählen Sie mir aber bloß nicht, Käpt'n Cook hätte im Freihafen seine Klamotten versteckt."

Lensing lächelte.

„Kapitän Cook nicht. Und das Gesuchte befindet sich wahrscheinlich auch nicht im Hafen. Ich bin etwas ganz anderem auf der Spur."

„Ja, wat denn?" Silber wurde langsam ungeduldig.

„Ich vermute, dass sich der Nibelungenschatz in Duisburg befindet."

BUMM. Das hatte gesessen. Im ersten Augenblick wusste keiner so recht, was er dazu sagen sollte.

Greta-Lisa war die erste, die ihre Worte wiederfand. „Papa, was ist ein Nibelungenschatz?"

„Na ja, der Nibelungenschatz ... äh, dazu müsste ich dir die ganze Sage erzählen ...", stockte Benning.

„Sage?" Das Mädchen blickte verständnislos in die Runde.

„Eine Sage", half Stella, „ist so eine Art Märchen."

„Oh, ein Märchen", rief Greta-Lisa begeistert.

„Wie kommen Sie darauf, dat dieser Schatz ausgerechnet hier in Duisburg sein soll?" Silber runzelte die Stirn.

„Kennen Sie die Nibelungensage im Einzelnen?", entgegnete der Professor.

„Na ja, so richtig kenne ich die wohl nicht."

„Wenn ich ehrlich bin", schaltete sich Benning ein, „bekomme ich die Sage auch nicht mehr zusammen."

„Das ist schade", meinte Lensing. „Sie brauchen das als Vorwissen, wenn ich Ihnen meine Theorie erläutern soll."

„Dann erzähl uns doch einfach das Märchen", bettelte Greta-Lisa. Der Gelehrte blickte etwas verdutzt drein.

„Ja, genau", stimmte Silber zu. „Machen Sie mal den Märchenonkel für uns. Quasi als Belohnung für die Wiederbeschaffung des Zylinders."

„Gute Idee", sagte Stella.

„Finde ich auch", meinte Benning.

Alle Augen ruhten nun erwartungsvoll auf Professor Kurt Lensing.

„Also gut", lächelte er schließlich. „Es liegt zwar schon etwas zurück, dass ich die letzte Vorlesung gehalten habe, aber ich hoffe einfach mal, dass die Herrschaften nicht allzu verwöhnt sind." Jeder suchte sich einen Stuhl und ließ den Gelehrten dabei nicht aus den Augen.

„Vor langer Zeit gab es in Xanten einen König ..."

VERGANGENHEIT

Respektvoll betrat er die Hütte des Ältesten. Ein Lagerfeuer warf tanzende Schatten auf die Gesichter der Anwesenden. Es schien, als hätten sich alle Einwohner des Dorfes in die kleine Hütte gedrängt. Mütter wiegten ihre Kinder im Arm, und die Männer hielten sich in der Nähe des Ältesten auf, der in der Mitte der Hütte auf einem Holzschemel saß.

„Seid gegrüßt, Fremder", krächzte er.

Der Edelmann antwortete mit einem leichten Kopfnicken. Er wirkte angespannt, da er nicht wusste, was der Älteste von ihm wollte. Er konnte sich vorstellen, dass die Bewohner ihn nicht weiter in ihrem Dorf haben wollten, nach dem, was sich zugetragen hatte.

„Wir haben Euch alle Gastfreundschaft zukommen lassen, die einem Mann Eures Standes gebührt", begann der Dorfälteste. Die Männer um ihn herum stimmten kopfnickend zu. „Nun seid Ihr an der Reihe, uns Anerkennung zu zollen, indem Ihr uns sagt, wer Ihr seid. Vor allem aber möchten wir wissen, woher das Unheil kommt, dass Ihr nach Euch zieht."

Der Edelmann zögerte. Er wusste nicht recht, wo er beginnen, was er preisgeben sollte.

„Ich sehe", lächelte der Wortführer, „Eure Erklärung wird längere Zeit in Anspruch nehmen. Sammelt Euch und beginnt am besten von

Anbeginn der Dinge, dann habt ihr Gewissheit, nichts ausgelassen zu haben."

Der Edelmann nickte und begann seine lange Geschichte. Er berichtete, dass er aus dem Reich der Nibelungen komme. Sein König hatte ihn dort zurückgelassen und mit der ehrenvollen Aufgabe betraut, einen Schatz zu bewachen, der dort verwahrt wurde. Bei seinem König handelte es sich um den sagenumwobenen Siegfried, der in jungen Jahren in Drachenblut gebadet hatte und seither als unverwundbar galt. Ein herabfallendes Lindenblatt jedoch, das sich vor dem Bad auf seinen Rücken gelegt hatte, ließ diese Stelle vom Blut des Drachen unberührt – und somit verletzlich. Nur seiner Gemahlin Kriemhild hatte er anvertraut, wo sich dieser Fleck befand. Unseligerweise gab sie Hagen von Tronje, dem Erzfeind des Königs, Auskunft darüber, weil der sie glauben machte, Siegfrieds schwachen Punkt um jeden Preis schützen zu wollen. So kam es, dass der Neider Hagen dem König der Nibelungen einen Speer in den Rücken bohrte. Ungeachtet der Anschuldigungen, die man gegen Hagen von Tronje erhob, dachte dieser sich eine weitere List aus, um an den Nibelungenhort zu gelangen. So geschah es, dass Kriemhild von ihren eigenen Brüdern überredet wurde, den Schatz nach Worms bringen zu lassen, wo ihn Hagen gewaltsam an sich nahm und an einer geheimen Stelle in den Fluten des Rheins versenkte.

GEGENWART

„... bis hierhin erzählt die Sage über den Schatz." Professor Lensing machte eine kleine Pause.

„Na also, da haben wir et doch. Der Schatz liegt irgendwo in Worms", schlussfolgerte Silber. „Wat erzählen Sie denn für n Quark, dat der hier in Duisburg liegt?"

„Das Schöne an Sagen ist, dass vieles stimmen kann", antwortete Lensing mit einem verschmitzten Lächeln, „aber nicht stimmen muss. Viele Erzählungen über Schätze führen bewusst in die falsche Richtung, um Diebe zu täuschen. Hinzu kommt außerdem, dass sich dieses Ereignis ungefähr im 6. oder 7. Jahrhundert zugetragen hat."

Er hob mahnend den Zeigefinger.

„Man bedenke nun, dass erst fünfhundert Jahre später das Nibelungenlied niedergeschrieben wurde. Und diese große Lücke lässt Raum für einige Spekulationen. Wer weiß, was im Laufe der Zeit alles abgeändert und hinzugefügt worden ist."

„Welche Vermutungen haben Sie denn?", meldete sich Dr. Vargo zu Wort.

„Ganz einfach. Ich halte den Träger dieses Brustpanzers für einen Mann aus Siegfrieds Gefolge, der mit Sicherheit über den Hort Bescheid wusste."

Lensings Augen leuchteten.

„Wat is denn, wenn der nächste Brustpanzer in Mülheim gefunden wird?", stichelte Silber.

„Das wäre zu überlegen", meinte der Professor und befasste sich tatsächlich ernsthaft mit dieser Frage. „Vorausgesetzt natürlich, der Panzer trüge das Wappen mit dem Drachen."

„Was macht Sie so sicher, dass Siegfried den Drachen als Wappen gewählt hat?", gab Stella zu bedenken. „Es existieren dafür zu wenig Anhaltspunkte."

„Sie haben recht", bestätigte Lensing. „Manche Übersetzungen der Nibelungensage erzählen von einer goldenen Krone auf blauem Grund. Nur spricht vieles für den Drachen als Symbol, vor allem weil Siegfried eben diesen in jungen Jahren erlegte und ihm zudem seine Unverwundbarkeit verdankte. Da er von diesem Tag an überall als Drachentöter bekannt war, liegt es meiner Meinung nach sehr nahe, dass er dieses Fabelwesen zu seinem Zeichen erwählte."

„Okay", unterbrach Silber, dem der Kopf von dem ganzen Theoriegeschwafel dröhnte. „Erzählen Sie uns mal lieber den Rest der Geschichte, damit ich mir den ganzen Kram besser vorstellen kann."

„Ja, genau. Erzähl weiter", drängte auch Greta-Lisa.

„Gut", gab der Professor nach.

„Ich werde die Sage aber so weitererzählen, wie ich glaube, dass sie sich zugetragen hat …"

VERGANGENHEIT

Der Edelmann stockte in seiner Erzählung. Er bemerkte, dass die Dorfbewohner gebannt an seinen Lippen hingen und nur darauf warteten, wie seine Geschichte weitergehen würde. Also fuhr er fort. Siegfried hatte damals, eingedenk der unsicheren Zeiten, Kriemhild über die wahre Größe des Hortes im Unklaren gelassen. Vor allem aber wusste niemand etwas von der Existenz des Kriegers, der den eigentlichen Hort bewachte. Dieser wollte Kriemhild, der er sich nun verpflichtet fühlte, über den wahren Wert des Schatzes aufklären, und schickte ihr einen Boten. Kriemhild war verzückt und erschrocken zugleich über so viel Reichtum und sandte den Boten mit der Nachricht zurück, den Hort Siegfrieds Vater, dem König der Niederlande, zu übergeben. Sie war sicher, dass er den Schatz gerecht und in Siegfrieds Sinne verwalten würde. Doch Hagen von Tronje fing den Kurier ab, las die Nachricht, ließ den Boten ins Verlies werfen und ersetzte ihn durch einen seiner Männer, der stattdessen die Bitte überbrachte, den Schatz umgehend nach Worms zu bringen. Bei der Ankunft des fremden Boten wurde der Wächter misstrauisch und schenkte der angeblichen Antwort seiner Königin wenig Glauben. Erst nach langem Zögern erklärte er sich bereit, den Hort an den gewünschten Ort zu bringen. Aber in der Nacht vor der Abreise traf ein zweiter Bote ein. Kriemhild, die ein Dankschreiben des Königs der Niederlande vermisste, hatte den Boten gesandt, um ihrem Wunsch Nachdruck zu verleihen. Somit entlarvte Kriemhilds Kurier den Überbringer der ersten Botschaft und verhinderte, dass der Schatz in falsche Hände geriet. Auch Hagen wurde unruhig und sandte seine Männer in das Nibelungenland, um nach dem Verbleib des Hortes zu forschen. Sie verpassten den Hüter des Schatzes nur knapp. Er war schon auf dem Weg in die Niederlande. Hagens Männer begannen eine Hetzjagd. Sie wollten ihrem strengen Herrn auf keinen Fall ohne Schatz unter die Augen treten und setzten alles daran, den Nibelungenkrieger zu stellen. Unermüdlich schwärmten sie aus und hetzten ihn durch das ganze Land. Die Häscher waren ihm ständig auf den Fersen, doch er verstand es stets, ihnen zu entkommen. Oft musste er sich seiner Haut erwehren, wenn sich ihre Wege kreuzten.

„... und so bin ich in die hilfreichen Arme Eures Dorfes getrieben worden", endete der Edelmann in leisem Flüsterton. Nur langsam vermochten sich seine Zuhörer aus dem Bann zu lösen, in den seine Erzählung sie gezogen hatte. Der Älteste nickte verständnisvoll.

„Eure Geschichte scheint unglaublich ...", begann er. „Dennoch möchte ich eines gerne noch von Euch erfahren ..."

GEGENWART

„Na ja", sagte Silber, „ob ich dat mal alles glauben soll."

„Ich finde das spannend", lobte Greta-Lisa.

„Aber laut Sage ist doch ein Zwergenkönig der Wächter des Nibelungenschatzes." Stella blieb skeptisch.

„Ja, aber nur von dem Teil, der in Hagens Besitz überging", erwiderte Lensing.

„Also sind Sie der Ansicht, dass der Schatz groß war ..."

„Nicht ,war'", fiel der Professor ihr ins Wort. „Ist! Ich weiß, dass der Schatz groß ist."

„Also gut", gab sie lächelnd nach. „Sie meinen so groß, dass Siegfried ihn auf zwei weit auseinanderliegende Orte verteilt hat und dafür zwei Wächter brauchte?"

„Genau", bestätigte Lensing. „Und dieser Wächter", er deutete auf den Brustpanzer, „war aller Wahrscheinlichkeit nach auf dem Weg nach Xanten, um dem König der Niederlande den Zylinder zu überbringen. In Duisburg muss er aber gewaltsam von Hagens Männern aufgehalten worden sein und konnte so seine Mission nicht zu Ende führen."

„Moment mal", fiel Silber ihm ins Wort. „Wenn es so war, wie sie Sie sagen, dat Hagens Männer ihn aufgehalten haben, dann hätten die doch bestimmt auch den Zylinder eingesackt. Oder?"

„Sicherlich", bestätigte der Professor.

„Und warum ist der Zylinder dann noch hier in Duisburg?"

„Der Wächter ist wohl auf der Flucht von einer schweren Verletzung oder so dahingerafft worden und starb einsam an einem Ort, an dem ihn niemand mehr fand."

„Aha. Könnten wir jetzt gnädigerweise mal erfahren, wat es mit diesem Zylinder auf sich hat?"

„Ich gehe davon aus, dass sich im Zylinder Skizzen befinden, auf denen der Schatz eingezeichnet ist."

„Offensichtlich stehen Sie mit Ihrer Hoffnung nicht alleine da", bemerkte Silber trocken, „weil sonst würde uns nicht die halbe Unterwelt die Bude einrennen."

„Können wir da nicht mal reingucken?", eiferte sich Greta-Lisa.

„Dazu müssen wir erst zum Institut für Denkmalpflege fahren", erklärte Stella dem Mädchen freundlich.

Silber sprang von seinem Stuhl auf.

„Okay, Leute, auf geht's. Ich will jetzt wissen, wat da drin is."

„Gehen wir auch mit, Papa?", drängelte Greta-Lisa.

„Ich weiß nicht, mein Schatz ..." Benning war das vorlaute Wesen seiner Tochter sichtlich unangenehm. „Wir fahren besser nach Hause. Ich glaube nicht, dass die Herrschaften uns noch länger dabei haben möchten." Der Ingenieur hoffte, dass einer der Beteiligten seine Annahme bestätigen würde, damit Greta-Lisa keinen Aufstand probte. Er blickte erwartungsvoll René Silber an.

„Von mir aus könnt ihr mit", sagte der beiläufig.

Benning schaute überrascht zu der jungen Doktorin.

„Natürlich dürfen Sie beide uns begleiten", lächelte sie freundlich.

Auch der letzte Hilfe suchende Blick zum Professor zerpflückte Bennings Plan.

„Ich halte es für sehr vernünftig, wenn die junge Dame uns bei unseren Forschungen zur Seite steht. Die Jugend interessiert sich heutzutage sowieso immer weniger für Kultur, da müssen wir nicht noch den letzten Menschen vergraulen, der dazu beigetragen hat, eines der großen Kulturgüter dieser Welt wiederzubeschaffen."

„Juchhu!" Greta-Lisa war aus dem Häuschen. „Hast du gehört Papa, wir dürfen mitmachen."

„Hm, toll", grummelte Benning.

VERGANGENHEIT

„Was begehrt Ihr noch zu wissen?" Der Edelmann wirkte ein wenig misstrauisch.

„Die ersten von Hagens Männern waren heute in unserem Dorf. Wie lange wird es wohl dauern, bis der Rest von ihnen eintrifft, um nach Euch zu suchen?"

„Wenige Tage nur, denke ich", antwortete der Fremde leise und senkte den Kopf. „Ich werde mich gleich morgen wieder auf die Reise begeben. Dann braucht Ihr Euch nicht länger um Euer Dorf zu sorgen."

„Ich hatte nicht vor, Euch mit meiner Frage fortzujagen. Zumal Euer Zustand nicht der beste ist und es unverantwortlich wäre, Euch ziehen zu lassen."

„Nein, Ihr …"

Eine ärgerlich abwehrende Geste des Ältesten unterbrach ihn. Der Alte verzog die Mundwinkel und blickte nach oben. Er schien nachzudenken.

„Gilt das wirkliche Interesse der Häscher nicht eher dem Inhalt des silbernen Behältnisses als Eurer Person?", fragte er schließlich. Der Edelmann lächelte.

„Das mag sein. Doch kenne ich den Inhalt und bin somit ebenso wichtig für sie."

„Wäre es nicht klüger gewesen, den Inhalt auf mehrere Männer zu verteilen, damit Hagen nicht so ein leichtes Spiel hat?"

„Gewiss. Doch muss ich gestehen, dass ich in einer solch beschwerlichen Lage kaum die Möglichkeit fand, nach einem vertrauenswürdigen Menschen zu suchen."

Der Älteste nickte zustimmend.

Der Fremde richtete sich auf. „Ich habe Euch nun alles über mich und mein Streben berichtet. Nun erlaubt mir, dass ich mich zurückziehe, ich bin erschöpft", bat der Edelmann.

Der Älteste lachte. „Ihr versteht es geschickt, Euch einer einfachen Frage zu entziehen."

„Welche wäre das?", erwiderte der Edelmann wohl ahnend, was jetzt kommen würde.

„Wie nennt man Euch?"

GEGENWART

„Haben Sie eigentlich eine Idee, wie der Knilch heißt?", fragte Silber den Professor, als er Stella, Greta-Lisa und Benning die hintere Tür seines Kübelwagens aufhielt.

„Wen meinen Sie?", fragte Lensing.

„Na, den Wächter des Schatzes! Wie heißt der?"

„Diese Frage kann ich Ihnen erst beantworten, wenn wir den Zylinder geöffnet und den Brustpanzer näher untersucht haben. Die Krieger vergangener Tage ließen oft ihren Namen in die Rüstung oder in ihre Waffen eingravieren."

„Na, da bin ich ja mal gespannt."

„Boah, ist das ne alte Karre", platzte es aus Greta-Lisa heraus.

„Greta-Lisa, so etwas sagt man nicht", ermahnte Benning seine Tochter.

„Herr Silber ist so nett und nimmt uns mit, da darfst du dich nicht über sein Auto beschweren."

„Du könntest dich prima mit meinem Onkel zusammentun", plapperte Greta-Lisa unbeirrt weiter, „der sammelt auch so alte Schrottkarren."

Der geplagte Vater verdrehte die Augen. Silber honorierte die Bemerkungen mit einem Augenzwinkern.

„Möchtest du dich auf meinen Schoß setzen?", bot Stella dem kleinen Mädchen an, das unruhig auf dem glatten Kunstledersitz hin- und herrutschte.

„Ja, gerne." Greta-Lisa krabbelte etwas umständlich auf den Schoß der Doktorin.

„Danke", sagte Benning, „das ist sehr nett. Ich wollte nicht ..."

Er wollte nicht als überforderter alleinerziehender Vater gelten, der es nicht schaffte, sich richtig um seine Tochter zu kümmern.

„Mach ich doch gern", versicherte Stella.

Silber fuhr los. Auf dem Weg zum Institut begegnete ihnen ein Abschleppwagen mit Bennings schrottreifem BMW. Der Agent sah im Rückspiegel den traurigen Gesichtsausdruck des ehemaligen Besitzers.

„Machen Sie sich nichts draus", meinte er tröstend, „der zweite Gang hat sowieso gehakt."

„Ehrlich?"

Benning überlegte, vielleicht die Marke zu wechseln.

„Aber fliegen konnte er klasse", verteidigte Greta-Lisa das Auto ihres Papas.

Am Institut angekommen, trug Silber den Brustpanzer in den dafür vorgesehenen Raum. Nur widerwillig gab der Professor den Zylinder aus der Hand. Silber machte sich schon einmal laienhaft daran, den Harnisch zu untersuchen.

„Was machst du da?", fragte die Aushilfsagentin.

„Ich guck, ob hier ein Name steht oder so. Der Professor hat gesagt, dat da wat stehen müsste."

Stella trat leicht belustigt zu den beiden Amateur-Archäologen, als sie bemerkte, wie auch Greta-Lisa sich abmühte, etwas an dem Panzer ausfindig zu machen.

„Ich muss euch beiden leider sagen, dass ihr die Schrift, die ihr vielleicht finden werdet, nicht entziffern könnt."

„Ich kann aber schon lesen", tönte Greta-Lisa.

„Ihr werdet dat jetzt bestimmt nich glauben", bemerkte Silber scherzhaft, „aber ich auch." Er konnte sich natürlich denken, worauf Dr. Vargo hinauswollte.

„Nein", wehrte Stella ab. „Das meine ich nicht. Ich rede von der Schrift. Damals verwendete man noch nicht die Buchstaben, die wir heute kennen. Die Germanen hatten Runenzeichen."

„Runenzeichen?", wiederholte Greta-Lisa fragend.

„Ja", bestätigte die Wissenschaftlerin. „Und ihr Alphabet nannten sie Futhark."

„Hm", maulte das Mädchen, „das klingt aber komisch."

„Wieso? Wir nennen unser Alphabet Abc, und die Germanen benannten ihres auch nach den ersten Lautzeichen. Und die waren nun mal F, U, Th, A, R, und K."

„Trotzdem komisch", nörgelte sie.

„Und man sollte nicht vergessen zu erwähnen", schaltete sich der Professor ein, „dass Futhark nur aus 24 Lautzeichen bestand, unser Alphabet aber aus 26."

„Wie", hakte Silber nach, „die hatten Buchstaben zu wenig?"

„Na ja, sozusagen", fuhr der Professor fort. „Die Germanen benutzten für manche Dinge einfach nur ein einzelnes Runenzeichen. Das K stand zum Beispiel für Geschwür oder Krankheit, und das R konnte sowohl Wagen als auch Reiten bedeuten."

„Die waren bestimmt zu faul zum Schreiben", behauptete Greta-Lisa.

Lensing schmunzelte. Er begann Gefallen daran zu finden, mit ihr, die scheinbar ihre eigenen Ansichten über die Germanen hatte, zu diskutieren.

„Nun, wenn du bedenkst, dass es zu dieser Zeit bei den Germanenstämmen keine Füllfederhalter gab und sie mühsam ihre Worte in Holz ritzen mussten, kann ich es ihnen nicht verdenken, wenn sie manches Wort abgekürzt haben."

„In Holz?", fragte die Kleine verblüfft.

„Ja. Meist wurden die Runenzeichen in Buchenstäbe geschnitzt. Daher stammt auch das Wort Buchstabe."

„Aha?"

Greta-Lisa blickte leicht verwirrt zu Stella. Die nickte lächelnd.

„Sie haben eben erzählt, dat die Namen auf den Rüstungen der Krieger zu finden sind", erinnerte Silber.

„Ja, natürlich."

„Können Sie die Runenzeichen entziffern?"

„Selbstverständlich."

„Dann sagen Sie uns doch endlich, wat auf dem Brustpanzer für ein Name steht. Dat macht die Sache dann etwas persönlicher, wenn wir gleich unsere Nase in den Zylinder stecken."

Der Professor nickte und begann damit, den Harnisch in Augenschein zu nehmen. Stella reichte ihm ein Vergrößerungsglas, um ihm die Suche zu erleichtern.

„Aha", sagte er schließlich, als er im unteren Bereich etwas entdeckt zu haben schien.

„Haben Sie wat gefunden?"

Silber platzte fast vor Neugier.

„Jaaa", antwortete Lensing langgezogen.

„Was steht denn da?", fragte Greta-Lisa ungeduldig.

Der Professor blickte mit gerunzelter Stirn auf. „Seltsamer Name ..."

VERGANGENHEIT

„Ja, sagt uns endlich Euren Namen", rief eine Frau aus der Menge. Ein Raunen ging durch die versammelte Schar. Erst als der Älteste die Hand hob, kehrte Ruhe ein.

„Nun sprecht", verlangte er.

„Nennt mich Ebian", antwortete der Fremde mit fester Stimme.

„Gut, Ebian, dann erzählt uns, was Ihr jetzt zu tun gedenkt."

„Ich muss weiterziehen, um dem König der Niederlande die Nachricht zu überbringen, damit er schon bald den Nibelungenschatz sein eigen nennen kann."

GEGENWART

„Ebian?", wiederholte Silber skeptisch.

„Ja", antwortete Lensing.

„Na ja, is ja nicht gerade ein Krachername für einen Krieger, der den größten Schatz der deutschen Geschichte bewacht hat."

„Wie sollte er Ihrer Meinung nach denn heißen", fragte Stella den Agenten etwas pikiert.

„Keine Ahnung, ‚Ebian, der Schreckliche' oder wat weiß ich, wie die damals alle geheißen haben ..."

„Ich finde, Ebian ist ein schöner Name", unterbrach ihn das kleine Mädchen.

„Haben Sie den Namen schon mal gehört?", wandte sich die Doktorin an den Professor.

„Nein", gestand der nachdenklich. Er kannte so ziemlich alle Namen aus dieser Epoche, und es wurmte ihn sichtlich, ausgerechnet bei diesem Namen passen zu müssen.

„Okay, machen wir den Zylinder auf." Silber wurde ungeduldig.

Dr. Vargo ging mit ihnen in einen anderen Raum und stellte den Zylinder in einen Glasbehälter, den sie sorgfältig verschloss. Auf Knopfdruck wurde dem Inneren des Behälters der Sauerstoff entzogen.

„Was machst du da?", fragte Greta-Lisa.

„Ich entziehe dem Glasbecken den Sauerstoff, um sicherzugehen, dass der Inhalt des Zylinders nicht zerfällt, wenn er der Luft ausgesetzt wird." Stella schlüpfte in die Gummihandschuhe, die innen an dem Becken angebracht waren. Vorsichtig nahm sie den Zylinder in die Hand und zog behutsam am Deckel. Nichts passierte.

„Vielleicht ein bisschen fester", meinte Silber. „Soll ich mal?"

„NEIN", kam es wie aus einem Munde von Lensing und Greta-Lisa.

„Geduld", empfahl Stella, „ein bisschen Geduld." Alle hörten ein knirschendes Geräusch, und der Deckel löste sich. Stella hielt den Zylinder so, dass jeder einen Blick in sein Inneres werfen konnte.

„Häh, wat soll dat denn?" Damit hatte der Agent nicht gerechnet.

„Ach, manno", kommentierte Bennings Tochter.

„Das kann doch nicht sein", grunzte der Vater.

„Unfassbar!" Lensing atmete schwer.

Stella Vargo schüttelte mutlos den Kopf. „Tut mir leid."

Der Zylinder war leer.

Die Elster

VERGANGENHEIT

Hochaufgerichtet stand Ebian, sein Schwert mit beiden Händen haltend, vor einer mächtigen Eiche. Er war in den frühen Morgenstunden, noch bevor der Hahn den Sonnenaufgang verkündet hatte, den Hügel hinaufgegangen, um an einem Baum seine Schlagkraft zu prüfen. Er durfte nicht länger an diesem Ort verweilen. Wiedererstarkt musste er sich baldmöglichst auf den Weg nach Xanten begeben. Natürlich hoffte er darauf, mit Geschick und ein wenig Glück seinen Widersachern aus dem Weg gehen zu können, denn einen weiteren Kampf würde er in seinem Zustand nicht für sich entscheiden können. Ebian atmete tief durch, hob das Schwert über den Kopf und holte zu einem Hieb aus.

Ein leises Knacken ließ ihn in der Bewegung innehalten. Er senkte das Schwert und wandte sich um. Sein Blick wanderte durch das dichte Grün des Waldes. Ein Räuspern lenkte seine Aufmerksamkeit auf die Baumwipfel, und ein weiteres Knacken ließ ihn schließlich den richtigen Baum finden. Irgendjemand hockte da auf einem hohen Ast und bespitzelte ihn. Ebian zog seinen Dolch aus dem Gürtel und warf ihn mit einer geschmeidigen Bewegung in das Geäst. Kaum schlug die Klinge durch das Blätterwerk, erklang ein entsetzter Schrei, und das Geräusch von berstenden Ästen ließ den Recken vermuten, dass der Angriff sein Ziel nicht verfehlt hatte. Er lächelte. Der Spitzel fiel vom Baum und landete unsanft in dem weichen, feuchten Laub, das sich vor dem Stamm gesammelt hatte. Es war ein junger Mann.

„Oh bitte, Herr, verschont mich!", rief dieser flehentlich. „Verschont mich ... tötet mich nicht ...", wimmerte er weiter, als Ebian auf ihn zuschritt.

Der Edelmann erkannte einen Burschen aus dem Dorf, der im Blättermatsch auf den Knien auf ihn zugerutscht kam. Er ließ sein Schwert sinken.

„Wer bist du, Dollbatz?"
„Ich bin Ivo, der Gehilfe des Schmieds", stammelte er ängstlich.

„Erhebe dich!"

Der kleingewachsene junge Mann mit struppigem Haar und zerschlissenem Wams kam eiligst wieder auf die Beine.

„Was willst du? Warum belauerst du mich so hinterhältig?"

Ivo schaute beschämt zu Boden und zupfte verstohlen an seinem Gürtel, um sein Holzschwert zu verbergen.

„Antworte!", befahl der Edelmann ungeduldig.

„Ich ... ich ... lasst mich Euer Knappe sein", antwortete Ivo leise.

Nun konnte Ebian sich eines Lächelns nicht länger erwehren und nahm den Gehilfen des Schmieds näher in Augenschein.

„Ich bin fleißig und sehr gelehrig", sagte der schnell, bevor der Krieger überhaupt etwas entgegnen konnte.

Der Hüne schüttelte den Kopf.

„Nein, Ivo. Ein Mann deines Standes kann nicht der Knappe eines Nibelungenkriegers sein."

Mit diesen Worten wandte er sich um und ließ den Jüngling traurig zurück. Der Zurückgewiesene blickte dem Edelmann mit feuchten Augen hinterher. Seit er ein Knabe war, träumte er davon, in glänzender Rüstung auf einem prächtigen Pferd daherzureiten und behaupten zu können, er sei ein edler Ritter. Doch um so etwas zu erlangen, musste er erst einmal Knappe werden. Er wusste aber auch, dass nur große, stattliche Burschen von hoher Geburt Knappe werden konnten. Kein Wunder also, dass Ebian ihn ablehnte. Ivo kam weder aus gutem Hause, noch war er groß und stattlich. Wohl versuchte er diese Makel auszugleichen, indem er beim Dorfschmied in die Lehre ging, um wenigstens von sich behaupten zu können, dass er Waffen anfertigen konnte. Er selbst wollte sich natürlich auch ein Schwert zulegen. Später, wenn genügend Goldstücke in seinem Beutel klingen würden. Selbstverständlich wäre es von eigener Hand geschmiedet. Vorerst aber musste er sich mit einem Holzschwert begnügen. Ivo blickte noch einmal in Richtung des Edelmannes, um zu beobachten, wie dieser sein Schwert handhabe. Aber der hatte alle seine Sachen zusammengerafft und machte sich auf den Rückweg.

Furcht durchfuhr ihn. Der Edelmann hatte bestimmt wegen seiner Anwesenheit keine Lust mehr, sich seinen Kampfesübungen zu widmen und wollte ihn nun beim Dorfältesten verraten. Er beschloss, den Nibelungen für sein ungebührliches Verhalten um Verzeihung zu bitten. Als er sich dem Ritter näherte, vergaß er schnell seinen Vorsatz.

Auf Ebians Stirn hatte sich kalter Schweiß gesammelt. Der schwere Schild und die Waffen machten ihm zu schaffen. Er versuchte, die gesamte Last nur einer Schulter aufzubürden, um die verwundete Seite zu schonen. Er durfte sich nicht überanstrengen, wenn er nicht einen erneuten Fieberanfall heraufbeschwören wollte.

„Darf ich Euch etwas abnehmen?", fragte Ivo schüchtern.

„Nein", antwortete Ebian abweisend. Er wollte auf gar keinen Fall vor diesem Bauernlümmel beim Tragen seiner Waffen Schwäche zeigen. Der erkannte den Stolz des Edelmannes und ersann eine List.

„Ihr wollt doch sicherlich zur Schmiede, um die Waffen dort zu lagern."

Der Recke antwortete nicht.

„Mein Weg führt mich auch dorthin. Vertraut mir Eure Waffen an, und ich werde sie ohne große Umwege dort abliefern."

Ebian sah ihn skeptisch an.

„Wenn Ihr mir nicht vertraut, schickt das Mädchen, das Euch gepflegt hat. Sie kann Euch berichten, wie wohlbehalten Eure Klingen angekommen sind."

Der Ritter blieb stehen.

„Nun gut. Ich will dir vertrauen."

Ivo strahlte und machte sich daran, dem anderen die Last abzunehmen.

„Sollte etwas fehlen, schlage ich dir die Ohren ab."

Ivo nickte eifrig und stapfte mit dem Kriegsgerät eilends davon. Als er außer Sicht war, ließ Ebian sich erschöpft an einen Baum sinken. Zum ersten Mal seit dem Erhalt des Briefes der Königin zweifelte er daran, Xanten lebend zu erreichen.

GEGENWART

Karl Benning deckte in Windeseile den großen Wohnzimmertisch.

„Papa, du musst noch den Erdbeerkuchen anschneiden."

Greta-Lisa war aufgeregt und kramte eine große Schere aus der Kommode.

„Was willst du mit der Schere?"

Der Vater blickte streng.

„Wombel und ich holen nur ein paar Blumen aus dem Garten. Wir müssen doch alles noch ein wenig schmücken."

Schon war sie durch die Terrassentür verschwunden.

„Schmücken?", wiederholte Benning ungläubig und schaute mit ausgebreiteten Armen auf den absolut penibel gedeckten Tisch. Er war extra zu seiner Mutter gefahren, um sich von ihr das beste Kaffeeservice auszuleihen. Die schneeweiße Tischdecke hatte er vorher noch einmal mit Ach und Krach aufgebügelt, und nun glaubte seine Tochter, dass alles noch nicht schön genug war. Hoffentlich war ihm wenigstens der Erdbeerkuchen gelungen.

Er lief in die Küche, und gerade in dem Moment, als er mit Entsetzen durchs Fenster beobachtete, wie Greta-Lisa ungeniert beim Nachbarn Rosen abschnitt, und die ersten Erdbeeren über den Rand des Mürbeteigs purzelten, schellte es. Auf dem Weg zur Tür wollte er sich der Schürze entledigen, aber die Schleife, die ihm seine Tochter gebunden hatte, war zusätzlich mit einem Knoten verstärkt, damit sie sich nicht so schnell löste. Benning blieb stehen und zerrte hektisch an dem Stoff. Es schellte erneut. Also blieb ihm nichts anderes übrig, als mit der Pumuckelschürze die Tür zu öffnen.

Wie zu erwarten, standen Professor Lensing, Silber und Stella Vargo auf den Eingangsstufen. Um alle über die Enttäuschung des leeren Zylinders hinwegzutrösten, hatte Greta-Lisa sie einfach zum Kaffee eingeladen. Benning fand es anfangs nicht besonders prickelnd, freundete sich dann aber mehr und mehr mit dem Gedanken an, dass nach langer Zeit wieder einmal netter Besuch ihr bescheidenes Heim aufleben ließ.

„Hallo, Benning", begrüßte Silber ihn. „Haben Sie Ihrer Tochter wieder die Schürze geklaut?"

Breit grinsend drängelte er sich am Hausherrn vorbei, damit die anderen Besucher nachrücken konnten.

„Guten Tag", grüßte Stella, die mit ihrem langen, grünfarbenen Kleid einfach umwerfend aussah.

„Die Schürze hat mir meine Tochter zu Weihnachten geschenkt", rechtfertigte er sich mit hochrotem Kopf.

„Sieht doch hübsch aus", meinte sie. „Ich habe die gleiche."

„Wirklich?", staunte er und wollte die Tür schließen.

„Da kommt noch jemand", erinnerte sie ihn leise.

„Oh", stieß er aus und riss die Tür wieder auf. Lensing studierte gedankenverloren eine fotokopierte Seite mit mittelalterlichen Namen und hatte gar nicht bemerkt, dass man ihm die Tür vor der Nase zuknallen wollte.

„Guten Tag, Professor Lensing", sagte der Hausherr etwas lauter, um diesen aus seiner Lektüre zu reißen.

Lensings Kopf ruckte hoch.

„... Äh, ja, einen wunderschönen guten Tag, Herr Benning."

Im Wohnzimmer tobte schon das wahre Leben, als Benning langsam die Tür geschlossen hatte. Silber half Greta-Lisa dabei, die langstieligen Rosen in eine viel zu kleine Vase zu quetschen, und Stella stand vor dem Ölgemälde, das der Hausherr von seinem Großvater geerbt hatte, in eine angeregte Diskussion mit Lensing vertieft, wie alt das Bild wohl sei. Benning schlich in die Küche und befreite sich mit dem rettenden Schnipp einer Hähnchenschere von der Schürze. Dann versuchte er, die Erdbeeren, die zur Seite gerollt waren, wieder in ihre alte Position zu bringen.

„Zu wenig Gelatine angerührt?", klang Stellas helle Stimme plötzlich hinter ihm auf. Erschrocken fuhr er herum. „Ähm, ich habe alles nach Rezept gemacht."

„Ja, darauf falle ich auch jedes Mal herein. Haben Sie noch ein Päckchen, dann repariere ich das mal rasch."

Lensings Handy klingelte. Silber fuhr wie von der Tarantel gestochen herum und wedelte abwehrend mit den Händen. Das war bestimmt Bolte um zu fragen, warum er sein Handy nicht am Mann hatte und wo der überfällige Bericht blieb. Pflichtbewusst nahm der Professor den Anruf entgegen. Silber verdrehte die Augen und schlug die Hände über dem Kopf zusammen. Lensing erwartete ebenfalls ein mittleres Donnerwetter, aber es kam alles anders. Bolte erkundigte sich freundlich, ob alles gut laufe und Silber die Verschrottung des BMW gut überstanden hätte. Der Professor versicherte, dass alles in bester Ordnung sei und nutzte die gute Laune des Vorgesetzten, um das Schwert aus der Asservatenkammer anzufordern, weil es vielleicht zur Klärung der Sache beitragen könnte. Bolte war sofort bereit, die mittelalterliche Waffe durch einen Agenten bringen zu lassen. Wahrscheinlich nur deshalb, weil er hoffte, die beiden Chaoten damit ein paar Tage länger in Duisburg zu binden.

„Lassen Sie sich ruhig Zeit, Herr Professor. Ich habe Ihnen nicht umsonst unseren besten Mann zugeteilt."

Lensing lächelte gelassen und beobachtete aus den Augenwinkeln, wie Agent René Silber sich gerade draußen im Garten mit Greta-Lisa um die Fernbedienung eines Spielzeugautos zankte.

„Wo steckt Silber eigentlich?", fragte der Chef lauernd.

„Der ist draußen beim Wagen", erwiderte Lensing und hatte noch nicht mal das Gefühl, gelogen zu haben.

„Bastelt er wieder an seinem Motor herum?"

Lensing schaute über seine Schulter und sah, wie Silber mit Greta-Lisas Hilfe den kleinen Gummireifen des Spielzeugautos wieder über die winzige Felge stülpte.

„Er wechselt gerade einen Reifen", antwortete er schmunzelnd. So langsam fand er Gefallen daran, seinen Chef an der Nase herumzuführen.

„Na, dann will ich mal nicht weiter stören. Sie haben ja bestimmt noch einiges vor sich."

In diesem Moment huschte Stella am Professor vorbei und stellte den reichlich belegten Erdbeerkuchen neben einer riesigen Schale Schlagsahne ab.

„Das kann man wohl sagen", bestätigte Lensing, ohne den Blick vom Kuchen abzuwenden.

„Erinnern Sie Silber bitte daran, dass er mir bei Gelegenheit einen Bericht zukommen lässt. Die Stadt Duisburg hat mir nämlich eine äußerst verwirrende Rechnung geschickt. Ich weiß, dass Silber eine wilde Verfolgungsjagd hinter sich hat, bei der er vielleicht ein oder zwei Autos gestreift haben mag, aber ich weiß nicht, wieso man mir zwei Parkbänke und drei Betonabfalleimer in Rechnung stellt."

„Ich werde ihn darauf ansprechen", versicherte Lensing.

Bolte bedankte sich und beendete das Gespräch. Stella rief die beiden Streithähne herein, die sich immer noch nicht darauf einigen konnten, wer den Spielzeuggeländewagen zuerst durch den Gartenteich jagen durfte.

„Uih, der Kuchen sieht ja jetzt richtig toll aus", staunte Greta-Lisa.

„Ja, dein Vater und ich haben noch die ein oder andere kleine Veränderung daran vorgenommen."

Die Doktorin zwinkerte Benning verschwörerisch zu.

„Da haben wir ja noch mal Glück gehabt. Du hättest mal sehen sollen, wie Papa in letzter Sekunde die Erdbeeren in den Teig gepopelt hat."

„Egal, Karl." Silber versuchte Benning aus der Verlegenheit zu helfen. „Wird schon schmecken. Ich opfere mich als Erster." Silber hob seinen Teller in die Höhe.

„Ähm, haben Sie einen Tortenheber?", wandte Stella sich an den Gastgeber.

Der überlegte kurz, durchwühlte alle Schubladen und wurde zuletzt tatsächlich fündig. Sie nahm das Hebegerät entgegen und versorgte jeden mit einem riesigen Stück Obstkuchen. Lensing unterbrach schließlich die gefräßige Stille mit einer Frage:

„Das Bild dort an der Wand", er deutete auf das Ölgemälde, das er vorhin mit Stella begutachtet hatte, „von wem ist es?"

„Mein Großvater hat es gemalt", antwortete Benning und schenkte Stella Kaffee nach. Der Professor nickte anerkennend. „Interessant."

Silber äugte hinüber zu dem Bild und hob skeptisch die Augenbrauen, bevor er seinen Mund wieder mit Erdbeerkuchen füllte.

„Was ist denn nun mit dem Schatz?", wollte Greta-Lisa wissen und erinnerte damit alle Anwesenden an die Schlappe vom Vortag.

„Die einzige Spur, die wir hatten, führte leider ins Nichts, du warst ja dabei. Der Zylinder war leer", antwortete Stella mit einem traurigen Lächeln.

Die Kleine rutschte unruhig auf ihrem Stuhl herum. „Aber, du hast doch gestern erzählt, dass der blöde Hagen einen Teil von dem Schatz im Rhein versenkt hat."

„Das stimmt", bestätigte Lensing.

„Warum buddelt ihr dann nicht den Rhein um, da müsstet ihr doch was finden. Vielleicht hat Ebian seinen Teil ja auch in den Rhein geworfen."

Der Professor wiegte leicht den Kopf hin und her. „Die Idee ist an sich nicht verkehrt, nur ist der Rhein ein so langer Fluss …"

„Wie lang denn?", unterbrach Bennings Tochter ihn.

„Über 1.300 Kilometer."

„Boah, so lang?", platzte es aus ihr heraus und sie malte sich aus, wie viele Runden das auf dem Sportplatz wären.

„Ja, und jetzt stell dir mal vor, du müsstest der ganzen Länge nach den Boden umgraben", antwortete Stella für den Professor.

„Na ja, ihr könntet es ja mal versuchen …"

„Du hast ja nicht ganz unrecht", tröstete Lensing das Kind. „Es wäre theoretisch möglich, wenn man den Schatz vor wenigen Tagen versteckt hätte. Nun ist unsere Geschichte aber schon viele hundert Jahre her. Und seit dieser Zeit hat das Flussbett des Rheins sich so stark verändert, dass niemand mehr genau sagen kann, wie der Fluss zur damaligen Zeit verlaufen ist."

„Wie geht denn so etwas?", fragte Greta-Lisa ungläubig.

„Der Boden am Ufer braucht nur an einer bestimmten Stelle etwas weicher zu sein, dann könnte es nach wenigen Jahren passieren, dass das Wasser an dieser Stelle überschwappt und sich ein neues Flussbett sucht", erklärte der Wissenschaftler. Das Mädchen machte große Augen und stellte sich die armen Menschen vor, die eine Brücke bauten und tags darauf bemerkten, dass der Fluss weg war.

„Das dauert natürlich viele, viele Jahre", führte Stella Lensings Erklärung fort und deutete auf das Ölgemälde, das der Archäologe bereits angesprochen hatte. „Sieh mal, das Bild zeigt den Verlauf des Rheins im frühen Mittelalter." Sie stand auf und folgte mit dem Zeigefinger dem blauen Strich auf der Leinwand. „Damals lief der Rhein nahe dem heutigen Rathaus entlang. Hinter dem Rathaus befand sich zu der Zeit der Markt. Vom Wasser aus wurden die ganzen Händler mit Waren versorgt. Bis sich der Rhein im späten Mittelalter in einem anderen Stadtteil einen neuen Weg suchte."

„Dann buddeln wir nicht?", fragte Greta-Lisa.

„Nein, leider nicht", bestätigte Lensing. Die Kleine verzog das Gesicht.

Alle erwarteten die nächste Frage.

„Und wo fließt das Wasser hin, wenn der Fluss zu Ende ist?"

„Er mündet in die Nordsee", antwortete Stella.

Das Gesicht des Mädchens entspannte sich immer noch nicht, und alle waren neugierig, wie die nächste Frage lauten würde. Alle außer Silber, der überlegte, ob Wombel seinen Kuchen heute noch aufessen würde. Ansonsten würde er sich gerne bereit erklären …

„Läuft die Nordsee irgendwann über, wenn da so viel Wasser reinläuft?", wollte Greta-Lisa schließlich wissen.

Jetzt waren die Erwachsenen erst einmal platt. Silber nutzte die Zeit, bis die Gelehrten sich eine Antwort zurechtgelegt hatten, und klaute Wombel den Kuchen. Lensing machte es sich recht leicht, indem er der Kleinen erklärte, dass eine Menge Wasser aus dem Meer verdampfen und woanders als Regen wieder auf die Erde fallen würde.

Benning begann bald danach, den Tisch abzuräumen, und Stella half ihm dabei. Der Professor betrachtete noch einmal intensiv das Ölbild und fragte sich, nach welcher Vorlage es wohl gemalt worden war. Silber begab sich unterdessen nach draußen in den Garten auf die Kinderschaukel und blätterte in seinem Notizheft. Greta-Lisa donnerte mit dem Spielzeug-Geländewagen durch den Gartenteich. Als er beim dritten Mal endgültig steckenblieb, rief sie nach dem Agenten.

„Er kommt nicht mehr raus", maulte sie.

„Du machst Sachen", meinte Silber kopfschüttelnd und vertraute ihr sein Notizheft an.

„Was ist das?", fragte sie neugierig.

„Dat is mein Gedankenheft", ächzte er, während er versuchte, nach dem Spielzeug zu greifen.

„Aha", meinte Greta-Lisa nur.

Der Agent erreichte das Auto nicht mit den Händen. Er hielt nach etwas Brauchbarem Ausschau, womit er es aus dem Teich fischen konnte.

„Was steht denn da so drin?", hakte das neugierige Gör nach.

Silber krallte sich eine Harke und versuchte damit, den kleinen Geländewagen zu sich zu ziehen.

„Na, da stehen alle meine Gedanken drin", meinte er.

„Viele Gedanken scheinst du nicht zu haben. Das Heft ist ja ganz dünn."

Silber lachte. „Da stehen ja auch nur die schönen drin." Endlich hatte er das Spielzeug an Land gezogen.

„Dann hast du aber wenig Gedanken, die schön sind."

„Man hat auch nicht immer Zeit, alles aufzuschreiben", erklärte er geduldig und drehte das Auto so, dass das Wasser herauslief.

„Wann hast du denn schöne Gedanken? Wenn du so viel Kuchen isst, bis du platzt?"

Silber überlegte. Konnte er dem kleinen Mädchen erzählen, dass er in eine Kunstdiebin verknallt war, die seit einem Jahr wie vom Erdboden verschluckt zu sein schien, und gestern wie aus dem Nichts auftauchte, um ihm einen Gegenstand abzuluchsen, auf den er achtgeben sollte. Er atmete tief durch. So etwas würde sogar die Phantasie einer Neunjährigen sprengen.

Plötzlich trat Professor Lensing aufgeregt auf die Terrasse. „Herr Silber, wir müssen sofort zur Ausgrabungsstelle fahren."

Hinter ihm erschien Stella.

„Ja, schnell, ich wurde gerade angepiepst. Meine Leute sind wohl auf etwas gestoßen, was darüber Auskunft geben kann, ob die Ausgrabungsstätte ein ehemaliges Schlachtfeld oder ein Grab ist."

„Seit ich hier in Duisburg bin, hör ich nur Zylinder hier, Nibelungenschatz da", nörgelte Silber sichtlich genervt. „Meint ihr nicht, dat es jetzt mal langsam gut sein sollte?"

„Ich sitze vorne", meldete sich Greta-Lisa und rannte los.

„Haben Sie denn versierte Leute vor Ort?", fragte Lensing Stella.

„Hundert Prozent handverlesen", versicherte sie und marschierte ebenfalls los in Richtung Wagen. Silber setzte sich bockig auf die Kinderschaukel. Das laute Geräusch einer Hupe erklang. Greta-Lisa hatte sich hinter das Steuer des Kübels geklemmt und drückte wie eine Wilde auf den dicken Knauf des alten Lenkrades. Träge erhob sich der Agent.

„Ihr habt doch alle einen an der Waffel ..."

Die beiden Frauen saßen zusammen auf dem weichen Bett des Hotelzimmers und starrten gebannt auf das Display des Laptops.

„Meinst du, er wird uns die Hölle heiß machen?", fragte Sarah unsicher.

„Würde mich nicht wundern", antwortete Anna knapp. Innerlich kochte sie. Sie hatte den Zylinder schon in der Hand gehabt. Wie konnte sie nur so dumm sein, auf so einen einfachen Schuljungentrick hereinzufallen? Das Dilemma war, dass sie einen großzügigen Vorschuss für diesen Auftrag erhalten hatte. Sie war also verpflichtet, ihn zu erfüllen. Und die Faustregel in diesem Geschäft lautete nun mal: Wenn ein Auftrag nicht erledigt wird, gibt es keinen zweiten. Entweder weil keiner einen mehr wollte, oder weil es einen nicht mehr gab. Ganz einfach.

„Erzähl ihm von dem Mercedes und dem Agenten. Er wird es bestimmt verstehen", versuchte Sarah ihr bei einer Erklärung für den Auftraggeber zu helfen.

Anna verzog das Gesicht. Sie hasste es, ihre Unfähigkeit zu übertünchen, indem sie andere Sachen vorschob.

„Ich kann es erwähnen. Es täuscht aber nicht darüber hinweg, dass wir versagt haben."

„Er hätte uns eben sagen müssen, dass noch andere Leute hinter dem Ding her sein könnten, dann wären wir wenigstens vorbereitet gewesen."

Sarah ließ nicht locker. Sie sah nicht ein, dass sie alleine die Schuld dafür tragen sollten, nach allem, was sie geleistet hatten. Anna wandte den Blick vom Display ab und sah sie mit einem zustimmenden Nicken an. Sarah hatte recht. Dann wüssten sie jetzt bestimmt auch, warum alle Welt so scharf auf diesen gottverdammten Zylinder war, insbesondere der deutsche Geheimdienst. Die Russin ließ sich zurück in die Kissen fallen. Ein Lächeln umspielte ihre Lippen, als sie an René Silber dachte. Eigentlich müsste sie sauer auf ihn sein, andererseits aber hatte sie gar keinen Grund dazu. Immerhin hatte sie ihm den Zylinder zuerst abgejagt, ohne danach zu fragen, ob er Schwierigkeiten bekommen würde, wenn er mit leeren Händen zurückkehrte. Sie seufzte. Anna hatte gelernt, in schlechten Situationen auch das Gute zu sehen. Dieses Mal fiel ihr das nicht sonderlich schwer. Der Zylinder war zwar weg, aber immerhin hatte sie einen Menschen wiedergesehen, den sie schon einmal tief in ihr Herz geschlossen hatte. Insgeheim befürchtete sie jedoch, dass er nach dieser Aktion nichts mehr mit ihr zu tun haben wollte. Aufgeregt klopfte Sarah ihr auf den Schenkel.

„Er meldet sich!"

Anna richtete sich auf.

„*UND???*", stand auf dem Display.

„*Negativ*", tippte Anna als Antwort.

Zwei Fragezeichen kamen daraufhin zurück. Der Auftraggeber erwartete scheinbar eine etwas ausführlichere Antwort.

„*Einige Mitbewerber versuchten uns mit Waffengewalt, das Objekt zu entreißen*", war Annas Reaktion.

„*Versuchten?*"

„*Dem BND ist es letzten Endes gelungen, das Rennen für sich zu entscheiden*", vollendete sie ihre Erklärung. Sekunden lang passierte nichts.

„Er ist wohl verwundert", flüsterte Sarah, als könnte die Gegenseite sie hören.

„*Zwei Parteien?*"

„*Ja*", tippte Anna ein.

„*Den Geheimdienst habe ich nicht so schnell erwartet*", blinkte es auf dem Bildschirm. Anna glaubte ihren Augen nicht zu trauen, als sie das las und schrieb empört zurück:

„*SIE HABEN DAMIT GERECHNET, DASS SICH DER GEHEIMDIENST EINSCHALTET? HÄTTEN SIE MIR DAS NICHT SAGEN KÖNNEN?*"

„Ich versichere Ihnen, dass mit solch einem raschen Handeln von deren Seite nicht zu rechnen war. Außerdem sind Sie in Ihren Kreisen für Spontaneität bekannt."

Die Diebin grinste spöttisch, als sie die nächsten Zeilen schrieb:
„Meine Mitarbeiterin ist angeschossen worden, und der Geheimdienst verfügt über unbegrenzte Mittel, jemanden aufzuspüren", sie dachte dabei an die Taxiaktion, *„so etwas bremst die Spontaneität erheblich."*

Sekunden verstrichen.
„Können Sie mir mehr über die zweite Partei erzählen?"
„Schwarzer Mercedes mit Diplomatenkennzeichen. Mindestens vier Personen. Äußerst brutales Vorgehen."
„Ich höre mich um. Kümmern Sie sich weiter um die Beschaffung des Objekts."
„Erzählen Sie mir etwas über das Objekt", verlangte Anna.
„Der Zylinder ist seit langem im Besitz unserer Familie. Er birgt ein Geheimnis von unglaublichem Ausmaß, das den Lauf der Geschichte verändern wird."

Sie verdrehte die Augen, solch ein Gewäsch hatte ihr gerade noch gefehlt.
„Werden Sie präziser. Wer ist Ihr Vorfahre?", wollte sie wissen.

Aus den Sekunden wurden Minuten, und Anna rechnete immer weniger mit einer Antwort. Der Auftraggeber hatte wohl Angst, wenn er seinen Vorfahren preisgäbe, würde sie schneller auf sein Geheimnis kommen. Sie kannte diese Spinner zur Genüge. Ein Auftraggeber hatte einmal behauptet, er wäre der Nachfahre eines großen Feldherrn, dürfe aber nicht sagen von welchem. Er bettelte sie an, ihm besondere Schriftstücke zu besorgen, auf denen angeblich die strategischen Züge einer Schlacht niedergeschrieben seien, deren Kenntnis bestimmt dazu geführt hätte, dass besagter Feldherr seine letzte große Schlacht gewonnen hätte, wenn er diese Aufzeichnungen bei sich getragen hätte. Anna besorgte ihm damals die Schriftrollen, ließ sich großzügig entlohnen und erfuhr dann aus der Zeitung, dass sie offensichtlich Napoleons Medikamentenliste entwendet hatte.

„Er hält sich bestimmt für Cäsar", scherzte Sarah.

„So etwas ähnliches ist mir auch gerade durch den Kopf gegangen", lächelte Anna müde.

„Na, für wen halten wir uns denn heute?", summte ihre Freundin und trommelte mit ihren spitzen Fingernägeln auf dem Gehäuse des Laptops herum.

Plötzlich erschien ein Name, der die beiden gleichzeitig die Stirn runzeln ließ und ihnen einen kalten Schauer über den Rücken jagte. Langsam dämmerten Anna die Gründe für den Aufwand aller Beteiligten. Sie las den Namen laut vor, der in Schönschrift und dick unterstrichen auf dem Display prangte: ***„Hagen von Tronje".***

„Warum darf ich nie vorne sitzen?", quengelte Greta-Lisa, als Silber den Kübelwagen nahe der Ausgrabungsstelle abstellte.

„Weil das bei einem Unfall zu gefährlich wäre. Außerdem kann man auch von hinten bequem auf die Straße schauen", beantwortete Stella die Frage.

„Mmh", grummelte das kleine Mädchen wenig überzeugt und reckte den Hals, um über Silbers Schulter zu schauen.

Vor der Ausgrabungsstätte lauerte wie gewohnt eine Horde Reporter, die nur von einem dünnen Zaun abgehalten wurde, in die Grube zu stolpern. Die Wissenschaftlerin lief voraus und führte ihre Mitstreiter über einen versteckten Seitenweg hinter die Absperrung. Die ersten Institutsmitarbeiter stürzten sich auf sie, um ihr die neuen Funde zu präsentieren.

„Kommen Sie, Doktor Vargo, das müssen Sie sehen", rief ein junger Mann begeistert.

Er eilte voraus und deutete wie wild auf etwas, das unten im dunklen Lehm lag. Ein gelbes Kreuz markierte die Stelle, an der Ebians Brustpanzer gefunden worden war. Ohne bestimmte Anordnung lagen mehr als ein Dutzend weitere Rüstungen verteilt um diese Stelle herum. Ein Hinweis darauf, dass es sich womöglich um ein Schlachtfeld handelte. Stella wandte sich an den Professor.

„Was halten Sie davon?"

„Ein Grab können wir wohl ausschließen", meinte er traurig. Lensing stützte sich auf den Bauzaun und starrte in die Tiefe.

„Hagens Ritter waren wohl zuviel für dich. Nicht wahr, Ebian?", murmelte er.

„Und wat bedeutet dat jetzt für uns?", fragte Silber ungewöhnlich leise. Er spürte, wie traurig der Professor war, und irgendwie tat er ihm leid, trotz der Strapazen.

„Dass die Geschichte für uns hier zu Ende ist", meinte Lensing betrübt.

„Wenn es ein Grab gewesen wäre, hätten wir nach weiteren Hinweisen auf den Schatz suchen können, aber nun ...", er deutete kraftlos auf die Rüstungen, „... müssen wir davon ausgehen, dass man Ebian hier niedergemetzelt und ihm alles weggenommen hat, was zur Klärung der Sache beitragen könnte."

„War damit nicht zu rechnen?", fragte der Agent zaghaft.

„Eigentlich schon, aber sein Schwert befand sich an einem vollkommen anderen Ort, das ließ mich hoffen. Doch jetzt, wo ich weiß, dass der Zylinder leer ist, und ich mir diesen Fund hier anschaue, ist mir klar, dass Hagens Männer ihm das Schwert gestohlen und den Zylinder geleert haben müssen."

„Was halten Sie davon, wenn wir das Wochenende noch hier verbringen und uns erst am Montag auf den Rückweg machen?", schlug Silber vor, um den BND-Kollegen ein wenig aufzumuntern.

„Einverstanden", willigte der ein und hoffte darauf, dass sich bis dahin vielleicht doch noch etwas ergeben würde.

VERGANGENHEIT

Das Mädchen betrat mit zögernden Schritten die Schmiede. Der Edelmann hatte sie geschickt. Sie sollte prüfen, ob Ivo die Waffen gut abgeliefert hatte, und wenn dem so sei, sollte sie ihm diesbezüglich Nachricht geben. Sie lief in die Ecke, die der Schmied für Ebians Kriegsgerät hergerichtet hatte. Da lag alles – Schwert, Dolche und Brustharnisch –, gebettet auf edlem Stoff. Alles so, wie es der Edelmann wünschte, sogar mehr als das. Die Klingen glänzten. Ivo musste sie poliert haben. Das Mädchen sah sich um. Sie entdeckte weder den Schmied noch seinen Gehilfen. Plötzlich ertönte ein hohles Geräusch. Klong! Sie lief hinaus und hinter die Schmiede, wo sie Ivo erblickte, der mit einer Schleuder aus Leder mickriges Gestein gegen einen Schild warf. Klong! Das Mädchen schaute dem Treiben eine Weile zu, bevor sie sich räusperte, um sich bemerkbar zu machen.

Klong! Ivo warf unbeirrt weiter. Als er am Boden nach weiteren Steinen Ausschau hielt, trat sie an ihn heran.

„Ivo?"

Erschrocken fuhr er herum und versteckte beim Anblick des Mädchens die Schleuder hinter seinem Rücken.

„Genoveva?", erwiderte er erstaunt. „Was machst du hier?"

Sie lächelte. „Ich bin hier, um dir eine Nachricht des Edelmanns zu überbringen."

„Oh." Er blickte verlegen zu Boden.

„Dachtest du, ich sei gekommen, um deinen knabenhaften Spielchen beizuwohnen?", fragte sie amüsiert.

„Gewiss nicht", antwortete Ivo leicht gekränkt.

„Ebian wünscht, dass du morgen früh bei Sonnenaufgang sein Kriegsgerät an die Stelle trägst, an der ihr euch heute bereits gesprochen habt." Der Jüngling bekam große Augen.

„Er hat verlauten lassen, dass er einen Knecht brauchen könnte."

„Ebian hat bestimmt Knappe gesagt", hoffte Ivo.

Sie schüttelte den Kopf. „Nein, er hat Knecht gesagt. Und dieser Knecht soll ihm einen abgestorbenen Holzstamm mit der Spitze voran tief in die Erde eingraben, damit er keine lebenden Bäume beschädigt, wenn er seine Klingen führt."

„Sonst hat er nichts gesagt?"

„Doch, dass Knechte ein sauberes Auftreten haben sollten. Vielleicht werden dann später einmal Knappen aus ihnen", zwinkerte sie ihm zu.

Ivo schaute beschämt zu Boden. Er wusste, dass seine Kleider und das Schuhwerk mehr als zerschlissen waren. „Ich habe nun mal nicht genug ..."

„Das weiß der Edelmann auch", sprach sie beruhigend auf ihn ein. „Er gab mir das hier für dich mit." Genoveva holte eine goldene Münze hervor und hielt sie dem Gehilfen des Schmieds entgegen. Ivo wich einen Schritt zurück.

„Nimm sie, sie ist für dich."

„Wirklich?" Er konnte es nicht glauben, streckte aber doch seine Hand danach aus. Sie legte ihm die Münze in die schmutzige Handfläche. Lächelnd sah er Genoveva an. „Ist das nicht zuviel dafür?"

„Er hat mir aufgetragen, dir zu sagen, dass du dich mit dem besten Stoff einkleiden sollst, und dafür wirst du die ganze Münze brauchen."

Ivo schluckte. „Genoveva?", fragte er schließlich.

„Ja?"

„Ebian ist ein guter Mensch, nicht wahr?"

„Bestimmt."

„Wird er es schaffen? Ich meine, seine Schulter … wird sie ausheilen?"

„Ich wünsche es ihm", erwiderte sie leise.

GEGENWART

Anna stand an diesem Samstagvormittag zusammen mit Sarah auf der Friedrich-Ebert-Brücke und schaute hinunter auf die Ruhrorter Mühlenweide, wo der monatliche Trödelmarkt abgehalten wurde.

„Kannst du ihn sehen?", fragte Sarah.

„Nein, zu viele Leute", erwiderte die Russin kurz.

„Warte, ich schau mal durchs Objektiv", meinte die Jüngere und holte eine winzige Digitalkamera hervor. „Er muss doch zu finden sein."

Die Rede war von René Silber. Sie waren ihm seit den Morgenstunden auf den Fersen. Es war die einfachste Beschattung, die man sich nur wünschen konnte, weil er den größten Teil der Strecken mit dem Kübelwagen zurücklegte, und den konnte man sogar aus der Ferne gut ausmachen, ohne das Risiko einzugehen, entdeckt zu werden. Anna hatte sich gedacht, wenn René im Besitz des Zylinders war, dann wäre er bestimmt so freundlich, sie zu ihm zu führen. Bis zu diesem Zeitpunkt allerdings hatte er noch nichts Spektakuläres unternommen. Er traf sich mit einem älteren Herren, den Sarah als den Professor aus dem Rathaus erkannte, und mit dem kleinen Mädchen aus der Hotelbar, das zusammen mit seinen Eltern da war.

„Ich hab ihn", frohlockte Sarah.

„Wo ist er?"

„Er fährt Kinderkarussell."

Anna glaubte, sich verhört zu haben.

„Du meinst, er steht beim Kinderkarussell."

„Nein, er sitzt drauf und isst zusammen mit dem kleinen Mädchen blaue Zuckerwatte."

Anna fasste sich an den Kopf. Sie hatte nicht damit gerechnet, den BND-Agenten bei einem Familienausflug zu begleiten.

„Gib mal her", sagte sie und ließ sich von Sarah die kleine Videokamera geben.

Jetzt sah sie, wie der ältere Herr auf die Armbanduhr schaute und Silber etwas zurief. Sie grinste, als sie sah, wie Silber sein Gesicht verzog und sofort von dem fahrenden Karussell abstieg. Die kleine Gruppe spazierte zum Ende der Mühlenweide und stellte sich nahe ans Ufer des Rheins, wo sie verhältnismäßig ungestört waren. Ein paar Angler saßen vereinzelt am Wasser und gingen ungeachtet des Menschenauflaufs ihrem stillen Hobby nach. Ein Mann erwartete die Beschatteten, gab aber niemandem zur Begrüßung die Hand. Er hatte ein längliches Paket bei sich. Silber machte, seinem Gesichtsausdruck nach zu urteilen, eine spöttische Bemerkung, woraufhin der Mann weggehen wollte.

„Ich glaube, jetzt wird es interessant", meinte Anna, stellte das Objektiv auf größere Schärfe ein und zeichnete alles auf.

„Herr Silber", rief der Professor gegen den Lärm der Karussellmusik an, „es ist soweit."

Der junge Agent verzog das Gesicht. „Ach ja", erinnerte er sich widerwillig.

„Wir müssen leider los", erklärte er Greta-Lisa.

„Och, jetzt schon? Wir sind doch gar nicht fertig", nörgelte sie.

„Ich weiß. Laß uns dat Gedöns da eben hinter uns bringen, dann können wir gleich noch ne Runde fahren."

„Versprochen?", nagelte das kleine Mädchen ihn fest.

„Versprochen", grinste Silber. Sie stiegen von den bunten Pferden.

Lensing erwartete sie ungeduldig.

„Ich würde die Übergabe ja selbst vornehmen", versuchte er sich zu entschuldigen, „aber ich kenne mich hier nicht aus. Außerdem besagt die Vorschrift, dass wir beide ..."

„Ja schon gut, Prof", beruhigte der Agent den Kollegen. „Wir kaspern den Kram eben zusammen ab und fertig."

Die beiden sollten das Schwert entgegennehmen, das der Professor beim Chef bestellt hatte. Silber hatte die Aktion eigentlich wieder abblasen wollen, nachdem die Geschichte mit dem Schatz wohl gegessen war. Lensing aber meinte, es konnte nicht schaden, seine junge Kollegin einmal einen Blick auf das gute Stück werfen zu lassen. Silber wollte kein Spielverderber sein. Das einzig Nervige war nur, dass die Übergaben beim BND immer so übertrieben geheim und kompliziert ablaufen mussten. Der genaue Treffpunkt war das St. Nikolaus-Denkmal am Ende der Mühlenweide, wo der Rhein einen kleinen Arm zum Ruhrorter Jachthafen hatte. Ein Mann im dunklen Mantel erwartete sie. Silber schüttelte lachend den Kopf.

„Morgen Krüger, meinst du, dat wäre besonders unauffällig, wenn du bei dem herrlichen Sonnenschein mit nem Kaschmirmantel rumläufst?"

Der Mann wirkte beherrscht. Er kannte Silber.

„Codewort?", fragte er unbeirrt.

„Krüger, hast du einen an der Kirsche oder wat?"

Der Mann schickte sich an zu gehen.

„Morgentau", platzte der Professor heraus.

Agent Krüger blieb stehen.

„Silber, du lernst es wohl nie, was? Du weißt genau, dass die Erkennungscodes wichtig sind", belehrte er ihn.

„Ja, ja, schon gut, jetzt mach dir mal nicht ins Hemd."

Greta-Lisa trat neugierig an die Agenten heran.

„Na, dann gib mal her, den Hauer", meinte Silber und streckte die Hand nach dem Schwert aus.

„Erst unterschreiben", verlangte Krüger.

„Ich wiederhole mich nur ungern", zischte Silber.

Der Bote schluckte schwer. Er gab ihm das eingepackte Schwert und reichte Lensing ein Stück Papier zur Unterschrift. Silber riss die Verpackung auf, der gewaltige Griff lugte heraus. Der Professor reichte das Papier unterschrieben zurück.

„Zeig mal", sagte Greta-Lisa.

Silber drehte den Knauf nach unten, damit das Mädchen ihn genauer betrachten konnte.

„Da ist ja auch so ein Drache drauf", bemerkte sie.

„Darf ich mal?", fragte Lensing höflich und übernahm nun das Schwert, jedoch ohne Greta-Lisa die Sicht zu nehmen.

„Du hast recht", wandte er sich erfreut an sie.

„Und das hat wirklich dem Ebian gehört?", fragte sie leise.

Er nickte. Vorsichtig streichelte sie mit ihrer kleinen Hand über den riesigen, kunstvoll verzierten Griff. Die Agenten verabschiedeten sich voneinander. Benning und Stella kehrten gerade von ihrem kleinen Bummel zurück.

„Guckt mal, das hat dem Ebian gehört", nahm Greta-Lisa die beiden sofort in Beschlag.

„So, Leute", mischte Silber sich ein. „Ich setz mich jetzt mal ab und besuche ein paar alte Kumpels. Wie sieht euer Plan für heute aus?"

„Dr. Vargo wollte mit uns ins Städtische Museum gehen. Bei der Gelegenheit kann ich mir anhand der Modelle, die dort vorzufinden sind, den damaligen Verlauf des Rheins vergegenwärtigen. Kann ja nicht schaden."

„Ja, machen Sie dat mal, und genießen Sie unsere schöne Stadt."

„Du musst noch mal mit mir Karussell fahren", erinnerte ihn Greta-Lisa.

Silber lächelte.

„Na, dann los."

Beide liefen zum Karussell zurück und setzten sich wieder auf die Pferde.

„René, darf ich dich mal was fragen?"

„Klar."

„Warum wiederholst du dich nur ungern."

„Bitte?"

Er verstand nicht so richtig, worauf sie hinauswollte.

„Na, vorhin hast du doch mit dem Mann geschimpft und ihm gesagt, dass du dich nur ungern wiederholst."

Silber lachte.

„Ach, dat meinst du. Dat ist nur so eine Agentenredensart. Dat sagt man meistens nur, wenn man dat Gefühl hat, der andere nimmt einen nicht ganz ernst. Dann macht man einen auf cool", Silber setzte eine finstere Miene auf, „und sagt: ‚Ich wiederhole mich nur ungern.'" Sein Gesicht entspannte sich. „Dann kannst du sicher sein, dat sich alle voll in die Hosen machen und dir ihre ungeteilte Aufmerksamkeit schenken."

„Und das klappt?"

„Tausendprozentig!"

Das Karussell kam zum Stillstand. Silber lieferte das kleine Mädchen bei seinem Vater ab, verabschiedete sich und schlenderte den Trödelmarkt entlang zu seinem Auto. Er öffnete die Tür, setzte sich in die weichen Sitze und steckte den Schlüssel ins Zündschloss.

Seine Bewegungen stockten, als er den Geruch eines wohlvertrauten Parfüms einatmete. Er grinste breit und lehnte sich entspannt zurück.

„Hallo, Anna, wie geht et dir? Willst du mir wieder deine Knarre vor die Murmel hauen, oder warum bist du hier?"

Die Männer in dem schwarzen Mercedes beobachteten, wie sich die beiden Frauen auf der Brücke trennten.

„Sollen wir uns aufteilen?", fragte eine der Gestalten den Mann mit der Gipsschiene auf der Nase.

„Ihr hängt euch an die Rothaarige. Wir schauen mal, was die andere Wildkatze so macht."

Als die Männer losgingen nickte er dem Fahrer zu.

„Klaut die jetzt einen Wagen?"

Der Fahrer des Mercedes starrte ungläubig, als er sah, wie die Brünette sich an einer Beifahrertür zu schaffen machte.

„Einen tollen Geschmack hat sie ja nicht gerade. Hier stehen genug Schlitten rum, und die greift sich so n Schrotthaufen", bemerkte der andere.

Einige Zeit verstrich.

„Worauf wartet die nur?"

Nervös rutschte der Fahrer auf seinem Ledersitz hin und her. Ein Mann in Jeanskleidung trat aus der Menge heraus und schritt auf den Wagen zu.

„Der Agent!" rief der Mann am Lenkrad verblüfft und beobachtete, wie dieser in den Wagen stieg.

„Agent?", schnaufte der Mann mit dem Gips verächtlich. „Der hat uns reingelegt. Oder hast du schon mal nen Agenten mit so einem Blechhaufen gesehen?"

„Nee", meinte der Fahrer.

„Der arbeitet mit der Wildkatze zusammen, das wird's sein."

„Aha!" Das leuchtete dem anderen ein.

„Und da, wo die beiden Hübschen sich aufhalten, wird bestimmt der Zylinder sein", vermutete er.

Das Handy klingelte. Gipsnase nahm das Gespräch entgegen. Er lauschte, hob die Augenbrauen, notierte sich etwas und fragte: „Sofort?"

Er zog die Mundwinkel nach unten und wedelte mit seiner freien Hand auf und ab, als wollte er sagen ‚Alle Achtung'.

„Gut", sagte er schließlich und beendete das Gespräch.

„Was gibt's?", fragte der am Steuer.

„Wir begleiten die beiden jetzt auf ihrer letzten Fahrt."

Silber griff lässig in seine Hemdtasche und holte Kaugummis hervor.

„Willst du auch einen?", fragte er.

Anna setzte sich aufrecht hin. „Du weißt genau, was ich will."

„Jetzt hör mir bloß auf mit dem Zylinderquatsch, der kommt mir nämlich schon aus den Ohren raus."

„Tut mir leid, dass ich dich damit belästigen muss." Silber blickte in den Innenspiegel, um die Augen der auf der Rückbank sitzenden Frau zu sehen.

„Würde es dich beruhigen, wenn ich dir sage, dat dat Ding leer ist?"

Anna stutzte. „Es würde mich beruhigen, wenn ich wüsste, dass es die Wahrheit ist."

Der Agent beugte sich nach vorn und startete den Motor.

„Weißt du wat", sagte er gleichgültig, „ich fahr dich jetzt zum Institut für Denkmalpflege, und da kannst du dir dat Ding so lang anschauen, bis du schwarz wirst."

„René, es ist wirklich nicht persönlich ..."

„Ja, ja, schon gut", unterbrach er sie ärgerlich, „nimm den Zylinder mit, und lasst mich alle in Zukunft bloß in Ruhe mit dem Affenkram."

Etwas beschämt wandte sie ihren Kopf zur Seite, um aus dem Blickfeld des Spiegels zu kommen. Verstohlen schob sie ihre Waffe zurück ins Holster. Silber knallte den Gang ins Getriebe und setzte den Wagen aus der Parklücke. Auf dem schnellsten Wege gelangte er auf die Stadtautobahn A59. Er redete während der Fahrt kein Wort und bemerkte vor lauter Ärger gar nicht, dass er in die falsche Richtung fuhr. Er hatte eigentlich darauf gehofft, dass sie mal ein ruhiges Wort miteinander wechseln könnten, wenn sie sich wiedersehen würden. Diesen Wunsch konnte er sich wohl abschminken. Sie hatte ihn nun schon zum zweiten Mal mit der Waffe bedroht, um ihm etwas abzunehmen. Das sollte ihm wohl klarmachen, dass sie nichts mehr für ihn empfand, falls sie es überhaupt schon einmal getan hatte.

Plötzlich gab es einen heftigen Ruck und die Tachonadel schnellte unvermittelt nach oben. Silber blickte in den Rückspiegel.

„Ach, du heilige Scheiße!"

Die schwarze Mercedes-Limousine mit dem Diplomatenkennzeichen hatte sich hinter sie geklemmt und schob den Kübelwagen in steigendem Tempo auf der eher schwach befahrenen Autobahn vor sich her.

„Du musst sie loswerden!", rief Anna panisch.

„Ach ja? Willst du fahren oder wat?", motzte er und suchte nach einer Möglichkeit, den unliebsamen Verfolger abzuhängen. Die Diebin zog ihre Waffe und schaute aus dem Heckfenster.

„Du könntest dir mal langsam einen etwas schnelleren Wagen zulegen."

Silber lächelte müde. „Ich denke, es würde schon genügen, wenn du mir aus dem Weg gehen würdest. Ich hab nämlich dat Gefühl, dat die Jungs da hinter dir her sind."

Anna verstummte. Sie wusste, dass er recht hatte.

„Wenn du möchtest, kann ich dich ja jetzt hier rauslassen, damit du ein bisschen mit ihnen plaudern kannst."

Sie blitzte ihn aus den Augenwinkeln an und verzog das Gesicht. Ihr stand momentan nicht der Sinn nach Scherzen.

„Hast du nun eine Lösung oder nicht?"

„Hm, mal überlegen", grübelte er, ohne den Blick vom Tacho zu nehmen.

„René, überleg schneller", drängelte sie und deutete über seine Schultern hinweg nach vorn.

„Na, dat wird ja immer besser", sagte er trocken.

Die A59 wurde in Richtung Dinslaken einspurig, weil sie dort endete. Das war aber nicht das Problem. Ungünstig war, dass sie in einer scharfen Kurve endete, in der sich oft die Autos stauten, weil sie von dort aus auf die Bundesstraße 8 in Richtung Walsum oder Wesel wollten. Ein großer Lastwagen bildete das Schlusslicht und signalisierte mit eingeschalteter Warnblinkanlage, dass es nicht weiterging. Der Verfolger erhöhte seine Geschwindigkeit und schob den Kübelwagen unerbittlich an das Heck des Brummis heran. Silber wusste, dass die Bremsen des Mercedes um einiges besser waren als die des Kübels. Die Diplomatenschüssel würde ohne große Mühe früh genug zum Stehen kommen, während sie schon längst an dem Lastwagen klebten.

„Schon eine Idee?"

Noch siebzig Meter.

„Also, so richtig will mir nix einfallen."

Fünfzig Meter.

Der Mercedes verlangsamte seine Fahrt und der Kübel rollte unaufhaltsam auf das Hindernis zu.

„Versuch doch mal, einen Gang runterzuschalten."
Dreißig Meter.
„Oh, wirst du jetzt gerade witzig, oder wat?"
Zwanzig Meter. Das Heck des Lastwagens wurde zusehends größer und Silber hatte nicht die Spur einer Idee.
Noch zehn Meter bis zum Aufprall.

Greta-Lisa schleifte Wombel, ihren Vater, Stella Vargo und den Professor über das ganze Areal der Mühlenweide. Ein Zauberer mit bunt bemaltem Gesicht stellte sich ihnen in den Weg und begann spontan mit einer kleinen Vorstellung. Normalerweise wäre das Mädchen an ihm vorbeigeschlendert, wenn da nicht ein Affe ihr Interesse geweckt hätte, der auf seinen Schultern saß. Die Erwachsenen schauten gebannt auf die flinken Hände des Zauberers, der mit ein paar Bewegungen ein buntes Taschentuch in seiner Handfläche verschwinden ließ. Greta-Lisa betrachtete mit Hingabe das kleine Tier. Es machte Faxen hinter dem riesigen Hut und zerzauste seinem Herrchen das ohnehin schon wirre Haar. Der Magier nahm den Hut ab, aus dem nun zwei weiße Tauben flatterten. Das Mädchen fasste Stella an der Hand und wollte sie zum Weitergehen bewegen. Die schaute sie verwundert an.
„Möchtest du denn nicht sehen, wie die Tauben wieder verschwinden?"
„Nein, ist mir zu langweilig."
Nun beugte sich der Professor zu ihr hinunter.
„Findest du das nicht spannend?"
„Nö, das ist ja alles gar nicht echt. Der Hut hat einen doppelten Boden, und da verstecken sich die Tauben, wenn der Zauberer es will."
Lensing runzelte erst die Stirn, bekam große Augen und richtete sich dann steif auf.
„Das ist es", murmelte er leise.
Dabei blickte er in Stellas Gesicht, das ebenfalls einen ungläubigen Ausdruck hatte. Beide dachten gleichzeitig an den mittelalterlichen Zylinder, als sie sich – natürlich jeder für sich – mit der flachen Hand vor die Stirn schlugen.

„Das ist es!", frohlockte der Professor nun schon etwas lauter.

„Genau", stimmte Stella mit ein, ergriff seine Hände und tanzte ausgelassen mit ihm im Kreis herum.

„Was haben die beiden denn?", fragte Benning seine Tochter.

Greta-Lisa zog verständnislos ihre Schultern hoch.

„Ich hab ihnen nur verraten, wo der Zauberer seine Tauben versteckt ..."

„Tu endlich etwas!", kreischte Anna.

Silber atmete kurz aus. Viele, die ihn kannten, lächelten müde, wenn er mit seinem Vehikel um die Ecke getuckert kam. Aber so langsam und unansehnlich sich der Wagen durch den Straßenverkehr bewegte, bedachten die wenigsten, dass es sich bei seinem VW Kübelwagen um einen steinhart gefederten Geländewagen handelte, mit dem man so einiges anstellen konnte. Mit einem kurzen Ruck riss er das Lenkrad nach rechts und der Wagen schoss mit nur einem Fingerbreit Platz zwischen dem Hänger des Lastwagens und dem Maschendrahtzaun eines Gebrauchtwagenhändlers hindurch. In dieser wahnwitzigen Schräglage drifteten sie an den wartenden Autos vorbei und wurden prompt von einem ohrenbetäubenden Hupkonzert begleitet, weil wohl jeder vermutete, sie wollten sich auf diese Weise der langen Warteschlange entziehen. Anna schlug mit dem Kopf gegen die Kunststoffscheibe, als sie auf die Seite geworfen wurde. Noch ehe der Gehweg anfing, brachte Silber den Wagen zum Stehen.

„Na, Baby, wie war ich?", fragte er außer Atem.

Anstatt einer Antwort bekam er einen Klaps auf den Hinterkopf.

„Das nächste Mal sagst du mir vorher Bescheid", schnauzte sie ihn an und rieb sich die Stirn.

„Klar nächstes Mal diskutieren wir solche Sachen aus. Warum nicht? Hatten ja Zeit ohne Ende."

„Hören wir auf zu streiten. Wir müssen nach dem Mercedes suchen."

Silber lachte auf. „Wir? Ich hör immer wir. Du willst den Zylinder haben, und die Typen wollen wat von dir. Ich glaube, es ist an der

Zeit, dat wir uns trennen sollten, damit ihr die Sache unter euch ausmachen könnt."

Der Stau löste sich langsam auf. Er sah im Seitenspiegel, dass der Verfolger wenige Meter hinter ihnen blieb. Sie wollten sich bestimmt vergewissern, ob sich im Kübel noch etwas regte.

„Na, war wohl nix, ihr kleinen Birnen", triumphierte Silber.

Die Scheiben des dunklen Wagens wurden heruntergelassen, und die Läufe von zwei Maschinenpistolen kamen zum Vorschein.

„Wat soll dat denn jetzt?"

Kaum hatte er den Satz beendet, schlugen vereinzelt Weichmantelgeschosse in das Karosserieblech. „Dat is doch hier keine Schießbude", brüllte er.

„Sie versuchen, deinen Tank zu treffen", stellte Anna lakonisch fest.

„Da können die lange ballern", bemerkte er trocken, während er seine Automatik aus dem Holster zog. „Der Tank liegt vorn." Er kletterte auf den Beifahrersitz, um dort auszusteigen.

„Worauf wartest du noch?" Er sah Anna an.

Die Gegenseite hatte das Feuer eingestellt und rollte nun langsam auf sie zu. Silber drückte die Tür hinter sich zu, und beide gingen in die Hocke. Sie lehnten mit dem Rücken gegen den Wagen und entsicherten ihre Waffen.

„Okay, jetzt nageln wir die fest. Wenn ich ‚los' sage, schießt du wie bescheuert auf die Hinterreifen. Kapiert?" Silber machte sich zum Sprung bereit.

„Nein."

„Häh? Wie, nein?"

„Wenn es ein Diplomatenfahrzeug ist, haben die Reifen Luftkammern. Da können wir draufschießen, bis die Rohre glühen, die gehen niemals platt."

„Scheiße, du hast recht", pflichtete Silber ihr bei. „Worauf schießen wir dann?"

„Ich versuche, durch den Kühlergrill den Motor zu treffen."

„Ach, und der ist nicht gepanzert?"

„Weißt du das?"

„Nö."

„Also versuchen wir es einfach."

Silber seufzte. „Von mir aus mach doch, wat du willst."

„Mach ich auch."

Sekunden vergingen.

„Fängst du heut noch an?" Silber wurde ungeduldig.

„Ich warte auf dich."

„Wie, auf mich?"

„Du musst anfangen und sie ablenken."

„Ach nee? Und wie stellst du dir dat vor? Soll ich mich erheben und darauf hoffen, dat ich die in ne fesselnde Diskussion verstricken kann?"

„So ungefähr."

„Bei dir piept et wohl. Ich mach jetzt gar nix mehr."

Wieder war das Summen von elektrischen Fensterhebern zu hören und kurz darauf erneut das monotone Rasseln der Maschinenpistolen, die ihre Geschosse nun zum zweiten Mal gegen den Kübel spuckten.

„Ey, ich glaub et hakt, wah?", schnauzte Silber, schraubte sich hoch und schoss wie wild auf die dunkle Limousine, deren Scheiben sofort hochgefahren wurden. „Wisst ihr Arschgesichter eigentlich, wie teuer so 'n Kotflügel ist?", blökte er, während er in kurzen Abfolgen seine Waffe entlud.

Zeit für die Beantwortung seiner wirklich ergreifenden Frage wollten sich die Insassen des Mercedes scheinbar nicht nehmen, denn als sie bemerkten, dass Anna plötzlich vor ihrer Motorhaube auftauchte und ihr ganzes Magazin auf den Kühlergrill abfeuerte, setzten sie den schweren Wagen mit quietschenden Reifen in Bewegung, preschten über die Absperrung zur Gegenfahrbahn und fuhren zurück in Richtung Innenstadt.

„War ja ne Spitzenidee, auf den Kühlergrill zu ballern", bemerkte Silber sarkastisch.

„Kann man sehen, wie man will", lächelte Anna dünn und deutete auf die kleine Wasserlache, wo zuvor das Auto gestanden hatte.

„Na ja, auf jeden Fall sind die Idioten weg."

„Aber wohl kaum, weil sie Angst vor uns hatten. Ich glaube, sie wollten nur sichergehen, dass wir ihnen in der nächsten Zeit nicht in die Quere kommen."

„Wobei? Ich hatte heut nix Wichtiges mehr vor."

„Wir wollten zum Institut für Denkmalpflege und uns den Zylinder anschauen."

„Da höre ich wieder ein ‚Wir'", sagte Silber, als würde er mit sich selbst reden.

Sarah hatte von Anna die Anweisung erhalten, an der kleinen Gruppe dranzubleiben. Anfangs dachte die junge Frau, die sich mittlerweile ungeniert in der Nähe der Observierten aufhielt, dass diese Aufgabe alles andere als sinnvoll war. Erst als bei dem Zauberer alle aufgeregt durcheinanderredeten und sich nach wenigen Minuten zum Aufbruch formierten, wurde Sarah neugierig.

„Du bist einfach großartig, Greta-Lisa", hörte sie den Mann mit dem braunen Karoanzug sagen.

„Ist dann vielleicht doch etwas drin?", fragte das kleine Mädchen erstaunt.

„Genau können wir das jetzt noch nicht sagen, aber auf jeden Fall hast du uns wieder ein Stück Hoffnung gegeben", antwortete ihr die blonde Frau.

„Lassen Sie uns zum Institut fahren, damit wir so schnell wie möglich nachschauen können", drängelte der Kauz.

Sarah platzierte sich in unmittelbare Nähe der Clique und kaufte sich bei einer Frau mit Bauchladen gebrannte Mandeln.

„Haben Sie etwas dagegen, wenn wir den Besuch im Stadtmuseum etwas verschieben", fragte die Blonde den Mann, der das Mädchen an der Hand hielt.

„Natürlich nicht", erwiderte er verständnisvoll.

„Wunderbar", sagte sie erfreut und klatschte erfreut in die Hände.

„Auf zum Institut!"

Schön, dachte Sarah, auf zum Institut.

„Beeil dich, du bist zu langsam!"

Anna machte Silber Dampf und schaute ungeduldig auf die Uhr.

„Nee, ist klar. Kaum geht es darum, den Reifen zu wechseln, heißt es plötzlich nicht mehr wir, sondern du. Typisch!"

Er war gerade dabei, den Wagen hochzubocken, um die Felge mit dem zerschossenen Reifen gegen eine andere zu ersetzen.

„Mach schon!", nörgelte sie weiter.

„Bleib mal geschmeidig, ja", ächzte er, als sich die erste verrostete Radmutter löste. „Bei der Formel Eins wär dat Ferrariteam neidisch auf mich, wenn die sehen könnten, wie flott dat hier geht."

„Ach ja? Ich wusste gar nicht, dass die Monteure bei Ferrari auch immer erst eine Viertelstunde nach dem Wagenheber suchen und anschließend die Felgen in Rostlöser ersäufen, damit die Radkappen endlich abgehen."

„Boah, gehst du mir auf den Keks", entfuhr es Silber sichtlich genervt. „Wenn du so scharf darauf bist, hier wegzukommen, dann nimm dir ein Taxi."

„Sicher doch, dann kannst du mich ja wieder locker aufspüren."

Er legte sachte das Radkreuz auf den Boden und blickte sie an.

„Eins kannst du mir glauben, Anna, nie wieder im Leben werd ich einen Finger krumm machen, um dich wiederzusehen. Wenn du deinen Schrottzylinder in Händen hältst, trennen sich unsere Wege. Und eins weiß ich jetzt schon: Dann wird es mir wieder besser gehen."

Sie hielt dem Blick seiner ehrlichen Augen stand und nickte langsam.

„Die Welt dreht sich auch ohne dich", fügte er leise hinzu und nahm das Werkzeug wieder in die Hand.

Anna lehnte sich traurig an einen Zaun. Silber hatte recht. Seit sie aufgetaucht war, geriet er von einer Schwierigkeit in die andere. Ihm jetzt zu erzählen, was sie für ihn empfand, würde er ohnehin nicht mehr glauben und es für eine Masche von ihr halten. Sie hatte ihre Chance vertan und konnte nicht hoffen, eine weitere zu bekommen. Er warf den zerfetzten Reifen in den Kofferraum.

„Weiter geht's."

Anna löste sich vom Zaun und setzte sich in den Wagen. Auf dem Weg zum Institut sprach keiner von beiden ein Wort. Für Silber war das Thema endgültig erledigt, und sie befürchtete, sich mit jedem

Wort nur noch mehr von ihm zu entfernen. Wie kaum anders zu erwarten, parkte die schwarze Limousine vor dem Institutsgebäude. Silber drosselte das Tempo.

„Okay, ab jetzt wird gemacht, wat ich sage. Dat heißt, von nun an wird nicht mehr auf gepanzerte Wagen geschossen und schon gar nicht auf meinen. Ich zeige euch Vollbehämmerten, wo der Zylinder liegt, und der Rest ist euer Problem. Verstanden?"

Anna nickte.

„Aber noch mal zur Info, dat Dingen ist definitiv leer." Der Agent atmete tief durch. Wenn auch nur irgendjemand mitbekam, was er hier gerade veranstaltete, konnte ihn das Kopf und Kragen kosten. Er konnte sich nicht vorstellen, dass sich sein Chef von der Erklärung erweichen ließ, er habe den seiner Meinung nach sowieso wertlosen Gegenstand zwei rivalisierenden Banden von Kunstdieben überlassen, um so schnell wie möglich der Liebe seines Lebens aus dem Weg zu gehen und vor allem, um den Schaden an seinem Kübelwagen begrenzt zu halten. Sie näherten sich dem Gebäude mit äußerster Vorsicht. Von innen her drangen tumultartige Geräusche auf die Straße. Die Einbrecher hatten wohl schon das Wachpersonal in ihre Gewalt gebracht, um der mittelalterlichen Beute habhaft zu werden. Silber betrat mit gezückter Waffe das Foyer und sah, wie Gipsnase gerade einen Wachmann am Kragen hatte.

„Hallo, hallo!", machte er auf sich aufmerksam. Er hob die Hände und trat langsam auf die beiden zu. „Frieden, Jungs. In Ordnung?"

Die beiden Eindringlinge sahen sich verdutzt an.

„Ja, ihr habt richtig gehört. Ich leg jetzt meine Plempe hier vor euch auf den Boden und hol den Zylinder, dann könnt ihr unter euch ausmachen, wer dat Ding bekommen soll, und dann verpisst ihr euch alle aus der Stadt."

Silber wartete ab, wie die beiden reagierten und legte vorsichtig seine Waffe auf den Fliesenboden.

„Lasst den Wachmann laufen, der weiß am wenigsten, wat hier abgeht."

Nach den letzten Worten, die er gesprochen hatte, war er nun endgültig sicher, das Richtige zu tun. Nämlich den Unglückszylinder loszuwerden, bevor noch mehr Unschuldige in diese komische Angelegenheit reingezogen wurden. Er spazierte ungehindert zu den Räumen, wo die Röhre wohlbehütet untergebracht war. Wenige Augenblicke später kehrte er damit zurück. Der Wachmann hatte schleunigst die Flucht ergriffen. Anna zog bei dem Anblick des begehrten Gegenstandes blitzschnell ihre Waffe, doch nicht schnell genug. Gipsnase hielt ihr bereits ein Messer an den Hals. Silber lächelte beim Anblick der beiden Streithähne nur müde.

„Genau dat hab ich mir gedacht", stöhnte er und war froh, damit nichts mehr am Kopf zu haben.

„Ich könnte schneller schießen als du schneiden kannst", zischte Anna ihren Kontrahenten an. Nun zog auch der zweite seine Waffe.

„Du hast keine Chance, Wildkatze. Die Sache ist eine Nummer zu groß für dich."

„Das sehe ich anders", ertönte eine Stimme von hinten. Alles erstarrte.

Nur Silber drehte sich um und erkannte Sarah wieder, die in jeder Hand eine Waffe hielt. „Nimm das Messer runter", sagte sie mit drohendem Unterton.

„Hier ist wat los", kommentierte der Agent kopfschüttelnd und ließ sich auf einen der Besucherstühle nieder, um das Schauspiel in vollen Zügen zu genießen. Das Messer löste sich von Annas Hals.

„Solltest du nicht den anderen folgen?", fragte sie ihren Schützling.

„Die lieben Leute haben gesagt, dass sie auch hierher wollten, und da bin ich schon mal vorgefahren."

Die Russin wollte sich gerade den Zylinder greifen.

„Und das war wirklich sehr freundlich von dir", hallte eine weitere Stimme aus dem Hintergrund. „Sonst hätte ich mich glatt verfahren."

Der Mann, der Sarah beschatten sollte, trat nun mit einer Maschinenpistole an die Gruppe heran. Silber verdrehte die Augen und schaute mit ausgestreckter Zunge zur Decke.

„Meine Fresse, macht ihr dat spannend."

„Mist", fluchte Sarah.

„Waffen weg!", bellte der dritte Mann.

Die beiden Diebinnen ließen polternd die Pistolen zu Boden fallen. Silber blickte unterdessen gespannt zum Eingang, um nachzusehen, wer jetzt noch kommen könnte. Gipsnase griff sich triumphierend den Zylinder, die anderen beiden die umherliegenden Waffen.

„Los, weg hier. Die Sache hat sich schon viel zu lange hingezogen."

Silber hob die Hand. „Äh, könnte ich vielleicht meine Automatik wiederhaben?"

Gipsnase runzelte die Stirn. „Wir legen sie vorne am Eingang ab", sagte er schließlich.

„Danke schön."

Die drei verließen im Rückwärtsgang das Gebäude. Silber stand auf und kramte in seinen Hosentaschen.

„Hat einer mal Kleingeld?" Er deutete auf einen Automaten. „Ich wollte mir einen Kakao ziehen."

Statt einer Antwort stürmten die beiden Frauen nach draußen. Kurz darauf kamen Greta-Lisa, Benning, Stella und Lensing herein.

„Hat einer von euch Kleingeld?"

Silber blickte fragend in die Runde.

„Was ist passiert?", sprudelte es aus Stella heraus.

„Eine Gruppe von Kunstdieben hat versucht, mich auf der Autobahn umzubringen und dabei meinem Wagen ein vollkommen neues Design verpasst."

„Und?", fragte Lensing.

„Die Idioten wollten den Zylinder", grinste der Agent.

„Und?", fragte Stella.

„Ich habe ihnen dat Röhrchen gegeben. Wat sonst? Ich hab denen tausendmal gesagt, dat dat Dingen leer ist, aber ihr hättet mal sehen sollen, wie die sich hier in die Köppe gekriegt haben. Dat war echt zum Schießen." Silber krümmte sich vor Lachen. Als keiner mitlachte, schaute er erstaunt in die starren Gesichter. Greta-Lisa war die Erste, die ihre Worte wiederfand.

„Oh, René, du bist ein richtig doofes Kanuffel."

VERGANGENHEIT

Ebian schritt leichtfüßig den Hügel hinauf. Er fühlte sich wesentlich besser als noch am Morgen zuvor. Mit einem tiefen Atemzug füllte er sein Innerstes mit frischer Morgenluft und streifte mit seiner weit ausgestreckten Hand im Vorübergehen den frischen Tau von den Blättern einer Trauerweide. Er war sehr früh aufgestanden, so dass er noch nicht mit Ivo rechnete. Ebian blieb kurz stehen und blickte auf das hinter ihm liegende Dorf, das friedlich im sanften Morgennebel lag. Er würde es sicherlich vermissen, wenn die Zeit des Aufbruchs gekommen war.

Klong!

Der Edelmann horchte auf. Er kannte Ivos Spielzeug nicht und hielt das Geräusch für eine mögliche Gefahr.

Klong!

Da war es wieder. Es musste von der Spitze des Hügels herkommen. Ebian schlich in geduckter Haltung den Weg hinauf. – Klong! – Oben angekommen kniete er neben einem Baum nieder, bog sachte einen Zweig zur Seite und sah, wie Ivo mit einer Steinschleuder seinen Schild attackierte. – Klong! – Der Krieger nickte anerkennend. Der Gehilfe des Schmieds schaffte es immerhin, aus großer Entfernung die Mitte des Schildes zu treffen. Der Edelmann wartete noch zwei weitere Würfe ab, beschloss dann aber, dem spielerischen Treiben ein Ende zu bereiten.

„Sei gegrüßt, Ivo!"

Der Knecht erschrak bei diesen Worten so sehr, dass er beim gerade angesetzten Wurf die Schleuder gleich mit ins Ziel warf.

„Guten Morgen, Herr", räusperte er sich.

„Ich muss dir mein Lob aussprechen", begann Ebian. „Du hast, so wie es sich für einen Knecht geziemt, deinem Herrn zu früher Stunde das Kriegsgerät wie befohlen an die gewünschte Stelle gebracht."

Ivo lächelte verlegen.

„Zu den Aufgaben eines Knechtes gehört es aber wahrlich nicht, seinem Herrn mit kleinen Steinen tiefe Kerben in seinen prachtvollen Schild zu schlagen."

Der Angesprochene schluckte schwer.

„Bei Hofe würde man einen Knappen dafür gehörig züchtigen. Das Kriegsgerät eines Ritters ist das höchste Gut, auf das der Knappe sein Augenmerk zu richten hat. Er soll es pflegen und nicht schädigen."

Mit einem Mal machte Ivo einen riesigen Satz und fing an, mit den Ärmeln seines Wams das Schild noch glänzender zu machen.

„Schon gut, schon gut. Ich sagte ja, es gilt für Knappen und nicht für einen armen Knecht, so wie du einer bist."

„Seht Herr, Euer Schild hat nicht einen Makel", stotterte Ivo hastig.

Ebian jedoch nahm sich wortlos sein Schwert und trat vor das Stück Holz, das der Knecht so mühevoll eingegraben hatte. Er hielt die Waffe mit beiden Händen, richtete sie auf, lehnte die Breitseite der Klinge gegen seine Stirn und hielt mit geschlossenen Augen inne. Er verharrte in dieser Haltung einige Atemzüge lang, ehe er die Augen wieder öffnete und zum ersten Schwerthieb nach langer Zeit ausholte.

„Nehmt dies, ja ... und das ..."

Er hörte den Gehilfen hinter sich toben. Ebian senkte sein Schwert und schaute über die Schulter, was sein Knecht da hinter ihm trieb. Der sprang mit seinem Holzschwert in der Hand um eine junge Buche herum und versuchte, dieser mit einigen ungeschickten Schlägen den Garaus zu machen.

„Ivo!" brüllte der Nibelungenkrieger. Der Knecht erstarrte in seiner Bewegung. „Was treibst du da hinter meinem Rücken?"

„Ich übe mich im Umgang mit dem Schwert, so wie Ihr auch, Herr", antwortete er kleinlaut.

Ebian atmete tief durch. „Komm her und stelle dich an diesen Platz", zischte der Ritter und deutete auf einen Baum, der wenige Schritte neben seinem Holzstamm heranwuchs.

Der Knecht huschte an die angewiesene Stelle.

„Und nun führe die gleichen Bewegungen aus, die du auch bei mir siehst."

Ebian erhob sein Schwert und schlug die Klinge seitlich gegen den Stamm. Aus den Augenwinkeln betrachtete er Ivos Tun. Der führte seine Bewegung etwas umständlich aus, gab sich aber große Mühe, sie beim zweiten Male besser nachzumachen.

„Stell die Füße schulterbreit auf und verlagere dein Gewicht etwas nach vorn!"

Der Jüngling tat, wie ihm geheißen. Der Nibelunge nickte zufrieden.

„Und nun sprich mir nach!"

Der Ritter holte langsam und mit Bedacht zum nächsten Hieb aus. „Rechte Flanke", sagte er, bevor die Klinge das Holz erreichte. Das Knirschen des Stammes übertönte die leisen Worte des Knechts.

„Sprich lauter!"

Ivo wiederholte die Bewegung und sprach dabei mit zittriger Stimme den einen Satz. Er war aufgeregt und konnte nicht glauben, was gerade geschah. Er stand neben einem Ritter, der ihn lehrte, wie man die Klinge zu führen hatte.

„Bringe nun deine Waffe zur anderen Körperhälfte und führe den Hieb auf die gleiche Weise aus."

Ebian holte aus. „Linke Flanke", sagte er dabei.

Der Knecht nickte eifrig und tat es ihm nach, vergaß jedoch die Worte zu sprechen.

„Du musst laut hinausrufen, welchen Schlag du ausführst", tadelte sein Lehrer. „So wirst du lernen, das Ziel auch zu treffen."

Ivo runzelte die Stirn.

„Natürlich sollst du es nicht auf dem Schlachtfeld rufen", fügte Ebian hinzu. Er konnte sich denken, was in dem Jungen vorging.

„Dort kommt dir dann zugute, worin du dich hier übst, und es bedarf keines Ausrufes mehr, wenn du dich mit einem anderen ...", Ebian überlegte kurz, „... Ritter messen musst", sagte er schließlich lächelnd.

Ivo sammelte sich und schlug auf die andere Seite des Bäumchens ein. „Linke Flanke", kam es laut und mit fester Stimme.

Der Nibelunge nickte zufrieden.

„Nun halte dein Schwert so, wie du eine Fackel halten würdest."

Der Knecht führte sein Holzschwert wieder auf die rechte Seite. Ebian ebenfalls.

„Rechte Wange!"

Der Ritter schlug auf Kopfhöhe seine Klinge gegen den Stamm und führte die Waffe spielerisch zurück zur anderen Körperhälfte. „Linke Wange!" Die andere Seite wurde getroffen.

Ivo bemühte sich, die Bewegungen genauso behände und flink auszuführen.

„Vergiss die Worte nicht", mahnte Ebian. „Versuche es erneut. Beginne mit der rechten Wange und beende deine Übung mit der linken Flanke."

Er trat einen Schritt zurück. Er selbst musste sich ausruhen. Die Schläge, so leicht sie auch waren, ließen ihn spüren, dass seine Wunde zwar gut verheilt war, er seine Kräfte aber nicht vollständig wiedererlangt hatte. Einen harten Kampf konnte er noch nicht bestehen. Sein Blick wanderte hinüber zu seinem Kriegsgerät, und während Ivo weiter klappernd mit seinem Holzschwert gegen den dünnen Stamm schlug, ging Ebian auf die Knie, um seinen Vorrat an Pfeilen zu zählen. Es waren nur noch sieben an der Zahl. Er brauchte dringend mehr und ärgerte sich darüber, sie dem Schmied nicht schon längst in Auftrag gegeben zu haben. Es würde kostbare Zeit in Anspruch nehmen, die Pfeile, so wie er sie wünschte, fertigen zu lassen. Zeit, die er besser zur Erfüllung seiner Mission aufwenden sollte. Er wog die Dringlichkeit der Pfeile ab und beschloss, gleich im Anschluss an die Übungen den Schmied aufzusuchen. Ebian zeigte Ivo abschließend einige Bewegungen, die er üben sollte, wenn er Gelegenheit dazu fand.

Unten im Dorf suchte der Recke sofort die Schmiede auf. Der Schmied war gerade dabei, Feuer zu entfachen, als Ebian ihn fragte, ob er ihm schnellstmöglich Pfeile mit metallener Spitze herstellen könne. Zunächst zeigte der Schmied Unverständnis über diesen sonderbaren Wunsch, da er solche Pfeile nicht kannte. Die Bewohner im Dorf benutzten Pfeile, die aus gewöhnlichem Holz bestanden, und die sie in den Flammen des Feuers härteten. Nach kurzer Erklärung Ebians verstand der Schmied, dass man mit solchen Pfeilen kaum etwas gegen einen Reiter mit Kettenhemd und fester Rüstung ausrichten konnte. Doch er musste dem Edelmann zu seinem Bedauern gestehen, dass er nicht genügend Zeug habe, um diesen besonderen Wunsch zu erfüllen. Auf die Frage, woher er auf dem schnellsten Wege das Benötigte bekommen könnte, bekam Ebian zur Antwort, dass in einem Dorf nicht weit entfernt am heutigen Tage ein Schiff anlegen würde, das gewiss etwas von dem Gewünschten geladen hätte. Der Edelmann befahl Ivo, der gerade erschöpft mit dem Kriegsgerät auf den Armen die Schmiede betrat, sein Pferd zu satteln.

„Wie nennt sich das Dorf?", fragte Ebian den Schmied. Der nannte ihm den Namen, und der Ritter wandte sich an Ivo. „Weißt du, wo sich das Dorf befindet." Der Knecht nickte. „Gut, dann sattle auch dein Pferd. Wir reiten hinunter zum Rhein, nach Duisburch."

GEGENWART

Wutentbrannt brachte Anna ihren Laptop in Betrieb und baute eine Verbindung zu ihrem Auftraggeber auf. Sie wollte wissen, ob er schon etwas über die Männer im Mercedes in Erfahrung gebracht hatte.

„Langsam reicht es mir", murmelte sie.

Eigentlich wusste sie nicht, worüber sie sich mehr ärgern sollte. Darüber, dass sie sich Silber bis zum Ende des nächsten Jahrhunderts nicht mehr zu nähern brauchte, oder dass sie sich zum zweiten Mal vor den unbekannten Konkurrenten zum Affen gemacht hatte.

Sarah kam in den Raum und setzte sich an den Tisch. „Ich habe die ganze Innenstadt abgegrast. Nichts zu machen. Sie sind wie vom Erdboden verschwunden."

Anna nickte stumm. Sie hatte keine andere Antwort erwartet. Auf dem Bildschirm blinkte es. Sie lächelte spöttisch beim Lesen der Eröffnung.

„*Erfolg?*", stand da geschrieben.

„*Keineswegs*", tippte Anna. „*Die anderen waren schneller. Wer sind diese Männer?*", flüsterte sie beim Schreiben mit.

„*Die Elster hat sie geschickt.*"

„So ein Mist", entfuhr es Sarah, als sie über den Kopf ihrer Chefin hinweg die Antwort las. Sie wusste genau, was es bedeutete, die Elster im Nacken zu haben.

„*Sind Sie sicher?*", schrieb die Russin.
„*Ja*", kam es zurück.
„Na wunderbar", meinte Sarah. „Und was nun?"
„*Hat man die Ware schon jemand anderem angeboten?*", fragte Anna ihren Auftraggeber.
„*Nein. Vielleicht weiß er um die Bedeutung des Zylinders und will ihn selber nutzen.*"
„*Welche Bedeutung?*"
„*Ich habe eine genaue Vorstellung davon, wie Sie den Handlungsrahmen der Elster massiv stören könnten*", schrieb der Auftraggeber, ohne auf ihre Frage einzugehen.
„Na, jetzt bin ich aber mal gespannt", bemerkte Sarah, als Anna „*Wie?*" eingab. Die Antwort kam und die beiden glaubten, ihren Augen nicht zu trauen.
„Der spinnt doch wohl. Ist der durchgedreht?"
Die Frauen riefen aufgeregt durcheinander. Eins war jedoch eindeutig, die gegebene Anweisung klang ziemlich verrückt. Darüber waren sie sich einig.

Cornelius Pattke, genannt „die Elster", saß an einem reservierten Tisch im Lokal Hundertmeister. Ihm erschien dieses gemütlich eingerichtete Künstlerlokal geradezu perfekt für die Übergabe des heiß begehrten Objekts, hinter dem die halbe Welt her war. Pattke war in den übelsten Kreisen bestens dafür bekannt, einem gewieften Kunstdieb nach geglückter und halsbrecherischer Arbeit seine kostbare Beute wieder abzuluchsen, ohne dafür selbst einen Finger krumm gemacht zu haben. Sollte es doch einmal vorkommen, dass ihm eine Antiquität durch die Lappen ging, weil der Einbrecher Lunte gerochen hatte, pfiff Pattke sogar auf den sogenannten Ehrenkodex der Diebe und verriet aus reiner Boshaftigkeit der Polizei einige wichtige Einzelheiten, die sie schnell auf die Spur des Täters führten. Denn wenn er das Diebesgut nicht bekommen konnte, sollte es auch niemand anderes in Händen halten. So kam es vor, dass Diebe, die von seinem Interesse an einem Kunstgegenstand wussten, ihm die Beute freiwillig aushändigten. Sie vergaßen dann sogar die Mühe, die sie hatten, den Plan zu schmieden, die Alarmanlage auszutricksen und dem Wachdienst ein Schnippchen zu schlagen. Nein, sie wollten nur, dass die habgierige Elster aus ihrem Windschatten verschwand, damit sie sich wieder einigermaßen sorgenfrei bewegen konnten. Denn Pattke schreckte nicht davor zurück, jemanden um den halben Erdball zu verfolgen, wenn er sich davon Erfolg versprach. Vorausgesetzt natürlich, das begehrte Stück war von hohem Wert. Und damit meinte er den materiellen Wert, nicht den ideellen. Als Gipsnase ihm den Zylinder auf den Tisch stellte, konnte er im ersten Augenblick nicht erkennen, was so wertvoll an diesem Stück sein sollte. Aber wenn ein angeblicher Agent des deutschen Geheimdienstes und eine überdurchschnittlich gut bezahlte Diebin Interesse an diesem Behältnis zeigten, musste es wertvoll sein. Pattke sah seine Boten mit dunklen, durchdringenden Augen an, warf den streng zusammengebundenen Pferdeschwanz mit einer hektischen Kopfbewegung nach hinten und räusperte sich. Die Männer konzentrierten sich nun auf das, was er zu sagen hatte. Und das war nicht einfach, weil die Elster ständig von sich in der dritten Person sprach und dabei manche Worte öfter wiederholte.

„Nun ja", begann er, „Pattke muss sagen, dass der Behälter ziemlich gewöhnlich aussieht ... Gewöhnlich, ja, gewöhnlich kann er wohl getrost dazu sagen. Nicht wahr?"

Er blickte fragend in Runde. Die Männer wollten gerade antworten. „Natürlich sieht er gewöhnlich aus", fuhr er unbeirrt fort, „das sieht man ja. Das sieht Cornelius auf den ersten Blick."

Gipsnase ergriff schleunigst die Gelegenheit, bevor er weiter ausschweifte, eine Frage an seinen Chef zu richten. „Brauchen Sie uns noch?"

„Hm", überlegte er, „braucht Cornelius eure Dienste noch?"

Er formte seine Augen zu kleinen Schlitzen.

„Eine gute Frage."

Er steckte den Kopf unter den Tisch und wandte sich an seinen riesigen Schäferhundmischling.

„Was meinen Sie, Herr Parzival?"

Die Männer rutschten unruhig von einer Gesäßhälfte auf die andere und beäugten sich genervt. Wenn ihr Chef damit anfing, seinen

Hund zu siezen, konnte das Gespräch unter Umständen schon mal etwas länger dauern.

„Verstehe", meinte Pattke, „keine Antwort ist auch eine Antwort, meine Herrn, und eine Antwort ist ja das, was ihr schließlich erwartet. Nicht wahr?"

Gipsnase nickte stumm, um ihm nicht noch Futter für weitere Endlossätze zu geben.

„Geht, aber haltet euch bereit", sagte Pattke erstaunlich knapp.

Die ersten drei Sekunden bewegte sich niemand, weil sie vermuteten, dass noch zwei, drei Sätze der Marke „allzeit bereit" kommen würden. In der vierten Sekunde standen alle gleichzeitig auf und drängten durch die engen Stuhlreihen nach draußen. Pattke griff nach seinem Handy.

„Erzähle allen, die es hören wollen, dass die Elster ihn jetzt hat", sprach er hinein. Nachdem er das Telefon weggelegt hatte, nahm er den Zylinder wieder in die Hand. „Wirklich sehr gewöhnlich."

Stella Vargo schaltete die Schreibtischlampe in ihrem Arbeitszimmer ein. Das kleine Licht leuchtete nur einen Teil des Raumes aus, aber das war den Anwesenden ganz recht so, weil es ihrer Stimmung entsprach. Der Professor saß stumm auf einer alten Ledercouch, und Greta-Lisa bestaunte zusammen mit Wombel und ihrem Vater in stummer Ehrfurcht das große Aquarium, das am Fenster zur Straße stand. Von weitem erklang lautes Motorengeräusch.

„Er kommt", sagte das kleine Mädchen, ohne den Blick von einem Schwarm Neonfische abzuwenden.

Lensing nickte geistesabwesend. Benning ließ sich von Stella eine Tasse Kaffee bringen.

„Danke schön", flüsterte er ihr leise zu, als wären sie auf einer Beerdigung.

Stella zwinkerte ihm zu. Danach versorgte sie den Professor, der ununterbrochen auf die Tür starrte. Er wartete auf Silber, eigentlich warteten alle auf Silber, nur nicht so verbissen wie er. Schwere Stiefel polterten über den Fliesenboden und näherten sich dem Raum, in dem sie saßen. Der Agent war da.

„Nichts zu machen", sagte er gleich, ohne eine Frage abzuwarten. „Wie vom Erdboden verschluckt. Vermutlich haben sie den Wagen gewechselt. Auch Greta-Lisas Taxionkel konnte diesmal nicht helfen. Tut mir wirklich leid, Leute."

„Möchten Sie einen Kaffee?", fragte Stella leise.

„Nein, danke."

Er ließ sich neben Lensing auf die Couch sinken.

„Okay Prof, ich übernehme die volle Verantwortung für diese Aktion, aber ich konnte wirklich nicht ahnen, dat die im Mittelalter schon den Trick mit dem doppelten Boden auf der Pfanne hatten."

„Schon gut", erwiderte der Professor verständnisvoll. „Man hat Sie mehr als einmal bedroht, und das sogar von zwei Seiten. Ich kann verstehen, dass Sie Ihr Leben nicht für ein, wie Sie es nennen, Stück Metall opfern wollten. Und zu der Vermutung mit dem doppelten Boden kann ich nur sagen, dass ich selbst nicht drauf gekommen wäre, wenn unsere kleine Freundin uns nicht mit der Nase darauf gestoßen hätte."

„Aber ohne mich wären Sie jetzt schon ein gewaltiges Stück weiter", entgegnete Silber.

Lensing sah den jungen Agenten müde an und musste sich eingestehen, dass er anfangs den Gedanken hatte, Silber gegen einen anderen Agenten austauschen zu lassen. Aber er konnte nicht bei allen Leuten denselben Eifer für eine simple Vermutung erwarten, wie er ihn an den Tag legte. Außerdem hatte er René Silber mittlerweile irgendwie ins Herz geschlossen und wollte gar keinen anderen Agenten mehr.

„Machen Sie sich keine Sorgen, Herr Silber, wir wären jetzt bestimmt nicht weiter. Nicht wahr?", wandte er sich an Stella. Die junge Doktorin nickte. Sie wusste, worauf der Professor hinauswollte.

„Wieso?", fragte Silber.

„Weil wir nicht wüssten, wie sich der doppelte Boden öffnen lässt. Sie haben ihn doch selbst in der Hand gehalten. Haben Sie spontan eine Idee?"

Silber lachte kurz auf.

„Wenn nicht mal Greta-Lisa ne Idee hat, warum sollte mir dann wat einfallen. Hahaha."

Die Kleine schaute sich kurz um, als sie ihren Namen hörte, und wandte dann wieder ihre Aufmerksamkeit dem Glasbecken zu.

„Ich weiß, wie wir ihn öffnen können", ertönte plötzlich eine weibliche Stimme mit russischem Akzent.

Alle schauten wie gebannt auf die Silhouette, die im Türrahmen stand. Dann trat Anna Polowna ins Licht.

VERGANGENHEIT

Genoveva füllte am Brunnen einen Krug mit Wasser, während Ivo Ebians Rappen das Zaumzeug anlegte.

„Und ihr reitet wirklich nach Duisburch?", wollte sie wissen.

„Ja", antwortete der Knecht stolz. „Den Weg soll ich ihm zeigen."

Das Mädchen setzte sich auf den breiten, steinernen Rand des Brunnens und sah Ivo wehmütig dabei zu, wie er dem Pferd den Sattel auf den Rücken legte.

„Auf ein Wort, Genoveva", holte der Edelmann sie plötzlich aus ihren Gedanken.

„Ja, Herr?", fuhr sie erschrocken zusammen.

„Wir reiten nach Duisburch", sprach er mit gedämpfter Stimme. „Ich wollte dich bitten, uns zu begleiten. Ivo läuft wie ein Bettler herum, und bevor er seine Münze für anderen Schabernack ausgibt, könntest du ihm dabei behilflich sein, Stoff für ein neues Wams zu erstehen."

Sie sah Ebian mit offenem Mund an und hätte um ein Haar vergessen, dass sie einem Edelmann einen Dienst erweisen sollte, denn sie wollte ihn umarmen wie einen Freund. Natürlich wollte Genoveva mit nach Duisburch. Welche Frage? Sie liebte es, über den kleinen Marktplatz zu schlendern, auf dem die Kaufleute ihre Waren in rauen Mengen zum Kauf anboten. Auch wenn sie sich nichts leisten konnte, würde es ihr schon genügen, am Ufer des Rheins die ankommenden Schiffe zu beobachten, in deren Rümpfen noch weitere Schätze schlummerten. Sie würde wieder den Worten fremder Zungen lauschen und Menschen verschiedenster Herkunft betrachten können.

„Ich dulde keine Ablehnung meiner Bitte", meinte Ebian mit erhobenem Finger und gespielter Strenge. „Außerdem ist es an der Zeit, dass ich mich bei dir für die gute Pflege bedanke." Er deutete auf seine Schulter. „Du darfst dir auf dem Markt aussuchen, was immer du dir wünschst."

Genoveva konnte den Mund nun gar nicht mehr schließen. „Ich sage Ivo, er soll auch dein Pferd satteln."

Sie räusperte sich.

„Herr, ich besitze kein Pferd."

„Warte hier", erwiderte er knapp, ging kurz hinter die Scheune und wechselte einige Worte mit dem Schmied. Dann trat der Krieger wieder zu ihr.

„Nun bist du im Besitz der schönsten Stute, die dieser Stall beherbergt", sagte er beiläufig. „Beeile dich, wir wollen gleich aufbrechen.

Genoveva ergriff hastig den Tonkrug und lief geschwind zu ihrer Hütte. Ebian ging noch einmal zur Schmiede, um sein Schwert zu holen. Der Schmied führte unterdessen die Stute auf den Hof. Der Edelmann schloss gerade die Schnalle seines Gürtels, als er durch das Tor ein viertes Pferd erblickte.

„Für wen ist der vierte Gaul?", fragte er seinen Knecht.

„Für mich", ertönte es hinter ihm.

Ebian wandte sich um. Hinter dem Amboss stand der Älteste und setzte sich seinen großen Schlapphut auf.

„Ich war schon lange nicht mehr in Duisburch, und wer weiß, wann die Gelegenheit wieder so günstig ist, dem Hafendorf einen Besuch abzustatten."

Der Nibelunge blickte ihm zweifelnd in die Augen.

„Ist das der wahre Grund?"

Der Älteste grinste zahnlos unter seinem Bart hervor. „Natürlich auch um des Naschwerks willen. Und der lange Weg dorthin bietet sich geradezu an für ein Gespräch."

„Was möchtet Ihr noch wissen?"

„Alles", meinte der Älteste schelmisch. „Verzeiht mir Ebian, aber wann bekommt man hierzulande schon die Möglichkeit, mit einem Mann zu sprechen, der aus einem sagenumwobenen Land stammt. Erzählt mir von Drachen, den Alben und Elfen, die einem jeden Wunsch erfüllen, wenn man ihn nur ausspricht."

Ebian lachte laut auf. Es erheiterte ihn, dass der alte Mann solche Ammenmärchen von ihm, einem Nibelungenkrieger hören wollte.

„Seid versichert, alter Mann, dass ich all die Dinge, die Ihr aufgezählt habt, selbst noch nie gesehen habe. Ich will nicht bestreiten, dass das Nibelungenland von Zauber erfüllt ist, aber wir gewöhnlichen Menschen werden ihn wohl nie zu Gesicht bekommen, geschweige denn verstehen."

Der Älteste wurde nun sehr ernst.

„Mir scheint, dass es nur darauf ankommt, wie man die Dinge betrachtet. Ihr wart bestimmt schon oft, mehr als jeder andere, von Magie umgeben und habt sie nicht wahrgenommen."

Ebian überlegte kurz. „Ich kann mich solcher Momente nicht entsinnen."

„Ich bin der Überzeugung, Ihr wollt nur deshalb so schnell nach Xanten, um den Zauber, den Ihr ständig mit Euch führt, in andere Hände zu übergeben, damit Ihr Euch nicht weiter den Kopf darüber zerbrechen müsst."

Der Edelmann sah dem Ältesten wehmütig in die Augen.

„Nein, ich möchte nur deshalb Euer Dorf schnell verlassen, damit nicht der gewaltige Zorn eines einzigen Mannes euer aller Verderben ist."

„Hagen von Tronje ist fern von hier", begehrte der Älteste trotzig auf. „Er wird sich sicherlich nicht damit rühmen wollen, ein Dorf dem Erdboden gleichgemacht zu haben."

„Er gewiss nicht. Aber einer seiner treuesten Mannen wird es tun, und Hagen wird es gleichgültig sein, solange er damit nichts zu schaffen hat und es der Sache dient."

„Und wie nennt man den Bluthund, den Hagen losgeschickt hat?", fragte der Alte lauernd.

„Baldo ist sein Name. Er ist überall ebenso für seinen Mut wie auch für seine Grausamkeit bekannt. Selten hat er im Krieg auch nur ein Dorf verschont, durch das er mit seinen Kriegern geritten ist. Er führt über ein Dutzend schwarzer Reiter an, die bald hier eintreffen könnten."

„Ihr sprecht in großer Sorge über diesen Mann."

Genoveva stürmte in die Schmiede und setzte dem ernsten Gespräch ein Ende.

„Ich bin bereit, Herr", sagte sie vollkommen außer Atem.

„Dann lasst uns aufbrechen."

Alle vier schwangen sich auf ihre Rösser und Ivo ritt voran. Genoveva versuchte, mit ihm mitzuhalten. Ebian blieb mit dem Ältesten hinter ihnen.

„Erlaubt mir noch eine Frage", begann dieser erneut.

Der Recke nickte gefasst. Der Alte wollte bestimmt wissen, wie schlimm es wirklich um sein Dorf stehen würde, wenn Baldo mit seinen Mannen käme.

„Fragt."

„Stimmt es eigentlich, dass Drachen grün sind?"

GEGENWART

Lensing setzte vor lauter Verwunderung erst gar nicht seine Kaffeetasse ab. Benning schaute eher desinteressiert, und Stella konnte mit der dunkelhaarigen Frau auch wenig anfangen. Greta-Lisa war mit Wombel auf dem Arm viel zu sehr von dem Aquarium gefesselt, um die Frau überhaupt zu bemerken.

„Wat wird dat denn jetzt?", ächzte Silber.

Anna atmete tief durch. Sie hatte sich die Frage selbst einige Male gestellt und wäre bestimmt nicht hier, wenn ihr Auftraggeber sie nicht dazu gedrängt hätte, mit dem deutschen Geheimdienst zusammenzuarbeiten. Sie erklärte den Anwesenden, dass ihr Chef erwiesenermaßen Nachfahre des Hagen von Tronje sei, woraufhin ihr der Professor prompt seinen Sitzplatz anbot. Sie berichtete weiter, dass Hagens Aufzeichnungen seit dieser Zeit in Familienbesitz sind, und seine Nachfahren bis zum heutigen Tag auf die Gelegenheit gewartet haben, der Nibelungensage eine neue Wendung zu geben. Der Fund in Duisburg-Meiderich sollte der Anlass sein, damit zu beginnen. Nur gedachte der Nachfahre zu keiner Zeit, irgendjemanden zu gefährden, geschweige denn jemandem zu schaden. Er wollte lediglich zur Aufklärung beitragen, bevor die Fundstücke wieder ohne weitere Nachforschungen in der Versenkung verschwunden wären und alles beim Alten bliebe. Aber das Eingreifen der Elster, die nur am Profit interessiert sei und nicht an der Wahrheitsfindung, störe solch ein Vorhaben immens. Auf die Frage des Professors, was der Nachfahre denn versuche zu beweisen, wusste Anna nur zu berichten, er wolle nachweisen, dass Hagen von Tronje nicht Siegfrieds Mörder sei. Er hoffte Hinweise darauf zu finden, die nicht aus Hagens Feder stammten, um seine These zu untermauern. Des Weiteren behaupte er, Siegfried sei einem feigen Mordkomplott zum Opfer gefallen. Mit dem unendlich vielen Gold aus dem Nibelungenhort hätten Söldner angeheuert werden sollen, um Worms in Schutt und Asche zu legen. Hagen aber, königstreu und bemüht, seine Unschuld zu beweisen, hatte den Schatz so lange in seine Obhut nehmen wollen, bis die Umstände um Siegfrieds Mord aufgeklärt worden wären, und um einen sinnlosen Krieg von Worms abzuwenden. Zu diesem Zwecke hätte er unbedingt einen Boten namens Ebian daran hindern müssen, Xanten zu erreichen, damit dieser durch sein Auftreten nicht noch mehr Unfrieden schürte.

„Deine Geschichte ist ja ganz nett", wandte René ein, „aber warum glaubst du zu wissen, wie der Zylinder aufgeht?"

„Jeder der Nibelungenkrieger hat laut Aufzeichnungen so ein Behältnis mit sich geführt, und Hagen hatte oft Gelegenheit, die Krieger dabei zu beobachten, wie sie ihn öffneten."

„Und woher sollen wir jetzt wissen, dat du uns nicht veräppeln willst? Vielleicht willst du uns ja nur begleiten, bis dat Ding wieder da ist und dann verduftest du sang- und klanglos damit.

„Ich glaube ihr", mischte sich Lensing ein. Sie kennt Ebian mit Namen, ohne sich den Panzer angesehen zu haben, und sie weiß, dass er ein Bote war."

„Da ist wat dran", gestand der Agent ein.

Aber das war noch lange kein Grund für ihn, Anna zu vertrauen. Also widmete er sich wieder den Dingen, die für ihn greifbar waren.

„Du hast grade wat von einer Elster erzählt oder so."

„Ja, das ist der Mann, der den Zylinder momentan hat, und wir sollten ihn schleunigst finden, bevor er das gute Stück an den Meistbietenden verhökert."

„Ja, die Elster, das sagt mir auch etwas", bestätigte Lensing zu Silbers und Annas Überraschung.

„Woher?", fragten beide gleichzeitig.

Lensing lächelte. Er genoss den Augenblick sichtlich, auch einmal etwas zur Ermittlung beitragen zu können, ohne immer nur das fünfte Rad am Wagen zu sein.

„Ich treibe mich seit langen Jahren als eifriger Sammler in der Kunstszene herum."

Er hob abwehrend die Hände.

„Natürlich nur hobbymäßig. Dabei kommt es vor, dass ich gelegentlich Angebote von nicht allzu legaler Herkunft bekomme. Und die Elster hat sich dabei auch schon des Öfteren indirekt mit mir in Verbindung gesetzt. Weiß der Geier, woher er mich kennt."

„Na super, dann rufen Sie ihn doch an", freute sich Silber.

„So einfach ist das nicht. Ich sagte ja bereits, er hat sich indirekt gemeldet", bremste der Professor den jungen Agenten. „Er hat seine Leute, die den potentiellen Kunden in Kenntnis setzen und einen Termin vereinbaren. Vielleicht melden sie sich aber gar nicht mehr bei mir, weil ich bislang kein Interesse an seinen Objekten zeigte. Wenn ich das jetzt plötzlich tun würde, wäre er bestimmt sehr misstrauisch."

„Hm, irgendwie müssen wir die Sache aber ins Rollen bringen. Kannst du nicht die Polizei um Mithilfe bitten?", fragte Anna Silber.

„Natürlich", erwiderte der mit gespielter Begeisterung. „Die würden uns liebend gerne helfen."

Er griff in die Luft und tat so, als würde er einen Telefonhörer abheben. Mit verstellter Stimme tönte er:

„Ja, hallo, wer ist da? René Silber? Doch nicht etwa der René Silber, der einem unserer Beamten wat vor die Hirse gehauen hat, um seinen Dienstwagen zu klauen, nachdem er die halbe Innenstadt mit einem BMW umgegraben hat. Und das alles nur wegen der Vermutung, dass hier in Duisburg vielleicht der lang verschollene Nibelungenschatz liegt."

Silber legte auf.

Anna nickte, sie hatte verstanden.

„Wenigstens wissen wir jetzt, nach wem wir suchen müssen", machte der Agent sich selbst Hoffnung.

„Es gibt da noch eine andere Möglichkeit ...", überlegte der Professor.

Cornelius Pattke schlenderte mit Parzival durch die belebte Duisburger Innenstadt und schaute sich dabei die Auslagen in den Schaufenstern an. Aus den Augenwinkeln sah er auf die Uhr einer U-Bahnstation. Vor mehr als zwei Stunden hatte er in allen zwielichtigen Kreisen verlauten lassen, ein äußerst brisantes Stück befände sich in seinem Besitz – und bekam darauf nicht eine einzige Reaktion. Pattke hatte vorher nie so lange auf den Anruf eines Kontaktmannes warten müssen, wenn er seine Waren anbot. Er setzte sich auf eine Bank und kraulte Parzival hinter den Ohren. Offenbar war der Gegenstand so selten, dass viele ihn nicht kannten, oder er lag hoch im Kurs, sodass sich keiner den Spaß leisten konnte. Auf jeden Fall wollte er den Zylinder noch an diesem Wochenende losschlagen, weil er von Duisburg aus gleich weiter nach Ägypten musste. Aus zuverlässiger Quelle hatte er erfahren, dass namhafte Diebe eine Möglichkeit gefunden hatten, in eine der vielen Schatzkammern der Cheops-Pyramide zu gelangen. So etwas konnte er sich nicht entgehen lassen. Er wischte sich die schwitzigen Hände an der Hose ab und hoffte, dass in Ägypten alles glatter laufen würde. Für einen winzigen Moment beschlich ihn das Gefühl, sich mit diesem Coup in Duisburg verschätzt zu haben. Jedoch schob er diesen Gedanken schnell beiseite und verließ sich wie gewohnt auf seine Spürnase, die ihn noch nie im Stich gelassen hatte. Er beschloss, sich zu entspannen und ein wenig über die lange Einkaufsmeile zu wandern. Die Nachricht über dieses eigenartige Behältnis aus vergangenen Tagen würde bestimmt die Neugier eines krankhaften Sammlers wecken, der es nicht erwarten konnte, das gute Stück in seinen Händen zu halten. Davon war Pattke überzeugt.

Alle drängelten sich um Stellas Monitor, der in ihrem kleinen Arbeitszimmer stand, und sahen zu, wie der Professor gekonnt auf der Tastatur herumtippte.

„Hey, Prof, ich wusste gar nicht, dat Sie mit so einem Gerät umgehen können", bemerkte Silber anerkennend.

„Ab und zu kann solch ein Gerät von großem Nutzen sein, Herr Silber. Vielleicht sollten Sie auch mal damit anfangen, sich mit diesem Medium zu befassen, dann bräuchten Sie die Notizen für Ihre Berichte nicht immer auf Schokoladenpapier zu schreiben."

„Schreibst du viele Berichte?", fragte Greta-Lisa den Agenten und hielt sich dabei den Bauch.

„Nein, meist schreibt er keine", antwortete Lensing ohne aufzuschauen.

„Kriegen Sie da keinen Ärger?"

Benning klang erstaunt.

„Meine größte Sorge wäre meine Figur. Sie müssen die ganze Schokolade ja erst essen, damit Sie an das Papier kommen", grinste Stella und fuhr sich dabei über ihre schlanken Hüften, was ihr einen raschen Seitenblick des geschiedenen Bauingenieurs einbrachte.

„Jetzt macht euch mal keinen Kopp um meine Büroarbeit, sondern hört schön zu, wat der Professor hier zu basteln hat", lenkte der Agent gekonnt vom Thema ab.

„Gleich geht's los", rieb sich der Gelehrte die Hände.

„Ähm, wat geht los?"

Silber hoffte, dass sich gleich etwas auf dem Bildschirm zeigen würde, was ihm die lästige Fragerei ersparte.

„Ich habe mich in einen, sagen wir mal, etwas illegalen Chatroom eingeloggt, um mit ein paar interessanten Leuten Verbindung aufzunehmen, die eventuell etwas von unserem begehrten Stück vernommen haben könnten."

„Es gibt diese Verbindung also wirklich?", fragte Dr. Vargo leise.

„Natürlich", erwiderte Lensing stolz und wurde vom Anbieter aufgefordert, sein Kennwort einzugeben.

„Geduld, Herr Silber."

Der Professor spürte, dass der Agent unruhig wurde und drehte sich zu ihm um, während das Passwort überprüft und akzeptiert wurde.

„In diesem geheimen Chatroom haben alle Sammler, Kunsthändler und Gauner Gelegenheit, ihresgleichen ganz bestimmte Anliegen zu unterbreiten. Meistens diskutieren jedoch nur fanatische Sammler über unsinnige Dinge und erzählen sich einander ihre schlecht recherchierten Phantastereien. Aber ab und zu melden sich auch Personen, die Handfestes zu berichten haben oder interessantes Diebesgut anbieten."

Er wandte sich an Anna.

„Sie müssten doch von dieser Internetadresse schon oft Gebrauch gemacht haben. Nicht wahr?"

Die brachte vor Staunen kein Wort heraus, und fragte sich, woher Lensing das Kennwort kannte, das alle 24 Stunden erneuert wurde.

„Und wat haben Sie vor?", unterbrach Silber. „Wollen Sie da jetzt reinplatzen und nach dem Zylinder fragen?"

„Nein", beruhigte ihn der Professor. „Ich werde mich an einem der Gespräche beteiligen und nach einer Weile fragen, ob irgendjemand etwas Neues zu bieten hat. Vielleicht haben wir ja Glück, und die Kontaktleute der Elster wählen diesen Weg, um Kasse zu machen."

„Na, versuchen kann man es ja mal, besser als nix." Silber zog sich zurück auf die Couch. Anna setzte sich neben den Professor, während Benning Stella beim Spülen der Kaffeetassen half. Greta-Lisa ließ sich wieder vor dem Aquarium nieder. Silber kramte vergebens in den Innentaschen seiner Jacke nach seinem Gedankenheft. Die Kleine musste es noch haben. Er schaute sich kurz um, ob auch alle beschäftigt waren, holte dann verstohlen Schokoladenpapier aus der Brusttasche hervor und machte sich ein paar Notizen darauf. Als er fertig war, bemerkte er, wie Lensing ihn über den Rand seiner Brille kopfschüttelnd beobachtete. Anna stieß den Professor an und machte ihn auf den Bildschirm aufmerksam.

„Ah, es tut sich was", sagte er leise.

Silber erhob sich. Das wollte er sehen.

„Gibt es außer den Stadtplänen von Atlantis sonst noch irgendwelche Neuigkeiten?", fragte Lensing einen Gesprächspartner namens Herbie.

„Was meinst du genau?", kam es zurück.

„Gibt es eine Möglichkeit, meine Sammlung aufzustocken?", konkretisierte er.

„Du kommst etwas spät, Hercules. Gerade hat uns jemand einen Miro angeboten. Ganz frisch. Aber der Preis war zu hoch."

„Du weißt, dass ich Älteres suche."

„Sammy hat erzählt, dass er heute im Büro angerufen wurde. Man hat ihm einen leeren silberfarbenen Behälter angeboten, frühes Mittelalter. Angeblich sehr begehrt."

„Und? Hat er zugeschlagen?"

„Nein. Er hat sich ein Bild von dem Gegenstand zusenden lassen. Sammy sagt, dass er aussah wie eine Fälschung."

„Wieso?"

„Zu gut erhalten, nicht ein Kratzer."

„Hat er Sammy eine Nummer hinterlassen? Vielleicht möchte ich ihn mir mal ansehen."

„Jagst du immer noch der Nibelungensache nach?"

Silber sah Lensing an.

„Dafür dass Sie hier nur selten abhängen, kennen die Jungs Sie recht gut."

„Nur aus beruflichen Gründen", versicherte Lensing.

„Antworten Sie ihm", mischte Anna sich ein.

„Nur aus Interesse", gab der Professor Herbie zur Antwort.

„Verstehe. Bleib im Netz. Ich werde Sammy kontaktieren und ihn nach Möglichkeiten fragen."

Silber zog sich einen Stuhl heran und setzte sich. Stella kam mit Benning aus der kleinen Küchennische und auch Greta-Lisa bemerkte, dass sich etwas tat. Neugierig gesellten sie sich dazu. Längere Zeit geschah nichts.

Dann erschien ein neuer Text auf dem Bildschirm:

„Hallo Hercules, du hast Interesse an dem silbernen Teil?"

Die Elster wanderte gemächlichen Schrittes die Einkaufsstraße in Richtung Hauptbahnhof zurück. In der Hand hielt er ein riesiges Eis. Parzival trottete neben ihm her.

„Wenn Zucker nicht so schädlich wäre, Herr Parzival, hätte Pattke Ihnen gerne auch ein Eis geholt."

Der Hund reagierte nicht, dafür aber die Leute, die ihnen entgegenkamen und über das seltsame Gespann tuschelten.

„Pattke hofft, dass Sie nicht beleidigt sind."

Sein Handy klingelte. Er ließ die Leine los und lief quer über eine Wiese, die linker Hand lag. Auf dem Display entdeckte er mit Erleichterung die Nummer eines Kontaktmannes.

„Ja, bitte", meldete er sich und schleckte an seinem Eis.

„Aha, endlich." Er ging in die Knie und steckte die Spitze der Eiswaffel in den weichen Rasen.

„Ja, der Preis wie gehabt, natürlich, wie gehabt, ja." Pattke erhob sich.

„Treffpunkt?" Über den Treffpunkt hat er sich offen gestanden noch gar keine Gedanken gemacht.

„Hm, Treffpunkt, gute Frage."

Parzival schlich sich schnüffelnd an die gefüllte Waffel heran.

„Was nehmen wir denn da?", rätselte die Elster weiter. „Nein, den Hafen halte ich für unangemessen, völlig unangemessen."

Er wechselte das Mobiltelefon in die andere Hand und hielt es ans rechte Ohr, weil ein knusperndes Geräusch ihn beim Nachdenken störte. Gerade als er Parzival ermahnen wollte, leiser zu sein, blieb sein Blick an einem riesigen schneeweißen Gebäude hängen, dessen gewaltiges Vordach von sechs mächtigen Säulen gestützt wurde.

„Oh, er glaubt, er hat etwas ganz Phantastisches gefunden. Ganz großartig sogar. Sag dem Kunden, er möchte doch bitte morgen früh zum Stadttheater kommen. Das Stadttheater ist geradezu ideal für solch eine Aktion", schwärmte er euphorisch. „Nein, nicht so früh. Etwas später. Herr Parzival mag es nicht, wenn er so zeitig aufstehen muss. Ach, und bevor Pattke es vergisst, der Kunde soll ein Erkennungszeichen bei sich tragen, etwas, das typisch für diese Stadt ist."

Er blickte zur Seite und betrachtete seinen Hund, wie er sich mit der riesigen Zunge über die gewaltige Lakritznase schleckte und nach weiteren Krümeln Ausschau hielt.

„Ja, lass es meinetwegen das aktuelle Stadtpanorama sein", stimmte er zu und steckte das Handy weg.

Parzival musste kurz aufstoßen. Pattke kniff ein Auge zu.

„So, und nun kommen wir zu Ihnen, Herr Parzival. Können Sie Pattke mal erklären, wo sein Eis geblieben ist?"

„Morgen früh neun Uhr am Stadttheater", wiederholte der Professor für alle Beteiligten.

„Zeit und Ort sind nicht das Problem, Herr Professor", sagte Silber.

„Schön."

„Aber die halbe Million, die wir mitbringen sollen", nahm er Lensing den Wind aus den Segeln.

„Wir haben nicht vor, den Zylinder zurückzukaufen", mischte Anna sich ein.

„Richtig, aber wir müssen ihn wenigstens eine Zeit lang mit irgendetwas hinhalten", trumpfte der Agent auf.

„Stimmt auch wieder."

Silber sah auf die Uhr. Es war spät. Greta-Lisa stützte müde ihren Kopf auf dem Stoffhund ab, und er selbst konnte auch einen Schönheitsschlaf gebrauchen.

„Ich überlege mir wat", klopfte er dem Professor auf die Schulter, „und gebe Ihnen morgen früh Bescheid, wie wir vorgehen werden. Einverstanden?"

„Hört sich gut an", nahm der den Vorschlag dankend an.

Anna stand auf und streckte sich.

„Du bleibst in meiner Nähe", fuhr Silber sie schroff an.

„Ach ja? Und wie machen wir das heute Nacht?"

„Dat ist mir egal, und wenn ich dich an mein Bett ketten muss."

„Das trifft sich gut. Du hast nämlich noch die Tasche mit meiner Unterwäsche."

Er hob fragend die Augenbrauen.

„Die du mir geklaut hast", half sie ihm auf die Sprünge.

Erst als er bemerkte, wie Lensings Augen sich weiteten, Benning einen leisen Pfiff ausstieß, Stella sich räusperte und Anna breit grinste, raffte er, in welche Richtung sie das Gespräch lenkte.

„Ähm, ich mein ... äh ... du bleibst irgendwie da ... wo ich auch bin, aber so, dat ich weiß, wo du bist ... damit du keinen Unfug machst und so ... mein ich."

„Verstehe", heuchelte Anna.

„Was halten Sie denn davon, wenn wir heute Nacht alle in meinem Haus bleiben", half Benning Silber aus der Patsche. Schließlich hatte der ihn auch rausgehauen, als er seinen Erdbeerkuchen präsentieren musste. „Es ist groß genug, und die Gästezimmer sind schnell hergerichtet. Außerdem können wir alle gemeinsam frühstücken und in Ruhe einen Plan ausbaldowern."

„Sehr gut. Ganz hervorragender Vorschlag", stimmte der Agent sofort zu und trieb alle in Windeseile aus dem Gebäude in die Autos und nach Duisburg-Baerl, bevor jemand auf die Idee kommen konnte, an den letzten Punkt anzuknüpfen.

Bei den Bennings angekommen schleifte ihn Greta-Lisa sofort in ihr Zimmer, damit er ihre Carrerabahn reparieren konnte. Stella half Benning freundlicherweise beim Überziehen der Betten, bevor er sich dabei die Finger brach, und Anna setzte sich mit Lensing auf die Veranda.

„Meinen Sie, es besteht die Möglichkeit, dass ich einmal mit ihrem Chef in Kontakt treten darf?", fragte der Wissenschaftler die junge Russin. „Ich könnte ihm bestimmt den Weg ebnen, seinen Standpunkt seriös zu veröffentlichen."

Sie zögerte einen Augenblick.

„Ich denke, er wird davor zurückschrecken. Immerhin hat er mich zu einem Diebstahl angestiftet ..."

„Och, was mich angeht ...", winkte Lensing ab. „Ich weiß ja jetzt, was für ein Beweggrund dahintersteht, und außerdem ist niemand ernsthaft zu Schaden gekommen."

„Und Silber?", gab Anna zu bedenken.

„Wenn der erst einmal ausgeschlafen ist und seine erste Tasse Kakao getrunken hat, ist er eigentlich ganz umgänglich."

Sie lächelte. Der Professor besaß eine gute Menschenkenntnis.

„Erzählen Sie bitte Ihrem Auftraggeber, dass ich mich aus wissenschaftlichen Gründen für seine Aufzeichnungen interessiere und es mich unsagbar glücklich machen würde, wenn er mir einige Fragen beantworten könnte."

„Ich werde es ihm ausrichten. Ich könnte mir vorstellen, dass er in Ihnen einen sehr qualifizierten Gesprächspartner sieht, dem er auch ein paar Fragen stellen kann."

„Natürlich, ich habe mich mit seinen Vorfahren intensiv befasst."

Silber kam hinzu.

„So, Herrschaften, nun wird sich mit gar nix mehr befasst, jetzt wird gepennt."

Lensing stand nur widerwillig auf. Er hätte sich gerne noch ein paar Takte mit der Kunstdiebin unterhalten. Anna hingegen kam Silbers Aufforderung, ins Bett zu gehen, eher amüsiert nach. Benning hatte dem Agenten die hergerichteten Zimmer gezeigt, und der war es nun, der jedem einen Raum zuwies.

„Ich nehme den Raum hinten bei der Feuerleiter", grinste er Anna an. „Falls jemand auf Fluchtgedanken kommt."

Er öffnete die Tür zu einem kleinen, aber durchaus geschmackvoll eingerichteten Zimmer.

„Das ist für heute Nacht dein Reich."

„Warum plötzlich so freundlich?", fragte sie misstrauisch.

„Weil das Fenster vergittert ist."

Anna zog ihm eine Grimasse und äffte sein dämliches Grinsen nach. Silber tat so, als bemerke er nichts und fuhr mit der Zimmerverteilung fort.

„Und das ist für den lieben Professor."

Er vermied es, die Tür aufzumachen. Lensing sollte erst später sehen, dass er Greta-Lisas ehemaliges Spielzimmer bewohnen durfte, dessen Wände mit einer rosafarbenen Elefantentapete geschmückt waren, und wo Regale immer noch ganze Armeen von Teddys beherbergten. Silber war aber wenigstens noch so freundlich gewesen, ihm das größte Stofftier aus dem Bett zu hieven.

„Schläft Stella nicht hier?", fragte er den Hausherrn und blickte die Betreffende an.

„Nein, ich wohne ganz in der Nähe und möchte keine Umstände machen", sagte sie schüchtern.

Der Agent nickte, konnte sich aber gut vorstellen, dass es Benning nicht die Spur ausmachen würde, sie hier zu beherbergen, selbst wenn er deshalb im Keller schlafen müsste, damit sie ein Bett hätte. Das Haus war mit zwei Bädern ausgestattet und jeder fand Gelegenheit, sich in Ruhe bettfertig zu machen. Silber fing Anna beim Verlassen des Badezimmers an der Tür ab und brachte sie bis zu ihrem Raum.

„Oh, willst du mir noch eine gute Nacht wünschen?"

„Nein, ich will die Tür hinter dir abschließen."

„Findest du nicht, du übertreibst ein wenig?"

„Warum sollte ich dir trauen?"

„Ich habe euch meine Mithilfe angeboten und euch gesagt, wer den Zylinder hat. Schon vergessen?"

„Vielleicht eine Masche von dir. Außerdem war es der Professor, der die Sache heute gedeichselt hat. Du hast wenig dazu beigetragen." Silber lächelte. „Schon vergessen?"

„René", rief sie, bevor die Tür zufiel. Er stieß sie wieder einen Spalt weit auf.

„Sollten wir uns nicht aussprechen?" Anna wartete auf eine Antwort und sah in seinen Augen, dass es für ihn nichts mehr zu besprechen gab. Auch nicht über das, was ihr am meisten am Herzen lag.

Silber drehte den Schlüssel um.

VERGANGENHEIT

„Ist es noch weit?", fragte Ebian.

„Nein", kam die Antwort knapp, und der alte Mann überlegte angestrengt, was er den Nibelungenkrieger noch fragen könnte. Der Edelmann ahnte dies wohl und beschloss, für kurze Zeit neben Ivo herzureiten, der ihm ungewohnt schweigsam erschien.

„Was schaust du ständig so gehetzt in die Büsche, Ivo?"

„Er sieht Gespenster", kicherte Genoveva.

„Das ist nicht wahr", fuhr der Gehilfe ungestüm auf. „Ich gebe darauf acht, dass wir nicht von Wegelagerern überrumpelt werden."

„Wegelagerer?", fragte Ebian amüsiert. „Die wirst du wohl eher in Gegenden finden, die etwas wohlhabender sind. Genieße den Ritt und freue dich auf das Hafendorf."

„Ich habe aber gerade noch Geräusche vernommen", beteuerte der junge Bursche.

Nun blickte auch der Krieger in den Wald. Waren Baldos Männer in der Nähe? Der Älteste schloss wieder auf.

„Mein Großvater sagte immer, manchmal käme es vor, dass Menschen reinen Herzens an einem stillen Ort Dinge vergangener Tage hören können." Der Knecht runzelte die Stirn. „Vielleicht hast du gehört, wie unsere Ahnen das Wild im Gehölz erlegt haben."

Ivo schüttelte den Kopf. Er glaubte, der Älteste wolle ihn zum Narren halten und löste sich von der kleinen Gruppe.

„Später einmal wird er sich an meine Worte erinnern", flüsterte der Alte dem Edelmann zu.

„Sicherlich", meinte der nur, obwohl auch er dem Gehörten keinen Glauben schenkte.

Genoveva trieb ihr Pferd voran und ritt wieder mit Ivo auf einer Höhe. Eine Weile trabten der Älteste und Ebian wortlos nebeneinander her, bis der Alte bemerkte, wie der Edelmann sich zum wiederholen Male an den Gürtel fasste um zu prüfen, ob der Zylinder noch gut an seiner Seite verwahrt war.

„Für den Inhalt solltet Ihr Euch einen besseren Platz zulegen", empfahl er schließlich.

„Der Inhalt ist dort gut aufgehoben, wo er ist", antwortete der Nibelunge gelassen.

„Keine Frage, der Mann, der das Geheimnis hütet, wurde vom König wohl gewählt, jedoch nicht das Behältnis, in dem es schlummert."

„Was ist daran auszusetzen? Es ist aus dem edelsten Metall hergestellt."

Der Älteste lächelte. „Ja, nur sollte ein kostbares Geheimnis nicht in einem ebenso wertvollen Gefäß untergebracht sein."

Ebian sah ihn verständnislos an.

„Ein Dieb, der sich Euch nähert, weiß sogleich, was er an sich nehmen muss, um Euch das Geheimnis zu entreißen." Der weise Alte hob wissend seinen Finger. „Würdet Ihr aber den Inhalt in einem schlichten Gefäß unterbringen, oder noch besser sogar an einem Ort verstecken, der wohlbehalten die Ewigkeit überdauert, würdet Ihr dem Dieb sein Tun erschweren, und Ihr könntet Eure Kräfte für andere Dinge schonen."

Ebian dachte kurz darüber nach.

„Und vor allem", fuhr der Alte mit leisem Bedauern fort, „würde das Geheimnis erhalten bleiben, auch wenn Ihr längst nicht mehr seid."

Einen Lidschlag lang flackerte Furcht in den Augen des Edelmannes. Der alte Mann hatte ausgesprochen, worüber er sich schon seit Längerem den Kopf zerbrach. Der Tod könnte ihn ereilen, ohne dass er zuvor die ihm übertragene Aufgabe erfüllt hätte.

„Denkt darüber nach", mahnte der Alte.

Das freudige Lachen von Ivo und Genoveva riss den Edelmann aus seinen trüben Gedanken und ließ ihn das Pferd auf eine Anhöhe lenken um zu sehen, was den beiden solche Freude bereitete. Oben angekommen sah er es. Der Rhein, angestrahlt von der gleißenden Sonne, schlängelte sich wie ein breites silbernes Band durch das Tal und ganz klein schmiegte sich ein Dorf daran.

„Duisburch!", strahlte Genoveva.

GEGENWART

Greta-Lisa saß tief in der Nacht mit Wombel am Küchentisch. Sie schlürfte an einem Glas Milch und las im Schein einer kleinen Lampe leise in einem Heft. Schweren Herzens klappte sie das Büchlein zu und stützte den Kopf auf ihren flauschigen Spielzeugkameraden. Sie hatte von ihrem Fenster aus beobachten können, wie ihr Vater sich von Stella verabschiedete. Ihr Eindruck war jedoch gewesen, dass die beiden das eigentlich gar nicht wollten. Immer wenn sie sich die Hand gegeben hatten, sagten Papa oder Stella eine Kleinigkeit und schon schwätzten sie weiter. Dem kleinen Mädchen taten die Füße weh vom langen Warten, und als sie mal aufs Klo musste und wieder zurückkam, standen die beiden immer noch da. Wenigstens sind sie schon an den Mülltonnen vorbei, dachte sie und lauerte weiter darauf, was geschehen würde. Greta-Lisa mochte Stella gut leiden. Papa mit Sicherheit auch. Aber der gab Stella mittlerweile zum vierzigsten Mal seine Hand und ließ sie nun tatsächlich davonfahren, ohne sie geknutscht zu haben. So wird das nie was, dachte die Kleine und beschloss, ihrem Vater unter die Arme zu greifen. Sie klappte das vor ihr liegende Heft auf und machte sich daran, ein paar Zeilen abzuschreiben. Aus dem Flur vernahm sie das Tapsen von nackten Füßen. Anna kam herein.

„Was machst du denn so spät noch hier?", fragte sie das Mädchen. Sie selbst hatte Durst und war mit Hilfe einer einfachen Haarnadel in die Freiheit gelangt. Greta-Lisa schaute müde auf.

„Ich muss für meinen Papa einen Brief schreiben."

„Ach so", murmelte die Russin, ohne richtig verstanden zu haben, und lief zum Kühlschrank.

„Anna?"

„Ja?"

„Ist es schwer, jemandem zu sagen, dass man ihn mag?"

„Eigentlich schon", antwortete sie leise und füllte ein Glas mit Saft.

„Warum ist das so?"

„Vielleicht weil die meisten Leute Angst davor haben, abgewiesen zu werden, wenn der andere das Gefühl nicht erwidert."

„Aber wenn man es dem anderen nicht sagt, wird man doch nie erfahren, ob der andere einen auch mag. Oder?"

„Hm, da hast du recht", stimmte Anna zu und nahm sich vor, hier besser keine großen Reden zu schwingen, weil sie es ja auch nicht anders machte.

Greta-Lisa seufzte und schrieb weiter.

„Und jetzt schreibst du einen Brief und tust so, als ob dein Vater ihn verfasst hätte", vermutete Anna.

Die Kleine grinste verlegen und malte weiter Worte auf das Papier.

„Lies mal vor, was du geschrieben hast."

Anna fand die Idee niedlich, dem Vater helfen zu wollen, und war sicher, ein paar tapsige Sätze zu hören, die bestimmt noch ein wenig zurechtgebogen werden mussten.

„Ich habe zwei, weil ich noch nicht weiß, welchen ich nehmen soll", erläuterte sie, strich das Papier glatt und begann vorzulesen.

„In den Tiefen der Zeit verliert jede Energie an Kraft. So sollte ich hoffen, dass die Traurigkeit, die mein Herz umklammert, eines Tages ihren Griff lockert, um mich wieder unbeschwert atmen zu lassen. Doch stattdessen suche ich in meinen Träumen vergebens nach Deinem lieblichen Gesicht und kämpfe mich tapfer durch den Dschungel des Trübsinns; wohlwissend, dass Du Dich von mir nicht mehr finden lassen willst, weil das Feuer erloschen ist. Aber vielleicht züngelt noch irgendwo, ganz schwach, eine winzige Flamme. Ich hetze weiter aus Furcht, jemand anderes könnte versuchen, sie vollends zu löschen. Jedoch, wenn ich aufwache, weiß ich, das ich alleine bin, und spüre, dass Du nie wiederkommst. Ich vermisse Dich!"

Anna hatte verträumt den Worten des kleinen Mädchens gelauscht und fragte sich, warum sie nie solche Zeilen erhielt.

„Na ja, das war vielleicht ein bisschen traurig", gab Greta-Lisa zu, „aber der andere Brief ist fröhlicher. Möchtest du den auch hören?"

„Hast du das wirklich selbst geschrieben?", fragte Anna plötzlich, und ihr Blick fiel auf das kleine Notizheft, das gegen die Milchflasche gelehnt stand.

„Nee", beichtete das kleine Mädchen mit einem verschmitzten Grinsen.

Anna nahm das Heft in die Hand und blätterte es durch.

„Das ist das Gedankenheft von René", plauderte die Kleine, „und weil ich es so schade finde, dass das nur Gedanken sind, habe ich da was raus abgeschrieben, damit wenigstens Papa was damit anfangen kann. Außerdem kann er das gut gebrauchen. Findest du nicht auch?"

Anna hatte die letzte Frage gar nicht gehört, weil sie viel zu sehr damit beschäftigt war, in dem Heft zu lesen. Sie schüttelte fassungslos den Kopf. Über jedem Vers, der stets mit „Ich vermisse Dich!" abschloss, stand ein Datum. Das Heft begann mit dem Datum ihrer damaligen Flucht und endete mit dem gestrigen Tag, an dem das Gedicht stand, das Greta-Lisa gerade vorgetragen hatte.

„Das gibt's doch nicht", sagte Anna laut.

„Na, mir brauchst du das nicht zu sagen. Der Papa kann halt manchmal nix alleine", erwiderte sie müde.

Anna stand wutschnaubend auf und rannte mit dem Heft in der Hand die Treppen hinauf. Silber, dieser Vollidiot, widmete ihr auf diesen Seiten ein herzzerreißendes Gedicht nach dem anderen, aber wenn er vor ihr stand, brachte er nicht einen Piep heraus. Nein, er brachte es sogar fertig, eher einen Schritt zurückzugehen als einen nach vorn, um ihr mal zu sagen, wo sie bei ihm stand. Mit geballter Faust hämmerte sie an seine Tür.

„Komm raus!", forderte sie ihn energisch auf. Eine kleine Weile verging, dann erschien er in seinen gewohnten Comic-Shorts in der Tür. Schlaftrunken rieb er sich die Augen.

„Anna? Ich hab dich doch …"

„Küss mich!"

„Häh?"

„Gute Nacht zusammen", murmelte Greta-Lisa im Vorbeigehen.

„Greta-Lisa. Wat machst du denn hier?"

„Ich wohne hier."

Jetzt reichte es Anna. Sie holte eine kleine Automatik aus ihrem Hosenbund und setzte sie Silber an die Schläfe. „Küss mich endlich!"

„Woher hast du die denn jetzt? Ich hab dir doch alles …"

Weiter kam er nicht. Anna riss ihn an sich und drückte ihm ihre Lippen auf den Mund.

Greta-Lisa schüttelte den Kopf und schleifte Wombel hinter sich her in ihr Zimmer. Vielleicht sollte sich Stella auch mal eine Waffe zulegen…

Wombel

VERGANGENHEIT

Baldo saß auf dem Rücken seines Pferdes und betrachtete mitleidlos den abgetrennten Kopf des Mannes, der vor ihm auf dem Boden lag. Das Antlitz war fürchterlich verzerrt und die toten Augen in Schrecken erstarrt. Der Mann musste vor seinem Tod Grauenhaftes erlebt haben. Wahrscheinlich das Heraustrennen seiner eigenen Innereien, als Baldos Mannen ihm noch einige Fragen stellten.

„Das trug er bei sich, Herr", sagte einer seiner schwarzen Reiter und reichte ihm einen Edelstein.

„Hat er gesagt, wo er ihn herhat?" Ein schäbiges Grinsen machte sich auf dem harten Gesicht des Reiters breit.

„Herr, er hat uns alles gesagt."

Baldo lächelte zufrieden und drehte den Stein in seinen Fingern.

„Er hat ihn von dem Nibelungen bekommen. Ist es so?"

„Ja, mein Gebieter. Der wollte sich damit das Schweigen über seinen Aufenthalt erkaufen."

Der Anführer lachte boshaft auf.

„Nur zu dumm, dass der elende Verräter damit in die falsche Richtung geritten ist."

Er hielt den geschliffenen Stein in die Sonne und betrachtete seine Schönheit genauer. Er erkannte immer mehr, welche Macht Reichtum bringen konnte. Selbst dieses kleine Steinchen verwandelte einen einstigen Getreuen in einen gierigen, dummen Hund, der es vorzog, vor irgendwelchem Gesindel mit seinem Besitz zu prahlen, anstatt die Rache seines Herrn zu fürchten. Wohlstand machte viele Menschen blind für das, was um sie herum geschah. Eitelkeit und Arroganz breiteten sich aus. Vergessen waren dann Dinge wie Treue, Loyalität oder Liebe. Solltest du etwas davon brauchen, konntest du es erwerben, keiner würde es dir verweigern – wenn der Preis stimmte. Das erklärte wohl auch die Macht vieler Könige, die ohne Reichtum genauso wenig angesehen wären wie der Bettler in der Gosse. Keiner hörte mehr auf weise Worte und achtete kluge Entscheidungen, sondern man sah immer nur darauf, wieviel sich im Inneren des eigenen Goldsäckchens befand. War es gefüllt, gehörte man zu den Besseren. War es aber leer wie der Magen eines armen Kindes, schenkte einem niemand auch nur einen würdigen Blick. Wohlstand, daran wurde man heute gemessen und an nichts anderem mehr. Würde sich das später einmal, wenn die Menschen reifer wären, ändern? Baldo blickte sich um. Die Männer um ihn herum schauten wie gebannt auf seine Faust, die den Stein verborgen hielt. Er wollte prüfen, ob er mit seiner Meinung recht hatte. Hier waren nun Männer, deren Treue er sich schon seit vielen Jahren sicher sein konnte. Männer, die vieles gesehen und alles getan hatten, was er ihnen auftrug. Aber gleich, wenn er seine Hand öffnete, den Stein in den Dreck fallen ließ und ihnen sagte, dass der Stärkste unter ihnen dieses winzige, funkelnde Etwas sein eigen nennen darf, würden sie wie kopflose Ungeheuer von ihren Pferden springen und sich neben dem abgeschlagenen Haupt ihres ehemaligen Mitstreiters, der ihnen eigentlich eine Warnung sein sollte, einen Kampf auf Leben und Tod liefern. Dessen war er sich gewiss. Vergessen wären die Momente, in denen sie Rücken an Rücken siegreich gegen fremde Mächte gekämpft oder sich gegenseitig gewärmt hatten, weil die eisige Kälte an ihnen nagte. Baldo ließ angewidert den Stein fallen.

„Nehmt ihn, er ist für euch."

Der Kriegsherr wandte sich dem Reiter an seiner Seite zu, der ebenfalls versucht war, vom Ross zu steigen.

„Wo hält er sich auf?"

Vor ihm am Boden prügelten die Krieger mit lautem Getöse aufeinander ein.

„Er soll an einem Ort sein, der nicht weit vom Hafendorf liegt."

Baldo senkte den Kopf und betrachtete dieses armselige Schauspiel von Gier und Macht, das sich zu seinen Füßen abspielte.

„Ist es fern von hier?", fragte er seinen Reiter.

„Zwei Tagesritte vielleicht."

„Gut, gib Obacht, dass sie sich nicht umbringen und lass uns gleich aufbrechen."

GEGENWART

„Sie wirken mir etwas zu nervös, Herr Professor", bemerkte Anna, während sie sich in einer spiegelnden Schaufensterscheibe betrachtete und zum hundertsten Mal ihre blonde Perücke mit Pagenschnitt zurechtzupfte.

„Ich bin mir nicht sicher, ob Herr Silbers Plan wirklich umsetzbar ist", meinte Lensing besorgt.

„Normalerweise bin ich von seinen Plänen auch nicht sonderlich begeistert, aber diesmal muss ich zugeben, dass mir in der Kürze der Zeit auch nichts Besseres eingefallen wäre."

Lensing nickte schweren Mutes und hakte sich bei Anna ein. Sie gingen um eine Gebäudezeile herum, direkt auf das Stadttheater zu. Der Gelehrte versuchte, mit seiner freien Hand die viel zu eng gebundene Krawatte zu lockern.

„Seien Sie nicht so verkrampft. Mir macht es auch keinen Spaß in diesen Sachen herumzulaufen", tröstete seine Begleiterin ihn.

Agent René Silber hatte den glorreichen Plan verkündet, die Diebin und den Professor als Tochter und Vater auftreten zu lassen. Um das Ganze abzurunden, hatte er die beiden in für sie vollkommen ungewohnte Kleidung gesteckt, weil er glaubte, dass kein Mensch dem Professor in seinem braunen Karoanzug oder Anna in ihrem pechschwarzen Lederdress auch nur einen simplen Gebrauchtwagen, geschweige denn ein antikes Stück im Wert von einer halben Million verkaufen würde. So kam es, dass Benning seinen dunkelblauen Anzug und Stella ihr bestes Kostüm für diese brisante Übergabe zur Verfügung stellten. Das Geldproblem löste Silber, indem er Greta-Lisas Comics in einem Aktenkoffer verstaute. Diese versicherte dem Agenten zwar, dass die bunten Hefte mindestens zwei Millionen wert seien, aber er wollte vermeiden, dass die Elster dies eventuell anzweifelte, und verschloss den Koffer vorsichtshalber. Der Professor, der ja eigentlich allein zu erscheinen hatte, sollte Annas Gegenwart damit rechtfertigen, dass er selbst zu gebrechlich war, um den Koffer zu tragen, und seine Augen zu schwach, um den Zylinder fachgerecht zu begutachten. Wenn die Elster diesen Teil des Plans geschluckt hätte, sollte der Rest nur noch ein Kinderspiel sein. Sobald Anna das Objekt der Begierde in die Hand bekam, musste Lensing alle Anwesenden ablenken, damit sie den doppelten Boden unbemerkt öffnen und das Innere an sich nehmen konnte. Anschließend würde sie behaupten, dass der Zylinder wertlos sei, ihn zurückgeben, sich den Professor mit dem Koffer schnappen und vollkommen entrüstet das Feld räumen. Anna fragte sich, wie ausgerechnet Silber, nachdem er sich zu allem Überfluss in der Nacht den Kopf am Türrahmen gestoßen hatte, als er fluchtartig ins Zimmer zurückwollte, auf einen so einfachen Plan gekommen war. Ein Plan, ohne Autos und Mobiliar zu demolieren. Ein unfassbares Wunder.

„Wir werden bestimmt beobachtet", schätzte Anna und schwenkte scheinbar vergnügt den Koffer ein wenig auf und ab.

„Meinen Sie?", fragte Lensing mit trockener Kehle. Ihm war das Ganze immer noch nicht geheuer.

„Ich hoffe, Sie haben Ihren Text behalten", meinte Anna leise, bevor sie die ersten Stufen zum Theater erklommen.

„Ich denke schon", antwortete er gepresst.

Bevor sie oben ankamen, trat ein Mann hinter einer der mächtigen Säulen hervor und versperrte ihnen den Weg. Der Professor winkte ihm verhalten mit dem Stadtpanorama zu.

„Sie sollten alleine kommen", knurrte der Mann argwöhnisch.

Anna schaute verschüchtert zu Boden, um ihrer Rolle vom netten Töchterlein Nachdruck zu verleihen. Im Normalfall hätte sie ihm natürlich den Kopf nach hinten gedreht, begnügte sich jetzt aber mit dem bloßen Gedanken daran und himmelte ihn nur mit gekonntem Augenaufschlag an.

„Ich bin krank, und meine Tochter hilft mir beim Tragen des Koffers", sagte Lensing den einen Satz, den Silber ihm am Morgen bis zum Abwinken eingetrichtert hatte.

„Okay, kommt mit."

Sie atmeten auf. Die erste Hürde war genommen. Der Mann öffnete ihnen die Tür und bat sie ins Foyer. Dort wurden sie von einem zweiten in Empfang genommen. Der suchte kurz Blickkontakt mit dem Mann, der draußen blieb, um sich die Bestätigung von ihm zu holen, dass die beiden auch wirklich in Ordnung waren. Letzterer nickte kurz, und der andere lief vor in den riesigen Saal. Nach wenigen Metern blieb er stehen.

„Gehen Sie durch bis zum Orchestergraben und nehmen Sie davor Platz." Er wartete so lange, bis Anna und der Professor sich in Bewegung gesetzt hatten, und verließ dann den Saal.

„Ein sehr angenehmes Gebäude", meinte Lensing auf dem Weg nach vorn.

Seine Begleiterin nickte nur. Sie fragte sich eher, warum die Elster hier ungehindert ein- und ausgehen konnte. Die Diebin und der Gelehrte sanken in die weichen Sessel in der ersten Reihe und warteten, ohne ein Wort zu wechseln. Plötzlich ging überall das Licht aus, und ein breiter Lichtkegel fiel auf die Bühne. Einen Moment später stieg ein Mann mit einem riesigen Hund wie aus dem Nichts aus dem Bühnenboden. Sie standen auf einer Plattform, die sich hochfahren und absenken ließ. Der Mann sah sich grinsend um.

„Fahrt Pattke bitte noch einmal hinunter. Wann bekommt er schon die Gelegenheit, auf der Bühne zu stehen?" Ein metallenes Geräusch erklang, der Bühnenboden senkte sich und die Elster verschwand.

„Solche Gelegenheiten sind wirklich selten. Schade eigentlich, wirklich zu schade", hörten sie den Kunstdieb aus der Grube im Bühnenboden sagen. „Fahrt ihn bitte wieder hoch." Sekunden später stand er wieder auf der Bühne.

„Möchtet ihr auch mal?", wandte er sich an seine Gäste.

Die beiden waren zu verdattert um zu antworten.

„Na schön, dann eben nicht", meinte er beleidigt und fragte seinen Hund. „Möchten Sie noch einmal hoch- und runterfahren, Herr Parzival?" Der Rüde hob den Kopf und wedelte freudig mit dem Schweif. „Na wenigstens einer ... wenigstens einer, der diesen Spaß zu würdigen weiß. Pattke hat das Putzpersonal schließlich nicht umsonst in den Heizungsraum gesperrt."

Er faltete die Hände und musterte Anna und den Professor. „Hat man euch nicht von Pattke ausrichten lassen, dass nur einer kommen sollte? Nur einer sollte kommen ..."

„Ich bin krank, und meine Tochter hilft mir beim Tragen des Koffers", unterbrach Lensing die Elster.

Seine „Tochter" verdrehte kaum merklich die Augen und hoffte darauf, dass er auch noch andere Fragen beantworten musste, sonst würde er diesen Satz wohl so lange wiederholen, bis Silber ihm einen neuen gab.

„Aha, aber was machen schon körperliche Gebrechen, wenn du gleich das hier", er holte den Zylinder hervor, „dein eigen nennen kannst."

Anna stützte sich auf die Sessellehnen, um sich zu erheben. Der Hund stürmte daraufhin zum Rand der Bühne und fletschte knurrend die Zähne. Sie blieb im Sessel. Die Elster lächelte.

„Darf Pattke vorstellen?" Er deutete auf den Hund: „Herr Parzival, der Privatsekretär des Hauses, und solange er dir keinen Termin gibt, solltest du besser sitzenbleiben."

Anna nickte. Der Hund lief zurück zu seinem Herrchen.

„Pattke hofft, ihr habt das ganze Geld in diesem Köfferchen. Hofft er da zu Recht?"

„Wir haben die volle Summe mitgebracht", ergriff Anna das Wort.

„Setzen Sie sich, Herr Parzival", wies die Elster den Hund an. „Die junge Dame darf sich erheben."

Parzival machte Sitz, und Anna stand auf. Pattke setzte sich in Bewegung und kam ihr bis zum wesentlich höher liegenden Bühnenrand entgegen. Er beugte sich ihr leicht entgegen, um den Koffer an sich zu nehmen. Sie schüttelte den Kopf.

„Ich möchte mir erst den Zylinder ansehen dürfen."

„Verständlich, aber Pattke möchte im Gegenzug dafür den Koffer in der Hand halten, während du das Wertstück betrachtest."

Anna zögerte nicht und reichte ihm vollkommen gelassen den wertlosen Koffer nach oben. Pattke gab ihr dafür den Zylinder. Sie zog sofort den Deckel vom Zylinder herunter, und dem Professor brach der kalte Schweiß aus, als die Elster vergeblich an den Schlössern des Koffers hantierte.

„Wieso ist der Koffer abgeschlossen?", fragte Pattke misstrauisch.

Anna drehte sich ihrem Begleiter zu. Er musste jetzt das Gespräch übernehmen, damit sie ungestört arbeiten konnte.

„Wir hatten eine lange Reise", begann Lensing, während Anna einen kleinen Schritt aus dem Licht in den Schatten hinein tat, „und da habe ich mir selbstverständlich erlaubt, den Koffer zu verriegeln."

„Reich Pattke doch bitte den Schlüssel."

Anna rieb den Deckel an den Boden des Zylinders und löste damit ein kaum merkliches Klicken aus, das nur der Hund wahrnehmen konnte.

„Natürlich gern", bluffte der Professor erstaunlich gekonnt, und hoffte darauf, dass Anna endlich die erlösenden Worte sprach.

Die legte die Handfläche an die Öffnung, schüttelte den Behälter kurz und schwenkte ihn so, dass ihr der Inhalt in die Hand gleiten konnte. Diesen ließ sie elegant in ihrer Jackentasche verschwinden. Sie platzierte den Deckel wieder auf die Öffnung und trat mit einem kleinen Schritt ins dämmrige Licht zurück.

„Bemühe dich nicht, Vater", spielte die Diebin die Zickige.

Pattke konnte vor lauter Erstaunen den Mund nicht schließen. Anna legte den Zylinder am Bühnenrand ab und nahm mit einem Griff den Koffer wieder an sich.

„Kannst du Pattke erklären, was los ist?"

„Ganz einfach. Der Zylinder ist eine simple Fälschung. Man hat uns gesagt, dass wir ein Stück aus dem frühen Mittelalter erwerben können und nicht einen billig produzierten Abklatsch."

Die Elster nahm den Zylinder in die Hand und drehte ihn umständlich. Er konnte nicht sagen, ob es eine Fälschung war, aber auch nichts Gegenteiliges behaupten.

„Sie erlauben, dass wir uns zurückziehen", sagte Anna in verächtlichem Tonfall und nickte zu dem Hund hinüber, der sich erhoben hatte, weil er Unruhe bei seinem Herrchen verspürte.

Pattke sah sie durchdringend an, und die erfahrene Diebin wusste genau, was er gerade dachte. Im selben Augenblick begannen die Lichtpunkte zweier Infrarotvisiere auf ihrem Oberkörper zu tänzeln. Scharfschützengewehre!

Die Elster wollte den Koffer haben!

„Meine Fresse, wo bleiben die denn?"

Geheimdienstler René Silber, der gegenüber vom Stadttheater versteckt in den Grünanlagen auf einer Bank saß, wurde ungeduldig. Seiner Meinung nach müsste alles schon längst – im wahrsten Sinne des Wortes – über die Bühne gegangen sein. Es sei denn, der Professor hatte seinen Text vergessen. Plötzlich heizte eine schwarze Mercedes-Limousine um die Ecke und blieb mit quietschenden Reifen vor dem Gebäude stehen. Silber wollte im ersten Moment aufspringen und hinübereilen, doch er besann sich in letzter Sekunde. Sie kannten sein Gesicht, und alleine hätte er keine Chance gehabt. Er beschloss abzuwarten. Ein Mann stieg aus und öffnete die hintere Tür. Kurz darauf schwangen die Glastüren des Theaters auf. Anna, der Professor und zwei Männer mit einem riesigen Hund kamen die Treppen herunter. Silbers Spannung löste sich, aber nur, weil er nicht sehen konnte, wie einer der Männer Lensing eine Waffe in den Rücken drückte. Dann wurde er misstrauisch. Sollte Anna nicht den Koffer bei sich behalten? Weiter kam er mit seinen Gedanken nicht. Der Professor wurde unsanft in die Limousine gestoßen, die Männer stiegen mitsamt dem Hund dazu und die Russin blieb allein zurück, als die Luxuskarosse mit durchdrehenden Reifen davonbrauste. Silber rannte über die Straße.

„Wat ist los?", fragte er hektisch.

„Die Elster will unbedingt das Geld haben und hält mich nicht für kompetent genug, die Verhandlung mit ihm fortzuführen. Deswegen hat er den Professor mitgenommen, um mit ihm allein zu sprechen."

Der Agent hatte fast alles in seinem Plan bedacht, nur nicht die Geldgier der Elster.

„Na ja, die werden ihn bestimmt gleich freilassen, wenn sie merken, dat der Koffer wertlos ist. Pattke hält ihn dann für einen alten Spinner oder so."

Anna bewegte sich nicht. Silber zog die Augenbrauen zusammen.

„Noch wat?"

„Ich habe euch gesagt, dass ich weiß, wie sich der doppelte Boden öffnen lässt ..."

„Ja und?"

„Ich weiß aber nicht, wie man ihn wieder schließt."

Der Agent zuckte gleichgültig mit den Schultern.

„Wat macht dat schon?"

„Wenn sich die Elster den Zylinder genauer ansieht, könnte er mutmaßen, dass da etwas fehlt, was ihm eben noch gehört hat, und wenn er dann den Koffer öffnet, werden dem Professor sicherlich ein paar ungemütliche Fragen gestellt."

„Mist", knurrte Silber und schaute sofort die schnurgerade Straße entlang, die zur Autobahn führte.

Er deutete hilflos auf die sich entfernende Limousine.

„Womit sollen wir ihn verfolgen? Alle Autos, die jetzt dafür in Frage kämen, sind Schrott."

Er senkte mutlos den Kopf und kramte in selbigem nach einer Lösung, als hinter ihm gerade noch hörbar ein Auto zum Stehen kam. Er wandte sich um und staunte nicht schlecht. Vor ihnen hielt ein Rolls-Royce, der auf die Auffahrt des neben dem Stadttheater befindlichen Nobelhotels gleiten wollte.

Silber grinste.

„Na ja, fast alle."

Anna ging um die Motorhaube herum und stieg ohne zu fragen hinten ein. Ihr Mitstreiter öffnete die Beifahrertür.

„Einen wunderschönen guten Morgen, mein Name ist René Silber vom Bundesnachrichtendienst, und ich beschlagnahme hiermit diesen Wagen."

Er setzte sich. Zeitgleich mit Anna schlug er die Tür zu. Der Chauffeur sah beide mit freundlichem Lächeln an und wartete wohl auf eine Anweisung.

„Folgen Sie diesem Wagen dort hinten!", befahl der Agent und deutete die Straße runter.

Der Fahrer breitete lachend die Arme aus und schaute durch das geöffnete Sonnendach gen Himmel.

„Oh, Maria Donna, danke", sagte er mit italienischem Akzent und küsste ein kleines Kruzifix, das an einer feinen Perlenkette am Innenspiegel hing. Silber sah ihn skeptisch an.

„Sie kommen klar?"

„Oh, Signore, auf diesen Satz warte ich schon seit dreizehn Jahre."

„Na wunderbar, dann gib mal Gas, Kollege, damit wir heute Abend auch wat zu erzählen haben."

Der Fahrer nickte eifrig und drückte das Gaspedal durch. Anna und Silber wurden förmlich in die Sitze gepresst.

„Ui, der Wagen hat aber einen ganz schönen Bums", bemerkte Silber und wunderte sich, dass der Motor kaum zu hören war.

„Oh ja", freute sich der Fahrer.

„Fahren Sie aber vorsichtig, wir wollen nicht auffallen."

Sich jetzt noch einen Rolls-Royce auf die Spesenrechnung setzen zu lassen, würde bei seinem Chef bestimmt nicht gut ankommen.

„Keine Sorge, Signore, ich habe sowieso noch nie verstanden, warum die Polizisten in diese amerikanischen Filmen immer ihre schönen Autos kaputt machen. Sie vielleicht?"

Silber schielte über seine Schulter nach hinten, wo Anna bis über beide Ohren grinste. Die Entfernung zwischen Rolls-Royce und Diplomatenfahrzeug verringerte sich zusehends. Als der Chauffeur nahe genug heran war, hielt er perfekt den Abstand, den Silber sich insgeheim gewünscht hatte. Der Mercedes blinkte und fuhr auf das Gelände einer Tankstelle.

„Was machen wir jetzt?", wollte der Fahrer wissen.

Anna steckte ihren Kopf zwischen die beiden Vordersitze.

„Lass uns auch drauf fahren. Wir holen ihn jetzt da raus!"

„Manche Leute muss man eben zu ihrem Glück zwingen", erklärte die Elster. „Deshalb nimmst du jetzt diesen Gegenstand, ob wertlos oder nicht, an dich und dafür ..." Der Wagen drosselte deutlich das Tempo.

„Hat Pattke etwas davon gesagt, hier zu stoppen?"

„Wir haben Probleme mit dem Kühler", rechtfertigte sich Gipsnase.

Es war ihm zu umständlich, seinem Chef zu erklären, dass eine von den unzähligen Kugeln, die die Wildkatze gestern auf den Wagen abgefeuert hatte, wohl doch einen Weg durch die Kiemen des Kühlergrills gefunden hatte, um dem Kühler einen Haarriss zu verpassen, der durch die ständige Beanspruchung weiter wuchs. Die vordere Tür wurde aufgestoßen, die Motorhaube geöffnet und nach kurzer Zeit wild geflucht.

„Was ist denn jetzt schon wieder?", fragte die Elster Parzival und stieg ebenfalls aus dem Wagen, damit er sich ein Bild davon machen konnte, wie das Wasser, das Gipsnase einfüllte, unten wieder heraussickerte und dabei so viel Dampf entstand, dass man die Hand kaum vor Augen sehen konnte. Der Professor saß nun allein im Wagen, sogar Parzival gaffte neugierig in den Motorraum. Lensing schoss natürlich der Gedanke an Flucht durch den Kopf, als neben ihm ein Rolls-Royce zum Stehen kam.

„Die haben Nerven, wollen ne halbe Million klauen und gehen erstmal tanken", sagte Silber.

„Ich glaube, die Herrschaften haben Problem mit ihrem Wagen", meinte der Chauffeur.

„Bestimmt Motorenprobleme", grinste Anna und tätschelte Silber den Kopf.

„Is ja schon gut."

Er musste wohl oder übel zugeben, dass sich ihre waghalsige Aktion, auf den Kühlergrill zu schießen, nun auszahlte. Langsam rollte der Royce auf die Auffahrt zur Tankstelle und näherte sich dem Heck des Mercedes. Offenbar standen alle Insassen vor der geöffneten Motorhaube und konnten nicht sehen, wie die Befreier nahten.

Plötzlich ertönte ein Zischen, und eine dichte weiße Dampfwolke machte sich um den Wagen breit.

„Jetzt oder nie!"

Anna sprang aus dem Wagen und holte den verängstigten Professor ungesehen von den Augen seiner Peiniger einfach aus dem Fahrzeug. Sie schob ihn in den Fond des Royce. Leise schloss sich die Wagentür und die englische Luxuskarosse setzte fast geräuschlos zurück. Das Ganze dauerte keine sechs Sekunden, und noch bevor ein Windstoß den Dampf davontrieb, hatte der Rolls-Royce das Tankstellengelände verlassen.

Stella wanderte unruhig in ihrem Büro auf und ab und sah zum x-ten Male auf die Wanduhr. Silber, Anna und der Professor hätten längst zurück sein müssen. Wo blieben sie nur? Hoffentlich war ihnen nichts zugestoßen. Vielleicht wäre sie doch besser mitgegangen. Erneut schaute sie zur Uhr und musste feststellen, dass erst eine Minute vergangen war. Sie versuchte sich abzulenken, indem sie Ebians Schwert genauer in Augenschein nahm. Sie hob es mit beiden Händen hoch und hievte die riesige Waffe auf den Schreibtisch. Es war erstaunlich, in welch außerordentlich gutem Zustand sich das Schwert befand. Stella zog es ein Stück aus der Scheide heraus und strich mit den Fingern über die bläulich schimmernde Klinge, von dort weiter zum Griff, wobei sie dem kunstvoll verschnörkelten Drachen mit dem zackenförmigen Schild besondere Aufmerksamkeit schenkte. Sie fand es äußerst schade, dass dieses historische Stück im Keller des deutschen Geheimdienstes vergammelte, nur weil keiner sich damit befassen wollte. Stella beschloss, in einem ruhigen Moment mit dem Professor zu sprechen. Es musste doch irgendeine Möglichkeit geben, diesen Kunstgegenstand der Öffentlichkeit zugänglich zu machen. Ein Wagen fuhr vor. Aufgeregt lief sie zum Fenster. Greta-Lisa schlug gerade die Tür eines Großraumtaxis zu, und ihr Vater verabschiedete sich vom Fahrer. Stella war etwas enttäuscht, weil sie eigentlich den Professor erwartet hatte, aber als das kleine Mädchen fröhlich winkte, hellte sich ihre Miene auf und sie winkte lächelnd zurück. Natürlich freute sie sich, die beiden zu sehen. Sie mochte Greta-Lisa sehr und fand es süß, wie sie ihren Vater ständig zu allem überredete. Im Moment wollte die Kleine unbedingt dabei sein, wenn die drei anderen mit dem Inhalt des doppelten Bodens hier erscheinen würden. Gleichzeitig dachte Stella, dass Benning an seinem freien Tag bestimmt wichtigere Dinge zu erledigen hatte, als auf Schatzsuche zu gehen. Heimlich wünschte sie sich jedoch auf eine ganze besondere Art und Weise, dass der alleinerziehende Vater auch so gerne mit von der Partie war wie seine ungestüme Tochter. Und sei es nur, weil er eventuell ebenfalls neugierig auf die Entwicklung der bevorstehenden Dinge war. Oder weil er sie vielleicht mochte. Stellas Ohren färbten sich bei dem Gedanken rot. Die Tür wurde aufgerissen, und, gefolgt von ihrem über den Boden schleifenden Spielzeughund, der kleine Wirbelwind stürmte herein.

„Hallo, Greta-Lisa", begrüßte die Doktorin das Mädchen liebevoll.

„Hallo, Stella, ist dir warm? Du hast so ein rotes Gesicht."

Karl Benning folgte.

„Guten Morgen, Frau Vargo."

„Morgen, Herr Benning", lächelte sie unsicher und fragte sich, ob sie immer noch einen roten Kopf hatte.

Und weil sie so still im Raum stand, überlegte Benning, ob etwas mit seinem Äußeren nicht stimmte. Er hatte sich extra rasiert und sein bestes Hemd angezogen. Greta-Lisa bemerkte die Unsicherheit auf beiden Seiten und beschloss, sich etwas zurückzuziehen.

„Ich schaue mich mal ein bisschen um."

„Nein", reagierte Benning sofort. „Du bleibst schön hier bei mir. Wer weiß, was du wieder alles anstellst."

Die Kleine nickte kraftlos. Das war ihr Vater, wie sie ihn kannte. Schwer von Begriff.

„Möchten Sie einen Kaffee, Herr Benning?", fragte Stella.

„Oh ja, gerne, Frau Vargo, das wäre nett."

Greta-Lisa stemmte ihre Hände in die Hüften und stellte sich zwischen die beiden.

„Warum sagt ihr immer eure Nachnamen?" Sie deutete auf ihren Vater und schaute hinauf zu Stella. „Karl", sagte sie knapp. Dann der Fingerzeig auf die junge Doktorin und der Blick zu ihrem Vater: „Stella."

Jetzt grinsten beide verlegen und gaben dem kleinen Mädchen innerlich recht. Sie benahmen sich wirklich ein wenig steif.

„Also: Karl und Stella", wiederholte Greta-Lisa.

Frau Doktor machte den ersten Schritt und gab Benning die Hand.

„Freut mich, Karl."

„Mich auch, Stella."

Oh Mann, jetzt geben die sich schon wieder die Hand, verzweifelte das kleine Mädchen.

Anna behielt recht mit ihrer Vermutung, dass Cornelius Pattke aus der Haut fahren würde, wenn er den Zylinder erst einmal richtig unter die Lupe nahm. Auch Greta-Lisas Comic-Hefte konnten ihn nicht trösten, als seine Männer berichten mussten, auf dem Tankstellengelände niemanden mehr gefunden zu haben. Und während die gerupfte Elster darüber nachdachte, wer es wohl wagen könnte, ihm so übel mitzuspielen, ließen sich seine drei Gegenspieler von dem Chauffeur direkt vor das Institut fahren. Lensing bedankte sich tausendmal bei dem Fahrer für seine freundliche Mühe, und der wiederum gab Silber seine Visitenkarte mit der Bitte, ihn sofort zu informieren, wenn der BND mal wieder das Bedürfnis hätte, einen Wagen zu beschlagnahmen. Der Agent aber musste erst noch verarbeiten, wie einfach es gewesen war, den Professor zu befreien. Er hatte sich nämlich seelisch darauf eingestellt, den Rolls-Royce opfern zu müssen. Die Laune der beiden BND-Mitarbeiter wurde aber bald getrübt, als Anna sie darauf hinwies, dass man die Elster auf gar keinen Fall unterschätzen dürfe. Sie empfahl ihnen, das Ganze als eine Art glücklichen Zufall zu betrachten und sich darauf einzustellen, Pattke in Kürze wieder am Hals zu haben, wenn er erst mal eins und eins zusammengezählt hätte.

„Pah, bist du ein Spielverderber", motzte der junge Agent.

„Ich sage euch nur, woran ihr seid, mehr nicht."

„Sie könnte recht haben", schaltete sich der Professor ein.

„Na ja, wir schauen uns erst einmal an, wat du aus dem Dingsbums gefischt hast. Vielleicht war dat ja auch wieder ein Griff ins Klo."

Das obere Fenster wurde geöffnet.

„Kommt endlich rein und spannt uns nicht so lange auf die Folter!" Stella war froh, sie alle wohlbehalten wiederzusehen.

Im Büro ließen die drei Abenteurer sich erst einmal auf die Besuchercouch plumpsen.

„Was ist mit dem Zylinder?", platzte die junge Doktorin sofort in die Runde.

Silber wandte sich an Anna.

„Ja, genau, wat war überhaupt im Zylinder?"

Lensings Augen hingen ebenfalls an der jungen Russin. Er war so froh gewesen, der Elster entkommen zu sein, dass er gar nicht auf die

Idee gekommen war, sich nach dem zu erkundigen, was ihn eigentlich in diese Misere gebracht hatte. Greta-Lisa drängelte sich an ihrem Vater vorbei und baute sich mit Wombel direkt vor der gewieften Diebin auf. Die fasste in ihre Tasche und holte etwas hervor.

„Das hier!", triumphierte sie und hielt es in die Höhe.

„Was könnte sich in diesem kleinen Hohlraum wohl befunden haben?", fragte Cornelius Pattke seinen Hund, nachdem er sich etwas beruhigt hatte.

Parzival schob seinen Kopf vor und schnupperte interessiert an dem Zylinder, den sein Herrchen ihm hinhielt. Weil der Hund ihm darauf keine Antwort geben konnte, wollte Pattke sich die Lösung auf jeden Fall von der Wildkatze holen. Er war sich sicher, dass sie hinter dieser seltsamen Aktion steckte. Den Agenten schloss er von vornherein aus, weil er es ja schließlich gewesen war, der ihnen dieses antike Stück freiwillig überlassen hatte. Die Elster stand auf und lief nachdenklich im Kreis herum. Er konnte sich gut vorstellen, den Zorn der Wildkatze geweckt zu haben, als er ihr das gute Stück vor der Nase weggeschnappt hatte. Aber dass sie sich solche Mühe machte, ihn wiederzubekommen, gab ihm das Gefühl, dass der Zylinder, abgesehen von seinem Inhalt, wohl kostbarer war, als zunächst angenommen. Pattke strich sich durchs Haar und richtete seine Krawatte. Er konnte nur warten und hoffen. Warten, bis seine Leute jedes Hotelzimmer in dieser Gegend auf den Kopf gestellt hatten, und hoffen, sie würden irgendetwas finden, was Aufschluss über ihren Aufenthaltsort geben konnte. Und wenn er ihre Spur erst einmal aufgenommen hatte, würde er dieses Mal so schnell nicht mehr locker lassen.

„Sieht ja nicht gerade spektakulär aus", beschwerte sich Silber enttäuscht und nahm Anna das kleine zusammengerollte Teil aus der Hand.

„Seien Sie vorsichtig, Herr Silber", ermahnte ihn Lensing und nahm es ihm wieder weg.

Stella streckte die Hand danach aus und der Professor legte die Fingerkuppen große Rolle wie ein rohes Ei hinein.

„Was ist das?", fragte Greta-Lisa und sprach ihrem Vater förmlich aus der Seele, der angestrengt auf das kleine Röllchen blickte.

„Auf jeden Fall keine Schatzkarte", stellte der Agent vorlaut fest.

Lensing wandte sich an die Doktorin.

„Es ist aus Leder, nicht wahr?"

„Ja, es ist Leder", bestätigte sie. „Naturgemäß durch die Jahrhunderte vollkommen ausgetrocknet. Wir müssen es vorsichtig mit Lederweicher besprühen, bevor wir es öffnen können."

Der Professor drückte sich schwerfällig aus dem Sofa hoch.

„Also, lassen Sie uns anfangen. Ich hoffe, Sie haben alles Nötige im Haus."

„Natürlich."

Auch der Agent schickte sich an aufzustehen, und Greta-Lisa wollte vorauslaufen. Stella hob die Hand.

„Tut mir leid, Leute. Der Professor und ich brauchen ein wenig Ruhe. Bitte bleibt solange hier."

Das Mädchen schaute missmutig, und Silber ließ sich in die Couch zurückfallen. Nachdem die beiden Gelehrten den Raum verlassen hatten, nahm ein beleidigtes kleines Mädchen mit Wombel wieder vor dem Aquarium Platz. Anna leistete ihr Gesellschaft. Benning setzte sich zu dem Agenten.

„Und, hast du schon Erfolg gehabt mit deinem Vermittlungsversuch?", fragte Anna ihre kleine Freundin leise.

„Nee, außer Händeschütteln ist wieder nichts gelaufen." Sie lächelte. „Aber wenigstens sagen die beiden jetzt Du zueinander. Wurde auch Zeit. Ich kam mir schon vor wie beim Elternsprechtag."

Anna kicherte in ihre Hand.

„Und wie war es bei dir? Hat er zurückgeknutscht?"

„Mich nicht, dafür aber den Türrahmen."

Die Kleine schaute die Diebin verwundert an.

„Er hat sich so schnell weggedreht, dass er mit voller Wucht gegen den Türrahmen geknallt ist", fügte Anna erklärend hinzu.

„Holz auf Holz", bemerkte Greta-Lisa lapidar und versenkte kopfschüttelnd ihr Gesicht in Wombels weichen Plüsch.

Anna grinste. So hatte sie das noch gar nicht gesehen.

Benning hustete gekünstelt, bevor er den Agenten leise ansprach.

„War gestern noch ganz schön laut, was?"

Silber rieb sich kaum merklich seine Stirn und spielte mit dem Gedanken, sich einen Kühlakku auf die Schwellung zu legen.

„Tut mir leid."

„Ach, schon gut. Danach war ja Ruhe."

Der Agent zog die Augenbrauen hoch. Danach? fragte er sich. Wenn man mit 120 km/h vor den Türrahmen rumste, gab es kein Danach mehr.

„Sie scheinen ein gefragter Typ bei den Frauen zu sein. Ich meine, als Agent und so."

„So ist dat ja nu auch wieder nicht", wehrte der ab. „Die rennen mir nicht grad die Tür ein."

Benning grinste breit.

„Na, das hat sich heute Nacht aber anders angehört." Der Agent verdrehte die Augen und suchte nach einer plausiblen Erklärung, um da jetzt wieder rauszukommen.

„Könnten Sie mir nicht mal einen Tipp geben?"

„Tipp?", fragte Silber irritiert.

„Frauentechnisch sozusagen", beschwor der andere ihn leise.

„Ach so."

Der Agent schlug innerlich die Hände über dem Kopf zusammen. Warum musste Benning ausgerechnet ihm so eine komplizierte Frage stellen? Konnte er ihn nicht fragen, welcher Kinofilm momentan der beste war, oder wo man am günstigsten Pommes essen konnte?

„Sagen Sie schon", drängelte Benning.

Silber überlegte, was die Schönlinge, die er kannte, immer unternahmen, um die Frauenwelt bei Laune zu halten.

„Gehen Sie mal unter die Sonnenbank", empfahl er schließlich.

Benning runzelte die Stirn.

„Sonst noch ein Tipp?"

„Ja, achten Sie darauf, dat sie richtig herum liegen, sonst verkokelt der Gesichtsbräuner Ihnen die Füße."

Behutsam sprühte Stella das Stück Leder mit dem Weicher ein und wartete einige Minuten, bevor sie es erneut mit dem Mittel benetzte. Die Doktorin achtete peinlichst darauf, dass nichts von der Substanz auf die Innenseite der Rolle lief, weil sie befürchtete, dass sich dadurch eine eventuell vorhandene Schrift auflösen könnte.

„Silber hat recht, für eine Karte ist die Rolle zu klein", sagte Lensing.

„Dennoch muss es etwas Besonderes sein, sonst hätte Ebian sich nicht die Mühe gemacht, es so gut zu verstecken."

Stella sah nicht, wie der Professor nickte, und machte sich daran, die Rolle nochmals zu befeuchten.

„Wie lange wird es dauern?"

Sie lächelte. „Man merkt, dass Sie neuerdings Umgang mit jüngeren Leuten haben. Sie sind schon genauso ungeduldig wie Greta-Lisa oder unser chaotischer Agent."

„Ach ja?" grinste er und kaute verstohlen an dem Mundstück seiner längst erloschenen Pfeife herum. „Und Ihnen sehe ich an, dass Sie Umgang mit einem Menschen haben, der Ihnen sehr zusagt."

„Wie kommen Sie denn darauf?"

„Ihre Kleidung, Ihr Haar, Ihre Ausstrahlung, einfach alles. Von Tag zu Tag erblühen Sie ein wenig mehr. Und wenn Ihr Herzblatt in Ihrer Nähe ist, fangen sogar Ihre Augen an zu leuchten."

„Und wer ist Ihrer Meinung nach mein Herzblatt?", spielte Stella die Ahnungslose.

„Da ich aus Altersgründen wohl ausscheide, Silber nachts damit beschäftigt ist, anderen Frauen den Zutritt zu seinem Zimmer zu verwehren, bleibt ja nur noch unser alleinerziehender Vater übrig."

Sie nahm wieder die Sprühdose zur Hand.

„Schlimm?", fragte sie nur.

„Nein, durchaus nicht. Herr Benning ist sehr nett und hat zudem einen sehr charmanten Anhang zu bieten. Ich finde, Sie passen sehr gut zusammen."

„Ich weiß nicht, ob er das auch so sieht."

„Warum? Ich habe den Eindruck, dass er sich im Moment genauso unsicher durch die Gegend bewegt wie Sie, wenn er in Ihrer Nähe ist, weil er eben auch nicht weiß, wie Sie darüber denken."

„Meinen Sie?"

„Wie lange waren Sie schon nicht mehr unter Menschen, Stella?"

„Ich habe eine Menge Arbeit. Ich bin ständig von vielen Leuten …"

„Ich meine, wann hatten Sie Ihr letztes Rendezvous?", unterbrach er sie.

„Hm", sagte die Doktorin und wandte sich der Rolle zu. „Schon lange her."

„Dann gehen Sie doch mal ins Kino. Fragen Sie Silber, welcher Film gerade empfehlenswert ist."

Stella hob zweifelnd die Augenbrauen.

„Außer Autos zu Schrott fahren und anderen Leuten die Nase verbiegen, ist das eigentlich das, was er am besten kann", versicherte ihr der Professor.

Sie nickte verhalten.

„Machen Sie sich einfach mal einen schönen Abend", fuhr er fort.

„Ich denke darüber nach", beeilte sie sich zu sagen, ergriff schnell eine Pinzette und klappte vorsichtig den ersten Teil des Leders um.

„Schon etwas zu erkennen?"

Lensing war nun wieder ganz bei der Sache.

„Sieht aus wie ein Kreuz."

Der Professor nahm sich eine Lupe.

„Richtig, ein Kreuz. Was das wohl zu bedeuten hat?"

„Warten wir es ab."

Stella deckte den aufgefalteten Bereich ab und sprühte auch den anderen Teil der Rolle ein.

„Jetzt dauert es nicht mehr lange."

Sie wartete einen Moment und begann schließlich damit, den Rest abzurollen.

„Können Sie das entziffern, Herr Professor?"

Er ging näher an das ausgebreitete Stück Leder heran. Direkt neben dem kleinen Kreuz war eine schlangenförmige Linie aufgemalt, entlang derer sich in Zweierreihen winzige Runenzeichen befanden.

„Ja", antwortete der Gelehrte und stieß jedes Zeichen noch einmal sachte mit dem Bleistift an, um sich zu vergewissern, das Richtige gelesen zu haben.

„Das Glück liegt in Deiner Hand", las er schließlich laut vor.
„Bitte?"
„Da steht: ,*Das Glück liegt in Deiner Hand*'!"

Silber legte den Hörer auf die Gabel zurück, als Stella mit dem Professor das Büro betrat.
„Ich wollte uns gerade ne Riesenpizza mit allem Zipp und Zapp bestellen."
„Eine gute Idee", sagte Lensing mit leichter Wehmut in der Stimme.
„Wissen Sie schon, wat auf dem Lederfetzen steht?", fragte der Agent neugierig.
Die Doktorin hielt einen Block hoch und zeigte allen, was sie von dem Röllchen abgemalt hatte. Das Kreuz mit der danebenliegenden Linie und den übersetzten Worten.
„Mehr nicht?", meldete sich Anna enttäuscht zu Wort.
„Mehr nicht", seufzte Stella.
Auch Benning und Greta-Lisa schauten etwas ratlos drein. Silber klatschte zweimal laut in die Hände.
„Hey Leute, auf, auf! Wir sind in diesem Moment weiter, als wir et uns vor zwei Tagen noch erträumt hätten. Und jetzt zieht ihr alle ne Fresse, als würde es heute keinen Nachtisch geben. Wat habt ihr erwartet? Den aktuellen Duisburger Stadtplan mit einem fein säuberlichen roten Kreuz an der Stelle, wo der Schatz liegen soll?" Er schaute sich um. Keiner sagte etwas. „War doch klar, dat der Kollege da irgendeinen geheimnisvollen Kram draufkritzelt, sonst könnte ja jeder kommen und sich die Klamotten holen."
Lensing atmete tief durch und nickte heftig.
„Silber hat recht, strengen wir uns an."
„Das Glück liegt in Deiner Hand", wiederholte Stella noch einmal.
Die junge Doktorin ging zum Schreibtisch und stellte den Schreibblock gestützt von zwei dicken Büchern so hin, dass jeder im Sitzen bequem auf die Zeichnung schauen konnte.
„Vielleicht soll der Strich den Rhein darstellen", schlug Benning nüchtern vor.

„Ein guter Gedanke", lobte der Professor.
„Aber welchen Teil vom Rhein?"
Anna war skeptisch.
„Na da, wo dat Kreuz is."
Silber tat, als sei das ja wohl selbstverständlich.
„Vielleicht ist dat Kreuz ja gar keine Markierung, sondern dient als Anhaltspunkt."
„Und der wäre?"
Lensing sah ihn gespannt an.

VERGANGENHEIT

Ebian saß am Ufer des Rheins und beobachtete, wie die seichten Wellen sich dem pflügenden Bug eines Handelsschiffes entgegenwarfen. Der Älteste hatte Genoveva und Ivo mit der Aufgabe betraut, die Dinge zu beschaffen, die der Schmied für die Fertigung von Ebians Pfeilspitzen benötigte. Eigentlich wollte der Nibelunge das selbst erledigen, aber der alte Mann hielt es für ratsam, dass der blonde Hüne sich so bedeckt wie möglich hielt. Seine Großzügigkeit wäre hier sicherlich willkommen gewesen, doch wollte der Älteste den Ort wieder verlassen, ohne einen verräterischen Eindruck zu hinterlassen. Aus diesem Grunde hatte der Edelmann sich im grünen Gras niedergelassen, betrachtete den Fluss und lauschte der regen Betriebsamkeit, die vom kleinen Marktplatz zu ihm herüberschallte. Gelächter, das aus einer abseits liegenden Schenke quoll, ließ seine Blicke schweifen. In einiger Entfernung sah er Menschen an einer ungewöhnlich großen Hütte bauen. Ohne auf einen gefälligen Anblick Wert zu legen, zimmerten sie roh behauenes Holz an einen dicken Balken und ließen so die Front entstehen. Der Älteste trat zu ihm.

„Was erbauen die Menschen dort?", wollte der Krieger wissen und deutete auf die fleißigen Zimmerleute, die jetzt ein riesiges Kreuz aus Holz auf das Dach stellten.

„Dort wohnt der Gott der Christen."

Ebian nickte. Er hatte auf seiner Reise viele solcher Bauten gesehen, nur musste er gestehen, dass dieser hier mit Abstand der ärmlichste von allen war.

„Wird dieser Gott dort ewig verweilen?", fragte der Nibelunge.

„Diese Menschen nehmen es an", erwiderte der alte Mann.

„Und Ihr? Glaubt Ihr an ihn?"

Der Älteste schüttelte den Kopf.

„Nein. Jede Generation hat ihre eigenen Götter. Manchmal bete ich zu Göttern, von denen meine Urahnen bestimmt nie etwas vernommen haben. Und meine Enkel wiederum werden sicherlich Götter preisen, von denen ich mir nie vorstellen könnte, dass sie jemals existieren. Nur eines kann ich sagen: Je länger der harte Wind der Zeit über die Erde weht, desto geringer wird die Anzahl der Götter werden, und vielleicht ist es ja dieser", er deutete mit seinen knochigen Fingern auf das Gotteshaus, „der die anderen von ihren Plätzen verdrängen und die Menschen dazu bringen wird, nur noch ihn zu verehren. Dann wäre sein Tempel ein Ort für alle Ewigkeit."

Ebian nickte und erhob sich langsam. Er wollte sich das Haus der Ewigkeit näher anschauen.

GEGENWART

Wie alt ist die Salvatorkirche in Duisburg?", wandte sich der Agent an die Doktorin.

Stella schritt zu einem ihrer vielen Bücherregale und zog einen dicken Band heraus.

„Die Kirche, so wie wir sie heute kennen, stammt aus dem 13. Jahrhundert."

„Kacke, ich dachte, dat wäre schon die Lösung."

„Moment", bremste sie seinen Unmut und schlug das Buch auf. „Soweit ich weiß wurde sie auf dem Fundament einer Kapelle errichtet, die im Jahre 883 das erste Mal erwähnt wurde."

„Ist aber immer noch nicht die gewünschte Jahreszahl", nörgelte Silber.

„Wichtig ist eigentlich nur zu wissen, dass dieser Ort schon länger mit einem Gotteshaus besetzt ist. Es könnte also durchaus sein, dass dort bereits im frühen Mittelalter eine einfache Holzkapelle stand."

„Eine Kirche?", murmelte der Professor skeptisch vor sich hin.

„Warum nicht? Zu dieser Zeit floss der Rhein nahe an diesem Standort vorbei", konterte Stella. „Ähnlich wie hier aufgezeichnet. Außerdem ist eine Kirche nahezu ideal für ein Versteck. Was spricht also gegen die Theorie, dass sich unter diesem Fundament geheime Katakomben befindet, die man beim Bau der jetzigen Kirche übersehen hat."

„Oder aber gefunden hat und geheim halten möchte", gab Anna zu bedenken.

„Auch eine Möglichkeit", stimmte die Wissenschaftlerin zu.

„Na, Mädels, jetzt macht die Geschichte mal nicht komplizierter als sie eh schon ist. Begnügen wir uns erstmal damit, dat der Schatz vielleicht unter der Kirche liegen könnte, und kommen zur nächsten Frage."

„Die da lautet?"

„Wie gelangen wir in die Katakomben?"

Gipsnase wusste nicht mehr, wie viele Hotelhallen er an diesem Abend schon betreten hatte, um sich an der Rezeption nach zwei jungen Damen zu erkundigen, die sich eventuell vor Kurzem einquartiert haben könnten. Beinahe völlig entmutigt staunte er nicht schlecht, als der Portier in einem Hotel in Mülheim ihm mitteilte, dass bei ihnen im Hause tatsächlich zwei Damen eingecheckt hätten, die zwar für fünf Übernachtungen im Voraus bezahlt hatten, aber seit gestern nicht mehr wieder aufgetaucht seien. Für einen Hunderter erzählte er dem Gangster weiterhin, dass sich noch die gesamte Garderobe auf dem Zimmer befand, und für einen zweiten Geldschein überließ er ihm sogar den Schlüssel für die Räumlichkeiten. Guter Dinge forderte Gipsnase via Handy seine Mitstreiter auf, die Suche einzustellen. Erst danach setzte er seinen Chef von dem Teilerfolg in Kenntnis.

Selbstverständlich wollte die Elster es sich nicht nehmen lassen, persönlich die Gemächer der cleveren Kunstdiebinnen zu durchstöbern, und bat Gipsnase, auf ihn zu warten, bevor er auf seine Weise mit der Durchsuchung begann. Nach dem vierten Drink an der Hotelbar und der siebten Melodie des Pianisten, hörte Gipsnase endlich, wie sein Chef beim Hotelier nachfragte. Er erhob sich von seinem Barhocker und ging ins Foyer. Pattke nickte ihm zu. Per Knopfdruck wurde der Aufzug ins Erdgeschoss geholt. Die Edelstahltüren gingen summend auseinander. Parzival war der erste, der sich in den kleinen, mit einem roten Teppich ausstaffierten Fahrstuhlkorb zwängte. Die beiden Männer taten es ihm gleich. Auf der dritten Etage stoppte das Gefährt sanft ab und öffnete sich. Die kleine Gruppe trat hinaus auf den Gang. Gipsnase orientierte sich kurz. „Fünfundzwanzig", murmelte er leise mit Blick auf den Schlüsselanhänger. Es war die erste Tür auf der linken Seite. Er schloss auf. Ein leicht süßlicher Duft kam ihnen entgegen. Das Parfüm der Wildkatze! Pattke tastete in den dunklen Raum, fand den Lichtschalter und schwang sachte die Tür auf. Parzival lief wieder vor. Die Männer folgten.

Der Raum sah aus, als sei er vom Zimmerservice am Morgen hergerichtet worden. Lässig schlenderte die Elster zu einem kleinen Tisch, zupfte eine Tulpe aus der Vase und setzte sich. Währenddessen schnüffelte Parzival aufgeregt durch den Raum. Gipsnase hingegen blieb wie angewurzelt stehen. Sein Chef steckte die Nase in die Tulpe und atmete tief ein.

„Was siehst du?", fragte er. Pattke hatte in seiner langen Zeit als Kunstjäger eine Menge über die Marotten von Dieben gelernt und wollte sehen, wieviel davon er seinen Männern hatte beibringen können.

Gipsnase überlegte noch.

„Du siehst nichts", beantwortete Pattke die Frage selbst. Parzival wedelte heftig mit dem Schwanz, als wüsste er die Antwort. Der Gefragte schaute ein wenig dümmlich aus der Wäsche. „Es ist nicht ihr Zimmer", sagte die Elster.

„Aber der Portier ..."

„Weiß es auch nicht besser", vollendete Pattke den Satz. „Glaubst du im Ernst, eine Frau würde in solch einem trostlosen Raum übernachten, ohne ihn vorher mit einfachen Mitteln nett hergerichtet zu haben? Glaubst du das wirklich?"

Gipsnase zuckte hilflos mit den Schultern. Die Gedankengänge seines Chefs waren ihm ein wenig zu hoch.

„Es ist nicht ihr Zimmer", wiederholte die Elster.

Der Gehilfe löste sich aus seiner starren Haltung und riss ärgerlich einen der vielen kleinen Schränke auf. In den Regalen lagen fein säuberlich einige Textilien.

„Und was ist hiermit? Wem gehören diese Sachen?"

„Zweifellos unserer Wildkatze und ihrer werten Freundin. Zweifellos", antwortete Pattke prompt. „Aber in der Luft liegt ein Parfüm, das du im Badezimmer garantiert nicht finden wirst, weil es woanders aufbewahrt wird. Garantiert." Er lachte auf. „Sie hat gerade genug Aufwand betrieben, um einen Idioten wie dich zu blenden."

Gipsnase stürmte aufgebracht ins Bad und kehrte triumphierend mit einem blauen Flakon in der Hand zurück. Die Elster grunzte verächtlich.

„Dieses Fläschchen kannst du in jedem beliebigen Drogeriemarkt an der Ecke kaufen. Aber dieser Duft hier", er fächelte sich mit der Hand etwas Luft zu, „dieser Duft ist ein anderes Kaliber. Womit wir beim nächsten Thema wären. Sieh nach, ob du Waffenteile oder Patronen findest! Sie wird wohl kaum ihren ganzen Vorrat für den Kurztrip mitgenommen haben."

Gipsnase riss nun sämtliche Schränke auf und zerrte alle darin befindlichen Sachen heraus. In kürzester Zeit lagen T-Shirts, Hosen und Pullover wild auf dem Boden verteilt. Nur keine Waffen. Pattke schüttelte gelangweilt den Kopf und wartete darauf, dass sein Handlanger sich ausgetobt hatte.

„Verschwenden wir hier nicht unsere Zeit und suchen nach dem richtigen Zimmer. Sie wird wiederkommen. Wenn sie nicht schon längst da ist."

„Gute Frage", meinte Lensing und wiederholte sie: „Wie kommen wir in die Katakomben?"

„Vermutlich über die Kellergewölbe der Kirche", schlug Stella vor.

„Warum sollten wir in der Kirche auf etwas stoßen, das andere Menschen Jahrhunderte vor uns nicht gefunden haben?", fragte Benning skeptisch.

„Sie fanden nichts, weil sie nicht wussten, dass es etwas gibt, wonach es sich zu suchen lohnt." Stella blickte ihn wohlwollend an.

„Und jetzt? Auf zur Kirche, oder wat?", mischte sich Silber ein.

„Die Kirche ist wegen Renovierungsarbeiten geschlossen."

„Ich habe die geeignete Ausrüstung, um uns Einlass zu verschaffen", warf Anna ein.

„Ich hatte eher daran gedacht, morgen im Stadtarchiv nach weiteren Anhaltspunkten zu suchen." Die Doktorin schaute Bestätigung suchend in die Runde.

„Also, ich hätte nichts dagegen, die Kirche abzutasten. Sie vielleicht?", wandte sich Silber an den Professor.

„Meine Neugier ist geweckt", grinste der, „aber ich würde mich gerne vorher umziehen."

„Wieso?", fragte der Agent. „Der Fummel steht Ihnen doch gut."

„Ich möchte mir auch vorher etwas anderes anziehen." Anna zupfte an ihrem Kostüm und fügte schnell hinzu, bevor Silber dazu einen bissigen Kommentar abgeben konnte: „Und außerdem müsste ich mein Werkzeug aus dem Hotel holen."

„Du willst uns verlassen?"

Silber wurde misstrauisch.

„Vertraust du mir immer noch nicht?"

Er überlegte. Immerhin wusste sie genauso viel wie er und auch, wo sie suchen musste. Wer sagte ihm, dass Anna die Suche nicht ohne ihn fortsetzen wollte, um ihrem Auftraggeber den vereinbarten Dienst zu erweisen?

Lensing trat an den Agenten heran und legte ihm eine Hand auf die Schulter.

„Sie hat bis jetzt hervorragende Arbeit geleistet", flüsterte er ihm ins Ohr. „Es gibt keinen Grund, ihr nicht zu vertrauen."

Silber nickte. „Versprich mir, dass du wiederkommst!"

Anna lächelte.

„Ich werde zurückkommen", sagte sie, ohne zu ahnen, dass es anders kommen sollte.

In Bennings Haus angelangt warf sich der Professor sofort in seine gewohnte Schale, und Silber musste wieder einmal etwas von Greta-Lisas Spielzeug in Gang bringen, während Stella zusammen mit Benning eine kleine Mahlzeit für alle herrichtete.

„Bist du in Anna verknallt?", fragte das kleine Mädchen den Agenten unverblümt.

Der war so verdutzt, dass er ihr spontan antwortete: „Ja, eigentlich schon."

„Und jetzt?"

„Bei uns ist dat ein wenig schwierig. Wir haben uns lange Zeit nicht gesehen", versuchte er die Lage zu erklären und zog eine Schraube an ihrem Puppenhaus nach.

Greta-Lisa schwieg, nahm Wombel das schwere Halsband ab und ersetzte es durch eine rote Schleife.

„Ist doch prima, wenn ihr euch noch mögt, obwohl ihr euch so lange nicht gesehen habt."

Silber neigte nachdenklich seinen Kopf zur Seite.

„Menschen verändern sich im Laufe der Zeit, weißt du, und es sind letzten Endes immer nur die guten Erinnerungen, die einen glauben machen, dat man sich zu einem bestimmten Menschen hingezogen fühlt. Es braucht dann eine Weile, um herauszufinden, ob es noch Sinn macht, sich um diesen Menschen weiter zu bemühen."

„Und es reicht nicht, wenn ihr euch sagt, dass ihr euch lieb habt?"

„Nee, ich glaube, dat reicht nicht. Worte sind schnell gesprochen. Taten aber erfordern Bemühungen und zeigen dir, an welcher Stelle im Herzen du bei einem Menschen stehst. Versprechen, die eingehalten werden, dichten dat Ganze dann ab", meinte der Agent leise und schaute auf seine Armbanduhr.

Wie lange würde Anna für ihren Hotelbesuch brauchen?

Lensing steckte seinen Kopf ins Zimmer. „Kann ich helfen?", fragte er.

„Ja, klar", erwiderte Greta-Lisa. „Du darfst Wombel die Ohren bürsten."

In der Küche schnitt Benning gerade eifrig Tomaten in feine Scheiben, und Stella holte die fertig gebackenen Baguettes aus dem Backofen.

„Meinst du, das reicht?", fragte der Hausherr besorgt.

Sie überlegte sich gut, was sie sagen sollte. Immerhin hatte sie gesehen, wie der Mann vom Geheimdienst einen halben Erdbeerkuchen aufessen konnte, ohne mit der Wimper zu zucken. Warum sollten ihn dann abgezählte Baguettes beeindrucken?

„Wir machen den Belag etwas dicker, dann wird es schon reichen."

Der Ingenieur atmete tief durch, bevor er die nächste Frage stellte.

„Was machst du eigentlich so in deiner Freizeit?"

„Ich bereite Vorlesungen über das kaufmännische Verhalten der Bauern im Mittelalter vor und organisiere Fahrten für die Mitarbeiter des Instituts zu aktuellen Ausgrabungsstätten."

Benning nickte nur. Jetzt auf Silbers gut gemeinten Vorschlag zurückgreifen und sie zum Essen einladen, erschien ihm ein wenig lächerlich.

„Und du?", fragte Stella.

„Ich versuche, so viel wie möglich mit meiner Tochter zu unternehmen, wenn ich nicht gerade den Ausbau der Meidericher U-Bahn vorantreiben muss."

„Oh, dann bist du ja völlig ausgebucht."

„Äh, nö", sagte er hastig, „abends hätte ich, äh, habe ich Zeit. Meine Mutter passt dann oft auf Greta-Lisa auf."

„Das ist aber lieb von ihr."

„Ja, sie macht das gern."

„Was hältst du davon, mal gemeinsam ins Kino zu gehen?", fragte die Doktorin beiläufig, und der Ingenieur musste vor lauter Überraschung aufpassen, dass er sich nicht die Fingerkuppe abschnitt. „Oder gehst du nicht gerne ins Kino?"

„Doch, doch, natürlich. Ich gehe häufig ins Kino", beeilte er sich zu antworten und tat wie ein alter Cineast, während er krampfhaft versuchte, sich daran zu erinnern, wie der letzte Film hieß, den er gesehen hatte.

„Dann hast du bestimmt schon einen Film im Sinn", lächelte Stella.

„Ja klar, aber du hast den Vorschlag gemacht, also lass ich dir bei der Auswahl den Vortritt."

„Oh, das ist lieb", erwiderte sie und biss sich auf die Lippe. Der letzte Kinofilm, den sie gesehen hatte, war mittlerweile so alt, dass sogar die Videotheken ihn nicht mehr im Programm hatten. „Ich glaube, ich verlass mich da lieber auf den Tipp eines Fachmannes."

In diesem Augenblick stürmte Greta-Lisa in die Küche.

„René fragt, ob es noch lange dauert mit dem Essen, weil er sonst vor Hunger stirbt."

„Sag ihm bitte, dass es gleich fertig ist."

„Okay", rief sie und brauste davon.

Stella stapelte die Baguettes auf einen großen Teller und ließ sich von Benning die Tür aufhalten.

„Ist Anna noch nicht da?", fragte sie erstaunt, als sie ins Wohnzimmer kam. Über eine Stunde war seit ihrem Aufbruch vergangen.

„Nein", sagte Silber und lächelte spöttisch.

Der Hausherr gab jedem eine riesige Serviette, und Stella reichte den Teller herum. Während der Mahlzeit tauschte sie mit Lensing weitere Vermutungen über den Schatz aus, und Greta-Lisa fütterte ihren Vater mit dem Rest ihres Riesenbrötchens. Silber ließ die Uhr an der Wand nicht aus den Augen. Er beobachtete, wie der kleine Sekundenzeiger den größeren für die Minuten vorantrieb. Nach einer halben Stunde unterbrach er die angeregte Unterhaltung:

„Sie kommt nicht mehr!"

Etwas betroffen schauten alle zur Uhr und nickten zustimmend.

„Betrachten wir uns die Kirche lieber morgen im Hellen. Anna weiß im Augenblick genauso viel wie wir und kann heute nichts mehr unternehmen. Ich denke, wir machen uns am besten einen gemütlichen Abend", schlug René Silber betont heiter vor.

Stella suchte Karls Augen.

„Kino?", fragte sie ihn.

„Ich weiß nicht. Wo soll ich jetzt so schnell einen Babysitter herkriegen?

„Hier haben wir doch gleich zwei", grinste sie und deutete auf die anwesenden Vertreter des Bundesnachrichtendienstes.

Benning runzelte die Stirn und betrachtete sich die beiden Vögel etwas näher. Der Professor suchte in seinem Rauschebart verstohlen nach einem Stück Tomate, und René schnitt Greta-Lisa unentwegt Grimassen, während auf seinem Schneidezahn ein Stück Salat pappte. Waren das die Babysitter, die ein Vater sich für seine kleine Tochter wünschte?

„Die machen das schon", ermutigte Stella den verunsicherten Benning, aber der hatte längst für sich beschlossen, seine Mutter um Hilfe zu bitten.

Silber ging in die Küche und Benning schlich ihm verstohlen hinterher.

„Herr Silber?", flüsterte er.

Der Agent drehte sich verwundert um. „Ja?"

„Ich möchte gleich mit Stella ins Kino gehen. Könnten Sie mir einen Film empfehlen?"

Silber atmete auf. Endlich mal eine Frage, die er beantworten konnte. Er nannte einen Film und verließ die Küche. Plötzlich hörte er auf dem Flur ein Flüstern.

„Herr Silber!"

Er drehte sich um und sah Stella auf dem Treppenabsatz stehen. Sie lotste ihn mit dem Finger in die erste Etage. Oben angekommen begann sie:

„Herr Benning und ich möchten uns einen gemütlichen Kinoabend machen. Hätten Sie einen Vorschlag, welchen Film wir uns anschauen könnten?"

Silber grunzte zufrieden und fragte sich, ob ihm heute Morgen jemand ein Schild mit der Aufschrift „Kinoauskunft" auf den Rücken geklebt hatte, als er ihr den gleichen Tipp gab. Unten im Flur vernahm er erneut in leisem Tonfall seinen Namen.

„Herr Silber!" Lensing winkte ihn zu sich heran.

„Wat gibt es? Oder nein, lassen Sie mich raten, Herr Professor. Sie wollen sich heute mit mir einen romantischen Kinoabend machen und fragen sich nun, in welchen Film Sie mich einladen könnten."

„Papperlapapp, Silber, reden Sie doch keinen Unsinn!"
„Schade."
„Aber was halten Sie davon, wenn wir beide uns noch heute die Kirche anschauen?"

Anna lief den Gang im dritten Stock entlang und spielte mit dem Zimmerschlüssel in ihrer Hand. Die Diebin freute sich darauf, gleich in wesentlich bequemere Sachen schlüpfen zu können. Vorher musste sie aber unbedingt ihren Auftraggeber über den Fund des Lederröllchens in Kenntnis setzen. Er wartete bestimmt schon sehnsüchtig auf Nachricht. Sie steckte den Schlüssel ins Schloss und öffnete die Tür. Das Zimmer war unter einem Männernamen angemietet worden.

Beim Betreten des Raumes erklangen sofort ihre Alarmglocken. Jemand hatte den Duft ihres Parfüms überaus großzügig im ganzen Zimmer versprüht. Gerade als sie einen Schritt zurückmachen wollte, wurde ihr eine Waffe in die Seite gedrückt.

„Was hat Pattke dir gesagt? Sie kommt zurück? Natürlich kommt sie zurück. Keine Frau hält es länger als ein paar Stunden in ein und denselben Textilien aus."

Anna wurde nun ganz in den Raum geschoben, und die Tür fiel hinter ihr ins Schloss. Jetzt erst konnte sie sehen, wie die Elster mit dem riesigen Hund im schummrigen Kerzenschein auf dem Bett vor ihrem aufgeklappten Laptop saß. In der Hand hielt er lässig die Videokamera und schaute sich auf dem kleinen Bildschirm die Aufzeichnung an, die Anna auf der Homberger Brücke von der Schwertübergabe gemacht hatte.

„Ein schönes Gerät, mein Kind, sehr schön. Aber die Zugriffssicherung ist nicht sonderlich hervorzuheben."

Die Russin wurde bis vors Bett gestoßen.

„Was war denn in Pattkes Zylinder?"

„Nichts Besonderes", antwortete sie patzig.

Er lächelte.

„Aber immerhin von so großer Bedeutung, das Wagnis einzugehen, die Elster zu verärgern.

„Es war nur ein verdorrtes Stück Leder, auf dem früher mal etwas gestanden haben muss."

„Tja, wie dem auch sei, hättet ihr Schwachköpfe Pattke den Zylinder einfach abgekauft, wäre er jetzt ohne große Umschweife auf dem Weg nach Ägypten. Aber so ..." Er deutete auf den Monitor des Laptops. „Unter diesen ganz besonderen Umständen muss er sich natürlich näher mit der Sache befassen und stößt mit Begeisterung auf sonderbare Vermutungen. Sonderbarer noch als die, die ihn in Ägypten erwartet hätten. Mit dem kleinen Unterschied, dass diese Vermutung hier sich mit jedem Tage, wie ich auf dem Bildschirm lesen kann, immer mehr bestätigt."

Anna schüttelte den Kopf.

„Wir haben die Spur verloren. Nehmen Sie ruhig den Flug nach Ägypten."

„Die Suche solltest du lieber der Elster überlassen. Vielleicht habt ihr die Fährte nur verloren, weil ihr Narren nicht in der Lage seid, Spuren zu lesen."

Die Gedanken der Diebin rotierten. Wieviel konnte er sich aus den zuletzt abgespeicherten Chat-Dialogen zusammengereimt haben? Doch was sie im Augenblick viel mehr beschäftigte, war: Wie kam sie hier wieder heil heraus?

„Erzähl der Elster genau, was sich in diesem doppelten Boden befand."

„Habe ich doch gesagt. Verdorrtes, wertloses Leder."

„Pattke hat einen Experten zu Rate gezogen. Dadurch hat er erfahren, dass, egal, was sich in dem Hohlraum befunden haben mag, es trotz der langen Zeit noch in einem durchaus brauchbaren Zustand sein muss. Absolut brauchbar. Könnte es denn nicht sein, dass vielleicht doch etwas auf dem Leder gestanden hat?"

„Nein, nichts", log Anna der Elster ins Gesicht.

Er lachte auf.

„Mit dieser Antwort war zu rechnen." Er hob die Hand. „Hilf ihr, sich zu erinnern."

Anna spannte ihren Körper an und war bereit, sich umzudrehen, um einen eventuellen Schlag abzuwehren. Zu spät. Sie spürte nur noch, wie die knisternden Blitze des Elektroschockers ihren Nacken verbrannten und sank bewusstlos in sich zusammen.

VERGANGENHEIT

Der Edelmann schritt langsam auf den Bau der Christen zu und achtete sorgsam darauf, keinem der fleißigen Zimmerleute in den Weg zu treten. Mit Hauruckrufen richteten sie ein großes Tor auf, durch das die Besucher des Bauwerks später einmal eintreten sollten. Genoveva kam von hinten auf ihn zugelaufen und hätte ihn beinahe umgerissen.

„Warum eilst du so?", fragte Ebian verwundert.

Sie musste erst einmal nach Luft ringen, bevor sie sprechen konnte.

„Herr, ein angereister Mann hat der Frau, die uns das Erz verkauft hat, erzählt, dass nicht unweit von hier schwarze Reiter rasten, die sich bei jeder Gelegenheit nach einem blonden Mann erkundigen, der aus einem fernen Land stammt."

Der Krieger nickte gefasst.

„Hast du alles erstanden, wonach dir der Sinn stand?"

„Ja, Herr, nochmals vielen Dank …"

„Hast du auch an den Stoff für Ivos Wams und Beinkleider gedacht?", unterbrach er sie sanft.

„Gewiss, Herr", antwortete Genoveva.

„Gut, dann gib dem Ältesten Bescheid, finde Ivo und bring die Pferde her."

„Ja, Herr", hauchte sie und lief davon.

Ebian atmete tief ein. Baldo war so nahe, dass die Menschen im Hafendorf über ihn redeten. Es blieb ihm weniger Zeit, als er gedacht hatte. Schwerfällig lehnte er sich gegen einen Baum und verfiel in trübe Gedanken.

„Ihr habt es also schon vernommen?", fragte der Älteste hinter ihm.

Der Krieger wandte sich ihm zu.

„Ja, Genoveva hat mir gerade alles berichtet."

„Sorgt euch nicht zu sehr. Ich habe mit dem Mann gesprochen, der die Neuigkeit verbreitet. Er sagt, dass Baldo noch wenigstens zwei Tagesritte entfernt ist."

„Ich werde mit Euch zum Dorf zurückreiten und dann, ohne Zeit zu verschwenden, aufbrechen."

„Seid nicht töricht", mahnte der Älteste.

„Wieso? Ich weiß, wo er ist und bin ihm somit einen Schritt voraus."

„Was nützt Euch der Schritt voraus, wenn er in die falsche Richtung geht?"

Der Nibelunge sah ihn verständnislos an.

„Ihr seid nicht hinlänglich für eine Auseinandersetzung mit Baldo gerüstet. Wir haben das Erz für Eure Pfeile noch nicht einmal zu uns ins Dorf und zum Schmied geschafft. Also nutzt die Zeit, die Euch bleibt, für überlegtes Handeln anstatt überhastet die Flucht zu ergreifen."

„Vielleicht könnte ich aber einem Kampf aus dem Weg gehen."

„Wie oft habt Ihr schon versucht, den Weg der Vernunft zu gehen und immer wieder wurdet Ihr eingeholt?"

Ebian schwieg.

„Es wird zum Kampf kommen. Ob in zwei Tagen nahe unserem Dorf oder vielleicht in drei, wenn Ihr vor Kälte bebend aus einem angsterfüllten Schlaf erwacht, und die Klinge des Feindes über Eurem Haupte schwebt. Ihr werdet dem nicht aus dem Weg gehen können. Und an der Zahl der Reiter, die der Berichterstatter mir genannt hat, vermag ich schon zu sehen, wer siegen wird."

Der Älteste ballte kraftvoll seine Fäuste und legte sie dem Nibelungen an die Brust.

„Seid gerüstet. So habt Ihr vielleicht die Möglichkeit, diesen Kampf für Euch zu entscheiden. Solltet Ihr dennoch unterliegen, werden wir Lieder über den letzten Eurer heldenhaften Kämpfe durch alle Dörfer bis hin zu Eurer Königin tragen. Das verspreche ich Euch."

Genoveva nahte mit den Pferden.

„Gut, ich bleibe", stimmte der Edelmann nachdenklich zu.

„Ich kann Ivo nicht finden", klagte das Mädchen.

Klong! ertönte es irgendwo in der Nähe.

„Versuche es hinter diesen Hütten", schlug der alte Mann vor. „Er wird mit seiner Steinschleuder mit anderen Jungen um die Wette werfen."

Ebian bestieg sein Ross und schaute zu dem Gotteshaus. Ein Mann in dunkler Kutte trat aus dem Gebäude, legte die Hände ineinander und schaute zum Himmel.

„Wer ist das?", fragte der Krieger den Ältesten.

„Das ist der Wächter des Christentempels. Ich habe gehört, wie die Leute ihn den ‚Geistlichen' nannten."

Der Geistliche bemerkte die beiden Männer und tat einen Schritt auf sie zu.

„Seid gegrüßt. Ihr schaut so anteilnehmend auf das Haus unseres Herrn. Wollt Ihr nicht hineinkommen?"

„Gebt Ihr allen Menschen diese Möglichkeit?"

„Natürlich!"

„Warum verschließt Ihr den Tempel dann mit einem Tor, welches zu allem Überfluss einen Riegel trägt?", begehrte Ebian verwundert zu wissen.

Der Geistliche lächelte.

„Der Tempel dient unter anderem dazu, den Armen bei Kälte Unterschlupf zu gewährleisten, und den Riegel trägt es nur, um ihnen bei Nacht gebührenden Schutz zu geben, wenn die Lage es verlangt."

„Heißt das, der Tempel ist bei Tag und Nacht für jeden zugänglich?"

„Ja, so lange dieses Haus bestehen wird, wird es immer für jedermann offen sein."

GEGENWART

„Scheiße, ich krieg die Tür nicht auf", fluchte Silber und hantierte weiter an der Kirchenpforte herum.

Gleichzeitig musste er schelmisch grinsen, wenn er daran dachte, wie er sich früher mit seinen Schulkameraden mit allen Tricks den Fängen des Schulgottesdienstes entzogen hatte. Und nun, Jahre später, setzte er alles daran, bei tiefster Dunkelheit in die Salvatorkirche zu gelangen.

„Vielleicht sollten wir auf eine Seitentür zurückgreifen, die könnte weniger gut gesichert sein", schlug der Professor vor.

Der Agent schaute ihn anerkennend an.

„Gute Idee."

Beide liefen einen Bauzaun entlang um die Kirche herum und fanden auf der rechten Seite eine in die Mauer eingelassene Metalltür.

„Sieht auch sehr stabil aus", resignierte Lensing bereits.

„Stabil hin, stabil her", summte Silber, schob den Dietrich in den Türzylinder und rührte einige Male darin herum. Kurz darauf öffnete sich die Tür mit einem leisen Klicken.

„Hervorragend", lobte Lensing.

„Nach Ihnen, Herr Professor", verbeugte sich der Agent scherzhaft.

„Danke", murmelte jener, von Silbers Verhalten leicht irritiert.

Der Vollmond schimmerte durch die bunten Scheiben und ließ den Innenraum der Kirche in einem unheimlichen Licht erscheinen. Während Silber die Kellerräume suchte, wurde Lensing von der Atmosphäre des mittelalterlichen Gemäuers so sehr in Bann gezogen, dass er erst einmal die schlichte Schönheit der Salvatorkirche bewunderte. Der einzige Luxus, den die damaligen Erbauer zugelassen hatten, waren kunstvoll eingearbeitete Ornamente in der Mitte eines jeden Pfeilers. Die weißen Wände waren nicht überladen mit biblischen Gemälden, und auch der einfache, aber schön anzusehende Boden aus dunklem Stein trug kein kostbares Mosaik. Vielleicht hatte Anna ja recht mit ihrer Theorie, dass man hier in Duisburg von dem Nibelungenschatz wusste, und dass man deshalb diese Kirche über die Jahrhunderte hinweg so einfach gehalten hatte, damit keine Neider angezogen würden, die sich mit diesem Bau näher befassen und unter Umständen fündig werden könnten.

„Pssst, Lensing, kommen Sie mal!"

Silbers Flüstern geisterte durch die heiligen Hallen. Der Gerufene folgte seinem jungen Mitarbeiter im Schein der Taschenlampe in die unteren Räume der Kirche.

„Also, hier ist jetzt nix, wat einen vom Pferd hauen könnte. Keine Zeichen an der Wand und so."

Lensing seufzte.

„Sie sollten sich weniger Abenteuerfilme anschauen. Wir müssen uns ein wenig mehr Mühe geben. Reichen Sie mir mal bitte die Lampe."

Silber tat wie geheißen, und der Professor leuchtete in allen Richtungen den Boden aus.

„Wenn die Kirche auf dem Fundament einer anderen errichtet worden ist, wäre der erste logische Schritt, zunächst den Boden nach einer möglichen Auffälligkeit abzusuchen", murmelte der Archäologe vor sich hin und wanderte durch alle Räume, wobei er den Agenten im Dunkeln stehen ließ.

„Ja, schönen Dank auch", nörgelte dieser und lehnte sich schmollend an die Wand, bis der Lichtkegel der Taschenlampe zu ihm zurückkehrte.

„Kommen Sie, Silber. Ich glaube, ich habe etwas gefunden."

„In welches Kino gehen wir?", fragte Stella Karl Benning, der gerade den Kleinwagen seiner Mutter aus einer Parklücke bugsierte.

„Wir fahren nach Mülheim", antwortete er mit einem Lächeln. Er spielte mit dem Gedanken, anschließend einen kleinen Spaziergang an der Ruhr zu machen.

„Oh toll, da war ich noch nie im Kino", meinte seine Begleiterin überaus gut gelaunt und musste sich heimlich eingestehen, eigentlich keines der Lichtspielhäuser der näheren Umgebung zu kennen.

Benning lenkte den Wagen nach kurzer Autobahnfahrt nach Mülheim hinein und überlegte gerade, von welcher Seite er das Parkhaus anfahren sollte, als Stella ihn am Arm berührte.

„Fahr bitte noch mal ein Stück die Straße zurück", bat sie ihn.

Er runzelte die Stirn, fuhr rechts ran und wartete auf eine passende Gelegenheit, den Wagen zu wenden.

„Was ist los?", fragte er verwundert.

„Ich habe gerade Annas Motorrad gesehen."

„Bist du sicher?"

„Ja, sie hat rote Flammen auf dem schwarzen Tank, und das hat bestimmt nicht jeder."

Benning schlug das Lenkrad ein und fuhr die Straße zurück.

„Hier irgendwo war es", vermutete Stella nach einigen Metern und schaute angestrengt in die anbrechende Dunkelheit hinein. Karl bremste den Wagen ab.

„Da steht es", deutete sie schließlich auf einen Platz zwischen zwei Hecken.

„Gut geparkt", lobte Benning.

„Hat sie solche Angst, dass man ihr das Motorrad klaut?"

Stella versuchte sich in Annas Lage zu versetzen. Die hatte das Gefährt bestimmt an dieser abgelegenen Stelle geparkt, um ihren wahren Aufenthaltsort zu verheimlichen.

„Gibt es hier in der Nähe ein Hotel oder eine Pension?"

Benning überlegte kurz.

„Ja, ein Hotel. Keine vierhundert Meter die Straße runter."

„Lass uns hinfahren."

Er zögerte.

„Stella, ich weiß nicht, ob das gut ist, wenn wir uns da einmischen. Nachher wird sie sauer. Ruf lieber Silber an, der weiß schon, was in dieser Situation das Beste ist."

„Hast du Angst vor ihr?", neckte sie ihn und wusste nicht, welcher Teufel sie in diesem Augenblick ritt.

„Das nicht gerade, aber ich finde, die sollen ihren Agentenkram unter sich ausmachen."

„Wir können doch kurz mit ihr sprechen. Auf mich hat sie eigentlich einen ganz vernünftigen Eindruck gemacht."

„Ruf bitte Silber an", drängte Benning.

„Lass uns wenigstens zum Hotel fahren und nachsehen, ob sie überhaupt da ist. Sonst kommt René umsonst her, und wir können uns die nächsten Tage vor dummen Sprüchen nicht mehr retten."

„Na schön, wir schauen nach, ob sie da ist, und wenn ja, rufen wir ihn an. Einverstanden?"

„Na gut", stimmte Stella in einem Tonfall zu, als sei sie diejenige, die nachgibt.

Benning parkte in der Nähe des Hotels. Gemeinsam betraten sie die Eingangshalle. Sie ging zu dem Mann an der Rezeption und sprach einige Worte mit ihm. Er schüttelte immer wieder den Kopf. Sie bedankte sich freundlich.

„Du hast recht", sagte sie zu Benning, der sich interessiert die Konstruktion des gläsernen Foyers anschaute.

Bewundernd blickte er von dort hinauf zu den Balkons des Hotels.

„Gut, dass wir Silber nicht angerufen haben. Sie ist nicht hier…"

Plötzlich weiteten sich Karls Augen und er riss Stella heftig zur Seite.
„Hey, was hast du denn?"
Im gleichen Moment krachte ein Fernsehgerät durch das gläserne Vordach und schlug neben ihnen auf den Boden.

Harte Schläge ins Gesicht brachten Anna wieder zur Besinnung. Schwerfällig und ohne einen Ton von sich zu geben, hob sie ihren Kopf.
„Du bist zäh", lobte die Elster.
„Und du bist tot, wenn ich hier rauskomme."
Er lachte.
„Pattke bezweifelt, dass du hier lebend rauskommst, wenn du dich weiter so stur stellst."
„Ich bin nicht stur, nur unwissend."
„Natürlich", lächelte er, trat einen Schritt beiseite und machte den Weg für Gipsnase frei. „So kommen wir nicht weiter, mein Engel. Mit einem winzigen Satz könntest du uns große Mühe und dir schreckliche Schmerzen ersparen."
Gipsnase schaltete das Gerät ein. Anna blickte zu ihm auf und sah wie die glasigblauen Blitze mit bedrohlichem Knistern zwischen den beiden Polen hin- und hersprangen. Gipsnase wollte sich gerade zu ihr herunterbeugen, da sammelte sie ihre letzten Reserven, rollte sich über den Rücken nach hinten und drückte sich wie eine Feder in den Stand.
„Komm", lächelte sie ihn an, ohne wirklich zu wissen, was sie als nächstes unternehmen würde.
Elektroschocker waren fies. Er brauchte sie mit dem Gerät nur zu streifen, und sie würde die volle Ladung abbekommen. Gipsnase erwiderte etwas verunsichert ihr Lächeln. Er hielt beide Arme weit ausgestreckt nach vorn, um sie so schnell wie möglich zu berühren. Anna wiederum hielt die Hände so nah es ging an ihren Körper gepresst, um ihm keine Angriffsfläche zu bieten.
Urplötzlich stach er zu. Sie verlagerte ihr Gewicht nach hinten und die Attacke ging ins Leere. Gipsnase machte einen kleinen Schritt

nach vorn. Sie täuschte einen Tritt an. Er tänzelte schwerfällig zurück. Das reichte ihr. Sie griff sich den kleinen Fernseher, der neben ihr auf einem Beistelltisch stand und warf ihn mit aller Kraft nach ihrem Gegner. Gipsnase duckte sich übertrieben tief, und der Fernseher krachte hinter ihm durch die Fensterscheibe. Anna schnellte nach vorn und trat ihm, bevor er sich erheben konnte, mit voller Wucht vor die Nase. Johlend ließ er den Elektroschocker fallen. Sie hob das Gerät auf, schaltete es ein und steckte es Gipsnase mit einem schadenfrohen Lächeln in den Hosenbund. Sie sah nur noch, wie die Elster sie mit offenem Mund anstarrte und Parzival mit zur Seite geneigtem Kopf herumwedelte, bevor sie aus dem Zimmer rannte.

„Parzival", zischte Pattke.

Der Hund legte die Ohren an.

„Hol sie dir!"

Lensing führte den Agenten in einen anderen Raum. Neugierig blickte Silber sich um. Der Professor leuchtete auf den Boden.

„Achten Sie auf die Steine in der Mitte."

Silber kniete sich hin und strich mit seinen Fingerspitzen über die Stelle, auf der der Lichtkegel ruhte. Die Steine wiesen einen helleren Farbton auf als die, die außen lagen.

„Sie haben eine etwas andere Farbe. Na und?"

„Diese Stelle wurde bestimmt vor langer Zeit einmal geöffnet und dann wieder mit einer Plombe versehen, um das Darunterliegende zu verbergen."

Silber erhob sich.

„Seien Sie mir nicht böse, Prof, wenn ich Ihre Vermutung nicht teile, aber ich kann hier keine besondere Anordnung oder so wat in der Art erkennen, die auf irgendwat hinweist."

„Es muss nicht immer etwas zu erkennen sein, Herr Silber. Sie müssen sich von Ihrem Schatzkartendenken lösen. Damit machen Sie sich das Leben selbst schwer. Ein Geheimnis wird natürlich meist dort aufbewahrt, wo es zunächst einmal niemand vermutet, und dann werden auch möglichst keine Hinweise hinterlassen. Ist doch logisch, oder?"

Silber nickte. „Und jetzt?"

Lensing lächelte und schaute auf den Boden.

„Mal langsam, Herr Professor. Ich kann Ihnen versichern, dat die Leute aus dem Ruhrgebiet ein wirklich friedliebendes Volk sind, aber wenn Sie jetzt hier anfangen in der Duisburger Salvatorkirche die Steine aufzukloppen, dann sieht dat nicht besonders gut für uns aus. Dat kann ich Ihnen schon mal im Voraus verklickern."

„Beruhigen Sie sich. Ich zeige Ihnen, wie wir die Steine unbeschadet lösen können und Sie ... wie sagte unsere kleine Freundin Greta-Lisa dazu?" Er grinste breit:

„Sie buddeln."

Anna spürte, dass ihr jemand dicht auf den Fersen war. Sie hatte den Weg nach unten über das Treppenhaus gewählt. Mit einer wahnsinnigen Geschwindigkeit überflog sie die Stufen. Bei jeder Etage sprang sie von der viertletzten Stufe auf die Ebene, die zur nächsten Treppe führte. Gerade als sie die Türklinke zum rettenden Erdgeschoss niederdrücken wollte, sprang ihr Parzival knurrend in den Rücken und warf sie zu Boden. Anna drehte sich blitzschnell und schützte mit den Handflächen ihr Gesicht. Sofort vergrub der Hund kraftvoll seine Zähne in ihrem Unterarm und ruckte heftig mit seinem Kopf hin und her. Sie löste eine Hand, fasste das Tier am Halsband und versuchte, es wegzureißen. Vergebens. Parzival war zu stark. Der tiefe Schmerz zwang sie letztendlich, sich ruhig zu verhalten. Der Hund erstarrte in seiner Bewegung, sein Gebiss aber behielt unter grollendem Knurren den Druck bei. Das Blut lief ihr den Arm hinab.

Plötzlich wurde die Tür von außen geöffnet, und Stella stürmte mit Benning ins Treppenhaus. Mit einem Schreckensschrei blieb sie wie angewurzelt stehen. Ihr Begleiter wusste auch nicht so recht, was er unternehmen sollte. Parzival packte nun wieder fester zu und knurrte lauter.

Anna schaute zur Seite.

„Verschwindet", ächzte sie mit schmerzverzerrtem Gesicht, als sie die beiden erkannte.

„Verschwinden?", erklang es auf einmal von weiter oben. „Nein, warum denn?"

Die Elster stiefelte gemütlich die letzten Stufen zu ihnen hinab.

„Verschwinden? Jetzt, wo es gerade so nett wird? Herr Parzival, Sie können wieder zu mir kommen."

Ein Knurren. Der Hund gehorchte nicht.

„Parzival!", herrschte Pattke das Tier an.

Widerwillig löste sich der Hund von seiner Beute und lief zu seinem Besitzer.

„Sehr freundlich von Ihnen", lobte der und kraulte ihn hinter den Ohren. „Euch beide kennt Pattke doch auch."

Er tippte sich beim Überlegen mit dem Zeigefinger so lange auf die Unterlippe, bis ihm einfiel, dass er Stellas und Bennings Gesicht von Annas Videoaufzeichnung her kannte. Seine Miene hellte sich auf.

„Jetzt wird es aber wirklich interessant."

Cornelius Pattke schaffte die Gefangenen sofort in sein eigentliches Versteck nach Duisburg-Rheinhausen und hörte sich ungewöhnlich geduldig an, was sie ihm zu erzählen hatten. Anna war die erste, die ihr Schweigen brach, weil sie es nicht einsah, das Leben der beiden anderen wegen einer utopischen Vermutung zu gefährden. Sie erzählte ihm einfach alles von Ebians Brustpanzer bis hin zu dem beschriebenen Lederstück. Zwischendurch stellte er ihr einige Fragen und betrachtete seine Gesprächspartner argwöhnisch, die mit Handschellen gefesselt auf der Fensterbank einer Fabrikhalle saßen.

„Ist das Ebians Waffe?", fragte er schließlich und hielt ihnen ein Standbild der Videokamera hin, das Silber dabei zeigte, wie er das Schwert in Empfang nahm.

„Richtig", antwortete Stella.

„Gut, jetzt habt ihr also einen Brustpanzer, ein Schwert und ein Schriftstück mit einem gemalten Kreuz, einer Linie und den Worten: ‚Das Glück liegt in Deiner Hand'."

Alle nickten.

„Schön, und was ist eure Vermutung?"

Keiner antwortete.

„Was denkt ihr? Wo liegt der Schatz?"
Schweigen.
„Muss Parzival erst wieder böse werden?"
„Wir denken, dass er unter der Salvatorkirche liegt", meinte Stella schließlich.
Pattke musterte sie mit einem spöttischen Lächeln, bevor er in schallendes Gelächter ausbrach.
„Eine Kirche? Ihr seid ja so dumm. Nur Idioten würden einen Schatz unter einer Kirche verstecken."

„Ich komm mir schon ein wenig blöd vor", murrte Silber und begann damit, die Schaufel in den Boden zu rammen.
„Herr Silber, ich glaube, Sie wissen gar nicht, dass Sie gleich Geschichte schreiben werden, wenn Sie hier den Nibelungenschatz finden", versuchte der Professor den jungen Agenten zu motivieren.
„Ich weiß nur, wat ich für einen langen Bericht schreiben muss, wenn wir gleich keinen Schatz finden."
„Graben Sie, Herr Silber, graben Sie!", feuerte Lensing ihn an und holte sein Handy hervor. „Ich werde mal eben ein wichtiges Gespräch führen."
Silber verzog das Gesicht.
„Graben Sie, Herr Silber", äffte er den Gelehrten nach und warf dabei dunklen Lehm über die Schulter. „Damit Sie gleich Geschichte schreiben können." Wieder rammte er das Schaufelblatt bis zum Anschlag in den Boden. „Verarschen kann ich mich allein", motzte er.
Lensing kam zurück.
„Hier unten bekommt man keinen Empfang", meinte er kopfschüttelnd.
„Dann gehen Sie doch rauf."
„Nein, ich möchte nichts verpassen."
Deutliche Unruhe durchströmte den Professor, und er lief einige Male aufgeregt um Silber herum.
„Sagen Sie mal, Prof, haben Sie Hummeln in der Hose oder wat? Setzen Sie sich, sonst dreh ich gleich am Rad, wenn Sie weiter so herumdüsen."

Lensing nickte und setzte sich auf die Steine, die sie zusammen aus dem Boden gelöst hatten. Silber schaufelte weiter.

„Und? Schon was zu sehen?"

„Nein", antwortete der Agent und musste sich beherrschen nicht gleich auszuflippen.

Lensing holte seine Pfeife hervor und zündete sie an. Silber wollte gerade loswettern, weil er Tabakqualm hasste. Aber nachdem er den aromatischen Geruch des Pfeifentabaks eingeatmet hatte, dachte er sich, so lange der Kollege an dem hölzernen Rotzkocher nuckelte, konnte er wenigstens nicht quatschen. Also schenkte er sich eine Ermahnung. Nach einiger Zeit hielt er inne, zog sein Hemd aus und schaufelte unbeirrt weiter. Dann passierte es. Die Schaufel schrammte über etwas Metallenes.

„Haben Sie was?", brüllte Lensing und fuhr von seinem Sitzplatz auf.

Silber wischte sich den Schweiß von der Stirn und stützte sich lässig auf das Ende des Schaufelstiels.

„Kommt drauf an. Ich weiß nicht, ob Ebian früher bei den Stadtwerken gearbeitet hat, aber dat hier sieht mir sehr nach nem Heizungsrohr aus."

VERGANGENHEIT

In größerer Eile als sie hingeritten waren, entfernte sich Ebian zusammen mit den anderen wieder von Duisburch. Diesmal ritt der Nibelungenkrieger auf gleicher Höhe mit dem alten Mann voran, und Ivo hatte Mühe, mit Genoveva den Anschluss zu halten.

„Tragt Ihr den Gedanken in Euch, das Geheimnis im Tempel der Christen hüten zu lassen?", fragte der Alte ihn leicht außer Atem.

Der Recke sah ihn argwöhnisch aus den Augenwinkeln an.

„Sehe ich aus wie ein Dummkopf?"

„Nein, gewiss nicht, aber Eure Wissbegier über diesen Ort legt mir diese Vermutung nahe."

„Ich wollte mir nur im Klaren darüber sein, dass dies gewiss nicht der geeignete Ort ist, um ein Geheimnis sicher zu verwahren."

Er lächelte.

„Ihr habt es gehört, an diesem Ort darf jedermann, egal zu welcher Zeit verweilen. Ich hätte noch nicht einmal die Möglichkeit, mit Bedacht ein Versteck innerhalb des Tempels zu wählen, weil ich darauf achtgeben müsste, nicht ständig von Menschen umgeben zu sein, die dort Zuflucht suchen."

Der Krieger schüttelte entschieden den Kopf.

„Nein, ich habe nach wie vor etwas Besseres im Sinn."

Der Älteste wandte sich um. Ivo und Genoveva waren weit zurückgefallen. Ihre Pferde, schwer beladen mit dem erstandenen Gut, hatten nicht genügend geruht und wurden zusehends langsamer.

„Sie sollten ihre Gäule anspornen", gebot Ebian streng, ohne sein Tempo zu verlangsamen.

Der alte Mann ließ sich zurückfallen und sprach mit ihnen. Kurze Zeit später ritten alle schweigend nebeneinander her. Der Krieger wusste genau, wieviel er jedem von ihnen abverlangte, doch ihm blieb nicht mehr viel Zeit, um all die Dinge zu erledigen, die noch anstanden. Die Pferde quälten sich weiter und weiter, und nach einem anstrengenden Ritt erreichten sie noch vor Sonnenuntergang ihr kleines Heimatdorf. Ohne große Umschweife gebot Ebian dem Schmied seine Arbeitsstätte vor neugierigen Augen zu schützen und sofort mit der Fertigung der Pfeilspitzen zu beginnen. Der Krieger selbst versprach, in Kürze mitzuhelfen. Zuvor musste er noch etwas Wichtiges erledigen.

GEGENWART

„In einer Kirche", wiederholte die Elster kichernd. „Ihr habt die Lösung vor euch liegen und kommt nicht drauf? Was seid ihr doch für Schwachköpfe!"

„Wo meinen Sie denn liegt der Schatz?", fragte Stella ihn trotzig.

„Na, das könnte euch so gefallen. Die Früchte der anderen ernten, weil ihr selber zu dumm dafür seid."

„Was machst du denn anderes?", lachte Anna bitter auf und erinnerte Pattke an seine übliche Vorgehensweise.

„Na, na, na. Jetzt werde mal nicht frech", ermahnte er seine Kontrahentin und holte ein Handy aus der Jackentasche. „Einer von euch ruft jetzt jemanden an, der Pattke die ganzen Fundstücke herbringt."

Benning erklärte sich bereit. Er wollte Silber damit beauftragen. Die Elster reichte ihm das Mobiltelefon und er wählte eine Nummer. Seine Mutter nahm den Hörer ab und sagte ihm, dass er Silber nicht sprechen könne, weil dieser zusammen mit dem Professor vor einiger Zeit das Haus verlassen habe. Karl bedankte sich und beendete das Gespräch.

„Silber und Lensing sind nicht mehr da", wunderte er sich.

„Gib mal her", meldete sich Stella und nahm ihm das Telefon aus der Hand. „Sie sind bestimmt im Institut", betonte sie provokativ. „Der Professor ist sicher von alleine darauf gekommen, dass der Schatz nicht unter der Kirche liegt, und denkt im Institut gerade über andere Möglichkeiten nach."

Die Doktorin musste sich arg zusammenreißen, der Elster nicht die Zunge herauszustrecken. Sie tippte eine Nummer ein. Lange lauschte sie dem Freizeichen, schließlich gab sie auf.

„Auch keiner da."

Pattke wurde unruhig.

Anna übernahm nun die Sache. Lensing hatte ihr gestern seine Handynummer gegeben und pflichtbewusst wie er war, führte er das Telefon bestimmt eingeschaltet mit sich. Sie wählte und musste sich von einer unpersönlichen Stimme sagen lassen, dass der Teilnehmer im Augenblick nicht zu erreichen sei. Anna beendete die Verbindung.

„Warum fährst du nicht selbst ins Institut und holst dir die Sachen?", fragte sie die Elster.

„Ihr wisst doch am besten, wo alles liegt. Außerdem muss einer von euch dem Kind gut zureden, damit es sich von seinem besten Freund trennt."

Die Gefangenen sahen ihn stirnrunzelnd an. Pattke lachte und zeigte ihnen aus weiter Entfernung noch einmal die Szene, in der sich Lensing und Greta-Lisa mit Wombel im Arm Ebians Schwert anschauen.

„Ja, Pattke sieht etwas, was ihr nicht seht, und deswegen werdet ihr den Schatz auch nie finden", grinste er schmierig und deutete fortwährend auf den abgewetzten Stoffhund des Mädchens. Anna kannte die Aufzeichnung natürlich, aber sie konnte nicht auf Anhieb sagen, was Pattke an diesem Hund so interessierte. Sie zermarterte sich das Hirn, welche Kleinigkeit sie übersehen haben könnte. Stella streckte die Hand nach der Kamera aus.

„Darf ich mal sehen?"

„Nein", antwortete die Elster, bevor er das Gerät in ein brennendes Ölfass warf. Er zeigte auf die Russin.

„Du gehst jetzt los und besorgst das Stofftier!"

„Wir hätten vielleicht doch besser auf den Vorschlag von Frau Vargo eingehen sollen, im Stadtarchiv nach dem genauen Standort der damaligen Kapelle zu forschen, dann wäre uns bestimmt eine Menge Arbeit erspart geblieben."

„Ja, bestimmt", meinte Silber trocken und drückte die Tür hinter sich zu, durch die sie in die Kirche gelangt waren.

„Und was machen wir jetzt?", fragte Lensing den Agenten.

„Ja wie, wat machen wir jetzt? Wir fahren zurück und gucken, dat wir niemandem wat von der peinlichen Aktion erzählen. Die lachen sich ja Schrott, wenn die aus dem Kino kommen."

Er besah sich seine schmutzigen Handflächen.

„Und ich geh duschen."

Der Professor nickte verständnisvoll und vergewisserte sich, ob sein Handy wieder Empfang hatte.

„Mann, Prof, wer soll Sie um die Uhrzeit noch anrufen wollen? Machen Sie mal den Funkhobel aus, dann sind Sie auch nicht so wibbelig."

„Man kann nie wissen, Herr Silber. Sicher ist sicher."

Der Agent öffnete Lensing wortlos die Tür zu seinem Kübel. Er beschloss es aufzugeben, den Professor auf stressfrei umzupolen. Ihn interessierte jetzt nur noch eine warme Dusche und sein Bett.

„Vielleicht liegt das Fundament der ehemaligen Kapelle ja unter dem vorderen Teil der Kirche, und wir graben uns besser von außen nach unten vor", grübelte Lensing unbeirrt weiter.

Silber schüttelte verständnislos den Kopf, sagte aber nichts.

„Dann beschädigen wir auch nicht die Inneneinrichtung der Kirche."

Auf dem Weg nach Duisburg-Baerl musste sich der Agent noch einige Vermutungen anhören und kam letztendlich zu dem Schluss, dass keiner von ihnen so lange im Dienste des BND stehen würde, um all die aufgezählten Möglichkeiten auszuschöpfen. Wenige Meter vor Bennings Haus drosselte Silber das Tempo. Jemand hockte im trüben Schein der Straßenlaternen neben der Einfahrt auf dem Bordstein. Wer konnte das sein? Er ließ den Wagen ausrollen und traute seinen Augen nicht.

„Anna?"

In seiner Stimme schwang nicht gerade übermäßige Freude mit, weil er sich denken konnte, dass sie nichts Gutes zu berichten hatte, wenn sie zu so später Stunde wie ein Häufchen Elend auf dem feuchten Straßenrand saß. Er stellte den Wagen in die Auffahrt. Anna stand auf und kam ihnen entgegen. Der Agent verspürte einen Stich im Herzen, als er sie ansah. Ihre Sachen waren zerrissen, und das sonst so glänzende schwarze Haar wirkte stumpf.

„Probleme?", sagte Silber nur.

Es klang wie eine Frage, war aber eher eine Feststellung.

„Große Probleme", antwortete sie knapp.

„Scheiße", sagte er so, als wüsste er, was sie gleich berichten würde.

Lensing kramte die Hausschlüssel hervor. Drinnen lag alles im Dunkeln. Greta-Lisa und ihre Großmutter schliefen schon.

„Wart ihr in der Kirche?"

„Sieht man dat?", erwiderte der Agent sarkastisch und schaute an seinen dreckigen Hosen hinunter.

„Ich habe mir so etwas gedacht, weil euer Handy keinen Empfang hatte."

„Sie haben versucht, uns zu erreichen?"

„Ja, und wenn ich euch erreicht hätte, hätten wir alles schon hinter uns."

„Was?", hakte Lensing nach.

Anna berichtete den beiden kurz, was passiert war und was genau Pattke von ihr verlangte.

„Bis wann musst du ihm die Sachen bringen?"

Anna holte ein Handy hervor, das die Elster ihr mitgegeben hatte.

„Er ruft mich morgen an und sagt mir, wohin ich das Schwert und die anderen Dinge bringen soll."

„Bis morgen hätten wir also Zeit rauszukriegen, was wir übersehen haben", warf der Professor fiebrig ein.

„Falsch!", sagte der Agent ärgerlich. „Wir haben bis morgen Zeit, Stella und Benning unbeschadet aus diesem Dilemma herauszuholen, ohne irgendwelche Tricks zu versuchen. Natürlich interessiert es mich auch, warum die Elster auf einmal so erpicht darauf ist, Greta-Lisa den Teddy zu klauen, aber wenn deswegen zwei Menschen in Gefahr sind, hört der Spaß langsam auf."

Lensing nickte beschämt. Er war so im Fieber der Schatzsuche, dass er am liebsten sofort in das Zimmer der Kleinen gestürmt wäre, um nachzusehen, was an ihrem Stofftier so besonders war, ohne wirklich darüber nachgedacht zu haben, dass andere Menschen deswegen in großen Schwierigkeiten waren.

„Ja, und ..."

Ein leises Schluchzen ließ Anna aufhorchen. Silber hob die Augenbrauen und lief den anderen voraus in die Diele. Greta-Lisa saß im Nachthemd auf der Treppe und weinte leise in ihren Teddy hinein. Sie hatte Stimmen gehört und war neugierig zur Küche geschlichen, um zu lauschen, was es Neues gab, und hatte dann unglücklicherweise mitangehört, was mit ihrem Vater und Stella geschehen war, und dass es wohl an ihrem Wombel lag, ob sie gesund wiederkehrten. Anna näherte sich langsam dem Kind und streichelte ihm sanft über das Haar.

„Es wird alles wieder gut."

Stumm hob die Kleine den Kopf, und ihre feuchten Augen blinzelten in das grelle Licht der Diele hinein. Silber setzte sich neben sie.

„Morgen ist dein Papa wieder da."

So tröstend sie auch im Flur standen, insgeheim warfen alle einen Blick auf Wombel, den das Mädchen fest umschlungen hielt. Aber außer dem grauen Plüsch und der roten Schleife konnten sie nichts Auffälliges erkennen.

„Ja, genau", kam Anna dem Agenten zu Hilfe, „morgen ist er wieder da, das verspreche ich."

„Du hast auch versprochen wiederzukommen, und hast es nicht getan. Ihr Erwachsenen versprecht immer alles und nichts haltet ihr", weinte Greta-Lisa und rannte zurück in ihr Zimmer.

Silber stand zögernd auf und wollte ihr folgen.

„Lass sie", half Anna ihm bei seiner Entscheidung. „Sie braucht jetzt Ruhe. Ich schaue gleich noch einmal nach ihr."

Der BND-Mann nickte stumm. Er beneidete Anna nicht. Er hätte lieber mit einer Handvoll Gangstern gekämpft, als ein kleines weinendes Mädchen zu trösten, das seinen Stoffhund als einzigen Freund ansah.

„Was will Pattke mit dem Stoffhund?", fragte er schließlich den Professor.

„Vielleicht möchte er damit seine Überlegenheit zum Ausdruck bringen, indem er etwas verlangt, das absolut unnütz ist, aber jemand anderem sehr am Herzen liegt."

„Also reine Boshaftigkeit?"

„So würde ich es sehen."

„Aber dass der Schatz nicht unter der Kirche liegt, das schien ihm ernst zu sein", warf Anna ein.

„Vielleicht, um uns zu täuschen", hielt Lensing an der Hoffnung fest, eventuell doch noch etwas in der Nähe der Kirche zu finden.

„Von mir aus denkt, wat ihr wollt. Wir geben der Elster den doofen Teddy und fertig."

Anna nickte.

„Das ist wohl das Beste." Sie blickte in Richtung von Greta-Lisas Zimmer. „Ich schaue mal nach, was sie macht."

„Jau, mach dat, ich geh erstmal duschen."

Die Kleine lag mit Wombel im Bett und kuschelte sich in ihre mollig warme Decke. Die ersten Tränen waren getrocknet. Erst war sie überglücklich darüber gewesen, dass ihr Vater mit Stella ins Kino gegangen war. Sie hatte sich ganz fest gewünscht, dass die beiden zusammenkommen. Vielleicht kaufen sie sich dann einen kleinen Hund, so wie alle Liebespaare, denn so einen wollte sie selbst auch schon immer haben. Greta-Lisa wischte sich mit der Hand über die rote Nase. Nun war sie weniger glücklich. Sie dachte darüber nach, ob es Silber gelingen würde, ihren Vater und Stella aus den Fängen des bösen Mannes zu befreien. Ein leises Klopfen ließ sie aufhorchen. Anna kam herein.

„Darf ich zu dir kommen?", fragte sie leise.

Das Mädchen nickte und die große Freundin setzte sich vorsichtig auf die Bettkante.

„Sieh mal, du kannst uns schon vertrauen, wenn wir dir versprechen, dass wir dir deinen Papa wiederbringen."

„Und Stella?"

Anna lächelte.

„Ja, Stella natürlich auch."

Greta-Lisas Augen bekamen einen glasigen Glanz. „Willst du mir Wombel jetzt schon wegnehmen?"

„Nein", sagte die Diebin und kraulte dem Stoffhund den wuscheligen Bauch. „Den brauchen wir erst morgen."

Kleine Tränen kullerten dem Mädchen über die Wangen.

„Kannst du heute Nacht bei mir bleiben?", fragte sie weinend. „Wombel und ich machen uns auch ganz klein."

Sie rückte ein Stück zur Seite und machte ein wenig Platz.

„Natürlich", erwiderte Anna leise und setzte sich halb auf das kleine Bett.

Sie wollte warten, bis Greta-Lisa eingeschlafen war, und sich dann erst einmal frischmachen. Das kleine Mädchen knipste die Nachttischlampe aus. Für einen Augenblick lag der Raum in undurchdringlicher Finsternis, bis Annas Augen sich an das von draußen hereinfallende Mondlicht gewöhnt hatten. Sie war müde und schloss für einen Moment die Augen. Ihr Arm schmerzte, und sie konnte etwas Ruhe gut gebrauchen. Gerade dachte sie darüber nach, was Silber und die anderen wohl von ihr hielten, als ein kleines Licht über ihre Augenlider fuhr. Sie öffnete die Augen und wurde von einem funkelnden Etwas geblendet, das leicht im Abendwind hin- und herschwang. Langsam richtete Anna sich auf. Der Mond streckte seine blau schimmernden Strahlen nach dem Gegenstand aus, der sie bereitwillig aufnahm. Er verteilte das Licht mit regenbogenfarbenen Blitzen, die sich scheinbar endlos hauchdünn durch die Dunkelheit zogen. Fasziniert von diesem Licht stand die Diebin auf und näherte sich der Quelle. Jetzt erst erkannte sie, was da so sorglos vor sich hinfunkelte. Eines von Wombels Halsbändern hing am Fenstergriff und erfüllte den Raum mit allen Farben des Spektrums.

Der Stoffhund hatte eine große Auswahl an Schmuck, aber auf dieses Stück war Greta-Lisa besonders stolz. Sie hatte es beim Spielen in der U-Bahngrube gefunden, noch bevor Ebians Rüstung aufgetaucht war. Natürlich hatte sie ihren Papa gefragt, ob sie es behalten dürfe, aber der war an diesem Tag wieder einmal so in seine Arbeit vertieft gewesen, dass sie auch einen Elefanten hätte mit nach Hause nehmen können, wenn sie ihm dafür ansonsten seine Ruhe ließ. So kam es dann, dass Greta-Lisa mit großen Mühen das schwere Armband mit den fein verzierten, breiten Gliedern, an denen ein sternförmiges Amulett hing, so gut es ging sauberschrubbte und schließlich mithilfe ihrer Oma auf Hochglanz polierte. Erst hatte sie ihr Fundstück selbst tragen wollen, aber es war zu groß für ihr kleines Handgelenk, also bekam Wombel es geschenkt. Sie hatte den glasklaren Stein in der Mitte des Amuletts bewundert, war aber bisher nie auf den Gedanken gekommen, das Armband mit dem Schatz in Verbindung zu bringen. Doch nun, da das Mondlicht durch den Stein die schwachen Konturen eines Drachen an die Wand ihres Zimmer projizierte, setzte sie sich neben Anna auf den Boden und betrachtete fasziniert dieses Schauspiel.

„Ist es das, was der böse Mann von uns will?", flüsterte sie heiser.

„Ich denke schon", flüsterte die Große zurück und bewunderte noch eine Zeitlang das Spiel der Farben, ehe sie aufstand und Wombels Halsband in die Hand nahm. „Es ist ein Armband", murmelte sie vor sich hin.

„Nee, gar nicht. Wenn man sich das um den Arm macht, baumelt der Anhänger so doof rum", erklärte das kleine Mädchen.

Anna öffnete den Verschluss, legte sich das Schmuckstück um ihr Handgelenk, und der schwere sternförmige Anhänger pendelte in der Tat hin und her. Doch dann drehte sie die Hand und legte sich den Stern in die Handfläche. Sie lächelte. Lag das Glück in ihrer Hand?

Der Professor brütete am Küchentisch über den Blättern eines Schreibblocks und brummelte etwas vor sich hin. Silber kam herein, rubbelte sich mit einer Hand die Haare trocken und schaute dem Gelehrten über die Schulter.

„Was machen Sie denn jetzt noch?", fragte er.

„Ich prüfe, was wir übersehen haben könnten."

Der Agent setzt sich ihm gegenüber.

„Sie ärgern sich, nicht wahr?"

Lensing nahm seine Brille ab und rieb sich die Augen.

„Bitte?", entgegnete er nur, nachdem er sich die Brille wieder auf die Nase gesetzt hatte.

„Sie ärgern sich darüber, dat so ein hergelaufener Strauchdieb wie die Elster die Lösung gefunden hat und Sie nicht."

Es dauerte eine Weile, bis der Professor antwortete. Silber glaubte, er wollte sich eine Antwort zurechtlegen, die zwar seine Vermutung bestätigte, es jedoch mit wohlgewählten Worten anders aussehen lassen würde. Der andere antwortete jedoch kurz und knapp.

„Ja, ich ärgere mich."

Silber staunte. Mit so einer ehrlichen Antwort hatte er nicht gerechnet.

„Ich ärgere mich", fuhr der Wissenschaftler fort, „weil ein verbrecherischer Mensch, der sich erst seit Kurzem mit dieser Theorie befasst, anhand einer Aussage", er lächelte gequält, „und eines Bildes, auf dem ein Schwert und ein Stofftier zu sehen sind, sagen kann, dass der Schatz nicht da liegt, wo ihn ein Mensch vermutet, der sein halbes Leben damit verbracht hat, nach diesem Fund zu forschen. Kommt man dann für sich selbst nicht zu dem Schluss, dass kriminelle Energie die Phantasie eher beflügelt als wissenschaftlich korrektes Denken ohne irgendwelche negativen Motive?"

Der Agent überlegte eine Weile, bevor er antwortete. „Ich denke, Sie sind der Gefangene Ihrer eigenen Theorie."

Lensing runzelte die Stirn.

„Der Scheuklappentheorie. Sie haben damals Ihren Kollegen vorgeworfen, nicht die Scheuklappen abzunehmen. War doch so, oder?"

Lensing nickte.

„Jetzt sind Sie in denselben Trott verfallen und kriegen den Hintern nicht mehr gedreht, um für Ihre eigene Theorie einzustehen. Stattdessen nörgeln Sie neidisch wie ein alter Tattergreis über jemanden, der nun mal nicht so viel auf der Pfanne hat wie Sie, aber der immerhin der Lösung nähergekommen ist. Sie haben die Chancen, die Sie hatten, na sagen wir mal, nicht ganz ausgeschöpft und müssen den Ball jetzt wieder abspielen."

„Aber vielleicht komme ich noch auf die Lösung", meinte der Professor verzweifelt.

„Wir müssen die Sachen morgen abgeben. Zwei Leben stehen auf dem Spiel. Wir können uns keine weiteren Experimente erlauben, weil wir eben nicht wissen, wann er morgen anruft und die Sachen haben will", antwortete Silber eindringlich. „Finden Sie sich damit ab."

Der Agent stand auf. Für ihn war das Thema erledigt. Für Lensing nicht. Er blieb sitzen, grübelte weiter über seinen Notizen und kam für sich zu dem Schluss, dass wohl nur die gefundenen Gegenstände zur Lösung führten und nicht die Karte, wie er anfänglich angenommen hatte. Sonst würde die Elster sie nicht alle haben wollen. Ohne die Gegenstände konnte Pattke nichts unternehmen. Obwohl die Karte offensichtlich auch nicht ganz ohne Aussage sein konnte.

Was meinte Ebian mit den niedergeschriebenen Worten nur? Und welches der gefundenen Dinge führte zum Nibelungenhort?

„Das Glück liegt in Deiner Hand", hauchte Lensing und folgte mit seinem Zeigefinger der Linie, die neben das Kreuz gemalt war. Wenn er wüsste, was es mit der Linie auf sich hatte, wäre er der Sache schon wesentlich näher.

VERGANGENHEIT

Ein Klopfen an seiner Hütte ließ Ebian aufschauen.
„Wer ist da?"
„Ich bin es, Herr", hörte er Ivo sagen.
„Komm herein", befahl ihm der Krieger.

Die Tür schwang auf und der Knecht trat ins Innere. Sein Gebieter saß auf einem Schemel und war im Licht einer Kerze über ein kleines Stück Leder gebeugt, auf das er gerade etwas schrieb.

„Ich höre", sagte er ohne aufzuschauen.

„Der Schmied lässt fragen, wann Ihr kommt um zu prüfen, ob die ersten Pfeilspitzen Euch zusagen."

„Sage ihm, ich komme, sobald ich hier fertig bin."

Ivo aber ging nicht. Er stellte sich auf die Zehenspitzen und versuchte, einen neugierigen Blick darauf zu erhaschen, was der Krieger da tat. Ebian hob den Kopf. Der Gehilfe setzte seine Füße schleunigst wieder auf den Boden und schickte sich an zu gehen.

„Kannst du schreiben?", hielt sein Herr ihn auf.

Der Angesprochene hob leicht die Schultern und antwortete beschämt:

„Nein, Herr. Aber ich kann gut malen."

Ebian lächelte. „Komm zu mir."

Ivo wandte sich von der Tür ab und schritt zu dem Edelmann.

„Das hier ist ein Schriftstück, welches dem König der Niederlande vorgelegt werden soll, wenn er mich nicht zu sich in die Burg lässt."

Der Knecht nickte ehrfürchtig und schaute auf die Zeichen, die Ebian bereits auf das Leder gemalt hatte. „Was bedeutet das?", fragte er seinen Herrn.

„Das Glück liegt in Deiner Hand", gab der Auskunft, ohne Ivo zu schelten, dass es einen Knecht nichts anging, was ein Edelmann einem König mitzuteilen hatte.

Der Nibelunge stand auf.

„Setz dich", forderte er.

Der Jüngling zögerte. Ebian reichte ihm den Gänsekiel.

„Herr?", fragte Ivo verunsichert.

„Du hast doch gerade damit geprahlt, gut malen zu können. Jetzt erweise deinem Herrn einen Dienst und male mir etwas hier nieder."

„Was?", fragte der Knecht kleinlaut.

Der Krieger äußerte seinen Wunsch. Ivo setzte sich und wusste nicht recht, wie er vorgehen sollte. Der Lehrling hatte den Edelmann nicht angelogen. Er konnte malen, allerdings nur mit dem Holzstock im

Sand, und dann für gewöhnlich bloß das einfache Bildnis eines Vogels. Er hatte jedoch noch nie in seinem bescheidenen Leben mit einer Feder auf Leder gemalt. Ein weiteres Klopfen an der Tür ertönte, und Ebian bat einzutreten. Genoveva kam herein. Sie trug auf beiden Armen gewaschene Kleidungsstücke.

„Der Schmied wird ungeduldig, Ivo. Wo bleibst du?", fragte sie. Der Knecht wollte sich erheben, aber sein neuer Herr legte ihm die Hand auf die Schulter und bedeutete ihm sitzen zu bleiben.

„Er hat Wichtigeres zu tun", erklärte der Nibelunge dem Mädchen und wandte sich wieder seinem Diener zu. „Erledige, was ich dir aufgetragen habe. Warte einige Zeit, bis die Tinte getrocknet ist, und bring mir das Leder zur Schmiede."

Ebian nahm seinen geheimnisvollen Zylinder und ging aus der Hütte.

„Was treibst du da?", fragte Genoveva neugierig, nachdem die Tür zugefallen war.

Ivo nahm die Feder wieder auf.

„Ich schreibe für meinen Herrn eine Botschaft an den König der Niederlande."

Sofort prustete sie los und konnte sich kaum halten vor Lachen.

„Du? Hahaha! Du kannst doch gar nicht schreiben."

„Ich habe nicht behauptet, die ganze Botschaft allein geschrieben zu haben", schwächte er ab. „Ich soll etwas dazu malen", erklärte er mit stolz geschwellter Brust.

Ihr Lachen verstummte.

„Was denn?", fragte sie leise.

Er beugte sich geschäftig über das Schriftstück und setzte zum ersten Federstrich an.

„Das darf ich nicht sagen."

„Oh, Ivo, nun sag schon", drängte Genoveva und bohrte ihm den Zeigefinger in die Seite. Er erschrak so sehr, dass er mit der Spitze der Feder von unten nach oben über das Leder fuhr. Das Ergebnis ließ beiden den Atem stocken. Neben den fein aufgezeichneten Runen schlängelte sich nun eine breite dunkle Linie.

„Was hast du getan?", rief Ivo entsetzt.

Das Mädchen schluckte schwer.

„Das tut mir leid, das wollte ich nicht."

Der Knecht überlegte fieberhaft, ob der Edelmann noch irgendwo ein zweites Stück Leder aufbewahrte, das sich neu beschriften ließ. Während Genoveva ihm immer wieder aufs Neue beteuerte, nicht in böser Absicht gehandelt zu haben, durchkämmte Ivo oberflächlich die kleine Hütte. Nach ergebnisloser Suche beschloss er, den Strich in seine Zeichnung einzubinden, obwohl die ihm gestellte Aufgabe sich nur schwer mit einer wirren Linie in Verbindung bringen ließ.

„Beruhige dich, Genoveva", tröstete er sie und machte sich daran, mühevoll den Strich zu einer schlangenförmigen Borde auszumalen. Eng daneben erfüllte er den Wunsch seines Herrn. Während des Zeichnens überlegte er bereits, was er dem Krieger erzählen würde, wenn der ihn auf den kunstvoll verzierten Strich ansprach. Der Knecht würde ihm sagen, dass sein kunstsinniger Verstand ihm geraten hätte, das Schriftstück nicht so trist aussehen zu lassen, und er es deswegen mit einer Borde verziert hätte.

Abgelenkt durch seine Tätigkeit, ließ der Edelmann das zusammengerollte Leder, als Ivo es ihm brachte, ohne es anzusehen in eine geheime Kammer des Zylinders verschwinden. Erst am Tage seiner Ankunft in Xanten sollte es wieder hervorgeholt werden.

Und Jahrhunderte später konnte niemand mehr etwas von Ivos Meisterwerk erkennen, weil er den Rat seines Herrn nicht befolgt hatte, die Tinte ausgiebig trocknen zu lassen, und alles miteinander verschwamm.

Fanpower

VERGANGENHEIT

In den Stunden des frühen Abends preschten über ein Dutzend schwarzer Reiter mit lautem Getöse nach Duisburch hinein. Die Tiere boten einen geschundenen Anblick. Die eisernen Sporen hatten ihnen tiefe, blutige Furchen in die Flanken gegraben, und ihre Mäuler waren ausgerissen vom harten Zug des Zaumzeugs. Die Männer hielten auf dem mittlerweile leeren Marktplatz. Baldo stieg als erster von seinem Ross. Er deutete auf einen seiner Männer.

„Frag nach ihm!", befahl er schroff.

Der Krieger riss sein Pferd herum und ritt auf jene Hütten zu, die nahe dem Wasser standen. Die restlichen Reiter waren aus den Sätteln gestiegen und führten ihre Pferde zur Tränke. Baldo schaute sich um. Er spürte, dass Ebian in der Nähe war. Wenn nicht hier an diesem Ort, dann zumindest in dieser Region. Der Mann kam zurück.

„Herr, die Leute erzählen von einem blonden Hünen, der gestern zusammen mit zwei Halbwüchsigen und einem
Greis auf dem Markt edlen Stoff und Erz erstanden haben soll."

Baldo lächelte spöttisch. Der Nibelunge ließ sich wahrscheinlich noch neue Gewänder schneidern, bevor er sich auf den Weg nach Xanten machte. So etwas kam einem eitlen Pfau gleich, nicht aber einem Krieger.

„Herr, sollen wir die Hütten niederbrennen und weiterziehen?", fragte ihn einer seiner schwarzen Reiter ergeben.

„Nein", antwortete Baldo ihm. „Es wird dunkel. Ich möchte nicht, dass Ebian die aufsteigenden Flammen sieht und auf uns vorbereitet ist."

Baldo blickte verächtlich auf die ärmlichen Hütten.

„Außerdem bin ich nicht hier, um den Bewohnern eine Gefälligkeit zu erweisen, indem ich ihnen einen Grund gebe, ihr Dorf neu aufzubauen."

Die Männer verfielen einen kurzen Moment lang in hämisches Gelächter.

„Ruht euch aus. Morgen in der Frühe reiten wir weiter. Ebian ist ganz in der Nähe. Ich weiß es."

GEGENWART

Cornelius Pattke ließ sich von Gipsnase einen Hotdog mit extra viel Zwiebeln bringen.

„Schade, dass ihr nichts möchtet, die Verpflegung hier ist großartig", wandte er sich an seine Geiseln.

Doch Benning und Stella hatten andere Sorgen. Der kalte Wind pfiff ihnen um die Ohren, und mit ihrer dünnen Kleidung, die eigentlich nur für einen kurzen Kinobesuch gedacht war, konnten sie gegen die Kälte nicht viel ausrichten. Eng standen sie beieinander, um sich wenigstens gegenseitig etwas zu wärmen. Doch die Kälte war nicht das Schlimmste. Anstrengend waren die Leute um sie herum, die bei bester Laune lautstark schräge Lieder sangen und zu allem Überfluss blauweißes Konfetti in die Luft warfen, das alle naselang auf sie herabregnete. Bei einem geeigneten Anlass wäre diese Atmosphäre sicherlich auf sie übergesprungen, aber als Geisel lässt einen so etwas unberührt.

Pattke hatte ein Faible für große Begebenheiten. Er wählte mit Vorliebe für seine Tauschgeschäfte – wie er seine Diebereien gerne nannte – Orte aus, an denen große Menschenmengen etwas Spektakulärem entgegenfieberten. Beim letzten großen Coup wartete er bei der Eröffnung einer Flugzeugfabrik in Kapstadt auf ein Rembrandt-Gemälde, das ihm ein Klient gezwungenermaßen für ein kleines Handgeld überlassen sollte. Die Elster glaubte daran, dass die positive Energie der feiernden Menge Einfluss auf seine Geschäfte haben würde.

Pattke schaute sich freudestrahlend um. Hier gab es eine Menge gut gelaunter Menschen. Das Wedau-Stadion in Duisburg war bis auf den letzten Platz ausverkauft, und die Fans, größtenteils eingehüllt in die blauweißen Farben ihres MSV, feierten ihre Mannschaft, egal in welcher Liga sie spielte oder auf welchem Tabellenplatz sie gerade stand, so, als hätte sie gestern den Weltmeistertitel gewonnen.

Er sah auf die Uhr. Noch fünfzehn Minuten bis zum Spielbeginn. Er holte sein Handy hervor und wählte das Mobiltelefon an, das er Anna überlassen hatte.

Hinter ihm besangen einige Fans ausgelassen die Farben des Meidericher Spielvereins, als er ein Freizeichen vernahm.

„... das ist der MSV!", grölten die Sänger die letzten Silben des Vereinssongs auf das Spielfeld hinaus.

Pattke musste sich sehr konzentrieren, damit er etwas verstehen konnte.

„Guten Abend", meldete er sich schließlich in bester Laune. „Seid um Punkt acht im folgenden Abschnitt ..."

Er linste kurz auf seine Eintrittskarte und nannte Anna den Bereich, in dem die Übergabe stattfinden sollte. Er beendete das Gespräch und steckte das Telefon weg, bevor er wieder in den Hotdog biss.

„Wirklich eine ganz hervorragende Verpflegung", schwärmte er entzückt.

Pünktlich am Wedau-Stadion zu erscheinen war für Silber und die anderen nicht das Problem. Schwieriger war es gewesen, an den freundlichen Ordnern, die die Menschen nach waffenähnlichen Gegenständen absuchten, mit dem gigantischen Schwert vorbeizukommen und nun unter massivem Zeitdruck in dem Getümmel den richtigen Abschnitt zu finden. Anna hielt sich an die Ziffern, die auf die Betonpfeiler gesprüht waren.

„Wir müssen in diese Richtung", sagte sie und wollte die Führung übernehmen.

„Warte!", stoppte sie der Agent. „Ich fände es besser, wenn der Professor mit Greta-Lisa hier zurückbleibt."

Silber wollte sich auf die Übergabe konzentrieren und nicht noch nebenher einen Sack Flöhe hüten. Es hatte ihn schon genug Nerven gekostet, die beiden den ganzen Tag im Schlepptau zu haben. Der eine wollte nicht wahrhaben, dass das Schwert zusammen mit den anderen Sachen abgegeben werden sollte, und die andere bestand darauf, bis zuletzt ihr Stofftier begleiten zu dürfen.

„Nein, ich will mitkommen", schmollte Greta-Lisa.

„Ich auch", schmollte Lensing mit.

„Dann los!"

Die Zeit lief davon, und Anna hatte keine Lust auf lästige Diskussionen.

„Ihr bleibt aber die ganze Zeit hinter uns", ermahnte der Agent die beiden Nervensägen.

Und los ging es. Die junge Russin lief voraus und führte die kleine Gruppe bis zu dem Abschnitt, in dem die Übergabe stattfinden sollte.

„Es müssen Stehplätze sein", bemerkte Anna, als sie durch das Menschengewühl die Treppen hinunterliefen. Unten am Zaun, nahe dem Spielfeld, blieben sie erst einmal stehen und schauten sich um.

„Papa!", rief Greta-Lisa auf einmal und zeigte in die Richtung, wo ihr Vater stand. „Da ist mein Papa!"

In letzter Sekunde hielt Anna sie an der Kapuze ihres Anoraks fest, damit sie nicht davonlief und die Elster so eine dritte Geisel bekam. Pattke löste sich aus der Menge und kam auf die kleine Gruppe zu.

„Schön, euch zu sehen", begrüßte er alle. „So, Pattke möchte jetzt gerne die Sachen haben, damit wir alle schnell nach Hause kommen."

„Dann soll der liebe Herr Pattke doch mal kommen und sich die Sachen persönlich abholen", entgegnete Silber.

Pattke zündete sich gelassen einen übelriechenden Zigarillo an. Der Agent kannte ihn nicht und wusste folglich auch nichts von seiner Dritte-Person-Masche. Er musste sich von Anna sagen lassen, dass der Mann bereits vor ihnen stand.

„Kann Pattke jetzt endlich die Sachen haben?"

„Meine Fresse!", tönte Silber. „Bist du als Kind mal vor die Abrissbombe gerannt? Rede Klartext!"

„Schick erst die Geiseln nach vorne", übernahm Anna die Gesprächsführung.

Pattke nickte. Er drehte sich zu Gipsnase und gab ihm ein Zeichen. Die Geiseln setzten sich in Bewegung, und die Elster streckte die Hände aus.

„Für das Schwert bekommt ihr die Frau", sagte er. „Und wenn es gut läuft, sehen wir weiter."

„Einverstanden", nickte die Diebin.

Pattke winkte Stella zu sich heran, und Anna nahm dem Professor die altertümliche Waffe aus der Hand. Dr. Vargo stand nun neben ihrem Entführer. Anna streckte ihr die leere Hand hin, die sie reflexartig ergriff, und noch bevor die Elster über diesen unerlaubten Körperkontakt protestieren konnte, hatte Anna die Frau schon mit einem kräftigen Ruck zu sich gezogen. Gleichzeitig hielt sie ihm das Schwert entgegen.

„Ganz schön clever, unsere Wildkatze", murmelte Pattke und reichte die Waffe an Gipsnase weiter.

„Und nun der Stoffhund?", fragte Anna mit einem kleinen Lächeln.

Pattke schaute an ihr vorbei auf das Mädchen, das Wombel fest umklammert hielt. Als er die rote Schleife am Hals des Spielzeughundes entdeckte, begann auch er zu lächeln.

„Wo ist es?", fragte er ruhig.

Silber runzelte die Stirn.

„Wat meint der? Er wollte doch den Teddy, oder nicht?"

„Nein, Pattke will nur sein Amulett", half der allen Beteiligten auf die Sprünge.

„Amulett?"

Der Agent glotzte irritiert in die Runde.

„Ja, Amulett", wiederholte Anna und zauberte Wombels Halsband hervor.

„Du wusstest die ganze Zeit, was er wollte?"

Silber war fassungslos.

„Nein, ich habe es erst letzte Nacht entdeckt."

„Warum hast du uns nichts davon erzählt?", fragte der Geheimagent vollkommen entrüstet.

„Lensing hätte es nicht wieder hergegeben. Das weißt du genauso gut wie ich", antwortete sie. „Außerdem habe ich euch gestern in der Küche reden hören."

Silber nickte stumm und dachte daran, wie widerwillig der Professor das Schwert abgegeben hatte. Wäre noch ein neues Fundstück hinzugekommen, hätte er ungeachtet der schlimmen Situation die Übergabe mit allen Mitteln verzögert.

„Es ist nicht böse gemeint, aber Professor Lensing erlebt gerade auf wissenschaftlicher Ebene so eine Art Goldrausch. Denk nur mal daran, wie verbissen er heute den ganzen Tag über seinen Notizen gehangen hat", erinnerte Anna ihn.

„Okay, du hast recht."

Lensing stand zum Glück etwas abseits und bekam dank des tosenden Jubels der Fans, die auf den Einmarsch der blauweißen Zebras warteten, erst einmal nichts von dieser Unterhaltung mit.

Die Elster räusperte sich.

„Hallo, Pattke ist auch noch da", brachte er sich in Erinnerung.

„Schick uns den Mann", verlangte Anna.

Die Elster schüttelte den Kopf. Er traute der Diebin nicht mehr.

„Nein, erst den Anhänger."

Annas Augen verengten sich zu kleinen Schlitzen. Auch sie traute ihrem Widersacher nach dem Auftritt im Staatstheater nicht über den Weg. Er wollte sie bestimmt mit einem miesen Trick übertölpeln, den Anhänger an sich nehmen und Benning weiter als Geisel benutzen, um seinen Rückzug zu sichern.

„Ich traue dir nicht", sagte sie schließlich.

Pattke lächelte hinterlistig.

„Nein? Aber warum nur?"

Greta-Lisa ging die Befreiung ihres Papas verständlicherweise zu langsam. Sie entriss sich der Fürsorge des Professors und drängelte sich zwischen die beiden Gruppen.

„Ich will meinen Papa wiederhaben!"

„Ach ja?", fragte der Entführer spöttisch. „Na, dann sag mal deiner Tante da …"

„Ich wiederhole mich nur ungern", unterbrach ihn das Mädchen mit fester Stimme.

Anna verzog das Gesicht.

„Von wem hat sie das bloß?", flüsterte sie Silber zu.

Der Agent lächelte etwas verkniffen.

„Oh, willst du mir drohen?"

„Ich drohe nie", antwortete Greta-Lisa.

Anna sah wieder zu Silber rüber.

„Den Spruch hat sie nicht von mir", rechtfertigte er sich leise.

Die Elster beugte sich zu dem Mädchen hinunter.

„Und was willst du dann machen?"

Anstatt sich vor seinem durchdringenden Blick zu fürchten, holte Greta-Lisa tief Luft und fing mit aller Kraft so laut sie konnte zu schreien an, bis auch der letzte MSV-Fan in diesem Block ihr seine Aufmerksamkeit schenkte. Sie musste erst wieder zu Atem kommen, bevor sie weitersprechen konnte. Sie deutete auf Pattke.

„Der Mann hier hat gesagt, dass der MSV total doof ist."

Die Leute sahen sich verdutzt an. Eigentlich war es unüblich, in diesem Stadionabschnitt jemanden anzutreffen, der nicht für den Verein war. Unschlüssig murmelten sie sich etwas zu, wollten sich aber die Stimmung nicht von einem einzigen Rowdy verderben lassen und machten Anstalten, sich wieder dem Spiel zuzuwenden.

„Und er hat gesagt ...", kreischte sie weiter, „... dass, äh ..."

Der Kleinen war offensichtlich die Munition ausgegangen. Silber beugte sich hinunter und flüsterte ihr etwas ins Ohr. Die Aufwieglerin bekam große Augen. Der Agent nickte nur leicht und klopfte ihr ermutigend auf die Schulter.

„Er hat gesagt, dass alle MSV-Spieler Blei in der Kiste hätten und deshalb so behämmert über das Spielfeld eiern würden und ...", sie sah noch einmal fragend auf Silber, der nickte, „... und alle MSV-Fans wären zu doof, ein Loch in den Schnee zu pinkeln und müssten sich die Hose mit der Kneifzange zumachen."

Das hatte gesessen. So was musste sich kein Zebra gefallen lassen. Die positive Energie, die auf die Elster niedergeregnet war, verwandelte sich zusehends in Ablehnung. Die Menge rottete sich zusammen.

Gipsnase kam sofort nach vorne gestürmt, um seinem Chef beizustehen. Dabei ließ er seine Geisel aus den Augen, die die Gunst der Stunde nutzte und in der Menge abtauchte.

„Wollt ihr schon gehen?", fragte Silber, als er bemerkte, wie die aufgebrachten Zuschauer Pattke mit seinem Beschützer aus dem Abschnitt drängten.

Jetzt war der Elster alles egal. Er zog seine Waffe und presste sie Silber in den Bauch.

„Den Anhänger, oder ich drücke ab", zischte er Anna zu.

Die Diebin zögerte keine Sekunde und überließ ihm bereitwillig den Stern.

Die Elster wurde jetzt von der Menge aus dem Fanbereich gedrückt und winkte ihnen mit dem Amulett in der Hand zum Abschied zu. Anstatt sich über das Wohlbefinden aller Anwesenden und ehemaligen Geiseln zu freuen, kam Lensing umgehend auf Silber zu.

„Was war das? Was hat die Elster da in der Hand gehalten?", fragte er streng.

„Einen Anhänger, den Greta-Lisa beim Spielen im Bahnschacht gefunden hat und die ganze Zeit an ihrem Stofftier trug. Pattke hat das Amulett auf meiner Videoaufzeichnung gesehen und sich sofort daraus eine Lösung gesponnen", erklärte die Kunstdiebin.

„Wie sieht es aus?"

„Es ist ein Stern. In der Mitte befindet sich ein glasklarer Diamant, und wenn das Mondlicht günstig fällt, wirft es durch den Stein einen Drachen an die Wand. Seine Schuppen sind ein Geflecht aus Runenzeichen."

Anna musste sich zügeln, um nicht ins Schwärmen zu geraten. Lensing wollte einfach nicht glauben, dass Leute aus seinem eigenen Team ihm solche Informationen vorenthielten. Greta-Lisa trat an ihn heran.

„Sei nicht traurig, denn wenn du traurig bist, sind Wombel und ich auch traurig."

Lensing lächelte etwas gequält, als das Mädchen ihm den Stoffhund in den Arm drückte.

„Gib mir mal dein Handy", sagte sie zu Anna.

„Das war ganz schön knapp", berichtete Pattke seinem Hund, den er zurück im Auto lassen musste, weil Tiere im Stadion nicht erlaubt waren. „Aber wie das Leben so spielt, gewinnt die Elster mal wieder."

Er wollte sich zu seinem Versteck fahren lassen, die Sachen packen und nach Ägypten aufbrechen. Mit einigen befreundeten Experten würde er sich dann ausführlich nach seiner Rückkehr mit dem Schwert und dem Amulett beschäftigen. Gipsnase fuhr bewusst einen

Umweg, um eventuelle Verfolger abzuhängen. Er lenkte den Wagen zurück nach Meiderich, holte bei der Gelegenheit einen Kumpanen ab und wollte von dort aus über Homberg nach Rheinhausen hinein. Als er von Ruhrort aus auf die Friedrich-Ebert-Brücke gelangte, fragte er sich, warum dieses Stück um diese Zeit so leer war. Einige Meter weiter, wusste er, warum.

Am Ende der Brücke standen auf beiden Fahrbahnen so viele Taxis, dass sie mit ihren eingeschalteten Dachleuchten im Dunkeln wie ein riesiges Sonnenblumenfeld wirkten und ein Durchkommen unmöglich machten. Missmutig schnaufte er und wollte auf der Brücke wenden. Aber der Blick in den Rückspiegel machte ihm mit einem Schlag klar, dass es hinter ihm auch nicht besser aussah. Mindestens dreißig Taxis blockierten die Auffahrt. Einige Fahrzeuge lösten sich aus dem Pulk, was Gipsnase alles andere als gut fand, denn sie schalteten jetzt ihr Blaulicht ein.

Er bremste ab. Sie waren eingekesselt.

Hektisch stieß Pattke die Wagentür auf. Eine Stimme aus dem Megafon rief ihm, sich ruhig zu verhalten und keine überhasteten Bewegungen zu machen. Er lächelte, hob die Hände und hielt auch noch in dieser bescheidenen Lage an seinem bewährten Motto fest, das da lautete: „Was ich nicht haben kann, soll auch kein anderer haben."

Er warf das Amulett in hohem Bogen über das Brückengeländer in die Fluten des Rheins.

VERGANGENHEIT

Ebian brauchte nur noch sein Armband mit dem Stern anzulegen, den Rest seiner Rüstung trug er schon. Der Nibelunge war bereit für seine letzte Schlacht. Genoveva weinte leise, und Ivo war so bedrückt, dass er nicht einmal Lust hatte, mit der Steinschleuder zu spielen, um das Dorf mit einem „Klong" zu wecken, bevor es der Hahn mit seinem Krähen tun konnte.

„Allzu große Eile ist nicht vonnöten", sprach der Älteste beruhigend.

„Er ist sicherlich schon aufgebrochen", hielt ihm der Krieger entgegen.

Sie hatten am gestrigen Tag noch zu später Stunde von einem Pilger erfahren, dass ein Mann namens Baldo, der offenbar jemanden suchte, auf dem Weg hierher war.

„Hast du mein Pferd gesattelt?", fragte Ebian den Knecht.

Ivo nickte stumm. Der Hüne steckte sein Schwert in die Scheide.

„Sagt Baldo, wenn er kommt, dass ich oben auf dem Hügel auf ihn warte", wandte er sich dem Ältesten zu.

„Ich hätte für Euren Kampf einen anderen Ort vorzuschlagen."

„Etwas Besseres als einen Hügel, den der Gegner erst noch mühsam erklimmen muss, bevor er mir zu nahe kommen kann? Glaubt mir, alter Mann, von Kriegsführung habe ich wesentlich mehr Wissen, als einer von Euch."

„Seht Euch den Ort erst einmal an", lockte ihn der Älteste.

„Ich warne Euch, verschwendet nicht sinnlos meine kostbare Zeit. Wir alle wissen, ich habe nicht mehr viel davon."

Der Greis legte dem Krieger die Hand auf die Schulter.

„Kommt mit mir. Ihr werdet es nicht bereuen."

Ebian atmete tief ein. Bevor er aufbrach, ging er noch einmal zu dem weinenden Mädchen. Er fuhr ihr sachte übers Haar und bedankte sich aufrichtig für ihre Mühen.

„Du hast ein gutes Herz, Genoveva. Bewahre es dir."

Dann bestiegen sie ihre Pferde, und der Recke ließ sich von dem Dorfoberhaupt an jene Stelle führen, die dieser für den letzten Kampf des Nibelungen auserkoren hatte.

„Ein Tal?", fragte dieser ungläubig und deutete auf die unter ihm liegende flache Ebene. „Seid Ihr von Sinnen, alter Mann?"

„Vertraut mir", sagte der nur.

„Ich habe euch gewarnt. Treibt mich nicht bis zum Ende meiner Geduld ..."

Pferdegetrappel unterbrach sie. Ivo ritt mit weit aufgerissenen Augen auf sie zu.

„Sie kommen!", rief er schon von weitem. „Ich habe sie gesehen."

Ebian senkte den Kopf. Jetzt noch zum Hügel zu reiten, dafür war es zu spät.

„Vertraut mir", sagte der Älteste wieder.

„Habe ich eine andere Wahl?"

Wehmut schwang in seiner Stimme.

„Ivo", gebot der Alte, „geleite Ebian ins Tal."

Er wandte sich an den Krieger.

„Ich werde Baldo entgegenreiten und ihm sagen, wo er Euch finden kann."

Dann gab er seinem Pferd die Sporen und sprengte davon. Der Knecht ritt vor, und der verunsicherte Recke folgte ihm durch ein dichtes, unwegsames Waldstück.

„Ich bange um Euer Leben, Herr", gestand er dem Nibelungen.

Ebian überlegte eine kleine Weile, ehe er antwortete. „Furcht ist nichts Verwerfliches. Sie macht einen Krieger vorsichtiger und lässt ihn nicht leichtsinnig handeln."

„Fürchtet Ihr Euch?", getraute sich der Knecht zu fragen.

„Ich fürchte mich vor jeder Schlacht."

„Wirklich?"

Ebian lachte kurz auf.

„Ich bin genauso ein Mensch wie du auch, Ivo. Natürlich verspüre ich Angst."

Ivo lenkte sein Pferd auf eine Grasebene, auf der zwei Strohpuppen aufgestellt waren.

„Wir sind da", sagte er.

„Was soll das sein?"

Der Recke zeigte argwöhnisch auf die Attrappen.

„Der Älteste ließ sie aufstellen. Er sagte, dass sie bestimmt die ersten gegnerischen Pfeile aufhalten würden, um Euch zu schonen."

Ebian grunzte verächtlich. Ihm stand nicht der Sinn danach, sich wie ein altes Waschweib hinter einer Strohpuppe zu verstecken.

„Du darfst jetzt gehen", erlaubte er seinem Knecht.

„Ich will bei Euch bleiben, Herr."

„Geh!", herrschte der Krieger ihn schroff an. Pferdehufe donnerten in der Ferne über die Erde und kamen näher.

„Geh jetzt", bat Ebian den Jüngling noch einmal.

Der senkte traurig den Kopf.

„Hab Dank für alles, was du für mich getan hast und lebe wohl."
Ivo setzte sich in Bewegung.

„Und lass dir von einem Nibelungen sagen, dass er stolz darauf war, einen so fleißigen Knappen wie dich an seiner Seite gehabt zu haben."

Der Junge drehte sich um. Tränen hinterließen helle Spuren auf seinem schmutzigen Gesicht.

„Danke", flüsterte er leise.

Eingerahmt von zwei Strohpuppen stand Ebian allein in dem kleinen Tal. Die Sonne versuchte mit ihrem kraftlosen Morgenlicht gegen die dunklen, tiefhängenden Wolken anzukämpfen, die nur darauf warteten, sich zu entladen. Der Krieger fragte sich, ob so ein Tag aussehen musste, an dem der Tod einem näher stand als das Leben.

Es dauerte nicht lange, und die ersten Gestalten erschienen schemenhaft am Horizont. Der Rappe des Kriegers tänzelte nervös vor und zurück. Auch er ahnte, was sie erwarten würde. Der Nibelunge blickte die schmale Schneise hinauf, aus der sie kommen mussten, um ins Tal zu gelangen. Die schwarzen Reiter sammelten sich. Erkennen konnte er keinen von ihnen, dafür waren sie noch zu weit entfernt.

Plötzlich vernahm er ein sirrendes Geräusch, kaum wahrnehmbare, blitzschnelle Schatten schossen durch den Morgennebel auf ihn zu. Ebian riss geistesgegenwärtig seinen Schild hoch, doch die gegnerischen Pfeile schlugen mit voller Wucht durch den Metallbeschlag in das Holz ein. Er senkte seine Deckung und warf einen Blick auf die Strohfiguren. Jede von ihnen hatte mindestens drei Pfeile abbekommen. Die Rechnung des Ältesten ging auf. Der Krieger mochte sich gar nicht ausdenken, wie seine Schulter sich jetzt anfühlen würde, wenn all die hölzernen Geschosse bei ihm angekommen wären.

Nun vernahm er markerschütterndes Geschrei und sah, wie eine Handvoll Reiter die Schneise heruntersprengte. Ihre Pferde rasten mit weit ausholenden Hufen dem Tal entgegen, die nächsten folgten dem ersten Tross auf dem Fuße. Ebian zählte neun schwarze Reiter. Zu viele. Es waren einfach zu viele. Der Nibelunge nahm seinen Bogen, legte einen Pfeil an und spannte die Waffe. Er wollte abwarten, bis der erste von ihnen unten angekommen war, um ihm einen gebührenden

Empfang zu bereiten. Wenigstens einem von ihnen. Schweiß lief ihm über das Gesicht. Wie eine schwarze Lawine rollten Baldos Männer den Hügel herab.

Doch dann geschah etwas Unglaubliches. Noch bevor die ersten Pferde mit den Hufen die Talsohle berührt hatten, brach der Boden unter ihnen weg, und sie fielen mit lautem Wiehern in eine Grube, die nur mit dünnen Holzstäben und Grasbüscheln bedeckt gewesen war. Ebian senkte den Bogen. Er sah ungläubig mit an, wie selbst die nachfolgenden Krieger ihren Ritt nicht mehr stoppen konnten und die Kumpane mit ihren Pferden erdrückten. Nur die letzten zwei vermochten dem Erdloch zu entgehen. Der eine ritt außen herum, der andere wollte den Sprung über die Grube wagen.

Der Nibelunge handelte sofort. Er hob den Bogen und holte den Springer, noch bevor sein Pferd die andere Seite erreicht hatte, mit einem gezielten Schuss in die Brust aus dem Sattel. Blitzschnell griff er hinter seinen Kopf und holte einen weiteren Pfeil aus dem Köcher. Der letzte Reiter preschte mit gezücktem Schwert auf ihn zu. Ebian legte an und ließ die Sehne los. Der Heranstürmende schlug einen Haken, und der Pfeil ging ins Leere. Die Zeit, einen neuen Pfeil zu spannen, blieb ihm nicht mehr.

Er lenkte seinen Rappen einen Schritt hinter eine der beiden Strohpuppen und ließ den Bogen fallen. Mit einer geschmeidigen Bewegung zückte er sein Schwert und wehrte den ersten Schlag ab, der seine linke Wange treffen sollte. Voller Wut holte der schwarze Reiter zum nächsten Angriff aus. Doch der Nibelunge nutzte die weite Bewegung seines Gegners und stach ihm kurzerhand sein Schwert tief in die rechte Seite. Mit einem kraftlosen Röcheln kippte der Körper des Reiters nach hinten aus dem Sattel. Regungslos blieb er liegen.

Ebian blickte den Hügel hinauf. Die verbliebenen drei Krieger ritten nun etwas bedachter die Schneise hinunter, um nicht auch Opfer der tiefen Falle zu werden, die wohl der Älteste hatte ausheben lassen. In unregelmäßigen Abständen erklangen wehklagende Rufe aus der Grube, doch der Ritter überhörte das Gewimmer. Er ließ die drei Reiter nicht aus den Augen. Der letzte von ihnen, der ihm ein böses Grinsen schenkte, musste Baldo sein. Er musste es sein, weil niemand anderes im Vorbeireiten verächtlich in die Grube seiner sterbenden Männer spucken würde, so wie er es gerade tat. Im Tal angekommen stiegen zwei der Krieger ab. Baldo blieb auf seinem Pferd sitzen. Sie näherten sich dem Recken von zwei Seiten.

Ebian überlegte kurz, wie er vorgehen sollte, während Baldos Krieger näherkamen. Dann fasste er sich ein Herz und stieg ebenfalls von seinem Rappen. Er hielt das Schwert mit beiden Händen fest umklammert. Entschlossen sammelte er seine Gedanken. Er durfte auf keinen Fall zwischen seine Gegner geraten, sonst war er verloren, das wusste er. Scheinbar starr, aber in Wirklichkeit eins mit sich selbst, blickte Ebian ins Leere. Er wartete auf die erste Attacke seiner Gegner, die sich noch unschlüssig zu sein schienen, wie sie vorgehen sollten.

Der Rechte machte den Anfang. Weit mit dem Schwert ausholend griff er an. Der Nibelunge machte wegen eines so unüberlegten Angriffs kein großes Aufsehen und schlug dem schwarzen Ritter mit einem einzigen wuchtigen Schlag die Waffe aus der Hand. Dabei achtete er unentwegt darauf, dem anderen Gegner nicht den Rücken zuzuwenden. Fassungslos starrte der Entwaffnete auf seine leeren Hände – und noch ungläubiger zum Himmel, als Ebian ihm mit einem kurzen Streich das Lebenslicht auslöschte.

Jetzt griff der andere wutentbrannt an und schlug mit seinem Schwert wild um sich. Der Recke hatte anfangs Mühe, die Schwerthiebe zu parieren, doch dann erkannte er eine Abfolge von Schlägen, die sich stets wiederholte. Er wagte einen großzügigen Ausfallschritt, tauchte ab und zerschmetterte seinem Feind mit der Breitseite der Klinge das vollkommen ungeschützte Knie. Baldos Krieger jaulte auf, versuchte sich mühevoll auf einem Bein zu halten und hielt Ebian kraftlos sein Schwert entgegen. Der Nibelunge umging geschickt die gegnerische Klinge und versenkte nun seine eigene bis zum Heft im Rumpf des Feindes. Mit einem kräftigen Ruck zog er sie wieder hervor, und sein Gegner sank leblos zu Boden. Ebian wandte atemlos den Kopf. Sein Blick suchte Baldo und fand ihn immer noch auf seinem Ross sitzend.

„Das habe ich nun davon, wenn ich mit Bauerntölpeln losziehe, um einen Fuchs zu fangen", klagte er dem Nibelungen sein Leid.

Der Angesprochene erwiderte nichts. Seine Schulter pochte vor Schmerzen, jedoch verrieten seine Gesichtszüge nicht eine Spur seiner Pein. Baldo stieg von seinem Pferd.

„Ihr könnt aber nicht verlangen, dass ich Euch verschone, nur weil Ihr Euch gegen ein Dutzend meiner Männer behauptet habt", sprach er zu dem Krieger. „Ich kann wohl versprechen, Euch nicht allzu sehr leiden zu lassen, wenn Ihr mir verratet, wo der Schatz liegt, der meinem Herrn gehört."

„Hagen von Tronje ist nicht der Eigentümer des Nibelungenhorts."

„Hm, mein Herr sieht das anders", lächelte Baldo.

„Das Einzige, was er sein eigen nennen kann, ist der Titel eines Königsmörders", spottete Ebian.

„Hagen von Tronje ist nicht verantwortlich für den Tod Eures Königs", zischte Baldo mit glühenden Augen. „Sucht den Mörder in Euren eigenen Reihen, dort werdet Ihr fündig."

„Ihr lügt", beharrte Ebian auf seinem Standpunkt.

Baldo zog sein Schwert.

„Wie dem auch sei. Ich muss Euch jetzt töten, damit Ihr nicht noch mehr von diesen Unwahrheiten durch die Lande tragt."

Der Nibelunge tat einen Schritt nach hinten. Baldo lächelte.

„Ich warne Euch. Der letzte Kampf Eures unwürdigen Lebens wird nicht leicht werden. Ich habe Euch beim Kämpfen beobachtet. Glaubt ja nicht, dass Ihr mich mit Euren plumpen Tricks aufs Kreuz legen könnt."

Baldo eröffnete ohne weiteres Gerede den Kampf und versuchte, den Gegner mit kurzen harten Schwerthieben zu ermatten. Der verstand es geschickt, sein ganzes Können mit in den Kampf einfließen zu lassen, und bedeutete Baldo so, dass er mehr zu bieten hatte, als dieser annahm. Klirren von Metall hallte durch das Tal, und helle Funken stoben in die kühle Morgenluft. Trotz des ausgeglichenen Kampfverlaufs hoffte Ebian auf einen Fehler seines Gegenübers, den er ausnutzen konnte, da seine Schulter immer heftiger schmerzte. Aber Hagens Bote machte keinen Fehler. Er erkannte schon bald, dass die Abwehr des Nibelungen nicht mehr ganz so kraftvoll war und seine Angriffe seltener wurden. Baldo erlaubte sich während des Kampfes einige

Spielereien, die selbst ein Anfänger ohne Gnade ausgenutzt hätte. Er ließ die Deckung fallen und schnitt Ebian mit einem kurzen Streich leicht in die Schulter. Der stöhnte kurz auf. Da wusste Baldo, dass der Hüter des Nibelungenhortes eine Verletzung mit in den Kampf gebracht hatte. Er lachte böse und schlug so lange auf die Klinge des Verletzten ein, bis dieser erschöpft sein Schwert sinken ließ. Ebian krümmte sich vor Schmerz und fiel vor seinem Gegner auf die Knie.

„Ja, Ebian, Ihr habt alle meine Vorstellungen erfüllt", keuchte Baldo. „Wimmernd kniet Ihr vor mir im Dreck und wartete darauf, dass ich Euch den Kopf abschlage."

Die Klinge senkte sich auf Ebians Nacken.

„Schade nur, dass es niemand sehen kann. Aber sorgt Euch nicht. Ich werde jedem davon berichten, der es hören will, und natürlich auch denen, die es nicht hören wollen. Angefangen bei Eurer Königin bis hin zu den Menschen, die Euch nahe standen. Von Euren Nibelungenstreitern kann ich es leider keinem mehr erzählen."

Der Ritter hob erstaunt den Kopf.

„Ja, schaut nur. Ihr seid der Letzte der ruhmreichen Nibelungenkrieger, und ich habe die Ehre, meinem Herrn den Kopf dieses letzten Nibelungen zu bringen."

Baldo hob sein Schwert über Ebians Haupt.

„Ich werde ihn auf mein Schwert gespießt nach Worms tragen. Ich habe ..."

Klong!

Baldo stockte. Ein kleiner Stein hatte ihn hart am Helm getroffen. Sein Gesicht drückte aber mehr Verwunderung als Schmerz aus und blickte ratlos in das Grün des Waldes hinein, um den Steinewerfer ausfindig zu machen. Verärgert schüttelte er den Kopf und wollte sich wieder daran machen, zu Ende zu führen, was er begonnen hatte.

Doch Ebian stand ihm, unter Aufbietung seiner letzten Kräfte, nun völlig unerwartet mit einem Dolch in der Hand gegenüber und trieb ihm diesen bis zum Heft in den Unterleib.

„Ich bin und ich bleibe der letzte Nibelunge", hauchte er, bevor er selbst das Bewusstsein verlor.

GEGENWART

Dem armen Professor blieb vor lauter Schreck die Luft weg, als er sich erzählen lassen musste, was die Elster mit dem Amulett getan hatte. Ein Gespräch mit der Wasserschutzpolizei machte ihm schnell klar, dass der Anhänger unmöglich wiederzufinden war, weil der Rhein an dieser Stelle eine besonders starke Strömung hatte, die durch das zunehmende Hochwasser immer stärker wurde. Taucher in das Wasser zu schicken, wäre unverantwortlich gewesen. Immerhin war es als Glücksfall anzusehen, dass die Polizisten Pattke in letzter Sekunde davon abhalten konnten, auch Ebians Schwert in den Rhein zu werfen.

„Es tut mir wirklich leid für Sie", sagte Anna aufrichtig, die gerade damit beschäftigt war, ihrem Auftraggeber auf dem Laptop den Ausgang der Geschehnisse zu berichten. „Soll ich Ihnen ein Treffen mit meinem Chef arrangieren?" versuchte sie ihn aufzumuntern.

Lensing winkte erschöpft ab.

„Im Moment nicht, danke."

Er interessierte sich zwar sehr für Hagens Tagebuchaufzeichnungen, aber im Augenblick musste er erst einmal diesen großen Rückschlag verarbeiten. Der Professor glaubte, dass kein Mensch auf der Suche nach dem Nibelungenhort dem Schatz bisher so nahe gewesen war wie sie. Er war sich sicher, dass er für die Lösung des Rätsels nur einen Blick auf das Amulett hätte werfen müssen, und schon wäre alles wunderbar gewesen. Er hätte alles Geheimnisvolle entschlüsseln können, und die Fachwelt hätte ihn wieder mit offenen Armen in ihre Reihen aufgenommen. Auf eine mögliche Kooperation mit der Elster konnte er kaum setzen. Er hätte gerne in Erfahrung gebracht, was der sich von diesem Amulett versprochen hatte, aber die Verhöre rund um das verlorene Stück verliefen ergebnislos.

Anna klappte ihren Laptop zu.

„So", sagte sie schweren Herzens. „Es ist Zeit für mich zu gehen."

„Nun geh schon zu ihr hin und sag ihr, dass du sie gern hast", drängte Greta-Lisa den Agenten.

„Das geht nicht so einfach", redete sich Silber heraus.

„Warum nicht?"

„Wir müssen erst einmal wieder ein bisschen zur Ruhe kommen ... äh, ich mein, jeder für sich und so ... Deswegen werde ich es ihr wahrscheinlich erst später sagen."

René druckste herum.

„Später?", fragte das kleine Mädchen entgeistert. „Willst du wieder so lange warten, bis ihr euch vielleicht mal wieder zufällig trefft?"

„Na ja, so lange nun auch wieder nicht."

„Schön, dann geh jetzt runter und sag es ihr."

„Jetzt?"

„Ja, oder soll ich das für dich machen?"

„Nein, nein, nicht nötig", wehrte Silber schnell ab.

„Wo liegt das Problem?"

„Ich weiß nich, wie", vertraute er ihr an.

„Na so", sagte Greta-Lisa und breitete mit geschlossenen Augen weit ihre Arme aus. „Ich liebe dich, mein Engel."

Silber verdrehte die Augen. Supervorschlag, dachte er sich.

„Und dann gehst du hin und knutschst sie." Die Kleine grinste. „Also, sagst du es ihr?"

„Na gut, aber vielleicht nicht gerade auf diese Art und Weise."

„Und es macht Ihnen wirklich nichts aus, mich zum Bahnhof zu fahren?", fragte Anna Benning.

„Quatsch, natürlich nicht, wenn ich mir überlege, was Sie schon alles für uns getan haben", lächelte er und nahm Stella in den Arm. „Dann ist es genau genommen noch zu wenig."

„Na, jetzt bauschen Sie die Sache aber mal nicht unnötig auf", schwächte die Russin ab. „René hat auch seinen Teil dazu beigetragen."

Sie schaute sich um. Wo war Silber eigentlich? Sie hatte nicht mehr viel Zeit. Ihr Zug in die Schweiz fuhr in weniger als einer Stunde ab. Eigentlich hatte sie noch etwas bleiben wollen, aber Sarah hatte sich gemeldet und ihr mitgeteilt, dass der nächste Auftrag auf sie warte.

„Ich geh rasch noch mal rauf zu den anderen und verabschiede mich."

„Kein Problem, ich verstaue derweil die Koffer im Auto."

Anna nickte Benning dankbar zu und lief die Treppen zu Greta-Lisas Zimmer hinauf.

Ein Klopfen ertönte, und die Tür schwang auf. Silber räusperte sich kurz und fing an zu sprechen.

„Anna, ich muss es dir jetzt sagen." Er holte noch einmal tief Luft. „Du bist mein erster Gedanke, wenn ich morgens aufwache. Auch über den Tag hinweg begleitet mich dein Bild bis in den Abend hinein, und die Nächte kann ich nur überstehen, wenn ich von deinem Lächeln träume. Anna, ich liebe dich."

Stille. Keine Reaktion.

„Das war gut so", meinte Greta-Lisa schließlich. „Wenn du das so rüberbringst und ihr dabei nicht die Ohren zerknautschst", fügte sie hinzu und nahm dem Agenten ihren Stoffhund aus der Hand, „müsste es eigentlich klappen. Soll ich noch mal reinkommen?"

„Nee, dat müsste reichen."

Wieder klopfte es. Anna kam herein. „Ich wollte mich nur von euch verabschieden", sagte sie.

„Ach so." Der Agent war perplex. „Na dann, gute Fahrt."

„Danke", antwortete sie leise mit einem traurigen Lächeln. „Macht's gut, ihr beiden."

„Schade, dass du schon weg musst", jammerte Greta-Lisa und trat René unter ihrem Basteltisch mit voller Wucht vor das Schienbein.

„Ich finde es auch schade, aber ich muss wirklich fort."

„Anna?", fragte Silber.

„Ja?"

Na endlich, dachte das Mädchen erleichtert, jetzt wird geknutscht.

„Hast du was dagegen, wenn wir dich zum Bahnhof begleiten?"

Der Duisburger Hauptbahnhof war wie immer gerammelt voll. Menschen liefen wie fleißige Ameisen umher. Sei es, weil sie umstiegen, am Haupteingang von Verwandten und Bekannten sehnsüchtig erwartet wurden, oder um in ein Taxi zu steigen, damit sie pünktlich zum nächsten Termin kamen. Benning stellte sich mit Greta-Lisa an einem Bäckerstand an, und Anna wartete zusammen mit Stella am Kartenschalter auf ihre Reservierung. Silber stand mit Lensing abseits an das Schaufenster eines Buchladens gelehnt.

„Herr Silber", brach der Professor nach einiger Zeit das Schweigen.

„Wir Archäologen brauchen immer eine Zeitlang, bis wir uns auf etwas spezialisiert haben."

„Hm, natürlich", sagte der Agent. Jetzt ging das Gesülze von dem Nibelungenkram wieder los, dachte er bei sich und stellte sich geistig schon mal darauf ein, gleich halb Duisburg umzugraben, nur weil Lensing etwas vermutete.

„Die einen konzentrieren sich auf die Pyramiden", fuhr der Gelehrte fort, „und die anderen auf etwas, wovon sie sich eben mehr Erfolg versprechen."

„Ja, schon klar."

„Jeder von uns sucht dann sein ganzes Leben lang. Die meisten gehen leer aus. Manche aber halten an ihren Vorstellungen fest und werden belohnt, indem sie auf etwas stoßen, was ihr Tun bestätigt. Von dort aus geht es dann weiter."

„Ja, ist schon faszinierend dat Ganze", warf Silber geistesabwesend ein.

„Der Archäologe muss prüfen, ob das Gefundene ihn zu seinem Ziel führt. Er muss sich also stärker damit beschäftigen und darf nicht nur den Vorstellungen nachhängen, wie es wäre, wenn man es mal versucht hätte. Ich kann Ihnen nur sagen, Herr Silber, ich erkenne einen Schatz, wenn ich ihn sehe. Und wissen Sie was?"

„Nö", antwortete René locker.

„Sie sind ein Idiot."

„Hä?"

„Sie haben Ihren Schatz schon gefunden. Aber anstatt ihn zu bergen, bringen Sie ihn noch zum Bahnhof, damit er von hier aus in die Schweiz fahren kann."

Jetzt erst kapierte er, was der Professor von ihm wollte. Das kleine Mädchen kam mit einer dampfenden Waffel in der Hand zurück.

„Wollt ihr auch ein Stück?", bot sie den beiden BND-Mitarbeitern an, doch die lehnten dankend ab. Anna kam mit Stella vom Kartenschalter.

„Bahnsteig elf, in acht Minuten", sagte sie und wedelte mit ihrem Ticket herum.

„Ich bring dich hin", sagte Silber kurzentschlossen und schnappte sich ihren Koffer.

„Danke, das ist lieb."

Anna verabschiedete sich von jedem mit einer Umarmung und einem Kuss auf die Wange.

„Besuchst du uns denn auch mal?", fragte Greta-Lisa traurig.

„Natürlich", versprach sie fest.

Ihr fiel der Abschied ebenso schwer wie den anderen. Eine angenehme Stimme verkündete über Lautsprecher, dass der Zug auf Gleis elf in fünf Minuten abfuhr.

„Ach, Herr Lensing, ehe ich es vergesse", lächelte Anna den Professor an und holte ein Stück Papier hervor. „In jener Nacht, als der Drache erschien, habe ich mir die Mühe gemacht, die Runen abzumalen. Ich denke, dass Sie damit etwas anfangen können."

Sprachlos nahm er das Papier entgegen. Anna winkte noch einmal allen zum Abschied und lief mit Silber zu ihrem Gleis.

„Dat war nett von dir", sagte der Agent zu der Diebin.

„Tja, hättest du gar nicht von mir gedacht, was?"

„Na ja, du bist schon ganz in Ordnung", fing er an.

Anna lachte auf. „Oh, danke schön, das ist so ziemlich das Netteste, was ich von dir gehört habe, seit ich hier bin."

Der Schaffner stand auf dem Bahnsteig, um dem Zugführer das Zeichen für die Weiterfahrt zu geben. Sie nahm Silber den Koffer aus der Hand und stellte ihn auf die Stufen des Waggons.

„Anna", druckste er herum, „ich möchte nicht, dass du fährst."

Anna lächelte. „Ach ja, und warum?"

„Na, weil ... äh ... wir dich hier brauchen."

„Es gehört mehr dazu, als mir zu sagen, dass ich gebraucht werde, um mich von meinen Plänen abzubringen", sagte sie mit direktem Blick in seine Augen.

„Na ja, ich weiß nicht so ganz, wie ich dir dat erklären soll."

Anna trat einen Schritt auf den Agenten zu.

„Der Weg in die Schweiz ist lang. Da hat man eine Menge Zeit zum Erklären", raunte sie ihm ins Ohr.

„Äh, weißt du, wat mein Chef mit mir anstellt?"

„Was dein Chef mit dir anstellt, weiß ich nicht", lächelte sie verschmitzt.

Silber bekam rote Ohren. Der Schaffner blies in seine Pfeife, und die Stimme aus den Lautsprechern wies darauf hin, dass sich jeden Augenblick die Türen schließen. Anna betrat die Stufen.

„Was ist nun? Kommst du mit?"

„Anna ..."

„Du könntest deinem Chef erzählen, dass dich eine Kunstdiebin entführt hat."

„Sag mal, spinnst du? Dat glaubt mir keine Sau!"

Eduard Bolte legte in aller Ruhe Lensings Bericht zur Seite, nachdem er ihn gelesen hatte, und schaute aus dem Fenster.

„Entführt?", fragte er den Professor noch einmal.

„Ja, genau so war es", beteuerte dieser.

„Wer auf dieser Welt könnte Interesse daran haben, René Silber zu entführen?", fragte Bolte laut und stellte sich das bildlich vor.

„Er hatte ungeheuer wichtiges archäologisches Material bei sich. Es war nur eine Frage der Zeit, bis die Diebe ihn ... ähm ... ja, sozusagen entführten."

„Sozusagen?"

Der Chef blickte ungläubig.

„Ich denke, er hatte keine andere Wahl."

Bolte nahm den Bericht noch einmal in die Hand. „Sieben maskierte Männer zwangen ihn mit Waffengewalt, den Zug zu besteigen", las er vor.

„Ja, ich bin sicher, dass er sich nur entführen ließ, weil er wissen will, wo das Versteck der Bande ist."

„Wenn ich nicht wüsste, dass es hierbei um René Silber geht, würde ich kein Wort dieser Geschichte glauben. Aber dem ist alles zuzutrauen", meinte Bolte und spielte mit dem Gedanken, dem Agenten diese abenteuerliche Entführung von seinen Urlaub abzuziehen.

„Danke, Herr Professor, dass Sie sich Zeit für mich genommen haben", schloss er und entließ Lensing.

Der ging in sein Büro und betrachtete das Papier, das Anna ihm am Bahnhof gegeben hatte, mit einem breiten Lächeln. Er musste sich die darauf befindlichen Worte immer wieder vergegenwärtigen. Nebenbei war er bemüht, die Lösung dafür zu finden, wie Ebians Schwert bis zum heutigen Tag ohne einen Kratzer die langen abenteuerlichen Jahrhunderte überstanden hatte, während die anderen Kostbarkeiten des Ritters, der Brustpanzer und das zuletzt aufgetauchte Amulett die ganze Zeit über in Duisburg vergraben gewesen waren. Hatte sich ein Freund der Geschichte Ebians Schwert angenommen und es nur in großem Vertrauen von Generation zu Generation weitergereicht?

VERGANGENHEIT

Kühles Wasser benetzte sein Gesicht. Der Krieger öffnete die Augen. Er lag noch immer auf dem Schlachtfeld.

„Hab Dank für dein Eingreifen", sprach er schließlich, als er Ivo sah.

Der Knecht fasste Ebian unter den Schultern und half ihm, sich aufzurichten. Von weitem sahen sie, wie der Älteste den Hügel herabgeritten kam. Der Nibelunge stützte sich auf sein Schwert und stellte sich auf die noch wackeligen Beine.

„Ihr hättet mir sagen müssen, welch eine böse Überraschung hier auf meine Feinde wartet", sprach er.

„Ein stolzer Nibelungenkrieger hätte niemals die Hilfe eines alten Mannes angenommen."

Ebian lächelte.

„Habt Dank, trotz alledem."

Der Älteste schaute sich um und zählte die Toten. „Was ist Euer größter Wunsch?", fragte er dann.

„Ich muss weiterziehen, um dem König der Niederlande die Botschaft meiner Königin zu übermitteln, damit ..."

„Ich habe nicht nach den Wünschen der anderen gefragt."
Der Krieger wich dem Blick des Ältesten aus.

„Was ist Euer Traum Ebian? Bis zum jetzigen Zeitpunkt habe ich Euch nur sagen hören, was Ihr für andere Menschen tun müsst, aber es ist nun an der Zeit, die eigenen Wünsche zu erfüllen. Wie vielen Baldos wollt Ihr Euer Leben lang noch aus dem Weg gehen? Wie viele wollt Ihr gar bekämpfen, nur weil Ihr ein Geheimnis hütet, das bis jetzt niemandem etwas anderes eingebracht hat als den Tod? Sogar Eurem König ist es nicht anders ergangen, obwohl er der rechtmäßige Besitzer des Hortes war. Und die weiteren Eigentümer wird dasselbe Schicksal ereilen, wenn sie das Gold nicht schon vorher in Waffen aufgewogen haben, um anderen Menschen damit Schaden zuzufügen. Der Nibelungenhort bringt allen nichts als Verderben. Es liegt in Eurer Verantwortung, dies weiterzuführen oder es gleich hier, an dieser Stelle, zu beenden."

Ebian schwieg betroffen und blickte in die Ferne.

„Was ist Euer größter Wunsch?", fragte der alte Mann ihn noch einmal eindringlich.

„Ich habe meine Familie nicht mehr gesehen, seit mein König mich im Nibelungenland zurückließ", gestand er leise.

„Dann geh zurück zu deinem Weib. Sieh zu, wie Leben heranwächst, anstatt es zu zerstören."

„Sie werden nicht aufhören, nach mir zu suchen", haderte der Krieger.

„Wir werden überall verlauten lassen, dass Ihr in der Schlacht gefallen seid. Wir werden die Drachenrüstung mit einem fremden Körper füllen und behaupten, es sei der Eurige. Legt dem noch ein paar Eurer Habseligkeiten bei, und niemand wird es anzweifeln."

Ebian ließ seine Gedanken scheinbar endlos kreisen. Schließlich nahm er den Anhänger seines Armbandes, legte ihn auf seine Handfläche und verband ihn so mit seinem Schwertgriff, dass der Stern in seiner Hand und das gezackte Schild des Drachen darauf ineinander passten.

Dann übte er Druck aus, drehte seine Hand, und der Schwertknauf öffnete sich. Der Älteste konnte sich eines Lächelns nicht erwehren.

So also sah Ebians wirkliches Versteck aus. Der Edelmann nahm die Lederrollen, die ihm den Weg nach Xanten zeigen sollten, aus dem Zylinder und verstaute sie im Griffstück des Nibelungenschwertes, wo sich bereits die Karte befand, auf der der Ort des Schatzes eingezeichnet war. Nur das von Ivo bemalte Stück ließ er in dem doppelten Boden des Behälters.

„Ivo, komm zu mir", sprach er dann. „Du hast das Leben eines Nibelungen gerettet und sollst dafür sein Schwert erhalten. Lass es nie aus den Augen und gib es an deine Nachkommen weiter. Weise sie darauf hin, welches Geheimnis es birgt, so dass sie würdevoll damit umgehen."

Der Knecht nahm das Schwert entgegen.

„Das Glück liegt in deiner Hand", flüsterte er ehrfürchtig.

Nun verstand Ivo, warum er ein Schwert neben diese Worte hatte malen sollen. Ebian hatte diese Botschaft zusammen mit der Waffe und dem Sternenamulett dem König von Xanten übergeben wollen. Der Recke löste sein Armband und warf es in hohem Bogen achtlos über die Schulter, danach ließ er sich von dem Ältesten aus dem Brustpanzer helfen. Den leeren Zylinder übergab er ihm ebenfalls.

„So tut wie Ihr gesprochen habt, alter Mann. Ich begebe mich nun auf den Weg in meine Heimat und werde mich anderem widmen. Nehmt nochmals meinen tiefsten Dank für alles und lebt wohl. Ivo", wandte er sich abschließend an den Knecht. „Gedenke immer deiner Aufgabe und enttäusche mich nicht."

„Ja, Herr."

Der Edelmann stieg auf sein Pferd, hob zum Abschied die Hand und entschwand für immer in die Richtung, aus der er gekommen war.

GEGENWART

„Ich, Hüter des Hortes aus dem Land der Nibelungen, überreiche Dir, dem neuen Eigentümer, den magischen Stern, der eins sein soll mit der Klinge des Kriegers, damit Du es öffnen kannst, das Glück in Deiner Hand."

So stand es auf dem Drachen geschrieben, den Anna und die kleine Greta-Lisa nachts gesehen hatten. Lensing wusste nun, welches Geheimnis der Stern barg und war letzten Endes froh, dass er unerreichbar auf dem Boden des Rheins lag. Er wollte keine groß angelegte Suchaktion mehr starten, um den Stern zu bergen. Es wäre sicherlich auch kein Problem gewesen, einen neuen anfertigen zu lassen, mit dem sich das Schwert würde öffnen lassen. Aber der Gelehrte fragte sich, welche Aufgabe ehrenvoller war. Der Besitzer des Hortes zu sein oder sein Hüter.

Lensing entschied sich für den Hüter.

**Operation
Grünes Feuer**

Inhalt

Wo ist Silber?	439
Die Pilotin, Kamikaze, Wuschel und der Waschbär	454
Generalprobe	473
Angriff	485
Angeschissen	497
Hornissennest	512
Schwule Bombe	525
Aufgelaufen	539
Miss September	548
Monetenbude	552
Frauenparkplatz	562
Winnetou	593
Endspurt	601

Dieses Buch ist für meine Freunde
Azur
Kareem
Göksel
Thomas Michels
Eure Freundschaft in Ehren, auf ewig.

Wo ist Silber?

„Kommen wir gleich zur Sache."

Absolute Stille herrschte im Raum. Von außen drang nicht das kleinste Geräusch nach innen, denn die Wände des Bundesnachrichtendienstgebäudes in Pullach waren dick und die Türen überaus gut gedämmt. Getönte Scheiben, die neugierige Teleobjektive von außen abhalten sollten, tauchten den Raum in ein bronzefarbenes Licht, das selbst im Sommer bei strahlendem Sonnenschein sowie auch jetzt im beginnenden Herbst immer gleich geheimnisvoll zu sein schien.

Bolte, Leiter der Abteilung für Innere Sicherheit, nickte seiner Sekretärin zu und sogleich begann sie, schmale Briefumschläge entlang des Tisches zu verteilen. Erst als alle der 16 Anwesenden ein Kuvert vor sich liegen hatten, fuhr Bolte fort.

„Die Bundesdruckerei hat Mist gebaut", schnaubte er.

Mit einer Handbewegung forderte er die Agentinnen und Agenten auf, die Kuverts zu öffnen. Nach und nach wurde der Inhalt hervorgeholt. Die Geheimdienstleute staunten nicht schlecht, als sie nagelneue Hundert-Euro-Scheine anlächelten.

„Prüfen Sie die Scheine", forderte Bolte seine Schützlinge auf.

Die Stille löste sich. Nun war der Raum erfüllt von Knistern und Rascheln. Alle drehten, wendeten und betasteten die Geldscheine in ihren Händen. Jeder für sich versuchte, die ganzen Sicherheitsmerkmale auszureizen, um der Ursache habhaft zu werden, was an diesem Schein nicht stimmen konnte.

Bolte schaute sich die Untersuchungen geduldig an. Mit der Zeit legte einer nach dem anderen seinen Geldschein mit einem ratlosen Gesicht vor sich auf den Tisch. Sofort trat die gewohnte Stille wieder ein. Eine Agentin nahm den Schein noch einmal auf. Bolte lächelte milde, als er sah, wie sie mit einem kleinen Lineal die Seiten des Scheins ausmaß. Keine Frage, seine Leute waren mitunter die einzigen in der BRD, die sich genauestens mit der europäischen Währung auskannten.

„Geben Sie sich keine Mühe", unterbrach Bolte den letzten Versuch. „Und glauben Sie mir, selbst wenn Sie jetzt noch eine UV-

Lampe hervorzaubern, werden die Pixel, die erscheinen müssen, sichtbar."

Bolte entnahm seiner eigenen Mappe ein ganzes Bündel Hunderter und betrachtete sie nun selbst.

„Alle Sicherheitsmerkmale sind zweifellos vorhanden", wiederholte er leise. „Aber dennoch sind sie wertlos", lachte er grimmig auf und warf die Scheine in einem hohen Bogen in den Papierkorb neben dem Waschbecken. Bolte nickte seiner Sekretärin erneut zu.

Kurz darauf warf der Projektor die Vorderseite eines 100-Euroscheins an die Wand. Bolte verwandelte mit einem kurzen Zug seinen Edelstahlkugelschreiber in einen Zeigestock und tippte auf das projizierte Bild.

„Die Vase auf dem Sims fehlt", erläuterte er knapp und deutete auf die fehlerhafte Stelle.

Und tatsächlich, die steinerne Vase, die auf der rechten Seite des barocken Portals stehen müsste, fehlte. Ein enttäuschtes Stöhnen entfuhr den Anwesenden.

„Trösten Sie sich", beruhigte Bolte die aufgebrachte Gruppe. „Sogar ich habe es nicht auf Anhieb entdeckt. Es handelt sich um einen simplen Druckfehler. Verursacht durch eine Druckfolie, die anfangs für Versuche benutzt wurde, jedoch schon längst in der Versenkung verschwunden sein sollte. Zurzeit wird ermittelt, wer dafür verantwortlich sein könnte."

Bolte grinste bitter. Ein kleiner Junge, der mit seiner Schulklasse durch wenige Bereiche der Bundesdruckerei geführt worden war, hatte den Fehler auf einer frisch bedruckten Kakaotasse, die peinlicherweise nach dem Motiv der falschen Scheine gefertigt worden war, in der Kantine entdeckt. Es hat das Personal alle Mühe und drei Tüten Gummibärchen gekostet, dem Jungen diese Unebenheit auszureden. Doch leider hat der junge Mann zu spät auf den Fehler aufmerksam gemacht. Viele der Scheine waren bereits lange auf dem Weg zu den Hauptverwaltungen der Bundesländer, und lagern nun in den Zweigstellen derselbigen.

Bolte atmete tief durch und ließ seinen Zeigestock mit einem metallischen Klacken wieder zu einem normalen Kugelschreiber werden.

„Außerhalb dieser Mauern wissen im Moment nur sehr wenige Mitarbeiter der Bundesdruckerei von diesem Vorfall, selbstverständlich die Bundeskanzlerin, und seit kurzem die Direktoren der Landeszentralbanken und deren einzelne Zweigstellen. Bis jetzt ist der Schaden eingedämmt worden. Wie durch ein Wunder ist keiner der Scheine in Umlauf gekommen. So soll es natürlich auch bleiben! Die Regierung ist froh, dass sich der Eurotrubel weitgehend gelegt hat. Wird dieser nun durch so einen brisanten Zwischenfall wiederbelebt, würde das den Eurogegnern, die noch lange nicht mundtot sind, neue Diskussionsgrundlagen geben. Außerdem hätten dann Geldfälscher in ganz Europa Narrenfreiheit, da niemand mehr zu unterscheiden wüsste, welcher Schein echt ist und welcher nicht. Wenn selbst die Bundesdruckerei falsche Scheine druckt! Die wirtschaftlichen Folgen, wenn sich niemand mehr traut, irgendwelche Scheine anzunehmen, muss ich Ihnen ja wohl nicht näher erläutern."

Bolte lächelte bitter.

„Der Bund der Steuerzahler würde das als Aufhänger des Jahrhunderts nehmen, und in diesem Fehler keine sprichwörtliche Geldverschwendung zu erkennen, dürfte schwierig sein. Zu berücksichtigen ist auch, dass die BRD für zwei andere Europäische Staaten den gesamten Geldvorrat gedruckt hat. Die wären wohl ebenfalls etwas verunsichert, ob sie eventuell auch falsche Scheine in ihren Vorräten vermuten müssten. Also es würde Ärger aufkommen, wo man nur hinschaut, sobald diese Scheine in Umlauf geraten."

Bolte nahm einen kleinen Schluck aus seinem Wasserglas und fuhr fort.

„Wir werden die Sache mehr als nur intern lösen. Die Dinge, die wir jetzt besprechen, haben nie stattgefunden. Wie schon erwähnt, befinden sich die Scheine in fast allen Bundesländern. Ihre Aufgabe besteht darin, die Scheine aus den jeweiligen Zweigstellen sicher zurück in die Hauptverwaltung zu transportieren. Dort können sie dann in aller Stille vernichtet werden. Da uns diese Situation sehr plötzlich erwischt hat, und die meisten Agenten aufgrund der politischen Lage anderweitig beschäftig sind, müssen wir Hilfe von außerhalb in Anspruch nehmen. Ich habe bereits Kontakt mit dem Leiter des BKA aufgenommen. Freundlicherweise wird er uns einige seiner Leute zu Verfügung stellen. Die Aktion ist als Übung getarnt und Sie sollen diese Übung als Mitarbeiter des BND bewerten, um damit abzuklären, ob in Zukunft das BKA mit dem deutschen Geheimdienst zusammenarbeiten kann. Lassen Sie während des Ablaufs alle Strenge walten. Die BKA-Leute können uns sowieso nicht riechen, also bemühen Sie sich erst gar nicht, den Kumpel raushängen zu lassen. Das Ganze wird den Namen *Operation Grünes Feuer* tragen. Noch Fragen?"

„Wann wird die Sache voraussichtlich beginnen?", fragte er seinen Sitzpartner, ohne ihn dabei anzusehen. „Vermutlich übermorgen", kam es leise herüber.

„Bitte sagen Sie mir jetzt nicht, dass ich aufgrund einer Vermutung hier erschienen bin?"

Ein Auktionator mit starkem britischen Akzent gab dem Sitznachbarn keine Gelegenheit zu antworten. Mit übermäßig lautem Brimborium brachte er endlich einen seltsam aussehenden orientalischen Teppich unter den Hammer.

Beide Männer saßen in der hinteren Stuhlreihe des Düsseldorfer Auktionshauses, umgeben von vielen Bummlern und Interessenten, die durch die mit allerlei erdenklichen Prunk überladenen Räume strömten, während lautstark ein Teil nach dem anderen den Besitzer wechselte.

Er hatte ausdrücklich darauf bestanden, bei jeder Kleinigkeit persönlich unterrichtet zu werden. Natürlich hätte er das Ganze auch telefonisch regeln können. Aber wenn man in der heutigen Zeit etwas Vertrauliches über das Telefon loswerden wollte, konnte man genauso gut mit einem Transparent über dem Kopf durch die überfüllte Düsseldorfer Altstadt laufen, bevor die Gegenseite einen abhören konnte. Früher war das anders. Aber er wollte sich nicht beschweren. Es lief auch so schon außerordentlich gut für ihn.

Er war der Prinz. Einer der meistgesuchten Männer Europas. Die Geheimdienste waren sich nicht einig, welche Form von Terrorismus sie ihm vorwerfen würden, falls sie ihn mal zu fassen kriegen sollten. Die meisten hätten sich wahrscheinlich für die schwerste Form von Wirtschaftsterrorismus entschieden, die man in diesem Ausmaß bis dahin noch nicht erlebt hatte. Seine Spezialität war es, mithilfe von massivster Werksspionage große Konzerne auszukundschaften, um die Informationen gegebenenfalls meistbietend zu verkaufen oder sein Wissen selbst bei Börsengeschäften zu verwenden. Diese Machenschaften lösten mehr als einmal Aktienstürze aus. Gelegentlich ließ er sich dazu herab, aus Gründen des Zeitvertreibs größere Mengen Drogen zu verschieben.

Ansonsten verfügten die Geheimdienste allesamt über dieselben Informationen. Der Prinz trug den bürgerlichen Namen Martin Kaupt, war Sohn eines der reichsten Industriellen in Deutschland und hatte sich etwa vor einem Jahrzehnt dem organisierten Verbrechen zugewandt. Den Namen Prinz erhielt Kaupt von den Russen, da er damals als fähigster Nachfolger für die Mafiaspitze gehandelt wurde. Der Prinz hatte jedoch schnell erkannt, dass damit sein Handlungsraum stark eingeschränkt gewesen wäre und gründete daraufhin einfach seine eigene Organisation. Nun ging es nicht mehr nur darum, mit Waffen, Frauen oder Drogen zu handeln. Aber mehr über ihn in Erfahrung zu bringen, war schier unmöglich. Die Leute, die man hätte befragen können, lebten entweder nicht lange genug oder hatten von einer Sekunde zu nächsten eine derart starke Amnesie, dass sie nicht einmal mehr wussten, wie ihre eigene Mutter hieß. Die gleichen Leute fuhren allerdings später in Automobilen davon, die mehr wert waren als fünf ihrer Jahresgehälter. Zudem zogen sie eilends noch in Eigentumswohnungen um, ohne Belastung natürlich, da sich irgendwo noch ein absolut wasserdichter, legaler Sparvertrag aufgetan hatte.

Der Prinz war äußerst zuverlässig und über alle Maßen fair. Er hielt sich immer an das, was er versprach, und er entlohnte jeden seiner Gefolgsleute für geleistete Dienste überdurchschnittlich gut. Dafür erwartete er natürlich hundertprozentige Konzentration gegenüber der Sache und das Doppelte an Loyalität ihm gegenüber. Sollte beides ausbleiben, nahm der Adelige dies nur allzu gern zum Anlass, seinen düsteren Fantasien freien Lauf zu lassen.

Nun suchte er gerade nach einer neuen Aufgabe, die auch seinen Intellekt forderte. Und siehe da, es tat sich etwas auf! Allerdings fand in diesem Fall die Aufgabe ihn.

Dem Prinzen wurde zugetragen, dass es im Moment eine ungeheure Menge falscher Hundert-Euro-Scheine gebe. Diese Tatsache war ihm zwar nicht neu, da in Europa jede landeseigene Mafia damit beschäftigt war, Blüten zu fertigen. Interessant an dieser Geschichte war jedoch, dass sich die Bundesdruckerei selbst einen Bock geschossen hatte, und um Haaresbreite Blüten aus Eigenproduktion in Umlauf gebracht hätte. Diese lagerten nun, laut Aussage seines Informanten, in den Zweigstellen der Landeszentralbanken und warteten darauf, abgeholt zu werden. Dem Prinzen war natürlich dringend daran gelegen, die schönen Scheinchen vor ihrer Zerstörung zu bewahren. Er wusste da einen weitaus besseren Verwendungszweck für sie. Es galt nun darauf zu warten, dass sich eine günstige Gelegenheit ergab, den Boten die Scheine wegzunehmen. Dafür musste der Prinz allerdings mehr über diesen Vorgang in Erfahrung bringen, um einen sicheren Plan auf die Beine zu stellen.

Der Auktionator ging dazu über, eine große, violette Lampe anzupreisen.

„Wenn Sie sich nicht zwingend für dieses entzückende Stück interessieren, wäre es sehr gütig von Ihnen, mir mitzuteilen, warum Sie mich hier sehen wollten", erinnerte der Prinz seinen Gesprächspartner an seine letzte Frage.

„Nun ja", druckste der Unbekannte herum. „Es gibt da ein kleines Problem."

„Probleme? Was für Probleme?", stöhnte Bolte und ließ sich wieder zurück in seinen Sessel sinken.

„Ich weiß nicht", antwortete seine Sekretärin ratlos.

Ihr war es sichtlich unangenehm, ihren Chef nach der langen Unterredung mit seinen Schützlingen um sein wohlverdientes kleines Nickerchen zu bringen.

„Er meinte nur, dass er in 15 Minuten bei Ihnen ist, eben wegen eines Problems."

„Sie haben den Termin bestätigt?", fragte er nach.

„Ja".

Bolte lächelte versöhnlich. „Ist schon recht. Kochen Sie bitte einen starken Kaffee. So etwas braucht er bei Problemen."

Bolte räkelte sich noch einmal und fing damit an, seinen Schreibtisch ordentlich aussehen zu lassen – so weit das jedenfalls möglich war. Es kam nicht alle Tage vor, dass der Präsident des Bundesnachrichtendienstes sein bescheidenes Büro besuchte. Normalerweise musste man bei ihm antanzen, sobald es Diskrepanzen gab. Diese Situation allein war schon ein sicheres Zeichen der Dringlichkeit. Der Abteilungsleiter nahm die Dose mit dem Fischfutter und streute daraus seinem Diskus ein paar Krümel ins Wasser. Gerade als der Fisch den letzten Brösel verspeiste, trat der Direktor ohne anzuklopfen ins Büro. Der Präsident nickte Bolte kurz zu und blickte ins Aquarium.

„Wo ist der andere Fisch?"

„Zu Hause. Er ist krank geworden. Das Wasser muss ihm wohl nicht bekommen sein."

„Aha", sagte Direktor nur und setzte sich auf den Besuchersessel.

„Dagegen ist ja nichts einzuwenden, solange er nicht irgendwelche Unterlagen mitgenommen hat."

Bolte lächelte bemüht.

Die Sekretärin brachte den Kaffee, der so stark war, dass sogar ein ausgewachsener Bulle einen Herzkasper bekommen würde.

„Sehr gut, der ist gerade richtig." Der Präsident nippte genießerisch.

Bolte nahm hinter seinem Schreibtisch Platz und wartete geduldig, welches Problem sein Chef ihm offenbaren würde.

„Wer ist unser Mann in Nordrhein-Westfalen bei dieser Eurogeschichte?"

„Krüger", antwortete Bolte gewissenhaft.

„Mmmh, Krüger. Habe ich mir schon fast gedacht", murmelte der Präsident vor sich hin und schien nachzudenken. „Ziehen Sie ihn dort wieder ab", sagte er schließlich.

Bolte schaute seinen Chef etwas ungläubig an.

„Abziehen?"

„Ja, er wird woanders gebraucht."

„Das könnte schwierig werden. Ich habe im Moment nicht genug Leute ..."

„Silber", unterbrach der Leiter des Geheimdienstes.

„Bitte?", fragte Bolte überrascht nach.

„Agent René Silber. Sie wissen schon, der junge Mann mit dem komischen grünen Auto und dem übergroßem Mundwerk. Was ist mit dem? Ich kann in den Unterlagen nicht erkennen, wo er momentan ist oder ob er anderweitig beschäftigt wird. War er nicht zuletzt in München?"

„Ja, gewiss", antwortete Bolte etwas nervös. All diese Fragen zeigten, wie beschäftigt der Geheimdienstleiter sein musste, wenn er noch nicht mal was von dem Vorfall in München vernommen hatte.

„Meine Herren, Bolte, was ist los mit Ihnen? Lassen Sie sich doch nicht alles aus der Nase ziehen. Nun sagen Sie schon, wo Silber steckt."

Bolte tat so, als müsse er angestrengt nachdenken. „Im Urlaub", sagte er schließlich.

„Gerade haben Sie noch gejammert, dass Sie zu wenig Leute haben, und jetzt erzählen Sie mir hier etwas von Urlaub?"

„Jaaa", antwortete Bolte gedehnt. „Es ist ein schon längst überfälliger Urlaub."

„Aha, also hat er in München gute Arbeit geleistet?"

Die Sekretärin versteckte ihre Mundwinkel hinter einer Mappe und verließ mit einem kleinen Gluckser das Büro. Bolte schaute ihr hilfesuchend nach.

„Ja, ja, selbstverständlich", stotterte Bolte.

„Schön, das freut mich. Wann ist der Bericht zu dieser Sache fertig? Ich hätte gerne mal ein kurzes Auge darauf geworfen."

„Die ... öehm ... Bildmaterialien werden gerade noch von den Experten ausgewertet. Sie wissen ja, dass die ... ääh ... in der Fotoabteilung leider immer vollkommen überlastet sind."

„Ach so, dann sagen Sie doch was Bolte, dann mach ich da mal Druck", entgegnete der Direktor und war schon im Begriff, sich zu erheben und nach dem Telefon zu greifen.

„Nein, bemühen Sie sich nicht", wehrte Bolte hastig ab und schob mit einer kleinen Bewegung unauffällig das Telefon zur Seite.

„Darf ich Ihnen noch Kaffee nachschenken?"

Die Sekretärin steckte den Kopf zur Tür herein und warf damit den Rettungsanker.

„Gerne", lächelte der Geheimdienstleiter.

„Bleibt es bei dem besprochenen Termin?", versuchte Bolte das Gespräch in eine andere Richtung zu lenken.

„Natürlich. Krüger durch Silber zu ersetzen war noch das einzige, was fehlte."

Ja, das kann man wohl sagen, dachte Bolte bei sich. Und seine Mitarbeiterin, die erneut mit unterdrücktem Lachen aus dem Büro flüchtete, hatte wohl denselben Gedanken.

„Ausgetauscht? Einfach so?", fragte der Prinz.

„Ja, der Mann, der eigentlich dafür vorgesehen war, ist mit anderen Aufgaben betraut worden."

„Wo liegt denn nun das Problem? Beide sind Agenten. So oder so. Nicht wahr?"

„Ja, nur der eine hat eigentlich mehr als eine Art Fremdsprachenkorrespondent agiert. Er war irgendwie kein richtiger Agent. Er ließ sich ohne weiteres überwachen und Informationen abnehmen."

„Verstehe, und der andere ist nun ...", der Prinz zog spöttisch eine Augenbraue in die Höhe, „ein richtiger Agent?"

„So kann man es sagen."

„Hören Sie, es ist mir egal, wer dieser Mann ist. Besorgen Sie uns die Route, die man befahren wird", forderte der Prinz verärgert.

„Das würden wir gerne. Nur wissen wir nicht, wo er ist", grinste er verlegen.

Der Prinz atmete tief durch und sprach sehr beherrscht. „Sie möchten mir doch wohl nicht kurz vor dem Beginn unserer Aktion mitteilen, dass es keine Aktion geben wird, nur weil Sie nicht in der Lage sind, einen bestimmten Mann zu finden!"

Der Gesprächspartner blieb stumm.

„Geben Sie mir den Namen. Ich werde Sie bei der Suche nach dem Mann unterstützen."

Der Prinz lächelte ein wenig. Eigentlich war er es gewohnt, vom Geheimdienst gesucht zu werden anstatt umgekehrt.

„Agent René Silber", gab der Kontaktmann den Namen preis.

„Wer?", fragte der Prinz erstaunt.

„Wir suchen einen René Silber."

Der Prinz musste stark achtgeben, nicht laut lachend die Auktionshalle zusammenzubrüllen. Er kannte Silber. Oft hatten sich schon ihre Wege gekreuzt, wobei der junge Agent nicht ahnen konnte, dass der Prinz gerade hinter den Dingen steckte, die er zu vereiteln versuchte. Würde Silber dies wissen, hätte er wohl noch mehr Energie in die Angelegenheiten gesteckt, da er den Prinzen für den Mord an einem guten Freund verantwortlich machte. Der Prinz wollte nicht übertreiben, aber er musste sich eingestehen, dass Silber wirklich Schneid besaß, sich mit ihm anzulegen. Obgleich er zugeben musste, dass er den Agenten am liebsten von hinten sah, und er nur gerne von ihm hörte, wenn er dabei war, einem anderen das Leben schwer zu machen. Es lässt sich schlecht erklären, warum man Silber besser aus dem Weg gehen sollte. Es war einfach so. Dieser Fall schien auch so eine unerklärbare Sache zu sein. Der größte Geldraub in der Geschichte der BRD konnte möglicherweise nicht vollzogen werden, da René Silber so unverschämt war, sich von grandiosen High-Tech-Verbrechern die geplante Fahrroute eines millionenschweren Geldtransporters nicht abnehmen zu lassen. Das war irgendwie schon witzig. Wenn man nicht gerade selbst daran beteiligt war.

„Sollten wir ihn zu spät finden, könnten wir ihn kurz vor dem Auftragsbeginn eliminieren lassen.

In der Kürze der Zeit müsste der BND dann auf einen anderen Agenten zurückgreifen, der vollkommen unvorbereitet den Auftrag übernimmt und uns somit den Zugriff auf wichtige Informationen erleichtert."

Der Prinz schaute die Kichererbse zum allerersten Mal in dem Gespräch direkt an.

„So wäre die Vorgehensweise des BND", sagte der Kontaktmann vorsichtig und setzte ein kleines Glucksen nach. Der Prinz sah wieder betont gelangweilt zum Auktionspodest und betrachtete die beiden Gehilfen, wie sie dem Auktionator einen äußerst großen Marmorlöwen heranrollten. Sein Gesichtsausdruck sollte dem Gesprächspartner verdeutlichen, was er von diesem wirklich hirnrissigen Vorschlag hielt.

„Das wäre garantiert die Vorgehensweise des BND. Allerdings deckt sie sich nicht mit der Vorgehensweise von Herrn Silber. Glauben Sie mir."

Der Prinz vermochte ein Lied davon zu singen. Er selbst hatte schon x-mal vergebens versucht, den Geheimdienstmann mit allen Mitteln zu blockieren. Silber ließ sich zwar sehr gut mit Fehlinformationen manipulieren, aber, und das brachte den Prinzen jedes Mal fast um den Verstand, er ließ sich nicht kontrollieren. Der Gangsterkönig wollte jetzt aber nicht dem Trübsinn verfallen, denn man musste in jedem Schlechten das Gute suchen, und die Tatsache, dass er mal wieder auf Silber treffen sollte, konnte ihn zu einer bestimmten Person führen, die er schon fast vergessen hatte, aber die ab und an noch Teil seiner Gedanken war.

„Was schlagen Sie vor?", fragte der Mittelsmann.

„Suchen Sie den Mann nicht. Achten Sie einfach darauf, wann er zu seiner Truppe stößt, um die Sammelaktion anzuführen. Es hat keinen Sinn, ihm irgendwelche Anweisungen abzunehmen, um damit zu arbeiten, weil er sich sowieso nicht daran hält. Ich weiß, dass Ganze hört sich seltsam an, aber nehmen Sie es jetzt bitte einfach mal so hin."

„Warum sollte ich ihm Angaben zukommen lassen? An feststehende Absprachen hält er sich sowieso nicht. Das haben wir ja bei seinem letzten Auftrag erlebt", sagte Bolte zu seiner Sekretärin, die gerade einige Unterlagen zusammensuchte.

„Ich schicke es auf jeden Fall zum Sammelpunkt. Vielleicht besteht ja Hoffnung, und er wirft einen Blick drauf. Sagen Sie ihm, das wäre seine letzte Chance", gab sie sich zuversichtlich.

„Als wenn er davon nicht schon genug gehabt hätte."

„Schlagen Sie ihm doch vor, eine TÜV-Plakette für den Kübelwagen zu besorgen, wenn er sich nur dieses eine Mal zusammenreißt", scherzte seine Mitarbeiterin sorglos.

„Ja, so etwas in der Art habe ich auch gedacht." Jetzt musste Bolte sogar selbst grinsen, wenn er an Silber und seinen VW-Kübelwagen dachte. Wäre der Kübel ein Pferd gewesen, hätte man ihn anstandshalber erschießen müssen, so alt und rappelig war er schon. Silber war eine treue Seele, zwar keine besonders ordnungsliebende, die sich an Anweisungen hielt, aber eben eine treue. Bei dem Angebot an Dienstwagen, das Bolte ihm ständig unterbreitete – schnittige Gefährte, für die andere Agenten sogar ihre Oma als Pfand in der Asservatenkammer abgegeben hätten – dachte Silber gar nicht daran, sich so eine neumodische Rennflunder unter den Nagel zu reißen, sondern gurkte immer noch mit diesem außergewöhnlichen Vehikel durch die Lande. Am Anfang hielt Bolte das Ganze für einen Witz, weil der Wagen den CW-Wert des Kölner Doms hatte und man beim Anlassen des Motors glauben musste, jemand hätte mit großer Wahrscheinlichkeit eine Atombombe gezündet.

Bolte wollte die Zeit für sich arbeiten lassen, die den Wagen immer mehr schwächen würde. Aber dieser vermaledeite Trümmerhaufen hatte sich als wesentlich zäher herausgestellt als angenommen.

„Ich kann ihn immer noch nicht erreichen", meldete die Sekretärin besorgt.

„Mmmh, daran bin ich wohl schuld. Ich habe ihm gesagt, er soll sich erst mal ein paar Tage entspannen, mal über alles nachdenken und warten, bis etwas Gras über die Sache gewachsen ist."

„Meinen Sie wirklich, er kehrt in sich?", fragte seine Mitarbeiterin bemüht ernst.

„Ja, das will ich doch stark annehmen. Meine letzte Schelte muss wohl Spuren der Reue bei ihm hinterlassen haben. Nun stellt er sich bestimmt endlich mal Fragen, die wichtig im Leben sind und redet hoffentlich auch mal mit jemandem der seine Sprache spricht."

„Willst Du mal 'ne richtig coole Arschbombe sehen?" Silber lächelte sein Patenkind an und sprang, ohne eine Antwort abzuwarten, von der Motorhaube in einen großen Haufen Laub, den der Wind nahe dem Wasser angehäuft hatte. Benny, drei Jahre alt, sicher untergebracht im Kindersitz, auf dem Dach des Wagens, wusste zwar nicht so ganz, was sein Patenonkel da veranstaltete, spendete aber schon mal vorsorglich großen Beifall. So etwas fanden Erwachsene gut, das wusste er. Silber landete mit dem Hintern im nassen Laub, konnte aber nicht verhindern, von dort aus mit den Füßen voran direkt in den See zu rutschen. Leise vor sich hin fluchend, damit der Kleine nichts von seinem außergewöhnlichen Wortschatz mitbekam, stapfte er aus dem See. Der Zwockel fand es spitze, was sein Onkel ihm da alles bot und lachte fröhlich.

„Ja, du findest dat natürlich klasse."

Silber schnitt dem Kleinen eine, wie er fand, furchterregende Grimasse. Benny versteckte sein Gesicht hinter einem zerfledderten Kinderbuch und kicherte weiter. Nach einem Blick auf die Uhr sagte der Onkel dann: „Okay, es ist wieder so weit, alles bereit machen zum Abflug. Commander Benny muss zurück zum Stützpunkt."

Er hob den Kindersitz mit beiden Händen vom Dach, drehte sich noch dreimal geschwind mit flugzeugartigen Geräuschen um die eigene Achse und befestigte den Sitz dann sicher im Fond seines Kübelwagens. Er deckte den Jungen noch mit einer Heizdecke zu und gab ihm einen Babykeks. Neugierig beobachtete Benny, wie Silber den Wagen startklar machte, bevor es endgültig losging. Der kleine Junge hatte zwar schon oft seinem Vater dabei zugesehen, wie er seinen Kombi für die Fahrt startete, aber Silbers Wagen unterschied sich wirklich sehr von einem der modernen Mittelklassewagen. Es war wirklich nicht schwierig, dem Jungen die Illusion vorzugaukeln, er säße in einem Flugzeug. Silber drehte einen riesigen knochenförmigen Hebel zur Seite und das Abblendlicht ging an. Ein Kippschalter, den er nach oben schnippte, war verantwortlich für die Inbetriebnahme seiner Standheizung und der andere Schalter für den Rückfahrscheinwerfer.

„Alle Systeme sind in Betrieb, Commander. Bist du fertig zum Abflug?"

Benny nickte und wusste, was zu tun war. Er setzte sich etwas umständlich den kopfhörerähnlichen Gehörschutz auf, der verhinderte, dass er sich während der Fahrt den Babykeks in die Ohren stopfen musste, um keinen Gehörschaden zu erleiden. Benny streckte den Daumen in die Höhe und wartete gespannt darauf, dass der Pilot die Maschine anwarf. Das Geräusch, das nun erklang, in Verbindung mit der Vibration des Heckmotors, die der Junge im Rücken spürte, ließ ihn erahnen wie es war, wenn eine Boing sich in die Lüfte erhob. Schwerfällig fuhr der Wagen rückwärts aus dem Waldgebiet, bevor er gemütlich über die Straßen von Duisburg aus nach Dinslaken fuhr. Benny blätterte zufrieden kekskauend im Schein der Kartenleselampe in seinem Kinderbuch herum und blickte hier und da mal auf, um durch die Kunststoffscheiben zu schauen.

Der Babysitterjob diente René Silber als willkommene Ablenkung von seiner eigentlichen Aufgabe als Agent des deutschen Geheimdienstes. In Pullach stritten sich im Augenblick ein paar eifrige Paragraphenjunkies, ob Silbers momentane Freizeit als Urlaub oder als Suspendierung betitelt werden konnte. Und das taten sie schon seit drei Wochen. Wahrscheinlich dauerte es so lange, weil sie nicht wussten, welchen Anklagepunkt sie zuerst bearbeiten sollten. Sein Chef persönlich hatte ihm empfohlen, mal eine Auszeit zu nehmen. Da auch privat bei Silber gerade alles aus dem Ruder lief, und sein Vater ihm bei Problemen stets nahegelegt hatte, zu seinen Wurzeln zurückzukehren, beschloss er, diesen Vorschlag in seiner geliebten Heimatstadt Duisburg umzusetzen. Er wollte mal von allem Abstand nehmen und Dinge machen, die er sonst nie getan hätte, wie zum Beispiel Babysitting. Silber schaute in den Rückspiegel und stellte zu seinem Erstaunen fest, dass Commander Benny mit dem kleinen Bilderbuch auf dem Schoß eingenickt war. Der Gehörschutz bewirkte wohl ein kleines Wunder. Minuten später befuhr der Wagen die verkehrsberuhigte Straße, die den kleinen Mann zu seiner Behausung bringen sollte. Silber lieferte das schlafende Paket ordnungsgemäß ab, raubte der Familie noch den Kühlschrank aus und machte sich auf den Rückweg.

An einer roten Ampel kramte der Agent sein Handy aus dem Handschuhfach und schaltete es ein. Er machte das einmal am Tag, um zu sehen, ob er wirklich bei der ganzen Welt ausgeschissen hatte. Gerade als er es schon wieder ausschalten wollte, hagelte es Signaltöne von endlosen Kurzmitteilungen und eine elektronische Stimme am anderen Ende verriet ihm, dass sein Anrufbeantworter voll war bis unter das Dach. Argwöhnisch zog er die Augenbrauen hoch. Beim Abhören der Nachrichten vernahm er die Stimme von Boltes Büromaus, die ihn flehentlich beschwor, das Büro zurückzurufen. Silber schaute auf die Uhr. Wenn es wirklich wichtig war, hielt Bolte sich bestimmt noch im Büro auf. Der Agent wählte die Nummer und auf der anderen Seite wurde zu dieser ungewöhnlichen Stunde der Hörer abgenommen.

„Er hat sich gemeldet."

Die Stimme von Kichererbse überschlug sich, bemüht einen leisen Tonfall beizubehalten. Der Prinz sah äußerst gelangweilt zu ihm rüber.

„Beruhigen Sie sich erst einmal und setzen Sie sich."

Diesmal war der Treffpunkt ein gemütlicher Irish Pub in der Düsseldorfer Altstadt. Der Kontaktmann bestellte sich bei der freundlichen Bedienung ein irisches Bier und wollte erneut zum Reden ansetzen. Der Prinz schnitt ihm mit einer leichten Handbewegung das Wort ab und bedeutete ihm so, dass er erst noch den letzten Klängen der Band lauschen wollte, bevor diese ihre Pause antrat. Geduldig wartete der Informant, bis er reden durfte. Das Lied verstummte und der Verbrecherkönig nickte dem Informanten zu.

„Also, Silber hat sich vor knapp einer Stunde zum Dienst gemeldet. Er soll schon morgen früh in der Landeszentralbank beim Direktor vorsprechen, wo das Infomaterial für ihn bereitgestellt wird. Ich werde natürlich versuchen, an diese Materialien zu gelangen."

„Selbstverständlich", gab der Prinz sich amüsiert.

Der Mittelsmann wusste nicht so recht, was sein Boss damit meinte. Irritiert fuhr er fort.

„Er wird dann übermorgen auf die Einheit stoßen. Wo die sich befindet, werde ich selbstverständlich auch noch ermitteln."

„Natürlich", antwortete der Prinz süffisant und brachte sich in eine gemütliche Sitzposition. Die Band machte Anstalten, bald ihre Arbeit wieder aufzunehmen.

Die Pilotin, Kamikaze, Wuschel und der Waschbär

Die Scheibenwischer waren nicht mehr die besten. Sie schafften es noch nicht einmal, den Morgentau von der Windschutzscheibe zu ziehen. Hinzu kam, dass dieses dusselige Wetter ihm die Frontscheibe von innen beschlagen ließ. Für Silber allerdings war dies der Normalzustand, wenn er seinen Wagen bei beginnendem Herbstwetter in Betrieb nahm. Er packte einen kleinen Teddy, den sein Patenkind ihm zum Geschenk gemacht hatte, und wischte damit die Scheibe frei. Die Standheizung bullerte leise vor sich hin und nur langsam breitete sich wohlige Wärme aus. Der Agent steckte den kleinen Bären in die Tasche und nahm noch mal die Unterlagen in die Hand, die er gestern bei der Landeszentralbank abgeholt hatte. Detail für Detail wurde ihm darin erklärt, warum und wie er zu verfahren hatte.

Silber seufzte tief. Er hasste es, im Nachhinein zu einer bestehenden Einsatztruppe gerufen zu werden, um dort die Führung zu übernehmen. Besser hätte er es gefunden, wenn die Einsatzbesprechung im Team erfolgt wäre, und die Leute bemerkt hätten, dass der Mann vom Geheimdienst sie als durchaus fähige Partner ansah. Nun würde es bestimmt wieder so sein, dass die sicherlich kurzfristig zusammengewürfelten Männer nur halbgare Infos hatten, zu denen sie bereits ein paar Taktiken ausgearbeitet hatten. Silber galt dann wieder als junger Schnösel vom Geheimdienst, der alles besser wusste, und wieder würde das alberne Kompetenzgerangel seinen Lauf nehmen. Beim letzten Einsatz in München musste er den Einsatzleiter, den er ablösen durfte, erst mit dem Kopf in die Sommerbowle drücken, um zu signalisieren, dass er durchaus in der Lage war, einen großen Einsatz zu leiten. Okay, im Nachhinein wurde ihm wegen einer Kleinigkeit ein Misserfolg auf der ganzen Linie unterstellt. Aber das galt es erst noch zu klären.

Silber startete und lenkte den Wagen in einem gemütlichen Tempo von seinem Düsseldorfer Hotel aus zu dem nahe gelegenen Treffpunkt in einem Gewerbegebiet. Der Agent griffelte noch einmal nach der Karte, auf der die genaue Toreinfahrt eingezeichnet war und warf einen schrägen Blick darauf. Da war es! Nummer 5. Silber schaltete einen Gang runter und setzte den Blinker. Gerade in der Toreinfahrt angekommen, fuhr plötzlich ein mittelgroßer, weißer Lieferwagen im Rückwärtsgang unaufhaltsam auf ihn zu. Silber schlug reflexartig auf seine Hupe, was allerdings nicht viel brachte. Ein kurzes, splitterndes Krachen stoppte die Fahrt des Lieferwagens. Silber fetzte die Karte auf die Beifahrerseite und stieg wutentbrannt aus. Der Lenker des Lieferwagens stand schon vor seiner Motorhaube.

„Sag mal, hast du deinen Führerschein bei Edeka auf dem Wühltisch gefunden?", wetterte der Agent.

Die Gegenpartei kam gar nicht dazu, etwas zu erwidern, denn der Anschiss wurde sofort fortgesetzt, nachdem Silber einen kurzen Blick auf die Frontpartie seines heißgeliebten Wagens geworfen hatte. Der Astfänger, der seinen rechten Scheinwerfer schützen sollte, erfüllte seinen Dienst zwar und brach das Glas im Rücklicht des Lieferwagens. Der Preis dafür war allerdings, dass der Astfänger nun verformt und das Gestänge unten aus der Halterung gebrochen war.

„So eine verdammte Affenkacke", fluchte der Agent wild gestikulierend. „Jetzt kann ich wieder sämtliche Schrottplätze von hier bis Hongkong nach so einem Teil absuchen."

„Die Versicherung ...", setzte der Unglücksrabe an.

„Was ist hier los?", fuhr ein anderer Mann dazwischen.

„Wat ist hier los? Wat ist hier los?", äffte Silber ihn nach. „Machen Sie doch die Klüsen auf, dann sehen Sie, wat los ist."

Der Hinzugekommene warf einen Blick auf sein Duisburger Nummernschild.

„Sie sind Silber, nicht wahr?", fragte er nur.

Der Agent versuchte, mit purem Muskelschmalz den Astfänger wieder in die richtige Position zu bringen. Doch eher mit geringem Erfolg.

„Wer will dat wissen?", ächzte Silber genervt.

„Mein Name ist Günter Schütten. Ich bin hier ihr Ansprechpartner."

Silber grunzte nur und betrachtete den Mann mit dem wilden Haarwuchs skeptisch.

„Ist der Rest Ihrer Leute genauso fähig wie der Kamikaze hier?", fragte er und nickte hinüber zu dem schlaksigen, jungen Mann, der immer noch sehr betröppelt dreinschaute.

„Jeder macht mal einen Fehler. Sie haben sicherlich auch schon welche gemacht."

„Bestimmt", meinte Silber, konnte sich allerdings im Augenblick nicht daran erinnern, wann er mal rückwärts mit Schallgeschwindigkeit aus einer Ausfahrt gedonnert kam.

„Wohin wollte Ihr Kollege?", fragte Silber den Wuschelkopf. „Zum Nürburgring?"

„Er sollte tanken", entgegnete Schütten.

„Meinen Sie, dass schafft er noch, ohne dabei den gesamten Düsseldorfer Verkehr lahmzulegen?"

„Wir sollten ihm die Gelegenheit geben, es uns zu beweisen", erwiderte Wuschel kühl und trat dabei einen Schritt zurück, um Silber damit zu signalisieren, die Einfahrt freizumachen.

Silber nickte nur langsam. Er parkte weit hinten in einem versteckten Winkel, um den Kübelwagen vor Kamikaze zu bewahren.

„Ich stelle Ihnen jetzt die anderen vor." Schütten machte eine einladende Handbewegung.

Silber nahm seine Reisetasche vom Rücksitz. Die geräumige Lagerhalle sollte für die Dauer der Operation, die vorübergehende Behausung aller Beteiligten sein. Er war gespannt, was nun auf ihn wartete. Der Einstand war ja nicht sonderlich gelungen.

Kichererbse hielt sich strikt an den Abstand von drei Wagenlängen und ließ sogar zu, dass sich nach einem Überholmanöver ein Auto zwischen ihn und den weißen Lieferwagen drängelte, den er observieren sollte. Durch die Heckscheibe des Vordermanns konnte er ausmachen, wie der Transporter abbremste und eine Tankstelle ansteuerte. Ein schlaksiger blonder Mann stieg an einer Tanksäule aus. Kichererbse bremste ebenfalls, brachte seinen Wagen aber an der Service-Station zum Stehen. Nachdem der Beobachtete anfing, seinen Wagen zu betanken, tat der Verfolger so, als müsse er Luft in seine Reifen füllen. Mit einem

Auge schielte er aber ständig auf den weißen Lieferwagen, bemüht, eine versteckte Außergewöhnlichkeit zu entdecken. Jedoch ohne Erfolg. Die Reifen waren normal. Die Schlösser nicht verstärkt, selbst die Karosserie schien nicht von der Norm abzuweichen. Ein ganz gewöhnlicher deutscher, weißer Lieferwagen mittleren Baujahrs, so wie ihn fast jede dritte Firma in Betrieb hatte. Kurzum: vollkommen unauffällig. Als der Fahrer den Treibstoff bezahlte, wurden trotzdem noch rasch ein paar Fotos von dem gewöhnlichen Lieferwagen geschossen. Nach dem Verlassen des Kassenhäuschens wischte der Fahrer noch schnell mit einem nassen Schwamm über die Scheiben und verließ nach einer kurzen Ölkontrolle das Tankstellengelände.

Der Kontaktmann hatte, was er wollte. Er stellte dem Lieferwagen nicht weiter nach. Der Spion seufzte kurz, während er Notizen in seinem Laptop verewigte. Die einzigen Ergebnisse, die er dem Prinzen heute Abend vorlegen konnte, waren der Standort der Einsatzgruppe und in welchem Wagen die Geldscheine transportiert werden sollten. Ein wenig mager. Jedoch besser als nichts.

Ansonsten hätte der Kontaktmann sich die Haare raufen können vor Wut. Laut Vorschrift hätte Silber die Anweisungen, die er gestern in der Landeszentralbank entgegengenommen hatte, direkt nach Kenntnisnahme und noch vor Ort vernichten sollen. Doch was tat er? Nichts dergleichen. Er flachste stattdessen mit dem Pförtner herum, unterhielt sich mit ihm über alte Autos und schüttete sich in der Kantine einen Kakao nach dem anderen rein. Zwei Männer waren auf Silber angesetzt, die die Unterlagen nicht aus den Augen lassen sollten. Sofort nach der Zerstörung der Schriftstücke, hätten sie sich die Reste angeeignet, um sie anschließend zu bearbeiten und genauestens auszuwerten. Aber genau wie der Gangsterchef es prophezeit hatte, seit Silber auf den Plan getreten war, lief hier nichts mehr nach Vorschrift. Seitdem hingen sie an Silber dran, in der Hoffnung, irgendwo würde ein kleines Krümelchen für sie abfallen, aus dem sie den Plan nachstellen konnten. Es musste noch ein kleines Wunder geschehen.

„Das ist Brenner", stellte Schütten den kleinen, gedrungenen Mann im gelben Overall vor. Silber ergriff Brenners Hand und dachte sofort, man hätte ihm eine tote Ratte in die Handfläche gelegt, so lasch drückte sein Gegenüber zu. Wohl eine ganz besondere Art, ihm seine Wertschätzung mitzuteilen.

„Es freut mich sehr, mal einen richtigen Agenten kennenzulernen, der uns zeigt, wo es lang geht", lächelte Brenner schleimig.

„Ich will Ihnen gar nichts zeigen. Es handelt sich hier lediglich um eine Übung", log Silber im Sinne des Auftrages.

„Ich glaube euch Schnöseln vom Geheimdienst nicht ein Wort", giftete Brenner ihn an.

Silber atmete tief durch: Da war es wieder. Das Wort, das er so sehr liebte und das bei jedem Fremdeinsatz zur Sprache kam. Schnösel.

„Brenner, nehmen Sie sich bitte zusammen", forderte Wuschel halbherzig.

Silber wandte sich unaufgefordert an eine weitere Person, die im Raum stand. „Das ist Körche, unsere Hubschrauberpilotin", stellte Schütten weiter vor.

„Freut mich", lächelte die stämmige Frau mit dem braunen Kurzhaarschnitt und reichte Silber die Hand.

„Mich ebenfalls", gab Silber zurück. „Ich muss mich gleich mal mit Ihnen über die Flugroute unterhalten. Ich möchte Ihre Meinung dazu hören."

„Oh, er will deine Meinung hören", spottete Brenner.

„Brenner, es reicht jetzt", versuchte sich Schütten in Schadensbegrenzung. Doch das nutzte nun auch nicht mehr viel, weil Brenner bei Silber sowieso schon verschissen hatte.

„Mmmh, nach diesem warmherzigen Empfang möchte ich dann mal meine Unterkunft sehen", wandte Silber sich an den Wuschelkopf.

„Darf ich das machen?", fragte Brenner mit etwas übertriebenem Eifer. „Wir wohnen ja nebeneinander. Nachbarn quasi. Ist kein Problem für mich."

Schütten schaute den Agenten fragend an.

„Gern", erwiderte Silber mit einem breiten Grinsen.

Brenner lief einen überaus schlecht gefliesten Gang mit flackernden Neonröhren entlang, bis er, fast am Ende, die Tür zu einem kleinen Raum aufstieß, in dem ein Bett und ein Spind standen. Es war wohl der ehemalige Erste-Hilfe-Raum in diesem Gebäude.

„Die Heizung haben wir schon für Sie hochgedreht, damit Sie nicht frieren", gab der Kotzbrocken Auskunft.

Silber trat in den Raum, der in der Tat angenehm warm war. Brenner setzte sich einfach auf das Bett.

„Ich hoffe, der Spind sagt Ihnen zu. Agenten sind ja bestimmt nur Edelhotels gewohnt."

„Es geht", gab Silber sich wortkarg.

Brenner zündete sich eine Zigarette an und blies den Rauch durch den kleinen Raum. Silber registrierte das mit großem Argwohn. Er öffnete den Spind und wollte den Inhalt seiner Tasche darin verstauen. Brenner rauchte wortlos weiter.

„Wat ist Ihr Problem, Brenner?"

„Ich dachte schon, Sie fragen mich nie."

„Dat Sie mich für einen Schnösel halten, weiß ich ja schon."

Brenner lachte scheppernd auf.

„Ich kann euch Spinner vom BND nicht leiden. Ihr heimst immer die Lorbeeren der anderen ein und führt euch dabei auf, als wärt ihr das Maß aller Dinge."

„Ach ja, ist dat so?"

„Ihr spannt uns für irgendwelche Übungen ein, und nachher stellt sich heraus, dass da was Großes gebrodelt hat."

„Haben Sie ein konkretes Beispiel?", führte Silber den Small Talk eher gelangweilt fort.

„Machen Sie mal nicht einen auf übertrieben locker."

Brenner stand nun auf und stellte sich neben Silber an den Spind. Der BKA Mann war gut einen Kopf kleiner. Silber dachte an eine alte Weisheit, die besagte, dass selbst kleine Arschgeigen, wenn die Sonne niedrig stand, große Schatten werfen können. Der Agent holte den kleinen Teddy aus der Jackentasche, streichelte ihm kurz das strubbelige Fell glatt und stellte ihn sanft in das Regal.

„Oh, wie niedlich. Sie nuckeln doch bestimmt noch am Daumen", versuchte Brenner Silber weiterhin zu provozieren.

Silber atmete wieder tief durch. Bolte hatte ihm noch mal verstärkt eingeschärft, er solle sich auf keinen Ärger mit den BKA-Leuten einlassen. Es würde bestimmt nicht gut ankommen, wenn das Telefon bereits eine Stunde nach Auftragsbeginn bei Bolte klingelte, weil ein BKA Mitarbeiter mit dem Hintern aus der Wand lugte.

Brenner streckte seine vergilbten Nikotinwurstfinger nach einem Foto aus, das Silber liebevoll neben dem Bären positioniert hatte.

„Hey, wer ist das denn? Kommt die heute Abend mal bei uns vorbei und tut was für die Entspannung?"

Ärger würde überhaupt nicht gut ankommen, dachte Silber noch bei sich. Andererseits, wat soll's?

Noch bevor Brenners Finger das Bild erreichen konnten, knallte Silber mit vollem Schmackes die Spindtür zu. Brenners komplette Hand steckte in dem Türspalt. Er jaulte auf. Danach verpasste Silber ihm so eine saftige Ohrfeige, dass er mit voller Wucht mit der anderen Gesichthälfte gegen das kleine Waschbecken schlug. Silber folgte seinem Flug, packte ihn mit eisenhartem Griff an der Kehle und zog ihn wieder auf die Beine.

„Jetzt sperr mal schön deine Lauscher auf, du Birne", zischte Silber drohend. „Ich bin lediglich hier, um euch zu unterstützen und nicht um euch zu blockieren. Verstanden?"

Brenners Gesicht schwoll an beiden Seiten unter den Augen an. Er sah fast aus wie ein kleiner Waschbär. Er gab keine Antwort. Silber griff noch fester zu.

„Verstanden?", fragte der genervte Agent nach.

Brenner, der Waschbär, nickte vollkommen perplex. „Und jetzt verpiss dich. In einer Stunde gibt es Infos."

Der Waschbär nickte. Silber ließ los.

Eilig startete Kichererbse den Wagen. Der Prinz hatte sich gerade gemeldet und angekündigt, dass er mit ihm essen möchte. Das hieß im Klartext, wenn der Adelige zu einer Audienz aufforderte, sollte man sich beeilen. Besonders wenn man zu den Mitarbeitern gehörte, die bis jetzt zu dieser Sache nicht viel beigetragen hatten. In Nullkommanichts lenkte er den Wagen wieder zurück an die Düsseldorfer Königstraße und lief eilends zu dem bestimmten Restaurant.

„Warum beschleicht mich allmählich der Eindruck, dass Sie nutzlos sind?", fragte der Prinz in ruhigem Ton, während er die Karte des Steakhauses gründlich nach Köstlichkeiten durchforstete. Der fleißige Spion wollte gerade gutgelaunt zur Gegenrede ansetzen und seinen Laptop aufklappen, um seinem Chef auf dem Monitor die wenigen, aber gut ausgeschmückten Resultate seiner mühevollen Arbeit zu präsentieren, als der Prinz ihm, ohne den Blick von der Karte zu nehmen, eine dünne Mappe rüberschob.

„Ich weiß gar nicht, warum ich Sie überhaupt beschäftige. Alle Informationen, die Sie sammeln wollten, habe ich bis jetzt selbst besorgt."

Der Kontaktmann öffnete die Mappe und blieb erst einmal sprachlos.

„Anfangen von Silbers Aufenthaltsort bis hin zur Fahrtroute."

„Das ist ja unglaublich", stieß sein Gegenüber hervor, als er die Fahrtroute betrachtete.

„Das kann man wohl sagen", erwiderte der Prinz trocken. „Meinen Sie, Sie könnten nun aus diesen ganzen Zutaten einen halbwegs nachvollziehbaren Plan zusammenstellen, der den Zugriff auf die Euroscheine ermöglicht? Oder muss ich das auch noch selbst organisieren?", fragte der Prinz gelassen.

„Nein, nein", stammelte der Versager hastig, „der Plan steht soweit schon. Ich brauchte nur diesen Fahrplan."

„Ich rate Ihnen, bleiben Sie flexibel. Unser Gegenüber wird es auch sein."

Silber trat aus dem Aufenthaltsraum der Lagerhalle hinaus auf den Hof. Im Kübelwagen lag eine Karte, die er gleich brauchen würde. Kamikaze hantierte gerade am defekten Rücklicht des Lieferwagens herum und fluchte. Der Agent trat an den jungen Mann heran.

„Klappt nicht?"

Kamikaze drehte sich erschrocken um und sah Silber gequält an.

„Ich habe ein neues Glas besorgt, doch es passt nicht."

„Lass mich mal."

Der Unglücksrabe erhob sich und überließ Silber erleichtert die Arbeit.

„Ich wollte mich noch mal bei Ihnen entschuldigen", sagte Kamikaze kleinlaut. „Es war wirklich dumm von mir, hier so rauszuheizen."

Silber schaute kurz auf und nickte knapp.

„Schon gut. Es war von mir ebenso dumm, dich dafür so anzumachen, während dein Chef dabeistand."

„Ich kann den Ärger verstehen. Mein Onkel fährt einen alten Opel. Der bekommt auch immer Krisen, wenn da mal was dran kommt."

Silber lächelte nun und schwenkte das Ersatzteil.

„Es ist zu klein. Heute kannst du aber kein anderes mehr besorgen; bisschen zu spät."

„Mist, so etwas taucht doch bestimmt im Bericht für die Übung auf. Oder?"

Silber grinste versöhnlich.

„Na ja, ich hatte nicht vor, daraus einen Staatsakt zu machen und Berichte schreiben ist sowieso nicht meine Stärke. Außerdem sind wir jetzt eine Einheit und müssen zusammenhalten, da können wir uns wirklich nicht mit so unwichtigen Kleinigkeiten aufhalten."

Kamikaze lächelte nun auch.

„Ja, Zusammenhalt ist wichtig. So hätte ich Sie gar nicht eingeschätzt. Brenner sagte, Sie sind ein blöder Schnösel."

Silber verdrehte die Augen.

„Guck mal, ob da vorne im Handschuhfach Isolierband rumfliegt", wies er den BKA-Mann an.

Silber schraubte die eine Seite des bunten Glases an und überklebte die zwei Zentimeter klaffende Lücke mit einem Stück Aufkleber, der sich im Fond finden ließ. Der Agent trat einen Schritt zurück und betrachtete sein Meisterwerk.

„Sieht doch aus wie neu", strahlte er.

Skeptisch schaute sich der BKA-Mann die Reparatur an.

„Das hält?", fragte er.

„Ja, wenn du nicht gleich wieder wie ein angepopptes Huhn aus der Ausfahrt brezelst."

Dankbar und erleichtert zugleich, dass der BND-Agent ihm das kleine Malheur nicht übel nahm, räumte der junge Mann die Werkzeuge zusammen. Während Silber auf der Beifahrerseite nach den Unterlagen für die Operation suchte, bekam er mit, wie der Waschbär Kamikaze zurief, dass gleich die Besprechung anfangen würde.

Der Pläneschmied des Prinzen breitete die neu gewonnenen Unterlagen gut sortiert vor sich aus. Es war schon erstaunlich, welche Informationen hier vor ihm auf dem Tisch seines Hotelzimmers lagen. Er kicherte noch einmal erleichtert und löste dabei seine geballten Fäuste. Geschafft! Endlich geschafft! Mit diesem Plan würde er dem Prinzen zeigen, was in ihm steckte. Er würde damit die Hierarchiestufen hinaufgetragen werden anstatt zu stolpern. An die unfassbar große Entlohnung, die zudem auf ihn wartete, durfte er im Augenblick nicht weiter denken.

Aufmerksam durchforstete er die BND-Notizen und nickte dabei anerkennend. Der BND hatte die Abholung in NRW in drei Teile aufgestückelt. Die Einheit sollte im Norden mit Rheine, Münster, Minden, Bielefeld und Gütersloh anfangen. Und dann mit Bonn, Siegburg, Köln und Mönchengladbach im Süden weitermachen, bevor sie am darauffolgenden Tag die Operation damit beendeten, im Kern des Bundeslandes die Banken abzugrasen. Die Fahrtroute war bis ins kleinste Detail festgelegt und mit äußerster Präzision gewählt. Jede der Straßen war übersichtlich und führte die jeweilige Einheit auf dem schnellsten Weg an ihre gewünschten Orte. Überwacht wurde die Fahrt des Wagens von einem Hubschrauber aus.

Der Kontaktmann kicherte wieder leise. Laut Papier galt der letzten Fahrt die höchste Aufmerksamkeit, weil aus dem nordrhein-westfälischen Ballungsgebiet – sprich Oberhausen, Duisburg und Mühlheim an der Ruhr – die größten Summen zu erwarten waren. Der deutsche Geheimdienst hatte mit seiner schlichtweg einfachen, schnörkellosen Art einen genialen Plan zur Geldabholung entwickelt, den es nun zu stören galt. Nur hatte der BND sich auf eine ungewöhnliche Sache nicht eingestellt: nicht der größten Summe beraubt zu werden, sondern sich zwangsweise vom geringsten Teil der falschen Scheine zu verabschieden. Frei nach dem Motto, weniger ist mehr, wollte der Prinz nur einen Teil der Summe. Warum, das hatte er keinem mitgeteilt. Allerdings, wenn man bedachte, dass selbst der kleinste Teil der Gesamtsumme für alle Beteiligten für acht komplette Leben im endlosen Luxus vollkommen ausreichen würde, brauchte man sich nicht sinnlos Gedanken darüber zu machen, was dem Prinz dabei durch den Kopf spukte.

Wuschel, Kamikaze und der Waschbär saßen zusammen mit der Pilotin an einem Werktisch, auf dem ehemals eine Metallfräse gearbeitet hatte.

„Der Hubschrauber steht im ständigen Funkkontakt mit dem Lieferwagen. Sollte der Wagen außerplanmäßig von der Route abkommen und aus unserer Sicht geraten, kann er sofort mittels Satellitennavigationssystem GPS geortet werden", erörterte Silber den Rest des Plans.

„Ganz schön viel Aufwand für eine Übung", warf der Waschbär misstrauisch ein.

„Da könnt ihr mal sehen, was der Papa Staat sich für Mühe gibt, um uns bei Laune zu halten", scherzte Silber.

„Hat noch jemand Fragen?", ging Wuschel dazwischen und blickte seine Mitarbeiter an. Er spürte, wie es wieder zwischen Silber und Waschbär zu brodeln begann. Niemand meldete sich zu Wort.

„Um sieben ist Abfahrt?", fragte der BKA-Vorgesetzte.

„Richtig", bestätigte Silber. „Morgen früh um sieben geht die Show los."

Wuschel stand auf und wandte sich noch einmal an seine Leute.

„Sorgt dafür, dass ihr morgen fit seid." Er nickte Silber zu und zog sich zurück.

Die anderen standen jetzt auch auf. Silber wollte die Gelegenheit nutzen, um mit der Pilotin ein Wort zu wechseln.

„Haben Sie einen Augenblick Zeit für mich?"

„Ja, gerne", erwiderte sie freundlich.

Silber reichte ihr ein Blatt mit den Anweisungen, auf welcher Höhe sie während der Operation fliegen musste.

„Halten Sie die Höhen für angemessen?"

Als sie das Gedruckte näher in Augenschein nehmen wollte, riss ihr der Waschbär das Papier aus der Hand.

„Soso, wie hoch musst du denn fliegen?"

„Brenner", zischte Silber mühsam beherrscht. „Dat einzige Mal, wo ich Sie habe fliegen sehen, ist gerade mal vielleicht zwei Stunden her, und zwar mit dem Kopf voran vor dat Spülbecken. Ansonsten kann ich mich nicht daran erinnern, dat man Sie mir als Pilot bei dieser Operation vorgestellt hat."

Mit einem beleidigten Grunzen gab Brenner das Papier zurück. Silber schaute ihm nach.

„Ist der immer so nervig?", fragte er.

„Ich hatte erst zweimal mit ihm zu tun. Da war er eigentlich immer recht umgänglich", antwortete die Pilotin kollegial. Wenn sie auch was gegen den BND-Mann hatte, so versteckte sie ihre Antipathie wenigstens etwas geschickter.

„Wat halten Sie von der Höhe?", brachte Silber wieder seine eigentliche Frage in Erinnerung.

Die Antwort ließ lange auf sich warten.

„Diese Höhe wird meist bei Beschattungen eingehalten. Bei Geleitschutz würde ich vielleicht den Abstand etwas verringern."

„Und wenn es ein möglichst unauffälliger Geleitschutz sein soll?", hakte er nach.

„Dann würde ich die Höhe trotzdem senken", blieb sie beharrlich.

„Gut, dat war auch mein Eindruck."

„Darf ich gehen?", fragte die Pilotin.

Silber hob überrascht die Augenbrauen.

„Natürlich", erwiderte er lächelnd.

Sie nickte nur und ging ebenfalls in die hinteren Räume.

Silber sammelte seine Papiere ein, um sie in der Mappe verschwinden zu lassen. Kamikaze stand noch in der Ecke an einer Kochplatte und brutschelte sich etwas Undefinierbares zurecht.

„Also, auf einer Beliebtheitsskala von eins bis zehn bin ich wohl bei minus drei angelangt", meinte Silber im Vorbeigehen.

„Die sind alle ein wenig frustriert", kam die Erklärung.

„Bei mir läuft es auch gerade nicht so fantastisch, aber ich saug die Leute ja auch nicht doof an."

Kamikaze lachte zustimmend auf.

„Brenner war schon oft für den BND unterwegs, und was man so von den anderen hört, war er immer recht erfolgreich."

„Dat ist doch wat", gab Silber sich erfreut und dachte für sich, dass der Waschbär sicherlich einer von den Personenschützern war, die schwer zu verfehlen und leicht zu ersetzen waren.

„Ja, allerdings gibt es scheinbar ein ungeschriebenes Gesetz, dass Fremdeinsätze, insbesondere die beim Geheimdienst, bei Beförderungsgesuchen nicht erwähnt werden dürfen. Brenner sagt, der BND würde eher Deutschlands Goldreserven an China verschenken, bevor er zugeben würden, Hilfe vom BKA angenommen zu haben."

„Tja, dat ist schade. Wenn man aber doch weiß, wie es laufen kann, dann würde ich eben von diesem Auftrag zurücktreten oder mich versetzen lassen", murmelte Silber verständnislos.

„Hat er versucht. Brenner ist auf Anordnung von höchster Stelle hier." Kamikaze stellte die Kochplatte ab. „Bei der Pilotin ist es ähnlich."

„Oh, daher weht also der Wind."

Kamikaze goss den Topfinhalt auf einen grünen Campingteller.

„Und wie sieht es bei dir aus?", fragte Silber.

„Ich freue mich einfach nur, dass ich dabei sein darf. Man weiß ja nie, wozu das mal gut ist. Außerdem bekomme ich für die Teilnahme an der Übung zwei Tage Sonderurlaub. Ich mach mir dann bald mit meiner Verlobten ein langes Wochenende." Kamikaze strahlte jetzt über das ganze Gesicht. „Dann durchstöbern wir alle Tageszeitungen nach einer schöneren Wohnung. Wir haben große Pläne, und da denke ich momentan mehr dran. Meine Verlobte ist nämlich schwanger." Sein Grinsen wurde noch breiter. „Möchten Sie auch etwas von den Eierravioli?"

Silber versuchte, nicht zu sehr auf den roten Matsch zu starren.

„Nein danke, dat sieht echt köstlich aus, aber ich habe gerade so viel gegessen, dat ich mir dat jetzt nicht noch antun muss ... äh ... kann."

„Schade, dann muss ich das wohl alles alleine essen."

Ja, dat musst du wohl, dachte Silber bei sich und hoffte nur, dass Kamikaze morgen um sieben nicht wegen dem abendlichen Mahl zwangsweise mit Dünnpfiff auf dem Pott saß.

Pünktlich auf die Minute verließ der weiße Lieferwagen im Morgennebel seinen Unterschlupf.

Kichererbse fuhr dem Wagen in einem großzügigen Abstand hinterher. Er kannte die Fahrtroute besser als der Fahrer selbst, der den nächsten Schritt immer erst 30 Sekunden vorher über Funk von dem Helikopter aus erfuhr. Dessen Besatzung bestand aus der Pilotin, Silber und einem Mann mit einer Strubbelmähne. Heute stand kein Überfall an, aber er wollte prüfen, wie der geplante Ablauf zu bewerten war.

In den ersten Minuten bewegte sich der Wagen sprichwörtlich wie ferngelenkt. Der Fahrer musste sich wohl erst noch daran gewöhnen, die Anweisungen über Funk umzusetzen. Doch nach einiger Zeit fuhr er wie jeder andere gewöhnliche Lieferwagen und tauchte im Morgenverkehr unter. Wenn der Wind gerade günstig stand, konnte der Kontaktmann das Flattern des Hubschraubers vernehmen, der sich wirklich mehr als vornehm zurückhielt und nicht vermuten ließ, dass die Flugmaschine mit dem Lieferwagen in Verbindung stand. Allerdings bemerkte er sofort, dass sich die Pilotin nicht ganz an die vorgeschriebene Höhe hielt. Er machte sich eine kurze Notiz und beschloss, dem Wagen noch ein wenig länger zu folgen.

„An der nächsten Kreuzung fahren Sie rechts", kam es knarrend aus dem Funkgerät.

Kamikaze lenkte auf die rechte Spur und bremste an einer roten Ampel ab.

„Wenn ich den Arsch schon reden hör", nörgelte der Waschbär.

„Du bist doch bloß sauer, weil er dir eins aufs Maul gehauen hat", setzte der junge Mann entgegen.

„Ich hatte gerade nicht aufgepasst", verteidigte sich der Nörgler. „Sonst hätte der gar keine Schnitte gehabt."

Kamikaze lächelte in sich hinein. Als die Ampel auf grün wechselte, fuhr er, wie es die Anweisung verlangte. Wieder knackte das Funkgerät.

„In wenigen Minuten sind wir am ersten Punkt. Brenner wird aussteigen, um den Wagen zu beladen. Der Fahrer bleibt im Wagen."

„Der Fahrer bleibt im Wagen", lachte Brenner auf. „Wo soll er sich denn sonst aufhalten, in der Kantine vielleicht? Der Spinner glaubt doch tatsächlich, der kann uns hier noch was beibringen", motzte er weiter.

„Kannst du mal für ein paar Minuten die Klappe halten?", fragte Kamikaze den aufgebrachten BKA-Mann. Brenner schaute ihn verwundert an, schwieg dann aber endlich.

In den nächsten Minuten steuerten sie in Münster eine Zweigstelle der Landeszentralbank an. Silber lotste den Wagen genau bis an den Hintereingang, der Sekunden später geöffnet wurde. Zwei Männer stellten Brenner wortlos zwei verschlossene Kartons in Bierkastengröße vor die Füße und verriegelten die Türe wieder hinter sich. Der BKA-Mann schaute total verdutzt auf die Kartons und wunderte sich, warum er den Empfang der Ware nicht quittieren musste.

„Fragen Sie Brenner, bitte", kam es aus der Funke, „ob er es heute noch schafft, die Kartons einzuladen, oder ob wir erst landen müssen, um ihm zu helfen."

Kamikaze brauchte nicht zu fragen, der Waschbär hatte Silbers Stimme selbst vernommen. Er riss die hinteren Türen auf und warf voller Wut die Kartons hinten in den Laderaum.

„Gratulieren Sie bitte Herrn Brenner. Er hat gerade laut Übung zwei Kartons Nitro-Glyzerin abgeholt und damit soeben ganz Münster über den Jordan gejagt. Er soll die Kartons beim zweiten Punkt bitte etwas sorgfältiger einladen."

Brenner setzte sich in das Führerhaus.

„Ich soll dir gratulieren", grinste Kamikaze.

„Ich hab es gehört."
Der Wagen setzte sich in Bewegung und steuerte Bielefeld an.

Bis Gütersloh war er ihnen in drei verschiedenen Wagen gefolgt und dann zur Landeshauptstadt zurückgefahren, damit er dem Prinzen den Plan vorstellen konnte, der am folgenden Tag umgesetzt werden sollte.

„Ich höre", sagte der Prinz und fuhr mit seinem Zeigefinger sanft über den Rand seines Rotweinglases.

Kichererbse klappte seinen Laptop auf.

„Morgen schlagen wir zwischen Köln und Düsseldorf zu", eröffnete er dem Adeligen seinen Plan. „Es ist gerade zu genial", schwärmte er.

„Fahren Sie erst einmal fort. Ich werde anschließend darüber befinden, ob sich etwas Geniales in dem Plan finden lässt", erwiderte der Prinz frostig.

„In Köln wird die letzte Geldladung für den Tag abgeholt, und bevor sie in Düsseldorf ankommen, schlagen wir zu. Mitten in der Innenstadt werden wir den Wagen mit einer fingierten Baustelle stoppen und leer räumen. Der Hubschrauber wird nicht landen können, um ihnen beizustehen."

„Der Hubschrauber könnte aber dem Verlauf des Fluchtwagens folgen", gab der Prinz zu bedenken.

„Es wird aber keinen Fluchtwagen geben", kicherte der Planer und freute sich wie ein kleines Kind, weil er geahnt hatte, dass der Prinz diese Anmerkung machen würde. „Wir werden den Rückzug über die Kanalisation antreten. Es gibt dort vier Möglichkeiten, um zu verschwinden. Selbst wenn der listige BND-Mann die Gegebenheiten kennen würde, wären die Chancen mehr als nur gering, unsere Leute zu finden."

„Wird es Verluste geben?", fragte der Prinz.

„Natürlich", kam es glucksend zurück. „Aber nur auf der Gegenseite", beeilte Kichererbse sich zu sagen, als des Prinzen strenger Blick ihn traf. „Der Fahrer muss mit einem gezielten Kopfschuss gerichtet werden, damit wir sicher sind, dass der Wagen zum Stehen kommt.

Dem Beifahrer, na ja, dem wird es wohl nicht besser gehen."

„Der Hubschrauber hat wirklich keine Möglichkeit zu landen?", vergewisserte sich der Prinz noch einmal. Er wollte tausendprozentige Sicherheit, dass Silber in letzter Sekunde nicht doch noch etwas ausrichten konnte.

„Wir werden die Baustelle mitten im Düsseldorfer Bankenviertel errichten. Es besteht überwiegend aus dicht befahrenen Straßen und hohen Gebäuden. Da gibt es absolut keine Landemöglichkeit! Alles wird glatt laufen und die ...", Kichererbse schielte auf das Display, „... 48 Millionen Euro werden Ihnen gehören."

„Mmmh, dat is ja ein Gedicht", schwärmte Silber vollkommen übertrieben, als Kamikaze ihm eine Kelle mit gelber Pampe auf den Plastikteller schaufelte.

Die Einheit hatte ihre Aufgabe für heute geschafft, war jedoch leider zu spät zum Stützpunkt zurückgelangt, als dass sie noch irgendwo hätten was einkaufen können. Der Gedanke wurde geäußert, eine Pizzeria zu besuchen, doch die Vorschrift besagte, dass sie während der Übung den Stützpunkt nicht verlassen durften.

Kamikaze erklärte sich bereit, mit den wenigen Zutaten, die sie hatten, ein köstliches Mahl zuzubereiten, von dem sie alle schwärmen würden. Dass sie alle noch in Lichtjahren an den Mampf denken würden, davon war Silber felsenfest überzeugt. Aber dass man in einem Topf zubereitetes Rührei als kulinarischen Genuss bezeichnen konnte, hielt er für etwas übertrieben. Alle saßen nun am Tisch.

„Was ist?", fragte Kamikaze gut gelaunt. „Fängt keiner an?"

Während Silber noch überlegte, ob es sinnvoll wäre, wenigstens einmal in seinem Leben, gerade vor diesem Mahl, zu beten, antwortete die Pilotin charmant:

„Wir wollten nicht ohne dich anfangen."

„Oh, das ist nett", freute sich der Koch und wagte selbst den ersten Bissen von seiner Kreation. „Es fehlt ein wenig Salz", befand er.

Als Kamikaze aufstand, um Salz und Pfeffer zu holen, beobachteten ihn alle aufmerksam, ob sich direkt nach seiner Essensaufnahme motorische Störungen einstellen würden. Erst dann probierten alle vorsichtig den ersten Happen. Keiner ließ die anderen aus den Augen, ob auch wirklich alle mitaßen. Das matschige Rührei konnte man eigentlich ganz gut mit den Butterkeksen essen, die Silber gesponsert hatte. Runtergespült wurde das Ganze mit dem Leitungswasser aus dem Duschraum.

„Wir sollten uns morgen mal ein wenig Zeit nehmen, etwas einzukaufen", dachte Silber laut an.

Dem einstimmigen Gemurmel entnahm er, dass er mit diesem Vorschlag bei seiner Einheit auf ungewohnte Gegenliebe stieß.

„Morgen wird die Tour ja nicht so lang", setzte er nach, um vielleicht ein Gespräch aufzubauen.

Stattdessen stand Wuschel nun auf und räumte sein Geschirr ab. Die Pilotin holte wortlos ein Tatoomagazin hervor. Silber brachte sein Geschirr zum Spülstein, wo Kamikaze sich daran machte, das Geschirr zu säubern. Der Agent griff sich ein zweckentfremdetes Handtuch und trocknete die Teller ab.

„Meinen Sie, da war heute Geld in den Kartons?", fragte der Amateurkoch den Agenten.

„Glaube ich nicht", log Silber.

„Was meinen Sie, wäre in so einem Karton an Geld?"

„Weiß nicht genau, gut bebündelt vielleicht 3 Millionen Euro."

„Wow, dann hätten wir heute so an die 60 Millionen durch die Gegend kutschiert."

68 Millionen, verbesserte Silber den jungen Mann in Gedanken. Kein Scherz! Sie hatten heute laut Unterlagen sage und schreibe 68 Millionen abgeholt.

„Damit könnte man schon 'ne Menge anstellen", spann Kamikaze weiter. „Was würden Sie damit tun?", fragte er den BND-Mann.

„Ich würde wohl erst einmal mein Konto glattmachen", kam es trocken.

„Haben Sie echt so viele Schulden?"

Silber grinste.

„Früher hatte ich so viele Schulden, dass ich nicht schlafen konnte, jetzt habe ich so viele Schulden, dass nun die anderen nicht mehr schlafen können."

Kamikaze sah ihn mit großen Augen an.

„Junge, dat war ein Witz", schwächte er seinen Ulk ab.

„Mmh, ich würde meiner Verlobten den schönsten Hochzeitsring kaufen, den es auf der großen weiten Welt gibt. Ach ja, und ich würde mir den neuen 911er holen."

„Aber bitte den mit Parkhilfe."

Generalprobe

Ungeachtet der hupenden Autos bremste am späten Freitagvormittag mitten auf einer Straße in der Düsseldorfer Innenstadt ein Wagen der Stadtwerke ab und schaltete sein Warnblinklicht ein. Drei Männer in Arbeitskleidung stiegen aus, zogen einen Kanaldeckel zur Seite und schlugen über der geöffneten Luke ein graues Zelt auf. Drumherum wurden Absperrplanken mit orangefarbenen Signallampen errichtet. Ein Mann schleppte zwei riesige Werkzeugkästen in das Zelt. Beim Öffnen eines Kastens schlug ihm der Geruch von Waffenöl entgegen.

„Lass ihn zu, noch brauchen wir sie nicht", wurde ihm gesagt, und er tat wie geheißen.

„Wir sind so weit", schnarrte der Anführer in sein Funkgerät.

„Gut, bleibt auf Position. Es geht gleich los."

Kichererbse hatte sich in das GPS-Signal des weißen Lieferwagens gehackt und konnte auf dem Monitor die Fahrt des geheimen Geldtransporters nachvollziehen. Sie kamen nun auf direktem Wege von Köln aus nach Düsseldorf hinein, wo die Fahrt in der Innenstadt unter der Androhung einer Panzerfaust ein jähes Ende finden sollte. Der Prinz saß im Hintergrund und beobachtete genauestens, wie Kichererbse über das Funkgerät seine Männer delegierte. Der rote blinkende Punkt auf dem Monitor verließ nun die Autobahn und näherte sich langsam, aber stetig der Innenstadt. Der Mittelsmann fieberte dem Punkt nach und schaute noch einmal auf die BND-Unterlagen.

„Gleich biegt er links auf die Hauptstraße ein, und dann geht es los", flüsterte er heiser.

„Unten rechts", hörte Kamikaze aus dem Funk.

„Meinst du, der Schnösel lässt uns heute Abend mal in die Altstadt gehen?", fragte Brenner.

„Wenn du ihn nicht mehr blöd ansaugst, wird er bestimmt nicht Nein sagen."

„Noch mal so einen Fraß wie gestern, und ich bekomm einen Lagerkoller", maulte er.

Die Blechlawine bot eine Lücke, und Kamikaze fuhr nach rechts.

„Du kannst ihn ja heute Abend mal fragen", schlug der junge Fahrer vor.

„Ich habe da eine bessere Idee. Du fragst ihn."

„Warum ich?"

„Weil ich ihm sonst verraten muss, das du deine Knarre vergessen hast."

Erschrocken fasste sich Kamikaze an die Seite. Waschbär hatte Recht. Er hatte seinen Halfter mitsamt Automatik nicht dabei.

„Jaja, wenn der liebe Agent so etwas in seinen Bericht schreibt, siehst du doof aus. Erst ramponierst du den Einsatzwagen und dann noch so was Blödes."

„Hättest du mir das nicht heute Morgen mal sagen können?", schimpfte Kamikaze vollkommen außer sich.

„Bleib locker. Ich habe es gerade selber erst gesehen. Außerdem ist das nur 'ne Übung", beruhigte Brenner seinen jungen Kollegen.

Waschbär holte seine Waffe hervor und ließ das Magazin aus dem Griff gleiten.

„Sieh her."

„Leer?", staunte der Fahrer.

„Ja, was soll ich mir die Mühe machen für so 'ne öde Übung." Brenner lächelte. „Also was ist, fragst du ihn?"

„Du bezahlst aber", forderte Kamikaze grinsend.

„Na schön, abgemacht."

„Ordnet euch nun links ein und fahrt dann auf die Hauptstraße."

„Der Wagen kommt gleich auf eure Spur. Lasst ihn keine Fahrt machen. Erschießt sofort den Fahrer", klang es metallen, aber deutlich aus dem kleinen Lautsprecher der Funke.

Die Verschlüsse des Werkzeugkoffers schnappten auf und Sekunden später hatte schon einer der Männer die Panzerfaust parat. Die gestressten Autofahrer realisierten allesamt nicht, dass der vermeintliche

Straßenbauer, der gerade aus dem Zelt kam, eine Waffe mit immenser Vernichtungskraft in den Händen hielt. Der zweite Mann stand derweil am Mittelstreifen und signalisierte den ankommenden Fahrzeugen mittels einer roten Flagge, dass sie die Geschwindigkeit senken sollten. Der dritte stand am Gehweg und lauerte ebenfalls auf die Ankunft des Geldtransporters. Der Mann mit der Panzerfaust stieß plötzlich einen kurzen, harten Pfiff aus. Der weiße Lieferwagen näherte sich.

Kamikaze lenkte den Wagen auf die große Hauptstraße und musste kurz darauf abbremsen, da es ab hier weniger flott weiterging. Von Weitem sahen sie die Signallampen einer Baustelle und einen Bauarbeiter, der mit einer Fahne herumwedelte.

„Das kann sich ja jetzt nur noch um Jahre handeln", grummelte Waschbär, als er sah, dass mal wieder einige Leute zu dämlich für das Reißverschlusssystem waren. Der Mann mit der Fahne lud Kamikaze mit einem schiefen Lächeln dazu ein, seine Spur zu befahren. Gerade als der junge Mann das Lenkrad einschlagen wollte, knackte es aus dem Lautsprecher.

„Fahren Sie vor der Baustelle rechts in die Einbahnstraße, nächste Möglichkeit dann links und nochmals links und schon geht es wieder auf die Hauptstraße."

„Na, das ist doch mal ein Wort", frohlockte Kamikaze, setzte den Blinker und tauschte den Platz mit einem Wagen, der auf seine Spur wollte.

„Sieh an, der Schnösel hat ja doch ein bisschen was im Köpfchen", zollte Waschbär Silber nun widerstrebend Anerkennung.

Aus dem Augenwinkel sah Kamikaze, wie der Mann mit der Fahne ihn zurück in die Spur winken wollte. Vergebens. Drei Sekunden später fuhr der Wagen durch die Einbahnstraße und war nach einer Minute wieder auf der Hauptstraße, wo die Fahrt nun ohne Hindernisse weiterging.

Die beiden Insassen des 48 Millionen Euro kostbaren Lieferwagens ahnten nicht, dass jemand wegen ihres kleinen, zeitsparenden Schlenkers den Kopf verzweifelt in regelmäßigen Abständen auf die Schreibtischplatte hämmerte. Davon, dass nun drei professionelle Gangster arbeitslos geworden waren, konnte man absehen.

„Sie haben die geplante Route verlassen", meinte Schütten.
„Ja und? Ist davon jemand gestorben?", fragte Silber den BKA-Mann.
„Eine Zeitlang hatten wir keine Sicht auf den Transporter", gab Wuschel zu bedenken.
Der junge Agent tippte mit dem Zeigefinger auf den Bildschirm, auf dem per GPS der Weg des Wagens nachvollziehbar abgebildet war.
„Aber wir wussten immer, wo er ist. Oder hätten Sie gerne noch gesehen, wie ihre Jungens da unten im Stau dahinvegetieren?"
Wuschel gab keine Antwort.
Von der Luft aus beobachteten sie, wie der Wagen vorschriftsmäßig an der Landeszentralbank entladen wurde, und flogen anschließend von dort aus zu ihrem Landeplatz, wo sie vom Lieferwagen abgeholt wurden.
„Wir liegen gut in der Zeit", lobte der junge Agent nach einem Blick auf seine Uhr. Wir sollten mal eben einen Abstecher in den Supermarkt machen, um ein bisschen Mjammi-Mjammi für heute Abend zu holen. Nur bin ich dafür, dat ich heute koche."
Schweigen.
Brenner knuffte Kamikaze fest in die Seite. Dieser räusperte sich kurz.
„Herr Silber", begann er schließlich förmlich, „wäre es möglich, heute Abend mal einen Abstecher in die Altstadt zu machen? Nur zum Pizzaessen, meine ich. Wir kommen ja allesamt nicht aus der Gegend hier, und man kommt ja auch nicht alle Tage dazu, die Düsseldorfer Altstadt zu sehen."
Silber überlegte kurz.
„Liebe Leuts, können wir dat nicht einfach auf morgen verschieben, dann ist die Übung vorbei und ihr könnt danach eh tun und lassen, wat ihr wollt."

„Wir müssen morgen im Anschluss an die Übung sofort zurück nach Frankfurt", hielt Kamikaze entgegen. Silber warf einen Blick auf Wuschel.

„Sie sind der Einsatzleiter", sagte der schadenfroh.

„Brenner schmeißt 'ne Runde", versuchte Kamikaze das letzte Argument loszuwerden.

„Oh, wenn dat rauskommt, bin ich echt geliefert."

„Wir sind doch eine Einheit, Herr Silber, und halten zusammen. Da kommt schon nix raus", äußerte Kamikaze geschickt. „Außerdem bleiben wir auch nicht lange. Wir müssen ja morgens früh raus."

Silber atmete tief durch.

„Eins sag ich euch, um Mitternacht wird selbstständig der Rückzug aus der Altstadt angetreten. Ich habe keinen Bock, euch nachher alle aus irgendeiner Bumsbude zu schleifen. Kapiert?"

„Ja, selbstverständlich, Herr Silber", zeigte Kamikaze sich begeistert.

„Und noch eine Bedingung. Der Einsatzwagen bleibt am Stützpunkt, Taxi wird auch keins genommen. Wer in die Altstadt will, muss in meinem Kübel mitfahren."

Nun war die Begeisterung ein wenig gedämpft. Das würde sich aber spätestens legen, wenn der Motor anlief.

„Du kannst jetzt aufhören, Alex, ich denke, er ist tot", versuchte der Prinz seine Mitarbeiterin zu beruhigen, die immer wieder mit voller Wut auf Kichererbse einstach. Alex, die athletische Frau mit dem feinen Gesicht, das von ein paar Piercings geschmückt war, konnte nur schwer von dem Körper ablassen. Sie wischte die Klinge ihres Messers an der Krawatte des Toten sauber, trat ihm noch einmal in die Seite, und ließ das Messer in der Hülle an ihrem Oberarm verschwinden. Danach fuhr sie sich betont lässig durch ihre kurzen, wasserstoffblonden Haare.

Der Prinz hatte Nachsicht mit seiner Untergebenen. Sie war noch jung und strotzte vor Energie. Immer darauf bedacht alles perfekt und sofort fehlerlos zu lösen. Die Betonung lag auf fehlerlos. Deswegen verübelte der Gangsteradel es ihr auch nicht, dass sie sich so lange mit dem Ableben dieses Versagers beschäftigt hatte.

Der Prinz konnte sich gut an seine Worte erinnern, die er dem Planer hatte zukommen lassen. Er sollte flexibel sein, die Gegenseite würde es ebenfalls sein. Das hatte Silber heute mal wieder eindrucksvoll bewiesen. Mit einer kleinen Anweisung brachte er einen kompletten, ausgeklügelten Plan zum Kippen. Selbst schuld, wenn man dann keinen Alternativplan zur Hand hatte. Auch wenn Silber den Wagen nicht hätte rechts abbiegen lassen oder wenn Kichererbse einen zweiten Ort für einen Überfall kurz vor der Landeszentralbank gehabt hätte, dem Agenten wäre wahrscheinlich irgendetwas anderes eingefallen, um ihnen einen Strich durch die Rechnung zu machen. Wahrscheinlich hätte er einen Tarnkappenbomber aus seiner Hosentasche gezaubert.

„Meine liebe Alex, Agent René Silber ist mal wieder das beste Beispiel dafür, dass man seine Zeit nicht allzu viel mit sinnlosem Planen vergeuden sollte."

Die junge Frau war jedoch noch so geladen, dass sie den Ausführungen ihres Mentors gar nicht folgen mochte. Sie hatte ursprünglich den Plan für den Überfall selbst entwerfen wollen. Der Prinz hatte sich nur auf diesen Blindgänger verlassen, weil er auf Empfehlung kam und angeblich bestens mit den Methoden des deutschen Geheimdienstes vertraut war. Doch in diesem Fall benötigte der Prinz jemanden, der sehr komplex denken konnte und selbst unwesentliche Möglichkeiten in Betracht zog. Die herbe Blondine nahm die BND-Akten vom Tisch.

„Lass mich es machen", wisperte sie heiser.

Der Prinz lächelte und nickte langsam.

Das Gegröle war groß, als Silber die Maschine anwarf. Selbst bei Brenner keimte so etwas wie gute Laune auf, und der sonst so mürrische Wuschel kam auch mal aus sich heraus. Die Pilotin und Kamikaze waren mehr daran interessiert, die Altstadt heil zu erreichen, nachdem sie vernommen hatten, wie der Kübel sich bei jeder Kurve knarrend in die Seite legte. Silber versorgte alle mit der Information, dass die Achse vollkommen in Ordnung sei und nur das leicht angerostete Bodenblech die seltsamen Geräusche verursachte. Diese Aussage beruhigte alle natürlich ungemein, und die Fahrgäste halfen dem Agenten dann auch eifrig dabei, so schnell wie möglich einen Parkplatz zu finden.

„So, liebe Leute", verkündete Silber, als der Wagen gut geparkt auf einem Taxistand verweilte, „dat hier ist nun die Düsseldorfer Altstadt."

Der junge Agent musste seine Rede unterbrechen, weil eine Horde überaus gut gelaunter Eishockeyfans im Vorbeigehen ihren Verein feierten und dabei immer wieder lautstark das Ergebnis herausbrüllten, das die Favoritenmannschaft an diesem Abend erzielt hatte. Gerade als Silber erneut ansetzen wollte, folgte den Sportbegeisterten ein gutes Dutzend Frauen, die den Junggesellinnenabschied ihrer Freundin feierten, wobei man sagen musste, dass dieses auch nicht gerade erheblich leiser vonstatten ging. Bevor die nächste Gruppe sich näherte, die etwas zum Feiern hatte, fuhr Silber schleunigst mit seiner Rede fort.

„Ihr seht also, hier geht richtig die Post ab. Die Altstadt ist voll von kleinen Gassen mit gemütlichen, kleinen Kneipen und an fast jeder Ecke gibet wat zu Futtern aus aller Herren Länder. Also, wer hier heute Abend verhungert, ist selbst schuld."

Silber wollte noch erzählen, dass die meisten Häuschen in der Altstadt unter Denkmalschutz stehen und der Romantiker von der Altstadt aus zur Rheinpromenade ging, wo man einen mehr als nur wundervollen Blick auf den riesigen Strom werfen konnte. Die Frankfurter hörten ihm schon gar nicht mehr zu, weil der Sog der Altstadt sie bereits in ihren Bann geschlagen hatte und sie benahmen sich wie eine Horde ausgeflippter Ferkel.

„Wir sehen uns dann Punkt 24 Uhr hier am Start", rief er ihnen nach. Silber schlug seinen Jackenkragen hoch und stopfte die Hände in die Hosentaschen, um sie gegen die Kälte zu schützen, die nun zu dieser herbstlichen Zeit aufkam. Er blickte auf die kleine Uhrenanzeige einer Straßenbahnhaltestelle. 21.00 Uhr. Drei Stunden, um sich die Zeit zu vertreiben. Der junge Agent organisierte sich eine Pizza und ließ sich nach wenigen Schritten an den Stufen zur Rheinpromenade nieder. Er seufzte kurz auf, blickte kauend auf die angeleuchteten Fluten des Rheins und hoffte, dass dieser Auftrag dazu beitragen würde, einige erhitzte Gemüter in Pullach wieder auf ein Minimum abzukühlen. Aber so war es nun einmal, entweder kam alles auf einmal oder nichts. Das Gute, als auch das Schlechte. Nicht, dass er nur beruflich oft missverstanden wurde, wenn er die Aktion in München mal als Beispiel nahm. Nein, auch privat war alles zum Mäusemelken. Seine Lebensgefährtin, eine ehemalige Kunstdiebin, war momentan nicht gerade sein größter Fan. Sie fand zwar derzeit befriedigenden Ausgleich als Kindergärtnerin, konnte sich allerdings nicht ganz so entfalten, wie sie es gerne getan hätte. Silber unterstützte sie natürlich, wo es nur ging. Er nahm zum Beispiel einen enormen Kredit auf, um dann der sozialen Kindereinrichtung diese Summe zu spenden. Wollte aber der Unauffälligkeit zuliebe das Vermögen der Partnerin nicht nutzen, um die geborgte Summe zu begleichen. Das bezog sie natürlich aus falschem Stolz auf sich und so gab es ständig Stress, den er mit seiner Gemütsruhe umging, was sie selbstverständlich meist noch rasender machte.

Der Höhepunkt dieser Streitigkeiten war dann vergangene Woche ausgetragen worden. Als er an der Standheizung seines Kübels herumgefrickelt hatte und plötzlich sah, wie im hohen Bogen die Radkappen, die erst seit einer Woche in der Wanne einweichten, im Vorgarten landeten. Silber hatte es dem russischen Temperament zugeschrieben, das wohl ein jeder zu spüren bekäme, wenn er einen Heiratsantrag ablehnte. Doch als dann seine komplette DVD-Sammlung nachgeschickt worden war, hatte er geahnt, dass dies eine ausdrückliche Aufforderung gewesen war, die gemeinsame Wohnung gegen ein Singleappartement zu tauschen.

Natürlich hatte Silber momentan noch keinen Bock in den Hafen der Ehe einzulaufen. Wie jeder wusste, werden Schiffe im Hafen immer festgezurrt, und so etwas passte Silber gar nicht. Was gleichzeitig aber nicht heißen sollte, dass er die durchgeknallte Russin nicht liebte. Doch seiner Meinung nach sollten sie beide zuerst einmal – in einer Beziehung mit solch ungewöhnlichen Vorrausetzungen: ein überschuldeter Agent, mit einer Faxrolle voller Disziplinarverfahren, und eine russische Kunstdiebin, die keinesfalls unberechtigt von der Schweizer Regierung eines Bilderraubs bezichtigt wurde – einen gewissen Grund reinbringen. Wer da anderer Meinung war, der hatte ganz klar einen totalen Sockenschuss. Silber hielt diese Zusammenstellung für absolut einmalig.

Silber schaute auf die Uhr. Halb zwölf. Er warf den Pappteller in den Abfallkorb und schlenderte zurück zum ausgemachten Treffpunkt. Den einzigen, den er vorfand, war ein recht aufgebrachter Taxifahrer, der ihn fragte, ob er noch ganz klar in der Birne wäre, weil er ihm den Taxistand besetzte. Aber seine Mitstreiter fand Silber nicht vor. Er setzte sich geduldig in den Wagen und warf schon mal die Standheizung an. Es war wohl das akademische Viertelstündchen, das sich die BKA-Leute zunutze machen wollten, um so ein paar Minuten herauszuschlagen. Aber auch die verstrichen. Der BND-Mann schaltete die Heizung wieder ab und stieg aus. Er konnte sich schon denken, wo seine Einheit versackt war. Mit hoher Garantie auf der Ratinger Straße, der Partymeile in der Altstadt. In wenigen Minuten hatte er die Feieradresse erreicht und lugte mit langem Hals durch die bunten Fenster der verschiedenen Läden. Inmitten der Meile wurde er fündig. Die Pilotin stand vor dem Tisch und redete auf den Rest der Gruppe ein. Als Silber den Laden betrat, wurde er gleich lautstark dazu eingeladen, sich dazuzusetzen.

„Jungs, wir haben gleich halb eins."

„Wir machen keine halben Sachen", grinste Wuschel breit und kippte sich einen Klaren hinter die Kiemen.

„Na wunderbar", meinte Silber.

„Ich habe schon alles versucht", entschuldigte sich die Fliegerin bei dem Agenten.

„Okay, so lustig wie dat auch alles sein mag, wir müssen los. In sieben Stunden müsst ihr wieder fit sein."

„Na, das sagen Sie mal unserem Brenner", krakeelte Wuschelkopf und deutete auf den BKA-Mann, der am Flippergerät stand.

Silber schlenderte zu ihm rüber und versuchte, ihn anzusprechen. Doch der Waschbär war nicht bloß steif wie nur sonst irgendetwas. Silber bewertete Brenners Zustand als schon ausgestopft.

„Wo ist unser Kamikaze", wandte er sich an die Pilotin, die als einzige wohl vollkommen nüchtern war. Diesmal konnte sie sich das Grinsen nicht verkneifen und deutete auf eine Eckbank. Kamikaze saß schlafend, Arm in Arm, mit einer schwach aufgeblasenen Gummipuppe, die ihm ein Junggesellenabschiedskomitee überlassen hatte, auf einer Eckbank.

„Meine Fresse, dat nennt ihr Pizzaessen. Wat geht denn ab, wenn ihr mal feiert?", beschwerte sich Silber.

Der Agent wies die Pilotin an, auf die Besoffskis zu achten, bis er den Kübelwagen vor den Schuppen gefahren hatte.

Minuten später lud Silber den ausgestopften Waschbär mit der Unterstützung der Fliegerin auf den Rücksitz und machte sich dann daran, Kamikaze zu überreden auch einzusteigen. Dieser bestand nach zähen Verhandlungen ausdrücklich darauf, seine neue Freundin mitnehmen zu dürfen. Dann saß auch er endlich im Wagen. Wuschel war da weniger umständlich und folgte der Pilotin mit lautstarkem Gesang. Nach einer guten halben Stunde verließ ein natogrüner Kübelwagen mit einer überaus lattendichten Bagage die Düsseldorfer Altstadt, begleitet von dem Lied „Es steht ein Pferd auf dem Flur". Und aus dem offnen Fenster lugte der rosafarbene Kopf einer Gummipuppe ...

Ein paar extravagante Kleinigkeiten sollte Alex auf Wunsch des Prinzen freundlicherweise berücksichtigen, ansonsten hatte sie freie Hand bei der Planung. Die Blondine betrachtete die letzte Fahrtroute mit einem teuflischen Lächeln und war sich absolut sicher, wo der Transporter die kostbare Lieferung loswerden würde. Ein paar Anrufe wurden erledigt. Einer Handvoll Leute wurde gesagt, was zu tun war, und schon nach ein paar Stunden stand der neue Plan. Für die ehemalige Polizistin war es nicht nur ein guter Plan, sondern auch die letzte Möglichkeit. Sollte morgen der Transporter erneut sang- und klanglos den rettenden Stützpunkt erreichen, würde es nie wieder eine Gelegenheit geben, in kürzester Zeit an so viel Geld zu kommen. Und es waren eben diese zwei Dinge, die der Prinz nicht besaß: Zeit und die Gelegenheit. Geld besaß er selbst im Überfluss. Nichtsdestoweniger war es nun mal sein eisernes Gesetz, für größere Anschaffungen nicht sein eigenes Geld zu verwenden.

Und für das, was in nächster Zeit in Planung stand, wurde eine sehr große Menge an Geld benötigt. Noch einmal fuhr Alex selbstsicher mit dem Zeigefinger über die Karte. Sie hatte nicht den Druck wie ihr Vorgänger, in der Hierarchie des Verbrecher-Clans nach oben rutschen zu wollen. Sie war schon höher als man überhaupt beim Prinzen aufsteigen konnte. Es sei denn, sie hätte seinen Personenschützer weggemäht. Jedoch war dieser Gedanke vollkommen unsinnig. Sie stand dem Prinzen rechts zur Seite und der andere eben links. Beide Seiten hätte sie unmöglich einnehmen können. Außerdem war sie mit ihrer Stellung mehr als zufrieden. Sie war mit ihrer vorherigen Beschäftigung gar nicht zu vergleichen.

Alex war nach ihrer Entlassung vom Polizeidienst zu einem vollkommen unterbezahlten Sicherheitsdienst gewechselt, wo sie aber an dem Punkt weitermachte, an dem sie aus dem Staatsdienst gefeuert wurde. Denn Alex war überaus aggressiv. Gut, sie hatte bei diesem Privatunternehmen niemanden erschossen, wie in ihrer Vergangenheit als Polizistin, aber aus überzogener Notwehr heraus schon so manchen krankenhausreif geprügelt. So eine explosive Amazone zog natürlich die Aufmerksamkeit des Prinzen auf sich, der ohnehin auf der Suche nach einer Schülerin war, weil ihm die letzte auf ärgerliche Weise abhanden gekommen war. Bevor Alex allerdings in die vertraulichen Aktivitäten des Prinzen eingebunden worden war, hatte sie eine bestimmte Aufgabe bewältigen müssen, die sie mehr als nur zufriedenstellend und rasch erledigte. Es ging darum, mit üblen Mitspielern ein ernstes Wort zu wechseln. Das Treffen wurde nachts anberaumt, und der Unbeugsame, der lediglich das Gebiet verlassen sollte, wartete auf der obersten Etage eines Parkhauses.

Der Prinz wollte sich die Unterhaltung aus der Ferne durch den Feldstecher anschauen. Bevor er jedoch die Schärfe an dem Gerät einstellen konnte, war Alex mit ihrem Gespräch bereits fertig. Sie war einfach mit achtzig Sachen auf das Parkdeck gebraust und hatte den vollkommen perplexen Gegenspieler umgebügelt. Als dieser trotz der Attacke außerplanmäßig noch am Leben war, half sie dem Sterbenden auf die Füße, und der nächtliche Verkehr erledigte den Rest, als er vom 6. Stock aus auf die Straße fiel. Mit dieser kurzen, aber recht wirkungsvollen Einlage schloss sich Alex die Tür zur Organisation auf. Sie erhielt zwar trotzdem eine kleine Rüge seitens des Prinzen, in der es hieß, dass ein Gespräch mit der Organisation nicht unbedingt die Beendigung des Lebens bedeuten musste, zumindest nicht die sofortige. Tief im Inneren jedoch war der Prinz mit der Aktion vollkommen einverstanden gewesen.

Alex schälte sich aus ihrem Bademantel und stieg langsam in das warme Wasser des überdimensionalen Hotelpools. Rücklings ließ sie sich durch das sanft angeleuchtete Nass treiben und lächelte entspannt. Ihr Plan war gut.

Angriff

Zum ersten Mal in seinem Leben hatte Silber die Gelegenheit, das Ruhrgebiet aus der Luft zu betrachten. Erhaben ragten die Industrieanlagen zwischen den Wohngebieten hervor und verwischten die Stadtgrenzen. Das Bild, das sich ihm bot, bestätigte den Begriff ‚Ballungsgebiet'. Viele der Schornsteine rauchten nicht mehr, gehörten längst den unvergessenen, arbeitsreichen Jahrzehnten an. Trotzdem war hier rege Betriebsamkeit angesagt. Der Verkehr schob sich unaufhaltsam über die Fahrbahnen. Nur der Kalender deutete darauf hin, dass Wochenende war.

Silber genoss diesen Anblick. Schließlich war er hier zu Hause. Mit seiner Tätigkeit als Agent war er viel rumgekommen, doch hier fand er es immer noch am schönsten. Er bewunderte den funktionalen Mix aus Industrie und der Möglichkeit zum idyllischen Wohnen; diese Konstellation war nur im Ruhrgebiet vorzufinden.

Das Wetter an diesem Samstagvormittag zeigte sich gnädig. Die Sonne schien warm, sodass der Agent den Lieferwagen bei den klaren Verhältnissen nur selten mit dem Fernglas orten musste. Wuschel war an diesem Tag angenehm still, nervte nicht mit Vorschriftstexten und schielte Silber nicht mehr das Blatt mit der Fahrtroute aus der Hand. Er hatte einen riesigen Kater, der ihm mächtig im Kopf rumspazierte. Die Pilotin war fit und konzentrierte sich vorbildlich auf ihre Aufgabe. Die beiden anderen Experten, Kamikaze und Waschbär, waren heute Morgen beim Frühstück ebenfalls äußerst still gewesen. Waschbär hatte noch eine Fahne, aber Silber sah einfach darüber hinweg, weil er keinen Menschenkontakt bei seiner Aufgabe haben würde. Wichtig war eigentlich nur, dass Kamikaze vollkommen einsatzbereit war und den Wagen am letzten Tag sicher, aber vor allem nüchtern, steuerte. Silber dirigierte den Transporter von Mülheim an der Ruhr aus direkt zum letzten Anlaufpunkt nach Duisburg, bevor es weiterging nach Düsseldorf und der Einsatz dann als beendet galt.

„Fahrt direkt auf den ersten Verschlag zu. Dort werden gleich ein paar Päckchen warten."

Brenner stieg aus und stopfte die fünf Pakete zu den anderen. Er befand, dass es gut war, nun die letzte Station erreicht zu haben, denn der Laderaum war voll.

„Glückwunsch, meine Herren", sprach Silber in die Funke, nachdem der Waschbär wieder im Wagen saß. Nun geht's ab zum Stall, die Kartons ausladen. Dann ist Wochenende."

„Sie haben soeben die letzte Station angefahren", eiferte Alex und schaute auf den Monitor.

„Wie geht es nun weiter?", fragte der Prinz völlig entspannt.

„Laut Plan müssen sie von der Innenstadt aus die A59 befahren, um später auf die Landstraße nach Düsseldorf zu kommen."

„Landstraße?", echote der Prinz verblüfft.

Alex schmunzelte. Am letzten Tag wollte man den eventuellen Verfolgern mal was Neues bieten, nicht immer nur auf der A3 zurück zur Landeshauptstadt fahren.

„Taktikwechsel", erwiderte die Blondine lediglich.

Der Verbrecheradel nickte unbeeindruckt.

„Interessant", brachte er nur knapp hervor. Auf dem Monitor konnten sie sehen, wie der Wagen sich in Form eines roten Pünktchens den Weg weiter auf einer Kartenader bahnte.

„Du lässt es doch nicht auf der Landstraße passieren?", fragte der Prinz mit leichter Sorge in der Stimme.

„Nein", beruhigte seine Schülerin ihn. „Es wird wie besprochen in Duisburg passieren."

„Denke daran, es ist wichtig", erinnerte der Prinz an einen seiner Wünsche, die den Überfall betrafen.

„Ich weiß", lächelte sie. „Gleich ist es vorbei."

Sie tippte mit ihrem langen Fingernagel auf den Monitor. „Und zwar hier."

„Fahrt jetzt in den Verteilerkreis", kam es aus der Funke, die auf dem Armaturenbrett stand.

„Zieh doch nicht immer so ruckweise an", beschwerte sich der Waschbär wegen seines dicken Kopfs bei Kamikaze, als dieser eine Lücke nutzte, um flugs in den Kreis zu fahren.

„Nehmt die Auffahrt rauf, Richtung Düsseldorf", ließ die nächste Anweisung nicht lange auf sich warten. Kamikaze umrundete den Kreis zur Hälfte und wollte dem Schild folgen, das ihm anzeigte, wo es nach Düsseldorf ging. Doch hinter einer Absperrung an der Auffahrt stand ein Autobahnarbeiter und winkte den Wagen in den Kreis zurück.

„Ist der blöd?", schnauzte Brenner und meinte damit selbstverständlich den Agenten.

„Wat gibt's", kam es aus der Lautsprecher.

„Blind ist der auch noch", ging es weiter.

Der Fahrer nahm die Funke in die Hand.

„Eine Baustelle. Die Auffahrt ist gesperrt", erwiderte er und lenkte den Wagen einmal im Kreis herum. Bevor eine Antwort kam, hatte er fast die zweite Runde beendet.

„Fahrt die nächste Gelegenheit raus und in den Tunnel, von dort aus führt eine Möglichkeit zur A3."

„Oh, die A3", keifte Brenner weiter. „Ein vollkommen neuer Plan."

Kamikaze seufzte, setzte den Blinker und fuhr in den Tunnel.

Silber nahm das Fernglas und betrachtete die Baustelle an der Abfahrt ein wenig genauer. Autobahnarbeiter waren damit beschäftigt, die Büsche am Rand der Fahrbahn zu stutzen. Solche Spontanbaustellen konnte der BND natürlich vorher nicht bei der Planung berücksichtigen, aber sie hatten Glück, dass Silber in seiner Heimatstadt wusste, wie er am besten vom Fleck kam. Der Agent beobachtete den Lieferwagen, der inmitten des zähen Verkehrs, ausgelöst von den Gärtnern der Autobahnmeisterei, in den Tunnel eintauchte.

Wie gewohnt blieb der Helikopter auf dezenter Höhe und umkreiste langsam das Eisenbahngelände des Hauptbahnhofs, das sich rund um den etwa 200 Meter langen Tunnel erstreckte. Nach wenigen Minuten wurde Silber ein wenig wibbelig. Die Pilotin bemerkte seine Beunruhigung.

„Es staut sich ein bisschen, diese Verzögerung ist normal. Das kommt einem nur so lang vor, weil man ständig auf diesen Tunnel starrt", gab sie zu bedenken.

Silber nickte. Die Pilotin hatte mehr Erfahrung in Sachen Beschattung aus der Luft als er. Dennoch hob er erneut das Glas vor seine Augen und wartete auf den Wagen. Nach einer weiteren Minute meldete selbst Wuschel seine Bedenken.

„Ich glaube, ich habe gerade einen Wagen aus dem Tunnel fahren sehen, der sich eben noch hinter unserem Transporter befunden hat."

„Vielleicht hat er unseren nur überholt."

Silber nahm auch dieses Argument an. Kamikaze wollte sicherlich keinen Fehler machen und ließ in dem überfüllten, vierspurigen Tunnel, nervigen Dränglern gerne den Vorrang.

„Drei Minuten sind sie jetzt schon da drin."

„Zwei Minuten 35", verbesserte die Pilotin mit Blick auf ihre Uhr bei den Bordinstrumenten.

Silber atmete tief ein.

„Wir warten noch 30 Sekunden, dann landen wir."

Gebannt starrte die Blondine auf den Schirm. Der rote Punkt blieb starr.

„Was ist, wenn sie landen?", fragte der Prinz.

Alex holte ein Foto des Tunnels hervor und deutete wortlos auf die Hochspannungsleitungen der Bahn, die oberhalb des Bildes deutlich zu erkennen waren.

„Unmöglich", sagte sie knapp.

„Wie viel Zeit hast du eingeplant?"

„Drei Minuten."

„Wir sind gleich drüber."

„Vielleicht haben sie sich zu sehr gewehrt?", meinte Blondie mit einem Lächeln, das verriet, dass sie jetzt lieber an Stelle ihrer Kameraden wäre, und zwar ganz alleine, nur mit einer Rasierklinge bewaffnet.

„Du denkst aber an den zweiten Teil der Abmachung?"

Die Amazone blieb stumm.

„Alex?", ermahnte der Prinz seine Schülerin, ihm zu antworten. Nur langsam löste sie ihren Blick von dem Bildschirm.

„Alles bleibt wie besprochen. Es findet in Duisburg statt und", sie lächelte stolz auf sich selbst, „keiner wird sterben."

Der Blick ging zurück auf den Monitor.

„Na also, wer sagt's denn? Es geht weiter."

Gerade als Silber die Anweisung zum Landen geben wollte, tauchte der Lieferwagen aus dem Dunkel des Tunnels hervor.

„Super, weiter geht's", sagte der Agent erleichtert.

„Sehen Sie", meinte die Pilotin, „nur ein kleiner Stau. Wahrscheinlich wollten alle auf einmal aus dem Tunnel. Es ist eben Wochenende, da machen sich die Leute nun mal gerne ihre Freizeit schwer."

„Ja, da scheint wat dran zu sein", erwiderte Silber bedauernd.

„Geben Sie mal weitere Anweisungen durch", meldete sich Wuschel zu Wort. „Ich glaube, die Jungs wissen nicht so recht, wie es weiter geht."

Silber nahm das Fernglas und beobachtete, wie der Lieferwagen auf der zweispurigen Straße mitten auf dem Streifen fuhr. Er runzelte die Stirn und setzte kurz das Fernglas ab. Er wollte eigentlich zum Funkgerät greifen, hielt sich stattdessen aber noch mal das Weitsichtgerät vor die Augen.

„Landen Sie sofort den Quirl", befahl er tonlos.

Die Pilotin glaubte, sich verhört zu haben.

„Bitte? Die Straßen …"

„Dat ist mir scheißegal", setzte er so ungewohnt hart entgegen, dass die Frau zusammenzuckte.

„Runter. Sofort."

„Was meinst du, wie lange er wohl braucht, um dahinterzukommen?", grinste Alex stolz.

„Geh nicht von einem normalen Gegner aus", dämpfte der Prinz ihre Laune. „Silber tickt nicht so wie die übrigen Agenten", gab er bedenken.

„Schön, dann wird er wohl ein wenig länger brauchen."

Lächelnd wurde ihre vermessene Meinung zur Kenntnis genommen, bevor der Adelige zum Bildschirm nickte. Die Blondine schaute auf den roten Punkt der etwa 400 Meter nach der Tunnelausfahrt zum Stillstand gekommen war.

„Das darf doch wohl nicht wahr sein", hauchte sie entgeistert.

Der Prinz konnte sich eines kleinen Lächelns nicht erwehren. Diesen Satz hört er ständig von Leuten, die das erste Mal auf den Chaosagenten trafen. Schnell griff sie nach dem Funkgerät.

„Ist bei euch alles in Ordnung?"

„Alles ist glattgegangen. Wir fahren nun sofort zum vereinbarten Punkt."

Reifen quietschten. Jede Menge Blech wurde zerbeult. Die Duisburger trauten ihren Augen nicht, als sich plötzlich aus dem Nichts eine große, schwarze Libelle mitten auf der Kreuzung zur Landung niederließ. Silber, eng gefolgt vom BKA-Mann, stürmte aus dem Fluggerät direkt auf den weißen Lieferwagen zu, der wenige Meter vor ihnen zum Stillstand gekommen war. Kamikaze kam gar nicht dazu, die Tür aufzumachen, da Silber sie schon mit besorgter Miene aufgerissen hatte.

„Ist irgendetwas nicht in Ordnung?", fragte der Fahrer mit merkwürdig singendem Ton und breitem Grinsen.

„Ist mit Brenner alles okay?", fragte Silber hektisch, als er sah, wie bewegungslos der Waschbär auf dem Sitz hing.

„Ja, alles ist wunderbar", trällerte Kamikaze.

Wuschel war schon zur Stelle und öffnete gerade die Beifahrertür, um zu sehen, ob Brenner wirklich nur von seinem Kater übermannt worden war. Nach einem leichten Klaps auf die Wange, zeigte sich eine Regung bei dem Waschbären.

„Hier ist alles in Ordnung."

Silber nickte knapp und wandte sich der Ladeluke zu.

„Können Sie mir mal sagen, was in Ihnen vorgeht?", pflaumte der BKA-Mann Silber an.

„Dat kann ich Ihnen noch nicht sagen."

„Brenner ist gerade dabei, seinen restlichen Rausch auszuschlafen, und der Junge wird wohl nur ein bisschen übermüdet sein. Dafür müssen Sie doch nicht so einen Aufstand proben."

Silber deutete jedoch wortlos auf das Rücklicht des Transporters und zwar auf die Seite, die Kamikaze bei seiner Irrfahrt aus der Ausfahrt beschädigt und durch ein viel zu kleines Glas ersetzte hatte. Das Rücklicht hier aber passte und zeigte nicht einen Kratzer. Die einzige Schlussfolgerung, die Silber daraus ziehen musste, war, dass es nicht der Transporter sein konnte, mit dem sie losgefahren waren. Und das würde er nun beweisen. Der junge Agent riss die Türen auf und wollte den leeren Laderaum präsentieren, doch stattdessen blickte er auf ordentlich gestapelte Kartons.

„Sind Sie ein wenig überarbeitet?", stupste Wuschel den Agenten an, der starr auf die Ladung schaute.

Der Agent riss hektisch einen der Kartons auf und nahm überrascht ein Bündel Geldscheine in die Hand. Die ersten Polizeiwagen näherten sich.

Silber zog seinen Ausweis, erklärte den verwunderten Polizisten, dass es sich um eine Übung handele und alles in bester Ordnung sei. Der Agent wies Wuschel an, Kamikaze per Hubschrauber mitzunehmen. Er selber wollte die Fahrt fortsetzen. Der BKA-Beamte kam der Anweisung des Agenten nach. Silber wartete ab, bis der Hubschrauber sich wieder in die Lüfte erhob, fuhr die Straße entlang zur A3 und holte sein Handy hervor. Er musste Pullach von diesem Zwischenfall in Kenntnis setzen.

Bolte überflog gerade einzelne Berichte zu der aktuellen Operation, die aus den verschiedenen Bundesländern eintrafen, als seine Sekretärin ihn ansprach.

„Ein Gespräch auf Leitung drei. Es gibt Probleme in Nordrhein-Westfalen."

Der Abteilungsleiter verzog das Gesicht, als hätte die Mitarbeiterin ihn gerade gefragt, ob er bereit wäre, mal eben eine Niere zu spenden. Er beugte sich vor, um nach dem Hörer zu greifen.

Bolte hatte sowieso vorgehabt, Silber im Anschluss an die Aktion anzurufen, um zu erfragen, ob er die Kurzmitteilungen, die er über das Mobiltelefon verschickte – mit Inhalten wie „Alles im Lack!" – für einen aussagekräftigen Bericht hielt. Aber dass Silber nun sogar freiwillig anrief, damit hätte er absolut nicht gerechnet.

„Ja, bitte", nahm Bolte das Gespräch an. Er lauschte ein paar Sekunden, was Silber zu melden hatte. „Wenn ich jetzt Leute zu einer Untersuchung schicke, ahnen Sie, welchen Stein Sie damit lostreten?" Bolte massierte sich mit geschlossenen Augen sein Kinn und lauschte weiter, was der Agent aus dem Ruhrpott ihm erzählte. „Silber, nennen Sie mir einen Grund, warum ich das tun sollte." Plötzlich erstarrte Bolte in seiner Massage und setzte sich aufrecht hin. „Bleiben Sie, wo Sie sind. Wir sind in ein paar Stunden bei Ihnen."

„Was soll das Ganze?", beschwerte sich Wuschel lautstark, als Silber seinem Trupp kundtat, sie sollten sich in einem separaten Raum der Landeszentralbank aufhalten, bis die Spezialisten des BND eingetroffen waren.

„Ich hatte also recht, das Ganze ist gar keine Übung. Also, was für 'ne Schweinerei läuft hier gerade?", wetterte der aufgebrachte Waschbär.

„Dat werden wir versuchen rauszufinden", sagte Silber nur.

„Sie können uns doch jetzt nicht einfach hier gefangen halten. Es kann ja Stunden dauern, bis der BND vor Ort ist", merkte die Pilotin an.

„Dat geht schneller als Haare waschen", prophezeite der Agent trocken und ging hinunter in den Hof, um den Lieferwagen noch einmal provisorisch zu untersuchen. Er öffnete den Laderaum. Innen war eigentlich alles normal. Kartons der Reihe nach übereinandergestapelt, alle gefüllt mit wertlosen Banknoten. Silber griff in einen Karton und holte bündelweise Euroscheine heraus. Der Agent blätterte mit dem Daumen die Bündel durch. Es war Falschgeld. Eindeutig.

„Ja, natürlich ist es Falschgeld. Darum geht es ja", hatte Bolte ihm gesagt, als er noch einmal angerufen hatte.

Silber stoppte sein Daumenkino und widmete seine Aufmerksamkeit einem einzelnen Schein. Der Schein war falsch, weil das Bild auf der Vorderseite stimmte. Die vermeintlich fehlende Vase auf den Sims war nämlich da! Natürlich drehte sich einem beim genaueren Nachdenken das Gehirn auf halb acht, und genau deswegen hatte Silber darum gebeten, dass sich sein Chef mit ein paar Leutchen hier einfinden sollte, bevor die Situation noch falsch ausgelegt wurde, und er höchstpersönlich die Vernichtung der wichtigsten Beweise aus der Ferne anordnete. Der andere Beweis, den Silber präsentieren wollte, ließ sich nicht so ohne Weiteres verleugnen. Der falsche Lieferwagen. Hier musste Silber seinen Kollegen wohl einen ellenlangen Vortrag halten. Aber auch hierbei war es nun mal so wie es war: der Lieferwagen stellte eine Nachahmung des eigentlichen Transporters dar. Silber pfiff durch die Zähne. So, wie es jetzt gerade aussah, konnten sich Kamikaze und Waschbär schon mal warmlaufen, wenn sie dem BND nicht plausibel erklären konnten, wo der richtige Lieferwagen mit den 87 Millionen Euro geblieben ist. Natürlich waren Diebstähle bei großen Geldsummen nicht selten. Allerdings, wenn man dem Wachpersonal einen prallgefüllten Geldtransporter unter dem Arsch wegzog, jedoch dafür im selben Atemzug den geschröpften Bewachern freundlicherweise noch ein gleichwertiges Ersatzfahrzeug überließ, damit die Armen nicht laufen mussten, war das doch recht selten. Und noch viel schwieriger zu erläutern.

„Sind unsere Mitarbeiter schon beim Umladen?", fragte der Prinz, während er sich an der kleinen Bar in seinem Hotelzimmer ein Getränk mixte.

„Sie sind auf dem Weg", erwiderte Alex abwesend.

Der Prinz honorierte ihre karge Antwort mit einem skeptischen Blick.

„Du denkst an den Zeitplan?"

„Alles im Rahmen", beruhigte die Blondine ihn nun selbstbewusst.

Alex bearbeitete die Tasten ihres Laptops und ließ den Monitor dabei nicht aus den Augen. Sie war noch immer stolz auf ihren geglückten Plan und fragte sich, wie der deutsche Geheimdienst diese Aktion entwirren wollte. Günstiger für alle wäre natürlich gewesen, wenn Silber gar nichts bemerkt hätte. Nun würde der BND die Wachmannschaft bestimmt auf links drehen und vielleicht auch eine Ahnung entwickeln, um sich eine vage Spur aufzubauen. Alex grinste frech in sich hinein. Dann konnte die Organisation vielleicht doch noch damit rechnen, in den Verdacht zu geraten, mit dieser Geldtauschaktion etwas zu tun zu haben.

Sie klimperte nachdenklich mit dem Zungenpiercing an ihren Schneidezähnen. Wenn sie diesen Umstand nun bedachte, wäre es wohl besser gewesen, den Wachleuten den Kopf wegzublasen, so wie es ursprünglich gedacht gewesen war. Doch um dem Wunsch des Prinzen zu entsprechen, musste sie sich eben etwas anders einfallen lassen. Außerdem, was konnten die beiden Agenten schon Besonderes erzählen? Sie würden aussagen, falls sie sich überhaupt daran erinnern konnten, dass im Tunnel die äußere Spur auf mittlerer Höhe von zwei verunfallten Fahrzeugen verstopft war. Dahinter stand die Polizei, die den Unfall aufnahm. Als der Transporter am Polizeiwagen vorbeischlich, hatte ein Polizist an der Beifahrerseite gegen das Fenster geklopft. Die Scheibe wurde hinuntergekurbelt, und noch bevor die Insassen bemerken konnten, dass der Polizist ein äußerst schnell wirkendes Betäubungsgas in den Innenraum sprühte, versanken sie schon in ihren Sitzen. Der Fahrer wurde kurzerhand aus dem Wagen gehievt und in eines der augenscheinlichen Unfallfahrzeuge gesetzt. Mit dem Beifahrer passierte dann dasselbe. Die vermeintlichen Polizisten entfernten die Werbemagnettafeln von dem Ersatzfahrzeug und hefteten sie an den eigentlichen Geldtransporter. Bevor dieser gewendet wurde und die Fahrt in die Gegenrichtung fortsetzte, wurde die Blackbox samt GPS-Sender dem Original entnommen und ebenfalls an das Duplikat geheftet. Die Dosis der Betäubung war für neunzig Sekunden angesetzt worden. Nach zwei Minuten zeigten die Wachmänner noch keine Regung. Der Rausch der vergangenen Nacht begünstigte die Wirkung des Gases. Der falsche Polizist half mit Riechsalz dem Erwachen nach, um den Zeitplan nicht zu stören.

Ein kurzes Piepen riss Alex aus den Gedanken und lenkte ihren Blick auf den Monitor. Sie grinste wieder frech.

„Was Neues?", erkundigte sich der Prinz.

„Sie verladen jetzt das Geld."

„Kann ich Sie mal einen Moment sprechen?", fragte ein Mitarbeiter, der die Verhöre leitete. Er wich Silbers Blick aus. Der Chef der inneren Sicherheit nickte.

„Ich komm gleich wieder", sagte er zu Silber. Der Agent setzte sich auf die Kofferraumhaube seines Kübelwagens und wartete. Er hatte bis jetzt mit seinem Chef jede noch so verrückte Möglichkeit durchgespielt, wie das Geld fast unbemerkt mitsamt Transporter verschwinden konnte. Er beobachtete Bolte und seinen Mitarbeiter dabei, wie sie sich leise unterhielten. Bolte wurde offensichtlich etwas mitgeteilt, was ihm überhaupt nicht gefiel. Er schüttelte mehrmals den Kopf. Der Mitarbeiter fuhr beherrscht und gestenarm mit seiner Rede fort. Schließlich nickte Bolte schwerfällig. Der Verhörspezialist trat auf Silber zu.

„Sie werden im zweiten Stock zu einem Gespräch erwartet."

Silber nickte müde.

„Ich komm gleich."

„Wir möchten Sie sofort sehen", erwiderte der Mann darauf fast schroff.

Silber schaute ihn misstrauisch an. Selbstverständlich wurde jeder, der mit der Sache zu tun hatte, verhört. Ihm gefiel aber nicht, wie er dazu aufgefordert wurde. Er sprang von der Haube seines Wagens.

„Ich muss Sie bitten, mir Ihre Waffe zu geben."

„Es wurden bei dem Zwischenfall keine Schüsse abgegeben."

„Trotzdem, wollen wir sie haben", meinte der Beamte nur und streckte die Hand danach aus. Silber zog aus seinem Schulterhalfter die Waffe hervor.

„Nix kaputt machen."

Mit steinerner Miene ließ der griesgrämige Agent die Wumme in einer Aktentasche verschwinden.

„Nach Ihnen", sagte er nur.

Alex verteilte per Elektropost Anweisungen. Der Prinz stellte ein Getränk zu ihrer Rechten ab.

„Danke", nickte die Blondine und klappte ihren Laptop zu. „Die besten Zimmer sind reserviert. Man erwartet unsere Ankunft."

Der Adelige nickte wohlwollend.

„Wunderbar."

„Wie lange wird es etwa dauern, bis sie wissen, dass die Scheine im Umlauf sind?"

„Lange", erwiderte er, den Blick auf das Glas gerichtet.

„Und wie lange, bis dieser Silber aus dem Rennen ist?"

Verspielt schwenkte der Prinz den lieblichen Wein im Glas und neigte seinen Kopf zur Seite.

„Du hast gesagt, dass alles darauf ausgerichtet ist, dass Silber einige Probleme bekommen wird", erinnerte die Amazone ihren Chef an seine Worte.

„Dabei bleibt es auch, meine Liebe."

Er lächelte und blickte sie an.

„Dieser Umstand schränkt allerdings zunächst lediglich seine Möglichkeiten ein, uns Ärger zu bereiten. Doch es wird ihn nicht davon abhalten, einer eventuellen Spur zu folgen."

„Werden sie ihn lange außer Gefecht setzen können?", fragte Blondie mit einer Spur Respekt in ihrer Stimme.

„Nicht allzu lange, denke ich."

Angeschissen

Genau so eine Affenpisse, wie sie gerade ablief, war das, was Silber am wenigsten gebrauchen konnte. Kurz nachdem er den Raum zum Verhör betreten hatte, und dort von griesgrämigen Leuten empfangen wurde, wusste er genau, wo der Frosch die Locken hängen hatte. Anstatt sich auf die Suche nach dem Transporter zu begeben, wollten sie Informationen über den Verbleib des Transporters von Silber haben. Sie verdächtigten ihn, etwas damit zu tun zu haben. Dass er zum Zeitpunkt des Überfalls etwa 30 Meter über der Erde schwebte, interessierte die Knickersäcke äußerst wenig. Sie zählten stattdessen lieber die Verfehlungen auf, die der Agent zu bieten hatte. Angefangen mit der vorgeschriebenen Flughöhe, die er eigenmächtig geändert hatte, bis hin zu der recht feuchtfröhlichen, nächtlichen Unternehmung während einer Auftragsphase, die für den Blackout der Bewacher verantwortlich gemacht wurde. Da sich sowieso schon ein Disziplinarverfahren an das andere reihte, konnte Silber vorbringen, was er wollte. Es half ihm alles nichts. Sie bezogen sich sogar auf Gespräche, in denen er gesagt hatte, er wolle gerne mal sein Konto glattmachen. Silber hielt diesen Vorwurf für einen platten Witz. Es hatte ja wohl jeder zweite auf diesem Planeten diesen Wunsch. Zudem wurde hervorgehoben, dass der Überfall in Duisburg stattfand. Ausgerechnet da, wo er sich am besten auskannte. Gewinner der Beweissammlung gegen ihn war schließlich ein Bündel der vermissten 100-Euro-Scheine, die man unter einem der Sitze seines Kübelwagens hervorgeholt hatte. Der Wortverdreher hatte kaum ausgesprochen, woher die Kohle stammte, da war Silber auch schon über den Tisch gesprungen und hatte einem von ihnen mit vollem Schmackes den Kopf zwischen den Ohren weggetreten und stürmte nicht aus dem Raum, ohne vorher seine Waffe aus der Aktentasche des Griesgrams zu angeln. Bolte, der dem Gremium beiwohnte, versuchte, Silber mit einem Ruf von der Flucht abzuhalten. Er hätte sich aber wohl einen Moment eher dazu entschließen müssen, seinem Schützling beizustehen. Dieser machte sich gerade schleunigst auf die Socken, weil er ungeachtet der Vorwürfe dem Fall höchstpersönlich eine Wende beibringen wollte.

Silber schmunzelte. Außerdem konnte der Chef der Abteilung für Innere Sicherheit sich nicht allzu sehr beschweren, denn der junge Agent erfüllte endlich mal eine Weisung, die er schon immer durchsetzen wollte: Silber benutzte nun tatsächlich einen Dienstwagen des Bundesnachrichtendienstes.

Okay, vielleicht hätte er nicht unbedingt den Wagen des Chefs nehmen und ihn so derb handhaben sollen. Doch auf der anderen Seite mussten ganze drei Wagen des BND aus Silbers Windschatten verschwinden. Dem jungen Agenten kam dabei zugute, dass er sich in Düsseldorf ein bisschen auskannte. Mit ein paar äußerst ungewöhnlichen Manövern, die streng genommen gegen jede Regel einer Verfolgungsjagd verstießen, entkam er schnell. Er rumpelte mit der Limousine überraschend ein paar Stufen hinunter, die ihn rasch auf eine Hauptstraße brachten, und durchstreifte im Tiefflug einen Park, um von dort aus geradewegs auf die Autobahn zu gelangen. Hätten seine Verfolger auch nur die geringste Ahnung über sein Wunschziel gehabt, wäre die Chance vielleicht größer gewesen, den flüchtigen Agenten zu kaschen. So mussten sie bereits nach wenigen Minuten aufgeben und konnten nur vermuten, wohin ihn sein Entkommen führen würde. In dem Gedanken, den millionenschweren abtrünnigen Agenten zu fassen, lenkten sie ihre ganze Aufmerksamkeit auf den Düsseldorfer Flughafen. Silber befand sich jedoch auf dem Weg ins Ruhrgebiet. Er war sich sicher, dass der BND nicht die Hilfe der Polizei in Anspruch nehmen würde.

Was sollten sie denen auch erzählen?

Also nahm er sich Zeit und fuhr beinahe entspannt mit dem ramponierten Schlitten gemächlich die Autobahn entlang. Er war nun also von einem auf den anderen Augenblick vom Einsatzleiter zum Staatsfeind Nummer eins aufgestiegen. Eine Karriere, die sich ja eigentlich hätte sehen lassen können, wenn er sie angestrebt hätte. Doch es war nun mal ein dummer Reflex von ihm, sich nicht alles auferlegen zu lassen, was andere in ihm sahen.

Er musste sich einen sinnvollen Ablauf der Geschichte ausdenken, um eine Lösung finden zu können. Dazu benötigte er Hilfe. Allein würde er das nicht schaffen. Auf die Mitarbeit seiner nun ehemaligen

Kollegen musste er wohl verzichten. Sämtliche Möglichkeiten, die er zuvor gehabt hatte, waren nun erheblich eingeschränkt worden. Er musste also auf Hausbackenes zurückgreifen und auf moderne Aufklärungsarbeit verzichten.

Eigentlich kam nur seine ehemalige Lebensgefährtin infrage. Die würde ihn aber sicherlich aus dem Leben treten, wenn er mit so einer Angelegenheit um die Ecke käme. Er brauchte also jemanden, der so eine unfassbare Geschichte ohne weiteres verpacken konnte und ihm sofort half, ohne mit vielen unnötigen Fragen den Ablauf aufzuhalten. Auf Anhieb fiel ihm nur einer ein, der so einen unglaublichen Horizont hatte.

Silber befuhr die A40 Richtung Essen. Auf Höhe Mülheim-Heißen setzte er den Blinker ...

Es wurde langsam kälter, und Gero überlegte, ob es nicht doch besser wäre, in den nächsten Tagen mit dem Auto zur Firma zu fahren, denn wärmer würde es wohl nicht mehr werden. Aber alles Lamentieren darüber, wie das Wetter gerade war, half nichts. Er schwang sich auf seinen Drahtesel und trat, im wahrsten Sinn des Wortes, die Heimfahrt an.

Die Mittagsschicht hatte ihn ganz schön geschafft. Die Weihnachtssaison in der Süßwarenfirma forderte eben ihren Tribut. Doch er wollte sich das Wochenende nicht versauen lassen und nahm sich stattdessen vor, dem restlichen Samstag noch ein wenig Sinn zu geben. Gero strampelte in die Innenstadt. In seiner Stammkneipe ‚Mutter Erna' wollte er, umgeben von netten Leuten, ein kleines Mahl vor dem Schlafengehen einnehmen. Sein Blick fiel auf einen ziemlich rüpelhaft geparkten Audi neueren Baujahrs, der absolut verrammt aussah. Der müde Arbeiter schloss sein Fahrrad ab und betrat die Kneipe. Kneipe war eigentlich ein Schimpfwort, wenn der Betrachter sich die liebevoll ausgesuchte Einrichtung einmal näher anschaute. Auch das Essen hatte nun wirklich nichts mit einer x-beliebigen Kaschemme zu tun. Bei „Mutter Erna" gab es Pfannkuchen, so dick wie Gullydeckel, und Salate, so knackig-frisch wie eine sternenklare Dezembernacht.

Gero schaute sich um und wusste sofort, wo er sich niederlassen wollte. Er ging auf einen kleinen Tisch in der Ecke zu.

„Als ich den Wagen draußen gesehen habe, wusste ich gleich, dass du hier bist", sprach er Silber an.

„Und als ich gehört habe, dass du Mittagsschicht hast, wusste ich, dass du hier gleich abhängst."

Gero lächelte milde auf seine ruhige Art und setzte sich dem jungen Agenten gegenüber. Gero und Silber waren ehemalige, langjährige Arbeitskollegen. Aber während sich Silber aus einem Desaster heraus, das sich damals in der Firma ereignet hatte, dazu entschloss, zum BND zu wechseln, blieb Gero der Süßwarenfirma treu. Gerüchten nach zu urteilen, stand es nicht gut um die Firma, aber Gero war wohl der Letzte, der dort das Licht ausmachen würde, falls die Pforten sich eines Tages wirklich schließen sollten.

„Hast du dir schon was ausgesucht?", fragte Gero.

„Nein, ich habe andere Sorgen."

„Um was geht es?"

„Ich brauche deine Hilfe."

Gero nickte müde und wollte nach der Karte greifen.

„Sofort", drängte Silber sorgenvoll.

„Ich habe Hunger", erwiderte Gero.

„Ich habe nicht viel Zeit."

„Um was geht es?"

„Ein Geldtransporter mit 87 Millionen Euro ist heute verschwunden. Die ganze Summe besteht aus falschen Hundertern, die die Bundesdruckerei versehentlich selbst fabriziert hat. Die deutsche Regierung will diesen Fehler vertuschen, sodass die Scheine bis jetzt noch theoretisch den vollen Wert haben. Sollten die Scheine in Umlauf kommen, gib es einen ganzen Arsch voll Stress."

„Und wo liegt dein Problem? Du bist, wenn ich den Nachrichten glauben schenken darf, bis jetzt noch nicht zum Bundeskanzler ernannt worden."

„Der Bundesnachrichtendienst glaubt tatsächlich, dat ich den Transporter habe."

„Aber du hast ihn nicht", stellte Gero ernsthaft fest.

Silber grinste, weil Gero bereits mitdachte. „Nee, habe ich nicht", gab er seinem Freund gegenüber zu.

„Sie suchen dich, nicht wahr?"

„Darauf kannst du getrost einen fahren lassen."

„Dann gehören die wohl zu dir", meinte Gero in einem beiläufigen Tonfall und nickte dabei zu einer Gruppe von drei Männern, die den Laden betraten. Einer hielt ein Foto in der Hand und lief durch die Stuhlreihen. Silber wollte nicht lange darüber grübeln, wie sie so schnell seine Fährte hatten aufnehmen können, und entschloss sich zu handeln, bevor sie an seinem Tisch selbst den Vergleich ziehen konnten. Er stand auf und trat an die Theke.

„Okay, Jungs, hier bin ich", rief er laut aus.

Die Gäste verstummten teilweise. Einer der Spürhunde stellte sich breitbeinig vor die Eingangstür, die anderen beiden traten auf ihn zu. Silber rechnete sich blitzschnell aus, was ihn erwarten würde, wenn er sich jetzt auf einen Faustkampf einließ. Er konnte nicht zuordnen, zu wem diese Männer gehörten. Zum BND oder zum BKA. Allerdings war das im Moment eher uninteressant. Sie wirkten relativ jung und würden sich nun ihre Sporen verdienen wollen. Es würde sich ausgesprochen gut in der Akte machen, einen Agenten zur Strecke gebracht zu haben, den andere Kollegen durch die Lappen gehen ließen. Plötzlich bewegten sie sich schnurstracks in seine Richtung. Sie würden ihn nicht auffordern, seine Waffe abzugeben. Sie hatten einschlägige Informationen über seine Person und wussten, dass Reden nicht viel bringen würde.

Noch bevor sie bei ihm ankamen, reagierte Silber auf seine Weise. Er unterbrach frech die Billardpartie zweier junger Damen, indem er sich eine der schweren Kugeln griff und einem seiner Gegner mit voller Wucht vor den Brustkorb schleuderte. Luftringend brach der zusammen. Der andere packte sich geistesgegenwärtig einen Queue, um den Agenten damit zu attackieren. Silber hatte aber ebenfalls schnell einen Stock zur Hand und schlug seinem Gegner heftig auf die Finger. Jaulend ließ der Mann den Holzstab fallen. Nun rollte sich Silber wie ein Stabhochspringer über die hohe Theke der Bar ab. Glas splitterte. Flaschen fielen polternd zu Boden. Die Gegner berappelten sich wieder. Sie fassten unter ihre Jacken. Das Maß war voll. Silber griff sich den

Feuerlöscher. Die Spürhunde sahen ihn verwundert an. Mehr konnte der junge Agent nicht mehr erkennen, denn der ganze Thekenbereich ging in einer schneeweißen Wolke unter. Die Gäste quiekten auf und versuchten, dem Löschnebel zu entkommen. Einer brüllte den Mann am Ausgang an, dort stehen zu bleiben. Silber lief geduckt unter dem Thekenausgang in den Lokalbereich und griff sich Geros Arm. Der arme Tor hatte zwar nicht gesagt, dass er dem Agenten helfen würde, Silber ging jetzt aber einfach mal davon aus. Wenn sein ehemaliger Kollege auf ähnliche Weise bezichtigt worden wäre, 87 Tonnen Schokolade geklaut zu haben, würde er ihm ja schließlich auch helfen. Gero würde diesen Vergleich zwar bestimmt zunichte reden, allerdings ließ die Zugmaschine ihm keine Gelegenheit dazu. Gero wurde über eine Treppe hinunter zu den Toiletten geschleift. Dort stieß Silber die Tür auf, die im Sommer als Eingang zum Biergarten führte, und gelangte so aus der Wirtschaft heraus. Oben war noch der volle Tumult im Gange. Gero wollte sich gerade artig bei Silber dafür bedanken, ihm aus dem Chaos geholfen zu haben und dem Agenten anbieten, ihn bei Gelegenheit anzurufen, kam aber nicht zu Wort.

„Dein Wagen", hechelte Silber.

Gero sah ihn fragend an.

„Wo steht deine Karre?"

„Ich bin mit dem Fahrrad hier."

„Wat, bei dem Wetter? Bist du Panne?"

„René, sei mir jetzt nicht böse, es ist schon spät und ..."

„Genau, wir müssen uns beeilen", fiel ihm der Agent ins Wort und blickte sich gehetzt um. Er sah Richtung Hochhaussiedlung, die sich weit über ihnen aufbäumte. „Sie kennen sich hier nicht aus. Wir gehen dort entlang."

Silber zog Gero über eine schmale Fußgängerbrücke mit sich, die hinauf in die Siedlung führte.

„Wohin würdest du das Geld bringen, wenn du es in Duisburg mopsen würdest", fragte Silber seinen Gefährten.

„Bitte?", sagte Gero. Er war mit den Gedanken noch bei seinen Verfolgern und fragte sich, wann sie erneut Silbers Spur aufnehmen würden.

„Gero, konzentrier dich", schimpfte Silber.

An einer Straße eilte Silber zu einem Auto, hielt seine Jacke vor das Glas der Seitenscheibe und schlug mit dem Ellenbogen hinein. Gedämpft splitterte das Glas, und Silber stieg in den Wagen.

„Sie müssen irgendwo in der Nähe sein", hörten sie einen der Verfolger von Weitem rufen.

„Und?", hakte Silber nach. „Wohin würdest du es also bringen?"

Gero konnte sich vor lauter Panik nicht konzentrieren.

„Zum Flughafen", überlegte er dann.

Silber riss die untere Cockpitverkleidung ab und ruckte einmal heftig am Lenkrad, um dessen Schloss in die Knie zu zwingen.

„Auf welchen?"

„Du läufst da hoch", brüllte einer ihrer Verfolger.

„Gero, auf welchen?"

„René, es reicht! So wie es aussieht, ist das Ganze hier ein bisschen zu hoch für mich. Ich wünsch dir alles Gute."

Wieder ein Schrei.

„Beeilt euch! Für beide gilt: Feuern nach eigenem Ermessen!"

Silber wollte gerade den Kopf aus dem Fenster recken, um Gero endlich in den Wagen zu zitieren, als neben ihm die Beifahrertür aufging.

„Geht das nicht schneller?", fragte Gero mit bleichem Gesicht.

Bolte war nun sämtliche Möglichkeiten durchgegangen. Zähneknirschend hielt er sich an die Weisungen, die von oberster Stelle kamen. Den Düsseldorfer Flughafen zu überwachen, hielt er bis zuletzt für Zeitverschwendung. Der Abteilungsleiter kam noch nicht einmal dazu, Vorschläge zu unterbreiten oder gar die Unschuld seines Mitarbeiters anzudenken. Ihm wurde vorgehalten, dass Silber keinen Grund zur Flucht hätte, falls er unschuldig sei. Hinzu kamen noch die Verfehlungen, die er sich in diesem Zusammenhang selbst erarbeitet hatte. Aber sie kannten Silber nicht so gut wie er. Dass er so reagierte, war auf seine Weise normal. Silber war nicht der Mann, der offene Türen benutzte. Er ging lieber mit dem Kopf durch die Wand. Bolte gab zu bedenken, dass vielleicht öffentliches Interesse ausgelöst werden könnte, wenn ein ehemaliger Agent wie eine Dampfwalze durch das ganze Ruhrgebiet rotierte. Und in diesem Fall den Fehler der Bundesdruckerei für sich zu behalten, würde mehr als schwierig werden. Als er diese Gedanken äußerte, tat er dem Agenten keinen Gefallen. Boltes Vorgesetzte gaben ihm recht und erlaubten allen Beteiligten nach eigenem Ermessen zu handeln. Der Gebrauch von Schusswaffen wurde sogar gestattet, als sie erfuhren, mit welchem Wahnsinnigen sie es hier zu tun hatten.

In müheseliger Kleinarbeit ließ er im Geheimen seine Sekretärin ausarbeiten, wo sich Silber aufhalten könnte. Sie sammelte Informationen, nach denen er mit sehr hoher Wahrscheinlichkeit im Ruhrgebiet zu finden sein müsste. In seiner Heimatstadt war er an keinem für ihn wichtigen Punkt zu finden. Also gingen sie noch einen Schritt weiter zurück und fanden heraus, was ihn in die Nachbarstadt Mülheim an der Ruhr führen könnte. Es gab da nur wenig Anhaltspunkte, allerdings einen guten Grund: Gero, einen geschätzten Freund aus vergangenen Tagen.

Silber war nicht dumm, er brauchte jemanden, der nicht auf den Kopf gefallen war, und Angelegenheiten, die er nicht selbst angehen konnte, erledigen musste. Einen Leihwagen anmieten oder wichtige Dinge erwerben. Vielleicht sogar Flugtickets für ihn buchen. Auf gut Glück schickte Bolte drei seiner Leute hin, die sich in der Stadt an der Ruhr umschauen sollten.

Für einen ehrfürchtigen Augenblick stellten die Männer ihre momentane Arbeit ein, als sie sahen, wer in der Limousine vorgefahren wurde. Der Prinz nickte seinen Leuten wohlwollend zu, und die Strapaze ging für die Leute weiter. Harter Wind schlug ihnen entgegen. Alex zog ihre Mütze tiefer ins Gesicht. Der Adelige hingegen genoss die frische, kalte Luft.

„Glaubst du nicht, es ist ein wenig zu gewagt, so nah vor Silbers Nase die Euros zu verstecken?"

„Je näher, desto besser. Wenn er darauf kommen sollte, würden sie ihm niemals glauben."

Der Motor des alten Ford Capri sprang röhrend an. Gero presste sich tief in den zerfransten Sitz und hoffte, die Verfolger würden ihn übersehen.

„Gero, kannst du dich bitte noch ein wenig auffälliger verstecken? Mach dich locker."

Gero setzte sich nur ungern aufrecht hin. Silber brachte es sogar fertig, das Autoradio anzustellen und seinen Ellenbogen lässig aus dem Fenster zu lehnen. Die drei Verfolger hatten sich zum Glück so verteilt, dass nur einer ihren Straßenabschnitt absuchte. Dieser war ihnen weiß wie eine Schneefee entgegen gekommen, und hätte er sich nicht so doof angestellt, würde er jetzt nicht bewusstlos in ihrem Kofferraum liegen.

„Ollen, entspann dich."

„Ich versuche es."

„Wo waren wir gerade stehen geblieben?"

„Du wolltest mich nach Hause fahren?", fragte Gero hoffnungsvoll.

„Quatsch, die Nacht ist noch jung. Nein, meine letzte Frage war, welcher Flughafen?"

„Der Sportflughafen in Mülheim, natürlich."

„Natürlich, hätte ich ja auch mal selber drauf kommen können."

„Richtig, dann könnte ich jetzt in Ruhe was essen", nörgelte Gero.

„Ja, und gleich vollgefressen mit Langeweile im Kopf einschlafen. Da kannst du mir doch dankbar sein, dass ich für 'n bisschen Abwechslung sorge."

„Verzeih mir bitte, wenn ich nicht gleich das Formular zu deinem Fanclub ausfülle. Allerdings möchte ich anmerken, dass ich nur ein kleines Mahl zu mir nehmen und im Anschluss daran eine Aufzeichnung über die Restauration der Katharinen-Kirche anschauen wollte."

„Ja, so wat spannendes lässt sich natürlich schwerlich schlagen. Entschuldige, dat ich dir diesen wundervollen Abend verdorben habe."

Silber blickte in den Rückspiegel. Niemand war hinter ihnen und im Kofferraum herrschte auch noch Ruhe. Die Chance, ungestört den Flughafen anzufahren, war also groß.

„Ich werde Schwierigkeiten bekommen, wenn das alles vorbei ist, nicht wahr?", fragte Gero leise.

„Ich werde nachher sagen, dat ich dich entführt habe. Okay?"
Sein guter Freund schwieg.
„Gero, ich habe sonst niemanden, der mir dabei helfen könnte."
„Was ist mit ..."
„Mit der habe ich momentan Stress. Wäre gerade kein guter Zeitpunkt, sie anzuhauen."
„Verstehe", nickte Gero mit aufrichtigem Verständnis.
„Fahr da vorne rechts, dann sind wir schneller da."

Bolte hätte sich niemals träumen lassen, dass er sich mal darüber freuen würde zu hören, wie Silber eine Kneipe in Schutt und Asche gelegt und dabei drei Agenten was auf die Mütze gegeben hat. Nun wusste er wenigstens, wo der Rotzlöffel war. In Mülheim an der Ruhr. Und er wusste auch schon den ungefähren Radius. Denn der Agent, den Silber niedergeschlagen hatte, verweilte zur Zeit zwar in dem Kofferraum eines gestohlenen Autos, aber er konnte wenigstens mit dem Mobiltelefon ein Lebenszeichen von sich geben und ihnen verraten, dass er sich auf dem Weg zum Sportflughafen befand. Nun konnte Bolte alle Kräfte zusammenrotten und sie auf diesen einen Punkt konzentrieren.

Auf dem Sportflughafen war wenig los. In einigen Hallen brannte noch Licht, auf den Rollfeldern lediglich die Notbeleuchtung. Im Schritttempo fuhren sie den Parkplatz ab.

„Was suchen wir jetzt genau?", wollte Gero wissen.

„Halte die Augen nach einem weißen Transporter auf."

Silbers Augen grasten die Parktaschen ab. Geros Blick schweifte weiter umher.

„Da hinten auf dem Feld", sagte er nur.

Der Capri stoppte ab und Silber ließ das Fernlicht hell aufflammen. In der Tat stand mitten auf dem Feld ein einsamer weißer Transporter. Allerdings mit Werbung beklebt. Silber polterte über den hohen Bordstein. Mit Fernlicht näherten sie sich dem abgestellten Gefährt. Beide stiegen aus.

„Ist er es?", fragte Gero.

„Wahrscheinlich", meinte Silber nur.

Er bemerkte natürlich das defekte Rücklicht, wollte aber erst mal nichts sagen, da der Transporter durch die Werbung leicht verfremdet wirkte. Mit einer knappen Handbewegung löste er die bunten Magnetwerbetafeln vom Lack. Gero öffnete die Ladetüren.

„Leer!"

Silber stieg in den Fahrerbereich und betrachtete den Innenraum im Schein der Kartenleselampe aufmerksam.

„Er ist es", stellte er fest.

„Sicher?"

„Ja, Brenner, die Schweinebacke, hat Kaffeekringel auf dem Armaturenbrett hinterlassen."

„Brenner ist einer der Bewacher?"

„Jau", erwiderte Silber knapp.

„Hat der Wagen im Laderaum vorher auch so nach Öl gerochen?"

Silber runzelte die Stirn und verließ das Cockpit. Gero nahm seinen Platz ein.

„Ich riech nix", kam es von hinten.

„Schließ die Tür und konzentriere dich kurz", empfahl er dem Agenten.

Die Türen bollerten zu.

„Und?", fragte Gero und durchforstete weiter akribisch das Handschuhfach.

„Du hast recht", kam es gedämpft zurück.

Die Ladeluken wurden wieder aufgestoßen.

„Seltsam, woher kommt der Ölmief?"

Gero antwortete nicht sofort, weil er mit seinem Kopf unter den Sitzen verschwunden war.

„Kann ich dir auch nicht sagen."

„Hast du wat gefunden?"

Silber spähte über Geros Schulter.

„Nur einen unbenutzten Notizblock, ansonsten ist alles leergefegt."

„Lass uns gehen. Für dat Erste reicht es zu wissen, dat sie hier umgeladen haben."

Gero verließ das Führerhaus des Transporters. Auf dem Weg zum Parkplatz deutete Silber auf die abgestellten Fahrzeuge, die vom

Abendtau verhangen waren. „Such dir einen aus", bot er seinem Freund an.

„Wir haben doch schon einen Wagen gestohlen", hielt Gero entgegen und deutete auf den zurückgelassenen Capri, dessen Lichter noch brannten.

„Ja, vor 30 Minuten, der ist also gemessen an der Lage, in der wir stecken, alt. Außerdem haben wir ein Paket im Kofferraum."

„Sollten wir ihn nicht freilassen?"

„Mach dir keine Sorgen. Sie werden bestimmt gleich hier sein, um ihn zu befreien."

Silber wischte den Tau von der Fahrerseite eines BMW und lugte hinein.

„Der hat keine Alarmanlage. Der ist gut."

Silber zog seine Automatik raus und wollte die Scheibe einschlagen, als Gero sich auf einmal umdrehte und zum Transporter zurücklief.

„Ey, wat ist los. Hier steht nix besseres", rief Silber ihm nach. „Ich würde dir ja auch gerne 'nen Mercedes knacken."

Gero ließ sich nicht beirren.

Silber steckte die Waffe zurück in das Halfter und ging seinem Kollegen nach.

„Hallo, Sherlock Holmes an Heimatbasis", scherzte er, als er sah, dass Gero plötzlich wie angewurzelt vor dem Transporter stehen blieb.

„Es liegt hier kein Tau auf den Scheiben", murmelte er nachdenklich.

Silber zog die Augenbrauen zusammen und fuhr mit dem Finger langsam über die tatsächlich furztrockene Seitenscheibe, dass es quietschte.

„Der Wagen kann also noch nicht lange hier stehen", fuhr Hobby-Holmes mit seiner Analyse fort. „Schieb ihn bitte mal ein Stück nach vorn", bat er den Agenten.

Silber löste die Handbremse und schob ihn an.

„Danke, das reicht", bestimmte Gero nach nur wenigen Metern und lenkte seinen Blick auf den Rasen.

„Was immer im Wagen war, es ist hier nicht entladen worden", stellte Gero fest und suchte weiter im Schein des Abblendlichts nach Spuren.

„Und wie kommst du darauf?"

Der Aushilfsagent deutete auf den Boden.

„Die alten Abdrücke im Rasen unterscheiden sich doch kaum von den frischen. Wenn der Wagen noch beladen gewesen wäre, hätte die erste Spur", er deutete auf die Stelle, wo der Wagen vorher gestanden hatte, „sich von dieser", der Fingerzeig ging nun auf die eben berollte Strecke, „erheblich unterscheiden müssen. Auch wenn der Rasen Ruhezeit hatte, das Gras ist gleichmäßig eingedrückt. Hier und dort. Was uns zudem auch noch zeigt, dass der Wagen erst kurz hier steht. Und wenn du sagst, dass er randvoll mit Kartons war, dann müsste die Besatzung jetzt noch beim Umladen sein. Außerdem ist die Rasenfläche um den Transporter herum bis hin zum Rollfeld nicht zertrampelt. Nur unsere Spuren kann man sehen. Fazit: Jemand hat den leeren Wagen einfach hier abgestellt"

„Also Sackgasse."

„Mmh, nicht ganz. Es ist eine Eventualität, die wir nun außer Acht lassen können."

„Die anderen Möglichkeiten wollen mir aber gerade peinlicherweise nicht einfallen", erwiderte der Agent trocken.

Hobby-Holmes gähnte.

„Können wir mal eben bei mir vorbeifahren?"

„Vergiss es", antwortete Silber. Die räumen mit großer Wahrscheinlichkeit gerade deine Bude um."

Gero sah ihn entgeistert an.

„Das ist mir jetzt aber unangenehm."

„Wieso?"

„Ich habe nicht gespült."

Die BND-Leute betraten eine durchgelüftete, ordentlich aufgeräumte Wohnung, nachdem sie auf dem Mülheimer Flughafen nur den leeren Transporter vorgefunden und ihren Kollegen aus dem Kofferraum befreit hatten. Der Teppich war flusenfrei gesaugt und selbst die Betten waren hergerichtet. Da störte es fast, dass der eine Teller in der Küche nicht abgewaschen war. Alles war so exakt und penibel in die Regale gestellt, dass sie gar nicht wussten, wo sie anfangen sollten. Die Nachrichten auf dem Anrufbeantworter stellten sich als harmlos heraus. Auf dem Computer im Wohnbereich ließ sich nichts Aufregendes finden. Sogar Geros Handy ruhte in der Ladestation bei den CDs. Einer der Agenten holte sein Mobiltelefon heraus und informierte seinen Chef über die Durchsuchung. Dieser wies sie an, in der Wohnung zu verweilen, da immerhin die Möglichkeit bestand, dass Pallasch etwas aus seiner Wohnung benötigte. So ließen sich die Agenten vorsichtig auf der Couch nieder und achteten ungewohnt respektvoll darauf, nicht die Knicke in den Zierkissen zu zerstören.

„Wir können erst morgen Mittag los", meldete Alex dem Prinz.

Dieser zeigte sich verwundert.

„Früher wäre unsinnig", setzte sie hinzu.

„Du weißt, dass man nicht unbedingt auf uns wartet und andere es begrüßen würden, wenn wir überhaupt nicht erscheinen. Unpünktlichkeit wäre fatal."

„Wir werden auf jeden Fall rechtzeitig da sein", versprach die Blondine.

„Dann werde ich mich jetzt um den Rest kümmern", lächelte der Adelige und tippte ein paar Zeilen auf dem Laptop.

„Meinst du, sie haben den Transporter gefunden?"

„Der BND nicht. Silber bestimmt", kam schmunzelnd die Antwort.

„Werden sie es schlucken?"

„Der BND schon. Silber nicht."

„Warum gerade er nicht? Die Finten sind doch für ihn maßgeschneidert."

Der Prinz wartete, was die Gegenseite ihm antworten würde, und schrieb erneut ein paar Worte ins Netz.

„Du kannst ihm so viel schneidern oder zukommen lassen, wie du möchtest. Er ist wie ein Gegenpol, der alle Dinge umgeht und irgendwie letzten Endes zum Ziel kommt. Erklärungen dafür gibt es keine. Suche sie nicht. Das haben schon etliche vor dir versucht. Die meisten haben jetzt mehr Zeit zum Nachdenken, als ihnen lieb ist", lachte der Prinz böse auf. „Die letzte Möglichkeit, die ich noch in Betracht ziehen würde, wäre es, beizeiten einen Physiker mit der Aufgabe zu betrauen, mir das Phänomen Silber zu entschlüsseln", scherzte er.

„Du sagst, dass er sich Hilfe holen wird", gab Alex sich sorgenvoll.

„Das will ich hoffen. Ich habe da eine ganz bestimmte Person im Auge"

„Du legst es geradezu darauf an, dass du auf ihn triffst, wenn du ihn weiter so gewähren lässt."

„Betrachte es als zusätzliche Herausforderung."

„Es gibt da jemanden, der mich mal gelehrt hat, dass Herausforderung ein anderes Wort für Problem ist", gab Alex sich hartnäckig.

Der Prinz erinnerte sich an seine Worte und musste unwillkürlich lächeln. Er blickte vom Monitor auf.

„Meine Liebe, alles ist so ausgerichtet, dass mit Silbers Aktion erst zu rechnen ist, wenn die Sache bereits hinter uns liegt. Wer weiß, möglicherweise kann man ihm ja mit einem zusätzlichen, gelungenen Schachzug etwas mehr anhängen, um ihn endgültig aus dem Rennen zu werfen."

„Vielleicht richtet er aber auch so viel Schaden an, dass wir unseren Plan gar nicht ausführen können."

Er lächelte düster.

„Siehst du? Und dafür, dass so etwas nicht vorkommt, bist einzig und allein du zuständig.".

Hornissennest

Es klopfte an der Scheibe, und nur unwillig ließ Gero sich wecken. Silber stand geduldig an der Beifahrerseite und wartete im Nieselregen mit einem Tablett auf den Händen darauf, dass sein Kumpel endlich die Scheibe runterließ, damit er ihm das Frühstück servieren konnte.

Die Nacht hatten sie im BMW nahe dem Rumbachtal in Mülheim verbracht. Der Wagen war sehr geräumig und die Sitze bequem, keiner konnte also über verrenkte Glieder klagen. Durchzug gab es auch nicht, weil die eingeschlagene Scheibe mit einer Regenjacke perfekt abgedichtet worden war.

Der Agent hatte mit dem Wagen eine nahe gelegene Bäckerei angesteuert, während sein Mitstreiter noch schlummerte, und von seinem restlichen Kleingeld etwas zu mampfen besorgt. Gero ließ die Scheibe herunter.

„Frühstück", trällerte Silber melodisch und schob das Tablett in die Öffnung. Pfeifend joggte er kurz um den Wagen herum und stieg ein.

„Hättest du dir auch nicht träumen lassen, dat ich dir mal dat Frühstück ans Bett bringe, wah?"

„Ja, ein wahrer Traum. Verfolgt vom BND in einem gestohlenen BMW nahe einem dunklen Waldstück zu nächtigen, um dann später ein ausgiebiges Frühstück zu genießen."

Silber biss in ein Brötchen.

„Hier, ich hab dir ein Käsebrötchen mitgebracht", pries der Agent mit vollem Mund sein Mitbringsel an.

Gero verzog das Gesicht.

„Ich mag keinen Käse."

„Oh, entschuldige", kaute Silber weiter, gab Gero sein angebissenes Brötchen und begann, das verschmähte zu essen.

„Tausend Dank", erwiderte Gero nur und betrachtete das Brötchen, das so aussah, als hätte eine Muräne daran genagt.

„Wie geht es im Übrigen weiter?"

„Dasselbe wollte ich dich gerade fragen. Wat sollte also der Schmu am Flughafen?"

„Ablenkungsmanöver."

„Ablenken von wat?"

„Von einem anderen Ort?"

„Und der wäre?"

„Weiß nicht", kapitulierte Gero.

„Kacke."

„Und nun, aufgeben?"

„Bekloppt?"

„War ja nur eine Frage."

Silber mampfte weiter.

„Isst du das noch?", fragte er Gero und deutete dabei auf dessen Brötchen.

„Nee, eigentlich nicht."

Silber nahm ihm den Brotfetzen aus der Hand.

Gero zerknüllte die Brottüte, schnappte sich einen Kaffee und legte das Tablett in den Fond. Sein Blick fiel auf das Armaturenbrett, wo der Block lag, den er gestern im Transporter zwischen den Sitzen gefunden hatte.

„Brauchten die Boten eine Straßenkarte?", fragte er den Agenten.

„Nein, sie erhielten die Anweisungen per Funk und kannten den Weg eigentlich bis zuletzt gar nicht."

Hobby-Holmes stellte den Kaffeebecher in den Halter nahe dem Radio und schaltete dieses bei der Gelegenheit an. Dumpfe Musik trällerte aus unendlich vielen Boxen um sie herum, während Gero den leeren Block in die Hand nahm. Er blätterte ihn durch und zwang die neuen Seiten, sich voneinander zu trennen. Es fehlten ungefähr die ersten fünf.

„Mussten sich die Fahrer Notizen machen oder haben sie das Geld quittiert?"

„Das Geld mussten sie nicht quittieren, und ob sie sich Notizen gemacht haben, kann ich dir nicht sagen. Aber vorstellen kann ich es mir nicht."

Gero schloss die Augen und fuhr mit den Fingern über das Blatt. Er grummelte etwas vor sich hin und kramte im Handschuhfach herum.

„Suchst du was Bestimmtes?", fragte Silber nach.

„Bleistift", hörte der Agent nur und begann daraufhin ebenfalls, in seiner Seitenablage zu suchen.

„Ich habe einen", murmelte Gero nun vollkommen in Gedanken.

Silber beobachtete seinen Kumpel dabei, wie er anfing, systematisch mit feinen Strichen das Blatt von oben an zu schraffieren.

„Wat wird dat, wenn es fertig ist?"

„Vielleicht hat jemand etwas notiert, was sich durch die restlichen Blätter gedrückt hat. Wenn ich mit dem Stift über eine Vertiefung fahre, wird sie sichtbar."

Silber ließ die Agentenaushilfe gewähren und räumte den improvisierten Frühstückstisch ab. Er brachte der freundlichen Verkäuferin das Tablett zurück. Auf dem Rückweg spielte er mit dem Gedanken, sich vielleicht doch seinem Chef zu stellen. Wenn die Spezialisten den Transporter gründlich untersuchen würden, wäre die Chance bestimmt tausendmal größer, etwas zu finden. Gestern bei Nacht und Nebel haben sie bestimmt so manches übersehen. Außerdem würden sie die ganze Laube nach Fingerabdrücken oder Fasern absuchen. Nur ein kleines Detail, und sie hätten eine Spur, die sie zu einer zweispurigen Fährte ausarbeiten könnten. Silber atmete tief durch. Es wäre ja auch keine Schande, jetzt aufzugeben. Bolte würde den Zwischenfall bestimmt als Ausflug bewerten und ihn vielleicht zu manchen Dingen hinzuziehen oder seine Meinung hören wollen, wenn es mal eng werden sollte. Außerdem hatte der Morgennebel sein Gemüt wieder abgekühlt und er war bereit, den beschlagnahmten Gero zu Hause abzuliefern, damit er sich endlich seinen Wochenendvideos widmen konnte. Mit diesem weisen Entschluss im Kopf stieg Silber in den BMW.

„Gero, ich habe mir gedacht ..."

„Schmieröl", unterbrach Gero ihn.

Der Agent wusste nicht so recht, was sein ehemaliger Fabrikkollege von ihm wollte.

„Wat?"

„Im Transporter hat es nach Schmieröl gerochen."

„Kann sein. Wie kommst du ..."

Gero präsentierte sein Spurensicherungswerk erster Güte. Auf dem mit Bleistift ausgemalten Blatt befanden sich einige helle wirre Linien, die sich nach näherer Betrachtung sinnvoll zusammenfügen ließen. Wenn man sich damit ausgiebig beschäftigte. Silber erkannte nur ein heilloses Kuddelmuddel.

„Wer auch immer den Wagen gefahren hat, hat gestern in den frühen Abendstunden Schmieröl abgeholt. Sie müssen es also noch einige Stunden durch die Gegend kutschiert oder erst lange nach der Abholung aus den Wagen genommen haben. Daher hatten wir noch den leichten Geruch in der Nase."

„Wie kommst du denn darauf?", fragte der BND-Mann.

„Der Block war auf einem Klemmbrett und darauf hat man, denke ich, den Lieferschein ausgefüllt."

Silber lugte angestrengt auf den Beweis und konnte wirklich absolut nichts erkennen.

„Sieh hier", zeigte Gero und deutete mit dem Stift in der Luft einen Kreis über der wichtigen Stelle an. Mit viel Geduld und noch mehr Fantasie konnte Silber das Wort ‚Schmierstoffe' erkennen.

„Hier muss der Stempel gelandet sein", fuhr Gero fort und deutete im unteren Bereich auf ein rechteckiges, kleines Stück, das der Bleistift überflogen und weißgrau zurückgelassen hatte.

„Gero, du erstaunst mich", meinte Silber und spielte noch immer mit dem Gedanken, sich gleich bei Bolte zu melden. „Doch lässt uns auch dat nicht weiterkommen, deshalb ..."

„Es geht noch weiter." Gero war jetzt richtig in Fahrt. „Der Beifahrer muss die Befürchtung gehabt haben, dass sie sich verfahren könnten. Daher hat er wohl bei jeder Gelegenheit mit dem Stift reflexartig die Wege auf der Karte nachgezeichnet."

Gero deutete auf eine relativ tiefe Macke inmitten der wirren Striche und Linien. „Hier war scheinbar ihr Ziel."

Silber nickte anerkennend. Wenn er Bolte ein solches Beweisstück brachte, würde das sicherlich als großer Pluspunkt für ihn gewertet werden. Silber war sich sogar sicher, dass die Experten eine nachvollziehbare Strecke entschlüsseln könnten, wenn sie dieses Wirrwarr in ihre Computer einscannen und weiter bearbeiten würden. Er ließ den Motor an. Gero drehte seinen Sitz nach oben.

„Fahr am besten da vorne lang, dann kommst du gleich auf die A40 Richtung Duisburg."

„Gero, ich wollte dich eigentlich nach Hause bringen."

„Ach, aber ich bin jetzt ganz wach", vermeldete Gero gutgelaunt. „Du kannst mich ruhig noch mitnehmen."

Silber trat sanft auf die Bremse.

„Gero, was redest du denn da? Wohin mitnehmen? In den Knast, du Idiot?"

Jetzt guckte Gero Silber verdutzt an.

„Nein, nach Duisburg-Ruhrort."

„Ollen, wie kommst du denn jetzt auf Ruhrort?"

„Der Transporter wurde in Ruhrort entladen, hatte ich das nicht gesagt?"

Tief atmete der Prinz die frische Ruhrorter Luft ein. Der Frachter schaukelte seicht auf den sanften Wellen. Am Ufer standen vereinzelt Angler, die ihr Glück zur frühen Stunde versuchten, oder Rentner, die sich hier am Fluss trafen, um durch ihre Ferngläser die neu ankommenden Schiffe zu beobachten. Vereinzelt gingen auch Leute mit ihren Hunden über die große Mühlenweide spazieren, und am Ende des Landstreifens erhob sich auf einem hohen Betonsockel St. Nikolaus, der Schutzpatron aller Seefahrer. Recht idyllisch die Gegend, wie der Adelige fand. Und er beschloss, trotz des wechselhaften Wetters, sich ein wenig auf dem Deck niederzulassen. Über ihm rumpelten auf der Friedrich-Ebert-Brücke die Fahrzeuge zur jeweils anderen Rheinseite. Sein Blick wechselte zur Uhr. In wenigen Stunden konnten sie aufbrechen und würden damit endlich dem nutzlosen Warten ein Ende setzen und die erheblich wichtigeren Dinge in Angriff nehmen. Sein einziges Dilemma war, und so etwas hätte er sich bisher niemals vorstellen können, dass sie zu viel Geld erbeutet hatten. Gerne würde er das Geld einfach unter allen Beteiligten aufteilen. Doch nicht alle konnten verantwortungsvoll mit der enormen Summe umgehen, da war er sich ziemlich sicher.

Also musste er es anderweitig loswerden. Verschenken wollte er es natürlich auch nicht. Die Möglichkeit, nicht alles aus dem Transporter zu entwenden, hatte er von vornherein für zu speziell gehalten. Er musste noch ein wenig über das Problem grübeln. Ihm würde aber schon etwas einfallen.

Gero versuchte Silber mit seinem äußerst abstrakten Vorstellungsvermögen zu erläutern, wie er es schaffte, aus dem grausilbernen Liniensalat zu erkennen, wo der Transporter mit sehr hoher Wahrscheinlichkeit entladen worden war. Bevor dem Agenten endgültig die grauen Zellen explodieren konnten, kam es zu einer plausiblen Lösung. Selbst Silber erkannte, dass es zwischen zwei Halbkreisen eine verhältnismäßig lange Linie gab. Sie gingen davon aus, dass der Künstler nach dem Verlassen des Tunnels damit angefangen hatte, auf der Karte rumzukrakeln. Wenn man 87 Millionen Euro am Hintern hatte, konnte man schon mal vor lauter Nervosität und Träumereien seinem künstlerischen Temperament freien Lauf lassen. Die beiden Halbmonde waren scheinbar Verteilerkreise. Der eine in der Stadtmitte, der andere, verbunden mit der langen Linie, der Verteiler in Ruhrort. Die folgenden Linien, die mit einem dicken tiefen Punkt endeten, führten, so wie sie verliefen, in das Hafengebiet von Ruhrort. Nun standen sie auf der Friedrich-Ebert-Brücke, froren sich den Arsch ab und guckten hinunter auf die Schiffe.

„Gero, meinst du wirklich, jemand versucht über den Wasserweg zu entkommen, wenn er sich von der Beute einen kompletten Flughafen kaufen könnte?"

„Der Wasserweg ist wahrlich ungewöhnlich, allerdings auch so gut, dass immerhin noch niemand auf die Idee gekommen ist, hier zu suchen."

„Okay, wir schauen mal, ob der Hafenmeister da ist und fragen ihn, welche Schiffe seit gestern wohin geschippert sind."

Sie stiegen in ihren erbeuteten Wagen, verließen die Brücke und fuhren den Turm des Hafenmeisters an.

Silber blieb zurück und überließ Gero die Befragung. Der Hafenmeister gab sich sehr auskunftsfreudig. So erfuhr Hobby-Holmes, dass seit gestern keine Schiffe den Anlegeplatz verlassen hatten. Der Mann wusste aber zu erzählen, dass ein Pott heute noch die Weiterfahrt antreten wollte.

„Tolle Wurst", nörgelte der junge Agent. „Sollen wir die Schiffe trotzdem mal ablaufen? Sind ja nicht viele."

„Klar, warum nicht?"

Silber schlug die Tür zu und sie schlenderten gemütlich entlang der Anlegemeile. Gleich beim ersten Schiff zog der Agent seinen Kumpel jedoch hastig hinter einen Brückenpfeiler.

„Was ist?", fragte Gero verwundert.

Silber erwiderte zunächst nichts, sondern linste erst vorsichtig um die Rundung der Betonstütze.

„Wir müssen sofort an ein Telefon", flüsterte er.

„Junge, was machst du denn wieder für einen Mist?", war das Erste, was Bolte von sich gab, als Silber anrief. Der junge Agent ließ seinen Chef gar nicht richtig in Wallung kommen und erklärte ihm mit knappen Worten, dass er umgehend mit jedem nur verfügbaren Mann im Ruhrorter Hafen einlaufen müsse, um einen Frachter, der dort ankerte, auf den Kopf zu stellen. Selbstverständlich wollte Bolte wissen, wie er auf so einen Trichter kam. Silber erklärte ihm daraufhin, dass er Martin Kaupt, den Prinzen, dort auf einem Frachter namens Maren gesehen hätte. Silbers Chef befahl dem Abtrünnigen zu bleiben, wo er war. Er würde umgehend weitere Leute schicken.

Aber Boltes Vorgesetzte hielten Silbers neue Meldung entweder für ein geschicktes Ablenkungsmanöver oder für einen schlichten Zufall. Es konnte ja durchaus sein, dass der Prinz sich im Ruhrorter Hafen aufhielt. Nur konnte es genauso gut sein, dass er ein ganz anderes Unterfangen verfolgte, denn ihn brachten sie mit dem Geldraub eigentlich weniger in Verbindung. Vielleicht war es so, dass Silber und der

Prinz zusammenarbeiteten und sich diesen Zug ausgedacht hatten. Und der Agent wollte nun den Gangsterboss hintergehen, um ihm die Beute abzuluchsen. Möglichkeiten über Möglichkeiten. Um einen Anfang zu setzen, schickte Bolte immerhin mal eine Handvoll Leute nach Ruhrort.

Bolte hatte Silber zwar gesagt, dass er ihm Verstärkung schicken würde, allerdings hatte er damit auch nicht automatisch gemeint, dass er von allen Vorwürfen befreit sei. Deswegen schauten sich Hobby-Holmes und der geächtete Agent das Schauspiel lieber aus sicherer Entfernung an.

„Bist du ganz sicher, dass es der Prinz war?", fragte Gero vorsichtig.

„Sehr sicher sogar", antwortete Silber ihm mit fester Stimme.

Gero kannte den Prinzen ebenfalls. Zum Glück nur flüchtig, aber selbst die kurze Begegnung reichte für den Rest seines Lebens aus. Er drängte daher nicht auf eine unnötige Wiederholung. Gero hatte miterleben müssen, wie der Prinz damals die Süßwaren-Firma, in der er heute noch arbeitete, mächtig auf den Kopf gestellt hatte, nur um von seinem eigentlichen Vorhaben abzulenken. Gero, Silber und etliche andere Arbeitskollegen waren damals unglücklicherweise in seine Fänge geraten, aus denen sie nur mühsam entkommen konnten. Bei all diesen Geschehnissen war ein sehr guter Kollege von ihnen ums Leben gekommen, Silbers bester Freund.

Und seitdem versuchte Silber, den Prinzen dingfest zu machen. Er ist sogar so weit gegangen, dass er dafür in die Dienste des deutschen Geheimdienstes getreten war. Gero fand das alles damals auch unfassbar schlimm, allerdings hielt er diesen Schritt für reichlich überzogen. Silber betonte aber immer wieder, dass er es dem alten Paule schuldig sei.

Das alles lag nun gut fünf Jahre zurück. Silber hatte inzwischen zahlreiche Aufträge für die BRD erledigt. Er hatte nach eigenen Angaben sogar einmal beinahe den sagenumwobenen Nibelungenschatz gefunden, was Gero natürlich unglaublich fand.

Ganze fünf Jahre und nun waren sie scheinbar wieder im Kielwasser des Untergrundkönigs gelandet.

„Warum muss mir das passieren?", fragte Gero voller Unbehagen.

„Tja, irgendwann schließt sich der Kreislauf und alle Wege führen irgendwie wieder zusammen", wurde Silber ungewohnt philosophisch.

Gero hoffte insgeheim, dass Silber sich irrte.

„Mach dir keinen Kopf. Ich irre mich nicht", las Silber Geros Gedanken.

„Außerdem, wenn du noch einen Beweis brauchst, schau mal auf Höhe des Bugs."

Gero lenkte seinen Blick auf das Vorderdeck und wurde leichenblass.

„Ich will sofort nach Hause", stammelte er tonlos.

„Am Arsch. Du bleibst hier."

Der Grund für Geros plötzlichen Aufbruchswunsch war ungefähr zwei Meter groß, wog gute 120 Kilo, hatte ein sonnengegerbtes, narbendurchzogenes Gesicht und mehr Leute kaltgemacht als eine Kühltruhe. Wenn der grobe Brocken hätte reden können, wären seine Worte bestimmt wie ein Grollen bei ihnen eingeschlagen. Die Rede war von Kolja, dem Personenschützer des Prinzen. Kolja, ein ehemaliger KGB-Mann, hatte während seines Afghanistan-Einsatzes die Sprache verloren – aber nicht, weil die Eindrücke ihn so mitgenommen hatten. Nein, er schnitt sich während eines Verhörs selbst die Zunge heraus, um seinen Gegnern zu zeigen, dass er partout nicht bereit war, etwas Wissenswertes auszuplaudern. Dieser Mann war genau nach des Prinzen Geschmack und deshalb auch immer ganz vorne mit dabei. Das wusste selbst Gero.

„Brauchst du noch weitere stichhaltige Indizien?"

„Danke, ich bin fürs Erste bedient."

Silber wäre froh gewesen, wenn er seinen Chef zuvor genauso locker überzeugt hätte wie seinen Kompagnon. Die Herrschaften ließen sich nämlich ganz schön Zeit. Der einzige Wagen, der vorfuhr, war ein Mercedes, aus dem eine Blondine stieg.

Sie winkte Kolja näher heran, rief ihm etwas zu, und er verschwand flugs, um den Prinzen an Deck zu holen. Der Adelige lauschte den Worten der Kurzhaarigen und verschwand zusammen mit dem Personenschützer im Wagen, der umgehend davonbrauste.

„So ein Mist, dat gibt es doch nicht."

„Lass ihn", beruhigte Gero. „Es reicht, wenn er das Geld zurücklässt."
Anschließend fuhren nun drei andere Wagen vor, aus denen nun unzählige Leute stürmten und kurzerhand den Kahn kaperten.

„Super, nun ist der Prinz sein Taschengeld los. Höhöhö!"

Die beiden beobachteten, wie die Männer auf dem Schiff ausschwärmten und die Luken beiseite zogen. Sichtbar wurde ein ganzer Haufen Kohle. Doch nicht die Kohle, die Silber erwartet hatte, sondern pechschwarze Duisburger Kohle, die hier abgebaut wurde.

„Jungs, sucht weiter! Lasst euch jetzt bloß nicht von ihm verarschen", feuerte Silber seine Kollegen aus der Ferne an. Die BND-Leute ließen sich vom Partikulier die Frachtpapiere zeigen, die aber offenbar in Ordnung waren. Sie durchforsteten daraufhin noch einige Luken und Abstellmöglichkeiten, bis sie achselzuckend den Rückzug antraten.

„Ihr müsst weitersuchen", bettelte Silber. Er musste jedoch letzten Endes zusehen, wie sich der Suchtrupp auflöste.

„Sie glauben dir nicht, sonst hätten sie sich mehr Mühe gegeben", stellte Gero fest.

„Maren, wo hältst du den Schotter versteckt?", fragte er das Schiff.

„Vielleicht ist es doch nicht auf dem Schiff", versuchte Gero zu entschärfen.

„Nein, nein, wir liegen richtig. Die Frage ist nur, wo machen wir jetzt weiter?"

„Wir setzen erst einmal den Vorschlag um, den du vorhin vorgebracht hast."

Silber sah Gero fragend an.

„Du bringst mich nach Hause", erinnerte Hobby-Holmes.

„Klar, mache ich", versprach Silber. „Aber nicht jetzt. Wir suchen mal eben die Kohle, und im Handumdrehen sitzt du bei Kaffee und Kuchen in deinem schmucken Heim."

„René, wir würden da unnötig in einem Hornissennest herumstochern, und du weißt, Hornissen stechen, wenn sie verärgert sind."

„Ja, klar, wat hast du denn geglaubt, dat die dich zu ihrer Königin machen?"

Alex war stolz darauf, dass ihr Bewachungsnetz rund um den Frachter funktionierte. Doch sogleich keimte in ihr die Frage auf, wie so eine Aktion überhaupt zustande kommen konnte.

Nicht, dass der BND sich nur in der Nähe aufgehalten hätte, was ja an sich schon bewundernswert gewesen wäre. Nein, er hielt genau auf ihr Versteck zu! Über verschlüsselten Funk erfuhren sie, dass die Besucher zwar allesamt auf dem Geld herumgelaufen waren, aber keiner es gefunden hatte. Dann kam die Entwarnung. Endlich.

„Meine Liebste, kannst du mir etwa verraten, welchem Umstand wir es verdanken, die Abreise so schrecklich unpünktlich anzutreten?"

Der Prinz schlug einen leichten Plauderton an.

„Nein, noch nicht", gab sie zähneknirschend zu.

„Auch gut. Lass uns jetzt bitte wenden. Wir haben noch etwas zu tun."

Die Fahrerin schlug bei der nächsten Gelegenheit das Lenkrad ein und raste zurück zum Hafen. Dabei kamen ihnen die drei Wagen entgegen, die zuvor den Hafen angefahren hatten. Am Schiff angekommen, bemerkte die Blondine dort einen blauen BMW. Waren noch nicht alle Agenten abgezogen?

Ein Mann saß mit den Rücken zu ihnen auf einem Container. Als sie ausstiegen, drehte er sich mit einer Waffe in der Hand um.

„Prinzchen, du alte Arschmade, schön dich zu sehen."

„Guten Morgen, Herr Silber", grüßte der Adelige, ohne auch nur im Geringsten von Silbers Anwesenheit überrascht zu sein. „Wie ich sehe, geben Sie Ihr ganzes Geld immer noch für Ihr Äußeres aus."

Silber lächelte müde. Er sah im Augenblick wirklich so aus, als hätte er die letzten Tage im Gully übernachtet.

„Oh, ich wollte nicht unhöflich sein", setzte der Prinz nach. „Darf ich Ihnen Alexandra vorstellen", erwies sich der Prinz als Gentleman.

„Alex, das ist Agent René Silber. Kolja kennen Sie ja schon, nicht wahr? Vor allem kennt Kolja Sie."

Alex linste mehrmals verstohlen zum Führerhaus des Frachters und hoffte auf Hilfe.

„Da brauchste nicht hochschielen. Dem Kapitän habe ich wat vor den Koffer gehauen, weil er mir nicht sagen wollte, wo die Knete ist."

Alex wollte einen Schritt auf Silber zu machen. Der Agent faxte nicht lange herum und schoss der Blondine einfach vor die Füße.

Nachdem der Schuss unter der Brücke verhallt war, wandte er sich an den Prinzen.

„Sag der Kampflesbe und dem Klingonen, sie sollen sich ruhig verhalten. Wie ihr euch vorstellen könnt, war mein Tag gestern nicht sonderlich gut, und ich habe keinen Bock auf weitere Mätzchen."

„Verständlicherweise", gab der Prinz sich mitfühlend.

„Machen wir es kurz. Wo ist die Patte?"

„Ich möchte Sie nur ungern ungehalten erleben, doch kann ich Ihnen diese Auskunft unter keinen Umständen geben. Ich bitte da um Verständnis."

„Gut, wir können auch liebend gerne bis morgen früh hier abhängen."

„Das glaube ich nun weniger", schmunzelte der Prinz.

Silber sah ihn mit einem großen Fragezeichen auf der Stirn an.

„In Erwartung Ihrer verfrühten Ankunft habe ich mir etwas Besonderes für Sie einfallen lassen."

„Deine blöden Bestechungen kannst du dir sparen."

„Nein, an eine Bestechung habe ich weniger gedacht. Eher gebe ich Ihnen die einmalige Chance, viele Leben zu retten. Ziemlich kleine Leben sogar."

„Wat kommt denn jetzt für 'n Scheiß?"

„Ich habe mir erlaubt, auf dem Spielplatz eines Kindergartens Tretminen verteilen zu lassen."

„Kindergärten haben sonntags immer geschlossen, du Blitzbirne, also können wir uns bis morgen unterhalten."

„Im Normalfall würde ich Ihnen zustimmen und ein längeres Gespräch mit Ihnen wäre durchaus reizvoll. Doch möchte ich Sie darauf aufmerksam machen, dass sich in einem Kindergarten in der Nähe zur frühen Mittagsstunde die Tore öffnen werden, um den Tag der offenen Tür zu feiern. Somit hätte der Kinderhort dann heute doch noch geöffnet."

„Du bist irre", stellte Silber fest.

„Sie stehen vollkommen alleine da, nur mit einem Revolver bewaffnet, um mir mein wohlverdientes Geld streitig zu machen. Ihnen kann man nun aber auch keine gesunde Psyche bescheinigen."

Silber betrachtete den Prinzen und fragte sich, ob im Kindergarten tatsächlich Tretminen versteckt waren. Es wäre ihm zuzutrauen, gemessen an den unfassbaren Dingen, die er schon anordnen ließ.

„Herr Silber, bevor Sie aufbrechen, darf ich Sie noch fragen, wie Sie so schnell hier vor Ort sein konnten?"

Silber zog das zusammengeknüllte Stück Papier aus der Hosentasche, das ihn geführt hatte, und warf es seinem Gegenüber vor die Füße.

„Euer Fahrer war so freundlich und hat mir den Weg aufgemalt."

„Darf ich es aufheben?", fragte die Blondine geschickt.

„Wenn du kein Piercing in Form einer 9-mm-Kugel in deiner Steckrübe haben willst, besser nicht. – Mein lieber Prinz, ich werde mich jetzt mal auf die Suche nach deiner lieblichen Spende machen. Muss dir allerdings gleich sagen, dat du noch eine Menge Spaß mit mir haben wirst. Denn ich glaube nicht, dat du das Schiff so schnell umladen kannst, wie ich wieder auf der Matte stehen werde."

„Darauf lass ich es ankommen."

Silber stieß einen kleinen Pfiff aus. Gero trat mit einer Uzi hinter dem Pfeiler hervor. Hobby-Holmes hatte zwar von Waffen soviel Ahnung wie eine Kuh vom Tauchen, aber in dem Fall war nur die Optik wichtig.

„Oh, Sie sind auch mit von der Partie", freute sich der Prinz.

Gero verbeugte sich sogar ein wenig und setzte sich auf den Fahrersitz des BMW, um ihn anzulassen.

„Seh ich im Rückspiegel auch nur eine Bewegung, baller ich euch weg."

„Herr Silber ist Scharfschütze, muss du wissen, Alex", erklärte der Mentor seiner Schülerin, die ihren Körper bereits angespannt hatte. Der Agent stieg in den Wagen und Gero fuhr davon.

„Verstehst du jetzt was ich meine, Alex?".

Schwule Bombe

Anna Polowna schmückte am Tisch ein paar weitere Tellerchen für die kleinen Ungeheuer, die gleich mit ihren Eltern reinströmen würden, um ihnen und anderen zukünftigen Erziehungsberechtigten den Kindergarten in Duisburg-Beeck zu zeigen. Oft werden Kinderfeste – zu Recht – mit Hausbränden verglichen, wenn es um die Mühe geht, diese durchzuführen.

Anna allerdings machte es Freude, diesen Brand zu löschen. Sie liebte es geradezu, wenn die Räume von Kinderlachen erfüllt wurden. Chaos war da natürlich an der Tagesordnung. So ähnlich wie in ihrem Privatleben. Die überaus hübsche, ehemalige Kunstdiebin hatte sich erst vor kurzem von ihrem Lebenspartner getrennt. Zu viele Differenzen hatten sich ihrer Meinung nach angehäuft. Doch in mancher langen Stunde überlegte sie, ob sie nicht einen Fehler gemacht und die Beziehung zu extrem beendet hatte. Ihr Lebenspartner, seines Zeichens Agent des deutschen Geheimdienstes, war ein Sturkopf hoch zehn. Dass er ihr Friedensangebot in Form eines Heiratsantrages ablehnen würde, war eigentlich so klar wie der Ozean. Nur dann war es ebenso klar gewesen, dass dies das Ende der Beziehung bedeutete. Sie war nämlich nicht minder stur. Anna überlegte oft, ob ihr vergangenes Leben sie so hart hatte werden lassen, oder ob es allein an ihr lag. Ein klärendes Gespräch mit ihrem Lebenspartner wäre schön und würde vielleicht einen Neuanfang bringen. Sie lächelte traurig. Anna vermisste ihren Chaos-Agenten.

Ein leichtes Klopfen an der Tür ließ sie aufhorchen. Die Praktikantin stand im Türrahmen.

„Anna, darf ich dich mal stören."

„Natürlich, was gibt es denn dringendes?", erwiderte Anna freundlich, dankbar für die kleine Ablenkung.

„Kannst du mal kurz kommen? Ich weiß nicht, wie ich das sonst erklären soll. Im Sandkasten … na ja, guck mal selbst".

Gero und Silber hatten schnell herausgefunden, dass der Kindergarten in Duisburg-Beeck derjenige sein musste, in dem die Tretminen versteckt waren. Denn dieser Kindergarten würde heute einen Tag der offenen Tür veranstalten. Silber schaute auf die Uhr. Sie hatten gute 45 Minuten Zeit, die Minen zu finden. Der Agent hatte Bolte angerufen und ihm von dieser Unglaublichkeit erzählt. Doch der ließ sich nicht überzeugen und wollte keine Leute nach Beeck schicken. Er hielt es für eine weitere Ablenkung, da der letzte Einsatz ja auch für den Eimer war. Oder würde er trotzdem Leute schicken, in der Hoffnung, Silber zu stellen? Der Agent ging das Risiko ein. Er betrat zusammen mit seinem Kumpel den Spielplatz und nach wenigen Sekunden war er sich sicher, dass Bolte wirklich niemanden geschickt hatte. Keiner schrie ihn an, seine Waffen wegzuwerfen und sich auf den Boden zu legen. Nichts. Absolut nichts.

„Wie gehen wir jetzt vor?", fragte Hobby-Holmes.

Silbers Blick suchte den Sandkasten, der ungefähr 4 mal 5 Meter maß, nach frischen Erderhebungen ab.

„Ich werde mir jetzt mal ein Stöckchen greifen und feststellen, ob ich auf irgendwas Hartes stoße."

Silber schnappte sich einen Rechen, drehte ihn um und begann, mit dem Stiel voran vorsichtig den Rand des Sandbeckens abzustochern. Schnell war das Becken umrundet.

„Am Rand ist Fehlanzeige", meinte er.

„Sie wird wohl in der Mitte liegen", merkte Gero vorsichtig an. Silber betrat den Sandkasten, als liefe er auf rohen Eiern, den Stiel bei jedem Schritt systematisch in den feuchten Sand tauchend. Nach wenigen Schritten und da, wo Silber es nicht für möglich gehalten hätte, fror ein metallenes Knacken jede seiner Bewegungen ein. Gero starrte gebannt auf das Stockende.

„Hast du was gefunden?"

„Jau."

„Wo? Ich kann nichts sehen. Schieb mal ein bisschen Sand drum herum weg."

„Dat ist nicht nötig", sagte Silber gefasst.

„Warum?", fragte Hobby-Holmes verwundert.

„Ich stehe drauf."

Anna folgte der Praktikantin die Stufen hinunter zum Garten. Ein kurzer Blick Richtung Wanduhr zeigte ihr an, dass sie mehr als genug Zeit hatte, bevor die kleinen Krümelmonster die Einrichtung stürmen würden. Kuchenduft vermischt mit Kaffee- und Kakaoaromen erfüllten die mit Spielzeug ausstaffierten bunten Räume. Die anderen Erzieherinnen dekorierten liebevoll die übrigen Kuchen und füllten die Waffeleisen mit Teig. Durch die Wolken lugte ein wenig die Sonne hervor und überflutete die Räume kurzzeitig mit hellem Licht. Ein schöner Sonntag, um anderen Menschen eine Freude zu bereiten und einzuladen. Einfach perfekt. Anna hatte die größte Freude daran, dem sonst so tristen, langweiligen Sonntag ein wenig Farbe zu verleihen, zumal sie sich auf diese Weise von ihren eigentlichen Problemen ablenken konnte. Deswegen hatte sie sich auch spontan dazu bereit erklärt, an diesem Tag in diesem Kindergarten auszuhelfen. Dankbar wurde die Hilfe der jungen Russin angenommen. Normalerweise lag ihr Aufgabenbereich in einem anderen Stadtteil. Anna betrat das Grün des Rasens und atmete die frische, kühle Luft ein.

„Was ist denn nun?", fragte sie das junge Mädchen überaus gut gelaunt. Diese deutete mit einem Fingerzeig auf den Spielplatz hinter ihrem Rücken.

„Guck mal die beiden da."

„Fang jetzt ganz vorsichtig an, den Sand um meinem Fuß herum wegzuschaufeln."

Gero, der schon vor dem Agenten kniete, nickte nur und machte sich behutsam an die Arbeit.

„Mach bloß keine Scheiße, sonst kann ich dir künftig keine Puppen mehr besorgen", meinte Silber scherzhaft.

„Das macht nichts", erwiderte Gero im Plauderton.

„Wie, dat macht nix? Ich habe dir ja wohl immer die besten Miezen an den Start gebracht", erinnerte der Agent an die alten Zeiten.

„Ja schon, allerdings habe ich für mich rausgefunden, dass ich schwul bin."

Silber sagte gar nichts. Hatte Gero jetzt auch mal einen Witz zustande gebracht oder war das jetzt sein Ernst?

„Wat hast du gerade gesagt?", fragte Silber vorsichtig nach.

„Ich bin schwul", wiederholte Hobby-Holmes sehr konzentriert und schaufelte weiter behutsam den Sand um Silbers Fuß weg.

„Gero, wenn ich nicht gerade auf einer Tretmine stehen würde, würde ich dir jetzt gerne mit Anlauf in den Arsch treten. Wir kennen uns jetzt mittlerweile seit ...", Silber überlegte kurz, „... seit 15 Jahren, und du erzählst mir erst jetzt, dat du schwul bist?"

„Kannst du damit etwa nicht umgehen?", fragte Gero den Agenten.

„Natürlich! Nur, wenn ich gleich gewusst hätte, dat du 'ne schwule Bombe bist, hätte ich mal einen Gang runterschalten können, wat die Frauen angeht. Wenn ich überlege, wie viele Perlen ich für dich angebaggert habe, hätte ich auch als Zugpferd im Harem arbeiten können." Silber regte sich gar nicht mehr ab.

„Das war ja auch vollkommen in Ordnung von dir", meinte Gero.

„Ollen, in Ordnung? Wenn ich daran denke, dat ich dir die Moni überlassen habe."

Gero schaute auf.

„Moni?"

Silber hielt seine beiden Hände ungefähr 30 Zentimeter wiegend vor seinen Brustkorb.

„Melonenmoni, die mit den Megatüten."

„Ah, Monika", grinste Gero und behielt lieber für sich, dass sie wahrscheinlich der Auslöser dafür gewesen war, dass er sich heute zum anderen Geschlecht hingezogen fühlte, so dämlich wie sie war. Sie wusste ja noch nicht einmal, dass der Bua ein Fluss in Malawi war.

„Könnt ihr mir mal verraten, was ihr beiden hier im Sandkasten macht", fragte eine Stimme mit russischem Akzent.

Gero schaute auf.

„Anna?", fragte er erstaunt.

Die Schönheit trat nun neben Silber.

„Gero ist schwul", sagte Silber nur.

„Oh klasse, dann macht er dir wahrscheinlich gerade einen Antrag. Ich wünsche dir viel Glück, Gero. Meinen hat er letzte Woche abgelehnt."

„Ihr wolltet heiraten?"

„Nein, sie wollte heiraten."

„Aber er hat ja keine Zeit für sowas", stichelte Anna.

„Schwul, ich fass es nicht."

„Jetzt reg dich wieder ab. Da merkt man mal, wie blind du bist. Das sieht man doch", meinte Anna.

„Wie, seh ich etwa schwul aus?", wurde Gero zickig.

„Na, du bist schon gepflegter als manch anderer Kerl", hielt Anna entgegen und schielte neckisch auf Silber. „Vor allem bist du aufmerksamer und einfühlsamer."

„Wat soll dat denn jetzt heißen?", motzte Silber.

Anna wandte sich an Gero.

„Gero, wie würdest du das denn nennen, wenn du mit deinem Liebsten auf der Decke liegst und in einer Wolke eine blühende Palme erkennst. Und er macht jede Spur von Romantik zunichte, da er stattdessen die Stoßstange eines Fiat Panda nach einem Auffahrunfall zu entdecken glaubt."

Gero schaute Anna bedauernd an.

„Schon ein wenig unsensibel", antwortete er.

Silber verdrehte die Augen.

„Oh, wie unsensibel", näselte er.

„Für den Heiratsantrag bin ich beim Friseur gewesen, und er sieht das noch nicht mal!"

„Ah, und du hast sie sogar tönen lassen", bemerkte Gero.

„Meine Damen, ich unterbreche euer Frauengespräch ja nur ungern, aber ich habe da noch ein kleines Problem", machte Silber sich bemerkbar.

Das Schiff befand sich nun unter anderem Namen auf Kurs, und der Prinz lehnte sich mit hinter dem Kopf verschränkten Händen entspannt in seinem bequemen Sessel zurück. Er wollte sich etwas Zeit nehmen und ein wenig die neue Situation überdenken, denn so früh hatte er mit dem Auftreten des deutschen Agenten auf gar keinen Fall gerechnet. Er schloss die Augen und hoffte, dass das überaus laute Gerumpel, das nun schon seit einer Viertelstunde über ihm wütete, gleich aufhören würde. Als sich nach weiteren Minuten keine Besserung einstellte, erhob er sich genervt und eilte die Treppen zum Radauraum hinauf. Das Anklopfen sparte er sich, die Verursacherin der Geräusche hätte es sowieso nicht wahrgenommen. Der Prinz stieß die Tür auf. An den Wänden lief das Blut herab.

Alex war über einen Mann gebeugt und schlug ihm immer wieder unermüdlich mit aller Schwere ihre Faust in sein Gesicht. An der Kleidung erkannte der Adelige, dass es sich hierbei um den Beifahrer handelte, der die Karte mit seinen nervösen Strichen verziert hatte. Die Amazone wuchtete den Mann nun hoch und warf ihn mit Schwung vor den Metallschrank, dessen Türen schon rausgebrochen waren. Noch bevor er am Boden lag, traf sie ihn mit zwei irrsinnig schnellen Tritten in die Rippen. Alex verschnaufte kurz und wollte sich wieder auf das blutige, wimmernde Paket stürzen. Der Prinz hüstelte gekünstelt, und die Blondine hielt einen Moment inne.

„Alex, ich verstehe ja deinen Unmut, doch es wäre wesentlich effektiver, wenn du ihn einfach erschießt. Hast du denn gar nichts von mir gelernt?"

Die Blondine nickte diszipliniert. Sie bemerkte, dass ihr Mentor etwas genervt war und wollte ihn nicht weiter reizen.

„Schön", sagte der Prinz sichtlich erleichtert und wollte den Raum verlassen, als sein Blick einen weiteren gefesselten Mann streifte, der mit gebrochenem Genick am Garderobenhaken hing. „Und wer ist das?"

„Er hat den Schreibblock gekauft", erwiderte die Amazone.

Anna glaubte bis zuletzt an einen Scherz oder gar an einen Versuch von Silber, sich ihr zu nähern. Nachdem sie sich allerdings die ganze Geschichte hatte erzählen lassen, wusste sie, dass es die Wahrheit war, denn niemand konnte sich so etwas Krankes ausdenken. Die vermeintliche Tretmine, auf der Silber zu stehen glaubte, war eine zerbeulte Getränkedose gewesen, aber für Anna ein eindeutiges Zeichen dafür, dass der Prinz den Vorfall inszeniert hatte, um für ein Zusammentreffen zu sorgen. Er wollte eindeutig, dass sie und Silber ihm folgten, damit er sein alten Rechnungen begleichen konnte. Anna kannte seine Spielchen nur zu gut. Sie selbst war seine Schülerin gewesen, bevor sie aus seiner Organisation geflüchtet war, da sie seine Pläne damals absolut nicht mehr vertreten konnte. Aber vor allem deshalb, weil sie sich damals in Silber verknallt hatte. Danach schulte sie auf Kunstdiebin um und nun steckte sie mitten in dem Schlamassel, das gerade allgegenwärtig schien.

„Kann mich jetzt endlich jemand nach Hause fahren?", fragte Gero in die kleine Runde hinein, die zusammen am Rheinufer stand. Keine Antwort, nur der Wind pfiff hart durch seine Klamotten.

„Habt ihr gedacht, der Prinz wartet hier auf euch?"

Silber zog nur seine Augenbrauen hoch. Anna nahm ihren Blick nicht vom Wasser.

„Ruf deinen Chef an und erklär ihm alles", schlug Gero vor.

„Du warst doch dabei, als ich vorhin die Meldung von der Mine rausgehauen habe und es keinen gejuckt hat. Die glauben mir einfach nicht", hielt der Agent dagegen.

„Wenn sie wegen dir nicht herkommen, müssen sie doch wenigstens dem Tipp mit dem Schiff nachgehen", blieb Gero beharrlich.

„Bis dahin ist dat Geld längst weg."

„Dann muss nach dem Ursprung der Scheine geforscht werden, sobald sie in Umlauf kommen. Es kann ja wohl nicht deine Aufgabe sein, das auch noch rauszufinden."

Anna drehte sich zu ihnen um.

„Es geht nicht darum, wo das Geld ist, sondern darum, was der Prinz nun damit vorhat. Er weiß selbst, dass die Geldscheine bis zu einem bestimmten Grad wertlos sind. Also versucht er, sie auf einen Schlag loszuwerden."

„Und wie? Dat ist ja wirklich 'ne Menge Holz, dat er da zu verschleudern hat."

„Er wird sich etwas anschaffen."

„Ja, und wat?"

„Ich weiß es nicht, aber es wird definitiv nichts Gutes sein", flüsterte Anna leise in den scharfen Wind.

„Also dürfen wir keine Sekunde verlieren", bemerkte der Agent.

„Na ja, ich kann ja auch den Bus nehmen", lenkte Gero resigniert ein.

„Wohin wird er mit dem Kahn wohl geschippert sein?", überhörte Silber den Kommentar.

„Maren hört sich holländisch an. Vielleicht ist er nach Holland, wahrscheinlich tauscht er es da irgendwie um", dachte Anna laut nach.

„Oder er verschifft es von Amsterdam nach Übersee und versucht es in den USA umzutauschen, die hohlen Printen da drüben merken dat doch sowieso nicht, dat mit der Kohle wat nicht stimmt."

„Guter Gedanke", lobte Anna ihren Verflossenen.

Silber schaute sich schon wieder nach einem Wagen um, den er in Beschlag nehmen könnte.

„Wir heizen jetzt nach Holland und werden da auf ihn warten."

„Wo ist der erste Hafen, den er in Holland anlaufen müsste?"

„Nimwegen."

Silber schaute auf seine Uhr.

„Wir schaffen es auf jeden Fall vor seiner Nussschale, da anzukommen."

Gero räusperte sich kurz und brachte sich ebenfalls in das Expertengespräch ein.

„Entschuldigung, dass ich mich hier einmische, aber ist euch schon mal aufgefallen, dass der Rhein in zwei Richtungen verläuft?"

Eine kleine Weile trat Schweigen ein.

„Schweiz", sagte Silber dann nur.

„Genau, die Schweiz, das sogenannte Heimatland des Geldes. Von der Schweiz aus werden die meisten Transaktionen gebucht, die man sich vorstellen kann. Also warum sollte er nicht von dort aus versuchen, die Euros loszuwerden. Ihr habt doch selbst gesagt, dass jetzt alles schnell gehen muss. Und die Schweiz liegt etwas näher als die Vereinigten Staaten."

„Da hat er recht", wandte der Agent sich an die vorzeitig pensionierte Diebin. „Boah, aber jetzt in die Schweiz zu brettern, dat ist ein ganz schönes Stück."

„Du könntest den Zug nehmen", warf Hobby-Holmes ein.

„Gero, bist du schon mal mit dem Hammer gepudert worden?"

„Den Weg über das Straßennetz zurückzulegen erfordert zuviel Zeit."

„Ich habe ja nicht davon gesprochen, einen Kindergartenbus zu kapern. Die Rede ist von einem richtigen Auto", grinste Silber und schielte auf eine S-Klasse, die gerade einige Meter von ihnen entfernt eingeparkt wurde.

Der Präsident des Bundesnachrichtendienstes, Boltes direkter Vorgesetzter, wies nach der erfolglosen Aktion im Hafen an, nun endlich Nägel mit Köpfen zu machen. Solange Silber und das Geld nicht sichergestellt waren, konnte der BND keinen Erfolg verbuchen. Und keine Erfolge machten die Bundeskanzlerin nicht glücklich, und was die Bundeskanzlerin nicht glücklich machte, würde in nächster Zeit auch finanziell nicht sonderlich unterstützt werden. Also mussten Resultate her. Und zwar schleunigst!

Bolte versuchte händeringend, trotz der überaus dünnen Personaldecke, eine halbwegs vernünftige Ringfahndung auf die Beine zu stellen. Dabei kam ihm zugute, dass er Silber recht gut kannte und wusste, wie er sich in bestimmten Situationen verhielt. Er hatte auf seiner Flucht schon zwei Wagen gestohlen, und so würde er auch weitermachen. Daher ließ der Chef alle wichtigen Straßen überwachen. Den Bahnhof konnte er zum Glück außer Acht lassen. Silber war viel zu eitel, um mit dem Bus oder der Bahn zu fahren, weil er diese langsame, monotone Geschwindigkeit einfach nicht abkonnte.

„Fahrkarten bitte!"

Mürrisch zog Agent René Silber seine Fahrkarte hervor und bekam sie entwertet zurück. Nach langer Diskussion konnte Anna den sturen Agenten davon überzeugen, dass die Fahrt mit der Bahn in die

Schweiz in jeder Hinsicht die allerbeste Möglichkeit war, sich unauffällig zu bewegen. Gero hatte er zwangsläufig im Schlepptau, da er ohne dessen Führung wahrscheinlich nicht einmal mit dem Bus zum Hauptbahnhof gekommen wäre. Anna war mit der gestohlenen S-Klasse auf dem Weg nach Holland, weil die Chance fünfzig zu fünfzig stand, wo der Frachter anlegen würde.

„Und wenn du dir eine Bahnkarte kaufst, bekommst du sogar eine Ermäßigung auf die Fahrkarten", erklärte Gero freudig.

Silber schaute, die Hände auf seinen Oberschenkeln ruhend, mit einem gelangweilten Gesicht aus dem Fenster. Langsam zogen die Bäume bei der Anfahrt an ihnen vorbei.

„Junge, ist dat spannend. Ich kann mich gar nicht daran erinnern, wann ich dat letzte Mal so eine aufregende Verfolgungsjagd hatte", sagte er nur trocken.

„Von Köln aus sind es nur ungefähr fünf Stunden bis in die Schweiz. Bis dahin kannst du neue Kräfte schöpfen, bevor du wieder loslegst."

Niemand ahnte, wie schwer es Silber fiel, nichts zu tun. Nicht, wie er es ja sonst gewohnt war, während der Verfolgungsfahrt Anweisungen in sein Handy zu bölken, um nebenbei noch alles Bewegliche aus dem Weg zu rammen. Bei diesem Fall saß er brav und still wie ein kleines Hasenkind auf dem Sitz und schaute hinaus auf die schöne Landschaft, die seinem Gefühl nach im Zeitlupentempo vorbeizog. Für seinen Chef wäre es bestimmt ein biblisches Bild gewesen, wenn Silber nicht gerade der Hauptschuldige gewesen wäre.

Der Agent lehnte sich mit einem lauten Seufzer zurück und ergab sich scheinbar seinem langweiligen Schicksal. Der Zug verlangsamte nun auch noch die Fahrt, um im Schneckentempo über die Hohenzollernbrücke in den Kölner Hauptbahnhof hineinzurollen. Mitten auf der Brücke hielt der Zug. Silber blätterte in einer Broschüre der Bundesbahn herum, vergegenwärtigte sich die tollen Angebote und hoffte darauf, dass er wohl nie wieder im Leben eins davon in Anspruch nehmen musste, als Gero ihn mit einer Spur Skepsis in der Stimme ansprach.

„René, kannst du mal schauen?"

Silber blickte auf und bemerkte, dass seine Geisel gar nicht ihn anschaute, sondern hinausblickte. Der Agent tat es ihm nach und glotzte ebenfalls auf die mächtigen Metallstreben der Brücke.

„Du musst schon aufstehen, sonst siehst du es nicht."

Silber erhob sich.

„Und nun?"

„Da unten rechts."

Silber schaute auf den Rhein, der unter der Brücke verlief, und wollte erneut fragen, was er sehen sollte, als er es schon selber sah.

„Ach du Scheiße, wir müssen sofort hier raus."

Unten fuhr der Frachter des Prinzen den Rhein entlang, der jetzt zwar Elise hieß, aber sehr gut an dem blauen Führerhaus zu erkennen war. Der Zug ruckelte langsam an. Silbers Blick suchte die Notbremse. Gero verstand sofort.

„Die Notbremse ist für einen Notfall gedacht, René", tadelte Hobby-Holmes den BND-Agenten.

„Gero, bist du jetzt total beschmiert?, Der Prinz dümpelt da unten im Wasser vor sich hin. Also wenn dat kein Notfall ist, dann weiß ich auch nicht mehr."

„Aber reicht es nicht zu wissen, in welche Richtung seine Fahrt geht?"

„Gero, wenn ich die Gelegenheit habe, wat sofort zu erledigen, dann tue ich es auch sofort."

Silber riss den roten Hebel herunter. Der Zug stand von jetzt auf gleich, und es fiel den anderen Fahrgästen gar nicht weiter auf, dass er von fremder Hand angehalten worden war. Silber stürmte aus seinem Abteil. Nach drei Sekunden kehrte er zurück und packte Gero am Ärmel.

„Und du kommst mit."

In Köln sollte Alex noch eine wichtige Kleinigkeit besorgen. Der Prinz war froh, dass seine Schülerin nun endlich eine Aufgabe hatte, bevor sie noch in ihrem Rachewahn auf die Idee kam, die Firma abzufackeln, die die Karte hergestellt hatte, auf der die verräterischen Spuren gesät worden waren. Durch die kleine zeitliche Verzögerung im Ruhrorter Hafen lagen sie etwas in Verzug, aber die Kontaktperson in Köln wusste schon Bescheid und hielt sich bereit. Er übergab der Amazone einen Briefumschlag, in dem sich die Information befand, wo sie sich genau in der Schweiz aufzuhalten hatten, wenn sie etwas Bestimmtes wollten.

„Hat dein Gemüt das Gleichgewicht zurückgefunden?", fragte der Prinz nach ihrer Rückkehr.

„Natürlich", erwiderte die Blondine mit einem leichten Lächeln.

„Das freut mich."

„Mmh, wie kommen wir jetzt auf den Kahn?", grübelte Silber, nachdem sie den Zug verlassen hatten und nun auf der anderen Seite des Ufers standen.

„Es sieht doch so aus, als hätten sie vor, erst morgen weiterzufahren. Also wären die Abendstunden ein guter Zeitpunkt."

„Meinst du?"

„Ja, der Anker ist gesetzt und alle Taue verknotet. Bei einem einfachen Zwischenstopp würde das alles anders aussehen. Du könntest demnach deinem Chef Meldung machen."

„Ich mache gar keine Meldung mehr. Ich labere mir doch nicht den Mund fusselig. Wir nehmen dat jetzt selbst in die Hand."

„Ja, das ist ein wahrlich großartiger Gedanke", bestätigte Gero trocken.

„Und wat machen wir jetzt solange?", fragte sich Silber laut.

„Ich habe Bekannte in Köln, da finden wir bestimmt Unterschlupf", schlug Gero vor.

„Falls du mich in so eine Schwulen-WG reinschleifst, wo ich den ganzen Tag mit dem Arsch an der Wand entlang laufen muss, dann ist wat los, Kollege."

„Jetzt stell dich doch nicht so an. Schau mal, wie wir aussehen. Wir brauchen dringend eine Dusche und was Frisches zum Wechseln. Meine Freunde werden schon nicht über dich herfallen. Versprochen."

Der Agent beäugte seinen Kumpel misstrauisch.

„Außerdem werden sie dich da zuletzt suchen", wurde Gero sein letztes Argument los.

„Ja, da kann ich dir nur sehr schwer widersprechen."

Anna kam problemlos mit dem gestohlenen Wagen über die holländische Grenze. Sie fuhr ohne Umwege nach Nimwegen hinein und wartete dort nahe dem Wasser, ob der Frachter des Prinzen bald einlaufen würde. Leider war ihnen keine Zeit geblieben sich Handys zuzulegen. So wusste keiner von dem anderen, mit welchem Erfolg er sich gerade wo aufhielt. Sie wollten einfach getrennt zuschlagen und beachtlichen Schaden hervorrufen, damit die Polizei den Rest erledigte. Ihrer Uhr nach zu urteilen, brauchten Gero und Silber noch knapp fünf Stunden bis in die Schweiz. Sie würde ihnen folgen müssen, falls sich innerhalb der nächsten Stunden hier nichts tat. Zeit zum Nachdenken. Anna ließ den Fahrersitz ein wenig nach hinten gleiten. Sie konnte es nicht fassen. Da wollte sie von allem Abstand gewinnen, um alles gemächlich in neue Bahnen zu lenken und schon nach kürzester Zeit meldeten sich sämtliche Probleme auf einen Schlag bei ihr zurück. Nicht der Reihe nach. Nein, alle auf einmal. So wie man am Jahresende bemerkt, dass das Konto leer geräumt ist, da die Autoversicherung abgebucht wurde – natürlich zusammen mit der Stromnachzahlung. Bevor der Normalo das alles halbwegs verarbeitet hatte, kam wahrscheinlich noch irgendein Achsbruch dazu, um den ganzen Saldo nach unten hin abzurunden. Die meisten verloren für gewöhnlich so vollends den Verstand, weil sie nicht mehr so recht weiterwussten.

Anna glaubte, dass ihr Achsbruch die Ankunft des Prinzen war, als jemand mit dem Waffenlauf an ihr Fenster klopfte.

Silber dachte, dass eine amerikanische Polizeisirene losgegangen wäre, als sich die Tür öffnete.

„Der Gero ist da, Kinder", quiekte Geros Bekannter wie ein Wilder über den Flur.

„Das ist Svenja", stellte Gero den dezent geschminkten Transvestiten mit der blauen Perückenpracht und einer wirklich sehr femininen Figur im roten Abendkleid vor.

„Oh, hallo Svenja", brachte Silber hervor.

„Wen hast du uns denn da mitgebracht?", säuselte Svenja überaus erfreut.

„Das ist René, ein guter Freund von mir", antwortete Gero.

„Ein Freund oder etwa dein Freund?", setzte der Transi schmachtend nach.

„Ein Freund. Er ist eine Hete."

„Ich bin eine wat?", fragte Silber mit großen Augen.

„Hetero", antwortete Gero knapp.

„Ach so, ja dann geht's ja."

„Hach, du bist uns ja einer. Wir haben heute Frauentag und du schleppst uns 'ne Hete mit", beklagte sich Svenja kapriziös. „Egal, kommt rein, die anderen Schwestern warten schon."

„Schwestern? Wie viele hat er denn?", fragte Silber, als die Tür hinter ihm ins Schloss fiel.

Gero kam nicht mehr dazu, irgendetwas zu erklären, weil acht sogenannte Schwestern sofort damit anfingen, wild durcheinanderzuquieken, als Gero den Wohnraum betrat. Das Geräusch steigerte sich noch mal, als Silber folgte.

Ein blonder Transi zwinkerte Silber zu.

„Bemüh dich nicht, er ist 'ne Hete", outete Svenja den Agenten.

„Setzt euch erst mal."

Die beiden Neuankömmlinge versanken in einem mit gelbem Plüsch überzogenen Sofa und sahen aus wie zwei kleine Jungs, die durch die Klobrille gerutscht waren.

„Darf ich euch einen Cocktail mixen?" bot sich die Gastgeberin an.

„Ich nehm 'ne Apfelschorle", meldete Silber dem Transi. Gero bestellte das Gleiche.

Im Handumdrehen stand vor beiden je ein Glas mit Zuckerrand und Glitterschirmchen auf dem Tisch. Die anderen hatten sich gefangen und führten ihre Gespräche weiter. Svenja setzte sich zu Gero und dem Agenten.

„So Mädels, dann erzählt mal, was kann ich für euch tun?"

Aufgelaufen

„Heidewitzka Herr Kapitän, is' dat eine Brühe", fluchte Silber, als er einen Fuß in das Rheinwasser setzte.

„Ich kann dich beruhigen, der Rhein ist seit Mitte der achtziger Jahre erheblich sauberer geworden."

„Es würde mir im Augenblick schon reichen, wenn er wärmer wäre. Mir ziehen sich schon die Eier zusammen, wenn ich nur daran denke, da drin gleich zu planschen."

„Mäkel hier nicht rum! Es war schließlich dein Plan", beschwichtigte Hobby-Holmes den Agenten.

Beide standen am unteren Ende einer Treppenbucht. Die Wellen platschten schäumend die Stufen hinauf. Der nächste Anlegeplatz war etwa 300 Meter entfernt. Dort lag ihr Ziel, der Frachter des Prinzen.

„Na schön, dann wollen wir mal", motivierte Silber sich selbst, zog den Reißverschluss des Taucheranzugs zu und ließ sich ins Wasser sinken.

„Auf Svenja ist Verlass?", fragte der Agent seinen Kumpel, bevor dieser, ebenfalls mit einem Gummianzug bekleidet, ihm ins unendlich kalte Nass folgte.

„Sie ist zwar eine miserable Köchin, aber Verlass ist auf sie", prustete Gero, nachdem eine Welle seinen Schopf überspülte.

Die Anzüge hielten die Kälte halbwegs vom Körper fern. Nur hatte Svenja keine Taucherflossen auftreiben können. So mussten die beiden den Weg entlang des tristen Betonufers barfuß zurücklegen.

„Sie sollte gleich mal anfangen."

Kaum hatte er den Satz beendet, ertönte von Weitem ein herzzerreißendes Schluchzen. Svenja sollte mit einer blonden Langhaarperücke bekleidet, vor der geöffneten Motorhaube ihres Kleinwagens stehen, und übers Handy ihrem imaginären Freund etwas von einem plötzlichen Motorschaden vorheulen. Silber war überzeugt, dass diese Masche selbst bei dem hartnäckigsten Aufpasser Neugier erwecken und für wenige Augenblicke seine Aufmerksamkeit fesseln würde. Diesen Moment wollte Silber zusammen mit seinem Kameraden nutzen, um das Schiff von der Wasserseite her zu entern.

„Wenn du mich wirklich liebst, dann kommst du jetzt, du Schuft, und holst mich hier ab", kreischte Svenja zickig in ihr Mobiltelefon.

„Junge, Junge, die gibt aber wirklich alles. Mit der möchte ich nicht verheiratet sein", bemerkte Silber und setzte sich in Gang. Gero folgte.

Sie konnten tatsächlich sehen, wie sich auf dem Schiff einige der Aufseher von ihren Positionen lösten, um das Schauspiel zu beobachten.

„Sofort, habe ich gesagt", keifte der Transvestit weiter, „sonst kannst du dir schon mal eine andere suchen, die mit dir in den Swingerclub geht!"

Die beiden Wasserratten hatten die Hälfte der Strecke zurückgelegt.

„Lecko Pfanni, ist dat kalt", fluchte der Agent flüsternd.

„Wir sind ja gleich da", trieb Hobby-Holmes seinen Kumpel an.

Silber nickte nur, und während sie am Ufer entlang schwammen, bemerkten beide plötzlich, dass Svenja keinen Laut mehr von sich gab.

„Die soll weiterbölken, dat hatten wir doch extra so abgesprochen, oder?"

Silber drehte sich nach hinten und sah, wie Gero zitternd vor Kälte nickte.

„Scheiße noch mal, ich frier mir hier echt die Lanze krumm", klagte der Agent weiter.

Ein kleines Hüsteln ließ die beiden zum Ufer hochschauen. Kaum hatten sie den Kopf in den Nacken gelegt, landeten flauschige Frotteehandtücher auf ihren Gesichtern. Silber wischte das Tuch mit einer hastigen Bewegung zur Seite, und war vollkommen perplex, als er den Prinzen erblickte, der ihnen mit Bademänteln auf dem Arm huldvoll entgegenlächelte.

„Ich bin gerührt, Herr Silber, welche Mühe Sie sich machen, um mit mir in Kontakt zu treten. Darf ich die Herrschaften bitten, die nächste Treppe zu benutzen, so kommen Sie wesentlich leichter auf den Frachter. Dort erwartet Sie bereits etwas Warmes zur Stärkung Ihres Immunsystems."

Der Agent nahm die Worte gar nicht so richtig wahr, sondern blickte gehetzt in die andere Richtung, um die Flucht anzutreten.

„Ich würde Ihnen nicht empfehlen, den Rückzug zu wählen", kam es in einem selbstgefälligen Ton. „Es sei denn, Sie möchten sich etwas näher mit meiner Mitarbeiterin unterhalten."

Silber seufzte missmutig. Sie waren eingekesselt. Der Bewacherring war wohl großzügiger berechnet als erwartet. Er nickte Gero zuversichtlich zu und setzte sich in Bewegung. An der Treppe empfing sie der Prinz persönlich. In respektvollem Abstand standen zwei bewaffnete Männer seitlich hinter ihm. Silber und Gero nahmen die ihnen zugedachten Bademäntel entgegen und folgten dem Adeligen.

„Ich habe mir erlaubt, Ihrer attraktiven Mitarbeiterin mit dem Motorenproblem den Vortritt zu lassen."

Sie betraten den Frachter über einen hölzernen Steg. Kaum hatte der Agent einen Fuß auf das Schiff gesetzt, wurde er entwaffnet.

Der Prinz sprach mit Kolja, seinem Personenschützer.

„Sorge bitte dafür, dass die beiden Herrschaften etwas Trockenes zum Anziehen bekommen und führe sie dann umgehend zu mir."

Kolja nickte knapp und schob die beiden bis zu einer kleinen gelben Kajütentür grob vor sich her. Gero öffnete die Tür und trat sofort ein. Silber musste erst hineingestoßen werden. Der Gorilla deutete auf einen Umkleidespind.

„Dann wollen wir mal sehen, wat der Prinz uns da Schickes ausgesucht hat."

Silber öffnete den Spind und blickte auf ordentlich gestapelte Arbeitsanzüge.

„Ja Sahne, gibt es nicht anderes?", stöhnte er auf.

Kolja griff in seinen Holster, zog seine Waffe, und feuerte zwei Schüsse knapp neben Silbers Kopf in den Spind hinein.

„René!", mischte Gero sich ein, bevor der grimmige Personenschützer womöglich vollends die Geduld verlieren könnte.

„Schon gut", lächelte Silber schief.

Nachdem sie sich Anzüge ohne Löcher ausgesucht hatten, wurden sie in eine andere Kajüte geführt.

Diese war wesentlich geräumiger und von Kerzenlicht erleuchtet. An einem langen, gedeckten Tisch saßen Svenja und am Kopfende der Prinz. Der angenehme Duft einer warmen Speise lag in der Luft. Alex trat aus dem Schatten direkt auf den Agenten zu.

„Na, wat hat die Mutti uns denn Schönes gekocht?", sprach er die Blondine an.

Alex trat so schnell zu, dass selbst der Prinz sie nicht mehr zur Ordnung rufen konnte. Der Tritt traf Silber so wuchtig in die Magengrube, dass er tatsächlich abhob und in einen Metallschrank reinkrachte. Die Amazone wollte nachsetzen, doch ein Mahnruf des Prinzen erreichte sie rechtzeitig und sie ließ von dem Agenten ab.

„Alter Schwede, hat die einen Bums", japste Silber, als er wieder auf den Beinen stand.

„Sie müssen meine Mitarbeiterin entschuldigen. Sie ist in letzter Zeit leicht reizbar", verteidigte der Prinz seine Schülerin.

Als Silber nachfragte, ob sie ihre Periode hätte, fand er sich nur Sekunden später, niedergestreckt durch einen sauberen Faustschlag, erneut am Boden wieder.

„Ich denke, sie ist durch Ihre Anwesenheit etwas entnervt."

Der Agent wischte sich mit einer Handbewegung das Blut aus dem Mundwinkel.

„Darf ich Sie nun bitten, mit uns am Tisch Platz zu nehmen?"

„Wenn deine Ische nicht bei jedem Scherz 'nen neuen Scheidenkrampf bekommt, könnte dat heute noch klappen."

Eine barsche Handbewegung des Prinzen verhinderte, dass Alex erneut auf den Agenten losging. Silber setzte sich neben Gero und nahm erst einmal einen kräftigen Schluck aus seinem Glas.

„Ich hoffe, die Apfelschorle ist zu Ihrer Zufriedenheit gemixt?"

Silber rülpste volles Rohr über den Tisch, teils zum Zeichen seiner Zufriedenheit und teils aus Protest. Dafür bekam er von der Amazone direkt einen Klaps auf den Hinterkopf.

Der Adelige lächelte verhalten.

Silber blickte auf das vor ihm liegende Besteck, das aus vier Teilen bestand.

„Wat ist dat denn, brauch ich vier Hände?"

„Ich habe mir erlaubt, ein etwas längeres Menü vorbereiten zu lassen. Es steht Ihnen natürlich frei, mit weniger Besteck das Mahl zu sich zu nehmen."

„Prinzchen, wir hatten eigentlich nicht vor den ganzen Abend bei dir zu bleiben. Wat hältst du davon, meine Freundin Svenja und Gero gehen zu lassen?"

„Leider nicht viel, außerdem sind meine Mitarbeiter gerade im Begriff, die Weiterfahrt vorzubereiten. Es wäre da nur störend, wenn Passagiere auf und ab laufen. Überdies wäre mein Koch untröstlich, wenn nicht alle bis zum Schluss seine Künste genießen würden."

„Warum dieser plötzliche Abgang?"

„Nun den Grund für den übereilten Aufbruch können Sie sich auf Ihre Fahnen schreiben. Ich habe kürzlich vernommen, dass Sie unüberbrückbare Differenzen mit Ihrem Arbeitgeber haben, und da wir nicht wissen, wie weit der BND bereit ist, Ihnen zu folgen, wollte ich es nicht riskieren, unnötige Aufmerksamkeit auf mein Tun zu lenken."

„Wirst du meine Freunde dann in der Schweiz an Land lassen?", bohrte Silber weiter, um sicherzugehen, dass keinem von ihnen etwas zustoßen würde.

Der Prinz überlegte kurz.

„Darüber können wir sicherlich reden."

Der Agent konnte richtig spüren, wie Svenja und Gero ein riesiger Stein vom Herzen plumpste.

„Allerdings erst, wenn ich mein Vorhaben hinter mich gebracht habe", setzte der Adelige voraus.

Silber lächelte und ergriff gut gelaunt ein Stück Weißbrot.

„Und da wären wir auch schon fast beim Thema", schmatze er mit vollem Mund. „Wat willst du eigentlich mit all dem Zaster machen?"

Die anderen fingen mittlerweile an, die Suppe zu löffeln, die ihnen serviert wurde. Der Prinz wischte sich kurz mit einer Serviette die Mundwinkel trocken, ehe er sprach.

„Nun, ich weiß nicht, wo ich anfangen soll", scherzte er daraufhin fröhlich.

„Fang doch am besten mit dem größten Teil an, wir können uns ja dann langsam an die Lollis für Blondie ranarbeiten."

Silber duckte sich und der Schlag, den Alex wuchtig angesetzt hatte, pfiff ins Leere.

Der Adelige sah seine Untergebene jetzt streng an und sicherte Silber auf diese Weise wenigstens für einige Zeit freie Meinungsäußerung.

„Mein Vorhaben ist groß und äußerst komplex. Ich möchte Sie zu so später Stunde damit nicht belästigen. Zudem bedenken Sie bitte auch: Die Preisgabe meiner Pläne vor Ihren werten Freunden würde automatisch ihr Leben erheblich verkürzen. Also lassen Sie es besser so, wie es ist."

Der nächste Gang wurde serviert.

Mit übergroßem Misstrauen hörte Anna sich an, was der junge Mann auf dem Rücksitz ihr zu erzählen hatte. Ein etwas älterer Herr, mit zwei Veilchen im Gesicht, saß teilnahmslos daneben und blickte während des Vortrags über ihre Herkunft aus dem Fenster. Der junge Mann erklärte, dass sie zu der Einheit gehörten, die die Geldscheine einsammeln sollte. Ihn selbst hätte Silber immer Kamikaze genannt, weil er ihm versehentlich in den Kübel gefahren wäre. Anna wunderte sich kurzzeitig darüber, warum nicht er die blauen Augen hatte. Den Teilnahmslosen stellte er als Kollegen Brenner vor.

Die Russin musterte die beiden weiter aufmerksam, als Kamikaze ihre Anwesenheit damit rechtfertigte, Silber helfen zu wollen, weil sie an seine Unschuld glaubten. Als er fertig war, fragte Anna, warum sie dachten, dass gerade sie wüsste, was los wäre, und warum sie den beiden glauben sollte.

„Hör zu, Lady", brachte der Waschbär sich mürrisch ein. „Ich bin nur hier, weil der Schnösel dem Jungen hier was von Zusammenhalt der Truppe und so ein Zeug eingetrichtert hat, und er mich wohl bis zum Sankt-Nimmerleins-Tag nerven würde, falls ich wirklich nicht mitgekommen wäre. Davon mal abgesehen, hätte ich ihn auch nicht alleine losziehen lassen. Du siehst ja, dass der Knabe noch grün hinter den Ohren ist. Und schlimmer kann es sowieso nicht mehr kommen. Meine Akte ist sowas von im Eimer, weil man mir 'nen Geldtransporter weggenommen hat, und wir nicht mal eine Sekunde von dem wissen, was die Gangster mit uns angestellt haben. Wahrscheinlich halten uns alle für komplett bescheuert."

Der Waschbär grinste schief.

„Abgesehen davon glaube ich auch, dass Silber nichts damit zu tun haben kann. Ich halte ihn einfach für zu blöd dafür. Eigentlich interessiert es mich einen Dreck, was mit Silber passieren wird." Er deutete auf seine Schwellungen. „Er hat mir so ein Ding verpasst, dass ich wahrscheinlich bis Weihnachten was davon habe. Nur weil ich mir mal ein Foto angucken wollte, auf dem so ein Geschoss abgebildet war, so wie du eins bist. Also spiele nicht die Unschuldige, die nicht weiß, wovon wir reden und die nur zum Spaß mit 'nem geklauten Auto in 'nem anderen Land steht, um sich den Sonnenuntergang anzugucken. Sonst hole ich die holländischen Kollegen, und du kannst denen ja erzählen, was immer du willst. Wir ziehen auf jeden Fall los und helfen unserem Schnösel. Also, wie sieht es jetzt aus, bist Du dabei?"

Anna lächelte, setzte sich wieder richtig in den Sitz, fummelte am Cockpit herum und startete den Wagen. Sie fand es süß, wie Silber reagierte, wenn man ein Foto von ihr auch nur anfasste. Sie blickte in den Rückspiegel.

„So wie es aussieht, müssen wir jetzt wohl in die Schweiz", ließ sie verlauten. Waschbär krempelte seine Jackenaufschläge hoch, verschränkte die Arme und lehnte sich kommentarlos zurück. Kamikaze verstand zunächst gar nichts, und es sah aus, als wollte er noch ein paar Fragen stellen. Brenner blinzelte ihn von der Seite an.

„Lass sie, die Lady hat es geschafft mit 'nem geklauten Stern über die Grenze zu kommen, sie wird schon wissen, was sie macht."

Silber tat sich keinen Gefallen, als er nach dem Essen, angekettet mit den anderen im Maschinenraum, lauthals einen Blondinenwitz nach dem anderen erzählte. Wenn einer ganz besonders gut war und sich keiner das Lachen verkneifen konnte, flog die Tür auf, und schon gab es für Silber was aufs Maul.

Gegen Mitternacht wurden sie zu ihrem Erstaunen in einer äußerst komfortablen Kajüte mit drei Kojen untergebracht. Ein kleines Bullauge zeigte draußen tiefe Dunkelheit. Ihre Fesseln wurden gelöst und die Tür hinter ihnen verschlossen.

„Ich schlaf oben", meldete Silber und kraxelte hinauf. Oben federte er mit dem Hintern auf und ab. „Hab schon gedacht, wir müssen da unten versauern."

Gero griff sich einen Apfel aus der Obstschale, und Svenja inspizierte eingehend die für sie bereitgestellten Schminkutensilien am Waschbecken.

„Ja, es hat uns nicht ganz so schlecht getroffen, wie ich zunächst vermutet habe", gab Gero gefasst zu.

„Meint ihr, sie lassen uns wirklich frei?", fragte Svenja ein wenig unsicher, während sie trotz alledem neugierig einen Lippenstift aus der Hülle drehte, um die Farbe näher in Augenschein zu nehmen.

„Er ist zwar ein Wichser, aber ich muss zugeben, dass er sein Wort hält. Wat uns aber auf der anderen Seite zeigt, dat sein Plan so groß ist, dat wir dabei nur kleine, unwichtige Lichter sind."

„Darüber habe ich bereits nachgedacht", erwiderte Gero kauend und ließ sich in der Koje unter Silber nieder.

Der Agent lächelte. Auf Gero war Verlass. Er hatte seine geistige Arbeit nicht auf Stand-by gestellt, nur weil der größte Gangsterkönig Europas ihn ein wenig einschüchterte. Und bei Svenja war René eigentlich nur froh, dass ein paar Kosmetikartikel sie schon auf andere Gedanken bringen konnten.

Ein Schlüssel drehte sich im Schloss und ein leises Klopfen ertönte. Verwundert schauten alle zur Tür, als diese langsam aufschwang. Der Prinz trat zusammen mit Alex ein. In der Hand hielt er einige Zeitschriften.

„Ich hoffe, Ihnen gefällt die etwas provisorische Unterbringung. Wir waren nicht auf Besuch eingestellt, daher ist dies das Einzige, was ich Ihnen bieten kann."

„Ich bin schon schlimmer untergekommen", meldete Silber aus dem Hochbett.

„Da bin ich ja erleichtert", schmunzelte der Prinz. „Ich kann mir denken, dass Sie noch ein wenig aufgewühlt sind und da an Schlaf naturgemäß nicht zu denken ist, habe ich mir erlaubt, Ihnen ein paar

Magazine besorgen zu lassen, damit Sie sich vor der Nachtruhe sinnvoll beschäftigen können."

Er reichte Svenja eine Modezeitschrift, Gero bekam den neuen Spiegel und Silber den Playboy.

„Ja super, du sahnst hier 87 Mios ab, und alles wat ich bekomm, ist ein Tittenheft vom letzten Monat."

„Verzeihen Sie mir, ich hatte keine Zeit, es vergolden zu lassen", konterte der Prinz amüsiert.

Alex äugte kampfeslustig zu Silber hinauf. Der Agent bemerkte es sofort.

„Sag mal Eierprinz, willst du dir für die neue Kohle nicht mal neues Personal zulegen?"

„Warum? Frauen erledigen ihre Aufgaben stets äußerst effektiv. Sie haben doch näheren Kontakt zu meiner ehemaligen Schülerin und können dies mit Sicherheit bestätigen."

„Klar, Anna ist ein cooles Geschoss, keine Frage, aber du willst sie doch nicht mit deiner Trümmerlotte hier vergleichen."

Alex war schon wieder versucht, das Hochbett hinaufzustürmen.

„Frauen, Herr Silber, sind die besseren Mörder."

„Ach, wie kommst du denn darauf?"

„Weil perfekte Menschen zwangsläufig ihre Arbeit perfekt meistern. Und ob Sie es nun glauben oder nicht, die Frau ist aus wissenschaftlicher Sicht perfekt."

„Auch die Blonden?", stichelte Silber mit Blick auf die Amazone.

„Ja, auch die blonden Frauen." Der Prinz lächelte
verschmitzt. „Ich gebe aber dennoch die Hoffnung nicht auf, dass auch Sie einst die Blüte der Evolution erreichen werden, Herr Silber."

„Deine Sorgen möchte ich mal haben."

„Besser nicht", erwiderte der Adel.

Alex trat an ihren Mentor heran und wisperte ihm etwas ins Ohr. Er schaute daraufhin auf seine Uhr und nickte.

„Ich wünsche Ihnen allesamt eine gute Nacht. Wir sehen uns dann in der Schweiz."

Miss September

Silber wusste nicht, wie spät es war und wie lange sie bereits in der Kajüte waren, weil man ihnen sogar die Uhren abgenommen hatte. Der Agent war sich allerdings sicher, dass er schon länger als einen Tag auf dem Kahn festsaß. Er nutzte die Zeit zur Erholung. Der Prinz würde sich schon melden, wenn er etwas von ihm wollte. An Ausbruch war sowieso nicht zu denken. Es gab nur das kleine Bullauge und die schwere Tür als Verbindung zur Außenwelt. Ab und an warf irgendjemand einen Blick durch ein Guckloch zu ihnen herein, um sicherzugehen, dass sie wirklich nichts unternahmen. Wenn jemand besonders lange vor dem Guckloch verweilte, hätte Silber jedes Mal alles darauf verwetten können, dass Alex davor stand und sich wünschte, einer von ihnen möge endlich eine Befreiungsaktion wagen, damit sie ihn ordentlich verwursten konnte.

Gero blätterte nach langem Schlaf äußerst gelangweilt in Svenjas Modezeitung herum, die wiederum Geros Politzeitschrift flüchtig überflog. Silber streckte sich.

„Schon wach?," fragte Gero von unten.

„Jau, frisch wie ein Fisch."

„Wundert mich nicht, du hast lange geschlafen."

„Und Svenja-Baby, wie sieht es bei dir aus, alles fit?", erkundigte sich Silber.

Frisch gestylt blickte sie zu ihm hoch.

„Wenn wir aus dem Schlamassel raus sind, gehen wir zwei schön shoppen, Darling."

„Natürlich, alles wat du willst", lachte Silber amüsiert auf. Er war erleichtert, dass er so eine lockere Truppe bei sich hatte.

Über ihnen an Deck herrschte reges Treiben.

„Wat geht da vor?", fragte sich der Agent.

„Hört sich an, als baggerten sie ihre Ladetaschen aus."

Schnell hatte die mechanische Schaufel unter Alex' wachsamen Augen die Kohle aus dem Laderaum geholt. Das Wetter war gut und begünstigte die Arbeiten am Baseler Hafen. Schiffe wurden be- oder entladen. Viele legten an, andere fuhren weiter.

So interessierte es auch niemanden, als Alex' Männer anfingen, die äußere Verkleidung des Laderaums aufzuschweißen, Niemand ahnte, dass zu großen Paketen eingeschweißte Geldbündel aus ihrem Versteck geräumt wurden.

„Schafft es da rüber", deutete die Amazone auf vier riesige Kisten.

Ein großer Wagen fuhr an den Beckenrand. Kolja stieg aus.

„Alexandra, meine Liebe", der Prinz tauchte hinter ihr auf.

„Ich bin für eine bestimmte Zeit nicht anwesend. Du weißt ja."

Die Blondine nickte mit einem schelmischen Lächeln.

„Würde es dir sehr große Mühe bereiten, unsere drei Gäste am Leben zu lassen, oder sollte ich besser Kolja zu ihrem Schutz abstellen?"

„Nein, Kolja ist dafür da, dich zu schützen."

„Gut, aber wenn das alles hinter uns liegt, werde ich die Gelegenheit nutzen, um etwas Privates zu erledigen. Da wäre es günstig, wenn Herr Silber noch lebt."

Der Gangsterkönig warf noch einen kurzen Blick auf die Kisten mit den Euronoten.

„Lenke dich ab und stell dir vor, was du mit deinem Anteil machen möchtest. Einverstanden?"

Die Blondine nickte kurz. Der Prinz wandte sich ab und verließ das Schiff. Alex wartete einen Moment, bis die Limousine abgefahren war, und schlenderte in Richtung Unterdeck. Sie hatte ihrem Mentor zwar zugesagt, den Gefangenen am Leben zu lassen, doch nicht in welchem Zustand.

Alex ging in ihre Kajüte und kramte die Handschellen zusammen mit der Peitsche aus dem Koffer. Mal sehen, was Silber dazu sagen würde, wenn er für jeden blöden Blondinenwitz, den er vom Stapel gelassen hatte, einen Peitschenhieb bekommen würde. Es wären dann Summa summarum 37 Hiebe. Sie hatte genau mitgezählt. Und die Gags, die die größten Lacher bei den anderen erzielt hatten, zählten natürlich doppelt. Also kam Alex auf 64. Großzügig aufgerundet ergab das 70 Peitschenhiebe.

Ein leises Räuspern ließ sie entnervt herumfahren.

„Die Kisten sollen in den ...", erstaunt brach sie ab. Vor ihr stand keiner ihrer Männer, sondern eine brünette, hochgewachsene Frau mit einem hübschen Gesicht in einem schwarzen Lederdress.

Alex bemerkte erst jetzt, dass sie ihre Männer vom Deck her nicht mehr hörte.

Reflexartig schleuderte sie der fremden Frau ihre Peitsche entgegen. Diese entging der Attacke geschickt, indem sie einen kleinen Schritt nach hinten machte. Das Peitschenende knallte ins Leere.

Gelassen zog die Brünette eine Waffe.

„Wo sind deine Gefangenen?"

Alex erkannte einen russischen Akzent. Sie grinste nur frech. Die Fremde ging nahe an Alex heran und lächelte.

„Wo?"

Jetzt wurde das Grinsen der Amazone noch ein wenig breiter. Was wollte die Frau mit dem Engelsgesicht denn machen?

Der Engel erhob eine Hand, und Alex dachte schon, sie würde eine Ohrfeige einkassieren, die ihrem Redefluss ein wenig nachhelfen sollte. Etwas, worüber sie nur schallend gelacht hätte. Doch die Hand wurde nicht zur Wange geführt, sondern umfasste blitzschnell das Piercing an ihrer Augenbraue. Die Brünette lächelte und zog Alex mit einem heftigen Ruck das Schmuckstück aus der Haut. Mehr als ein kurzes Ratschen war nicht zu hören. Alex hielt sich die blutende Stelle, gab aber keinen Ton von sich. Die Brünette drückte ihr lächelnd den Waffenlauf in die Kehle.

„Ich kann mir denken, wo du die anderen Piercings hast. Und falls du nicht gleich deinen Mund aufmachst, reiße ich die ebenfalls raus."

Silber schaute sich gerade ausgiebig Miss September an, als die Riegel der Gefängnistür geräuschvoll zur Seite geschoben wurden. Der Agent machte sich erst gar nicht die Mühe nachzusehen, wer sich Zutritt verschaffen wollte, und studierte lieber die Hobbys der abgelichteten Dame.

„Dir scheint es hier sehr gut zu gehen", hörte er hinter seinem ausgefalteten Playboy eine ihm wohl bekannte Stimme. Silber senkte die Zeitschrift und blickte in das Gesicht von Anna Polowna.

„Oehm .., der Prinz hat mich gezwungen, dat zu lesen", er deutete auf Alex, die mit ihren eigenen Handschellen gefesselt im Türrahmen stand.

„Und die hat mich gehauen", petzte er, um von seiner Bettlektüre abzulenken.

Anna lächelte müde. Sie hatte nach der langen Fahrt aus den Niederlanden Stunden von einem Kran aus darauf gelauert, dass der Prinz zusammen mit Kolja endlich die schwimmende Festung verlässt. Ansonsten wären ihre Chancen gleich Null gewesen, etwas auszurichten. Die restliche Schiffscrew hatte sie mithilfe der beiden BKA-Männer schnell in den Griff bekommen. Nun war es an der Zeit, sich eine Mütze voll Schlaf zu gönnen, da ihre Konzentration stellenweise nachließ.

„Bist du ganz alleine hier?"

„Nein, zwei deiner BKA-Kollegen sind in Holland aufgetaucht und wollten dir unbedingt helfen."

Silber sah sie panisch an und witterte eine Falle seitens des BND.

„Warum bist du dir so sicher, dass die Typen meine Kollegen sind?"

Anna schmunzelte.

„Der eine sagte, dass du ein Schnösel bist. Also war ich mir sicher, dass er dich kennt."

Silber verdrehte die Augen.

„Oh nein, nicht Kamikaze und Co.?"

„Doch, genau die beiden. Sie sind oben beim Geld."

Annas Ausstrahlung ließ Silber lächeln. Er war froh, dass sie jetzt bei ihm war. Und umgekehrt war es wohl ähnlich, denn sie kniff ihm leicht ein Auge.

„Schön, dass nun alles so gut geklappt hat", unterbrach Gero den romantischen Moment, „dann können Svenja und ich uns auf die Heimreise machen."

Silber überhörte die Feststellung und wandte sich stattdessen an die Blondine.

„Wo ist der Prinz?"

Anna durchbrach seinen Blickkontakt mit der Amazone und hielt ihm eine Hotelreservierung vor die Nase.

„In Luzern", beantwortete sie die Frage.

Monetenbude

In Luzern waren Parkplätze rar, also war es besser, in der Tiefgarage nahe des Bahnhofs zu parken. Außerdem verbot es der Plan, die Abstellplätze am Hotel nutzen, da ein eventueller Rückzug sonst schwierig werden könnte. Während Kolja die Limousine günstig parkte, saß der Prinz auf einer Bank am Ufer des Vierwaldstätter Sees und genoss die Atmosphäre an der Promenade mit ihrem monegassischen Flair, obwohl dicke Wolken die Sonne versteckt hielten und kalter Wind über den riesigen See zu ihm herüber wehte. Er stand auf, zog seine Hände aus den Manteltaschen und legte sich seinen Schal etwas fester um den Hals. Eigentlich war es zu kalt, um sich draußen aufzuhalten, doch wann bot sich ihm schon mal ein solcher Ausblick? Hinter den Ufern erhoben sich die Berge, deren Hänge teilweise von weißen Wolken verschleiert waren. Dazwischen lugten vereinzelt kleine Häuschen hervor. Er lief ein paar Schritte zum Ufer hin. Boote aller Art lagen dort, doch die interessierten ihn reichlich wenig. Er blickte rüber zum Kongressgebäude, das gewaltig neben dem Luzerner Bahnhof aufragte. Unter dem gigantischen Vordach tummelten sich bereits viele Menschen. Sei es, weil sie eine Führung durch das Wunder der Architektur genießen wollten, sei es, weil sie zu einem wichtigen Referat mussten. Der Vortrag, der für den Prinz wichtig war, fand erst zu späterer Stunde statt. Vorher wollte er sich den Luxus gönnen, ein wenig von der Stadt zu sehen. Allerdings hatte er nicht mit dieser Kälte gerechnet und spielte daher mit dem Gedanken, sich die Zeit im Casino zu vertreiben. Der Prinz wollte nicht auf Kolja warten. Der würde sich schon denken können, wo sich sein Chef aufhielt.

Der Prinz drehte sich um und lief direkt auf das Casino zu. Oben an den Eingangsstufen wartete ein Portier, um ihm die Tür zu öffnen. Im Inneren empfing ihn wohlige Wärme und ausgesprochen geschmackvoller Luxus. Er gab seinen Mantel an der Garderobe ab und wechselte eine beträchtliches Summe Bargeld gegen Jetons. Nach dem Betreten des Saals überlegte er kurz, an welchem Spieltisch er sich niederlassen sollte. Ein Schnalzen mit der Zunge, und einen Augenblick später saß er am Roulettetisch neben weiteren Gästen, die der Prinz aber nicht beachtete. Er dachte einen Moment lang intensiv darüber nach, auf welche Zahl er die wertvollen Chips setzen sollte.

Fragend sah der Croupier zu ihm herüber, nachdem alle ihre Glückzahl gewählt hatten.

„Ich setze auf die rote Neun", entschloss sich der Prinz, hob drei Chips von seinem Jetontürmchen ab und warf sie lässig vor sich auf den Spielbereich. Der Croupier holte die bunten Plastikchips elegant mit seinem Rechen ab, positionierte sie ordentlich auf der gewünschten Zahl und drehte das edle Rad.

„Rien ne va plus, nichts geht mehr."

Der Mann wusste gar nicht, wie recht er damit hatte, denn in diesem Moment spürte der Prinz etwas Hartes, Metallenes an seinen Rippen.

„Und ich setze darauf, dass ich dir mit meiner 9 mm die Eingeweide über den ganzen Tisch blasen kann", hörte er von der Seite.

Der Prinz drehte überrascht den Kopf herum. Agent René Silber lächelte ihn frech an.

„Herr Silber", sagte er nur tonlos und fühlte sich gerade sehr nackt ohne einen seiner Mitarbeiter. Er hätte eben doch auf Kolja warten sollen. „Das Sicherheitspersonal ist hier sehr aufmerksam, Herr Silber, und wenn dieser Vorfall der Schweizer Polizei mitgeteilt wird – man stelle sich vor: ein Agent aus fremden Landen fuchtelt mit einer Handfeuerwaffe im Casino rum –, können Sie sich selbst ausrechnen, welch große Unannehmlichkeiten Sie erwarten werden."

„Dat, mein lieber kleiner Eierprinz, geht mir vierspurig am Arsch vorbei", erwiderte der deutsche Agent mit einem breiten Grinsen. „Oder wat meinst du, wat dich erwartet, wenn ich gleich den zuständigen Kollegen erzähle, wer hier in der Monetenbude sitzt."

Plötzlich lächelte der Prinz triumphierend.

„Also liegt eine Pattsituation vor und wir sollten uns beide bemühen, die Ruhe zu bewahren, um nicht weiter aufzufallen."

Der Agent prustete los.

„Mich ruhig verhalten? Da piss ich drauf."

„Ihr bedauerliches Blasenproblem in diesen Situationen ist mir hinlänglich bekannt", erwiderte der Prinz trocken.

Der Croupier verkündete, dass erfreulicherweise die Neun gewonnen hatte und schob dem Prinzen seinen Gewinn zu.

„Oh, das muss mein Glückstag sein", lächelte dieser milde und warf dem Croupier großzügig einen Jeton zu, den der Casino-Mitarbeiter mit einem leichten Nicken durch einen dafür vorgesehenen Schlitz im Spieltisch verschwinden ließ.

Silber schüttelte fassungslos den Kopf, als er sah wie viele Chips der Gangsterkönig ordnen musste.

„Der Teufel scheißt echt nicht auf den kleinen Haufen."

Der Adelige blinzelte dem deutschen Agenten zu.

„Ja, da ist etwas Wahres dran. Ich erlebe es ja immer wieder."

„Doch nun hat es sich leider ausgekackt, weil ich jetzt da bin."

Dabei drückte er dem Prinzen die Waffe fester in den Rippenbogen.

„So wie es im Augenblick aussieht, muss ich gestehen, dass es wohl so ist, wie Sie es darstellen", sprach der Prinz gefasst.

„Nicht traurig sein, kleiner Eierprinz", grinste Silber amüsiert. Alle Welt konnte ihm ansehen, dass er froh war, den Fall nun relativ schnell gelöst zu haben. Ohne nennenswerten Schaden angerichtet zu haben.

„Ach, möchten Sie eigentlich nicht wissen, was ich mir alles von dem Geld anschaffen wollte?", warf der Prinz noch beiläufig ein.

„Unbedingt", antwortete der Agent in spöttischem Plauderton. In Wirklichkeit interessierte es ihn gerade nicht die Bohne, da er sowieso fest daran glaubte, dass der Prinz, was immer er sich anschaffen wollte, es sich nun in farbigen Prospekten in einer kargen Zelle im Hochsicherheitstrakt anschauen konnte, während der BND-Präsident Silber, ob er nun wollte oder nicht, mit Urkunden zuschütten würde.

Der Prinz nahm mit gewohnter Lässigkeit einen Jeton und warf ihn diesmal auf die rote Sechs.

„Sagt Ihnen das Projekt Galileo etwas?"

Alex zerrte wie eine Berserkerin an ihren metallenen Fesseln, mit der die russische Schlampe sie auf Kopfhöhe an das überaus stabile verchromte Gestänge der Bordwand fixiert hatte. Das Gezerre blieb natürlich ohne Ergebnis. Alex brüllte auf und versuchte erneut, eine

Hand aus dem engen Handschellenring zu reißen. Den Tränen nahe, war sie sogar bereit, ihren Daumen für die Freiheit zu opfern, wenn sie denn die Möglichkeit gehabt hätte, ihn abzutrennen.

Erst als Blut die Handgelenke herablief und ein stechender Schmerz sie aus ihrem Trancezustand holte, zwang sie sich zur Ruhe und überlegte, welcher Ausweg sich ihr bieten könnte. Atemlos blickte sie sich um. Am anderen Ende des Raumes hatte Silber, dieser miese Drecksack, mit einem breiten Lächeln im Gesicht ihr gesamtes Waffenarsenal, gut sichtbar aufgebaut. Und auf der Ecke des Tisches lag sogar der Schlüssel für die Handschellen. Das einzige, was sich in unmittelbarer Nähe befand, war das Waschbecken. Sie blickte noch einmal hoch zum Gestänge. Es war in Abständen von jeweils 40 Zentimetern mit Kreuzschrauben an der Holzwand befestigt. Ihre Fesseln rutschten zwischen der ersten und der zweiten Befestigung hin und her. Alex schaute sich die Schrauben näher an. Sie wäre im Handumdrehen frei, wenn sie eine Möglichkeit hätte, die Metallspiralen zu lösen. Jetzt lächelte sie böse. Ihr Blick war auf das Waschbecken gefallen.

Sie atmete tief ein, holte mit ihrem rechten Bein viel Schwung und ihr Oberschenkel traf mit aller Wucht die Unterseite des Waschbeckens. Es gab ein knirschendes Geräusch. Sonst nichts. Die Amazone lehnte vor lauter Schmerz ihren Kopf an die Kajütenwand und versuchte, ihre Tränen zu unterdrücken. Nun holte Alex mit dem linken Bein aus, schrie laut auf vor Wut und traf dieselbe Stelle des Porzellans noch einmal. Das Becken zerbarst. Scherben fielen vor ihr auf den Boden. Alex schrie. Sie hämmerte einmal hart mit ihrem Kopf gegen die Wand, um sich selbst von den starken Schmerzen in den Beinen abzulenken. Nur einen Moment später war sie wieder bei sich. Sie umklammerte mit beiden Händen das Gestänge, blickte auf den Scherbenhaufen, nahm einen handlichen Keramikbrocken zwischen ihre Füße und hob die Beine wie ein Klappmesser an. So wollte sie die Scherbe oben auf dem Gestänge ablegen.

Die ersten Versuche scheiterten kläglich, und ihre Bauchmuskeln brannten. Alex versuchte es wieder und wieder. Beim siebten Anlauf klappte es da. Vollkommen erschöpft lehnte sie sich an die Bordwand, bis sie schließlich aufblicken und die Keramikscherbe in die Hand nehmen konnte. Sie rutschte mit ihren Fesseln rüber zur ersten Verschraubung. Alex lächelte kurz und machte sich daran, mit der Scherbe das Holz rund um die Verschraubung wegzuschaben. Am Anfang ließ sich das glasierte Edelholz nicht einfach so ohne Weiteres beschädigen, doch als die Amazone die Scherbe fester packte und das Holz noch heftiger anging, sah sie einen kleinen Erfolg. Alex bemerkte in ihrer Wut nicht einmal, dass sich die Scherbe in ihre Handballen fraß. Blut lief ihre Unterarme herab. Sie schabte unbeirrt weiter. Silber, der kleine Wichser, konnte sich schon mal richtig warm anziehen.

Silber überlegte kurz. Projekt Galileo, sagte ihm etwas.

„Dat ist dat europäische Satellitensystem, wat bald ans Netz geht", antwortete er dem Prinzen.

„Genau, Herr Silber. Und es ist weitaus mehr als nur ein europäisches Satellitensystem. Es ist nämlich das Pendant zum amerikanischen GPS. Nur dass es eben besser ist. GPS hat 30 Satelliten, Galileo wird etwa 80 haben."

„Na schön, Galileo ist also der Hit der Zukunft", gönnte Silber seinem Gegenüber den kleinen Wissenstriumph. „Ist aber eigentlich auch Latte, weil du dir, wenn es soweit sein wird, die ganze Chose über Knastkabel reinziehen kannst."

„Das ist in der Tat wirklich bedauerlich, weil ich nämlich vorhatte, die Kontrolle über dieses Projekt zu erwerben."

Silber sah ihn sichtlich verdutzt an.

„Und zwar in Form einer Pufferstation." Nun lächelte der Prinz triumphierend übers ganze Gesicht. „Das bedeutet für die offizielle Kommandozentrale von Galileo, dass die Daten, die sie einspeisen, zuerst bei mir landen. Und ich werde darüber befinden, ob ich damit einverstanden bin, da meine Organisation die eigentliche Kontrolle hat."

Die Roulettekugel landete auf der roten Zwölf. Silber musste erst mal sortieren, was der Prinz ihm da verklickern wollte.

„Prinzchen, ich kann verstehen, dat einem die viele Knete mit der Zeit auf die Grütze schlägt. Du brauchst dringend Urlaub, mein Freund."

Diesmal setzte der Prinz auf die schwarze Zehn und lächelte den jungen Agenten an.

„Ich weiß, das Ganze hört sich etwas seltsam an."

„Aber dat wissen wir doch beide, mein kleiner Eierprinz", versicherte der junge Agent dem Adeligen so beruhigend, als würde er mit dem Insassen einer Anstalt für schwer erziehbare Kinder reden, und tätschelte dabei das adelige Knie. „Du wärst, glaube ich, etwas billiger weggekommen, wenn du dir einfach ein Auto mit Navi gekauft hättest."

„Daran hätte ich jedoch nicht so viel Freude wie an dem gesamten Projekt."

„Wat ist denn da der Unterschied? Leuchten da ein paar Lämpchen mehr auf?"

„Das ist ein Argument, das ich so noch gar nicht gesehen habe", schmunzelte der Prinz. „Mal abgesehen davon, dass ich ganz beiläufig viele Dinge nach meinem Gutdünken steuern könnte. Wie zum Beispiel die Signale, die für die Straßenmaut in Europa benötigt werden. Einigen könnte ich Erleichterung verschaffen oder anderen auch die totale Pleite, weil ich sie etwa in die falsche Richtung lotsen oder ihnen zuviel abbuchen lasse."

Silber lächelte müde.

„Oder ich könnte Kontoüberweisungen stören, die per Satellit geschaltet werden. Ich lass das Geld nie ankommen oder zu wenig davon, weil alles auf meinem Konto eingeht. Das wäre bei Staatsgeschäften besonders lustig."

Silber hörte dem Verbrecheradel inzwischen genauer zu.

„Oder", fuhr der Prinz fort, während der Croupier ihm einen großen Haufen Chips zuschob, „ich lenke eventuell abgeschossene Raketen in die Richtung, die ich für korrekt halte – wenn man mir vorher nicht genug bezahlt hat."

Silber stieß lange seinen Atem aus.

„Ollen, ich glaube, du bist total durchgeknallt. Gut, dat du jetzt keine Gelegenheit mehr hast, deinen kranken Mist auszuleben."

„Ja, so gesehen haben Sie mir eine Menge Geld gespart, andererseits ..." Der Prinz überlegte kurz und warf erneut einen Haufen Plastik auf den grünen Filz.

„Wat anderseits?", lauerte der Agent.

„Wenn ich es nicht kaufe, kauft es jemand anderes."

Die vier Asiaten im Hotelzimmer warteten ab, bis der Page den Wagen mit dem Essen zu ihnen hereingerollt hatte. Einer bedankte sich aufs Höflichste in fließendem Englisch und drückte ihm einen 100-Franken-Schein in die Hand. Der junge Mann verließ strahlend den Raum. Kaum war die Tür hinter ihm ins Schloss gefallen, machte sich einer daran, den Koffer auf dem Bett zu öffnen. Zwei zogen die Vorhänge dicht zu und der vierte schaltete den Fernseher mit erheblicher Lautstärke an.

Brüniertes Metall kam zum Vorschein. Genauer gesagt: zwei Scharfschützengewehre, drei Maschinenpistolen, großkalibrige Automatikpistolen und Handgranaten. Neben den Waffen lagen zusätzlich, eingebettet in weichem Schaumstoff, vier winzige Funkgeräte mit Kehlkopfmikrofonen. Ein sicheres Zeichen dafür, dass die kleine Gruppe sich trennen würde, um sich dann später an einem für sie wichtigen Punkt wieder zusammenzuziehen. Wo genau dieser Punkt sein würde, zeigten die Pläne, die die Männer vor sich ausbreiteten. Alles war in asiatischer Schrift eingezeichnet. Alles, bis auf einen Punkt. Der nannte sich *Projekt Galileo*.

„Wen sollte dat denn noch jucken?"

„Herr Silber, es gibt unendlich viele Menschen, die sich dafür interessieren. Ganz vorne stehen natürlich die USA. Zum einen, da die Galileo-Technologie die amerikanische bei Weitem übertrifft und Europa damit unabhängig von den Staaten wäre. Es gefällt Amerika ganz und gar nicht, wenn sie nicht für jede lapidare Kleinigkeit gefragt werden, und sie finden es auch nicht von Vorteil, wenn Europa auf einmal selbstständig Raketen abfeuern kann, ohne Amerika um Hilfe oder Erlaubnis zu bitten, das GPS benutzen zu dürfen. Wer interessiert sich noch alles für Galileo? Vielleicht sogar unsere Verbündeten. Italien, Frankreich, Spanien und Großbritannien haben sich mit Deutschland in den Haaren gelegen, wer die Führung bekommen sollte. Nach langem Hin und Her ist es Deutschland geworden. Es ist ja auch kein Muss, dass sich alle anderen mit der offiziellen Version der Führung zufrieden gegeben haben. Vielleicht wollen sie ein Hintertürchen nutzen, um Galileo dennoch kontrollieren zu können. Ach ja, gar nicht zu erwähnen die Terroristen dieser Welt. Es ist nun mal so wie es ist, Herr Silber. Wer Galileo besitzt, regiert Europa." Der Prinz bemerkte, wie dem Agenten unwohl wurde.

„Auch wenn Sie jetzt versuchen, diese ganze Unglaublichkeit Ihrem Vorgesetzten klarzumachen, er kann sowieso nicht mehr verhindern, dass in knapp 60 Minuten die Kontrolle des Projekts an denjenigen übergeben wird, der das meiste bietet."

„Ach ja?", knurrte Silber.

„Ja", erwiderte der Prinz unverblümt. „Es sei denn ...", lächelte er.

„Es sei denn, wat?"

„Wir arbeiten zusammen."

Gero dachte, ihm würde das Herz in die Hose rutschen, als er sah, wie Silber zusammen mit dem Verbrecherkönig das Casino verließ.

Gero hatte draußen gewartet, um bei ungewöhnlichen Vorkommnissen Alarm schlagen zu können. Svenja sollte Gero eigentlich dabei unterstützen, doch die war gerade gedanklich woanders und stand verträumt vor einem Schaufenster. Mit Anna konnte er sich ebenfalls nicht kurzschließen, weil sie mit den BKA-Beamten das Geld in Sicherheit brachte. Gero biss sich auf die Unterlippe, nicht nur, weil er seine Rückreise getrost vergessen konnte, nein, auch weil er gerade absolut nicht wusste, was er tun sollte. Silber konnte ihm jedenfalls kein Zeichen geben, denn der ahnte nicht, wo sich sein treuer Freund genau aufhielt. Verzwickt, verzwickt das Ganze.

Der Agent blieb mit dem Prinzen auf der letzten Stufe stehen und unterhielt sich ganz locker mit ihm. Tausend Möglichkeiten schossen Hobby-Holmes durch den Kopf. Silber wurde bestimmt aufgrund eines Fehlers gefangen genommen und wusste selbst nicht genau, wie es mit ihm weitergehen würde. Er sollte gewiss solange festgehalten werden, bis der Prinz das Geld zurückhatte. Mut schoss in Gero hoch, als er sich ausmalte, wie er Silber von nun an keine Sekunde mehr aus den Augen lassen und alle Hebel in Bewegung setzen würde, um ihn da wieder rauszuboxen. Allerdings entschwand der Mut genauso schnell, wie er gekommen war, als Gero, wie von einem Flaschenzug gezogen, aus seinem Versteck geholt wurde. Beinahe wäre er ohnmächtig geworden, als er sah, dass kein Geringerer als Kolja ihn am Schlafittchen hatte.

„Gero", tönte Silber erfreut, „da bist du ja endlich! Jetzt aber rein mit dir, wir haben 'ne Menge zu besprechen."

Hobby-Holmes nickte nur geistesabwesend, weil er nun endgültig den Faden verloren hatte.

Zusätzlich tanzte Svenja mit unzähligen Einkaufstüten von hinten an und plauderte wild drauflos.

„Ach Kinder, ist das hier herrlich. Ihr glaubt es kaum. Bei Louis Vuitton gibt es wunderschöne Taschen, von denen wir in Deutschland nur träumen können."

Bei Koljas Anblick fügte sie etwas verunsichert hinzu: „Oh, gibt es was Neues?"

Die Asiaten teilten die Munition untereinander auf. Jeder verstaute zwei Automatikpistolen in seinen Textilien – eine im Halfter unter dem Jackett, die andere unter dem Hosenbein am Knöchel. Danach füllten sie die Magazine der Gewehre auf. Mit leisem Klicken wurden die Patronen in die Alukammern gedrückt. Die Männer, die zuerst fertig waren, warfen noch einmal einen kurzen Blick durch das Präzisionsglas, das oben auf den Gewehren steckte, und schwenkten die Waffe in Richtung Fenster, um draußen einen Punkt zu fixieren. Als das erledigt war, widmeten sie sich den Maschinenpistolen, die in dünnen Aktentaschen versteckt wurden. Als sie an den Funkgeräten die richtige Frequenz einstellen wollten, öffnete sich die Zimmertür. In Bruchteilen von Sekunden spannten sich vier Körper an. Die Asiaten beobachteten hoch konzentriert, wer den Raum betreten würde. Als die Person vollends im Raum stand, nahmen die vier Männer Haltung an. Der Mann im schwarzen Anzug nickte ihnen stumm zu.

„Leutnant Yaku", sprach einer der Männer ihn an.

Yaku war größer als die anderen Männer im Raum. Sein schwarzes Haar trug er länger, sodass kaum jemand in dem muskulösen Mann einen Leutnant vermuten würde.

„Ich bitte um Erlaubnis, den Kanal für den Funk zu wechseln."

Der Leutnant hob fragend die Augenbrauen.

„Die befohlene Frequenz ist bereits belegt."

Yaku sah sein Gegenüber weiterhin nur an.

„Von einem Taxiunternehmen", bemühte sich der Mann hastig um eine genauere Auskunft.

„Vorschlag?", gab Yaku sich weiterhin wortkarg.

„Kanal 3."

Der Leutnant holte ein Funkgerät aus seinem Jackett und stellte es auf die besprochene Frequenz.

„In exakt 20 Minuten werden die Geräte eingeschaltet", erinnerte Yaku noch einmal.

„Jawohl, wie besprochen."

Frauenparkplatz

Die Windböen, die vom nahe gelegenen Vierwaldstätter See aus herüberwehten, wurden zunehmend heftiger, und der Himmel zog sich vollends mit dunklen Wolken zu. Die letzten Bummler verließen die Straßen Luzerns und zogen sich lieber in die gemütlichen Restaurants zurück, um den Tag mit einem wundervollen Blick auf die Berglandschaft ausklingen zu lassen.

„René, du solltest dir das Ganze noch mal gut überlegen und die Sache vielleicht anders angehen", bat Gero seinen Agentenfreund.

Mit verschränkten Armen versuchte er, den kalten Wind abzuwehren. Svenja lief neben ihm und schaffte es trotz des schmuddeligen Wetters, hier und da einen Blick in die Schaufenster zu erhaschen. Silber zog sich seine Mütze tief ins Gesicht.

„Mmh", grummelte er, „die Sache ist die, dat wir nicht genügend Zeit haben, alle Möglichkeit durchzuspielen."

„Du hast recht, es ist aber auch nicht die allerbeste Idee, gleich den ersten irrsinnigen Vorschlag umzusetzen, den ein Verbrecherkönig dir unterbreitet."

Der Prinz hatte dem Agenten netterweise mitgeteilt, wo sich derjenige, der die Kontrolle über das Projekt Galileo verticken wollte, in absehbarer Zeit aufhalten würde. Einzige Schlussfolgerung konnte auf die Schnelle nur sein, diesen Menschen dingfest zu machen. Ansonsten würde er, wenn der Prinz sein Vorkaufsrecht nicht nutzte, nach einem Vortrag im Kongresszentrum vor die Kameras treten und etwas über das Projekt verlauten lassen. Und das war der Knackpunkt. Der Anbieter würde wohl kaum vor laufenden Kameras sagen, was er im Schilde führte, doch anhand der Textilien, die er trug, konnte er in Form einer stummen Botschaft verkünden, dass sein Angebot noch stand. Und alle Interessenten dieser Welt wussten, welche Nummer sie wählen mussten, um mitzubieten. Alles, was der Prinz für diese Information haben wollte, war seine Freiheit. Und er wollte die gestohlenen Euros zurück. So sah die Zusammenarbeit aus. Es war ein sehr hoher Preis. Denn mit dem Geld und dem Prinzen im Schlepptau hätte Silber schneller seine Unschuld klären können. Was noch schwerer wog, war allerdings, dass der Prinz sich sofort nach seiner erkauften Freiheit ein neues Projekt suchen würde, um die Welt aus den Angeln zu heben. Silbers Gedanken rotierten wild in seinem Kopf herum. Wer wusste schon, ob der Prinz ihn nicht gerade verarscht? Der Adelige konnte sich auch so einfach aus dem Staub machen. Andererseits würde er sich dann die Penunsen durch die Lappen gehen lassen, für die er so hart gearbeitet hatte.

Silber atmete tief durch. Irgendetwas musste er jetzt tun! Vierteilen konnte er sich schließlich nicht.

Sie betraten das Parkhaus durch den Bahnhof. Das etwas ungewöhnliche Trio empfing angenehme Wärme. Gero löste seine verkrampfte Haltung, während Svenja einfach nur gespannt war, wie es weitergehen würde. Silber warf kurz einen Blick auf den Plan des Parkhauses, der an einem Kassenautomaten hing. Jede Etage war hier mit einem Buchstaben gekennzeichnet und hatte eine eigene Farbe. Es herrschte mäßiger Betrieb zu dieser Stunde. Die Etagen war hell erleuchtet und es rieselte leise Musik aus den Boxen.

„Dann wollen wir mal runter", beschloss Silber.

Sie zogen das Treppenhaus dem gläsernen Aufzug vor. Doch kurz bevor sie das untere Parkdeck erreichten, sagte Silber: „Wartet, ich gehe vor und ihr bleibt weit hinter mir. Ich weiß nicht, ob der Knilch eine Rückendeckung hat."

„Verstanden", erwiderte Gero und holte die MP hervor. Svenja sagte nichts, da sie gerade von einem Werbekasten mit Dessous hypnotisiert wurde.

Silber betrat das farbige Parkareal. Frischer Duft von Putzmitteln schlug ihm entgegen. Auf dem Boden konnte man noch die nassen Schlieren der Reinigungsmaschine erkennen. Am Ende der Ebene stand ein weißer Jaguar, genau wie der Prinz es vorausgesagt hatte. Und an diesem Jaguar werkelte ein Mann in roter Jacke am Kofferraum herum. Ebenfalls wie der Verbrecherkönig es prophezeit hatte. Silber zog kurz entschlossen seine Automatik aus dem Gürtel, lief schnellen Schrittes von hinten an den Mann heran und tippte ihm leicht auf die Schulter.

„Pardon Monsieur?"

Silber verdrehte die Augen. Der Prinz hatte ihm eigentlich alles erzählt, nur nicht, dass er es mit einem Franzosen zu tun bekommen würde. Silber wollte es kurz und schmerzlos machen.

„Galileo?", fragte er den Franzosen.

„Ah, oui, Galileo", erwiderte der Mann erfreut.

Silber dachte daran, dass der Mann nicht ahnen konnte, gerade jetzt wegen des Galileo-Projekts hinter Gitter zu wandern. Der glaubte tatsächlich, einen Käufer vor sich zu haben.

„Galileo", wiederholte der Mann und deutete auf die braune Ledertasche im Kofferraum. Silber schlussfolgerte, dass darin wohl die Dokumente wären, die zum Projekt gehörten. Quasi die Betriebsanleitung. Der Agent deutete mit der Waffe auf die Tasche. Der Franzose öffnete sie und zeigte Silber den Inhalt. Der Agent runzelte die Stirn und verstand erst mal nur Bahnhof. Im Inneren der Tasche befanden sich nämlich keine Papiere, sondern bündelweise Schweizer Franken. Silber wollte gerade eine Frage auf Englisch formulieren, als etwas durch die Luft sirrte, das sich als Messer entpuppte, und in den Hals des Franzosen eindrang.

Der Mann röchelte, fasste sich an den Hals und fiel einfach kopfüber tot in den Kofferraum. Silber duckte sich und schwenkte die Waffe in die Richtung, aus der das Wurfgeschoss gekommen war. Der Verursacher machte sich jedoch keine Mühe, ein Versteck zu suchen. Er stand schon vor Silber und trat ihm schmerzhaft die Waffe aus der Hand. Der Agent schaute auf und erkannte im Bruchteil einer Sekunde, wer ihm was auf die Zwölf gehauen hatte: Alex war wieder da.

„Na, du kleiner Scheißer?"

Sie hievte ihn hoch und gab ihm bei der Gelegenheit eine mächtige Kopfnuss. Tränen schossen dem Agenten in die Augen, als der Schmerz an der Nase nachließ. Zeit zur Erholung hatte Silber nicht, denn schon wurde er von Alex unsanft auf die Motorhaube des Nachbarwagens geworfen. Ein Schlag in die Magengrube begleitete seine Landung.

„Rate mal, warum ich hier bin", zischte die Blondine.

„Ich stehe nicht zufällig auf dem Frauenparkplatz?"

Der harte Schlag ins Gesicht sollte ihm wohl zeigen, dass es nicht die Parkbedingungen waren, die die Amazone dazu brachten, den Agenten auseinanderzurupfen.

„Natürlich nicht, ich bin hier, um mich bei dir für den verlängerten Aufenthalt auf dem Schiff zu bedanken", schnaubte Alex.

„Oh, dat wäre aber nicht nötig gewesen."

Silber schmeckte Blut in seinem Mund.

Alex gab ihm umgehend einen Fausthieb auf das Brustbein. Während er nach Luft japste, sah er von der Seite einen schwarzen Schatten heranhuschen. Ein Mann stand plötzlich hinter Alex und schlug ihr seitlich gegen den Hals. Sie verdrehte die Augen und sackte in sich zusammen. Silber schaltete sofort. Das konnte nur die Rückendeckung des Franzosen sein, der tot im Kofferraum lag. Der Agent befürchtete, dass ihm die Sprachkenntnisse fehlten, um dem Partner die Lage zu erläutern. Daher beschloss er, ihm lieber nach der momentanen Sitte des Hauses zuvorzukommen.

Er rutschte von der Motorhaube und schlug seinem Gegenüber genau auf das Nasenbein. Als sein Gegner zu Boden fiel, wunderte Silber sich über sein asiatisches Aussehen. Viel Zeit, darüber nachzudenken, blieb ihm aber nicht, denn er wurde von hinten mit einer eisenharten Umklammerung blockiert. Silber reagierte jedoch sofort. Er warf den Kopf nach hinten und sein Hintermann bekam gewaltig eins auf die Nase. Der Griff lockerte sich und Silber sprengte ihn vollends, indem er einen Ellenbogen in die Rippen seines Gegners krachen ließ. Dieser keuchte nur noch und legte sich neben seinen Kollegen, nachdem Silber ihm noch was auf die Nase gegeben hatte.

„Noch ein Asiate?", brabbelte er vor sich hin. Gerade als er sich nach seiner Waffe umschauen wollte, hörte er ein Klicken. Kaltes Metall legte sich an seine Schläfe. Silber wagte es, zur Seite zu schauen, und siehe da, wie konnte es anders sein? Noch ein Asiate.

„Hier muss ja wohl ein Nest sein", wunderte sich der Agent laut.

Sein Gegner senkte die Waffe und schlug Silber auf die kurze Rippe. Der sackte atemlos zusammen. Der Asiate warf einen Blick auf seinen Partner und richtete die Waffe erneut auf Silber. Der Agent verabschiedete sich schon einmal innerlich, als plötzlich mit lautem Getöse ein Maschinenpistolenfeuer eröffnet wurde.

Kugeln schlugen über ihnen in den Putz ein. Neonröhren an der Decke zerbarsten, Autoscheiben zersprangen und Alarmanlagen ertönten. Der Schütze schien kein besonderes Ziel zu haben, allerdings erreichte er, dass der Asiate sich bemühte, in Deckung zu gehen. Auf dem Weg dahin, säbelte Silber ihm mit einem harten Tritt die Beine weg, sodass er mit dem Kopf auf die Stoßstange schlug und benommen liegen blieb.

Der Agent wagte einen Blick auf den Schützen. Er sah Svenja. Der Transvestit stand gefestigt da mit der Maschinenpistole in der einen und einer bunten Designereinkaufstüte in der anderen Hand. Er ballerte auf nichts und niemanden, womit er jedoch ein beträchtliches Ergebnis erzielte. Die Gegner verkrochen sich, und niemand haute Silber was auf die Nuss.

„Wow, Svenja, du bist ja ein Tier", lobte der Geschundene und griff nach seiner Waffe.

Dabei bekam er aber nicht mit, wie jemand sich Svenja von hinten näherte, um ihr mit einer routinierten Bewegung, die Waffe aus der Hand zu nehmen. Wieder ein Asiate. Er legte dem Transvestiten die Hand auf die Schulter und schob auch Gero gleich mit nach vorn. Die anderen hatten sich mittlerweile wieder berappelt und umzingelten nun den deutschen Agenten. Silber wollte sich gerade erheben. Als er jedoch die neue Situation mitbekam, setzte er sich wieder auf den Boden.

„Wer seid ihr denn?"

Der Mann neben Svenja lächelte freundlich.

„Mein Name ist Leutnant Yaku."

„Aha", hauchte Silber ratlos.

„Koreanischer Geheimdienst", setzte der Leutnant nach.

Silber lachte auf und schlitterte ihm seine Automatik über den Boden zu. Er konnte ja so einiges ab, aber nun noch gegen einen anderen Geheimdienst anzutreten, war ein bisschen viel. Yaku hob die Automatik auf und reichte sie Silber zurück.

„Wir sind hier, um Ihnen zu helfen, Herr Silber."

Der Prinz und Kolja machten sich schleunigst auf den Weg zum Kongressgebäude. Obwohl die Situation vor nicht mal einer Stunde mehr als ungünstig für ihn ausgesehen hatte, konnte der Verbrecherkönig froh sein, dass es ihm tatsächlich gelungen war, den Agenten für einige Zeit auf die falsche Fährte gelockt zu haben. Der Mann, den Silber im Parkhaus in Gewahrsam nehmen sollte, war nichts anderes als ein Mitbieter für das Galileo-Projekt. Eigentlich ein Konkurrent, den der Prinz bereits lange im Visier hatte und ihn auch deshalb so gut beschreiben konnte. Der Adel baute darauf, dass der Mitbieter eine eigene Armada mitgebracht hatte, die Silber nun eine Zeitlang auf Trab halten würde. Ab und an schaute sich der Prinz dennoch um. Der Agent hatte niemanden zu seiner Bewachung zurückgelassen. Er hatte einfach darauf vertraut, dass der Prinz sein Geld wiederhaben wollte. Selbst schuld. Andererseits, wen wollte Silber zurücklassen? Einen Transvestiten, der bei jedem Schaufenster außer Fassung geriet, oder einen netten Menschen wie Gero, der selbst nicht fassen konnte, wie er in all das hineingeraten war. Natürlich war der Verlust des Geldes im ersten Augenblick schmerzlich, doch er hatte soviel Arbeit in diese Aktion gesteckt, dass er nun bereit war, das Projekt von einem Teil seines nicht gerade unbeträchtlichen Privatvermögens zu begleichen. Auch wenn der Verbrecherkönig gerade keine große Summe zur Hand hatte, würde der Verkäufer auf sein Wort vertrauen. Einer der Vorteile, wenn man in der Unterwelt einen Namen vorweisen konnte.

Der Prinz schaute auf die Uhr. Alles war gut verlaufen. Dennoch hatte er mit einer Sache recht gehabt. Der Verkäufer würde gleich vor die Kameras treten und indirekt aller Welt mitteilen, was er zu bieten hatte, weil der Prinz aufgrund seiner kleinen Unterredung mit Silber den persönlichen Verkaufstermin nicht hatte wahrnehmen können. Es sei denn, er würde dem Verkäufer, nachdem dieser den Konferenzraum verlassen hat, umgehend ein Zeichen geben. Dann wäre alles wieder in bester Ordnung.

Vor dem Kongressgebäude zeigte sich schon eine beträchtliche Ansammlung von Pressevertretern, die um den Einlass drängten. An den Eingangstüren standen vereinzelt Polizisten, die die Akkreditierung durch die Kongressmitarbeiter überwachten. Der Prinz schritt zu einem freien Pult.

„Darf ich bitte Ihren Presseausweis oder Ihre Einladung sehen?", fragte die Dame mit dem Pagenschnitt freundlich.

Der Prinz schaute sie wie vom Blitz getroffen an.

„Oh, ich glaube, die habe ich gerade nicht zur Hand", bemühte er sich um Souveränität. Natürlich hatte er keine Einladung, da das eigentliche Treffen vor dem Gebäude stattfinden sollte.

„Dann muss ich Sie bitten, zur Seite zu treten", spulte die Mitarbeiterin ihren Spruch ab, den sie wahrscheinlich öfter an diesen Abend zum Besten geben musste. Der Adelige überlegte, ob er der Frau nicht einfach ein paar große Scheine zukommen lassen sollte, wollte aber auch nicht die Aufmerksamkeit des Polizisten auf sich ziehen und trat zur Seite.

„Kolja", zischte der Prinz seinem Leibwächter zu, „besorg mir sofort eine Einladung."

Silber rappelte sich auf und sortierte seine Knochen.

„Hilfe vom koreanischen Geheimdienst?", fragte er misstrauisch, als er sich die Jacke zurechtzupfte.

„Ja", erwiderte Yaku mit einem kleinen Lächeln.

„Nord oder Süd?"

„Nord", kam die Antwort knapp.

Mit einem kleinen Zischen sog Silber Luft ein.

„Wie komm ich denn zu der Ehre?"

„In den letzten Tagen hatten wir von einem Europäer das Angebot erhalten, die Kontrolle über das europäische Satellitenprojekt Galileo zu erwerben."

„Und das habt ihr euch entgehen lassen?", unterbrach der deutsche Agent den Koreaner skeptisch.

Dieser wiegte leicht den Kopf und suchte nach einer vorsichtigen Umschreibung.

„Die Geldmittel hätten sich bestimmt auftreiben lassen, allerdings mangelte es uns an qualifizierten Fachkräften, um zu prüfen, ob es wirklich ein gutes Angebot gewesen wäre", antwortete er schließlich. „Und so haben wir beschlossen, bei Ihnen heißt es wohl, aus der Not eine Tugend zu machen, es jemandem aus Europa mitzuteilen, der nicht bei jedem Indiz die Kriegstrommel rührt und zu dem wir gute Verbindungen unterhalten."

„Deutschland?", folgerte Silber.

„Richtig, die Bundesrepublik Deutschland."

„Und weiter?"

„Wir ließen dem BND alle Informationen zukommen."

Gerade als Silber sich darüber wunderte, warum dann keiner seiner Kollegen hier aufschlug, fuhr Yaku fort.

„Nur hatten wir den Eindruck, dass es in Deutschland keinen interessierte."

„Wieso?"

„Weil wir vor wenigen Tagen wieder ein Kaufangebot erhalten haben. Eigentlich unmöglich, wenn man bedenkt, dass der BND sich schon lange daran gemacht haben müsste, die möglichen Personen zu neutralisieren."

„Stimmt, aber trotzdem verstehe ich nicht so recht, wat euch dat kümmert."

„Galileo ist ein europäisches Projekt, und wir möchten dabei helfen, dass es auch dort bleibt. Natürlich erhoffen wir uns, dass die Europäische Gemeinschaft unseren guten Willen erkennt und für uns eintritt, falls die USA noch einmal darauf drängen, uns mit weiteren Embargos zu belasten, nur weil es in unserem Land nicht nach ihren Vorstellungen abläuft. Wir sind ein unabhängiges Land, dass sich der Welt öffnen möchte, so wie wir es für richtig halten."

„Na ja, ich halte euch auch nicht unbedingt für die reinsten Unschuldsengel, wat die Weltmeinung angeht. Man munkelt ja schon länger, dass ihr mit Atomwaffen rumhantiert."

„Wir wissen doch alle, wer der Welt einbläut, was sie zu denken hat", erwiderte der Asiate mit einem spöttischen Unterton.

Silber wollte einen deutlichen Schlussstrich unter die sich anbahnende Diskussion ziehen.

„Um ehrlich zu sein, habe ich jetzt keinen Bock hier auszuklügeln, wer wem die Förmchen wegnimmt. Der Prinz will mich verarschen und langsam werde ich echt sauer. Also entweder helft ihr mir oder ihr könnt jetzt ausspannen und irgendwelche Berge besteigen."

Yaku verstand den deutschen Agenten nicht wortgenau, aber übersetzte im Kopf sinngemäß, dass es nun schleunigst weitergehen musste.

„Ich würde es begrüßen, Sie noch etwas begleiten zu dürfen. Ich bin mir sicher, dass meine Leute und ich Ihnen von großem Nutzen sein werden."

Silber beäugte die ausländischen Kollegen mit einer großen Portion Argwohn. Nicht die lädierten Gesichter ließen ihn zögern, das freundliche Angebot Yakus in Anspruch zu nehmen, sondern ihre Textilien. Sie sahen in ihren schwarzen Anzügen aus wie geklont. Und wenn sie gleich noch ihre Sonnenbrillen aufsetzten, und Silber war sicher, dass sie dies gleich tun würden, wären sie ungefähr so unauffällig wie vier Pandabären bei der Formel Eins. Andererseits, wenn er darüber nachdachte, dass er sich bis gerade eben von einem shoppingverliebten Transvestiten Rückendeckung geben lassen musste, brachten die Pandas auch keinen so großen Nachteil mit sich.

„Okay, benehmt euch aber unauffällig."

Zwei Männer betraten das Kongressgebäude. Auf ihren Namensschildern standen deutlich die Namen Bernd Wassermann und Noel Linger. Beide hofften inständig, nicht von sogenannten Kollegen angesprochen zu werden, denn die beiden Astrophysiker, denen die Namensschilder mal gehört hatten, saßen in freundschaftlicher Umarmung mit gebrochenem Genick auf einer Parkbank. Ihr plötzliches Ableben ließ sich dadurch erklären, dass sie Einladungen für eine Pressekonferenz hatten, diese aber nicht freiwillig abtreten wollten.

Der neue Bernd Wassermann ließ sich von einer Hostess ein Informationsblatt reichen, das er an den neuen Noel Linger weitergab. Der schaute nach einem kurzen Blick auf das Blatt auf seine Uhr. In 15 Minuten würde sich die Konferenztür öffnen. Vor dieser Tür positionierten sich schon, in vier Grüppchen aufgeteilt, die Journalisten, die der Welt schnellstmöglich mitteilen wollten, wann nun genau das Satellitensystem an den Start gehen würde. Und auch, welchen Nutzen die Schweiz davon haben sollte. Linger wurde etwas unruhig, weil er anhand der Aufteilung der Journalisten , hier im Saal, ableiten konnte, dass insgesamt vier Konferenzteilnehmer vor jeweils eine Kameragruppe treten würden, und er konnte nicht wissen, welche Kamera sein Mittelsmann wählen würde. Er beruhigte sich aber schnell, als er erkannte, dass es nur eine Tür gab, durch die sie alle kommen mussten. Linger stellte sich in unmittelbarer Nähe zur Tür auf. Es reichte, wenn er einer bestimmten Person ein Zeichen gab. Sie würde sich zum Zeichen des Einverständnisses eines Kleidungsstücks entledigen, und die Kontrolle über Galileo würde ihm gehören.

Silber wollte anfangen zu kotzen. Er hatte festgestellt, dass er nicht so ohne weiteres ins Kongressgebäude kommen konnte. In seinen Gehirnwindungen malte er sich aus, wie er sich mit seinen neuen Freunden zum Inneren durchschlagen musste.

„Gibt es Vorschläge?", fragte er Yaku.

„Ja", erwiderte der Koreaner, fasste in seine Innentasche und holte mehrere Karten hervor.

„Wir nehmen die Einladungen und schauen uns einfach mal um."

„Ich werd bekloppt, wo hast du die denn jetzt so schnell herbekommen?", staunte Silber.

„Wir sind schon etwas länger hier und haben uns auf verschiedene Szenarien vorbereitet."

Gero meldete sich zu Wort.

„Aehm, ich sehe, dass ihr hier klarkommt, dann kann ich ja jetzt gehen, oder?"

„Gero, wo willst du denn hin?"

„Nach Hause vielleicht, wo es mir nicht passieren kann, dass meine Freundin mit einer Maschinenpistole den koreanischen Geheimdienst unter Kontrolle bringen muss. Du wirst es wahrscheinlich nicht glauben, aber die eigene Bude kann auch mal ganz entspannend sein."

Er wandte sich an den Transi. „Nicht wahr, Svenja?"

Svenja regierte nicht, sondern schaute einer Frau mit ungewöhnlichen Textilien hinterher. Silber schmunzelte.

„Na, wenn du meinst. Reisende soll man bekanntlich nicht aufhalten."

„Ich mische mich nur äußerst ungern in Ihre Gespräche ein", meinte der Leutnant. „Aber ich weiß, dass es für Sie momentan nicht allzu günstig wäre, nach Deutschland einzureisen. Ständig wird in den Medien berichtet, dass zwei Männer eine Menge Geld gestohlen haben sollen. Einer dieser Männer sind Sie."

„Oh", stöhnte Gero tonlos.

„Siehst du, hier in der Schweiz ist es immer noch am schönsten", scherzte Silber vergnügt.

Die Gruppe betrat schließlich das Gebäude. Yaku führte sie an. Er wusste, wo die Pressekonferenz stattfinden würde.

„Was genau haben Sie jetzt vor?", fragte er Silber.

„Wenn ich dat mal selber so genau wüsste. Fakt ist, dat der Anbieter gleich hier vor die Kamera treten soll." Von Weitem sahen sie die vier Kameragruppen. „Problem ist, ich weiß gar nicht, wer es ist. Dat kann ja gleich jeder sein, der hier rausmarschiert.", sagte er ein wenig hilflos.

„Vielleicht sollten Sie sich an Ihren alten Bekannten halten", schlug der Asiate vor.

„Jo, dat ist so eine Sache, da ich nicht weiß, ob er nicht schon längst die Klamotten gekauft hat und über alle Berge ist."

„Das glaube ich kaum."

„Ach ja?"

„Ja, er steht da vorne."

Als Alex aufwachte, herrschte Dunkelheit um sie herum. Bewegen konnte sie sich nicht. Eng war es, sie stieß mit dem Kopf an Metall. Ihre Hände waren erstaunlicherweise nicht gefesselt. Alex fummelte aus ihrem Overall ein Feuerzeug und ließ es aufflammen. Sie blickte in das Gesicht eines Toten. Es war der Franzose, den sie umgebracht hatte. Mit ihm zusammen war sie nun im Kofferraum des Jaguar eingepfercht. Sie betastete sich weiter und ahnte es schon: Ihre Waffen fehlten. Sie ließ das Feuerzeug los, und es wurde wieder dunkel. Alex konnte sich denken, dass die Schlaumeier den Wagen abgeschlossen und die Alarmanlage aktiviert hatten, um den Wagen doppelt zu sichern. Wut keimte in der Amazone auf. Sie hatte noch nicht einmal die Gelegenheit gehabt, Silber umzulegen. Erneut zündete sie das Feuerzeug an. Sie drehte sich zum Schloss hin und schaute sich den komplizierten Schließmechanismus an. Mit Werkzeug wäre sie dem Metallbolzen sicherlich beigekommen. Sie löschte das Licht und überlegte, wo das Bordwerkzeug versteckt sein könnte. Schnell kam sie dahinter, dass sie darauf lagen.

„So ein Mist."

Sie atmete tief ein und zwang sich, ruhig zu bleiben. Plötzlich grinste sie diabolisch und entzündete die Flamme erneut. Wieder erschien das Gesicht des Toten. Sie leuchtete den oberen Bereich seines Körpers ab und entdeckte das Messer, das noch in seinem Hals steckte. Die Amazone zog es mit einem kräftigen Ruck heraus. Dass jetzt Blut aus der Wunde sickerte, störte sie nicht. Sie zog den Toten zu sich heran und versuchte, hinter ihn zu gelangen. Als sie das nach mühevollen Minuten geschafft hatte, machte sie sich frohen Mutes daran, die Wand, hinter der sich die Rücksitze befanden, mit dem Messer zu bearbeiten. Die Wand war recht stabil und Schrauben konnte sie nicht finden. Trotzdem, die Wand bestand nur aus verwobenem Kunststoff. Alex hackte mit dem Messer darauf ein. Fasern fielen auf ihr Gesicht. Sie grinste. Gleich würde sie draußen sein. Dann konnte Silber was erleben.

Silber wäre beinahe mit einem Sprung direkt nach vorne gestürmt, doch Yaku hielt ihn am Arm fest.

„Bleiben Sie ruhig, Herr Silber. Ich würde seine Gegenwart als glücklichen Umstand ansehen."

Der deutsche Agent sah den Asiaten etwas ratlos an.

„Seine Anwesenheit verrät uns, dass er noch nicht im Besitz des Projekts ist. Er wartet ebenso auf den Kontaktmann, wie wir auch."

Silber entspannte sich.

„Gut, dann müssen wir zusehen, dat wir die Übertragung stören", setzte er voraus.

„Dieses Vorgehen wäre mit einem großen Aufsehen verbunden", dachte der Leutnant an und deutete auf die Polizisten, die verteilt im Vorraum standen.

„Nicht, wenn wir uns draußen an die Übertragungswagen halten."

„Die Zeit bleibt uns aber nicht", hielt Yaku eindringlich entgegen.

Silber suchte weiter händeringend nach einer Lösung.

„Lassen Sie ihn doch das Projekt erwerben", meinte der Koreaner schließlich.

Silber sah Yaku verwundert an.

„Ey, Kollege, ich reiß mir die ganze Zeit den Hintern auf, gerade um sowat zu verhindern, und du schlägst vor, dat ich ihm dat Projekt überlassen soll?"

„Wenn Sie ihm jetzt das Projekt überlassen, wissen wir zumindest, wer es hat."

Silbers Gesicht hellte sich auf.

„Da ist wat dran. Dann gucken wir uns an, wer gleich mit dem Eierprinz rumkungelt, und den Typen drehen wir dann auf links, um zu gucken, wat genau er ihm vertickt hat, und wo es sich gerade befindet."

Yaku atmete erleichtert auf.

„Genau. Ich darf Ihnen aber schon jetzt verraten, dass sich die Elemente für Galileo in einem Schiffscontainer befinden. Wenn wir den finden, ist alles durchgestanden."

„Für mich ist erst alles durchgestanden, wenn der Prinz mit seiner Fresse im Dreck liegt."

Die Türen zum Konferenzsaal öffneten sich. Die Teilnehmer empfing Blitzlichtgewitter. Das Tuscheln der Reporter wurde lauter, manche riefen Fragen über die Köpfe der anderen Kollegen hinweg. Mit strahlenden Gesichtern stellten sich einzelne Leute vor die Kameras. Der Prinz lauerte wie ein Panther darauf, dass eine Frau mit rotem Schal in sein Umfeld geriet. Da kam sie. Die Dame suchte ebenfalls mit einem kurzen Blick die Menge ab. Es dauerte nur wenige Sekunden, bis sich ihre Augen gefunden hatten. Mit einem Lächeln honorierte sie die Anwesenheit des Prinzen, zog sich den roten Schal von den Schultern, wies damit die anderen möglichen Bieter zurück und gab dem Prinzen so das Zeichen, dass er gerade Besitzer von Galileo geworden war.

Als die Türen aufgestoßen wurden, traten Silber und Yaku an die Menge heran. Der deutsche Agent bemerkte, wie unruhig der Prinz war, aber bald beim Anblick irgendeiner Person aus der Menge vollkommen entspannt, ja sogar gut gelaunt wirkte.

Der Koreaner sollte den russischen Personenschützer nicht aus den Augen lassen. Er bemerkte, wie Kolja sich einer Frau in blauem Kostüm und mit einem rotem Schal in der Hand von der Seite her näherte und von ihr unauffällig einen Umschlag entgegennahm. Im Gegenzug dafür erhielt sie von ihm eine kleine, silberne Karte. Wahrscheinlich eine Scheckkarte für ein Konto mit ihrem Namen und einer Summe, die unvorstellbar war.

Jetzt war Besonnenheit das erste Gebot. Der Prinz war zwar gerade in unmittelbarer Nähe, und es juckte Silber mächtig in den Fingern, ihn festzunageln. Doch die Schweizer Kantonspolizei hätte bestimmt kein Verständnis dafür gehabt, wenn der koreanische Geheimdienst Hand in Hand mit dem BND für einen Wirtschaftsterroristen ein Schlachtfest veranstaltet hätte. Sie mussten sich also an die Kontaktperson halten, um später die Spur des Prinzen wieder aufzunehmen.

Yaku trat an den Agenten heran.

„Die Dame mit dem roten Schal ist unser Ziel."

Widerwillig löste der deutsche Agent den Blick vom Verbrecherkönig.

Die Frau trat nun vor die Kamera. Sie beantwortete die gestellten Fragen in ihrer Muttersprache. Auf Spanisch.

Der Prinz verließ derweil zusammen mit Kolja den Konferenztrakt über das Treppenhaus. Die Wissenschaftler stellten sich den Fragen der Reporter und zogen sich dann zurück in ihre Räumlichkeiten. Die beiden Agenten folgten der Spanierin, die den Aufzug ansteuerte. Ein Pärchen quetschte sich noch eilig mit hinein, bevor die Türen sich zuschoben. Yaku deutete auf das Treppenhaus. Sie erreichten die nächste Etage schneller als der Aufzug und mussten zusehen, wie der Fahrstuhl weiter nach unten fuhr. Bei der nächsten Etage war es nicht anders.

„Ich denke mal, dass sie ins Erdgeschoss fährt, um sich sofort zu verpieseln", vermutete Silber.

Yaku nickte.

„Gut, versuchen wir es."

Sie rannten zwei weitere Stockwerke nach unten und warteten zusammen mit zwei anderen Männern darauf, dass sich die Türen des Fahrstuhls öffnen würden. Yaku und Silber ließen in dieser Zeit die Leuchtdiode mit den Etagennummern nicht aus den Augen. Plötzlich, eine Etage über ihnen, stoppte der Fahrstuhlkorb. Silber zischte einen leisen Fluch vor sich hin.

„Es war noch jemand im Fahrstuhl", beruhigte ihn der Leutnant gedämpft. Dann ging die Fahrt weiter. Ein leises ‚Ding' signalisierte die Ankunft des Fahrstuhls auf ihrer Etage. Die Türen öffneten sich geräuschlos. Die beiden Agenten wandten sich etwas ab, um die Beschattung unauffällig zu gestalten. Doch der spitze Schrei einer Frau zeigte den beiden, dass sich ihre Arbeit soeben erübrigt hatte. Die Spanierin hing stranguliert an ihrem roten Schal im Fahrstuhlkorb und bot einen schrecklichen Anblick. Silber wollte eine Etage höher laufen, um das Pärchen zu suchen, das zuvor mit der Frau den Fahrstuhl bestiegen hatte, doch Yaku stellte sich ihm in den Weg. Er hatte gerade über seinen Knopf im Ohr einen Funkspruch vom Außenposten erhalten.

„Planänderung. Ihr Mann besteigt gerade ein Boot. Wir sollten jetzt diese Spur nutzen, alles andere macht keinen Sinn mehr."

Silber nickte entschlossen.

„Okay, los."

Draußen empfing sie einer von Yakus Männern und führte sie an den Anlegeplatz, den der Prinz vor wenigen Minuten verlassen hatte. Der Koreaner sprach gestenreich mit seinem Leutnant und zeigte auf den See.

„Wir haben Glück", verkündete der Yaku.

„Ach nee, dat ist ja mal ganz wat Neues."

„Ihre Zielperson ist nicht mit einem Schnellboot unterwegs."

Jetzt prustete Silber los vor Lachen.

„Ja, dat nenn ich ja echt mal 'ne gute Nachricht."

Er deutete auf die Tretboote, die in der Nähe vertäut lagen.

„Wir können uns ja jeder so 'ne Nussschale schnappen, um die Verfolgung aufzunehmen."

Wieder lachte Silber los. Yaku lächelte milde.

„Wie ich schon einmal erwähnt habe, hatten wir eine gewisse Vorbereitungsphase. Deswegen würde ich es vorziehen, diese Gerätschaften zu nutzen."

Er deutete auf einen Anlegeplatz unweit von der kleinen Gruppe. Der deutsche Agent sah vier Wasserjets im Schatten eines schnittigen Rennbootes.

„Cool, nehmen wir dat Rennboot und treten dem Prinzen in die Eier."

Yaku hüstelte leicht.

„Das Rennboot ist für die Nachhut gedacht. Es ist zu leicht zu orten. Wir nehmen die Jets."

„Yaku, hast du 'nen Dachschaden? Es ist dunkel und arschkalt." Er deutete auf den See, der in vollkommener Finsternis lag. „In Deutschland bekommt man schon wat auf die Mütze, wenn man ohne Licht Fahrrad fährt. Und du verlangst, dat ich mit so 'nem Ding im Stockdunkeln durch Loch Ness heize? Da müsste ich ja plemplem sein."

Der Leutnant hob fragend die Augenbrauen.

„Plemplem?", fragte er vorsichtig nach.

„Ja genau, plemplem, vollkommen verrückt."

„Mmmh", erwiderte Yaku, „und gerade das war es, was mir an dem Memorandum über Sie, das wir erhalten haben, so gefallen hat."

„Wat stand da drin?"

Der Leutnant grinste.

„Na, dass Sie vollkommen verrückt sind."

Der Prinz lehnte sich zurück und öffnete den Umschlag, den die Spanierin seinem Personenschützer übergeben hatte. Auf dem Papier war der Standort eingezeichnet, wo der Container mit den Galileo-Komponenten weilte. Allerdings wusste der Prinz nicht, ob der riesige Behälter auf einem Schiff oder schon abfahrbereit auf einem Lastwagen deponiert war. Um dies herauszufinden und vor Ort Entscheidungen treffen zu können, fuhren sie jetzt über den See zu dem Lagerplatz. Kolja holte sich das Schriftstück ab, um dem Kapitän die Koordinaten weiterzureichen. Der Prinz blickte leicht ermüdet auf seine Uhr.

Es war mittlerweile spät geworden, und er freute sich darauf, sich gleich zurückziehen zu können. Natürlich erst nachdem sich alle von dem Produkt überzeugt hatten. Kolja brachte seinem Chef eine Erfrischung, die dieser dankbar annahm. Während er den Drink still genoss, fühlte er plötzlich, wie sehr er seine Alex vermisste. Er konnte sich absolut nicht vorstellen, wo sie abgeblieben war. Vermutlich war sie tot. Schade eigentlich. Alexandra hatte sich solche Mühe gegeben mit der ganzen Aktion. Er beschloss, sich ihrer zu erinnern, sobald er am Strand von Miami spazieren würde. Ein Klopfen unterbrach seine Gedanken. Der Kapitän trat unaufgefordert ein. Der Unterweltkönig wollte schon ungehalten reagieren, als der Bootsführer nervös stammelte: „Wir werden verfolgt."

Der Mann aus Korea und der verrückte Deutsche pesten mit ihren Wasserjets über das dunkle kalte Wasser. Harter Wind schlug ihnen entgegen. Wasserfontänen spritzen auf und perlten an ihren Neoprenanzügen ab. Nach einer Weile hatten sie sich daran gewöhnt, dass die ruppigen Wellen ihre Wasserfahrzeuge aus der Bahn bringen wollten. Doch sie balancierten die Jets immer wieder geschickt aus und fraßen sich Meter für Meter zu dem Boot, das sie verfolgten, vor. Licht hatten sie keines. Sie peilten einfach das leuchtende Heck der Jacht an und bemühten sich, Hochgeschwindigkeit zu halten.

„Das muss es sein", brüllte Yaku gegen den Wind.

Silber nickte nur. Er hatte das Gefühl, der kalte Wind würde ihm das Gesicht zerschneiden. Sie waren schon relativ nahe an die Jacht herangekommen, als sie ein Schnellboot überholte. Es war das Boot des koreanischen Geheimdienstes. Der Leutnant brüllte erbost in sein Kehlkopfmikrophon. Das Schnellboot sollte sich eigentlich unauffällig im Hintergrund halten und nicht beleuchtet wie ein Christbaum die Führung übernehmen! Die Observierten würden sofort Lunte riechen und die ganze Aktion wäre zunichtegemacht. Das Schnellboot drehte ab und Yaku hoffte, dass der Bootsführer bald das Licht ausmachen würde.

Stattdessen konnte er dank der Beleuchtung erkennen, dass sich eine Tür öffnete und jemand über Bord ging. Bevor sich Yaku darüber wundern konnte, was auf dem Schnellboot mit seinen Leuten vor sich ging, sah er, dass es nun vollen Kurs auf sie nahm. Mündungsfeuer flammte auf und eine weitere Person fiel über die Reling.

„Wat ist dat denn für ein Mist?", brüllte Silber.

Die beiden Agenten zogen ihre Jets jeweils nach außen, so verfehlte sie das herannahende Rennboot nur knapp. Die hohen Wellen, die das Boot schlug, wurden den beiden beinahe zum Verhängnis. Doch sie hielten sich weiterhin gut im Sattel. Zeit sich auszuruhen, blieb ihnen allerdings nicht, denn das Boot drehte bei und nahm erneut Kurs auf sie. Beide wendeten ihre Jets.

Trotz der getönten Scheiben konnten sie erkennen, dass eine blonde Frau am Steuer stand.

„Scheiße", murmelte Silber.

Alex war wieder da!

Der Prinz blickte gelassen durch sein Nachtsichtgerät und beobachtete, wie Alex die beiden Agenten rasant auseinanderpflügte.

„Verlangsamen Sie Ihre Fahrt", forderte er den Kapitän auf.

Der Kapitän zog einen Hebel nach unten und die Maschinen wurden deutlich ruhiger. Auf dem Radar waren noch immer drei Punkte zu erkennen. Die Amazone nahm einen erneuten Anlauf und raste auf die Jets zu. Erneut verfehlte sie ihre Beute nur knapp. Doch die Punkte auf dem Radar drifteten weiter auseinander. Der Prinz beobachtete, wie die Jets versuchten, der Blondine zu entkommen. Doch Alex änderte ihre Strategie und wendete jetzt immer umgehend, wenn sie an einem der Jets vorbeigerast war. So erzeugte sie stärkere Wellen, und die Chancen stiegen, die kleinen Wasserfahrzeuge länger an einem Fleck zu halten. Wieder wendete die Furie und drehte das Boot auf volle Touren. Plötzlich verschmolzen zwei Punkte auf dem Radar zu einem. Sie hatte offenbar einen Jet unter Wasser gezwungen. Sofort drehte sie auf dem Fleck. Der Prinz lächelte. Die gute Alex versuchte wohl, den Fahrer mit ihren Schiffsschrauben zu zerfetzen. Sie entfernte sich nun von dem Punkt, und es war eindeutig ihr Boot, das zu sehen war. Der andere Punkt flitzte wie eine Hummel auf dem Display herum. Die Amazone setzte auch hier auf ihre gerade entwickelte Methode und es dauerte nicht lange, bis nur noch ein Punkt auf dem Bildschirm zu sehen war. Nun machte Alex Tempo und näherte sich der Jacht des Gangsterkönigs. Der Prinz lächelte. Er war stolz auf seine Alex.

„Funken Sie Alexandra an. Sie soll an Bord kommen", befahl er dem Kapitän. „Ich will unbedingt wissen, wo sie so lange geblieben ist."

Gero und Svenja drängten sich eng aneinander gepresst auf eine winzige Sitzbank und machten sich so klein es nur ging. Gelegentlich wurden sie von ein paar Wellen durchgerüttelt. Alex gab volle Kraft voraus und musste bei jedem Wellengang aufpassen, nicht auf der riesigen Blutlache auszurutschen. Gero verfluchte nun wirklich den Augenblick, als er sich dazu entschloss, mit Svenja in das Boot des koreanischen Geheimdienstes zu steigen. Er glaubte sich in Begleitung der vier Agenten in Sicherheit. Kaum waren Silber und Yaku mit den Wasserjets abgefahren, öffnete sich die Kajütentür und die Blondine fegte wie ein Taifun über die Mannschaft. Beinahe zeitgleich schoss sie zwei Koreanern ohne ein Wort zu sagen mitten ins Gesicht und schnitt einem dritten mit weit ausholenden Bewegungen die Kehle durch. Den vierten Agenten ballerte sie einfach nur ins Knie. Als sie mitbekam, dass der Beinkranke sich mit allen Mitteln um seinen verblutenden Kollegen kümmern wollte, stieß sie die Tür auf und beförderte beide mit mehreren Kopfschüssen aus dem Boot.

Nun widmete sie sich den beiden Agenten auf dem See. Dabei wechselte ihre Stimmung sekündlich. Mal jubelte sie himmelhochjauchzend, dann fluchte sie so übel, dass die Hölle gefror. Dass Alex nicht ganz dicht wahr, ahnte Gero ja schon, aber mal bei einem Ausbruch ihrer tiefsten Abgründe dabei sein zu müssen, machte ihn sehr betroffen.

„Stirb endlich!", schrie sie wieder und wieder. „Stirb!"

Als es unter den Bootsplanken mächtig rumpelte und Alex laut auflachte, wusste Gero, dass es einen von beiden erwischt hatte. Svenja grub voller Furcht ihre Fingernägel tief in Geros Arm. Sie dachte wohl schon daran, was Alex gleich mit ihnen anstellen würde. Gero indes hoffte, dass wenigstens Silber die Attacken der Amazone überlebte. Doch das nächste Rumpeln und das Aufjaulen des Schiffsmotors, machten auch diese letzte Hoffnung zunichte.

Kurz darauf stellte Alex den Motor ab, löschte die Lichter und ließ das Schnellboot wie einen dunklen Sarg auf den Wellen treiben.

Im Boot war es totenstill. Nur der Wind pfiff durch die offene, blutverschmierte Tür der Kajüte. Alex stand, angeleuchtet durch die rotgrünen Kontrolllampen des Schaltpults, wie versteinert da und blickte auf den tiefschwarzen See. Sie wollte auf Nummer sicher gehen, dieses Mal alles richtig gemacht zu haben. Gero und Svenja wagten kaum zu atmen.

„Glaubt nicht, dass ich euch vergessen habe", flüsterte sie heiser in die Stille hinein und drehte sich mit einem bestialischen Lächeln zu ihnen um.

Die beiden hatten das Gefühl, das Herz bliebe ihnen stehen. Alex' Griff zur Waffe wurde aber durch einen Funkspruch verhindert. Sie umfasste die Sprechmuschel so fest, dass der Kunststoff knirschte.

„Ich höre" sprach sie knapp.

„Wir warten auf dich."

„Ich bin schon auf dem Weg", erwiderte Alex und zwinkerte den beiden zu.

Ein Kopf schoss japsend aus dem dunklen Wasser.

„Yaku", brüllte Silber gegen den Wind in die Finsternis hinein.

Eisiges Wasser schlug in einer kleinen Welle über seinem Kopf zusammen, und er musste erneut an die Oberfläche paddeln. Trümmer seines Wasserjets schwammen um ihn herum. Wo sein koreanischer Partner abgeblieben war, wusste er nicht.

„Yaku, verdammt", bölkte er weiter in die Dunkelheit, „kack mir ja nicht ab."

Die Sitzbank seines ehemaligen Wassergefährts trieb an ihm vorbei. Silber drehte sich in alle vier Richtungen. An Land zu schwimmen würde sicherlich eine sportliche Sache werden, denn die Lichter, die er vom Land her sah, waren nicht nur klein, sie waren geradezu winzig.

„Yaku", brüllte Silber aus vollen Lungen, „wenn du nicht gleich kommst, schwimme ich alleine nach Hause." Plötzlich begann vor ihm das Wasser zu brodeln. Die Nase eines Wasserjets tauchte auf und Yaku schoss aus den Tiefen des Sees.

„Wat ist dat denn für ein Trick?", rief Silber überrascht. Der Leutnant holte erst einmal tief Luft und lächelte erfreut. Er war froh, dass es seinem deutschen Kollegen blendend ging.

„Es ist möglich, für eine kleine Weile die Tauchfunktion zu nutzen."

„Ach nee, und warum weiß ich dat nicht?"

Der Leutnant reichte dem Deutschen die Hand.

„Wir hatten ja nicht die Zeit, Sie umfassend an dem Jet einzuweisen", erwiderte er schmunzelnd.

Silber ergriff die Hand und ließ sich aus dem Wasser auf den Sitz des Jets ziehen. Der Motor heulte auf und Yaku drehte, um zurückzufahren.

„Hey", rief Silber gegen den Wind in Yakus Ohr. „Wo willst du hin?"

Der Leutnant verringerte das Tempo.

„Meine Männer sind tot. Ich muss zurück und eine Situationsanalyse abgeben."

„Es tut mir außerordentlich leid für deine Männer", meinte Silber aufrichtig, „doch glaube ich, dass wir jetzt nützlicher sind, wenn wir unseren Hintern hochkriegen und noch einmal alles geben."

„Alleine?", fragte Yaku.

„Natürlich nicht", erwiderte Silber lautstark gegen den Wind, „warte, ich schicke mal schnell ein Fax los, mit der Bitte um Verstärkung."

Der Leutnant wandte seinen Kopf und sah Silber verwundert an.

„Sie machen Witze!", stellte er fest.

Silber verdrehte die Augen.

„Ach nee, wat hast du denn gedacht? Guck dich mal um, wo wir sind, du Nasenbär."

Eine Wasserfontäne spülte die beiden beinahe vom Jet. Yaku wischte sich sein Haar aus dem Gesicht. Schließlich nickte er gefasst. Silber hatte recht. Der Koreaner musste sich eingestehen, dass die umgehende Verfolgung nicht nur der richtige, sondern letzten Endes der einzige Weg war, diese Geschichte in den Griff zu kriegen. Yaku wendete. Ein wenig unwohl wurde ihm schon. Sie waren auf dem Weg, einer kleinen Übermacht entgegenzutreten, die offensichtlich keinerlei Skrupel kannte. Bei dieser Gelegenheit, konnte er ruhigen Gewissens behaupten, hatte er die richtige Übersetzung für plemplem gefunden.

„Guten Abend", grüßte der Prinz die Ankömmlinge. „Wie ich sehe, sind wir wieder vollzählig." Er wandte sich an Alex. „Du bist aufgehalten worden?"

„Silber", sagte sie nur.

„Ah, verstehe."

„Aber ich denke, dass ich dieses Problem endgültig gelöst habe", grinste sie selbstgefällig.

„Sei mir nicht böse, mein Kind, doch ich denke, mein Gefühl täuscht mich nicht, wenn ich die Vermutung aufstelle, dass Silbers Ableben nur ein Wunsch unsererseits bleiben wird."

Alex grunzte nur.

„Doch lasst uns bitte hineingehen, es ist recht kühl um diese Zeit." Der Blick des Prinzen fiel auf die Standardgefangenen Svenja und Gero.

„Kolja, bringst du die Herrschaften bitte in ihre Unterkunft und versorgst sie mit dem Besten, das wir haben?"

Kolja nickte.

Der Prinz und Alex verschwanden, und die Gefangenen wurden einen Augenblick später in eine Luxuskabine verfrachtet. Nach einer Weile rief der Kapitän den Prinzen in seinen Gemächern an.

„Schon?", fragte der Prinz, nachdem er vernommen hatte, was der Kapitän zu berichten hatte. „Schön", sagte er und legte auf. „Alex, endlich können wir uns die Früchte unsrer Mühen anschauen."

Der Prinz warf sich eine schwere Jacke über und trat zusammen mit seinem Schützling in die dunkle Kälte hinaus. Kolja wartete bereits. Die Jacht fuhr langsam ein einsames Ufer ab, und die

Scheinwerfer auf Deck leuchteten die Umgebung ab. Die Lichtkegel zerschnitten die Dunkelheit und blieben an einem tiefroten Container hängen. Der Lastwagen, auf dem der kostbare Behälter stand, versank fast völlig im Bodennebel. Der Luxuskahn legte an einem Bootssteg an.

„Lasst uns an Land gehen", schlug der Prinz vor und betrat als Erster die Gangway.

Hinter ihm leuchtete Kolja den Weg aus. Alex folgte. Sie liefen einige Meter über Kiesstrand und blieben kurze Zeit später vor dem Verladecontainer stehen. Der Lichtkegel erhellte die Verschläge. Der Prinz zeigte sich verwundert.

„Die Verplombung ist gebrochen", bemerkte er.

Plötzlich flammte hinter ihnen grelles Licht auf. Die kleine Gruppe drehte sich um und blickte in das Abblendlicht von drei Geländefahrzeugen. Auf einer Motorhaube stand eine Frau im schwarzen Lederdress. In der Hand hielt sie eine Maschinenpistole. Der Lauf deutete nach unten. Dafür waren zwei andere Läufe auf die kleine Gruppe gerichtet. Die Schützen standen auf den Ladeflächen ihrer Autos und stützten, im Schutze der Fahrerkabinen, die Gewehre auf den Autodächern ab. Sie schalteten ihre Laservisiere ein. Rote Punkte tanzten nun auf der Stirn des Prinzen herum.

„Anna?", fragte der Prinz ungläubig.

Kolja versuchte unter seine Jacke zu greifen. Sofort schlug eine Kugel neben seinem Kopf in das Metall des Containers ein. Funken sprühten.

Der Schuss verhallte mit mehrfachem Echo.

„Ja, Anna", triumphierte die brünette Schönheit. „Ich war so frei und habe schon mal den Container geöffnet. Ich musste ja schließlich rausfinden, ob ich auf der richtigen Spur bin."

„Und bist du auf der richtigen Spur? Bisher blieb mir das Glück verwehrt, einen Blick auf mein kürzlich Erworbenes zu werfen."

„Ja, das Inventar kann sich durchaus sehen lassen."

„Schön zu hören. Äh, wie bist du auf die richtige Spur gelangt, wenn ich mir die Frage erlauben darf?"

Die Russin lächelte.

„Euren Auftritt in Luzern konnte ich ja wohl kaum übersehen. Es wimmelte nur so von Polizei, nachdem ihr die Informantin tot zurückgelassen habt. Ich habe mich einfach im Büro der hübschen Spanierin umgesehen. Ihr Terminplaner war akkurat geführt; alle Achtung! Hätte ich weitergesucht, wäre deine Handynummer sicherlich nicht mehr fern gewesen", scherzte sie. „Ich fand einen Verweis auf eine Speditionsfirma. Genau die Speditionsfirma, die den Container herbrachte. Den Rest überlasse ich deiner Fantasie."

Der Gangsterkönig atmete voller Missmut aus.

„Es lagen eine Menge Fotos von ihrer Familie auf dem Schreibtisch. Es muss eine nette Frau gewesen sein. Du hast von ihr bekommen, was du wolltest. Musstest du sie unbedingt umbringen lassen?"

Jetzt schaute der Prinz sie verwundert an und schwenkte den Blick fragend auf Alex, die hilflos mit den Schultern zuckte.

„Anna, ich muss zugeben, mit dem Gedanken gespielt zu haben, doch wie du schon erwähnt hast, war sie fair und hat geliefert. Ich habe keinen Grund gehabt, mich ihrer zu entledigen."

Anna musterte den Gangsterkönig genau. Sie kannte ihn und ahnte, dass er die Wahrheit sprach.

„Ich habe mir erlaubt, die Frau eliminieren zu lassen", tönte plötzlich eine Stimme aus dem Nebel. Ein Mann trat aus dem Dunkel zwischen die beiden Gruppen. Ohne Waffen und mit völliger Selbstsicherheit.

Anna hob ihre Waffe.

„Lassen Sie das", befahl der Mann gelassen.

Mehrere Waffenverschlüsse klickten, und auf Annas Brust wimmelte es von unzähligen roten Punkten. Auf dem Container knieten nun plötzlich mehrere Männer. Von weitem erklang ein lautes, erleichtertes Lachen.

„Mensch, Bolte", rief Silber, der sich in Begleitung von Yaku näherte. „Ich dachte schon, Sie lassen mich hier versauern."

Silber schritt schnurstracks auf seinen Chef zu und war schon versucht, ihn zu umarmen, als ein Mann hinter Bolte hervortrat und Silber einen Gewehrkolben in den Unterleib schlug. Bolte hob die Hand und verhinderte so, dass der nächste Schlag in Silbers Gesicht landete. Yaku verhielt sich ruhig. Silber rang auf den Knien nach Luft.

„Wir müssen uns beeilen und es wegschaffen", sprach Bolte zum Prinzen.

„Äehm, Moment mal", meldete sich Silber. „Fehlt mir hier 'ne Folge oder wat?"

Der Prinz lachte auf.

„Diese Situation ist nun wirklich köstlich", triumphierte er und ging ein wenig auf Silber zu. „Da rackert sich jemand im guten Glauben für seinen Chef ab und wird von selbigem hintergangen", verhöhnte er den Agenten.

Silber wandte sich an Bolte.

„Ihr wollt mir doch nicht im Ernst erzählen, dat ihr miteinander arbeitet."

Bolte schwieg bedrückt.

„Natürlich tun wir das. Überlegen Sie doch mal, Herr Silber. Die ganzen Aktionen, die ich durchgeführt habe, konnten mir nur mit einer gewissen Rückendeckung glücken. Oder was meinen Sie, warum mir der Eurocoup so gut gelang? Ich kannte ihre Route von Anfang bis zum Ende."

Der Prinz genoss offensichtlich die Situation. Silber schüttelte ungläubig den Kopf. Nein, er wollte nicht glauben, dass gerade sein Chef, der immer bemüht war, alle rauszuboxen, ihn in diese Misere gebracht hatte.

„Betrachten Sie beispielsweise meine Flucht, Herr Silber. Sie haben Informationen rausgegeben, doch niemand hat reagiert. Haben Sie sich nicht gefragt, warum?"

„Ich dachte weil ..." Silber hielt inne. Er schaute auf zu Bolte. „Dann habt ihr mir die Blüten untergejubelt?"

Sein Chef nickte langsam.

„Und dafür habt ihr mich dann auch noch gejagt und als Arsch dastehen lassen?"

„Junge", stieß Bolte traurig aus, „das habe ich gemacht, um dich zu schützen. Du solltest eigentlich gar nicht dabei sein. Und nachher, als du dich in die Sache reingehängt hast, wollte ich dich nur aus dem Verkehr ziehen, bis alles durch ist. Mit Sicherheit hätte ich dich nachher entlastet." Ein Lächeln huschte über Boltes Gesicht. „Du kennst mich doch."

„Nein, ich glaube nicht", erwiderte Silber traurig.

„Gehen Sie nicht zu hart mit Ihrem Chef ins Gericht", forderte der Prinz sarkastisch, „seine Ziele sind durchaus ehrenwert."

Silber massierte seine Schläfen.

„Was versprichst du dir davon? Die Deutschen werden doch bei der Galileo-Geschichte die Führung bekommen."

„Richtig, aber die Regierung wird die Entscheidungen treffen. Selten fragt die Kanzlerin beim Geheimdienst nach, ob es bei uns Kenntnisse über bestimmte Vorgänge gibt. Stell dir nur mal vor, etwas bedroht unser Land, und unsere Landesführung reagiert gewohnt sachte. Wir könnten dann bei bestimmten Situationen eingreifen und bei erhärtetem Verdacht auch selbstständig handeln."

„Wie würde dat Handeln denn aussehen?"

„Raketen in Bereitschaft setzen, falls wir es für richtig halten."

„Seid ihr Banane?"

„Wir könnten sie aber auch in andere Richtungen lenken, wenn uns die Maßnahme nicht gerechtfertigt erscheint", versuchte Bolte den jungen Agenten zu überzeugen.

„Weiß der BND-Präsident darüber Bescheid?", hakte Silber nach.

„Nein, noch nicht. Wenn ich ihm allerdings erzähle, dass Galileo auch woanders hätte landen können, wird er bestimmt nicht böse sein, dass es nun in unseren Händen ist. Er wird den Nutzen schnell erkennen."

„Und wie willst du erklären, dat der Eierprinz mit von der Partie ist?"

„Seine Interessen sind ausschließlich finanzieller Natur, und dass sie unserem Land nicht schaden, darauf werde ich schon achten. Vielleicht setzen wir ihn als Kaufmann für bestimmte Dinge ein. Die USA verkaufen anderen Geheimdiensten auch Fotos und dergleichen."

„Du bist sicher, dat der Prinz sich so unterordnet, wie du dir dat denkst?", fragte Silber skeptisch.

„So ist es abgemacht."

Silber lachte verächtlich auf. „So ist es abgemacht", wiederholte er zynisch. „Wenn dat Programm nicht mal nach hinten losgeht", gab er zu bedenken.

„Versuchen Sie etwa, Ihren Chef umzustimmen?", belächelte der Verbrecherkönig den Agenten. „Das nennt man die Rache des kleinen Mannes", stichelte er weiter.

„Lassen Sie den Jungen in Ruhe. Er hat genug", ging Bolte dazwischen.

„Ja, und um sicher zu gehen, dass er auch wirklich genug bekommt, fordere ich ein Zeichen der Loyalität von Ihnen."

Bolte blickte den Prinzen verständnislos an.

„Sie sehen, wie uneinsichtig Ihr Mitarbeiter ist. Er kann uns nach wie vor gefährlich werden. Sie stehen mir gegenüber in der großen Verantwortung, dass alles von nun an reibungslos verläuft."

„Was verlangen Sie?"

„Erschießen Sie Silber!"

„Aber ..."

„Tun Sie es", unterbrach ihn der Prinz kompromisslos, „sonst wird meine Mitarbeiterin das übernehmen. Und glauben Sie mir, wenn ich Ihnen sage, dass sie dafür alles geben würde. Und bestimmt wird sie sich Zeit dabei lassen. Also, wenn Sie etwas für Silber tun wollen, erschießen Sie ihn, bitte."

Bolte zog seine Waffe aus dem Halfter.

„Dat ist jetzt nicht dein Ernst, wah?", fragte Silber absolut fassungslos."

„Leider ja", merkte der Prinz an. „Es wäre überdies noch freundlich, wenn sie für uns alle sichtbar zeigen, dass Sie keine Schussweste unter dem Anzug tragen. Der Trick ist ja wohl der älteste, den es gibt."

Einer von Boltes Männern trat einen Schritt nach vorn, riss Silbers Reißverschluss mit einem raschen Zippgeräusch nach unten und klappte die Aufschläge beiseite. Zum Vorschein kam nur ein verschwitztes T-Shirt.

„Tut mir leid, Junge", sagte Bolte und schoss zweimal auf Silber.

Der junge Agent wurde durch die Wucht der Geschosse in das Gebüsch befördert und blieb regungslos liegen. Bolte folgte seinem Flug mit der Waffe und schoss Silber noch zweimal in den Rücken, als er schon auf dem Boden lag.

„Sehr vernünftig", lobte der Prinz. Er deutete auf Yaku. „Ich weiß im Augenblick nicht, wer dieser Herr ist, kann mir aber auch nicht vorstellen, dass er für uns von großem Nutzen sein könnte. Erschießen Sie ihn bitte gleich mit."

Bolte schwenkte seine Pistole und gab auf den Koreaner vier Schüsse ab. Der Prinz nickte zufrieden.

„Was meinten Sie eigentlich gerade damit, dass ich als Kaufmann für den deutschen Geheimdienst tätig werden könnte?", fragte der Adelige nachdenklich. „Abgemacht war, dass wir ebenbürtige Partner sind."

„Auch bei Partnern gibt es einen, der führt", dachte Bolte an. „Ich glaube nicht, dass Sie Gespräche mit dem Präsidenten des BND führen könnten."

„Ach, denken Sie das wirklich?"

Bolte lächelte nur.

„Ich finde Ihre Einstellung etwas anmaßend, zumal Sie das äußern, während sich meine Mitarbeiter in direkter Nähe befinden. Das untergräbt meine Autorität."

Bolte holte tief Luft.

„Geht es nun weiter?", überhörte er den letzten Satz.

„Ja sicherlich, allerdings aufgrund Ihrer Einstellung wohl ohne Sie."

Bolte sah den Prinzen überrascht an.

„Sie vergessen wohl, dass die Aktion am Ende nur einen guten Abschluss gefunden hat, da ich bereit war, mein privates Vermögen in die Sache einzubringen. Dann machen Sie den Fehler und lassen die Kontaktperson beseitigen, was mich in meiner Geschäftswelt unmöglich dastehen lässt. Und um allem die Krone aufzusetzen, stufen Sie meine Position bei dem Projekt etwas vorschnell herab. So etwas schätze ich nicht sonderlich."

„Verzeihen Sie", beschwichtigte Bolte, „ich konnte ja nicht ahnen, wie sensibel Sie sind. Sie können sich natürlich weiterhin meines Vertrauens erfreuen."

„Glauben Sie im Ernst, ich vertraue jemandem, der bereit ist, sein Land zu hintergehen und seine treuesten Mitarbeiter zu eliminieren? Denken Sie das wirklich?!"

Bolte wollte etwas erwidern, doch Alex kam ihm zuvor und schoss ihr ganzes Magazin auf den Geheimdienstmann leer.

„Alex", stieß der Prinz vorwurfsvoll aus, nachdem die Schüsse verhallt waren, „kannst du dir vorstellen, dass ich trotz der kleinen Debatte noch ein, zwei Worte mit dem Herrn wechseln wollte?"

Anna dachte, jemand würde ihrem Herzen einen Stich versetzen, als sie sah, dass der Mann ohne zu zögern auf Silber schoss. Aus ihrer Erfahrung heraus wusste sie, dass sie jetzt handeln musste, jetzt durfte sie keine Zeit verschenken. Abgelenkt durch die Schüsse von Alex, vernachlässigten die Männer gegenüber auf den Container einen Moment lang ihre Aufgabe und visierten sie und die beiden BKA-Männer nicht mehr an. Das reichte aus. Sie musste sich nicht mit Kamikaze und Brenner absprechen. Gleichzeitig sprangen sie von dem Wagen. Kaum waren sie im Gebüsch, hallten erneut Schüsse durch die Nacht. Geballt und voller Wucht aus allen Rohren! Dreck sprengte auf. Baumstämme wurden zerfetzt.

Anna schaffte es rechtzeitig hinter einen Felsen und hoffte darauf, dass es ihren beiden Verbündeten ebenfalls geglückt war, Deckung zu finden. Sie hörte, wie die Blondine Anweisungen keifte. Vereinzelt wurden weitere Salven abgefeuert, die jedoch weit entfernt von Annas Versteck einschlugen. Ein gutes Zeichen. Die Schützen wussten nicht, wo sich Anna und die beiden Männer befanden. Noch immer schrie Alex herum, und das Feuer näherte sich wieder etwas. Hätte die Russin geahnt, welche Probleme die Amazone noch machen würde, wäre Alex jetzt nicht mehr am Leben. Im Gebüsch hinter Anna raschelte es. Kamikaze schlich heran.

„Brenner ist hinten", flüsterte er.

Anna nickte.

„Vorschläge?", fragte der junge Mann.

„Dranbleiben", erwiderte sie leise.

Kamikaze sah ziemlich unglücklich aus.

„Das Blatt hat sich ziemlich gewendet", bemerkte er, „wäre es da nicht wesentlich klüger, sich vollkommen zurückzuziehen. Ich meine ...", bedrückt schaute er zu Boden, „... Silber hat es ja schon erwischt."

„Er würde ganz sicherlich dasselbe tun, wenn du da hinten im Gebüsch liegen würdest", antwortete Anna gefasst. Sie unterdrückte weiterhin tapfer ihre Tränen. „Hol Brenner, wir greifen an."

Das folgende Manöver hatte von Anfang an keine Chance auf Erfolg. Die andere Seite war ihnen zahlenmäßig reichlich überlegen. Die Dreiergruppe konnte zwar durch kluge Aktionen beträchtliche Verluste auf der Gegenseite herbeiführen, was aber nicht verhinderte, dass sie letztendlich, eingekesselt von gewaltiger Feuerkraft, aufgeben mussten. Zuerst waren sie Tritten und Schlägen der blonden Furie ausgesetzt, bis es Anna zu bunt wurde, sie einen Tritt abwehrte und ihn mit einem wuchtigen Faustschlag auf das Jochbein der Gegnerin parierte. Alex taumelte benommen zurück. Bevor sie kontern konnte, stellte sich Kolja zwischen die beiden. Der Prinz erschien und applaudierte leise.

„Fantastisch, wie du deine Form behalten hast. Wirklich großartig", bemerkte er begeistert.

Alex brodelte vor Wut.

„Doch ich muss dir sagen, dass dein Weg nun hier endet. Oder meinst du, ich habe die Vergangenheit aus meinem Gedächtnis gestrichen? Als dein Verrat damals bekannt wurde, habe ich dir genau solch ein Schicksal prophezeit. Erinnerst du dich?"

Anna antwortete nicht. Eigentlich war es ihr egal, dass ihr Ende nahte. Sie sah es als Trost an, am selben Tag zu sterben wie ihre große Liebe.

„Ich wünschte, ich könnte mich länger mit deinem Ableben beschäftigen, doch die Zeit drängt, und ich möchte die Gastfreundschaft in diesem Land nicht allzu sehr überstrapazieren."

Alex drängelte sich nach vorne, um da weiterzumachen, wo sie vorhin unterbrochen wurde.

„Nein, mein liebes Kind", hielt der Prinz sie zurück. „Hier gilt das Recht des Älteren und somit besitzt Kolja den Vorzug, sich um die liebliche Anna zu kümmern. Du sorgst bitte dafür, dass der Container nach Basel kommt."

Kolja lächelte. Anna sah ihn nur verächtlich an.

„Ich möchte nicht sentimental erscheinen", meinte der Prinz, „doch ich will dir noch mal sagen, dass du beizeiten eine großartige Mitarbeiterin warst." Er wandte sich an Kolja. „Mach es nicht so lange."

Der Leibwächter nickte.

„Lebe wohl, Anna", sagte der Prinz zum Abschied.

Plötzlich stürmte Alex nach vorne und boxte Anna in den Unterleib. „Das war für die Handschellen."

Annas Schmerz verteilte sich im ganzen Körper, doch sie tat der Blondine nicht den Gefallen, und brach zusammen. Nein, sie blieb aufrecht und lächelte charmant wie eh und je.

„Nimmst du die beiden mit?", fragte Anna den Prinzen und deutete auf die beiden BKA-Männer. „Nenne es meinen letzten Wunsch."

Der Prinz sah sie argwöhnisch an.

„Den werde ich ja wohl noch haben?"

Der Verbrecherkönig musterte die beiden Männer. Alex grunzte verächtlich.

„Sie sind vom BKA. Sie könnten dir vielleicht bei Problemen nützlich sein, ansonsten lass sie in Deutschland frei. Du hast ja, was du willst."

„Gut, ich nehme sie mit", sagte er und ließ Kolja mit Anna allein.

Winnetou

Wenn Silber eins hasste, dann waren es definitiv Hartgummigeschosse. Trafen sie auf den Körper auf, verformten sie sich so großflächig, dass es auf den betroffenen Stellen zu nicht unerheblichen Blutergüsse kam. Landeten sie aus nächster Nähe auf Knochen, konnten die auch schon mal brechen. Silber tastete sich den Rippenbogen ab. Alles schien in Ordnung. Er vernahm leises Wehklagen. Neben sich im Gestrüpp bemerkte er einen Körper, der auf den Steinen lag. Bolte. Silber raffte sich auf und robbte auf seinen Chef zu, dessen Mantel von Blut durchtränkt war.

„Mist", fluchte Silber.

Bolte drehte den Kopf und versuchte zu lächeln.

„Alles klar, mein Junge?", fragte er leise.

„Geht schon. Und wie sieht es bei dir aus?"

„Ich glaube, bei mir wird das nichts mehr." Bolte hob leicht die Hand an und Silber ergriff sie. „Junge, du musst mir glauben, wenn ich dir sage, dass ich nichts Schlechtes vorhatte."

Blut sickerte aus Boltes Mundwinkel.

„Ich weiß", sagte Silber leise.

„Tust du mir einen Gefallen?", fragte Bolte schwach.

„Ich versuch es."

Ein gequältes Lächeln huschte über Boltes Gesicht.

„Das ist mein Junge. Nichts versprechen, wenn man nicht weiß, was läuft. Sehr gut."

„Gut, ich verspreche es, egal wat du willst", sprach Silber mit fester Stimme und Bolte wusste, dass er sich auf Silber verlassen konnte.

„Danke", hauchte er. Das Sprechen fiel ihm zunehmend schwerer.

„Wenn das hier vorbei ist und der BND tatsächlich mal erleben sollte, dass du einen Bericht schreibst, halte meinen Arsch da raus."

Silber nickte.

„Du hast aber ganz schön Scheiße gebaut, dat wird nicht leicht."

Bolte versuchte ein Grinsen.

„Ich habe Scheiße gebaut? Und was hast du in München angestellt? Wenn der Alte die Akte in die Finger kriegt, dann gute Nacht."

Jetzt musste Silber schmunzeln.

„Ich habe noch was für dich", flüsterte Bolte.

Silber zögerte.

„Wat?"

Der sterbende Bolte zog unter starken Schmerzen etwas aus seiner Manteltasche.

„Wat soll dat sein?"

„Damit kannst du den Prinzen ärgern."

„Und wie?" Silber beugte sich tiefer zu Boltes Mund und lauschte den letzten Worten seines Chefs.

Eduard Bolte, Chef der Abteilung für Innere Sicherheit, war tot. Silber schloss ihm die Augen und betrachtete den Leichnam seines Mentors. Der Tod war seltsam. Für einen Augenblick schien die Zeit um Silber herum stillzustehen. Vor Silbers innerem Auge zogen Bilder aus der gemeinsamen Zeit mit Bolte vorbei. Um ihn herum war alles in Stille versunken, bis der Wind Wortfetzen an sein Ohr trug. Russisch gesprochene Worte. Die Realität hatte ihn schnell wieder eingeholt.

Silber schlich sich von hinten an die Wagen heran. Was er sah, ließ ihn fast bewegungslos werden. Anna war an den Bullenfänger des größten Geländewagens gefesselt und musste sich von Kolja ins Gesicht schlagen lassen. Sie lachte zwischen den Hieben immer wieder auf und zischte etwas in ihrer Muttersprache.

Der Leibwächter sah sie mit stummer Grausamkeit an. Der nächste Schlag landete mitten in ihrem Gesicht. Wollte Kolja sie durch die kontinuierlichen Schläge so lange bearbeiten, bis sie starb?

Silber sah, dass eine Waffe im Hosenbund des Russen steckte. Er musste diese erreichen, alles andere würde sich dann ergeben. Nur musste es schnell passieren. Anna wurde immer schwächer. Silber huschte im Schatten eines Wagens auf die Höhe der anderen Wagenschnauze und schlich sich von dort aus direkt an Kolja heran. Er wartete, bis dieser die Hand gegen seine Partnerin erhob und riss dann dem vollkommen überraschten Peiniger die Waffe aus dem Gürtel heraus. Kolja vergaß in seiner Überraschung, seinen Schlag gegen Anna auszuführen.

„Schlägst du sie noch einmal, knall ich dich ab."

Kolja grinste breit und schlug Anna ins Gesicht, fester sogar als bei den vorhergehenden Schlägen. Silber entsicherte die Waffe und drückte ohne Zögern ab.

Ohne Erfolg. Statt die Wucht eines Schusses zu spüren, höre er nur ein Klicken. Das Magazin war leer! Kolja griff in seine Jackentasche und zeigte Silber ein Ersatzmagazin.

„Dat ist mal wieder eine schöne Scheiße", fluchte der. Er sah sich hektisch nach etwas anderem um. Er brauchte sofort eine Waffe. Ein Ast. Ein Stein. Irgendwas, um Gottes willen. Der Russe bückte sich und steckte mit einer kurzen Bewegung das Magazin in den Sand, dann zog er betont ruhig seine schwere Lederjacke aus. Silber stöhnte auf. Nun kam das, worauf er wohl am wenigsten Bock hatte. Eine rein körperliche Auseinandersetzung mit dem Hünen.

Silber warf die Waffe weit von sich weg. Kolja kam zwei Schritte auf ihn zu und blieb stehen. Silber zögerte. Schließlich ging auch er zwei Schritte auf den Russen zu, denn um Anna zu befreien, musste er an Kolja vorbei. Egal wie. Der Russe hob die Arme, bereit zum Kampf. Silber nicht. Er wühlte in seinem Kopf nach einer Taktik. Die Worte seines Trainers klangen in seinen Ohren, bevor er unerwartet losstürmte. „Wenn du so ein Problem hast, geh rein und brech den Kerl in der Mitte durch." So etwas Ähnliches versuchte Silber jetzt. Seinen Vorwärtssturm verwandelte er in einen kleinen Ausfallschritt, den er dann aber schon im nächsten Augenblick in einen erneuten Vorwärtssturm änderte. Dann tauchte er unter den Pranken des Riesen durch und schlug ihm mit aller erdenklichen Wucht in den Unterleib. Silber erwartete, dass der Riese wenigstens ein bisschen zusammenklappen würde. Dann könnte er ihm einen Haken aufs Kinn platzieren. Doch nichts geschah. Rein gar nichts! Nicht mal ein Aufstöhnen oder eine Konterbewegung. Silber wagte es, nach oben zu schauen, um zu prüfen, ob er vielleicht aus Versehen in die Felswand gehämmert hatte, denn er hatte das Gefühl, seine Hand würde ihm gleich abfallen. Was dann kam, dauerte zwar eine kleine Weile, kam dafür aber überaus gewaltig. Kolja ging einen Schritt zurück und gab dem Agenten blitzschnell eine mächtige Ohrfeige. Als Silber daraufhin gegen den Kühler des hinteren Geländewagens krachte, schlug der Russe ihn mit dem Handrücken erneut ins Gesicht. Silber hob ab und blieb erst einmal still liegen. Kolja ging gelassen zurück zu seiner Gefangenen und machte dort weiter, wo er aufgehört hatte. Silber hatte das Gefühl, um ihn herum drehe sich alles. Einen klaren Gedanken zu fassen, war in solch einer Situation schon eine Meisterleistung. Der Tipp seines Trainers war doch nicht ganz so gut, oder er wirkte eben nicht bei Dinosauriern. Also blieb nur noch der Satz seines Vaters, bei Problemen zu den eigenen Wurzeln zurückzukehren. Sicherlich meinte sein Daddy es nicht allzu wörtlich, im Dreck seine Wurzeln zu suchen. Also stand Silber auf. Kolja blickte sich kurz um, lächelte spöttisch und schlug Anna weiter. Nun lächelte Silber kurz.

Er dachte zurück an eine vergangene Geschichte. Es ging darum, dass der kleine René Silber, wenn er im Winter von der Schule heimging, immer kurz vor der rettenden Haustür von vier Rowdys aufgegriffen und durch den kalten Schnee gezogen wurde. Mal gruben sie ihn im Schnee ein, mal füllten sie seinen Ranzen mit Schnee oder seiften sein Gesicht solange mit dem Schnee ein, bis es tomatenrot war. Wäre seine große Schwester in der Nähe gewesen, hätte sie die vier Rüpel natürlich in der Mülltonne gestapelt. Keine Frage. Aber gerade zu dieser Stunde war seine Schwester nicht zur Stelle, und so musste Klein René selbst mit der Sache fertig werden. Er versuchte andere Wege, andere Uhrzeiten. Doch nichts nützte. Sie fanden ihn immer und wieder gab es eine Schneepackung vom Edelsten. Und dann, eines Tages, als sie ihm gerade diese rigorose Eiskur verpassten, seinen Schulranzen öffneten und großzügig über den Spielplatz hinweg seine Winnteou-Sammlung verteilten, geschah es. Poster, Aufkleber und Bilder – alles wurde dem Schnee beigemengt. Silber erinnerte sich genau, dass damals eine ungewohnte Hitze in ihm aufgestiegen war und er den größten der Rowdys bat, doch mal zu ihm zurückzukommen. Der Rüpel kam der Bitte selbstverständlich nach, und dann tat Klein Silber etwas, was ihm für alle Zeiten auf der Straße Ruhe bescherte. Silber grinste jetzt noch breiter, weil gerade dieselbe Hitze in ihm aufzusteigen begann. Zu seinen Wurzeln zurückkehren? Auf Bewährtes zurückgreifen, unbeirrt und ohne Kompromisse? Kein Problem.

Silber stieß einen kleinen Pfiff aus. Kolja wandte sich ihm zu. Er schaute den Agenten ein wenig verwundert an. Silber winkte den Riesen zu sich heran.

„Okay, du Spinner. Komm her! Jetzt gibts wat aufs Maul."

Der Agent stampfte auf den Hünen zu. Keine Ausweichtaktik, keine Ausfallschritte. Einfach geradeaus, und er tat das, was er damals getan hatte. Sein rechtes Bein holte im Lauf aus und er trat Kolja volle Lotte vor das Schienbein. Koljas Gesichtsausdruck veränderte sich jetzt deutlich. Er knickte ein wenig nach vorn, und Silber hämmerte ihm volles Pfund seine Faust vor den Kiefer. Kolja wankte ein wenig, fing sich aber und wollte zur Gegenwehr ansetzen. Silbers Taktik war klar. Er ging wieder nach vorne und trat Kolja noch einmal vor das Schienbein, und zwar genau auf dieselbe Stelle wie eben. Nun entfleuchte dem Russen sogar ein Klagelaut. Er humpelte jetzt einen Schritt zurück, hob die Arme und machte sich bereit auf Silbers nächste Attacke. Doch damit machte er denselben Fehler wie seinerzeit der junge Rowdy. Aber anstatt wie damals, zuerst zu seinen Winnetou-Bildern zu spurten, rannte Silber heute zu der Waffe. Kolja wollte ihm den Weg zum Magazin versperren, das ja noch im Sand steckte. Doch ähnlich wie der große Junge auch, bekam Kolja zwar jetzt keinen Schulranzen mit Indianerbildern vor die Mütze, sondern den Griff einer Automatikwaffe, die Silber ihm im Sprung volles Rohr an die Stirn donnerte. Mit einem Stöhnen ging Kolja auf die Knie und fasste sich an den Kopf. Silber schnappte sich das Magazin und ließ es mit einem Klicken in die Waffe gleiten.

„So, du Sack voll Scheiße, wohin soll ich dir das erste Ding verpassen?", grinste Silber grimmig.

„Herr Silber."

Der Agent drehte sich um. Yaku war wieder auf den Beinen.

„Lassen Sie ihn, vielleicht brauchen wir ihn noch."

Silber senkte die Waffe. Kolja erhob sich schwerfällig.

„Hast du Handschellen?"

„Nein", erwiderte der Leutnant.

„Tja, schade." Silber hob seine Waffe. Kurzerhand schoss er dem riesigen Russen ins Bein. Kolja kippte mit schmerzverzerrtem Gesicht nach hinten weg. Dann ging der Agent auf Anna zu, befreite sie von den Fesseln und sah sich ihr Gesicht an. An der Stirn hatte sie einen kleinen Riss, der blutete, und am linken Wangenknochen eine mächtige Prellung, die langsam an Farbe gewann. Nichts, was ein Eisbeutel nicht wieder reparieren konnte, dachte Silber.

„Geht's wieder?", fragte er Anna besorgt.

Sie nickte tapfer, obwohl ihr mächtig der Kopf brummte. Er strich ihr eine Strähne aus dem Gesicht. Dabei berührte er sanft ihr Kinn, hob es an und lächelte ihr aufmunternd zu. Gerne hätte er ihr jetzt einen Kuss gegeben.

„Sollen wir auf dem Wasserweg die Verfolgung aufnehmen?", unterbrach Yaku Silbers Gedanken. Der verlor sich noch einen kleinen Augenblick in Annas Augen, bevor er antwortete.

„Ich weiß nicht, wat kürzer ist. Vielleicht ist es besser, wenn wir dem Lastwagen folgen."

„Dann sollten wir uns trennen. Einer für den Wasserweg, der andere nimmt die Straße."

„René?", hauchte Anna leise.

Silber hört sie nicht und dachte laut weiter.

„Der Lastwagen muss nach Basel zum Hafen, um den Container aufs Schiff zu schaffen, und die Jacht kann nur zurück nach Luzern. Überschlagen müssen wir uns also nicht. Es reicht eigentlich, wenn wir herausfinden, wo genau sich alle aufhalten."

„René?" Anna sprach ein wenig lauter. „Holst du mir bitte meine Jacke aus dem Auto? Mir ist so kalt."

„Klar." Silber lief eben schnell um den Wagen herum und fischte ihre Jacke aus dem Fond.

„Ich setze mich noch mal auf den Wasserhobel", beschloss der Agent. „Du kannst ja versuchen, den Lastwagen einzuholen. Egal wie es ausgeht, wir treffen uns sowieso in Basel, weil dort der Frachter liegt. Ich denke nicht, dass er versuchen wird, mit dem Lastwagen das Land zu verlassen. Die Kontrollen an Land scheinen mir strenger."

„Gut", stimmte Yaku zu, „versuchen wir es."

Silber wollte schon losrennen.

„Warte", sagte Anna, „nimm die mit. Wer weiß." Sie reichte ihm ihre kleine Automatik. Er stupste ihr freundschaftlich auf die Nase. Mehr wagte er nicht, obwohl sie im Augenblick garantiert mehr wollte. Sie saß mit vorne umgehängter Jacke an den Kühlergrill gelehnt und winkte leicht.

„Wir sehen uns dann in Basel", sagte sie leise.

„Ja, bestimmt."

Anna hatte gerade mit Schmerzen zu kämpfen. Alex hatte ihr bei der letzten Begegnung ein Stiefelmesser in die Seite getrieben. Zuerst hatte die Russin nur ein Brennen gespürt, allerdings nicht, wie in dünnem Rinnsaal das Blut entwich. Wenig nur, allerdings stetig. Yaku begleitete den Agenten zum Wasserjet. Als Silber die Waffe wegsteckte, bemerkte er vor lauter Strapazen nicht, dass sie voller Blut war. Und als er losfuhr, sah er nicht, wie Anna zusammenbrach.

Wieder peitschte dem Agenten scharfer Wind und eisiges Wasser entgegen. Er wusste, dass dies nun endgültig die letzte Chance war, dem Prinzen ins Handwerk zu pfuschen. Der Prinz hatte einen beachtlichen Vorsprung. Silber musste mit Vollgas über die Wellen reiten. Zwar wurde ihm die hohe Geschwindigkeit mehrmals fast zum Verhängnis, doch er ließ sich nicht von dem Jet abwerfen. Verbissen sein Ziel anstrebend, kam er schließlich in Luzern an. Sein Blick suchte die die Jacht des Prinzen und fand sie schnell. Die Schiffsmotoren waren aus, die Lichter an Deck brannten noch. Vereinzelt nahm Silber Bewegungen auf Deck wahr, konnte aber keine Personen ausmachen. Er lenkte sein Wassergefährt an den Steg und schlich sich vorsichtig an das Luxusschiff heran. Er sah den Kapitän und drei Männer. Silber lief den Steg zum Boot hinauf. Der Schiffsführer sah den Agenten verwundert an.

„Ist der Prinz noch hier?", fragte Silber ohne Umschweife. Der Kapitän lächelte jetzt freundlich. Er hielt Silber nach seinem Erscheinungsbild zu urteilen wohl für jemanden aus des Prinzen Mannschaft.

„Nein, schon lange nicht mehr. Er ist auf dem Weg zum Frachter."

„Sind die Gefangenen noch an Bord?"

„Zwei hat er mitgenommen, die anderen sind unten."

Silber bemühte sich, sich nichts anmerken zu lassen. Die anderen?

„Bring sie rauf. Ich nehme sie mit", sagte er beiläufig.

„Ist mir recht", antwortete der andere knapp, pfiff einen seiner Männer zu sich und befahl ihm, die beiden Gefangenen hochzubringen. Silber lehnte sich lässig an die Reling. Wenn alles mal so leicht abgelaufen wäre, wie diese Befreiungsaktion, grinste er in sich hinein und war gespannt, wer ihm gleich vorgeführt werden würde. Sekunden später schob ein Matrose die beiden BKA-Männer vor sich her. Waschbär und Kamikaze wären vor Überraschung fast hintenüber geschlagen, als sie den vermeintlich toten Agenten sahen. Silber musste aufpassen, dass er sich vor Lachen nicht in den Gummianzug machte. Waschbär und Kamikaze gefangen in der Schweiz! Wat für ein Bild und wat für ein ellenlanger Bericht, dachte er.

„Pass auf die beiden auf", warnte der Kapitän. „das sollen Bullen aus Deutschland sein."

„Ach quatsch, Bullen", tönte Silber. „Guck dir die beiden Pissbirnen doch mal an. Sehen so Bullen aus?"

Die Männer um den Kapitän lachten hämisch.

„Kommt mit, ihr Hunde", rief Silber theatralisch, „wo wir jetzt hingehen, ist Schluss mit lustig."

„Hey, warte mal", rief der Kapitän, „der Prinz hat gesagt, dass denen nichts passieren soll."

„Echt? Spielverderber", nörgelte Silber. „Na ja, ich meine ja nur, dass die Unterkunft sich jetzt ändert. Nix Luxusjacht, sondern ... äh ... dunkler Keller ist nun angesagt."

„Ach so", meinte der Bootsführer.

Silber nahm seine Geiseln mit an Land. Bevor die beiden BKA-Leute etwas sagen konnten, redete Silber.

„Ich habe jetzt keine Zeit für große Dankesarien, sondern ich will nur, dass es schleunigst weitergeht, weil der Prinz sich gerade auf die Socken gemacht hat. Und es wäre geradezu fantastisch, wenn wir ihn noch an die Eier kriegen könnten. Verstanden?"

Beide nickten.

„Gut, dann klaut jetzt ein Auto."

Endspurt

Gero fand, es hatte schon ein wenig Stil, dass es der Geisel gestattet war, den Wagen des Entführers zu lenken. Er war zwar schon ein wenig müde, doch die Fahrt in der Luxuslimousine war besser, als ständig darauf zu warten, dass die wahnsinnige Blondine einen Tobsuchtsanfall bekam. Zudem hatte der Prinz Svenja und ihm versprochen, dass sie mit heiler Haut aus der Sache rauskommen würden. Um die beiden Entführten bei Laune zu halten, verschwieg der Prinz allerdings den Tod des Agenten. Sonst kamen sie womöglich noch in letzter Sekunde auf die wahnwitzige Idee, sich irgendeinem vollkommen unerwünschten Heldentum hinzugeben. Der Gangsterkönig plauderte mit Svenja angeregt über die neuen Modetrends aus Paris, und Gero stellte das Radio an, um der Nachtmusik zu lauschen, die der Sender Radio Pilatus in dieser Region zum Besten gab. So steuerte der Wagen schon bald den Hafen in Basel an. Der Lastwagen mit dem Container war selbstverständlich noch nicht da. Der Prinz verzichtete darauf, die beiden Geiseln mit der Waffe zu bedrohen, Gero und Svenja wiederum vertrauten auf das Wort des Verbrechers. Sie durften sich frei auf dem Frachter bewegen, mit dem der Container nach Deutschland gelangen sollte.

Eine Weile später ertönte das dumpfe Hupen eines Lastwagens, und die Männer sprangen rasch an Land, um den Container an Bord zu holen. Alex stieg aus dem Laster aus. Sofort fiel ihr Blick auf die beiden Geiseln. Wie eine Katze näherte sie sich ihnen.

„Alex, mein Kind", plauderte der Prinz gelassen, „die beiden dürfen gleich gehen."

Alex grinste.

„An einem Stück", fügte der Prinz hinzu und das Grinsen verschwand.

Der Kran hievte den Container durch die Luft und platzierte ihn sanft im Bauch des Frachters. Der Prinz schaute auf seine Uhr und fragte sich, wo Kolja blieb. Dass Anna in letzter Sekunde noch Ärger gemacht haben könnte, glaubte er weniger. Eher dass Kolja sich mit ihrem Ableben unbegrenzt Zeit ließ. Der Prinz beschloss, noch etwas zu warten, ansonsten würde er die Rückfahrt ohne seinen Personenschützer antreten. Kolja würde wissen, wo er sich einzufinden hatte. Die Zeit verstrich und schließlich gab der Prinz das Zeichen zum Ablegen. Gero und Svenja blieben wie versprochen an Land.

Mit quietschenden Reifen schlitterten Silber und die BKA-Beamten in einem Bentley auf das Hafengelände. Von Weitem schon sahen sie Svenja und Gero. Mit einer Vollbremsung kam der Wagen neben den beiden Hobbygeiseln zum Stehen.

„Alles klar bei euch?", fragte Silber.

„Ja, er hat uns einfach gehen lassen und ist dann weg", antwortete Gero erleichtert.

„Wie lange ist er schon unterwegs?"

„Eine halbe Stunde vielleicht", sagte Gero.

Ein kurzer Blick auf die Anlegeplätze zeigte Silber, dass nur Frachter vor sich hin dümpelten. Nirgends war ein Motorboot zu sehen, das er zweckentfremden konnte, und den Weg über die Straße entlang des Rheins kannte er nicht. Der Agent ließ sich in den Autositz zurückfallen.

„Habt ihr euch gemerkt, wie das Schiff jetzt heißt?"

„Larissa" antwortete Svenja.

„Gut, steigt ein."

Silber stellte Gero und Svenja den beiden BKA-Beamten vor und umgekehrt.

„Fahren wir jetzt sofort nach Hause?", fragte Gero.

„Junge, du hast Träume", grinste Silber. „Schnall dich an. Jetzt kommt der Endspurt."

Der Funkspruch erreichte den Kapitän und der leitete ihn umgehend an den Prinzen weiter. Der fiel aus allen Wolken als Silber am anderen Ende war.

„Herr Silber, ich möchte nicht unhöflich erscheinen, aber ich muss gestehen, dass Sie nun so allmählich anfangen, meine Nerven zu strapazieren."

„Ach, leck mich doch am Arsch. Legt mal den Rückwärtsgang ein. Ich muss noch mal mit dir reden."

„Ich weiß nicht, ob Sie sich in meine Lage versetzen können. Ich lege augenblicklich keinen Wert auf ein Gespräch mit einem Angehörigen des BND, zumal ich mir einen exzellenten Vorsprung erarbeitet habe. Wie dem auch sei, nutzen wir weiterhin die moderne Technik, um uns auszutauschen. Sie wollen mich sicherlich auf das immens bedauerliche Ableben Ihrer ehemaligen Lebensgefährtin ansprechen", erwiderte der Adel amüsiert.

„Nö, der geht es gut. Es geht mehr darum, dass ich dir etwas geben möchte."

„Wenn Sie jetzt auf Kolja, meinen treuen Gefährten, anspielen, nun gut, ich bin verärgert, dass er sich in Ihrer Obhut befindet. Doch gemessen an dem Gegenwert meiner jetzigen Mission, muss ich wohl auf den guten Mann verzichten."

„Ich könnte mir auch nicht vorstellen, dass du einen toten Bodyguard brauchst", bluffte Silber. „Nein, es geht um was anderes, wat du sicherlich nicht nur haben möchtest, sondern unbedingt brauchst."

„Jetzt machen Sie mich aber neugierig, Herr Silber."

„Habe ich mir gedacht. Also kommst du jetzt?", fragte Silber plump.

„Würde es Ihnen etwas ausmachen, mir vorab zu erzählen, um was es sich genau handelt? Vielleicht ist es ja unerwarteter Weise unwichtig für mich."

„Es geht um einen Teil von Galileo."

Der Prinz lachte.

„Sollten Sie sich im Besitz eines Bausteins für das Galileo-Equipment befinden, kann ich Sie beruhigen. Ich habe eine komplette Aufstellung, für den Fall, dass etwas defekt sein könnte. Einfach zu erwerben in jedem beliebigen Elektrofachhandel mit Schwerpunkt Computertechnik. Wenn alle Stricke reißen, kann ich sogar in einen Handwerkerhandel gehen. Die vertreiben ja neuerdings auch Computer."

Jetzt lachte Silber in das Mikro.

„Ja, dann bin ich mal gespannt, wie du Birne morgen in den Baumarkt wanderst und den Verkäufern in der Sanitärabteilung sagst, dat du gerne die Zugangssoftware für dat Galileo-Projekt hättest."

Der Prinz wurde kreidebleich und erwiderte nichts. Der Agent hatte recht. Ohne Zugangssoftware funktionierte nicht mal eine Spielekonsole.

„Ey, Arschgesicht, umgefallen oder wat?"

„Dürfte ich erfahren, wie Sie in den Besitz der Software gelangt sind?"

„Klar, die hat Bolte mir vermacht. Er war wohl nicht so dumm, wie du gedacht hast. Bolte hat geahnt, dass man dir nicht trauen kann."

„Dass Ihr Besitz von unglaublicher Wichtigkeit ist, steht nun außer Frage, Herr Silber. Doch wie stellen Sie sich den Ablauf vor?"

„Ich wollte erst Blondi tierisch in den Arsch treten und dir anschließend die CD-ROM in den Hintern schieben."

„Dass Ihnen so etwas vorschwebt, ahnte ich bereits." Silber lachte bitter auf.

„Obwohl, nachdem ich jetzt herausgefunden habe, dat mich hier alle veräppelt haben und sogar mein eigener Chef mich erschießen wollte, hast du mich jetzt endlich soweit, dass ich klipp und klar sage: biete mir wat an, wat mich fröhlich stimmt."

„Seit unserer ersten Bekanntschaft versuchen Sie mich festzusetzen, warum sollte ich Ihnen das nun abkaufen?"

„Wenn ich gewollt hätte, wäre ich schon längst wie ein Wirbelsturm über den Rhein gefegt, um dich an die Wand nageln zu lassen. Ich weiß genau, dat selbst du mit deinem Latein am Ende bist. Alle Trümpfe sind ausgespielt. Es wäre kein Problem, dich plattzumachen", bluffte Silber weiter. Er besaß noch nicht einmal das Kleingeld, um die Kantonspolizei anzurufen. „Also", fuhr Silber fort, „sei brav, komm zurück, lass uns 'nen Kakao schlürfen und sieh zu, dat du mir einen mächtigen Koffer rüberschiebst."

Der Prinz dachte nach.

„Ich bin müde, ich würde mit einer Entscheidung nicht allzu lange warten, sonst kannst du dir schon mal dein Megacomputerspiel abschminken."

„Also gut, Herr Silber", kam es schließlich. „Ich komm zurück."

„Was versprichst du dir davon?", beschwerte sich Gero. Er war absolut nicht erpicht darauf, dass alles noch einmal von vorne begann. „Es geht uns allen gut. Das Geld ist da, keiner ist verletzt, und der Prinz kann Galileo nicht nutzen. Was willst du noch?"

„Ich will, dat es zu Ende geht, Gero. Es soll einfach nur zu Ende gehen. Klar, uns geht es gut. Aber denk mal zurück an unseren Paule", gab Silber seinem Kollegen einen Hinweis auf die Vergangenheit, „und vor wenigen Stunden hat er meinen Chef beseitigen lassen. Ich weiß nicht, wat der Prinz nach Galileo vorhat, aber ich will nicht, dass er noch weitere Menschen aus meinem Umkreis umbringt. Außerdem war er uns in letzter Zeit noch nie so nah, keine Gelegenheit war so günstig. Kannst du dat verstehen?"

Gero nickte. Silber legte seine Automatik auf die Motorhaube und wandte sich an die beiden BKA-Beamten.

„So, Jungs, wat habt ihr denn noch in den Taschen?"

Beide zuckten mit den Schultern.

„Nichts, rein gar nichts. Die Blondine hat uns alles weggenommen", erwiderte Kamikaze.

„Bei mir ebenso", meldete Brenner.

Silber stülpte seine Unterlippe um.

„Oh, oh und nun?"

„Du wolltest unbedingt den Prinzen haben. Sieh zu, wie du das regelst", schimpfte Gero.

„Habt ihr Agenten nicht immer so Wanzen, mit denen ihr die Bösen abhört und aufspürt? Macht ihm einfach so ein Ding ans Schiff, wenn er kommt", warf Svenja ein, während sie sich in der Spiegelung der Autoscheiben ihre Jacke zurechtzupfte.

„Gero, wat würde ich dafür geben, wenn du mal so entspannt wärst wie unsere liebe Svenja", stöhnte Silber auf. Der Agent zog den Transvestit zu sich heran. „Nicht wahr Svenja-Maus?", säuselte Silber.

„Ja, Gero-Putzi, du musst lockerer werden", blies Svenja ins selbe Horn und legte ihre Hand auf Silbers Brust ab.

Gero verschlug es die Sprache.

„Svenja, mein bezaubernder Engel", flötete Silber mit einem herzerweichenden Lächeln, „ich muss mal mit dir reden."

Die unzähligen Bluthunde des Prinzen harrten allesamt mit schweren Waffen auf ihren Positionen aus und überwachten die Anlegestelle, an der Silber stand. Der Rest von dessen kläglicher Truppe wartete bei dem Bentley nahe den Kranmaschinen.

Der Prinz trat zusammen mit Alex aus dem Führerhaus. Sie warteten einen Moment ab, schauten sich die Gegend an und gingen von Bord. Alex trug einen Koffer bei sich. Waffenverschlüsse klickten vereinzelt. Die Männer hatten den Befehl, den Agenten umgehend in Streifen zu schießen, wenn sich auch nur der Anschein eines Hinterhalts abzeichnen sollte. Der deutsche Agent lächelte gelassen.

„Junge, Junge, du fährst aber schweres Gerät auf für deine CD."

„Sicher ist sicher, Herr Silber, Sie wissen ja selbst, wie schnell sich das Blatt in prekären Situationen wenden kann."

„Klar, kenn ich dat. Gerade hat man noch einen Chef und 'ne Sekunde später hat man keinen mehr."

„Ja, das Ableben von Herrn Bolte ist gewissermaßen bedauerlich, doch es war nicht anders einzurichten, als sich von ihm zu trennen."

„Lass uns zur Sache kommen, sonst muss ich dir noch in die Fresse kotzen, wenn ich so einen Sperrmüll höre."

Alex wollte einen Schritt wagen.

„Und du, Vogelscheuche, hältst die Füße still", drohte Silber.

„Öffne den Koffer", versuchte der Prinz die knisternde Situation zu entspannen. Doch Alex und Silber lösten ihre Blicke nicht voneinander.

„Alex, öffne den Koffer", wiederholte der Prinz in scharfem Ton.

Die Blondine legte den Koffer auf ihre Handfläche, ließ mit der freien Hand die Schlösser aufschnappen, und drehte den Koffer in Richtung des Agenten. Der Prinz hob den Deckel an. Der Reihe nach lagen Zweihunderter und Fünfhunderter auf dem schwarzen Samtfutter.

„Zwei Millionen", kommentierte der Prinz.

Silber hob die Augenbrauen.

„Das biete ich Ihnen an. Sind Sie einverstanden?"

Silber nickte nur.

„Wollen Sie es zählen?", bot der Adel dem Agenten an.

„Denke mal nicht, dat dat nötig ist." Silber holte die CD hervor und warf sie auf die Scheine.

„Ich schätze Ihr Vertrauen und wünsche mir, dass Sie das nicht allzu persönlich nehmen, wenn ich diesen Treiber vorher prüfen lasse?"

„Nein, lass mich nur nicht mit der Bekloppten allein."

Der Prinz nickte.

„Geh rein, Alex, und teste den Treiber."

Die Amazone griff sich mit der freien Hand die CD, verstaute sie in der Jacke und stellte den Koffer neben sich auf den Boden.

„Sag bei der Gelegenheit deinen Leuten, dat sie sich zurückziehen können, die machen mich nervös. Ihr seht ja, dat hier alles locker ist. Oder geht man so mit Partnern um?"

Alex stoppte mitten im Gang.

„Sorge dafür, Alex, dass Herr Silber keinen Anlass mehr zur Nervosität hat", wies der Prinz sie an.

Widerwillig ging Alex weiter und winkte die Schützen zurück. Es kam sogar soweit, dass sich ein halbwegs normaler Betrieb auf dem Schiff einstellte.

„Was werden Sie mit dem Geld anstellen?"

„Keine Ahnung, wahrscheinlich ein fettes Hotelzimmer nehmen und für jeden kleinen Pups den Direktor antanzen lassen."

Der Prinz lächelte.

„Sehr vernünftig. Doch mit der Zeit, werden Sie merken, dass so etwas Sie nicht sonderlich ausfüllend ist. Glauben Sie mir, ich habe das schon hinter mir."

„Egal, dann lass ich die Zimmermädchen tanzen."

„Darf ich mir erlauben, selbstverständlich nachdem das gesamte Personal für Sie getanzt hat, auf Ihre Person zurückzugreifen? Ich muss Ihnen ja nicht noch einmal erzählen, wie wichtig gute Leute für mich sind. Vielleicht möchten Sie ja sogar den Platz von Kolja einnehmen."

„Muss ich mir dafür auch die Zunge rausschneiden?"

„Nein, das ist nicht zwingend erforderlich."

„Abgesehen davon, dat mir meine neue Arbeitskollegin nicht gefallen würde, wäre mir dat auch zu stressig, immer gleich gegen die ganze Welt antreten zu müssen."

„Ach, das ist am Anfang so", spielte der Prinz sein Tun herunter, „mit der Zeit gewöhnt man sich daran."

„Ich denke nicht, dat man sich daran gewöhnen kann, immer gleich 'ne ganze Palette Menschen wegzumähen."

Alex kam die Gangway runter.

„Alles okay."

Der Prinz nickte anerkennend.

„Sie haben mir bewiesen, dass Sie ein zuverlässiger Partner sind. Schade, dass Sie sich nun mit den Hotels hier beschäftigen wollen. Doch nach all den Strapazen kann ich es verstehen."

„Kann ich mich jetzt bewegen? Oder wartet irgendwo noch ein Schütze auf den bösen Silber?"

„Nein, Sie können den Koffer nehmen und sich dorthin bewegen, wo auch immer Sie hin möchten. Ich wünsche Ihnen viel Spaß mit dem Geld!"

Der Prinz schickte sich an, zu gehen.

„Hau rein, Ollen. War wie immer lustig mit dir."

„Auf Wiedersehen, Herr Silber."

Alex zeigte dem Agenten den Mittelfinger, den dieser selbstverständlich gerne erwiderte.

Männer gingen an Land und begannen, die Leinen zu lösen. Silber blieb an der Stelle stehen, bis das Schiff abgelegt hatte. Dann nahm er den Koffer und schlenderte auf den Wagen zu.

„Um unser Frühstück brauchen wir uns jetzt keine Sorgen mehr zu machen. Ich bezahl."

„Also, so richtig habe ich das jetzt nicht verstanden", bemerkte Brenner.

Auch Kamikaze sah Silber ratlos an. „Jetzt haben Sie zwar einen Koffer voll Geld, doch der Prinz ist wieder fort. Zudem hat er jetzt auch noch die Software. Wir stehen also nicht unbedingt besser da als vorher."

Gero erhob sich, geknechtet vom Sekundenschlaf, von der bequemen Rückbank des Bentleys.

„Wieviel hat er dir gegeben?", fragte er interessiert.

„Zwei Mios", erwiderte der Agent, lehnte sich gegen die Schnauze der Luxuskarosse und blickte mit einem Lächeln dem Frachter nach.

Gero ließ sich zurücksinken.

„Oh toll. Svenja, da kannst du shoppen gehen bis zur Bewusstlosigkeit."

Als Gero keine Antwort bekam, schaute er sich um.

„Svenja?", fragte er verwundert.

Jetzt vermissten auch die beiden BKA-Beamten den Transvestiten.

„Wo ist Svenja?", fragte Hobby-Holmes verwundert. Silbers Grinsen wurde jetzt noch breiter, und er schaute weiterhin zum Frachter.

„Ach, du dickes Ei", stöhnte Gero auf.

Svenja atmete tief durch. Es ging leichter, als sie befürchtet hatte. Nachdem sich die Situation um den Frachter herum entspannte, bemerkte niemand, dass sie sich beim Lösen der Leinen auf das Schiff schlich. Und jetzt stand sie hinter dem Container und wusste nicht so recht, was sie zuerst tun sollte. Dann kam das, was unweigerlich passieren musste. Der Prinz kam mit seiner Amazone auf den Container zu und Svenja konnte absolut nicht weg vom Fleck. Sie nahm allen Mut zusammen und trat den beiden entgegen. Der Prinz lächelte und grüßte freundlich. Svenja lächelte zurück. Nicht aus Höflichkeit, sondern eher aus Belustigung. Denn der Prinz erkannte Svenja nicht. Alex auch nicht, sie stieß Svenja sogar unhöflich zur Seite. Svenja hatte den Test bestanden. Denn Hand aufs Herz, Svenja war nun mal das, was sie war. Ein Mann. Und Silber zuliebe tat sie das, was sie die letzten Jahre nur im Verborgenen machte: Sich komplett abschminken, die Perücke abnehmen und den wohlgefüllten Silikon-BH ablegen. Zum Vorschein kam ein Mann mit kurzem Haar und feinem Gesicht. Gekleidet war Svenja in einen vor Dreck stehenden Blaumann. Jeder hielt Svenja für einen Schiffsmechaniker. Es war nun vorteilhaft, dass sie vor kurzem als Geisel hier untergebracht war. Svenja kannte sich dadurch ein wenig aus und konnte Silbers Weisungen folgen. Natürlich schlotterten dem Mechaniker die Knie. Doch Silber hatte Svenja klargemacht, dass er sie nicht darum bitten würde, wenn es einen anderen Ausweg gäbe, und dass er das Ganze lieber selbst machen würde. Svenja hatte eingesehen, dass der Agent diese

Möglichkeit nicht hatte, also konnte sie dem Schnuckel den Gefallen einfach nicht abschlagen.

Wäre doch gelacht. Svenja hatte in ihrem Leben schon so einiges kaputt bekommen, da würde sie doch in der Lage sein, ein Schiff zu sprengen.

„Wo ist Svenja?", fragte Gero mit scharfem Unterton.

Silber nahm den Lutscher aus dem Mund und sah auf die Uhr.

„Ich hoffe, in der Waffenkammer , in der sie die ganzen Handgranaten hortet, um den Kahn zu versenken."

Gero sah Silber entgeistert an.

„Bist du wahnsinnig? Und da schickst du Svenja los?"

„Sie hat mir vorhin erzählt, dat sie mal bei der Bundeswehr war und genau weiß, wie man mit so Eiern umgeht."

„Natürlich war sie bei der Bundeswehr, doch lediglich für zwei Wochen und die einzigen Eier, die sie da in der Hand hatte, waren die von ihrem Unteroffizier", schimpfte Gero lautstark.

Plötzlich ertönte eine ohrenbetäubende Explosion und Flammen stachen gelblich in den Morgenhimmel. Schwarzer Rauch erhob sich.

„Na ja, etwas muss der Unteroffizier ihr aber unter der Dusche beigebracht haben", bemerkte Silber trocken.

„Was ist, wenn ihr jetzt was passiert ist? Wie kommt sie jetzt zurück?", rief Gero voller Sorge.

Eine zweite Explosion ertönte.

„Wie, war sie kein Kampfschwimmer?"

Svenja hatte zunächst Probleme, die Granaten zu zünden. Sie waren modern, aber funktionierten letztendlich nach dem gleichen Prinzip wie alle Sprengstoffeier. Den Stift ziehen, das Ei schleunigst weghauen und noch schneller wegrennen. Eine zündete sie in der Waffenkammer, lief schnell an Deck, und noch bevor die erste explodierte, warf sie zwei in den Container.

Mit einem Mal ertönte ein mächtiger Donnerhall und das Schiff vibrierte heftig. Die Männer kamen gar nicht dazu, sich zu orientieren. Sie zogen zwar ihre Waffen und Alex brüllte Anweisungen durch die Gegend, die Verwirrung war aber zu groß, als dass jemand ihre Befehle befolgt hätte. Dunkler Rauch schlug aus dem unteren Bereich an Deck. Bevor Svenja aus einem versteckten Winkel heraus eine Handgranate auf die Führerkabine werfen konnte, erfasste sie eine unglaubliche Druckwelle vom Container her und sie landete im kalten Wasser. Es folgten zwei weitere Explosionen aus der Waffenkammer, da die Munition der Hitze nicht standhalten konnte.

Das Schiff erbebte abermals und würde bald auseinanderbrechen. Svenja schwamm, zusammen mit mindestens acht Männern, an Land. Viele schrien verzweifelt. Svenja hatte kein schlechtes Gewissen. Sie hatte genug mitbekommen. Es waren schlechte Menschen gewesen. Sie hoffte, dass es auch diese schreckliche Blondine erwischt hatte. Doch kaum an Land, keifte eine Frauenstimme.

„Wer war das? Wer, zum Teufel, war gerade in der Waffenkammer?"

Die Männer sahen sich entgeistert an. Keiner hatte eine Idee, wer ein Verräter sein könnte. Alexandra wollte nicht lange auf eine Antwort warten. Sie hatte ihre eigene Methode, so etwas herauszufinden. Sie zog ihre beiden Waffen und erschoss einfach die ersten beiden Männer, die vor ihr standen. Die übrigen waren entsetzt, wagten aber keine Bewegung. Außer Svenja, denn sie hatte dieses Mal nicht die Nerven für eine Gegenüberstellung, und spurtete hinter einen Betonpfeiler, der mal Teil einer Brücke werden sollte.

Das genügte Alex. Sie glaubte, den Verräter gefunden zu haben. Mit ganzer Feuerkraft ballerte sie auf den Pfeiler. Svenja zog eine Automatik unter dem nassen Blaumann hervor, die Silber ihr als Abschiedsgeschenk überlassen hatte. Ein sehr nützliches Präsent, wie sie jetzt fand.

„Eine im Lauf, acht im Magazin", hatte Silber ihr gesagt. Neun Möglichkeiten, sich seines Lebens zu erwehren. Die schwere Waffe gab Svenja eine gewisse Sicherheit. Weitere Stahlmantelgeschosse versuchten sich einen Weg durch den Beton zu graben. Doch vergebens. Funken von Querschlägern sprühten um sie herum. Dann war plötzlich Ruhe. Svenja wagte einen Blick. Alex musste nachladen.

Zeit genug für eine Gegenwehr, fand Svenja, stieß sich vom Pfeiler ab und erwiderte das Feuer. Eine im Lauf, acht im Magazin.

Leutnant Yaku sah von Weitem die riesige Rauchwolke, die nach einem lauten Donner nun vor ihm aufstieg. Er reagierte sofort, steuerte die Stelle an und sah einen Frachter, der in hellen Flammen stand. Yaku stieg aus. Einige Menschen waren an Land geschwommen und er konnte sich denken, um welchen Frachter es sich handelte, aber nicht, wer für diese Explosion verantwortlich war. Silber konnte er nicht entdecken.

Geschützt durch einige Büsche näherte er sich dem Ufer. Dann hörte er eine Frau herumschreien und es erklangen die ersten Schüsse, die sich einige Augenblicke später in ein massives Feuer wandelten. Mit einem Blick durch das Geäst konnte er erkennen, dass es sich wahrscheinlich um die Frau handelte, die sein Schnellboot gesteuert und seine Männer exekutiert hatte. Sie feuerte auf einen Betonpfeiler, hinter dem sich ein junger Mann in Deckung hielt. Dann erstarb das Feuergefecht. Die Amazone musste nachladen. Der Mann hinter dem Pfeiler kam hervor und schoss völlig planlos sein ganzes Magazin auf die Frau ab. Die merkte nach zwei Schüssen, dass auch die anderen nicht treffen würden, ging nicht einmal in Deckung und ließ sich Zeit mit dem Nachladen. Nachdem das leise Klicken eine leeres Magazin signalisierte, setzte sich die Blondine in Bewegung.

Yaku sah sich genötigt einzugreifen. Er legte sein Gewehr an und noch bevor die Amazone die Rückseite des Pfeilers erreichte, gab der Koreaner einen gezielten Schuss ab.

Svenja verfluchte sich, dass sie sich nicht die Zeit genommen hatte, wenigstens einen gezielten Schuss abzugeben. Doch sie war so aufgeregt, dass daran nicht zu denken war.

„Schick schon mal dein letztes Gebet los", wurde Svenja von der Blondine gewarnt. Dann hörte sie einen Schuss, allerdings nicht aus

Alex' Waffe. Gewaltiger und weiter entfernt. Svenja vernahm einen Schmerzensschrei und dann nichts mehr. Außer dem wilden Knistern des Feuers, das vom Schiff her kam, war nichts mehr zu hören.

Svenja wagte einen Blick um die Ecke des Brückenpfeilers. Alex lag auf dem Rücken und hielt sich mit schmerzverzerrtem Gesicht ihre blutende Schulter.

Die unerwartete Hilfe ließ nicht lange auf sich warten. Leutnant Yaku trat aus einem Gebüsch, mit dem Gewehr im Anschlag, um eventuell die anderen Männer abwehren zu können. Doch die wandten sich dem brennenden Kahn zu und halfen weiteren Kameraden an Land.

„Wer bist du Wichser denn?", fauchte die Blondine den Koreaner an. Yaku erkannte in Alex jetzt tatsächlich die blonde Frau wieder, die seine Männer auf dem Schnellboot hingerichtet hatte. Er überlegte kurz, sie zu erschießen, tat es dann aber doch nicht, weil die Behörden sie bestimmt zur Klärung bestimmter Puzzleteilchen brauchen würden.

„Hach, Yaku, altes Haus. Gut, dass du kommst. Ich weiß sonst nicht, wie ich hier wieder rausgekommen wäre."

Der Koreaner erkannte an der Stimme, wem er zur Seite gestanden hatte und lächelte.

„Svenja?", fragte er etwas verunsichert.

„Ja, genau", erwiderte sie und zupfte sich verlegen am kurzen Haar herum. „Ich sehe nicht gerade frisch aus?"

Der Koreaner verbeugte sich leicht.

„Das hat sicherlich seine Gründe", überspielte er höflich die Frage.

Eine weitere Explosion unterbrach ihr Geplänkel. Yaku dachte, dass es besser wäre, sich zurückzuziehen, denn ein brennendes Schiff inmitten des Rheins würde sicherlich soviel Aufsehen erregen, dass es hier gleich nur so vor Polizisten wimmeln würde. Bis jetzt waren seine Aktionen rund um Galileo unerkannt geblieben. Er wollte das Glück nicht unnötig herausfordern. Yaku lächelte. Er war ja schließlich nicht plemplem.

„Darf ich Sie bitten, mich jetzt zu begleiten?", fragte der Leutnant Svenja höflich.

„Ja gerne, wohin denn?"
„Ich muss dringend zu Herrn Silber."

Nach der letzten Explosion hörte Silber Feuerwehrwagen, die sich mit Blaulicht von Weitem näherten. Kurze Zeit später tauchten Löschschiffe auf. Er konnte es nicht genau sehen, doch er schätzte, dass das Chaos perfekt war. Svenja hatte gute Arbeit geleistet!

„Hoffentlich ist sie heil da rausgekommen", betete Gero vor sich hin. Er war mächtig sauer auf den Agenten.

Silber argumentierte, dass er Svenja unterschätzen und sie das Kind locker schaukeln würde. Ein Hupen zeigte ihm, dass er recht hatte. Ein schwerer Geländewagen fuhr vor. Alle wunderten sich zwar, wie es sein konnte, dass der Asiate Svenja wohlbehütet ablieferte, machten daraus aber keine große Fragerunde.

„Svenja-Baby, du hast erstklassige Arbeit geliefert."

„Und ich habe gesehen, wie du einen mächtigen Koffer bekommen hast", trällerte Svenja unverblümt. „Du bist ja jetzt eine richtig gute Partie, mein Lieber."

Silber schmunzelte.

„Danke für dein Angebot, aber ich denke, dagegen hätte jemand etwas einzuwenden."

Er wandte sich an Yaku.

„Wo ist Anna?"

Der Koreaner schaute betrübt zu Boden.

„Sie war verletzt, hat viel Blut verloren."

Silber guckte Yaku verständnislos an.

„Wat ist passiert?"

„Sie war wohl die ganze Zeit verletzt. Wir haben es nur nicht bemerkt. Sie wollte unsere Aktion nicht behindern. Eine tapfere Frau."

„Wie schlimm ist es?"

Yaku reichte Silber einen Schlüssel.

„Das soll ich Ihnen geben."

Es war ihr Garagenschlüssel. Silber lächelte traurig. Um den Schlüssel hatten sich schon amüsante Kriege entfacht. Er wollte ihn immer unbedingt haben, um seinen Kübel dort unterzustellen, weil das Verdeck undicht war. Doch sie gab den Schlüssel nie raus, da sie es für wichtiger erachtete, ihr Chromross dort unterzubringen, egal ob ihr Lebenspartner mit nassem Hintern die Ausfahrt verließ oder nicht.

Nun hielt er den Schlüssel in der Hand. Einfach so. Ohne Rosen als Bestechungsmittel auf dem Kopfkissen zu hinterlassen und ihr zu versprechen, Frühstück bis in die Ewigkeit zu machen. Einfach so. Es sollte Silber als Friedensangebot dienen, oder eben zeigen, dass es nicht sonderlich gut um sie stand.

„Wo ist sie?"

„Ich habe sie von einem Krankenwagen abholen lassen. Anonym, Sie verstehen."

„Schon gut", meinte Silber. Er wandte sich an Gero. „Verstehst du jetzt, was ich damit meinte, dass es endlich vorbei sein soll?"

Sein Freund nickte stumm.

Silber vergaß sofort, dass er sich den Schweizer Behörden zu erkennen geben wollte, um sich zu vergewissern, dass es den Prinzen mitsamt seiner Brut auch wirklich erwischt hatte.

„Jungs, hier ist soweit alles erledigt. Ich hoffe, ihr seid mir nicht böse, wenn ich ins Krankenhaus fahre."

„Herr Silber", hielt Yaku den deutschen Agenten auf, „es ist an der Zeit, mich von Ihnen zu trennen. Darf ich Sie darum bitten, in Ihrem Bericht zu erwähnen, dass Nordkorea Sie bei dieser Aktion unterstützt hat? Mit solch einer Erwähnung würden Sie meinem Land helfen."

„Mach ich. Aber nur, wenn du den Teil rauslässt, in dem mein Chef nicht so gut wegkommt. Okay?"

Yaku verbeugte sich leicht.

„Ich respektiere natürlich Ihren Wunsch und werde Ihren Vorgesetzten in keinem Teil meiner Aussage erwähnen."

„Danke."

„Darf ich den Geländewagen weiterhin benutzen?", fragte Yaku.

„Klar, nimm mit, wat du kriegen kannst."

„Auf Wiedersehen, Herr Silber. Es war mir eine Ehre, mit Ihnen zusammenzuarbeiten."

„Du bist auch 'ne coole Socke, Yaku. Ehrlich. Und nochmals vielen Dank für deine Hilfe, aber ich muss jetzt wirklich los."

Die beiden Männer vom Geheimdienst schüttelten sich die Hände.

„Wer weiß, vielleicht sieht man sich ja mal wieder", meinte Yaku.

„Jau, dat kann schon sein, man weiß ja nie, wat als Nächstes kommt."

Der koreanische Leutnant stieg in den Wagen, winkte und fuhr davon.

Anna bot wirklich keinen schönen Anblick, wie sie so in ihrem Krankenbett lag. Überall waren Schläuche. Geräte überwachten ihren Körper und gaben kontinuierlich Signale von sich. An einem Chromgestänge hing ein Tropf.

„Aber nicht lange", hatte die Schwester zu ihm gesagt. Nun saß Silber stumm da und beobachtete seine Anna, die noch immer nicht bei Bewusstsein war. Auf seine Fragen, wann sie wieder aufwachen würde, hielten sich alle bedeckt. Also sah es wohl nicht so gut aus, wie er es sich wünschte.

„Svenja hat dem Prinzen den Arsch weggebombt", fing er an zu erzählen. „Und Yaku hat die Blondine weggepustet. Also nicht richtig, aber es reichte, um ihr doofes Maul zu stopfen."

Anna zeigte keine Regung. Er wusste nicht mal, ob sie ihn verstand. Nur die Maschinen piepten leise weiter. Die Schwester kam und tippte ihm leicht auf die Schulter. Er nickte, um ihr anzudeuten, dass er nicht mehr lange brauchen würde.

„Yaku hat mir gerade den Garagenschlüssel gegeben, dann kann ich deine Chromschüssel ja jetzt nach draußen stellen."

Normalerweise würde bei diesen Worten ein Gewitter losbrechen, aber außer den Maschinen war nichts zu hören.

„Sag doch mal wat", flehte Silber. „Ich heirate dich auch, Baby. Na, wie wäre dat? Heiraten mit allem zipp und zapp. Sahnekleid, Megaring, Monsterfeier; alles wat du willst."

Silber schaute sie traurig an. Jetzt hätte ein „Ja!" kommen müssen oder wenigstens ein „Fahr zur Hölle, du Idiot, jetzt will ich auch nicht mehr!"

Die Schwester kam wieder ins Zimmer. Silber stand auf. „Ich will bei ihr bleiben, irgendwie."

Die Schwester deutete auf die Besucherstühle. Mehr nicht. Silber nickte. Vom Stuhl aus konnte er auf Annas Zimmertür schauen. Er wollte sofort sehen, ob sich etwas tat. Silber war Brenner und Kamikaze dankbar, dass sie sich um die Formalitäten kümmerten und ihm so Luft verschafften. Gero und Svenja hatten sich in ein Hotel zurückgezogen. Vernünftig, wie er zugeben musste. Er selbst merkte gar nicht, das ihm immer öfter die Augen zufielen. Die Schwester brachte letzten Endes eine Decke und legte sie um den schlafenden Agenten.

Frisch gestylt betrat Svenja gemeinsam mit Gero nach einem erholsamen Schlaf im Hotel am frühen Morgen den Gang zur Intensivstation.
Silber lag der Länge nach auf drei Wartestühlen und schlief. Ansonsten war der Gang leer. Gero rüttelte den Agenten sanft wach. Mit zerknautschtem Gesicht erhob sich Silber aus seiner ungemütlichen Position und streckte sich. Svenja suchte schon den Automaten, um Kakao für alle zu besorgen.
„Wie sieht es aus?", fragte Gero.
„Gestern sah es gar nicht gut aus", gähnte Silber zur Antwort. „Na ja und heute ...", der Satz blieb ihm im Hals stecken.
Die Tür, vor der er die ganze Nacht gewacht hatte, stand offen. Das Bett war leer. Mit einem Ruck stand er auf.
„Wat ist denn hier los?", fragte er entgeistert. Er lief in den Raum. Das Bett war frisch bezogen, und alle Geräte, die gestern noch hier gepiepst hatten, standen abgeschaltet in der Ecke. Der Raum sah aus, als hätte Anna nie hier gelegen. Sah aus, als wäre Anna ...
„Herr Silber?", rief jemand leise seinen Namen.
Der Agent drehte sich um. Die Schwester von gestern stand plötzlich im Zimmer. Sie sah abgekämpft aus. Was wollte sie ihm jetzt sagen?
„Warum haben Sie mich denn nicht geweckt?!", brüllte er.
„Sie haben so fest geschlafen."
Silber fasste sich an den Kopf. Wie fest hatte er denn geschlafen, wenn er noch nicht einmal mitbekam, dass eine Horde Ärzte versucht hatte, die Liebe seines Lebens zu retten? Er setzte sich kraftlos auf das

Bett. Der Prinz hatte ihm nun endgültig alles genommen, was ihm lieb war. Der Prinz ist Sieger geblieben. Silber war der Verlierer. Auf ganzer Linie.

„War es schlimm für Anna?", fragte Silber.

Die Schwester sah ihn stirnrunzelnd an.

„Ich meine, denken Sie, dat sie noch wat gespürt hat? Schmerzen oder so."

„Ich glaube nicht. Sie hat einfach die Augen aufgemacht und gefragt: ‚Wo ist der Mistkerl?'"

Silber sah die Schwester mit großen Augen an.

„Wat?"

Die Schwester lächelte.

„Sie ist in der Nacht aufgewacht. Ihre Werte waren stabil, deswegen haben wir sie heute früh auf eine andere Station verlegt."

„Sie ist nicht ... ich meine, sie ist nur woanders?"

„Ja, eine Etage tiefer."

Sofort stürmte Silber aus dem Raum, rief der Schwester einen Dank zu und rannte lachend an Svenja vorbei, die Mühe hatte, die heißen Bechern zu balancieren.

„Haben die dem gerade was gegeben?", fragte sie nur kopfschüttelnd.

Anna hatte zwar ein wenig Mühe, die Augen aufzuhalten, erkannte zu ihrer Freude aber sehr wohl, wer das Zimmer betrat. Silber setze sich zu ihr an die Bettkante und hielt ihre Hand.

„Hey, ich habe gerade gehört, dat du heute Nacht alle auf Trab gehalten hast", lächelte er.

„Und ich hab gesehen, wie du auf den Stühlen geschlafen hast. Ich finde es lieb, dass du für mich gewartet hast. War bestimmt unbequem."

Silber grinste verlegen.

„Wat du alles so siehst."

„Aber noch besser war, was ich gestern alles gehört habe."

Silber sah sie verwundert an.

„Meine Antwort ist: ja."

„Häh?"

„Ich habe gehört, wie du mir gesagt hast, dass du mich heiraten willst. Meine Antwort ist JA."

Silber schob seinen Kaugummi nervös von einer Backe in die andere.

„Heiraten, ach so. Klar. Öehm, aber ich habe ja nicht gesagt, wann."

Was dann folgte, bezeichnete der Arzt als Kreislaufwunder, denn wer so kraftvoll und hart mit der Bettpfanne zuschlagen konnte, musste auf dem Weg der Besserung sein.

„Gratulation Silber, das Geld ist wieder vollständig da, Galileo ist gerettet und Sie haben zudem noch einen sehr wertvollen Draht zum koreanischen Geheimdienst geknüpft", lobte der Präsident des BND den jungen Agenten. „Für Sie ist wohl alles in bester Ordnung, mal abgesehen von ein paar kleinen Kratzern." Er deutete auf Silbers mächtiges Veilchen, das von grün bis blau, alle Schattierungen zeigte. „Aber das kann eben passieren, wenn man gegen so eine Übermacht antritt."

„Sie sollten wissen, dat ich dat Ganze nicht alleine durchgezogen habe", deutete Silber an.

„Ja, ich habe Ihren Bericht aufmerksam gelesen. Es war mutig von Bolte, Sie als Sündenbock darzustellen. Aber wie sollten Sie sonst auch glaubwürdig vor dem Prinzen erscheinen, wenn nicht bekannt war, dass alle Welt Sie jagt."

„Schade, dat nicht alles gut ausgegangen ist."

„Ja, um Bolte ist es sehr schade", meinte der Präsident nachdenklich. „War ein sehr guter Mann. Allerdings wissen wir alle, wie es enden kann, wenn man seinem Land dienen will", textete er den jungen Agenten weiter zu.

„Sie vergessen auch nicht, beim BKA anzuleiern, dat die beiden Jungs 'ne Belobigung bekommen?", erinnerte der Agent.

Der Präsident kritzelte etwas nieder.

„Werde ich nicht vergessen", versprach er.

„Und danke noch einmal, dass Sie Anna da rausgehalten haben."

Der Präsident lächelte. Dann hob er eine Mappe auf.

„Nach allem, was passiert ist, muss ich Ihnen gestehen, dass ich vorhatte, Ihnen die Ohren abzureißen."

Silber sah den obersten Chef verdutzt an.

„München", kam prompt das Stichwort.

Der Agent rutschte nervös auf seinem Hintern hin und her.

„Ach ja, München", druckste er herum.

„Eigentlich bin ich ja selbst mitschuldig", gestand der Präsident ein.

„Wie kam ich nur auf die Idee, einen Duisburger nach München zu schicken?"

Er blätterte in der Akte herum. In München ging es darum, dass Silber mit ein paar anderen Agenten auf einem Schloss den Empfang eines afrikanischen Diplomaten absichern sollte, der den Geburtstag seiner Frau feiern wollte. Ein mächtiges Feuerwerk sollte den Abends krönen. Doch dann sah Silber einen Mann, der unbefugt an der Feuerwerksvorrichtung herumgefriemelt hatte. Also wurde das ganze Personal auf den Kopf gestellt. Allerdings ohne Ergebnis. Der junge Agent ließ aber nicht locker und glaubte an nichts Gutes.

Kurz vor Zündung des Feuerwerks sah er den besagten Mann wieder, und eine wilde Verfolgungsjagd führte durch das Schloss. Die meisten Gäste hatten zum Glück nichts mitbekommen, obwohl kiloweise Porzellan dabei zu Bruch gegangen war. Der Verfolgte schnappte sich dann einen batteriebetriebenen Golfwagen und floh über das Gelände. Der Agent sah sich genötigt, seinen Kübelwagen zu nutzen und pflügte bei der Gelegenheit die kunstvollen Gartenanlagen um. Als er über eine endlos lange moosbewachsene Brücke rutschte und in dem Feuerwerksgraben landete, waren es nicht die fantastischen bunten Bilder, die die Gäste dann im Nachthimmel bewundern durften, sondern es war die Warnblinkanlage seines Kübelwagens.

„Sie haben Glück, Bolte hat sich dafür ausgesprochen, dass es durchaus möglich gewesen sein könnte, dass die Raketen auf die Menschenmenge gerichtet waren. Die Abschussrichtung konnten wir nichtmehr rekonstruieren. Ihr Wagen hatte alles vollkommen plattgemacht."

„Öhm, ja, apropos platt", versuchte der Agent von der Aktion abzulenken.

„Ist es in Basel noch zu einem Ergebnis gekommen?"
„Sie meinen Martin Kaupt, den Prinzen?"
„Genau den", lauerte Silber auf eine Antwort.
Eine Notiz wurde zur Hand genommen.
„Also, die Leichen, die die Schweizer Behörden geborgen haben, waren zum größten Teil aufgrund der starken Explosionen mehr als unkenntlich. Kaupt wurde anhand der in seiner Kleidung befindlichen persönlichen Dinge identifiziert. Der Personenschützer und diese blonde Furie werden gerade in diesen Minuten nach Deutschland überstellt."
Der Präsident legte die Notiz zur Seite.
„Ich gebe Ihnen eine Woche frei."

Alex saß bereits auf einem der unbequemen, grünen Kunstledersitze, als Kolja mit schwerer Fußfessel in den Transporter geführt wurde. Die beiden nickten sich kurz zu. Der Russe setzte sich ihr gegenüber. Ein Polizist folgte.

Die Tür schloss sich hinter ihnen. Kurz darauf setzte sich der Wagen in Bewegung. Die Amazone lehnte sich langsam zurück. Die Wunde, die ihr das Schlitzauge beigebracht hatte, pochte heftig. Doch heftiger pochte die Wut in ihr. Trotz des sorgfältig ausgeklügelten Plans saß sie nun gefesselt in diesem Transporter, auf dem Weg zu irgendeinem Hochsicherheitstrakt. Kolja schien das alles nichts auszumachen. Alex glaubte sogar, ein spöttisches Lächeln auf seinem Gesicht gesehen zu haben.

Die Blondine blickte sich um. An der Decke waren Gestänge für Handschellen angebracht. Die Fenster waren so dicht vergittert, das nur wenig vom grellen Sonnenlicht ins Innere gelangte. Der Polizist saß, bewaffnet mit einem Schlagstock, etwa drei Meter entfernt von ihnen auf einem Einzelsitz nahe der Tür. Alex blickte auf ihre Handfessel, die durch eine Kette mit ihrer Fußfessel verbunden war. Der Transporter fuhr langsam. Etwa an die neunzig Stundenkilometer. Das bedeutete, dass sie einige Stunden bis an ihr Ziel benötigen würden. Zeit, die sie nutzen konnte, um zu überlegen, wie sie hier raus kam.

Und dann ... Alex grinste heimtückisch. Dann konnte sich Silber auf was gefasst machen.

Plötzlich stoppte der Transporter ab. Der Wachmann blickte verwundert von seiner Lektüre auf. Die Riegel der Tür wurden geöffnet und alle schauten in das freundliche Gesicht des Fahrers, der gut gelaunt lächelte.

„Was gibt es?", fragte der Bewacher verdutzt.

„Nichts", erwiderte der Fahrer, zog seine Waffe und erschoss die Wache. Der Fahrer trat ungerührt zur Seite und machte den Platz frei für einen anderen Mann.

Den Prinzen.

Er tupfte sich das Gesicht mit seinem Taschentuch ab.

„Was sitzt ihr da herum?", fragte er belustigt. „Kommt heraus. Es ist herrliches Wetter."

Weitere Bücher von Roland Herden

Hüter der Nacht

Frieden in der Nacht. Das wünscht sich jeder Nachtschwärmer. Jeder Ordnungshüter träumt insgeheim davon. Und Frieden in der Nacht ist möglich. Roland Herden – ein Security mit 15 Jahren Erfahrung im Nachtleben – bietet eine erstaunlich einfache Lösung an. Vor allem aber lässt er uns einen Blick hinter die Kulisse des Discobetriebes werfen. Das ist ausgesprochen amüsant und kurzweilig. Ein Muss für alle Freunde der Nacht.

„... Integrationsbeauftragte würden Schnappatmung bekommen."

(WAZ Duisburg)

Exklusiv bei Amazon.de

Harte Geschichten

Was kommt dabei heraus, wenn ein Mensch aus dem Nachtleben gehörte und erlebte Geschichten mit Fiktion vermischt? Harte Geschichten, ist die Antwort. Wie reagiert eine Kellnerin, wenn sie von ihrem Chef gemobbt wird? Was macht ein Versicherungsvertreter, sobald er in die Enge getrieben wird? Warum kann es gut sein, dass eine Mutter alte Dinge aufbewahrt? Was macht eine Profikillerin nachts an der Tankstelle? Wie handelt ein Türsteher, als er den Mann wiedertrifft, der die Liebe seines Lebens in die Nervenklinik gebracht hat? Muss ein Mensch sich wirklich erst Anwalt der Doofen nennen, um von einem Gangster akzeptiert zu werden? Und worüber denkt ein Mann nach, wenn er erfährt, dass sein bester Freund gerade getötet worden ist …?

Roland Herden: „Man sagt ja oft: ‚Stell dir vor, dieses oder jenes wäre noch passiert.' Ich stelle es mir dann tatsächlich vor und schreibe es auf."

Exklusiv bei Amazon.de

Hafenkinder

Als im hiesigen Hafen eine Mordserie mit dem Bibelspruch „... und Gott sah, dass es gut war ..." beginnt, kann die Polizei zunächst wenig damit anfangen, außer dem Täter den Beinamen „Schöpfer" zu geben. Erst einem Camper und seiner Jugendfreundin Finja, die seinerzeit gemeinsam im Hafengebiet aufgewachsen sind, fällt ein Muster auf. Die Hafenkinder von damals machen sich auf die Suche und entdecken nicht nur die erschreckende Wahrheit, sondern ziehen damit auch noch den Zorn des Schöpfers auf sich. Die Jagd beginnt, und überleben wird nur derjenige, der dem Labyrinth des Hafens gewachsen ist ...

„... Hafenkinder ist ein charmantes Blutvergießen ..."

(WAZ Duisburg)

Exklusiv bei Amazon.de

Der Kaffee-Prinz

Als der erfolglose Schriftsteller Benjamin in einem kleinen Kuhdorf strandet, um einen Job anzunehmen, der ihm nun wirklich gar nicht liegt, begegnet er zu allem Überfluss auch noch seiner Ex-Freundin, die alles andere als begeistert ist, ihn wiederzusehen. Ermutigt von den Ratschlägen seiner großmütterlichen Chefin macht er sich aber dennoch ein kleines bisschen Hoffnung, seine große Liebe zurückzuerobern. Aber ob ihm dabei eine durchgedrehte Postbotin und ein zehnjähriger Autogrammjäger helfen können, bleibt äußerst fraglich. Na, und dass ihn alle für einen Prinzen halten ...? Das hat er sich nun selbst eingebrockt.

„Im 15. Autorenjahr überrascht er die Krimi-Fans mit einem amüsanten Liebesroman."

(WAZ Duisburg)

Exklusiv bei Amazon.de

Willkommen in Rabitaan

Sind die Sicherheitsmitarbeiter in den deutschen Flüchtlingsheimen wirklich so unfähig? Sind die Bewohner dort wirklich kriminell und undankbar? Sind die Behausungen so unfassbar schlecht? Sind die Anwohner alle fremdenfeindlich? -- All diesen Fragen versucht Roland Herden auf den Grund zu gehen, indem er sich selbst als Security in einem Flüchtlingsheim umschaut. Dabei lernt er nicht nur liebenswerte Menschen kennen, sondern kommt auch noch zu erstaunlichen Erkenntnissen.

„Wärmstens empfohlen für Menschen, die sich nicht nur informieren möchten, sondern gern auch ein kleines Lächeln auf den Lippen hätten, gerade jetzt ..."

(Nowhereman's Bücherschrank, Buchblog)

Exklusiv bei Amazon.de

Abgefahrene Anekdoten

Was kommt dabei heraus, wenn ein Mensch aus dem Nachtleben gehörte und erlebte Geschichten mit Fiktion vermischt? „Abgefahrene Anekdoten" ist die Antwort.

Was wird aus einem Mann, der als Kind immer auf dem Küchenboden schlafen musste?
Wie benimmt sich eine souveräne Frau bei einem Überfall, wenn ihr nerviger Arbeitskollege in Gefahr ist?
Wie reagiert ein Türsteher, sobald er von Superman und Wonderwoman bedroht wird?
Was macht ein Security, wenn er auf einem Vermisstenplakat eine Person wiedererkennt, die sich nicht finden lassen will?
Was bleibt einem Mann übrig, wenn er außer einem bedeutungsschweren Namen nichts weiter geerbt hat?
Was ist die wirkliche Aufgabe eines hochdekorierten Bodyguards, wenn die Schönen und Reichen speisen?
Lässt sich ein paranoider Dieb besser unter Druck setzen als ein gewöhnlicher Gangster??
Und überhaupt, wie würdet ihr euch verhalten, wenn euch Blondinen mit Weihnachtskugeln bewerfen?

Auf all das gibt Roland Herden in 10 Kurzgeschichten abgefahrene Antworten.

„Richtig tolle Geschichten."

(Die Schwester des Autors)

Exklusiv bei Amazon.de

Printed in Germany
by Amazon Distribution
GmbH, Leipzig